고전 소설과 삶의 문제

고전 소설과 삶의 문제

신 재 홍

역락

1992년 8월에 몽유 소설로 박사 학위를 받고 이듬해 3월부터 경원대학교에서 근무하기 시작하여 지금껏 지내 왔다. 학위를 받은 이후 고전 소설 관련 후속 연구는 1994년의 <숙향전> 논문을 끝으로 일단 중단되었다. 그 무렵부터 향가 연구에 본격적으로 몰입해 들어갔기 때문이다. 고전 소설을 전공하는 자가 향가 연구에 뛰어든 것이 스스로 생각해도 무모한 일이라 여겨졌으나 한번 빠져든 이상 헤어 나오기가 어려웠다. 그리하여 2000년과 2006년에 향가 저서 한 권씩을 내었다.

향가 연구를 진행하는 중에도 고전 소설 연구 주제 몇 가지는 계속해서 생각하고 있었다. 연암 소설에 대한 인식론적 접근은 이후 판소리계 소설로 확대되었다. <운영전>에 대한 각별한 애정으로 몇 년을 두고 정리한 생각을 논문으로 꾸렸다. 초기 전기 소설에 대한 문제의식은 『화랑세기』를 역주하는 중에 좀 더 구체화되었다. 나이가 40대 중반을 지나면서는 주제 중심보다 이야기 중심의 영웅 소설들이 새삼 재미있게 느껴졌다. 이런 생각들을 가다듬어 기회 있을 때마다 띄엄띄엄 논문을 발표해 왔다.

아마도 이 책의 구상은 <숙향전>(1994), 연암 소설(1998) 관련 논문을 작성하면서 얼개가 짜였던 것 같다. <숙향전>에 도저하게 흐르는 인간 존재론과 윤리의식에서 고전 소설의 원형적 주제를 발견했고 연암 박지원의 청년 시절 문제의식에서 인식론의 소설적 형상화를 보았다. 이러한 존재론, 가치론, 인식론이 곧 우리가 세상을 살면서 맞닥뜨리는 철학적인 근본 문제라는 것은 상식일 터이다. 나는 철학적인 문제를 의식하면서 나의 삶을 살고 싶었고, 내가 사는 삶 속에서 공부를 하고 싶었다. 지금 여기 내가 살아가는 삶과 관계없는 공부라면 그것이 무슨 의미가 있을까 싶었다. 내가 의미 있게 생각하는 것, 나에게 의미 있게 다가오는 것을 가지고 연구 주제를 찾아 탐구하는 것이 논문 쓰기라고 생각하였다.

몽유 소설이 전공에 입문하게 된 고전 소설 갈래였다면 <숙향전>은 이후에 시도된 고전 소설 작품 읽기의 출발점이었다. 착한 숙향의 모습은 나에게 늘 고전 소설 주인공의 원형으로 자리 잡고 있었다. 그녀에 비하면 운영은 훨씬 다부지고 춘향은 당당하다. 심청이 숙향에 가까우나 숙향에 비하면 인생 역전의 이야기가 좀 싱겁다. 그렇지만 춘향이나 심청은 크건 작건 숙향의 형상에 빚지고 있는 면이 있다. <숙향전>은 가히 고전 소설의 원형이자 심층이자 전범이라고 할 만하다.

이 책은 존재론, 가치론, 인식론의 철학적 범주 속에 고전 소설을 해석해 본 것이다. 고전 소설이 담고 있는 의미를 어떻게 드러내 보일까 하는 것, 곧 고전 소설 해석의 문제가 결국 이런 틀로 짜이게 되었다. 소설 해석을 위한 여러 방법들이 있지만 지금 여기서 살아가는 나와 우리에게 마음에 와 닿고 의미 있게 받아들여질 만한 것은 역시 일상을 살아가며 부딪치는 삶의 기본적인 문제들이지 않을까 한다. 아무리 나이가 들어도 문제가 생기게 되면 결국 나는 어떤 존재이며 어떻게 살아갈 것인가 하는 문제로 늘 되돌아가는 것이다. 그리하여 이 책은 고전 소설을 연구 대상으로 한 내 삶의 문제를 펼쳐 보인 것이기도 하다.

책의 얼개를 짜고 보니 고전 소설사의 흐름을 거칠게나마 정리해 볼 수 있을 듯하다. 소설사의 초기를 전기 소설로 장식하여 인간 존재의 문제를 탐구한 우리 소설사는 가정·가문 소설, 영웅 소설과 같은 윤리 의식이 강조된 갈래로 옮겨지고, 전계(傳系) 소설, 판소리계 소설 등에서 보이는바 현실에 대한 올바른 인식을 추구하는 갈래로 나아갔다가 신소설에 자리를 내주었다고 할 만하다. 짧게는 수백 년, 길게는 천 년 이상의 긴 시간을 지나온 우리 소설의 역사를 이렇게 단순화하는 것이 무리일 수 있겠다. 각각의 갈래가 꼭 하나의 철학적 범주로 묶일 수도 없거니와 범주들의 공통분모나 그들 사이의 결합을 무시할 수도 없다. 다만 소설사의 흐름을 큰 틀에서 조망하자면 존재론에서 가치론으로, 그리고 인식론으로 변천한 양상이 그려진다는 윤곽 정도는 언급해도 되지 않나 싶다.

이 책은 1994년의 『한국몽유소설연구』를 이어 18년 만에 내는 두 번째 고전소설 연구 저서이다. 중간에 향가 연구서를 내긴 했지만 나의 전공은 역시 고전소설이라는 것을 책을 엮으면서 새삼 느꼈다. 더욱이 50대에 진입한 나로서는 삶의 이야기에 한층 더 관심이 가는 것도 사실이다.

나의 고전 소설 공부는 지도 교수이신 김진세 선생님의 지도 아래 조금씩 진척되어 갔다. 늘 선생님의 은덕에 감사하고 있고, 때로 선생님의 연구실을 지키며 공부하던 때가 그립다. 고전 소설을 공부하면서 서인석, 박일용, 김종철, 이강옥, 이승복, 김성룡 선생님같이 훌륭한 선배님들의 앞서 간 길을 따라가는 것이 행복하기도 고통스럽기도 하였다. 대학원 시절을 함께 보낸 선후배님인 이창헌, 민찬, 임치균, 이지영, 신동흔 선생님과의 대화와 토론은 언제나 좋은 자극이 되었다. 정충권, 박경주,

최귀묵, 정병설, 이지하 선생님은 오랫동안 학문의 길을 함께 걸어 온 친근한 후배님들이다. 경원대에 재직하면서 제자 엄태식, 신경남을 배출한 것도 큰 보람이다. 이렇게 좋은 선후배, 동료, 제자들과 함께한 지난 세월이 참으로 감사하다. 여기에 적지 못한 학계의 수많은 스승님, 선배님, 후배님 들께도 머리 숙여 감사드린다. 그분들이 공들여 쌓은 학문적 업적을 접하면서 나의 생각이 가다듬어져 온 것이니 이 책의 내용은 많은 부분 그분들에게 빚진 것이다. 또한 이 책을 간행해 주신 이대현 사장님과 책을 잘 만들어 주신 전희성 님을 비롯한 편집부원께 감사드린다.

어머님과 형님이 돌아가신 지 벌써 8년이 지났다. 3년 전에는 장인어른께서 돌아가셨다. 그 사이 큰조카 영선이가 결혼하여 예쁜 딸 박이루니를 낳았고 작은조카 영미는 늦게 들어간 간호 대학의 졸업을 앞두고 있다. 아내와 나는 할머니 할아버지가 된 것을 반가워하며 중년기를 보내고 있다. 큰딸 동언이는 2년간 대학 생활을 열심히 하더니 올해는 휴학해서 자신을 돌보겠다고 한다. 작은딸 동빈이는 간디 고등학교 필리핀 분교를 다니고 있는데 지금은 방학이라 집에서 가족과 살을 부비며 지내고 있다. 2010년 2학기에서 2011년 1학기까지 일본 교토에서 연구년을 보냈다. 혼자 살면서 유학생 생활을 몸소 겪고 일본 문화를 찬찬히 접할 수 있었던 행복한 시간이었다. 가족에 대한 그리움을 한껏 키울 수 있었고 사람과 세상에 대한 고마움을 크게 넓힐 수 있었기에 남은 인생의 좋은 자양분이 될 것이다.

2012. 2. 10.

신 재 홍

차 례

제3부 인식의 문제

제 1 장

<김현감호>와 <조신>의 비극적 삶

1. 서 론

『삼국유사』에 실려 전하는 <김현감호>와 <조신>은 대개 설화(說話)로 취급되어 오다가 한국 소설의 발생 문제가 논란되자 논의의 대상으로 떠올랐다.[1] 논쟁 중에 설화 또는 설화와 전기(傳奇)의 중간 갈래로 보는 관점과 전기 또는 전기 소설(傳奇小說)로 보는 관점이 대립되었다.[2] 그

---

1) 임형택, 「나말여초의 전기문학」, 『한국문학사의 시각』, 창작과비평사, 1984, 9-25면 (원 논문은 『한국한문학연구』 5, 1981) ; 조동일, 『한국문학통사 1』, 초판 : 지식산업사, 1982, 195-197면 ; 김종철, 「서사문학사에서 본 초기소설의 성립문제－전기소설과 관련하여－」, 『고소설연구논총』, 간행위원회, 1988, 183-193 ; 박희병, 「한국고전소설의 발생 및 발전단계를 둘러싼 몇몇 문제에 대하여」, 『한국전기소설의 미학』, 돌베개, 1997, 56-72면(원 논문은 『관악어문연구』 17, 1992) ; 박일용, 「소설의 발생과 수이전 일문의 장르적 성격」, 『조선시대의 애정소설』, 집문당, 1993, 51-85면 ; 장효현, 「전기소설의 연구 성과와 과제」, 『민족문화연구』28, 고대민족문화연구소, 1995, 1-30면 ; 김종철, 「전기소설의 전개 양상과 그 특성」, 위의 책, 31-51면 ; 윤재민, 「전기소설의 인물 성격」, 위의 책, 53-67면 ; 박일용, 「전기계 소설의 양식적 특징과 그 소설사적 변모 양상」, 위의 책, 69-91면.

후 두 견해가 맞서는 가운데 논자에 따라 설화, 전기, 전기 소설의 개념 규정을 조금씩 달리하며 그 어느 갈래에 귀속시켜 논하고 있다.[3]

본고는 <김현감호>와 <조신>을 전기 소설로 보는 관점에서 다시 검토해 보고자 한다. 한국 문학사에서 소설의 발생을 신라 시대까지 소급할 수 있다고 보고,[4] 그 주요 자료로서 두 작품을 살펴보려는 것이다. 먼저 이들을 전기 소설로 보는 근거를 제시하고, 다음으로 전기 소설로 보았을 때 작품에 대한 해석이 어떻게 심화될 수 있을지를 탐색해 보며, 끝으로 당시 사람들에게 전기 소설이 지녔을 법한 효용성을 문학 치료적 측면에서 생각해 보고자 한다.

2. 전기 소설로서의 <김현감호>와 <조신>

『삼국유사』는 일연(1206~1289)이 삼국 시대의 문헌 기록과 이야기를

---

2) 위의 논자 중 조동일·박일용이 전자의 관점에, 임형택·김종철·박희병이 후자의 관점에 서 있다.

3) 김대현, 「전기소설에 대한 기본 인식」, 『조선시대 소설사 연구』, 국학자료원, 1996, 12-42면 ; 소인호, 『한국전기문학연구』, 국학자료원, 1998, 20-75면, 101-106면 ; 윤채근, 『소설적 주체, 그 탄생과 전변―한국전기소설사』, 월인, 1999, 53-122 ; 조태영, 「전기의 세계관과 양식 특질」, 『국문학연구』 5, 국문학회, 2001, 139-161면 ; 이대형, 「금오신화의 서사방식 연구」, 연대 박사논문, 2001, 13-62면 ; 이정원, 「조선조 애정 진기소설의 소설시학 연구」, 서강대 박사논문, 2003, 19-65면 ; 김승호, 「불교전기소설의 유형 설정과 그 전개 양상」, 『고소설연구』17, 한국고소설학회, 2004, 107-129면 ; 박일용, 「소설사의 기점과 장르적 성격 논의의 성과와 과제」, 『고소설연구』24, 한국고소설학회, 2007, 5-30면. 이 중에서 <김현감호>는 조태영이 '전기로 가공된 불교설화', 박일용이 '영이전(靈異傳)'으로, 소인호·이대형·이정원이 전기로, 김대현·윤채근·김승호가 전기 소설로 보았고, <조신>은 조태영과 소인호 등이 전기로, 김대현 등이 전기 소설로 보았다.

4) 신재홍, 「화랑세기를 통해 본 초기 소설사의 양상」, 『고소설연구』25, 한국고소설학회, 2008, 56-57면.

찾아 모은 잡록류(雜錄類)의 책이다. 이 속에는 성격이 다른 이야기들이 섞여 있는데, 그중에 신라 시대에 이루어졌을 것으로 추정되는 전기 소설이 끼여 있다고 본다. 전기 소설로서 <조신>과 <김현감호>가 일찍부터 주목받았고 후에 <남백월이성 노힐부득 달달박박>이 추가되었는데,5) 최근에는 <미륵선화 미시랑 진자사>까지도 지목된 바 있다.6)

『삼국유사』 수록 이야기에서 전기 소설을 찾아보는 것은 소설 발생 시기를 올려 잡아 우리 소설사의 역사를 유구하게 만들려는 조작적 의도에서 나온 것이 아니다. 초기 소설사의 자료가 극히 적음에도 불구하고 ≪금오신화≫로 대표되는 15세기 전기 소설의 전사(前史)를 살피는 과정에서 그것과 작품의 성격이나 작가 의식 면에서 동질적인 범주로 묶을 수 있는 자료로서 『삼국유사』와 박인량(?~1096)의 『수이전』이 주목되었다. 이에 두 자료집을 징검다리로 삼아 15세기에서 소급하여 신라 시대까지 이르는 전기 소설의 역사를 추적했던 것이다.

신라는 중국 당(唐)나라와 동시대를 지났다. 『삼국사기』, 『삼국유사』, 『화랑세기』 등에 있는 단편적 기록으로도 두 나라 간 문화 교류의 속도나 친밀도가 높았음을 알 수 있다. 전기 소설의 수용에 관해서는 『구당서(舊唐書)』에 <유선굴(遊仙窟)>의 작가 장작(張鷟, 660?~740)의 작품들을 신라와 일본 사신이 사 갔다는 기록이 있다.7) 전기 소설 수용을 문화 상품의 수입이라는 면에서 본다면, 서적, 그림, 꽃씨, 앵무새, 차(茶) 등을 그것과 함께 고려할 만하다. 서적은 주로 불교와 유교의 경전이 들어왔

---

5) 박희병, 앞의 책, 69-70면에서 '백월산양성성도기(白月山兩聖成道記)'라는 제목으로 거론하였다.
6) 신재홍, 앞의 논문, 47-50면.
7) 임형택, 앞의 논문, 24면 각주 18) ; 이대형, 앞의 논문, 22면.

지만 그 속에는 시문류(詩文類)도 포함되어 있었다.8) 진평왕 또는 선덕왕
은 당 태종으로부터 그림과 꽃씨를 선물 받았고,9) 흥덕왕은 중국에서
들여온 앵무새를 기르면서 짝 잃은 슬픔을 달랬다.10) 이 흥덕왕대
(826~836)에는 차 종자도 수입하여 지리산에 심어 차 마시는 문화가 성
행하였다.11) 이렇듯 중국 문화의 지적, 정서적 요소들이 여러 방면에서
신라로 수입되는 양상을 볼 때, 허구적인 창작 이야기로서 전기 소설에
대한 신라의 수요를 추측할 만하다.

　또한, 신라 시대에 시장이 발전하였다는 점도 고려해야 한다.12) 소지왕
12년(490) 서라벌에 처음 시장이 열리고 지증왕 10년(509)에 동시(東市)가
설치된 후, 근 200년이 지나 효소왕 4년(695)에 서시(西市)와 남시(南市)가 설
치되었다.13) 생산력의 발전에 따른 경제 규모의 확대가 시장의 확장을 가
져왔을 것이다. 그런데 이 세 시장은 신라 정부가 서라벌에 설치한 관립
시장이다. 이 밖에도 서라벌 도처에 자연 발생적인 군소 시장들이 있었을

---

8) 『삼국사기』 8권, 신라본기, 「신문왕」, 六年……遣使入唐 奏請禮記幷文章 則天令所
司 寫吉凶要禮 幷於文舘詞林 採其詞涉規誡者 勒成五十卷 賜之.
9) 위의 책 5권, 신라본기, 「선덕왕」, 前王時 得自唐來牡丹花圖幷花子 ; 『삼국유사』 1
권, 기이, 「선덕왕 지기삼사」, 初唐太宗送畫牧丹 三色紅紫白 以其實三升.
10) 『삼국사기』 10권, 신라본기, 「흥덕왕」, 妃章和夫人卒 追封爲定穆王后 王思不能忘 悵然
不樂 群臣表請再納妃 王曰 隻鳥有喪匹之悲 況失良匹 何忍無情遽再娶乎 遂不從 ; 『삼국유
사』 2권, 기이, 「흥덕왕 앵무」, 有人奉使於唐 將鸚鵡一雙而至 不久雌死 而孤雄哀鳴不已
王使人掛鏡於前 鳥見鏡中影 擬其得偶 乃啄其鏡 而知其影 乃哀鳴而死 王作歌云 未詳.
11) 『삼국사기』 10권, 신라본기, 「흥덕왕」, 入唐廻使大廉 持茶種子來 王使植地理山 茶
自善德王時有之 至於此盛焉.
12) 임형택, 앞의 논문, 23면에서 '소설 양식이 성립할 기반'으로서 '성시의 번영'을
꼽은 바 있다.
13) 『삼국사기』 3권, 신라본기, 「소지마립간」, 十二年……初開京師市肆 ; 같은 책 4권,
신라본기, 「지증마립간」, 十年 春正月 置京都東市 ; 같은 책 8권, 신라본기, 「효소
왕」, 四年……置西南二市.

것이다.14) 시장의 발전은 곧 물물 교류의 활성화를 의미하는바, 그 가운데 서적의 유통, 그에 따른 소설류의 유통을 추정할 수 있다. 서라벌이 갖는 신라 수도로서의 정치 경제적 성격과 문화적 위상으로 보아15) 이러한 도시적 배경이 전기 소설의 형성과 발전의 토대가 되었을 것이다.

서라벌의 도시적 성격과 관련하여 헌강왕대(875~886) 서라벌에서는 짚이 아닌 기와로 지붕을 이었고 장작이 아닌 숯으로 밥을 지었다고 한 것은16) 시사하는 바가 크다. 이는 서라벌 사람들이 경제적, 문화적으로 축적된 자산을 바탕으로 도시 환경을 쾌적하게 가꾸어 나가는 모습을 보여준 것이다. 현재까지 경주에서 발굴된 수많은 유물들만 보더라도 당시에 서라벌이 갖는 정치, 경제, 문화 중심지로서의 위상을 짐작할 수 있다.

여기에 신라 시대의 문학으로 지금까지 전해진 <화왕계(花王戒)>의 존재에 주목할 필요가 있다. 신문왕대(681~692)에 설총이 지은 이 작품은, 단편적인 내용의 짧은 우언에 비해 우언 소설이라 일컬을 만한 줄거리와 미묘한 표현으로 이루어져 있다.17) 이러한 수준 높은 작품을 천년 신라의 문학사에서 돌출된 한두 편으로 거론하고 말 수는 없다. 비록 실물은 남아 있지 않지만, 신라 중기 이후의 문학에서 <화왕계> 정도의 우의성과 표현성을 갖춘 작품들은 수없이 창작되었을 것이다.

한편, 『화랑세기』에는 신라 중기 전기 소설의 유행과 관련하여 유의

---

14) 위의 책 4권, 신라본기, 「진평왕」, 五十年……夏 大旱 移市 ; 같은 책 44권, 열전, 「김양」, 陽於是突圍而出 至韓歧市.
15) 이기봉, 『고대도시 경주의 탄생』, 푸른역사, 2007, 21-112면 참조.
16) 『삼국사기』 11권, 신라본기, 「헌강왕」, 六年……王與左右 登月上樓四望 京都民屋相屬 歌吹連聲 王顧謂侍中敏恭曰 孤聞今之民間 覆屋以瓦不以茅 炊飯以炭不以薪 有是耶 敏恭對曰 臣亦嘗聞之如此
17) 신재홍, 앞의 논문, 52-55면.

할 만한 기록이 있다.

> [비보]공의 별전이 세간에 돌아다니는 것이 많으나, 황탄해서 책에
> 기록하지 않는다.[18]

『화랑세기』의 저자 김대문이 생존하였던 8세기 초에, 6세기 후반 인물인 비보(秘宝)의 전기(傳記)가 유포되었다는 것이다. 가칭 <비보랑전>류(類)를 <화왕계>와 함께 고려한다면, 신라 중기에 이미 우언 소설과 더불어 '황탄한' 내용의 전기류(傳記類), 곧 전기 소설이 존재하였다고 볼 수 있다.

한편, <김현감호>와 <조신>은 『삼국유사』 수록 원문 자체에서 전기 소설로 인식, 전승되었을 법한 근거를 찾을 수 있다.

첫째, 두 작품 모두 '전(傳)'으로 인식되었다. <김현감호>에서 주인공 김현은 호랑이 처녀와의 사랑 이야기를 죽음에 임박하여 '붓을 들어 전을 지었다[乃筆成傳].'[19]고 하였다. <조신>의 경우, 말미에 붙인 '의(議)'에 '이 전을 읽고[讀此傳]'[20]라 하여 일연이 이를 '전'으로 인식하였음을 드러내었다.[21] 이처럼 둘 다 '전'으로 받아들여졌다는 것은 작품의 창작적 성격 및 특정한 작가 의식의 반영을 독자가 인식하였음을 의미한다.

둘째, 두 작품은 서술상 적어도 둘 이상의 층위를 이루고 있다. <김현감호>의 아래 예문을 살펴보자.

> 원성왕대에 낭군 김현이 밤늦도록 쉬지 않고 혼자 [흥륜사의 전탑을]

---

18) 『화랑세기』, 제9세 「비보랑」, 公之別傳行于世者多 荒誕不書記.
19) 『삼국유사』 5권, 감통, 「김현감호」, 現臨卒 深感前事之異 乃筆成傳.
20) 위의 책 3권, 탑상, 「낙산이대성 관음정취 조신」, 議曰 讀此傳.
21) 김종철, 앞의 논문, 191면에서도 지적되었다.

돌았다. 한 처녀가 염불을 외며 따라 돌았는데, 서로 감응하여 눈길을
주었다. 돌기를 마치자 가려진 곳으로 이끌고 가 통정하였다. 처녀가 돌
아가려 하자 김현이 쫓으니 그녀는 사양하며 거절하였다. 그러나 [김현
은] 억지로 그녀를 따라갔다.22)

처녀가 들어와 낭에게 말했다. "애초에 제가 군자께서 저희 족속에게
욕되이 왕림하시는 것을 부끄러워하여 사양하고 거절하였습니다. [그러
나] 이제 숨길 것이 없으니 감히 속마음을 펼치겠습니다. 또한 천첩은
낭군과 같은 부류는 아니라고 하겠으나 하룻밤의 즐거운 정을 쌓았으니
의리가 결혼한 것만큼 중합니다. 세 오빠의 해악을 하늘이 싫어하여 [닥
친] 우리 집안의 재앙은 제가 감당하고자 합니다. 등한한 사람의 손에
죽는 것이 어찌 낭군의 칼날 아래 고꾸라지는 것만 하겠습니까?"23)

앞 인용문은 서두 부분으로, 어떠한 대화도 없이 사건만 간략하게 서
술되어 있다.24) 반면, 뒤 인용문은 호랑이 처녀가 김현에게 자신의 속마
음을 곡진하게 전달하는 대화 부분이다. 앞의 것에 적어도 몇 마디의 말,
또는 전기 소설의 관습대로, 시 한두 구절이 나올 만한 사건의 연속임에
도 일체 생략되어 있다. 이는 처녀가 과거와 미래의 자기 행동에 대해 명
분과 당위를 곡진하게 표현하는 뒤의 것과는 확연히 구분되는 서술 양상
이다. 이렇듯 사건 요약식 서술과 내면 표출식 서술이 혼재되어 있다.

---

22) 『삼국유사』 5권, 감통 「김현감호」, 元聖王代 有郎君金現者 夜深獨遶不息 有一處
女 念佛隨遶 相感而目送之 遶畢 引入屏處通焉 女將還 現從之 女辭拒 而强隨之.
23) 같은 곳, 女入謂郞曰 始吾耻君子之辱臨弊族 故辭禁爾 今旣無隱 敢布腹心 且賤妾之
於郞君 雖曰非類 得陪一夕之歡 義重結褵之好 三兄之惡 天旣猒之 一家之殃 予欲當
之 與其死於等閑人之手 曷若伏於郞君刃下 以報之德乎.
24) 박일용(2007), 앞의 논문, 22면에서는 이를 '지괴처럼 괴이한 사건보고 형태'라
고 하였다.

이러한 이중적 서술 양상은 <조신>에서도 나타난다.

> 조신이 장원에 이르는 도중에 태수 김흔공의 딸을 [보고] 기뻐하였다. 미혹됨이 심해져 여러 번 낙산 대비 앞에 나아가 행운을 얻을 수 있도록 남몰래 빌었다. 바야흐로 수년간 그렇게 하였지만, 그 처녀는 이미 배필을 얻게 되었다.[25]

> 부인이 머뭇거리며 눈물을 닦더니 문득 이렇게 말했다. "제가 그대를 처음 만났을 때는 얼굴이 아름다웠고 나이가 젊었으며 의복은 넉넉하고 고왔습니다. 맛있는 음식 하나라도 그대와 나누어 먹었고 몇 자의 온돌도 그대와 함께하였습니다. [집을] 나와 산 지 50년(?)에 정이 쌓여 막역해졌고 은정과 사랑이 얽혔으니 도타운 인연이라 할 만합니다. [그러나] 요 몇 년 이래로 쇠하고 병듦은 해마다 더욱 깊어가고 굶주림과 추위는 날로 더욱 임박합니다.……"[26]

이 역시 앞의 인용문은 간략한 사건 서술이고 뒤의 것은 대구까지 맞춘 대화문이다.

두 작품에 공통된 서술상의 이중성은 이들이 전승되는 과정에서 축약이 있었음을 추정하게 한다. 뒤의 대화문에 그려진 수식적인 면을 볼 때 앞의 사건 서술에도 세밀한 묘사와 인물 간의 대화가 있었을 가능성이 크지만, 지금은 축약된 모습으로 남아 있다. 두 작품을 전기 소설로 보는

---

25) 『삼국유사』 3권, 탑상, 「낙산이대성 관음정취 조신」, 信到莊上 悅太守金昕公之女 惑之深 屢就洛山大悲前 潛祈得幸 方數年間 其女已有配矣.
26) 같은 곳, 婦乃□澁拭涕 倉卒而語曰 予之始遇君也 色美年芳 衣袴稠鮮 一味之甘 得與子分之 數尺之煖 得與子共之 出處五十(?)年 情鍾莫逆 恩愛綢繆 可謂厚緣 自比年來 衰病歲益深 飢寒日益迫…….

데는 앞부분의 사건 서술이 뒷부분의 대화문만큼이나 풍부하게 그려졌을 『삼국유사』 수록 이전의 선본(善本)을 가정하는 관점이 개재해 있다.

그리고 도입부에서 ‘신라의 풍속에[新羅俗]’ 또는 ‘옛날에 서라벌은 서울이었는데[昔新羅爲京師]’라고 한 것은 고려 시대에 와서 부가된 서술로 여겨진다. 애초 신라 시대에 전기 소설로 유통되던 작품이 고려 시대에 채록되는 과정에서 서두 부분이 덧붙여진 것 같다. 그리하여 두 작품은 수식이 많고 표현이 다채로웠을 원본에서 사건 요약식 서술로 축약된 후대 본, 그리고 일정 부분이 부가된 현행 『삼국유사』 수록 본으로 변개되었다고 본다.

셋째, 작품의 구성상 ‘부지소종(不知所終)’의 결말과 향토적 배경이 설정되었다. <조신>은 ‘막지소종(莫知所終)’, <김현감호>는 ‘내필성전(乃筆成傳)’으로 이야기가 끝나는데, 후자의 경우 김현이 임종할 때쯤 지었다는 점에서 존재의 소멸이라는 부지소종과 상통하는 의미를 지닌다. 그리고 일연은 <김현감호>의 풍속, 시대, 민간 치료 등에 관심을 두었고, <조신>의 배경이 된 ‘세규사’를 ‘흥교사’로 규정하고 ‘명주 날이군’에 대해서는 의문을 표시하고 있다. 이러한 태도는 작품을 통해 그 역사적 배경을 이해하려는 것으로서 작품의 배경이 갖는 향토적 의의를 인식한 것이다. 전기 소설은 거의 다 향토적 배경을 갖는데, 당시의 독자들도 그러한 특성을 고려하며 감상하였던 것이다.

이상의 논의에서 『삼국유사』에 수록된 <김현감호>와 <조신>이 신라 당대에 전기 소설로 창작, 향유되었을 개연성을 찾아보았다. 풍부한 서술의 원전을 가정하여 전개한 논의라는 한계가 있지만, 이렇게 보았을 때 작품의 해석이 좀 더 심화될 수 있다고 생각한다.

3. 비극적 삶에 대한 도시적 감각

<김현감호>와 <조신>을 전기 소설로 보게 되면, 작품의 구성 및 주제가 창작성과 시대성을 드러내고 있음을 알 수 있다. 무엇보다도 둘 다 인간 혹은 이물(異物)의 삶을 비극적으로 인식하고 있다는 공통점을 지닌다. 존재 자체가 비극이라는 인식은 보편적이면서도 시대성을 내포한 것이다. 이를 드러내는 양상을 살펴 두 작품이 신라 시대를 배경으로 한 작품다운 면모를 지니고 있음을 보이고자 한다.

<김현감호>는 두 가지 축에서 주제가 형성된다. 흥륜사 전탑에서 탑돌이를 하다가 만난 김현과 통정한 호랑이 처녀가 그것을 혼인한 것과 같은 의리로 여겨 죽음으로써 보답하려 하는 것이 한 축이다. 그리고 생명 해치기를 일삼은 세 오빠를 대신하여 처녀가 벌을 받겠다고 나서는 것이 또 한 축이다. 하나는 애정과 보은의 문제이고 다른 하나는 죄와 벌의 문제이다.

그런데 애정 및 죄의 문제를 이류 교환(異類交歡)의 환상적인 이야기로 풀어내었다는 점이 의미심장하다. 호랑이의 패악을 초적이나 지방 호족의 발호로 보는 등 우의적으로 해석할 수도 있지만,[27] 그보다는 환상적인 방식으로 존재의 문제에 접근했다는 점에 주목할 필요가 있다. 작품 속에서 김현과 처녀의 통정은 '비류(非類)' 혹은 '비상(非常)'으로, 곧 인간과 이물의 사랑이 비현실적인 것으로 인식되지만, 그들의 사랑과 보은, 죄와 벌의 이야기 자체는 흥미롭고 긴장감 있게 전개된다. 서술자나 독자나 환상적 이야기 자체를 즐기려는 의도가 반영된 것이다.

---

27) 임형택, 앞의 논문, 16면 ; 소인호, 앞의 책, 105면.

작품 주제는 애정의 문제와 죄의 문제가 서로 만나는 지점에 이르러
확연해진다.

> 김현이 말했다. "사람과 사람이 사귀는 것은 떳떳한 윤리이나 서로 다
> 른 부류가 사귀는 것은 정상이 아니오. [그러나] 이미 [서로] 좇아 용납하
> 였으니 진실로 하늘이 준 행운인데, 어찌 차마 배필의 죽음을 팔아서 일
> 세의 벼슬을 얻을 수 있겠소." 처녀가 말했다. "낭군은 이런 말씀 마십시
> 오. 이제 첩의 수명은 하늘이 내린 운명이요 또한 제 소원입니다. 낭군에
> 게는 경사요, 저희 족속에게 복이요, 나라 사람들에게 기쁨이 됩니다. 한
> 번 죽어 다섯 가지 이득을 갖추니 그것을 피할 수 있겠습니까?"[28]

이 대화에서 호랑이 처녀가 자기 족속의 죄를 대속하는 것은 그녀와
김현의 사랑을 경사스런 결과로 이끌기 위해서라는 점이 드러난다. 지
은 죄에 대한 벌을, 사랑하는 이의 출세를 위한 계기로 바꾸려는 호랑
이 처녀의 노력이 긍정되는 것이다. 이러한 <김현감호>의 주제는 서라
벌 사람들의 문화 의식과 문학적 감수성의 소산이라 할 수 있다.

이렇게 보는 근거로서 우선, 작품 배경이 서라벌의 주요 절인 흥륜사이
고, 주인공 김현이 '낭군(郎君)'으로 지칭된 화랑이라는 점을 들 수 있다.
흥륜사와 화랑은 모두 신라 왕실 및 귀족 사회에서 매우 중요하게 여겼던
기관이고 제도였다. 이러한 배경 아래 김현과 처녀의 통정과 대속 사건이
일어났다. 이는 『화랑세기』에 그려진 화랑의 애정 행각, 높은 자리에 오르
려는 노력 등이[29] 이류 교환의 모티프로써 수식되었다고 할 만하다.

---

28) 『삼국유사』 5권, 감통 「김현감호」, 現曰 人交人 彛倫之道 異類而交 盖非常也 旣得
從容 固多天幸 何可忍賣於伉儷之死 僥倖一世之爵祿乎 女曰 郎君無有此言 今妾之壽
夭 盖天命也 亦吾願也 郎君之慶也 予族之福也 國人之喜也 一死而五利備 其可違乎.

또한, 처녀의 집은 서라벌 서쪽 서형산(선도산) 기슭에 있는 모점(茅店)이고, 처녀가 호랑이로 나타나 행패를 부린 곳은 서라벌의 시장이며, 처녀가 김현을 이끌고 간 곳은 서라벌 북쪽의 숲이다. 곧, 서라벌을 감싸고 있는 서형산과 북쪽 금강산 어귀의 숲이 있고, 서라벌에서 지방으로 나가는 길목에 위치한 모점, 그리고 서라벌 중심부의 홍륜사와 시장이 나온다. 여기에 덧붙여 서라벌 사람들의 민간 치료법으로서 홍륜사의 장(醬)과 나팔소리[螺鉢聲]가 언급되어 있다. 이러한 서라벌 중심의 공간 배경은 등장인물의 생각과 정서, 삶의 비극성을 다룬 주제 의식 등의 원천이라고 할 수 있다. 이 작품은 서라벌의 도시적 분위기에서 나온 비극적 삶의 문제를 환상적인 모티프로 형상화한 문학적 기교의 산물인 것이다.

<조신>은 주인공이 꿈을 통해 고통스런 현세를 부정하고 초월을 지향하는 이야기이다. 그런데 이러한 설명은 작품의 일반적인 주제만 지적하고 뭔가 더 구체화될 만한 주제를 간과한 듯하다. 여기서 등장인물들의 나이와 관련된 숫자가 혼동되어 있다는 점이 주목된다.

> 함께 시골로 돌아가 40여 년을 생활하며 자식 5명을 두었다.……사방으로 돌아다니며 입에 풀칠을 하였는데, 이와 같이 10년을 보냈다.……마침 명주 해현령을 지나다가 15세 된 큰 아이가 홀연 굶어 죽었다.……10세 된 딸이 다니며 구걸하다가 마을 개에게 물렸다.……제가 그대를 처음 만났을 때는 얼굴이 아름다웠고 방년의 나이였습니다.……[집을] 나와 산 지 50년에 정이 쌓여 막역해졌고 은정과 사랑이 얽혔습니다.……30)

---

29) 신재홍, 『향가의 미학』, 집문당, 2006, 464-532면 참조.
30) 『삼국유사』 3권, 탑상, 「낙산이대성 관음정취 조신」, 同歸鄕里　計活四十(?)餘霜 有兒息五……糊其口於四方　　如是十年……適過溟州蟹縣嶺　大兒十五歲者　忽餒

‘방년’의 나이에 결연하여 ‘40여 년’을 살았고 거기에 더하여 ‘10년’을 보냈는데, 부부 사이에 난 자식 ‘5명’ 중 큰아이는 ‘15세’에 죽고, 딸은 ‘10세’로 구걸하다가 개에게 물렸다. 딸이 부상당했을 **때** 부부가 나뉘는데, 헤어지자는 아내의 말에 ‘50년’을 함께 살았다고 하였다. 부부가 함께 50년을 산 시점에서 딸이 10세라는 것이니, 이대로라면 부부가 되어 40년을 산 다음에 딸을 낳았다는 말이 된다.

이러한 불합리성은 ‘40년－10년－50년’으로 이어지는 숫자와 ‘방년－15세－10세’로 이어지는 숫자의 계열이 서로 어긋난 데서 기인한다. 큰아이의 아사와 딸의 부상이 고난의 삶을 극명하게 보여 주는 사건이라면, 이들의 작중 나이는 사건 맥락에 맞는다. 그렇다면 원문의 ‘四十’과 ‘五十’의 ‘十’은 오기(誤記)가 아닐까 한다. ‘四十’은 ‘四五’, ‘五十’은 ‘五六’ 정도로 고쳐야 인물들의 나이가 줄거리에 부합한다.

조신이 지장(知莊)이 되어 명주에 간 것이 김흔의 딸과 비슷한 ‘방년’ 20세쯤이다. 그녀와 맺어지기를 ‘수년간’ 남몰래 빌다가, 꿈에 만나 결연하여 시골로 내려가 4, 5년을 살면서 자식 5명을 둔다. 그 후 사방으로 떠돌며 생계를 이어 간 기간이 10년인데, 이때 큰아이 곧 맏이는 15세, 딸 곧 막내는 10세가 되었다. 맏이가 죽고 막내가 개에게 물리자 조신은 아내와 헤어지는데, 이때까지 조신의 나이를 계산해 보면 대략 40세쯤 된다.

이렇게 고쳐 놓고 보면, 조신 부부가 가난과 궁핍 속에 살게 된 이유가 드러난다.

함께 시골로 돌아가 4, 5년을 생활하며 자식 5명을 두었다.……사방

死……十歲女兒巡乞　乃爲里獒所噬……予之始遇君也　色美年芳……出處五十(?)年 情鍾莫逆　恩愛綢繆…….

으로 돌아다니며 입에 풀칠을 하였는데, 이와 같이 10년을 보냈다.……
[집을] 나와 산 지 5, 6년에 정이 쌓여 막역해졌고 은정과 사랑이 얽혔
으니 도타운 인연이라 할 만합니다. [그러나 사방으로 다니며 10년을
보낸] 요 몇 년 이래로 쇠하고 병듦은 해마다 더욱 깊어가고 굶주림과
추위는 날로 더욱 임박합니다.……31)

조신 부부가 가난하게 된 것은 결연한 후 4, 5년간 사랑에 몰두하여
연년생으로 자식만 낳고 생계를 돌보지 않았기 때문이다. 그 상황을 타
개하기 위해 사방을 돌아다니며 호구지책을 마련해 보았으나 결국에는
늙고 병들어 아이를 시켜 빌어먹을 지경에 이르렀다. 이러한 맥락에서
아내의 다음 말이 구체적으로 이해된다.

아이들이 춥고 굶주리니 생계를 돕는 데 급급한데 어느 겨를에 부부
가 사랑하고 기뻐할 마음을 두겠습니까. 어여쁜 얼굴과 공교로운 웃음
은 풀 위의 이슬이요 지초와 난초 같은 약속은 버들개지가 바람에 날림
이라. 그대는 나를 가져 폐가 되었고 나는 그대를 위하다가 근심이 되
었습니다. 세세히 예전의 즐거움을 생각해 보면 그것이 근심이 생기는
계제가 되었으니, 그대여, 이 몸이여, 어찌 이런 극한에 이르렀습니까.32)

이 말은 생활고에 못 이겨 부부의 정이 깨어지는 일반적인 현세 비관
론이 아니라, 신혼 때 사랑에 몰두하다가 아이를 낳아 기르면서 생활고
가 가중되어 가난에 빠진 신세에 대한 한탄이다. 조신과 김흔의 딸이

---

31) 같은 곳, 同歸鄕里 計活四五(?)餘霜 有兒息五……糊其口於四方 如是十年……出處
   五六(?)年 情鍾莫逆 恩愛綢繆 可謂厚緣 自比年來 衰病歲益深 飢寒日益迫…….
32) 같은 곳, 兒寒兒飢 未遑計補 何暇有愛悅夫婦之心哉 紅顔巧笑 草上之露 約束芝蘭 柳絮
   飄風 君有我而爲累 我爲君而足憂 細思昔日之歡 適爲憂患所階 君乎予乎 奚至此極.

겪은 인생의 구체적 경험에서 우러나온 말인 것이다.

<조신>의 이러한 남녀 관계도 <김현감호>처럼 서라벌의 도시적 분위기를 반영하고 있다. 조신은 서라벌에 있는 '본사(本寺)'에서 명주로 파견나간 중이고,[33] 김흔의 딸도 명주의 태수로 부임한 관리의 딸이다. 꿈속의 일은 명주로 설정하였으나 조신이 각몽한 후 깨달음을 얻고 서라벌로 돌아오는 것으로 그려서 이야기의 시작과 끝이 모두 서라벌임을 보여 준다. 또한, 아내의 말 중에 나오는 '수많은 문전[에서 구걸하는] 수치는 산같이 무겁다[千門之耶 重似丘山].'에서 '천문(千門)'은 단순히 숫자의 많음을 의미하기보다 집들이 즐비한 도시적 배경을 염두에 둔 표현으로 보인다.

그런데 남녀 주인공이 사랑을 하고 궁핍을 겪는 곳은 명주 지방이다. 이는 애초 삶의 근거지가 서라벌인 조신이나 김흔의 딸이 방년의 나이쯤 지방으로 나가서 경험한 사건임을 말해 준다. 더욱이 사랑과 궁핍의 경험을 꿈속에서 겪는 것으로 그리고 있음을 고려하면, 이는 서라벌 사람들의 탈도시적, 몽환적 취향을 반영한 상황 설정으로 보인다. 이렇듯 이 작품은, <김현감호>의 환상적 모티프와 함께, 탈도시적 상황에서 벌어진 몽환적 사건을 탐닉한 서라벌 사람들의 문학 취향을 반영하였다고 하겠다.

4. 꿈꾸기와 글쓰기의 치료적 의미

<김현감호>에서 김현은 죽음에 임박하여 붓을 들어 전을 지었고,

---

33) 이대형, 앞의 논문, 40-41면 각주 110)에서 '조신이 본래 있던 곳과 本寺의 위치는 경주일 것'으로 보았는데, 이는 작품 해석에 중요한 지적이다.

<조신>에서 조신은 꿈속 경험을 통해 탐욕에 물든 마음이 사라지고 선업을 닦았다고 하였다. 따라서 두 작품의 의의는 각각 김현의 글쓰기와 조신의 꿈꾸기를 통해 얻어진 것이다. 전기 소설이 당시 사람들에게 어떤 의의를 지녔을지 추정해 보려면 김현과 조신의 인물 형상에 주목해야 한다. 두 인물은 전기 소설의 주인공이자 신라 시대 소설 독자의 흔적을 지닌 존재로 보이기 때문이다.

<김현감호>에서 김현은 처음에 '낭군'으로 불린 화랑으로 등장한다. 그가 밤늦도록 탑돌이를 한 것은 어떤 절실한 소망이 있었기 때문일 것이다. 이야기 전개로 볼 때, 그것은 사랑하는 배필을 만나는 것과 출세하는 것 두 가지라 할 수 있다. 그런데 이 소망은 호랑이 처녀와의 결연과 그녀의 희생에 의해 이루어진다. 소망이 현실에서 이루어지기 어려웠던 처지가 아니라면 이렇게 비현실적인 사건을 통해 소망이 성취될 수는 없을 것이다. 그만큼 그의 현실적 처지는 화랑 중에서도 낮은 등급의 인물이었다고 하겠다.

김현이 소망을 이룬 것은 호랑이 처녀의 희생을 통해서였다. 이것은 그에게 상당한 마음의 고통을 안겨 주었던 것으로 보인다.

> 김현이 말했다. "사람과 사람이 사귀는 것은 떳떳한 윤리이나 서로 다른 부류가 사귀는 것은 정상이 아니오. [그러나] 이미 [서로] 좋아 용납하였으니 진실로 하늘이 준 행운인데, 어찌 차마 배필의 죽음을 팔아서 일세의 벼슬을 얻으려 할 수 있겠소."……김현은 숲에서 나와 갖다 붙이기를, "이제 이 호랑이를 [내가] 쉽게 잡았다."고 하였다. 그 사유는 숨기고 누설하지 않았다.34)

서로 다른 부류로 만났으나 하늘이 준 인연을 저버릴 수 없다고 한 김현이 결국에는 자신과 통정한 호랑이 처녀의 시신을 끌고 숲에서 나와 사유는 숨기고 자기가 잡았다고 자랑하듯 말하고 있다. 이러한 김현의 말과 행동은 호랑이 처녀의 대속과 보은의 행위와는 대비된다. 이에 그는 자신이 그렇게 한 것을 죽을 때까지 상처로 간직하였다. 임종에 이르러서야 평생의 상처를 씻어 내려는 의도에서 호랑이 처녀와의 경험을 기술한다.

> 김현이 죽음에 임해서 예전 일의 기이함에 깊이 느껴 이에 붓을 들어
> 전을 지었다. [이로써] 세상에서 비로소 알게 되었고, 인하여 [도성 북쪽
> 의 숲을] '논호림'이라 이름 하니 지금까지 그렇게 부르고 있다.35)

이와 같이 <김현감호>는 주인공 김현이 직접 지은 작품으로 되어 있다. 여기서 '깊이 느껴[深感]'라는 말에 주목할 만하다. 호랑이 처녀와의 결연과 사별의 경험이 죽음에 임박한 사람에게 왜 그리도 깊은 감동을 일으켰을까? 그것은 아마도 마음의 상처 때문이 아니었을까 한다. 비록 이물이지만 자기와 결연하여 마치 혼인한 것처럼 의를 중하게 여겼던 처녀가 자신을 위해 죽었다는 것, 그로 인해 출세하게 된 실상을 숨겼다는 것이 마음의 상처로 남았을 것이다. 김현은 상처를 치료하는 방법으로 글쓰기를 택했다.

물론 김현은 소설 속 주인공으로서 환상적 경험을 한 허구적 인물이

---

34) 『삼국유사』 3권, 탑상, 「낙산이대성 관음정취 조신」, 現曰 人交人 彝倫之道 異類
  而交 盖非常也 旣得從容 固多天幸 何可忍賣於伉儷之死 僥倖一世之爵祿乎……現出
  林而託曰 今兹虎 易搏矣 匿其由不洩.
35) 위의 책 5권, 감통 「김현감호」, 現臨卒 深感前事之異 乃筆成傳 俗始聞知 因名論虎
  林 稱于今.

다. 허구의 주인공이 소설을 썼다고 서술된 작품 말미는 전기 소설의 당대적 효용성을 추정케 하는 대목이다. 이를 전기 소설의 상투적인 결말 액자로 볼 수도 있지만, 주인공이자 서술자로서 김현을 설정한 것 자체가 전기 소설의 기교적 성숙을 의미한다고 할 수 있다. 전기 소설의 주인공에게 몰입하고 그를 실제 작가로까지 만들려는 시도에서 환상적 상황과 분위기에 빠져든 당시 독자들의 모습을 상상할 수 있다.

<조신>에서 주인공 조신은 중으로 나온다. 속세를 떠나 수도하는 중이 아니라 아름다운 여인을 남몰래 사모하고, 혼인해서 행복하게 살고 싶은 세속적 욕망을 가진 중이다. 그의 직책도 본사에서 소유한 장원을 감독하는 '지장(知莊)'이다. 이러한 세속적 존재로서의 중은 신라 시대에 세속과 끊임없이 관계를 맺으며 살았던 불교도의 모습을 반영한 것이다. 원광은 중이지만 신하이기에 <걸사표>를 짓는다고 하였고, 노힐부득과 달달박박은 수도 중에 세속적 욕망의 문제에 봉착했으며, 미실과 설원은 귀족 신분을 유지한 채 절에 머물렀다.[36]

조신은 김흔의 딸에 대한 사랑의 감정을 주체하지 못해 몇 년 간이나 간절하게 기원한다. 욕망에 휩싸인 중으로서 자신의 소망을 이루지 못하자 기도의 대상인 관음보살을 원망한다. 애정으로 인해 조신은 신을

---

36) 『삼국사기』 4권, 신라본기, 「진평왕」, 三十年 王患高句麗屢侵封場 欲請隋兵以征高句麗 命圓光修乞師表 光曰 求自存而滅他 非沙門之行也 貧道在大王之土地 食大王之水草 敢不惟命是從 ; 『삼국유사』 3권, 탑상, 「남백월이성 노힐부득 달달박박」, 日將夕 有一娘子 年幾二十 姿儀殊妙 氣襲蘭麝 俄然到北庵 請寄宿焉……朴朴曰 蘭若護淨爲務 非爾所取近行矣 無滯此處 閉門而入 娘歸南庵 又請如前 夫得曰 汝從何處犯夜而來……師聞之驚駭 謂曰 此地非婦女相汚 然隨順衆生 亦菩薩行之一也 況窮谷夜暗 其可忽視歟 乃迎揖庵中而置之. ; 『화랑세기』, 제7세 「설화랑」, 薛原旣讓位 從美室于永興寺 擇其手徒 出入護之 以爲私臣頭上 後加號彌勒仙花.

원망할 만큼 방황하고 있다. 이러한 고민과 방황은 결국 꿈꾸기를 통해 해결의 길을 찾는다. 입몽－몽중－각몽의 몽유 구조로 이루어진 이 작품은 꿈속 경험을 통해 깨달음에 이르는 과정을 보여 주고 있다.

> 불당 앞에 와 대비보살이 자기 소원을 이루어 주지 않은 것을 원망하며 슬퍼하다가 날이 저물었다. 생각하는 정에 피곤할 즈음 잠깐 잠이 들었다. 홀연 꿈에 김 씨가 홀가분하게 문으로 들어왔다.[37]

욕망에 휩싸여 방황하던 와중에 꿈속에 들어간 조신은 비극적 삶의 과정을 몸소 경험하게 된다. 앞 장에서 분석한바, 신혼의 달콤한 사랑에 매몰되었다가 이후의 인생은 극심한 가난과 고통을 겪게 된다.

여기서 눈여겨 볼 점은 작품에 등장한 아이들이다. 15세와 10세의 아이들은 가난 속에 죽어가거나 병든 부모 대신 구걸에 나서는 모습이다. 우리 고전 소설에서 대개 15, 16세 남녀가 연애의 주인공으로 나오는데 비해, 여기서는 15세나 10세의 아이가 생활 전선에 뛰어든 모습으로 그려진다. 조선 시대까지 통틀어 현존 전기 소설 중 유일하게 생활의 현장에 놓인 어린이가 그려진 작품인 셈이다. 이는 <조신>이 신라 시대 현실의 일면을 밀도 있게 반영하였음을 말해 준다.

또한, 꿈속에서의 삶은 신혼 때를 지나면 병듦과 늙음, 호구지책과 구걸이라는 양상으로 그려진다. 삶의 비극성은 애정 자체에 이미 내재해 있었다고 아내가 고백하지만, 그 탐욕의 결과는 실로 비참한 것이었다. 꿈속 경험은 욕망에 내재된 파괴성, 삶 자체의 비극성이 날카롭게 드러난 모습이다.

---

37) 『삼국유사』 3권, 탑상, 「낙산이대성 관음정취 조신」, 往堂前 怨大悲之不遂己 哀泣至日暮 情思倦憊 俄成假寢 忽夢 金氏娘容豫入門.

꿈속의 경험을 거친 후 조신은 각몽하게 된다.

> 바야흐로 잡은 손을 놓고 길을 떠나려는 참에 잠이 깨었다. 잔등은 희미하게 비추고 밤빛이 밝으려 하였다. 아침이 되어 보니 머리가 다 세어 있었다. 멍하니 인간 세상에 뜻이 없어졌다. 수고로운 생애가 싫은 것이 마치 한평생의 고생을 실컷 맛본 듯하였다. 탐욕에 물든 마음도 얼음 녹듯 사라졌다. 이에 성스러운 대비보살의 얼굴을 대하기가 부끄러워 뉘우치기를 마지않았다.[38]

조신은 몽중 경험을 통해 '한평생의 고생을 실컷 맛본 듯하였다.' 그리하여 수고로운 생애가 싫어졌고, 이 세상에 뜻이 없어졌으며, 탐욕도 사라져 버렸다. 꿈을 통한 깨달음은 부끄러움과 뉘우침으로 나아가 결국 전 재산을 기울여 절을 지어 선업을 닦는 데 힘쓴다.

이렇듯 조신의 꿈꾸기는, 김현의 글쓰기와 같이, 마음의 죄를 깨닫는 계기로 작용한다. 탐욕과 고난으로 점철된 비극적인 삶을 겪음으로써 비로소 인간 세상을 초월하려는 의지를 얻게 된다. 꿈꾸기는 욕망으로 인한 죄와 고통을 치료하기 위한 행위였던 것이다.

김현과 조신은 전기 소설의 주인공들이지만 이들의 형상 속에 신라 시대 독자들의 흔적이 남아 있는 것 같다. 신라인들은 전기 소설을 읽으며 그 주인공에 몰입하였고, 그가 겪은 사건을 통해 삶의 의미를 되새겼을 것이다. 김현이 글쓰기를 통해 자신의 상처를 치료하였고 조신이 꿈꾸기를 통해 고통의 의미를 깨닫게 된 것에서 전기 소설이 당시

---

38) 같은 곳, 方分手進途 而形開 殘燈翳吐 夜色將闌 及旦 鬢髮盡白 惘惘然 殊無人世意 已猒勞生 如飫百年辛苦 貪染之心 洒然氷釋 於是 慚對聖容懺滌無已.

독자들에게 준 교훈과 효용을 찾을 수 있을 듯하다. 전기 소설의 독자로서 신라인들은 김현의 글쓰기나 조신의 꿈꾸기처럼 전기 소설에 그려진 표현과 형상을 통해 마음의 상처를 치료했을지 모른다.

5. 결 론

신라는 중국 당나라와 동시대를 지났다. 문화 수입의 일환으로 전기 소설이 수용되었을 것이고 신라의 풍토 내에서 창작이 이루어졌을 것이다. 시장이 확대, 발전함에 따라 소설도 유통되었을 것이다. 신라 수도 서라벌은 상당한 규모의 도시였고 그곳 사람들은 도시적 분위기 속에 생활하였다. 이러한 점들이 전기 소설의 형성과 발전의 토대가 되었으리라 생각된다. 현존하는 우언 소설 <화왕계>, 『화랑세기』에 기록된 가칭 <비보랑전>류를 고려할 때, 신라 중기에 이미 우언 소설과 함께 전기 소설이 존재하였을 것 같다.

원문 자체에서 <김현감호>와 <조신>이 전기 소설로 인식, 전승된 근거를 찾을 수 있다. 첫째, 두 작품 모두 '전'으로 인식되었다. 둘째, 두 작품은 사건 요약식 서술과 내면 표출식 서술이 혼재되었는데 이러한 서술의 이중성은 전승 과정에서 축약되었을 가능성을 시사한다. 셋째, 작품의 구성상 '부지소종'의 결말과 향토적 배경이 설정되어 전기 소설적 성격이 드러나 있다.

전기 소설로서 <김현감호>와 <조신>은 구성 및 주제가 창작성과 시대성을 드러내고 있다. 무엇보다도 인간 혹은 이물의 삶을 비극적으로 인식하고 있다는 공통점을 지닌다.

<김현감호>는 애정과 보은의 주제에 죄와 벌의 주제가 겹치는데, 이를 이류 교환의 환상적인 이야기로 풀어내었다. <조신>에 나온 숫자의 혼동을 고쳐 보면, 꿈속에서 겪은 조신 부부의 궁핍은 신혼의 4, 5년간 사랑에 몰두하여 연년생으로 자식만 낳고 생계를 돌보지 않았기 때문임이 드러난다. 두 작품은 서라벌의 도시적 배경, 곧 환상적 상황과 몽환적 분위기를 탐닉한 서라벌 사람들의 문학 취향을 반영하고 있다.

김현은 죽음에 임박하여 전을 지었고 조신은 꿈속 경험 후 깨달음을 얻었다고 하였다. 따라서 두 작품의 의의는 김현의 글쓰기와 조신의 꿈꾸기를 통해 얻어진 것이다.

김현은 호랑이 처녀의 희생에 의해 출세한 것과 그 실상을 숨긴 것에 대해 평생 마음의 상처를 안고 있었다. 임종에 이르러서야 글쓰기를 통해 그 상처를 치료하고자 하였다. 조신은 욕망으로 인해 방황하다가 꿈을 꾸었는데, 꿈속에서 신혼의 달콤한 사랑에 매몰된 이후 극심한 가난과 고통의 길을 가게 된다. 여기 등장하는 아이들의 존재는 현실감을 더욱 높여 준다. 각몽 후 부끄러움과 뉘우침을 통해 현세를 초월하기 위한 수도에 정진한다.

요컨대, 김현의 글쓰기와 조신의 꿈꾸기는 마음의 상처와 죄를 씻어내는 역할을 하였다. 글쓰기와 꿈꾸기는 욕망으로 인한 상처와 고통을 치료하기 위한 행위였던 것이다. 당시의 독자들에게 전기 소설이 갖는 효용의 일단도 여기에 있지 않을까 한다.

제 2 장

≪금오신화≫의 환상과 주제

1. 서 론

고전 소설은 대부분 비현실적인 내용으로 구성되어 있어서 그것이 향유되었던 당대부터 황당무계하다는 평가를 받아왔다. <춘향전>이나 <흥부전>과 같은 작품조차도 현실주의적 관점으로는 다 설명할 수 없는 비현실성, 가령, 논리를 뛰어넘는 암행어사 출도나 제비의 보은과 같은 사건이 가로놓여 있다. 고전 소설의 비현실성 내지 환상성을 어떻게 이해하고 평가할 것인가의 문제는 고전 소설의 서사 문법이나 향유 방식을 파악하는 데 핵심적인 의의를 지닌다.[1]

---

[1] 김성룡, 「한국고전소설의 환상성에 관한 연구」, 서울대 석사논문, 1985 ; 김성룡, 「환상적 텍스트의 미적 근거 연구」, 『문학교육학』2, 문학교육학회, 1998a ; 김성룡, 「고전소설의 환상 미학」, 『한국 고전소설과 서사문학』상, 집문당, 1998b에서 논의된 바가 이러한 문제의식에 입각해 있다. 그런데 그는 고전소설의 서사 문법이나 허구성을 천착하는 방편으로 환상성을 다루고 있다는 점에서 환상성 자체의 미적 특성을 고찰하려는 본고의 의도와는 다소 구분된다.

본고에서 다루고자 하는 ≪금오신화≫는 전기 소설(傳奇小說) 작품집으로서, 장르 자체의 성격이 그렇듯이 비현실적, 환상적 성격이 다분하다. 그런데 그 비현실성이 독자에게 뭔가 심상치 않은 충격을 안겨주는 바, 작품의 소설사적 위치를 따지기 이전에 작품이 주는 충격 자체가 대단히 문제적이다. 대개 그 충격의 근원을 작품에 내포된 작가 정신이나 현실 인식에서 찾는 경향이 우세했다.[2] 그렇지만 이러한 관점은 ≪금오신화≫의 저 도저한 환상적 성격을 작가 의식의 한계나 수법의 미숙함으로 평가하고 만다는 점에서 재고의 여지가 있다.

≪금오신화≫에 대한 접근은 작품이 보여 주는 바의 분위기와 의식을 좇아가는 것이 매우 중요하다고 생각한다. 면밀한 독해를 통해 작품이 지닌 특성을 있는 그대로 드러내면서 그것의 미학적 구조와 의미를 찾아내는 일이 필요한 것이다. 이에 먼저 ≪금오신화≫에 수록된 다섯 작품 중 환상 문학적 성격을 가장 잘 보여 주는 <만복사저포기>를 택하여 작품 분석을 시도해 본다.[3] 이어서 그 작업을 통해 추출된 어떤 특성들이 여타의 작품들에서도 나타나는지 살펴보면서 ≪금오신화≫의 환상 문학적 특성을 몇 가지 항목으로 정리해 본다. 그리고 그러한 환상성이 어떤 의의를 지니는지에 대해 간략히 언급함으로써 논의를 맺고자 한다.

---

2) 임형택, 「김시습의 사상체계와 금오신화」, 서울대 석사논문, 1971 ; 조동일, 「소설의 성립과 초기소설의 유형적 특징」, 『한국소설의 이론』, 지식산업사, 1977.
3) 윤경희, 「만복사저포기의 환상성」, 『한국고전연구』4, 한국고전연구학회, 1998에서 본고와 유사한 문제의식하에 논의를 전개하였으나, 작품 분석이나 주제 파악에 동의하기 어려운 대목이 있다.

2. <만복사저포기> 분석

　작품 서두는 조실 모하고 배필도 얻지 못한 한 외로운 서생인 양생(梁生)을 소개하는 데서 시작된다. 그는 퇴락한 만복사 동쪽 방에서 홀로 지내고 있다. 뜰에 선 배나무에 꽃이 만발하자 달빛 아래에서 시 두 수를 짓는다. 그중 나중 것을 들어 보면 다음과 같다.

비취 새는 외로이 날아 쌍을 짓지 못하고	翡翠孤飛不作雙
원앙새가 짝을 잃어 맑은 강에 멱 감네.	鴛鴦失侶浴晴江
뉘 집에 언약 있나 바둑돌을 두기도 하고	誰家有約敲碁子
밤에 燈花로 점치면서 근심스레 창에 기대네.	夜卜燈花愁倚窓.4)

　이 시에는 짝을 갈구하는 시적 화자의 욕망이 드러나 있다.5) 양생의 욕망은 고독한 처지에서 연유한 것이고, 고독에서 벗어나려는 의지가 강하면 강할수록 짝을 갈구하는 욕망은 더욱 커지기 마련이다. 이 욕망은 작품 서두에서 말미에 이르기까지 사건 전개의 추동력으로 작용하는 동시에 작품 주제의 한 축을 형성한다. 한편, 위의 시에서 '언약'을 '점치'는 시적 화자의 행동 또한 주목할 만하다. 현재의 처지상 양생의 욕망이 성취되기는 희박하지만, 점을 치는 행위에는 그 희박한 가능성을 어떻게라도 실현시키고자 하는 의지가 담겨 있다. 말하자면, 불가능한 현실을 뛰어넘기 위해 어떤 필연적인 힘, 곧 운명의 개입을 희구하는 모습이다.

---

4) 한국어문학회 편, 『고전소설선』, 형설출판사, 1985에 실린 ≪금오신화≫에서 면수는 밝히지 않고 '번역문[원문]'의 형식으로 인용한다.
5) 신재홍, 『한국몽유소설연구』, 계명문화사, 1994, 35-36면.

시를 읊고 나자, "그대가 좋은 배필을 얻고자 한다면 어찌 이루지 못할까 근심하리[君欲得好逑 何憂不遂]."라는 미지의 목소리가 들려온다. 양생의 간절한 소망이 미지의 어떤 존재에게 감동을 준 것이다. 고독한 현실에서 길러낸 순수한 욕망은 이제 자신을 이끌 운명을 받아들일 차비를 차렸다고 하겠다. 다음날 연등제 때 불전에 나가, 자기가 지면 법연(法筵)을 베풀고 부처님이 지면 미녀를 얻도록 해달라는 기원과 함께 저포 놀이를 한다. 급기야 양생은 자신의 욕망을 성취하기 위해 도박을 거는 것이다. 이기고 지는 것의 판가름은 우연에 의한 것이지만, 우연을 통해 얻는 어떤 필연적인 결과에 기대를 거는 것이다. 여기서 저포 놀이는 이 작품의 주조음인 운명, 다시 말해 우연과 필연의 변증적 관계가 함축된 하나의 상징인 셈이다. 그러기에 놀이의 결과가 나오자 양생은 이렇게 말한다.

업은 이미 정해졌습니다. 헛말씀 하시면 안됩니다.[業已定矣 不可誑也]

여기서 '업(業)'과 '광(誑)'과의 묘한 대비가 눈에 띈다. '광(誑)[誕]' 곧 '허(虛)[誕]'은 환상의 성격을 지칭하는 말이기도 한데, 그것이 '업' 곧 '운명'과 대비되었다. 작품의 전개 양상은 미지의 힘에 의해 진행되는 양생의 운명이라고도 할 수 있는데, 그 모두가 환상일 수도 있으리라는 불안감이 얼핏 스치는 것이다.

잠시 후 불전에 나타난 여인의 첫마디는 이러했다.

인생의 박명함이 이와 같을 수 있을까?[人生薄命 乃如此邪]

'박명(薄命)'은 이 여인이 지나온 현실에서의 삶을 요약하고 있을뿐더러, 양생과 더불어 여인이 운명에 대한 예민성을 공유하고 있다는 점을 보여 준다.

여인의 호소장에는 대충 다음과 같은 사연이 적혀 있었다. 자신은 모고을에 사는 어느 씨[何氏]인데 왜구가 침입하여 분탕질하자 모두들 도망가고, 자기는 연약한 여자의 몸으로 멀리 도망가지 못하여 심규(深閨)에 들어 '그윽한 정절[幽貞]'을 끝내 지켰다는 것이다. '심규에 들어 유정(幽貞)을 지켰다'는 말에 윤리 의식이 개재해 있는 한편, '유정'이라는 말이 지닌 애매성도 감지된다. 유정은 그윽한 정절로도 해석되지만 유혼(幽魂)의 정절로도 해석될 수 있기 때문이다. 여인의 등장과 함께 작품은 뭔가 애매하고 아련한 분위기에 휩싸이는 것이다. 여인은 3년간 쑥대밭 우거진 곳에 홀로 살면서 자신의 외로운 처지에 상심하고 간장을 썩이다가, 이제 불전에 나와 이미 정해진 생애이기에 피할 수 없는 업에 따라 인연을 맺어 즐거움을 누릴 수 있게 되기를 간절히 기원한다[生涯前定 業不可避 賦命有緣 早得歡娛 無任懇禱之至]. 유정을 지킨 만큼이나 응결되어 쌓인 욕망을 성취하고자 운명의 개입을 갈망하고 있는 것이다. 이는 고독 속에 응결된 양생의 욕망과 함께 순수성의 측면에서 동질적이라 할 수 있다. 이에 두 사람은 자신들이 원한 운명에 몰입하게 된다.

그런데 이 운명적인 만남 속에 앞에서 얼핏 비친 불안감 혹은 애매성이 끼어든다.

> "그대는 어떠한 사람이길래 홀로 이 곳에 왔습니까?[子何如人也 獨來于此]"
> "첩 또한 사람입니다. 무슨 의아함이 있습니까? 그대는 다만 아름다운 배필을 구할 따름이니, 성명을 묻기를 이같이 전도히(급히) 하실 필요는 없습니다.[妾亦人也 夫何疑訝之有 君但得佳匹 不必問名姓若是其顚倒也]"

여인은 자신이 '사람[人]'이라는 점을 강조하고, 양생이 품은 '의아함'을 불식시키려 하면서도, 자기 이름을 밝히기를 미루고 있다. 환상 문학이 자연적 해석과 초자연적 해석 사이에서 머뭇거리는 점을 특징으로 한다면6), 바로 이 대목에서 <만복사저포기>의 환상 문학적 특성을 찾을 수 있다. 여인이 지레 불식시키고자 한 그 '의아함'은 양생이 그녀와 함께 지내는 시간 내내 배경음으로 깔리게 된다.

양생이 주랑이 끝나는 곳에 붙은 좁은 판방으로 이끌자 '여인은 어려워하지 않고[女不之難]' 따라와 서로 정을 나누었는데 그 상황은 '인간과 꼭 같았다[一如人間]'. 여기서 여인이 굳게 지킨 정절과 지금 양생을 만나 풀어낸 그녀의 욕망이 서로 등가적으로 받아들여졌다는 점에 주목할 필요가 있다. 이와 관련하여 뒤이어 시녀가 나타나서 하는 다음 말은 의미심장하다.

> "지난날 낭자께서는 중문 밖을 나선 적이 없고 몇 발짝을 옮기지 않으셨는데, 지난 밤 우연히 나가셔서 한 번에 어찌 이러한 극단까지 이를 수 있습니까?[向日 娘子行不過中門 履不容數步 昨暮偶然而出 一何至於此極也]"

이 말 속에 여인과 양생의 만남이 어떠한 성격의 것인지가 극명히 나타나 있다. 단 한 번의 행동이 극단으로 나아갔다는 점이야말로 두 사람의 운명적 만남을 가장 잘 표현해 주고 있는 것이다. 시녀의 관점에서 보면, 평생 정절을 숙명같이 지켜온 여인이 단 한 번의 행동으로 정반대의 극단으로 나아갔다는 것, 다시 말해, 단 한 번의 만남으로 정절

---

6) Tzvetan Todorov, *The Fantastic*, trans. by Richard Howard, Cornell University Press, 1975, p.33.

은 깨어지고 자칫 음탕한 여인으로 전락할 위기에 놓였다는 것이다. 그렇지만, 독자들이 이미 읽어서 알고 있듯이, 각자의 처지에서 응결된 순수한 욕망으로 인해 두 사람은 만났고, 또 그 만남에는 운명의 힘이 작용하였다. 여인의 입장에서 자신이 지켰던 정절과 양생과의 만남을 통해 충족시킨 욕망과는 서로 모순적이지 않은 것이다. 그러기에 이 물음에 대한 여인의 답변은 정당하게 들린다.

> "오늘 일은 아마도 우연이 아닐 것이다. 하늘이 도우시고 부처님이 도우신 바라.[今日之事 蓋非偶然 天之所助 佛之所佑]"

둘의 만남은 '우연'이 아니라 하늘과 부처의 도움에 의해 이루어진 필연적인 만남이라는 것이다. 이미 작품 서두에서부터 제기된 운명의 문제가 이에 이르러 이렇게 분명히 표현된다.

그렇지만 아직도 여인의 애매한 태도와 그에 따른 양생의 불안감은 지속되고, 비록 당사자들은 떳떳할지 모르지만, 한 순간에 정절을 잃었다는 혐의도 무마되지 못한 상태이다. 시녀를 시켜 내온 조촐한 주안상은 '소담하여 무늬가 없었고[素淡無文]', 술맛은 '인간 세상의 맛이 아니었다[非人間滋味].' 그리하여 양생은 의아해 하고 괴이히 여기면서도, 여인이 담소하는 모습이 '맑고 아름다우며[淸婉]' '여유 있고 침착[舒遲]'하였으므로 '어느 귀한 가문의 처녀가 담을 넘어 나온[貴家處子 踰墙而出]' 것으로 생각한다. 서로 술잔을 돌리고 시를 지어 회포를 푸는 가운데 여인의 시 속에 간간히 '가성(佳城)'이라든가 '고관(孤館)'과 같은 시어로써 암시되고 있을 뿐, 여인의 정체는 여전히 모호하다. 이에 양생은 그녀의 '행위를 찬찬히 살피[熟視所爲]'는 태도를 취하게 된다.

날이 새려 할 즈음 여인은 양생의 손을 이끌고 자기 처소로 데리고 간다. 마을을 지나면서 행인을 만났으나, 그 행인은 양생이 여인과 함께 가는 것을 알지 못한다. 이쯤에서 독자는 여인이 사람이 아니라는 생각을 하게 되겠지만, 작중의 양생은 아직 눈치채지 못하고 있는 듯하다. 이른 아침에 어디를 다녀오느냐는 행인의 물음에 "옛친구의 마을 터에 투탁하고자 합니다[投故友之村墟也]."라고 대답한다. '투(投)'자를 통해 양생이 환상 공간 속으로 빨려드는 양상을 포착할 수 있다. 이슬 내린 풀숲을 헤치며 가다가 "사는 집이 왜 이 모양이냐[何居處之若此也]."고 묻자, 여인은 '청상과부의 집[孀婦之居]'이라서 그렇다고 대답한다. 신분상 양생은 글 읽는 선비라 할 수 있고, 여인은, 양생이 추정한 바로는, 귀한 가문의 처녀이다. 이에 청상과부라는 그녀의 말은 그녀의 정체를 더욱 모호하게 만들고 있다. 그렇지만 이에 대해 양생은 의아해하기보다, 바로 뒤에서 보겠지만, 오히려 『시경』의 시를 따와서 그녀가 과부임을 인정하는 듯한 태도를 취한다. 그렇다면 여기에는 총각과 과부와의 공인받지 못한 사랑, 즉 일종의 불륜으로 이해될 가능성이 잠복해 있다. 이어서 두 사람이 농담으로 주고받는 『시경』의 시들은 이와 같이 정절과 불륜 사이의 외나무다리를 걷고 있는 듯한 미묘한 상황을 좀 더 잘 보여 주고 있다.

> 여인이 또 농으로, "축축한 길 이슬, 이른 아침 늦은 밤에 어찌 [가지] 않으랴마는, 길에 이슬이 많을까 싶구나."하니, 생이 또한 농으로, "숫여우가 짝을 찾으면서 저 기수(淇水)의 돌다리에 있구나. 노(魯)로 뻗은 길 평탄하니 제(齊)의 처자 나는 듯이 뻐기며 가네."라고 읊고서 큰 소리로(거만하게) 웃었다.[女又謔曰 於邑行路 豈不夙夜 謂行多露 生又謔之曰 有狐綏綏 在彼淇梁 魯道有蕩 齊子翱翔 吟而笑傲][7]

여인이 읊은 시는 그녀가 밤에 겁탈을 당할까 염려하여 남자를 피하였으나 그런데도 결국 송사(訟事)에 휘말려 예의 없는 남자를 비난하는 시이다. 양생이 읊은 시 중 앞의 것은 여우로 비유된 홀아비를 보고 과부가 시집가고 싶은 마음을 토로한 시이고, 뒤의 것은 노나라로 시집간 문강(文姜)이 아무 부끄럼 없이 오빠인 제양공(齊襄公)을 만나러 가는 모습을 형용한 시이다.8) 서술 전개상 여인의 <행로장>은 그에 앞서 양생과 여인이 가는 길에 이슬이 많이 내려 있었다는 기술로 말미암았고, 이에 화답한 양생의 <유호장>과 <재구장>은 여인의 말, 곧 '청상과부'에서 단서를 잡은 것이다. 이렇게 주고받은 시에서 양생과 여인의 심리를 읽을 수 있다. 그들은 자신이 읊은 시들이 문왕의 교화가 아직까지 깊이 미치지 못하여 '순화되지 못한[未純]' 것이거나, 나라가 어지러워 짝을 잃은 과부가 홀아비에게 시집가고 싶어 하는 모습을 그린 것, 또는 불륜의 관계를 아무 부끄럼 없이 자행하는 문강의 태도를 풍자하는 것이라는 점을 잘 알고 있다. 그 시들에 담긴 음탕한 분위기, 불륜적인 내용이 지금 자신들의 행동과 동질적일 수 있다는 점을 인정하는 셈이다. 그러면서도 그것을 농담 삼아 읊조리고, 또 읊은 다음에는 한바탕 거만하게 웃어넘기는 태도에서 자신들의 행동에 대한 비판적 의식이 개재해 있다는 점도 살필 수 있다. 서사 전개상 이 시들은 정절과 불륜 사이의 미묘한 긴장감을 조성하는 데 중요한 기여를 하고 있다.9)

---

7) 원문은 『시전』, 학민문화사, 1990을 참조하고 해당 대목에 대한 우리말 해석본들을 참조하여 나름대로 번역하였다.

8) 이상은 『시전』(앞의 책)의 주석 및 해석본들을 참조하여 정리한 것이다. 세 시는 각각 <소남(召南) 행로장(行露章)>, <위풍(衛風) 유호장(有狐章)>, <제풍(齊風) 재구장(載驅章)>에 실려 있다.

이제 두 사람은 여인의 거처인 개녕동에 다다른다. 다북쑥과 가시나무가 우거진 곳에 '작지만 지극히 아름다운[小而極麗]' 집 한 채가 있었고, 그 집에 들어서자 이부자리와 장막이 '지극히 잘 정돈[極整]'되어 있었다. 단 한 번으로 극단까지 나아가 이른 곳에 대해 '極'이라는 글자를 반복해서 묘사함은 당연한 일이다. 양생은 그곳에서 3일간 머물면서 평상시와 같은 즐거움을 누렸다. 그 3일은 즐거움의 연속이었지만, 한편으로는 의아심이 지속되는 시간이기도 하였다.

> 시녀는 아름다우면서도 약빠르지 않았고 그릇들은 깨끗하면서도 무늬가 없었다. 인간 세상이 아닌 듯 싶었으나 사랑하는 마음이 돈독하여 다시 생각하지 않았다.[侍兒美而不黠 器皿潔而不文 意非人世 而繾綣意篤 不復思慮]

그러한 의아심은 돈독한 사랑의 마음에 의해 가려진다. 여인과 나누는 사랑의 감정에 비한다면 인세와 비인세, 무늬 있는 세계와 무늬 없는 세계를 구분하는 것은 별 의미가 없는 것이다.

3일을 보낸 다음 여인은 양생에게 이별을 고한다. 그곳에서의 3일은 3년가량의 시간이라고 하였는데, 이 시간 의식은 뭔가 착종되어 있다. 앞서 불전에 호소한 글 속에는 초야에서 혼자 지낸 지 3년이 되었다고 하였다. 그리고 뒤에서 밝혀지는 바와 같이, 여인은 장사 후 2년 만에 지내는 대상(大祥)의 제사상을 받고 있다. 햇수로 3년이든, 만으로 2년이든 이는 현실 세계의 시간이다. 그런데 여인은 양생과 지낸 이계(異界)에

---

9) 신재홍, 「금오신화와 기재기이의 전기적 성격」, 앞의 책, 1994, 260-264면에서 ≪금오신화≫에 구사된 『시경』의 시들이 어떤 역할을 하는지 논한 바 있다. 여기서는 사건 전개 과정에서 이 시들이 갖는 의미를 생각해 본 것이다.

서의 3일이 현실에서 3년이라면, 그녀는 3년을 혼자 지낸 후 다시 3년을 양생과 지낸 것이 된다. 곧, 죽은 지 6년 만에 대상을 치르는 셈이다. 이러한 착종을 해소하려면 이계의 3일은 그대로 현실의 3일로 이해하는 것이 합리적이다. 3일을 3년으로 늘린 것은 이계 체험의 상투적 문구를 가져왔을 따름이라고 보면 된다. 아니면, 양생과 보낸 3일은 여인이 3년간 초야에서 혼자 지낸 그 전체의 시간에 맞먹는 의미를 갖는다고 해석할 수도 있다. 두 사람의 만남은 인생 전체가 걸린 것이기에 각자 지낸 시간 전체에 맞먹는 시간이 3일이라 할 수 있다. 따라서 두 사람이 만나 함께한 3일이 각자 헤어져 있던 3년에 등치된 것으로 볼 수 있다.

그러나 짧은 3일이든지 긴 3년이든지 간에 두 사람의 만남은 그러한 시간 의식을 초월해 있다는 점이 문제적이다. 마치 인세든 비인세든 상관없는 것처럼, 3일과 3년의 분간이란 무의미할 따름이다. 그런데 사실은 짧은 시간과 긴 시간, 인세와 비인세의 구분이 분명하기 때문에 양생이 여인을 만나는 동안 내내 이쪽도 저쪽도 아닌 상황에서 의아해 하고 머뭇거리게 되는 것이다. 다만 그것과 대비된 사랑과 욕망의 문제가 훨씬 큰 당위성을 갖고 작품 전체를 압도하고 있을 뿐이다.

개녕동을 떠나기에 앞서 조촐한 이별연이 베풀어지고, 여기에 참가한 여인의 이웃들이 시를 지어 전별한다. 시 하나 하나가 소개되고 있음으로 해서 서사 진행은 잠시 멈추어진다. 비록 어떤 여인은 감정에 치우쳐 있고 다른 여인은 정절 관념에 치우쳐 있기는 하지만, 그네들이 시를 통해 토로하는 심정은 양생을 만나기 전의 여인의 마음과 크게 다르지 않다. 유씨의 시에 나오는 '굳게 유정을 지켜[確守幽貞]'온 점이 그네들이 힘껏 주장하고픈 바이지만, 여인의 경우처럼, 그것은 사랑을 향한 욕망과 등가적인 것이다.

이제 두 사람은 은주발을 신표로 다음날 다시 만날 것을 약속하고 이별을 하게 된다. 그런데 양생이 어떻게 개녕동을 빠져나왔는지에 대한 아무런 설명도 없이, 문득 '명일(明日)'이 다가왔고 양생은 은주발을 들고 보련사 길가에 서 있다. 서술자가 이계의 3일이 현실의 3년이라는 여인의 말에 유의했다면 3년간 현실을 떠나 있다가 복귀한 양생의 심리나 변화된 주위 환경에 한 번쯤 관심을 돌릴 만도 했을 텐데 이에 대해서는 전혀 언급하지 않고 이계의 3일의 연장으로 '명일'이라 기술하면서 금세 시공간을 전환시키고 있다. 이 신속함이 독자에게 주는 환상적인 효과, 말하자면 어리어리한 느낌을 무시할 수 없을 것이다.

한편, 은주발은 인세와 비인세를 매개해 주는 물건인데, 그것이 갖는 의미는 당사자와 제3자가 다르다. 서술자는 이를 시점의 신속한 전환을 통해 표현하고 있다.

주발을 쥐고 길가에서 기다리더니, 과연 지체 높은 집안에서 딸의 대상을 치르고자 거마가 덜그럭거리며 보련사로 올라오는 것을 보았다. 길가에 한 서생이 주발을 쥐고 서 있는 것을 보고는 종자가 아뢰기를, "낭자를 매장할 때 넣은 물건을 어떤 사람이 도둑질했습니다." 하였다. [執椀待于路上 果見巨室右族 薦女子之大祥 車馬騈闐 上于寶蓮 見路傍有 一書生 執椀而立 從者曰 娘子殉葬之物 已爲他人所儵矣]

인용문의 앞과 뒤 두 문장은 양생의 시점에서 종자의 시점으로 바뀌어 있다. 종자는 인세에 속한 인물로서 은주발이 지닌 매개적 성격 및 그것을 주고받은 당사자들의 간절한 사랑과 운명적 만남을 알지 못한 상태이다. 그렇지만 그것을 계기로 여인의 부모의 입을 통해서, 양생이 만난 여인은 왜구의 침입에 의해 희생된 지 3년째 된다는 사실이 밝혀진다. 이제까지 모호했던 여인의 정체와 인세와 비인세 사이에서 주저하고 머뭇거렸던 양생의 의식이 바야흐로 정리되는 단계에 들어서는 것이다. 그렇지만 이러한 모호성과 주저함은 줄곧 작품의 배경으로 깔렸을 따름이고, 정작 작품이 추구하는 바는 운명적인 사랑의 진행 과정이다.

과연 약속대로 여인이 나타났다. 그녀가 죽은 지 만 2년 된 귀신이라는 점은 거의 의식되지 않는다. '서로 기뻐하며 손을 잡고 [절로] 올라가[相喜携手而歸]' 예불하고, 장막 안으로 들어가 제삿밥을 나눠 먹는다. 양생에게는 그러한 일이 더 이상 의아하거나 놀라운 일이 아닌 반면, 부모와 친척 및 승려들은 믿지 못하고 있다가 수저 놀리는 소리를 듣고서야 '경탄(驚歎)'한다. 말하자면 의아함이 양생에게서 부모 및 주변 사람에게로 전이된 형국이다. 이제 두 사람의 놀랍고 기이한 만남과 사랑은 주변 사람들에게도 인정되었다. 이는 이승과 저승, 삶과 죽음의 구별을 넘어서서 위로는 하늘과 부처님, 아래로는 부모와 친척들에까지, 신과 인간 모두를 감동시킬 만한 사랑이었다. 이른바 생사를 초월한 사랑이 이러한 서사 진행을 통해 형상화된 것이다.

이제 영영 이별할 시간이 다가왔다. 운명적인 만남에 따르는 필연적인 이별이다. 여인의 작별사에 다음과 같은 구절이 있다.

스스로 한탄하건대 업은 피할 수 없고 저승길이 당연하나니, 기뻐 즐김이 다하지 아니하였는데 슬픈 이별이 문득 이르렀습니다.[自恨 業不可避 冥道當然 歡娛未極 哀別遽至]

이승과 저승을 넘나들면서 사랑을 나눔은 이승의 원한을 풀기 위한 한도 내에서만 일시적으로 허락된 것이었다. 운명은 만남과 함께 이별까지 준비했던 것이다. 따라서 그들의 이별은 피할 수 없는 업이며, 귀신인 여인으로서는 당연히 저승길로 가야 할 몸이다. 삶과 죽음의 갈림은 엄연한 것이고, 그 지점에서 인간 존재의 유한성이 통렬히 인식될 따름이다. 떠나가는 여인은 '저승 운수의 유한함[冥數有限]'에 '처황(悽惶)'해 하고 '오열(嗚咽)'하면서, 곡성이 점차 잦아들다가 여음을 남기고는 사라진다. 두 사람의 만남과 이별을 주관한 운명은 이렇듯 엄연하게 인간 존재의 유한성을 각인시켜 준다. 귀신과의 사랑이라는 환상적 결구는 결국 인간의 존재론적 '의미'[10]에 대해 깊이 응시하도록 이끌고 있는 것이다.

여인이 사라지고 난 다음 부모는 '이미 그 실상을 알고 다시 의문을 두지 않았다[已知其實 不復疑問]'고 하였다. '실(實)'이 '귀(鬼)'나 '환(幻)'에 대한 상대어가 아니라 '가(假)'나 '허(虛)'에 대한 상대어로 제시되었다는 점은 인간과 귀신과의 사랑을 '실제' 혹은 '진실'된 것으로 인정하는 서술자의 태도를 드러낸다. 환상이 궁극적으로 현실적일 수 있음[11]을 암시하는 대목이다. 서술자는 또한, 마치 양생이 이때에야 비로소 여인의 정체를 안 듯이, '양생 또한 그녀가 귀신이었음을 알고는 상심한 마음이 더욱 컸다[生亦知其爲鬼 尤增傷感]'고 기술하고 있다. 문제는 여인이 귀신이었는지의 여부가 아니라 그녀와의 만남과 이별을 겪고 난 후에 느끼는

---

10) Gary K. Wolfe, The Encounter With Fantasy, *The Aesthetics of Fantasy Literature and Art*, ed. by Roger C. Schlobin, University of Notre Dame Press & The Harvester Press, 1982, pp.6-7에서 비현실적인 것, 불가능한 것을 공감하는 데 필수적인 요소가 '의미(Meaning)'이라는 점이 지적되고 있다.
11) Ibid., p.13.

양생의 상실감인 것이다.

부모가 인정한 바에 따라 여인 몫의 전답과 노비를 물려받은 양생은 그녀와 함께했던 개녕동을 찾아 빈장처를 확인하고 제문을 지어 장례를 치른다. 제문에 있는 다음 구절이 작품의 궁극적인 의미를 요약해 놓고 있다.

비록 저승과 이승이 서로 떨어져 있음을 알았지만, 실로 물고기와 물이 함께 즐김을 다하였습니다.[雖識幽冥12)之相隔 實盡魚水之同歡]

이승과 저승의 간격, 다시 말해 인간 존재의 유한성은 엄연한 사실이자 운명이다. 작품은 이 점에 대한 투철한 인식에서 출발하였다가 다시 이 점에 대한 성찰로 끝맺는다. 작품에 그려진 인간과 귀신의 사랑은 현실에서 이룰 수 없는 역설적인 사랑13)이라기보다 욕망을 지닌 인간의 운명에 대한 진지한 성찰이다.

그리고는 전 재산을 여인의 명복을 비는 데 바친다. 그의 천거에 힘입어 여인이 공중에서 다른 나라에 남자로 태어났다고 알린다. 윤회라는 또 다른 운명의 모습이 작품 말미에 잠깐 드러나는 것이다. 사랑은 떠나갔지만 운명은 남았다. 이에 대한 투철한 인식은 양생으로 하여금 다시 결혼하지 않고 지리산에 들어가 약초를 캐며 한 평생을 보내게 하였을 것이다. 인세에 남은 사람들, 서술자를 포함한 독자들은 그가 '어디서 생을 마쳤는지 알 수 없다[不知所終]'는 말로써 이야기 듣기를 마친다. 이제 주인공의 죽음과 그 이후의 운명에 대한 더 이상의 이야기는 별 흥미가 없어 보인다. 작품은 이미 죽음과 운명에 대해서 깊이 천착해 놓았기 때문일 것이다.

---

12) 문맥상 '명(冥)'은 '명(明)'의 오자인 듯하다.
13) 조동일, 앞의 책, pp.229-231.

3. ≪금오신화≫의 환상 문학적 특성

앞 장에서 <만복사저포기>에 대해 줄거리를 따라가면서 분석해 보았다. 인간과 귀신의 사랑이라는 환상적 소재를 어떤 방식으로 형상화하였고, 그러는 가운데 등장인물이나 독자의 심리적 반응은 어떠했으며, 그 과정에서 드러나는 작품의 의미는 무엇인지 등에 대해 살펴본 것이다. 이제 이를 바탕으로 여타의 수록 작품들과 비교하면서 ≪금오신화≫의 환상 문학적 특성을 몇 가지 항목으로 정리해 보고자 한다.

첫째, 고독한 처지에서 응결된 순수한 욕망[14]이 작품 전개의 추동력으로 작용하고 있다. <만복사저포기>의 양생과 여인의 성격은 <이생규장전(李生窺墻傳)>의 이생과 최씨, <취유부벽정기(醉遊浮碧亭記)>의 홍생과 기씨녀와 크게 다르지 않다. 이들 작품의 남녀 주인공 가운데 여성이 귀신이나 선녀로 설정되어 있다. 비록 이계의 인물이지만 그들이 느끼는 고독감(여인), 원한(최씨), 향수(기씨녀)는 남주인공과의 정서적 공감대를 형성하고 있다. 그러한 공감이 두 인물의 만남을 추동하고 있는 것이다. 이에 비해 <남염부주지(南炎浮州志)>나 <용궁부연록(龍宮赴宴錄)>은 남주인공에 상대하는 여주인공이 설정되어 있지 않다. 그렇지만 박생이나 한생은 염부와 용궁에서 극도의 칭찬과 환대를 받는 인물로 그려지며, 그것은 곧 그들의 내면에 편만해 있던 욕망의 시현태인 것이다.

≪금오신화≫의 등장인물들이 지니고 있는 욕망은 세속적인 것과는 거리가 멀다. 세속으로부터 소외된 결과로서 그러한 고독과 원망에 사

---

14) 토도로프도 환상 문학의 주제를 다루면서 '욕망(Desire)'과 그 변형들에 대해 중요하게 거론하고 있다. cf. Tzvetan Todorov, Op. cit., pp.127-139.

로잡힌 듯도 하지만, 주체적인 의지가 그들의 내면에 굳게 자리 잡고 있는 것도 사실이다. 스스로 내면의 욕망을 단련시키고 응결시킨 측면이 더 강한 것이다. 그러한 단련 혹은 응결의 과정이 얼마마한 고통과 갈등이었는지는, 욕망을 풀어낼 기회를 만나자 걷잡을 수 없는 양상으로 치닫게 되는 점에서 웅변적으로 증명된다. 그러한 과정을 겪고 났기에, 작품 속에서 그들의 욕망은 깨끗하고 순수한 모습으로 펼쳐진다. ≪금오신화≫가 주는 맑고 깨끗한 흥취는 여기에서 말미암은 바 크다.15)

둘째, 운명에 의해 만남과 이별이 이루어지는 한편, 운명은 단 한 번의 행동으로 극단까지 치닫는 양상으로 인식된다. 앞에서 보았던 여인의 시녀의 말은 <만복사저포기>에서 운명의 힘이 어떤 양상으로 전개되는지를 단적으로 드러내고 있다. 단 한 번의 행동이 겉으로는 우연한 것으로 비칠 수도 있으나, 그 우연한 행동에 이르기까지의 필연적인 과정이 개재해 있다. 곧, 여인이 하룻밤 집 밖을 나가 양생을 만난 것은 3년 동안 초야에 묻혀 홀로 지내면서 쌓인 욕망으로 말미암은 것이다. 이와 같이 우연은 필연과 변증적 관계를 이루어 운명이라는 모습으로 나타나는 것이다. 이러한 양상을 <이생규장전>에서는 다음과 같이 표현하고 있다.

> [낭군이] 한 번 살구꽃 붉게 핀 담장을 들여다보자, [저는] 스스로 푸른 바다의 진주를 바쳤습니다. 꽃 앞에서 한 번 웃자 은혜가 평생 동안 맺혔습니다.[一窺紅杏之墻 自獻碧海之珠 花前一笑 恩結平生]

---

15) 『매월당집(梅月堂集)』「시집」 제6권, <제금오신화(題金鰲新話)> 2수에서 작품 세계가 주는 분위기와 꼭 닮은 작자의 서술 태도가 나타나 있다. 특히 둘째 수 '玉堂揮翰已無心 端坐松窓夜正深 香揷銅鑪烏几淨 風流奇話細搜尋'에 쓰인 '端坐' 나 '烏几淨' 등의 시어가 본문의 설명을 대변해 준다.

단 한 번의 눈길로 정조를 바쳐 평생 부부가 되기를 언약한 것이다. 그런데 <이생규장전>은 <만복사저포기>에 비해 운명의 역전에 대한 언급이 두드러진다. 우여곡절 끝에 최씨와의 혼사가 이루어졌을 때 이생은 '기쁨을 이기지 못해[喜不自勝]'였는데, 곧 홍건적의 침입으로 가족을 모두 잃은 상태에서 이생은 '슬픔을 이기지 못해[悲不自勝]'고 있다. 독자의 독서 행위로 보면 이 교체는 불과 원문 한 면을 넘긴 다음에 생긴 것이다. 또한 위에 인용한 최씨의 말 뒤에는 '접때의 기뻐 즐김이 마침 오늘의 슬픔과 원한이 되었[昔時之歡娛 適爲當日之愁寃]'다는 말이 이어진다. '환오(歡娛)'에서 '수원(愁寃)'으로의 급전은 만남과 함께 이별을 준비한 운명의 양면인 것이다.

<취유부벽정기>에서 고조선의 멸망에 대한 회고조의 시, 혹은 옥황상제의 명을 받아 견우성의 속관으로 시해(屍解)되어 가는 마지막 대목에서 운명의 그림자를 엿볼 수 있다. <남염부주지>에서 박생이 죽어 염부의 왕이 되는 것이나, <용궁부연록>에서 한생이 용궁에 들어가 상량문을 짓는 것은 염부왕과 용왕이라는 초월적 존재의 부탁에 따른 것이다. 옥황상제의 명처럼 이들의 부탁 역시 인간계의 존재에게는 운명으로 다가올 따름이다. 이와 같이 운명은 ≪금오신화≫에 수록된 다섯 작품에 두루 적용될 수 있는 주제이다.[16)]

셋째, 운명적인 만남에 의해 성취된 욕망은 주인공이 굳게 지켜 온 정절과 모순된 듯하면서도 순수성이라는 면에서 등가적이라는 점이다.

16) 박희병, 『한국전기소설의 미학』, 돌베개, 1997, 207-211면, 238-243면에서 ≪금오신화≫에 나타난 운명론적 사유와 그에 대비되는 주인공의 주체성에 대해 논하고 있는데, 운명과 주체성을 대립항으로 놓고 이원적으로 분석하고 말 것인지는 좀 더 깊이 있게 논의되어야 하리라 본다.

앞서 살핀 바와 같이, <만복사저포기>에서 남녀 주인공의 사랑은 자칫 불륜 혹은 음탕함으로 전락할 위험성이 암시되어 있다. 이러한 측면은 <이생규장전>에서 부친이 이생을 꾸짖는 다음 말에서도 드러난다.

> 네가 아침에 나가 저물녘에 돌아오는 것은 장차 옛 성인의 어질고 의로운 격언을 배우려는 까닭이거니와, 저물어서 나갔다가 새벽에야 돌아오니 나가서 무슨 짓을 하는거냐? 필연 경박자 모양으로 담장을 넘어 단향목을 꺾는게지.[汝朝出而暮還者 將以學先聖仁義之格言 昏出而曉還 當爲何事 必作輕薄子 踰垣墻 折樹檀耳]

‘조출이모환(朝出而暮還)’에 대비된 ‘혼출이효환(昏出而曉還)’은 이생과 최씨의 만남이 지닌 위험성에 대한 경고인 것이다.

그러나 이 위험은 욕망과 정절의 등가성에 의해 극복된다는 점이 ≪금오신화≫가 추구한 인간 해석의 섬세함이다. 욕망과 정절의 등가성이라는 말이 다소 어색할지 모르나, 정절을 굳게 지키면 지킬수록 욕망도 깊어지고, 욕망이 깊으면 깊을수록 정절도 굳어지는 것이라고 설명할 수 있지 않을까 한다. <만복사저포기>, <이생규장전>, <취유부벽정기>의 여주인공은 외로움과 원한으로 날을 보내면서도 굳게 정조를 지킨 인물들이다. 그렇지만 내면에 품은 욕망은 더욱더 간절한 것이어서 배필을 한 번 만나자 이제껏 정조를 지켜온 만큼의 열정과 의지를 쏟아 부어 두 사람 사이에 어떤 것도 끼어들 수 없는 독점적 관계를 맺는다. <만복사저포기>의 양생이 자신의 전 재산을 털어 재를 올리는 것이나, <이생규장전>에서 최씨의 혼령이 떠나간 후 이생 역시 그녀를 잊지 못해 병이 들어 죽는 것이나 이러한 관계의 독점성에 말미암은 결말이다. 한번 맺어진 관계는 혼자였을 때 지킨 정절만큼이나 굳은 의리와 절개로써 죽음 이후까지 지속된다.

다음은 <취유부벽정기>에서 홍생이 부벽정에서 만난 기씨녀를 잊지 못해 하는 대목이다.

홍생은 미인을 사념하다가 피곤하고 파리해지는 병을 얻어 우선 집으로 갔으나, 정신이 어리어리하고 말이 두서가 없었다. 이리저리 뒤척이며 자리에 누워 오래도록 낫지 않았다.[生念娥 得勞瘵尫羸之疾 先抵于家 精神怳惚 言語無常 展轉在床 久而不愈]

기씨녀에 대한 사랑의 감정으로 인해 홍생은 파리해졌고 정신 착란과 실어증을 앓게 된다. 이렇게 주인공이 간직한 욕망은 세상 어느 것보다, 그것이 설사 자기 삶 전부일지라도, 의미 있는 것이다. 이에 이를 지켜보는 초월자는 운명의 힘으로써 그 욕망을 성취하도록 이끈다. 욕망이 정절만큼의 순수성과 절실함을 갖추어서야 비로소 운명이 개입하게 되는 것이다. 이와 같이 욕망, 운명, 정절의 상호 관계를 세밀히 점검하는 일은 ≪금오신화≫의 주제를 파악하는 데 핵심적인 의의가 있다.

넷째, 서사 진행 내내 주인공이 의아함과 놀라움으로 머뭇거리고 주저하는 양상이다. <만복사저포기>처럼 주인공이 만난 대상의 정체가 애매한 경우, 주인공과 함께 독자는 앞으로 사건이 어떻게 전개될지 궁금해 하고 긴장감을 맛보면서 작품 세계 속으로 깊숙이 빨려든다. <남염부주지>나 <용궁부연록>처럼 주인공이 이계(異界)를 방문하는 경우, 이계를 처음 대했을 때의 놀라움에 이어 그 곳에서 펼쳐지는 진기한 풍광이나 문물, 혹은 담론에 대한 호기심이 뒤따른다.

달빛은 은은히 빛을 뿜어 들보를 비추는데, 주랑 아래에서 발자국 소리가 멀리서 점점 가까이 들려오더니 [이생 앞에] 이른 이는 바로 최씨였다. 이생은 비록 [그녀가] 이미 죽은 줄 알았지만 사랑함이 매우 두터워 다시 의아해 하지 않았다.[月色微吐光 照屋梁 漸聞廊下有跫然之音 自遠而近 至則崔氏也 生雖知已死 愛之甚篤 不復疑訝]

또 쇠 절벽이 성처럼 바닷가에 잇닿았고, 다만 쇠문 하나가 있어 굉장한데 빗장은 매우 단단하였다.……박생은 깜짝 놀라며 우물쭈물 뒤로 물러섰다.[又有鐵涯如城 緣于海濱 只有一鐵門宏壯 關鍵甚固……生驚愕逡巡]

이러한 의아함과 머뭇거림은 ≪금오신화≫가 독자의 미감을 사로잡는 중요한 한 특성이다. 이것대로의 미적 체험을 무시하고 작품에 담긴 작가의 생각이나 시대정신을 찾는 것은 ≪금오신화≫를 우화 혹은 기적담과 같은 것으로 이해하는 태도이다. 환상 문학적 관점에서 ≪금오신화≫를 고찰하는 주된 이유는 작품이 갖는 미적 특성이나 그것이 독자에게 주는 미적 체험 등을 살피는 데 핵심적인 의의를 지니기 때문이다.

다섯째, 환상적인 서사 진행의 궁극적 지향점은 인간 존재의 유한성에 대한 섬뜩하리만치 현실적인 인식에 있다는 점이다. 이미 작품 서두에서부터 운명에 대한 예민성이 드러나고 또 운명에 의해 만남이 이루어지지만, 그것이 결국 이별할 수밖에 없는 운명임을 알았을 때, 주인공과 더불어 독자들은 삶과 죽음의 넘을 수 없는 간격, 그리고 인간 존재의 유한성을 감득하게 된다. 삶과 죽음, 인세와 비인세를 넘나든 환상은 오히려 그 두 세계 사이의 간격을 확인해 줄 뿐 아니라, 환상적 체험의 주체인 주인공 및 독자로 하여금 환상 자체가 자기의 존재성이라는 점을 뼈저리게 자각하도록 한다.

<만복사저포기>에서 여인이 떠나가는 장면도 그렇거니와, <이생규
장전>에서 이씨가 이별을 고하는 장면 역시 지극히 처연하다.

> "……이로부터 한 번 이별하면 두 사람 모두 아득하리니 / 천상과 인
> 간 세상 [사이]에 소식 전할 길 막혔구나." 노래 한 곡 부를 때마다 울
> 음을 삼키지만 몇 줄기 [눈물이] 흘러 거의 곡조를 이루지 못하였다.
> ……서로 바라보니 눈물이 줄줄 흘렀다. 이르기를, "……이랑께서는 진
> 중하십시오." 하고 말을 마치자 점점 사라지다가 마침내 종적이 없어졌
> 다.[從玆一別兩茫茫 天上人間音信阻 每歌一聲 飮泣數下 殆不成腔……相
> 視泣下數行 云李郞珍重 言訖漸滅 了無踪迹]

천상계와 인간계의 간격은 애초부터 있었으나 주인공의 순수한 욕망
으로 인해 잠시 그 간격이 허물어졌었다. 하지만 이별의 순간을 당하여
엄연히 존재하는 그 간격을 온몸으로 느끼는 것이다. 이렇게 생사를 초
월한 사랑은 결국 생사의 벽을 인식하는 데서 마무리된다. 그리고 '점멸
(漸滅)'이라는 섬뜩한 표현을 통해 인간 존재의 유한성을 선명히 각인시
켜 준다. 이제 주인공과 더불어 환상 여행을 떠났던 독자들은 자기 존
재가 환상일 수 있다는 인식을 안고 현실로 돌아온다.

위와 같이, <만복사저포기>를 분석한 내용을 토대로 ≪금오신화≫가
갖는 환상 문학적 특성을 다섯 가지로 정리해 보았다. 이를 다시 한 문
장으로 요약한다면, ≪금오신화≫는 환상적 체험 내내 머뭇거림을 기조
로 하여, 욕망과 운명과 정절의 관계 속에 추구된 주제가 존재론적 의
미를 갖는 환상 문학이다.

4. ≪금오신화≫의 환상성이 갖는 의의

이제까지 살펴본 ≪금오신화≫의 환상성은 소설사적으로 매우 중요한 의의를 갖는다. 이 작품이 창작된 15세기 이전의 설화나 산문 작품들에 보이는 환상성은 대개 자연 발생적이거나 종교적 차원의 목적의식에서 나온 것인 데 비해, 이 작품은 문예 미학적 가치를 추구하는 작가의식 속에 인간의 존재론적 의미를 천착하였다는 의의가 있다. 고도로 세련된 문장 표현과 정제된 작품 구조의 바탕에는 환상성의 미적 가치에 대한 인식이 자리 잡고 있는 것이다.

17세기 이후 국문소설이 대거 창작, 유통되면서 ≪금오신화≫를 위시한 전대의 전기 소설이 지녔던 진지한 문제의식이 계승되지 못한다. 국문소설에서는 환상성이 하나의 요소적인 차원에서 수용되어, 대체로 작품을 통해 말하고자 하는 작가의 윤리적, 현실적 의도를 분식하고 합리화시키기 위한 수단적인 요소로 쓰이게 된다. 그것도 여러 작품에 상투적인 삽화로 들어가기 때문에 환상성 자체가 주는 미적 효과는 점차 미약하게 된다. 이에 우리 소설사에서 환상성의 미학적 성취를 논할 수 있는 대표적인 작품이 ≪금오신화≫라고 할 수 있다.

한편, ≪금오신화≫의 환상성은 오늘날에도 중요한 의의를 지닌다고 생각한다. 이미 환상 자체가 인간적인 것, 창조적인 것에 내재해 있다는 점[17]에서도 그렇지만, 오늘날의 문화 산업이 만들어 전파하는 갖가지 환상들이 대중에게 폭넓게 수용되고 그들의 상상력을 자극한다는 점에서도 그 가치를 찾을 수 있다. 우리는 일상적이고 경험적인 현실 속에

---

17) Roger C. Schlobin, ed., Op. cit., p. Ⅹⅴ.

서 생활하고 있다고는 하지만, 조금 다른 각도에서 본다면 우리 주변의 많은 문화 현상들이 일상과 경험을 변용하고, 오늘 여기에는 없거나 알려지지 않은 것들을 형상화하고 이야기하는 것임을 감지할 수 있다.

환상은 일탈, 초월, 자유 등의 개념과 결합하여 무거운 현실 논리의 압박에서 벗어날 수 있는 통로라는 점에 매력이 있다고 본다. 이는 자칫 현실을 도피하여 몽환의 세계에 노니는 유약하고 병적인 양상을 띨 수도 있으나, 그보다는 '더럽고 추한' 현실에 대비된 '깨끗하고 순수한' 미지의 세계를 지향하는 바의 환상이 어떤 도덕관념이나 이상주의의 동기로 작용한다는 점을 평가해야 할 것이다. 그리고 무엇보다도 미세함 혹은 거대함, 허무 의식, 욕망, 진실 등 자기의 존재성과 관련된 문제에 대해 진지한 성찰을 가능하게 한다는 점에서 환상은 옹호될 만한 미학적 의의를 지니고 있다. 그리고 이러한 효용성이 모두 ≪금오신화≫에 내재해 있다는 점에서, 이 작품에 담긴 문학 세계는 우리 시대가 요구하는 창조성의 한 원천이 되리라 본다.

1. 서 론

우리나라 전기 소설(傳奇小說)은 17세기에 들어서 현실적 경향을 강하게 드러낸다. 그런데 이러한 현상은 이전 시기의 작품에 내재된 현실성[1]을 강화하고 발전시킨 결과이다. 현실에 대한 관심은 이 장르가 도입, 형성될 때부터 있었던 것이다. 이러한 맥락에서 전기 소설에 두드러진 환상성도 현실의 깊이를 가늠하는 창작방법으로 이해될 수 있다. 전기 소설은 환상 자체를 추구한 것이 아니라, 인간 존재의 기이함을 찾아 나섰다가 환상과 조우한 것이다. 그러므로 환상은 현실의 심연을 비추는 거울과 같은 역할을 한다. 가령, 귀물과의 교섭은 인간관계의 불가사의함, 혹은 운명의 그림자가 드리운 현실을 드러내는 방법인 셈이다.

본고에서 다루려는 <운영전>은 기이한 경험, 기이한 운명에 대한 관

---

1) 임형택, 「김시습의 사상체계와 금오신화─현실주의적 세계관을 중심으로」, 서울대 석사논문, 1971, 25-44면.

심을 충실히 따르는 전기 소설 작품이다. 몽유 체험, 궁녀와 선비의 사랑, 비극적 결말 등이 전기 소설다운 소재들이다. 그러면서도 전기 소설의 문법 가운데 하나인 '닫힌 시공'[2]을 무덤에서 찾지 않고 궁궐에서 찾았다는 점, 귀신이 아니라 궁녀의 사랑을 다루었다는 점 등은 전기 소설이 지닌 현실성이 전면적으로 부상한 것임을 말해 준다. 현실의 깊이를 환상적인 방법을 동원하여 드러내기보다 현실의 동태를 현실적인 인간관계와 사건의 변전을 통해 드러낸 것이다.

<운영전>에 대해서는 여러 논의들이 있지만, 작품 구조, 등장인물, 주제 의식 등을 파악하는 데 시각의 차이를 보인다. 몽유자의 입몽과 각몽, 몽중 세계에서의 운영과 김진사의 이야기로 구성된 작품 구조를 흔히 2중 액자 구조로 이해하였는데, 이에 대해서 좀 더 세밀한 고찰이 요구된다. 운영, 김진사, 안평대군, 유영 등의 작품 내적 역할이나 성격 파악에서도 논란이 되었는데, 운영의 성격을 이해하는 데 유년 시절과 입궁 당시의 모습을 간과한 면이 있고 안평대군도 처음부터 끝까지 사건의 배후에서 중추적 역할을 한 점을 강조할 필요가 있다. 작품의 갈등 구조를 김진사 ─ 운영 ─ 안평대군의 삼각관계에서 바라보고, 작품 후반에 가서 대군의 자리에 특이 대체되는 양상에 주목함으로써 주제 의식을 좀 더 심도 있게 파악할 수도 있다.

이러한 면들을 살필 때, <운영전>은 작품 구조, 서술 방식, 미의식 등 작품 전반에 걸쳐 이른바 '숨김의 미학'으로 요약될 만한 작품성을 창출하였다고 본다. 본고는 이 점을 집중적으로 논의하여 <운영전>의 해석을 좀 더 심화할 수 있기를 기대한다.

---

2) 신재홍, 「초기 전기 소설집의 전기성에 대한 반성적 고찰」, 『관악어문연구』15, 서울대, 1989, 132-134면.

2. 이본 문제

이제까지 이루어진 <운영전>의 실증적 연구로는 대곡삼번(大谷森繁)의 작가 추정과 송정애의 이본 대비가 주요 성과라 할 수 있다.[3] 근래 많은 논자들이 작자 미상설을 따르고 있지만, 필자는 유영 창작설이 여전히 유효하다고 본다. 몽유록 작품의 작가 중에는 작중 몽유자인 경우가 있다는 점[4]이 후자의 한 논거가 될 것이다. 대곡삼번은 광해군대 문화 유씨 영(泳)을 작가로 추정하였지만, 송정애는 고유 명사 표기가 정확한 이본을 선본으로 지목하면서 '저자로서 혹은 저자와 관련된 인물로서, 유영(柳泳)이란 인물에 대한 고찰은 유영(柳泳)이 아니라 유영(柳詠)에서 출발해야 할 것'이라고 주장하였다.[5] 매우 중요한 문제 제기라고 생각하여 영(詠)자 이름을 찾아보았는데, 아직까지는 정조대 인물만 보인다.[6] 이 인물을 작가로 보기에는 연대가 너무 늦다. 아무튼, 작가 문제는 미상으로 돌리기보다 유영(柳詠) 혹은 유영(柳泳)의 이름을 가진 실존 인물을 찾는 길로 나아가야 할 것이다.

두 논문에서는 작가 문제 외에도 수성궁, 청량사 등 작품 배경의 명칭과 위치를 비정하고, 세종 26년 궁녀 월장 사건과 같은 조선 초기 궁

---

3) 大谷森繁, 「운영전 소고」, 『조선학보』37・38, 천리대, 1968 ; 『조선후기 소설독자 연구』, 고려대 민족문화연구소, 1985.
   송정애, 「운영전 연구」, 서울대 석사논문, 1977.
4) <달천몽유록>의 파담자(坡潭子)는 작가 윤계선의 호이고, <용문몽유록>의 황계자(黃溪子)도 작가 신탁의 호이다. 이로 미루어 <원생몽유록>의 작가를 몽유자 원자허(元子虛) 곧 원호로 보려는 근래의 연구 동향(우쾌제 편, 『원생몽유록-작자 문제의 시비와 의혹』, 박이정, 2002)도 어느 정도 수긍되는 바 있다.
5) 송정애, 앞의 논문, 14면.
6) 『만성대동보』, 전주유씨 항목 참조.

녀와 관련된 사건들을 찾으며, 『조선여속고』와 『동방여사시선』에 안평 대군 궁녀들의 시가 수록된 점에서 작품 소재가 실제 역사적 사건일 가능성을 제기하기도 하였다. 이 문제들에 대한 더욱 진전된 논의가 필요하지만 본고에서 다루지 못한 점을 송구스럽게 생각한다.

다만, 여기서는 이본 문제에 대해 간략히 거론하고자 한다. 한글본 1종(이재수 소장 <운영전>7))과 한문본 3종(국립중앙도서관 소장 <雲英傳 坕>8)과 <柳泳傳 卽 雲英傳>9), 장서각본 <雲英傳>10))을 비교해 본 바로는, <유영전>을 최고본 내지 최선본으로 보는 근래의 연구 경향11)에 문제가 있음을 알 수 있었다.

먼저, 한글본의 경우는 송정애, 소재영, 박기석의 연구에서 지적한 대로12) 한문본을 확대 부연한 이본임이 거의 확실하다. 한문 구절에 대구를 붙여 묘사를 구체화하였고 한글로 번역한 문체가 아주 유려한 점이 장점이지만, 자란의 형상을 확대 강화하다가 비슷한 주장이 반복하여 나온다거나 남궁 궁녀에 대한 점층적인 설득의 묘미가 반감되는 등의 문제점도 안고 있다. 이 한글본은 같은 유형에 드는 김기동 소장 <운영전>, 국립도서관 소장 <유영전>, 영남대도서관 소장 <운영전> 계열을 저본으로 번역했을 것13)이라는 견해가 제시되어 있다.

---

7) 한국어문학회 편, 『고전 소설선』, 형설출판사, 1985, 170-196면.
8) 국립중앙도서관 청구기호 : 한古朝48-99.
9) 국립중앙도서관 청구기호 : 한古朝48-198.
10) 김기동 편, 『필사본 고전 소설전집』2, 아세아문화사, 1980, 3-67면.
11) 이상구 역주, 『17세기 애정전기 소설』, 월인, 1999, 21면 ; 박혜진, 「운영전 이본의 변이양상과 그 의미」, 서울대 석사논문, 2003. 8.(미발표), 19-20면.
12) 송정애, 앞의 논문, 33-34면 ; 소재영, 「운영전의 비극성」, 『고소설통론』, 1983, 366-370면 ; 박기석, 「운영전」, 『한국고전 소설작품론』, 집문당, 1990, 713-716면.
13) 송정애, 앞의 논문, 22면.

한문본 중 국도본 <유영전>은 몇 대목에서 중대한 하자가 발견된다. 먼저, 안평대군을 소개한 다음에 '하루는 대군이 우리들[妾等]에게 말하여 가로되'14)라고 하였다. 그런데 이 대목은 아직 10명의 궁녀가 선발되지 않은 상태이고, 나아가 '운영은 곧 나'15)라는 언술이 제시되지 않았기 때문에 '첩등(妾等)'보다는 국도본·장서각본·한글본에 쓰인 '궁인(宮人)'이 문맥에 맞는다. 또한, 완사할 곳을 소격서동으로 정하려고 자란이 남궁으로 가서 설득하자 소옥은 수긍하였으나 부용, 보련, 금련이 반대한다. 자란이 일이 안 될 줄 알고 일어나려는데, 비경이 잡아 앉히면서 운영을 위해 눈물로 호소한다. 이 말의 끝부분이 국도본·장서각본·한글본 모두 비경의 말로 서술된 반면 <유영전>에서는 소옥이 끼어든 말로 바뀌어 있다.16) 중도에서 일을 포기하지 말라는 메시지, 그리고 어세의 측면에서 이 부분은 비경의 말임이 분명한데 <유영전>은 뒤이은 소옥의 말을 비경의 말 끝부분과 합쳐 버린 잘못을 저질렀다. 결정적인 흠은 다음에 보인다. 완사를 다녀온 날 저녁 소옥이 '太乙(祠/寺)前……'으로 시작하는 시를 짓고 비경, 금련, 보련(국도본), 부용(장서각본) 등이 차운하여 운영이 김진사를 만난 것을 기롱한다. 그 밤에 소옥과 비경이 서궁을 찾아와 운영을 기롱한 점에 대해 사과한다. 그런데 <유영전>은 자란, 비취, 옥녀가 소옥의 시에 차운한 것으로 기술되어 있는데,17) 이들은 운영과 함께 서궁에 속한 궁녀들이어서 문맥에 어긋난다. 이 밖에도 문맥상 적절치 못하거나, 명백히 틀린 한자가 쓰인 점이 눈

---

14) <유영전>, 6쪽, 一日大君語妾等曰.
15) 위의 책, 7쪽, 雲英卽妾也.
16) 위의 책, 29쪽, 今此之論 善乎不善乎 小玉曰 妾旣許諾 三人之志順矣 豈可半塗而廢乎.
17) 위의 책, 34쪽, 紫鸞卽次其韻 翡翠玉女相繼次之 亦皆譏妾之意也.

에 띈다. 이에 <유영전>을 원본에 가장 가까운 이본으로 보는 견해는 재고되어야 할 것이다.

국도본 <운영전>은 <유영전>의 하자를 보완해 주지만 이 또한 하자를 지니고 있다. 궁녀 10인의 이름을 나열하면서 부용을 누락시켰는데 바로 뒤에서 부용이 부연시(賦烟詩)를 짓고 있다거나,[18] 진사와 대군이 시인 평을 하는 가운데 대군이 묻는 말이 잘못 생략되어 진사의 말에 붙었다거나[19] 하는 경우가 그렇다.

장서각본 <운영전>은, 송정애의 논의에 따르면, '수성궁(壽城宮), 경복(궁)(景福), 유영(柳詠), 청량사(淸凉寺)' 등 고유명사 표기가 올바른 이본이다.[20] <유영전>과 국도본 <운영전>의 문구들이 비슷한 비중으로 섞여 있으나, 1쪽에 평균 7, 8자 정도 이 본에만 보이는 글자들이 들어 있다. 이 중 문맥에 적합한 글자들과 명백히 틀린 글자의 비율이 대략 반반이다. 궁녀 중 소옥의 이름을 '소(小)'로 썼다가 '소(少)'로 쓰기도 하고 '진사(進士)'와 '진사(進賜)'를 혼동하기도 하며 몽유자 이름 '영(詠)'을 뒷부분에 가서는 '영(咏)'으로 쓰기도 하였다. 또한 몇 군데 부당하게 생략한 곳이 있는데,[21] 부연시 가운데 '蔽日輕紈細……' 운운의 시 및 작시자

---

18) 국도본 <운영전>, 5쪽, 十人之名 小玉 飛瓊 翡翠 玉禮 金蓮 寶蓮 銀蟾 紫鸞 玉蓮 雲英 雲英卽妾也……芙蓉次吟曰.
19) 위의 책, 9쪽, 進士(?)問之言 猶膾炙之悅口 子美之詩 眞膾與炙也 百體具備 比興極精 豈以草堂爲輕哉.
20) 송정애, 앞의 논문, 7면. 그런데, 신경숙, 「운영전의 반성적 검토」, 『한성어문학』 9, 한성대, 1990, 58-59면에서 광해군대에 수성궁을 재건하면서 '수성궁(壽聖宮)'으로 칭했음을 지적하였다. 이에 수성궁의 명칭으로 선본, 고본을 확정짓기는 어렵게 되었다.
21) 김기동 편, 앞의 책, 18면, 進士初入 大君以進士年少儒生 中心易之 不令妾等避之. (다른 두 한문본－進士初入 (已)與侍女相面 而大君以進士年少……) ; 51면, 覺而驚

이름 중 금련이 누락된 것은 중대한 흠이라고 생각된다.[22]

이렇게 볼 때, 본고에서 검토한 네 편의 이본들은 모두 장단점을 갖고 있다. 달리 말해, 어느 본을 최선본이라고 하기에는 모두 하자를 지니고 있는 것이다. 그렇지만 기롱시의 작시자들을 서궁 궁녀로 기술한 <유영전>은 원본이라면 있을 수 없는 것이기에, 그 부분이 온전한 국도본과 장서각본이 좀 더 선본이라 할 수 있다. 전체적으로 보아, 비록 부연시 한 편을 누락한 흠이 크긴 하지만, 장서각본 <운영전>에서 <유영전>과 국도본 <운영전> 계열이 분화되어 나간 것이 아닐까 한다.

이러한 점을 고려하여 본고에서는 네 편의 이본에 공통된 문구와 문맥상 합리적이라고 판단되는 대목을 엮어 작품 내용을 이해하고자 한다. 인용은 네 편에 공통되면서 문맥상 합리적인 대목에 상응하는 한글본 번역에서 취하기로 한다. <운영전>의 원본을 염두에 두며 작품론을 전개하고자 할 때, 이 방법이 그런 대로 유효하리라 본다.

3. 중층적 서술 구조와 시점

<운영전>은 서술 구조의 측면에서 대단히 주목되는 작품이다. 이 작품이 입몽 – 몽중 – 각몽의 몽유 구조로 짜여 몽유 양식의 소설사적 전

起 甚怪夢之兆不祥 郎君其思之 其曰長城者 宮墻也.(다른 두 한문본－郎君(其)亦思之 進士曰 夢裡虛誕(之事) 何可信也 妾曰 其曰長城者……) ; 53면, 第雲英之詩 顯有惻悵思人之意 未知 所欲從者 何人.(다른 두 한문본－(顯/微)有思人之意 前(日/者)賦煙之詩 微(有)見其意 今又如此 汝之所欲從者 何人(耶))

22) 위의 책, 11-12면, 小玉先呈曰 綠煙細如織……芙蓉呈曰 飛空遙帶雨……翡翠呈曰 覆花蜂失勢……寶蓮呈曰 小杏難成眼……飛瓊呈曰 山下寒煙積……銀蟾呈曰 早向洞門暗……紫鸞呈曰 山谷繁陰起……玉女呈曰 短壑春陰裡……妾呈曰 望遠靑煙細……

개에 일익을 담당하고 있다는 점은[23) 익히 아는 사실이다. 이보다 더욱 주목되는 것은 액자 내부인 몽중 세계에서의 서술 기법이다.

몽유자 유영은 수성궁 서원에 들어가 술을 마시고 한잠 잔 다음 무슨 소리가 들려 깨어나서 운영과 김진사를 만나게 된다. 이 부분이 입몽 대목으로서 이야기는 액자 내부로 들어가게 된다. 유영의 권유로 운영이 김진사와의 사랑 이야기를 하기 시작한다. 먼저 안평대군에 대해 소개하고 대군이 궁녀 10인을 뽑아 시작(詩作)에 힘쓰게 한 일을 말한다. 어느 날 대군이 궁녀들에게 부연시를 짓게 한다. 운영이 지은 시에 다른 사람을 생각하는 뜻이 드러나 안평대군에게 질책을 당한다. 눈치를 채고 캐어묻는 자란에게 운영이 사연을 고백한다. 다시 일 년 전 가을로 거슬러 올라가 운영이 김진사를 만나게 된 사건을 말한다. 그 말 중간에 기억이 난다고 하는 자란의 말이 삽입되고 운영의 말은 더 이어진다. 운영이 시와 비녀를 전달하고 김진사가 무녀에게 부탁하여 답신을 보낸 일을 말한다. 여기까지가 자란에게 고백한 운영의 과거 이야기이다.[24) 이제 이야기는 운영의 고백 이후로 전개되어 나간다. 남궁과 서궁으로 갈리고 나서 궁녀들 사이에서 완사할 곳을 정하는 의논이 오간다. 완사 가는 길에 무녀의 집에서 운영이 김진사를 만나고, 특의 도움으로

---

23) 신재홍, 『한국몽유소설연구』, 계명문화사, 1994, 132-141면.
24) 윤해옥, 「운영전의 구조적 고찰」, 『조선시대 우언 우화소설 연구』, 박이정, 1997, 25면에서 줄거리를 분석하면서 '자란에게 김진사의 사랑 고백'이라는 항목 아래 '진사와의 만남'과 '연서 전달'만 포함시키고 '무녀의 서한 전달'을 고백이 끝난 이후의 일로 처리하였다. 이상구, 앞의 책, 271면에서도 <유영전>을 활자화하면서 운영의 말 중간에 끼어든 자란의 말 앞에서 운영의 고백이 끝난 것처럼 줄 나누기를 하였고, 이 대목의 번역(같은 책, 119면)에서도 그렇게 하였다. 이러한 잘못은 올바른 작품 이해를 위해 고쳐져야 마땅하다.

월장을 한 김진사와 운영의 밀회가 이어진다. 그 사이 운영의 재물을 궁 밖으로 빼내어 특에게 보관하도록 시킨다. 김진사가 지은 상량문에 은근한 뜻이 묻어나 대군의 의심을 받자 몰래 도망가고자 하였으나 자란의 반대로 그만둔다. 운영의 철쭉시에서 다시 한 번 사사로운 뜻이 드러났고 특이 소문을 퍼뜨림으로 해서 결국 일이 발각되어 서궁 궁녀들이 문초를 당한다. 초사로써 궁녀 각자가 진정을 토로한 그날 밤 운영은 자결한다.

운영의 말에 이어 김진사가 뒷이야기를 한다. 운영이 자결한 후 김진사는 특을 다시 불러 운영을 위해 불공을 드려 달라고 부탁한다. 특은 절에 가서 나쁜 짓을 하며 미적거리다가 엉뚱한 발원이나 하고 돌아온다. 과거 보는 때를 당하여 절에 올라간 김진사가 특의 소행을 알고 분노하는 한편 운영을 천도하는 축원을 한다. 특은 천벌을 받아 죽고 김진사도 세상에 뜻을 잃고 몸을 깨끗이 하고는 자결한다. 김진사의 이야기가 끝나고 세 인물은 함께 비통해 하다가 술을 마시고 잠들었는데, 깨어보니 이야기를 적은 책자만 남아 있어 유영은 망연자실해한다. 그후 유영도 세상을 등지고 살다가 어디서 죽었는지 알지 못한다.

이렇듯 이 작품은 적어도 네 층위의 액자가 겹쳐진 구조로 이루어져 있다.25) 이를 도식으로 나타내면 다음과 같다.

---

25) 비경이 운영을 두둔하는 말이나 김진사에게 보낸 운영의 편지는 과거사를 언급하고 있다는 점에서 액자로 묶을 수 있다. 또한, 서술자의 등장과 퇴장을 구조 분석에 도입하는 경우(성현경, 「운영전의 구조와 의미」, 『한국옛소설론』, 새문사, 1995, 112면)에는 작품 자체가 액자의 하나일 수도 있다. 이러한 점들을 고려한다면 <운영전>의 액자는 네 층위 이상으로도 분석할 여지가 있다.

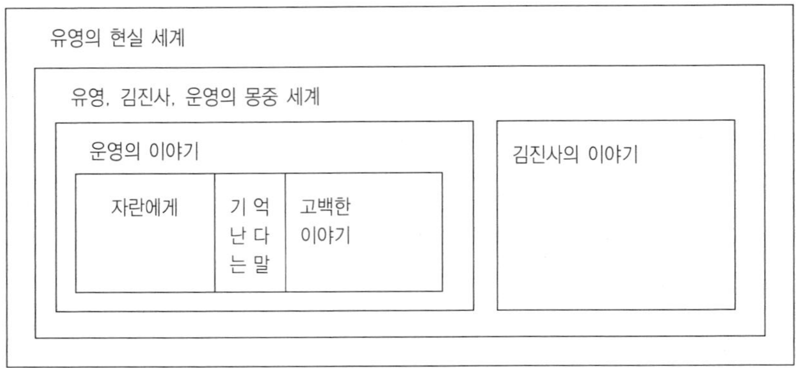

[표] <운영전>의 중층적 액자 구조

    이러한 중층 구조와 함께 서술 시점도 복합적으로 설정되어 있다.[26) 도입부에서는 유영을 대상으로 한 3인칭 주인공 시점으로 서술되다가 액자 내부로 들어가 유영이 운영과 김진사를 만나면서는 3인칭 관찰자 시점으로 바뀐다. 사랑의 이야기를 하는 운영이 발화자가 되면서 1인칭 주인공 시점으로 바뀌는데, 그 중간에 김진사가 무녀를 만나 서신을 부탁하는 대목이나 자란이 남궁 궁녀들을 설득하는 대목에서는 전지적 작가 시점으로 서술된다.[27) 운영의 이야기가 끝나자 3인칭 관찰자 시점으

---

26) 김장동, 「운영전의 시점과 시제의식」, 『한국문학연구』8, 동국대, 1985, 104-105면 ; 조용호, 「운영전 서사론」, 『한국고전연구』3, 1997, 보고사, 126-134면.

27) 이러한 양상을 두고 조용호, 위의 논문, 132면에서 '운영은 3인칭 전지적인 서술자와 1인칭 제한적인 서술자의 특성을 공유하거나, 혹은 둘의 기능을 혼동하고 있'다고 하고, 133면에서는 '시점의 혼착', '시점을 혼동'하였다고 주장하였다. 그러나 유영의 몽유체험이나 운영과 김진사의 이야기는 사건 종결 후 그것의 시말에 대한 공유된 인식을 전제로 회고하는 방식으로 서술된 것이므로 기본적으로는 전지적 작가 시점을 취한 것이다. 다만 상황에 따라 1인칭 시점과 3인칭 시점을 적절히 배합하여 사건을 전개시켰을 따름이다. 이는 시점의 혼동이 아니라 사건의 입체적 구성을 위한 시점의 적절한 복합인 것이다.

로 돌아오고, 김진사의 이야기가 이어지면서 다시 1인칭 주인공 시점이 된다. 그러나 처음에만 1인칭이 나오고 이후로는 '진사'로 칭하는 3인칭 주인공 시점으로 서술된다.[28] 한편, 특의 소행은 전지적 작가 시점으로 서술된다. 운영과 김진사의 이야기가 모두 끝나고 나서 다시 3인칭 관찰자 시점으로 돌아오고, 각몽을 통해 액자 외부로 나온 다음에는 유영의 행동에 초점을 맞춘 3인칭 주인공 시점으로 마무리된다.

이렇듯 작품의 서술 시점은 전지적 작가 시점을 기본으로 하여 3인칭 주인공 시점, 3인칭 관찰자 시점, 1인칭 주인공 시점, 전지적 작가 시점 등을 사건 전개에 따라 적절히 배합하고 있다. 이는 작가가 주도면밀하게 사건을 구성하여 전개시켰다는 점을 말해 준다. 서술 시점의 복합성은 작품 구조의 중층성과 맞물리면서 작품 전체가 입체적이고 중층적인 의미와 성격을 띠게 하였다. 작가는 소설 기법에 대한 진지한 탐색과 다양한 실험을 통해 이와 같은 모습의 작품을 창작해 낸 것이다.

그런데 액자를 겹겹이 짜고 시점을 복합시킨 이면에는 사건을 드러내는 데 머뭇거리고 있는 서술자의 심리가 작용하고 있다. 운영과 김진사의 연애 사건은 처음에는 감추어져 있었다. 두 사람은 유영을 만나서도 말하기를 꺼려하였다. 그러다가 유영의 강력한 권유로 운영이 말하기 시작한다. 김진사에 대한 운영의 연애 감정 역시 처음에는 아무도 몰랐다. 안평대군의 요청으로 지은 부연시에 잠시 그 뜻이 배어났을 따름이다. 그러다가 자란의 진심어린 권유로 인해 비로소 고백된다. 그것도 운영과 자란 사이에만 알려진 것이었는데, 완사의 일을 통하여 먼저 서궁

---

28) 한문본 세 편 모두 '哭聲出於宮門之外 我亦聞之 (氣)絶(久矣/而復)……進士曰 我爲 雲英……'로 서술되어 있다.

궁녀들이 알게 되고 나중에는 남궁 궁녀까지 알게 된다. 궁녀들의 도움으로 운영과 김진사의 밀회가 이루어지지만 안평대군에게는 여전히 비밀이었다. 결국에는 대군에게 발각되어 비극적인 결말에 이른다.

숨겨진 사건이 조금씩 드러나는 양상, 이것이 <운영전>이 지닌 작품 구성상의 중요한 특징이다. 이는 운영과 김진사의 연애 사건이 지닌 어떤 반중세적 의미에 대한 작가 자신의 두려움을 반영한 것일 수 있다. 이 연애 사건을 끝까지 밀고나갔을 때 부닥칠 체제 부정의 혁명적 논리29) 앞에서 작가는 주저하고 있었던 것 같다. 그리하여 고심 끝에 얻은 적정 수준의 결말이 곧 악인형 인물인 특을 등장시켜 문제의식을 희석시키는 것이었다.

4. 숨겨진 삼각관계와 운영의 성격

<운영전>에서 운영과 김진사의 사랑은 안평대군이라는 적대자를 배후에 깔고 전개된다. 김진사 - 운영 - 안평대군의 삼각관계에 의해 사건이 진행되는 것이다.

소옥이 도라보와 갈오디, "네 엇지ᄒ여 져디도록 블락ᄒ여 안ᄌᆺᄂᆞ뇨? 무어슬 싱각는 비 잇느냐? 아ᄌᆞ에 글 지으미 의심되믈 쥬군게 뵈옵고

---

29) 박일용, 「운영전의 비극적 성격과 그 사회적 의미」, 『조선시대의 애정소설』, 집문당, 1993, 177면에서 '운영의 인간성 회복선언으로서 애정의 선택은 중세적 제도와 이념의 모순 자체에 대한 피억압계층의 인간성 회복선언과 동궤에 놓인다.'고 한 것이 이러한 논리가 지향한 내용일 터이다. 그렇지만 필자는 작품의 의미가 거기까지 나아가지는 않았다고 본다.

일노뻐 은우룰 숨아 말 아니 ᄒᆞᄂᆞ냐? 쥬군이 네게 ᄯᅳᆺ을 두미 금금의 즘
기미 잇실 고로 짐즛 암회ᄒᆞ여 말 아니 ᄒᆞᄂᆞ냐? 즁심 소회룰 아지 못ᄒᆞ
리로다.” ᄒᆞ거늘[30]

금년이 굴오ᄃᆡ, “……운영의 용모거지 인셰 스람 ᄀᆞᆺ지 아닌지라. 쥬
군이 ᄆᆞ음을 기우린 지 오라나 운영이 죽기로뻐 거절ᄒᆞ니, 이ᄂᆞᆫ 무타라,
부인의 은혜롤 ᄎᆞᆷ아 져ᄇᆞ리지 못ᄒᆞ미라. 쥬군의 위령이 비록 엄ᄒᆞ시나
운영의 몸이 샹ᄒᆞᆯ가 두려 감히 갓가이 못ᄒᆞ신지라.……”[31]

부인이 ᄯᅩᄒᆞᆫ 스랑ᄒᆞ시미 긔츌에 다ᄅᆞ미 업스오며, 쥬군이 ᄯᅩᄒᆞᆫ 심상
이 보지 아니시고 궁즁 스람드리 친익ᄒᆞᆷ믈 골육ᄀᆞᆺ치 아니ᄒᆞ리 업ᄂᆞᆫ지
라.[32]

부연시 사건 뒤에 소옥이 한 말이나 완사 갈 곳에 대한 의논이 분분한
중에 금련이 한 말에서 안평대군이 운영에게 마음을 두고 있었음[33]이 확
인된다. 세 번째 인용문에서 보듯이, 김진사에게 보낸 편지에서 운영 자
신도 그러한 사실을 인정하고 있다. 나아가 금련과 운영의 말 속에는 운
영 − 안평대군 − 대군 부인의 삼각관계까지 시사 받을 수 있다.[34]

---

30) 한국어문학회 편, 앞의 책, 174면. 한글본을 인용할 때, 부연된 부분이 한문본의
   해당 대목을 지나치게 확대시키지 않았다면 그 부분을 포함한 대목을 그대로
   쓰기로 한다.
31) 위의 책, 182면.
32) 위의 책, 184면.
33) 정출헌, 「운영전의 중층적 애정 갈등과 그 비극적 성격」, 『고전 소설사의 구도
   와 시각』, 소명출판, 1999, 116면에서 이를 '운영을 향한 안평대군의 짝사랑' 혹
   은 '권력자가 갈망했던 고독한 사랑'이라 칭했다. 다분히 낭만적인 해석이다.
34) 이 밖에도 작품 속에는 희미하나마 또 다른 삼각관계들이 얽혀 있다. 동문 밖
   무녀가 김진사에게 애교를 떠는 대목, 특이 운영의 재물을 차지하여 김진사를

그런데 대군의 이러한 역할은 사랑 이야기의 결말 이전까지는 소옥, 금련, 혹은 운영 등의 인물에 의해 간접적으로 제시될 따름이다. 사랑 이야기의 처음부터 끝까지 긴 그림자를 드리우고 있을 뿐, 대군이 전면에 나서서 갈등을 야기하는 모습은 보이지 않는다.[35] 사랑의 적대자 혹은 방해자인 대군의 역할이 두드러져 보이지 않도록 하려는 서술자의 배려가 엿보인다.

그렇지만, 잠복된 갈등은 표출되게 마련이어서 결말에 이르면 대군의 역할이 분명해지지 않을 수 없게 된다.

> 그러나 다만 운영의 글에 현연이 스람 싱각는 뜻지 이시니, 전일 부연시에 그 뜻을 잠간 보왓더니 이 글에 쏘흔 여츠흔 뜻지 잇시니, 너의 좃고져 ᄒᆞᄂᆞᆫ 지 엇더혼 스람이뇨? 김싱의 샹냥문에 말이 의심되고 이상ᄒᆞ지라. 네 아니 김싱을 싱각ᄒᆞᄂᆞᆫ 비 잇ᄂᆞ냐?[36]

> 오륙 년 이휼ᄒᆞ시든 뜻지 헷곳의 도라갈지라. 쳡의 어린 뜻은 운영으로 ᄒᆞ여금 혼번 김싱을 뵈야 ᄡᅥ 냥인의 원결ᄒᆞᄆᆞᆯ 푸러쥬시면 쥬군의 격션이 이에 크미 업스오리이다.[37]

결국 대군은 운영과 김진사의 사랑을 알아차렸고, 일이 발각된 후 초

죽이고 운영을 빼앗으려고 획책하는 대목에서 운영과 김진사의 사이에 끼어드는 무녀 혹은 특의 존재를 살필 수 있다. 더욱이 한글본에서는 운영의 마지막 편지에 김진사에게 부인이 있는 것으로 기술되어 있어 삼각관계의 편폭을 확장하려고 한 점이 눈에 띈다.

35) 신경숙, 앞의 논문, 65면에서 '운영과 김진사 그리고 안평 사이의 갈등은 그다지 첨예하게 드러나지 않는다'고 지적한 점은 이 같은 양상을 달리 설명한 것이라 할 수 있다.
36) 한국어문학회 편, 앞의 책, 190면.
37) 위의 책, 193면. 인용문 중 '오륙 년~도라갈지라'는 한문본을 부연한 문장이다.

사에서 운영과 김진사를 만나게 해 달라던 자란의 애원을 무시하였다. 이로써 운영과 김진사의 사랑은 파국을 맞게 된다.

사실, 운영의 비극은 대군이 궁녀들에게 가한 속박 속에 배태되어 있었다. 그는 '시녀 등 만일 ᄒᆞ나히나 궁문 밧글 나간즉 그 죄 맛당이 죽을 거시오, 밧스람이 궁인의 일홈을 알면 그 죄 ᄯᅩ흔 죽으리라'[38)고 명해 놓았던 것이다. 이 말의 위엄은 궁녀들에게 두루 영향을 끼치고 있어 결말부 은섬의 초사에서도 'ᄒᆞᆫ번 궁댱을 넘문즉 가히 인간의 낙을 알 거시여늘 ᄎᆞᆷ아 ᄒᆞ지 못ᄒᆞᄂᆞᆫ 밧ᄌᆞᄂᆞᆫ……쥬군의 위엄을 두리미라'[39)로 나타난다. 대군은 사랑의 적대자이기 이전에 이미 궁녀들의 삶에 대한 억압자였던 것이다. 그런데도 그는 사건의 배후에서 그림자만 드리우고 있다.

이렇듯 안평대군의 역할이 모호하게 기술된 점에 작가의 의도가 개재되어 있다. 이는 아마도 세종의 아들인 안평에 대한 기휘(忌諱)에서 나온 것이겠지만, 중세 체제에 대한 작가의 비판적 시각이 갖는 아슬아슬한 줄타기와 같은 양상이라 할 만하다. 작가는 운영과 김진사의 사랑이 중세 체제의 모순을 폭로하는 힘을 갖고 있다는 점을 인식하였던 것 같다. 그런데 이를 끝까지 밀고나갈 경우 발생할 현실적인 장애들에 대해 고민한 결과가 대군의 모호한 형상으로 나타나지 않았나 싶다.

그러한 한계 내에서나마 운영과 김진사의 사랑이 파국에 이르는 원인이 무엇인지 지목하려는 작가의 의욕이 안평대군의 자리에 특을 대체한 것으로 보인다.[40) 특은 하층민이자 비열한 인물로서 대군과는 대척적인

---

38) 위의 책, 172면.
39) 위의 책, 192면.
40) 박기석, 앞의 논문, 720면, '안평은 두 남녀의 사랑을 방해한 적대자임이 분명하다. 그러나 유영과 김진사의 대화에서 김진사와 운영의 원수는 特으로 나타난

존재이다. 대군과는 상대도 안 되는 인물을 그의 위치에 놓아 비극적 결말의 원인 제공자로 만든 것이다. 특은 실제로 악인 역할에 충실하면 그 뿐이었는데, 운영을 빼앗으려고 획책하고 청량(영)사에서 해괴한 짓까지 한다. 지나치다 싶을 정도로 특의 악행이 과장된 것은 독자에게 비극의 원인을 뚜렷이 인식시키고 싶었던 작가의 의도 때문일 것이다.

안평대군에서 특으로의 이동은 작가가 중세 체제 내에서의 사랑의 양상에 대해 깊이 고민한 결과이다. 중세 체제 속에 살았던 작가로서는 역적으로 몰려죽은 안평대군을 정치적으로 비난하는 것은 가능하였을지 몰라도 어쨌든 왕자인 그를 인격적으로 비판할 수는 없는 노릇이다. 그러나 대군의 작품 내적 역할을 방치해 둔다면, 이 작품이 심각하게 다룬 사랑의 문제는 대군으로 표상된 중세적 질곡에 대해 가차 없이 비판하는 쪽으로 치닫게 될 것이었다. 그것은 자칫 역사적 인물로서의 안평에 대한 인격적 비판으로 여겨질 만하였기에 작가로서는 어느 정도의 선에서 그칠 필요가 있었다. 그래서 얻은 인물이 특인 것이다.

따라서 이 작품은 사랑의 전개에 따른 비극적 결말이 작품 초반에 기대했던 것에 비해 그 강도가 훨씬 누그러진 지점에 도달한다. 작품 중간에 등장하는 무녀에 이어41) 특이는 작품 전체의 비극적 정조를 희극적으로 전환하는 역할까지 수행하고 있다.42) 이를 비극성의 약화라고 평가할

다.……두 남녀의 애정행각에 特이 개입함으로써 안평대군에 향해졌던 원망이 희석되게 된다. 즉, 특의 비인륜적이고 탐욕스럽고 교활한 면이 그의 행동으로 나타나면서 안평에 대한 반감은 특에게로 옮겨지게 된다.'는 논급이 이러한 양상을 정확히 포착하고 있다.
41) 김진사를 유혹하려고 화장을 짙게 하고 음식상을 잘 차려 놓고 기다리는 모습, 운영의 편지를 받아들고 하루 종일 흐느끼는 김진사에게 등 돌리고 벽을 향해 앉아 있는 모습에서 무녀의 희극적 성격을 찾아볼 수 있다.

수도 있지만, 오히려 독자로 하여금 비극적 결말을 수긍하도록 만들려고 고심한 결과로 이해할 만하다. 작품의 소재 자체는 비극의 강도가 심한 것이었고, 연애 주제를 끝까지 밀고 갔다면 분명 중세 체제에 대한 강력한 비판이 되었을 것이다. 그렇게 되었으면 이 소설은 중세 소설의 한계를 훌쩍 뛰어넘어 버렸을지도 모르지만, 중세 내내 살아남아 오늘날까지 전해졌을지는 의문이다. 오히려 사랑의 문제에 대한 작가의 긴장된 문제의식이 중세 소설로서 이 작품의 가치를 높여 주는 것이라 생각한다.

그런데 안평대군의 모호한 성격과는 대조적으로 삼각관계의 중심에 놓인 운영의 성격은 분명하게 그려져 있다. 운영은 '본향이 남방'[43]이고 '부뫼 가계 가장 넉넉훈' 집안 출신이다. 어릴 때 부모가 특별히 사랑하여 '나가 놀미 ᄒ고ᄌ ᄒ는 바롤 모다 신쳥ᄒ고 원림슈이와 미죽숑음에 날마다 유완으로뼈 일을 삼'았다. 이렇게 자유분방한 어린 시절을 보낸 그녀로서는 궁녀로 차출되자 '도라가기롤 싱각는 마음을 금치 못ᄒ여 봉두구면과 남누의상으로뼈 보는 스람의 더러이 녁이믈 숨고져'[44] 할 정도였다. 그녀는 궁녀가 된 처음부터 자신의 운명을 한탄하고 그로부터 어떻게든 벗어나고자 저항하였던 것이다.[45] 그녀가 시작에 전념한 것도 궁녀로서

---

42) 호언장담하면서 자신을 과시하기도 하고, 자해한 다음 김진사 앞에 쓰러져 도적을 만나 운영의 재물을 다 잃어버렸다고 거짓말을 하기도 하며, 청량(영)사에서 추태를 부리고 엉큼한 소원을 비는 모습에서 특의 희극적 성격이 나타난다.
43) 한국어문학회 편, 앞의 책, 184면.
44) 위의 책, 187면.
45) 이상구, 「운영전의 갈등양상과 작가의식」, 『한국고소설의 자료와 해석』, 아세아문화사, 2001, 471면에서, 김진사에게 연모의 정을 느낌으로써, '운영은 마침내 안평대군의 가르침으로 이루어진 문인재녀로서 자부심을 갖기보다는 외부 세계와 단절된 수성궁의 생활을 구속으로 여기는 인물로 변모하기에 이른다'고 하였다. 그러나 운영은 궁녀가 되었을 때부터 구속을 느껴 궁궐을 벗어나고자 염

지닌 원한을 달래기 위한 것이었다. 애초부터 탈출하려는 욕구를 지닌 그녀였기에 금지된 사랑을 '급작스럽지 않'게 '시작'[46]할 수 있었다.

이러한 운영에게 안평대군은 사랑의 대상일 수 없었다. 대군이 '운영의 몸이 샹홀가 두려 감히 갓가이 못ㅎ'[47]였다는 말은 사실 그대로이다. 궁녀의 삶에서 벗어나고자 하는 그녀의 의지는 일관되고 또 단호하였다. 부연시로, 철쭉시로 자신의 뜻이 배어나 의심을 받았을 때 당당하게 거짓말을 할 수 있었던 것도 그녀의 이러한 지향과 의지 때문이다. 철쭉시로 의심을 받자, 그녀는 '텬지귀신이 삼 버듯 버러 잇고 시녀 오인이 경긱을 쩌나지 아니ᄂᆞᆫ지라. 음예ᄒᆞᆫ 일홈을 홀노 첩신의게 도라보니시니 첩이 이졔 죽을 곳을 어더ᄂᆞ이다'[48]고 하여 천지 귀신에게 맹세까지 하면서 자신을 옹호하고 있는 것이다.

사실 왕족에게 묶인 궁녀가 외간 남자와 사랑하는 것은 불륜에 해당하는 짓이다. 이를 의식치 못한 운영과 김진사가 아닌데도 불구하고 운영은 당당하다.[49] 이 점에 대해서 이본 사이에 서로 다른 반응을 보여 흥미롭다. 운영과 김진사가 도망하려는 것을 만류하는 자란의 말 중에 다음과 같은 대목이 들어 있다.

원했던 인물이다.

46) 김경미, 「운영전에 나타난 여성 서술자의 의의」, 『한국고전여성문학연구』, 월인, 2002, 46면.
47) 각주 31) 참조.
48) 한국어문학회 편, 앞의 책, 190면.
49) 김일렬, 「운영전에 나타난 사랑과 세계관적 고민」, 『조선조소설의 구조와 의미』, 형설출판사, 1984, 77면에서 '雲英은 자기들의 사랑……을 잘못된 것, 부끄러운 무엇으로 생각하지 않았다. 길이 전해져야 할 떳떳하고도 아름다운 것으로 의식하고 있다.'고 지적하였다.

마음을 굽히고 뜻을 억제호여 분의롤 직희고 고요이 이셔 텬명을 드
롤 짜롬이라.50)
　莫如屈心抑志 守靜安坐 以聽於天耳51)
　莫如屈心抑志 守貞安坐 聽於天耳52)

운영에게 '고요히[靜]' 있으라고 한 한글본·장서각본·국도본과 '정
절[貞]'을 지키라고 한 <유영전> 사이에서 독자의 반응에 미묘한 차이
가 있음을 느낄 수 있다. <유영전>이 운영의 정절을 긍정하였다면, 다
른 본들은 그 점에 대해 회의하는 입장이다. 한글본이 궁녀로서의 분수
를 덧붙인 것도 후자 쪽 견해를 좀 더 뚜렷이 해 준다.

　궁녀로서 김진사를 사랑한 운영의 행동은 정절일 수 있는가? 혹은,
궁녀로서 김진사를 사랑한 운영은 왜 그리도 당당한가? 이 점이 <운영
전>에서 조심스럽게 추구한 문제의 요체라고 생각한다. 이는 작품 전반
의 주제 및 미의식과 결부된 문제이기도 하다.

5. 욕망의 순수성과 숨김의 미학

　시가 삽입된 것이 전기 소설의 특징이긴 하지만 <운영전>에서는 유
독 시와 시론이 강조되어 있다. 시가 성정(性情)의 발현이라는 관점은 인
물 사이에 공유된 것이다.53) 그 전제 아래 성삼문의 작품평이나 김진사

---

50) 위의 책, 189면.
51) 김기동 편, 앞의 책, 52면 ; 국도본 <운영전>, 24면.
52) <유영전>, 42면.
53) 한국어문학회 편, 앞의 책, 174면, 글은 본디 성정으로조츠 나미라. 가이 숨기지

의 시인평이 펼쳐진다. 궁녀들의 시에 대한 성삼문의 종합적인 품평은
아래와 같다.

> 이졔 이 글을 보민 풍격이 쳥신ᄒ고 의시 초월ᄒ여 조곰도 진셰 티되
> 업ᄉ니, 이 필연 심궁 사람의 글이라. 외인으로 상졉지 못ᄒ고 다만 깊
> 히 드러 고인의 글만 보고 외와 마음에 ᄌ득ᄒ미라.54)

궁녀들의 시는 모두 '풍격청진(風格淸眞)55), 의사초월(意思超越)'하다. 맑
고 진실된 격조, 세속을 초월하는 주제 의식이 이들 시의 특징인 것이
다. 안평대군이 궁녀 10인을 뽑아 시작에 전념토록 한 것도 이러한 성
격의 명작을 기대했었기 때문이다. 궁녀들의 시에는 대군의 지향이 고
스란히 담겨 있다.56) 그들의 작품에 대군을 향한 정절과 속세 초월의
두 주제가 공존하고 있는 것은 자연스러운 현상이다. 세속에 물들지 않
은 순수한 욕망은 대군을 향한 정절의 필요조건이 되기 때문이다.

궁녀들이 꽃다운 풍경에 상심해 하고 짝지어 나는 새들을 시기하는 것
은 자기 안에 있는 욕망을 확인하는 동시에 욕망이 억압된 상황을 원망하
는 것이다. 그러나 그들은 대군에게로 향한 정절의 한계를 뛰어넘어 욕망

못홀 거시나 ; 175면, 글노뼈 동국에 일홈난 지 멋 사람인 쥴 아지 못ᄒ되 모다
병이 만하 혹 흐리고 맑지 못ᄒ거나 혹 맑으나 부잡ᄒ여 모다 음뉼에 합지 못
ᄒ고 셩졍을 닐는지라 ; 180면, 글은 셩졍으로조ᄎ 나는 거시니 가히 속이지 못
홀 거시라. 이렇듯 안평대군, 성삼문, 자란 등이 모두 시가 셩졍에서 나온다는
관점을 견지하고 있다.
54) 위의 책, 175면.
55) 한글본의 '청신(淸新)'이 셰 한문본에는 모두 '청진(淸眞)'으로 되어 있으므로 후
    자를 따른다.
56) 박일용, 앞의 논문, 172면에서 '궁녀들의 삶을 인욕적인 정을 초탈한 순연한 것
    으로 만들려는' 안평대군의 의도를 적시해 놓았다.

을 충족시키려는 의지는 갖고 있지 않다. 정절 관념의 테두리 안에서 한탄하고 원망할 따름이고, 대군의 사랑을 받으면 다행이고 그렇지 못하면 한평생 한탄과 원망 속에 살아감을 운명으로 받아들이는 것이다.[57]

이와 같은 정절 관념을 운영 역시 다른 궁녀들과 공유하고 있었다. 다만, 앞서 보았듯이, 애초 궁에 들어올 때부터 일관되게 탈출을 꿈꾸었다는 점, 궁녀의 처지이긴 하지만 욕망의 대상이 안평대군일 수 없었다는 점이 다른 궁녀들과는 구분되는 그녀만의 지향이었다. 이러한 그녀에게 김진사는 오랫동안 갈망했던 사랑의 대상이 될 만한 인물이었다.

> 대군이 골오딕, "그딕 말을 드르믹 흉듕이 창활ᄒ믹 긴 바람을 타고 틱청궁에 오름 ᄀᆺ도다.……"……익일에 딕군이 그 글을 직삼 읊흐며 탄식ᄒ여 갈오딕, "맛당이 근보로 더브러 ᄌᆼ웅을 닷톨 거시로딕 그 쳥아ᄒᆫ 틱도ᄂᆞᆫ 오히려 지나도다." ᄒ시더라.[58]

대군의 '흉중을 창활하'게 한 김진사의 시인평은 '바람을 타고 태청궁에 오르'는 것 같은 기상이었고, 그의 시는 '맑고 아담한[淸雅] 태도'를 지녔다. 이렇듯 청아하고 초연한 김진사의 성격이 곧 운영의 지향에 맞아떨어진 것이다.

그리하여 운영과 김진사의 사랑은 욕망의 순수성에 대한 강한 옹호의 성격을 갖는다.

---

57) 하은하, 「운영전에 관한 양식내적 접근」, 서울여대 석사논문, 1994, 51면에서 궁사에 나타난 궁녀들의 태도가 '체념적'이라고 했다.
58) 한국어문학회 편, 앞의 책, 177-178면.

첩등이 다 여항에 싱댱훈 계집이라. 아비 디슌이 아니오 어미 이비
아닌즉 남녀정욕이 엇지 업스오리잇고? 쥬목왕은 쳔진로디 미양 요디의
즐기믈 싱각ᄒ엿고 항우는 영웅이로되 당듕에 눈믈 흘니믈 금치 못훈지
라. 쥬군이 엇지 운영으로 ᄒ여금 홀노 운우의 졍이 업다 ᄒ시ᄂ니잇고?
김싱은 쏘훈 ᄉ람 ᄀ온디 영걸이여늘, 유인ᄒ여 니당에 드리미 쥬군의
일이오 운영을 명ᄒᄉ 벼로롤 밧들님도 쏘훈 쥬군의 령이라. 운영이 심
궁에 원녀로뼈 훈번 미남ᄌ롤 보미 상심실셩ᄒ여 병입골슈훈지라. 비록
댱싱ᄒᄂ는 약과 월인의 슈단이라도 효험 보기 어려온지라.[59]

자란의 초사는 궁녀인 자기들도 욕망을 갖고 있다는 점, 운영이 김진
사를 사랑하는 계기를 만든 장본인이 안평대군이라는 점, 깊은 궁궐에
서 원한이 맺힌 운영에게 김진사와의 사랑은 목숨이 걸린 운명이었다는
점 등을 호소하고 있다. 욕망의 보편성과 순수성, 그리고 운영의 성격과
의지에 대한 옹호인 것이다.

물론, 운영의 행동은 분명 '죄(罪)'요, '훼절(毁節)'이었다.[60] 그렇지만 운
영을 포함한 궁녀들이 가졌던 욕망의 순수성만큼은 운영의 사건으로도
훼손되지 않았다. 그러기에 안평대군은 남궁 궁녀들을 용서하였고 운영
을 죽이지 않았던 것이다. 운영은 궁녀로서는 정절을 잃은 것이지만 한
여인으로서 지녔던 정절 관념은 일관되게 지켰던 것이다. 안평대군에 대
한 거절과 김진사와의 사랑은 그녀의 정절 관념이 등가적으로 표현된 것

---

59) 위의 책, 192-193면.
60) 같은 곳, 주란의 초ᄉ에 왈, "금일지ᄉ 죄가 블측훈 디 잇ᄂ지라……젼일 운영
    의 훼졀ᄒᄆ 그 죄 쳡의게 잇고 운영의게 잇지 아니ᄒ니이다.……."……쳡의 초
    ᄉ에 왈, "쥬군의 은혜 산 ᄀ고 바다 ᄀ거늘 능히 그 졀을 직희지 못ᄒ오니 그
    죄 하나히오,……."……소옥이 꾸러 읍왈, "……운영의 훼졀ᄒᄆ 죄 쳡의게 잇
    고 운영의게 잇지 아닌지라……."

이라 할 수 있다. 즉, 대군에게로 향할 바로 그 순수한 욕망이 김진사에게 고스란히 옮겨진 것이다. 따라서 그녀로서는, 앞장에서 인용한 바처럼, 천지귀신 앞에서도 당당할 수 있었다. 사정이 이러했기에 그들이 죽은 후 명사(冥司)에서 운영과 김진사의 '무죄'를 추인해 주었던 것이다.[61]

그런데 순수한 욕망이 길러지는 배경은 주로 은폐된 공간이며, 등장인물들은 거의가 숨어 지내는 존재들이다. 운영을 비롯한 궁녀들의 욕망은 수성궁의 서궁과 남궁에 유폐되어 지내면서 길러진 것이다. 안평대군은 그들의 존재를 일체 세상에 알리지 않았다. 비연시를 통해 존재가 드러난 마당에도 길에서 주어온 시라고 둘러대면서 숨겼다. 궁녀들뿐 아니라 안평대군 역시 세상으로부터 벗어난 고답적 경지에서 풍류와 문학을 즐겼다. 재능 있는 궁녀를 뽑아 기른 것도 그의 초월의지를 대변해 준다. 김진사 역시 초매한 인격의 소유자로서 사랑의 비극 앞에 출세의 길을 포기한 사람이다. 몽유자 유영도 세상 사람들의 비웃음을 받을 정도로 초라하여 수성궁 서원에 숨어들었고, 운영과 김진사를 만난 후에는 세상을 등지고 숨어 버린다. 이렇듯 작품의 주요 인물들은 모두 세상에 나가지 않고 숨어 사는 자들로 그려져 있다.

이러한 양상은 등장인물뿐 아니라 사건 전개의 측면에서도 나타난다. 안평대군이 궁녀들을 숨기고, 운영과 김진사는 자신들의 사랑을 숨긴다. 특은 궁에서 빼낸 운영의 재물을 숨긴다. 운영과 김진사는 죽은 후 인간에 다시 태어날 수 있었는데도 그것을 마다하고 천상에 숨어 버린다. 유영도 이야기를 모두 듣고 헤어진 후 세상을 등진다. 여기에 제3장에

---

61) 위의 책, 194면, 김싱이 슈루이수 왈, "우리 냥인이 다 함원이수 흔지라. 명스에 셔 그 무죄흐믈 긍측이 넉이수 흐여금 인간에 다시 닉여 보닉고져 흐나……."

서 분석한 바의 서술 구조상 특징을 덧붙일 수 있다. 사건의 전개에 따라 조금씩 껍질을 벗어내긴 하지만, 겹겹으로 짜놓은 액자와 복합적으로 설정한 서술 시점에 의해 작품의 중심 사건은 숨겨지는 듯한 인상을 받는다. 실제로, 앞에서 분석했듯이, 특의 등장으로 억압자 내지 적대자로서의 안평대군이 숨겨지고, 훼절한 운영의 행동이 욕망의 순수성에 기대어 감싸지는 형국이다.

여기서 주목되는 것은 숨어 사는 자로서 등장인물들이 무엇엔가 탐닉한다는 점이다. 안평대군이 고답적인 세계에 노닐면서 궁녀 10인의 시작에 탐닉하는 것이나, 운영이 유폐된 상황에서 길러낸 자신의 욕망을 저돌적으로 밀고 나가는 것, 김진사가 죽을 줄 각오하고 운영과의 사랑을 이루는 데 몰두하는 것 등이 모두 그러하다. 사람이 아닌 사물에 대해 탐닉하는 양상도 나타난다. 안평대군은, '믄득 한 줄기 푸른 연긔가 궁즁으로 니러나 혹 성첩에 어룽지고 혹 산곳히 날니'는 모습이나 '왜 철쥭이 셩이 픠엿는'62) 풍경에 반하여 시제(詩題)를 낸다. 운영은 김진사가 휘두른 붓 끝의 먹 점에 집착하기도 한다.

> 쏘 다른 글을 쓰이실시 붓 두룰 지음에 붓 씃히 먹졈이 쳡의 손목에 쒸여 파리똥 곳튼지라. 쳡이 일노뼈 영화롤 숨아 씨셔 바리지 아니ᄒ니, 좌우 궁인이 이롤 보고 셔로 눈 쥬어 미소ᄒ기롤 마지 아니ᄒ더라.63)

손목에 튄 먹점은 그녀에게 운명처럼 다가온 사랑을 상징한다. 또한 운영이 사랑하게 된 김진사의 탁월한 재능과 초월적 기상을 함축한 것

---

62) 위의 책, 172면, 190면.
63) 위의 책, 177면.

이기도 하다. 먼 점에 집착함으로써 운영은 자신이 길러온 순수한 욕망을 발현할 통로를 마련한다. 한편, 유영도 운영과 김진사의 사랑 이야기가 적힌 '칙을 거두어 스미에 너코 집에 도라와 협스에 감초와 두고 써로 혹즈 여러 보면 망연즈실'[64]해한다. 이에 덧붙여 월장을 위해 특이 만들어준 사다리나 털너널[毛襪]도 독자의 호기심을 자극하는 물건이다.

이와 같이 작품의 등장인물들은 거의 숨어 사는 존재이고, 사랑의 대상이나 자신의 욕망, 혹은 사물 등에 탐닉하고 있다. 이러한 양상은 중층적 서술 구조나 복합적 서술 시점에서 보여 준바, 소설의 미적 형상화에 대한 작가의 지대한 관심과 상통한다. 이를 종합할 때, <운영전>은 세상을 등지고 숨어 사는 자의 내면 풍경을 그린 작품이라고 할 수 있다. 숨어 사는 자로서 가진 작가의 심리와 의식은 작품 구석구석까지 '숨김'의 미학이라고 규정할 만한 현상들을 노정했던 것이다. 현실에서 소외된 유영이 풍류와 문학에 심취하며 지냈던 안평대군과 중세적 질곡 속에서도 순수한 욕망에 몰두했던 운영과 김진사를 다 함께 동정하는 모습에서 작가의 솔직한 내면을 엿볼 수 있다. 그리고 운영과 김진사의 사랑 이야기 속에 인간 욕망의 긍정이라는 선진적 의식이 담겨 있다면, 그것은 아마도 숨어 살면서 작가가 진지하게 시도했던 심미적 탐색의 빛나는 성과일 터이다.

6. 결 론

<운영전>의 작가는 작품의 구조와 시점을 왜 그렇게 복잡하게 얽어서

---

64) 위의 책, 195-196면.

서술하였는가? 사랑의 삼각관계에서 중요한 역할을 하는 안평대군은 왜 그 모습을 전면에 드러내지 않는가? 주인공 운영은 궁녀로서 외간남자와 사랑하였으므로 훼절한 것이 분명한 데도 불구하고 왜 그리도 당당한가? 작품에 등장하는 인물들은 왜 모두들 은폐된 공간에서 숨어 지내는가? 본고는 이러한 질문들에 대해 답을 찾아가는 과정이었다고 할 수 있다. 그리하여 중층적 서술 구조와 복합적 시점, 등장인물의 성격 및 대체 양상, 욕망의 순수성에 대한 옹호라는 주제 의식 등의 측면을 종합적으로 살펴서, <운영전>은 숨어 사는 자의 내면 풍경이 담긴 작품이라고 결론지었다.

이 작품의 여러 특징들은 현실에서 소외된 작가가 숨어 사는 자로서의 등장인물의 삶, 그리고 궁녀와 선비의 사랑 이야기를 통해 자신의 내면세계를 드러낸 것이다. 즉, 운영과 김진사가 순수한 욕망을 추구한다거나, 안평대군이 풍류의 삶을 산다거나, 유영이 운영과 김진사뿐 아니라 안평대군도 동정한다거나 하는 것들은 모두 작가의 심층 의식의 반영인 것이다. 작품이 지닌 매력은 인간 욕망에 대한 긍정이라는 선진적인 의식에 있다기보다 중세의 정절 관념을 욕망의 순수성으로 대체시키는 과정에서 보여 준 작가의 긴장된 의식에 있다. 아마도 작가는 사람과의 관계, 자신의 욕망, 그리고 호기심을 끄는 사물들에 탐닉하면서 세상을 등지고 숨어 살았던, 일종의 유미주의자가 아니었을까 싶다.

이러한 관점에서 <운영전>은 중세 작가의 섬세한 내면을 소설의 형식과 내용 양면에서 미적인 완성도가 높게 그려 낸 작품이라고 하겠다. 중세의 질곡 속에서 욕망의 진정한 가치를 긴장된 의식을 유지하면서 추구하였다는 점에서 전기 소설이 지닌 현실성의 깊이를 한층 심화시켰다고 할 것이다.

제 4 장

<숙향전>의 미적 특질

1. 서 론

<숙향전>은 김태준 이래 고전 소설 연구가들에게 주목의 대상이 되었으나, 작품론의 수준에서 논의되었다기보다는 하나의 유형론에 따른 작품 설명이 위주가 되어 왔다. 그리하여 애정 소설, 영웅 소설, 신성 소설, 적강 소설 등의 범주에 속하는 한 작품으로 연구되었다.[1]

물론 유형론에서의 단편적인 언급 외에도 작품론적인 성격을 띤 연구물이 여러 편 제출되어 주로 이본, 배경 사상, 서사 구조 등에 대한

---

1) 김태준, 『조선소설사』, 학예사, 1939 ; 정주동, 『고대소설론 : 재판』, 형설출판사, 1982 ; 김기동, 『한국고전소설연구』, 교학연구사, 1983 ; 소재영, 『고소설통론』, 이우출판사, 1981 ; 정종대, 「염정소설 구조 연구」, 고대 박사논문, 1989 등 대다수의 연구자들이 이 작품을 애정소설로 다룬 데 비해, 고전 소설을 보는 연구자의 관점에 따라 조동일, 『한국소설의 이론』, 지식산업사, 1977은 영웅소설, 이상택, 『한국고전소설의 탐구』, 중앙출판, 1981은 신성소설, 성현경, 『한국소설의 구조와 실상』, 영남대출판부, 1981은 적강소설의 한 작품으로 취급하였다.

검토가 이루어졌다.2) 그렇지만 이 작품이 지닌 소설사적 문제성이나 문학적 가치에 대한 논의는 흔치 않았는데, 근래 두 편의 주목할 만한 연구가 나왔다.3) 그 하나는 이제까지 이 작품을 환상적 성격이 농후한 도선 소설 정도로 이해한 연구 태도에 대한 반성으로서 이 작품에서 현실성을 찾아보았던 연구이다. 그런데 이 작품에 그려진 현실적 요소들을 지적하는 선에서 그 현실성을 강조한다는 것은 아무래도 소설 작품의 현실성을 현실의 단선적인 반영의 수준, 혹은 요소적인 측면의 확대 해석에 기인한 오류를 범한 것이 아닌가 하는 의구심을 갖게 한다. 다른 하나는 이 작품의 서사적인 기본 성격을 탐색담에서 찾아, 작품에 등장하는 주요 인물들의 인생 역정 각각을 순환적인 구조의 각 지점에 배치하여 그 의미를 해석한 연구이다. 탐색의 귀결점을 원형적 자아의 회복으로 본 이 연구에서는, 연구자 자신이 인정했듯이, 이 작품만의 특징을 추출한 것이라기보다 탐색담을 수용한 소설 작품의 일반적인 줄거리를 분석한 것이라는 데에 문제가 있다. 아마도 적강 소설, 혹은 여타의 고전 소설에 대해 이러한 시각에서 접근해 간다면 그 구조는

---

2) 이위응, 「구주묘대천에서 발견된 임란유민 심씨가 세전본 숙향전 연구」, 『부산대 개교20주년 기념논문집』, 1966 ; 장홍재, 「숙향전에 나타난 거북＝용의 보은사상」, 『국어국문학』55-57, 1972 ; 구충회, 「숙향전 이본고」, 고대 교육대학원 석사논문, 1983 ; 김응환, 「숙향전의 도교사상적 고찰」, 한양대 석사논문, 1983 ; 나도창, 「숙향전 연구」, 숭실대 석사논문, 1984 ; 서연희, 「숙향전의 서사구조와 그 의미」, 『서강어문』5, 1986 ; 정종대, 「숙향전고」, 『국어교육』59·60, 1987 ; 양혜란, 「숙향전에 나타난 서사기법으로서의 시간 문제」, 『우리어문학연구』3, 1991 ; 황패강, 「숙향전의 구조와 동양적 예정론」, 『고전소설의 이해』, 문학과비평사, 1991 ; 장홍재, 「숙향전」, 『황패강교수 정년퇴임기념논총Ⅱ, 고전소설연구』, 일지사, 1993.
3) 이상구, 「숙향전의 현실적 성격」, 『고전문학연구』6, 1991 ; 조용호, 「숙향전의 구조와 의미」, 『고전문학연구』7, 1992.

동일한 것으로 귀결되지 않을까 싶다. 요컨대, 두 논문에서 드러나는 문제점은, 하나는 작품의 일면을 너무 강조하였다는 것과, 다른 하나는 작품을 너무 일반론적인 틀에 결부시켰다는 것이다.

본고는 우리 고전 소설 가운데 <숙향전>만이 지니는 미적 특질이 무엇인가 하는 질문에서부터 논의를 전개하기로 한다. 필자가 보기에 이 작품은 전대의 전기 소설이나 당대의 통속적 영웅 소설에 비해 상당히 독특한 면모를 보이는 작품이다. 그러한 특이성은 또한 이 작품이 당대에 폭넓은 대중성을 확보하였던 사정과도 깊이 관련되어 있는 듯하다. 말하자면 이 작품이 대중성을 확보하게 된 작품 나름의 독특한 미적 특질을 찾아보고자 하는 의도이다. 이러한 과제에 접근하기 위해 본고에서는 먼저 작품에 수용된 소재들의 분석에서 출발하겠다. 소재 분석을 통해 이 작품이 지닌 주요한 미의식이 드러난다면, 이를 기반으로 작품에 그려진 인물의 형상과 사건 구성의 측면을 검토하기로 한다. 그러는 가운데 이 작품의 주제 의식이 거론될 것이며, 더 나아가 이 작품의 미적 특성이 어떠한 세계관적 기반에 입각해 있는가를 조심스레 추정해 보겠다.

2. '물질적 상상력'의 문제

2.1. 물질과 이미지, 그리고 상상력의 구조

<숙향전> 전반에 걸쳐 드러나는 특이한 점은 사건의 각 국면마다 동물과 식물을 포함한 물질들이 사건 전개의 주요 매개물로 등장한다는 점이다. <숙향전>은 거북의 보은 이야기로부터 시작된다.4) 이 서두의

삽화에서부터 이 작품 전체의 줄거리를 이끌어가는 상상력의 기조가 어디에 있는가를 찾아볼 수 있다. 숙향의 아버지 김전이 어부의 그물에 걸린 거북을 구해 주고, 그 거북이 다시 물에 빠져 죽게 된 김전을 구해 주는 이 삽화의 바탕에는 '거북'→'구슬'→'옥지환'으로 이어지는 물질들의 한 계열이 놓이는데, 이는 이후 전개될 숙향 이야기의 중심 매개체 역할을 하게 된다.[5]

후속되는 사건들에서도 물질들이 중요한 역할을 하고 있다. 숙향을 낳을 때에 '힌 꽃 흔 가지'로 그려진 게(계)화가 떨어지며 태몽에서는 금성(섬)이 나타난다. 숙향이 고난을 당할 때 잔나비, 황새, 까치 등이 도와주며, 그녀가 지상계에서 천상계에 이르거나 천상계에서 지상계로 돌아올 때는 으레 청조나 사슴이 이끌어 준다. 또한 천상계에서는 경액이나 차를 마셔서 전생 일에 대한 기억을 회복하고, 다시 나무 열매나 '동정귤 갓탄 것'을 먹음으로써 전생 일을 망각하게 된다. 저녁까치와 같이 숙향의 고난을 예고해 주는 짐승도 있으며, 청삽살이처럼 고난을 당하는 숙향을 성심껏 도와주는 동물도 있다. 마고선녀는 손님 이선을 대접하는 술상에 양관초, 금광초 등 천상계의 음식들을 차리고, 이선은 황태후의 병을 고치려고 별이용, 게란쥬, 향효쥬 등 신이한 약들을 구해오기도 한다. 또한 숙향이 도둑의 누명을 쓰고 장승상 댁에서 쫓겨나게 된 그 장물은 금봉채와 옥장도였다.

---

4) 이 점은 강조될 필요가 있다. <숙향전>은 숙향의 탄생에서부터 시작되거나, 혹은 숙향의 고난에서부터 시작되지 않는다.

5) 장홍재, 앞의 논문, 459면에서 '<숙향전>의 보은형은 구슬이 그 핵심적 매개체가 되고 있다'라고 지적하여 구슬의 역할에 주목한 바 있다. 그렇지만 그것은 보은의 주제를 구현하기 위한 수단으로서 구슬을 주목한 것이지, 이 작품의 중심적인 상상력을 문제 삼으면서 구슬을 언급하고 있는 것은 아니다.

　이렇게 <숙향전>의 주요 사건을 일별만 하더라도 여러 동식물, 인공물 등 물질들이 중요한 매개 역할을 하고 있음이 확인된다. 이 작품에 나타나는 주요 물질들을 세 범주로 나누어 표로 제시해 보겠다.

(가)	천상계에 속한 물질	계화 금섬(金蟾) 경액 차 반도(蟠桃) 양관초 금광초 신광초 천광초 가련초 별리용 게란쥬 향효쥬 화환단 파초 거문고 피리 바둑 학
(나)	천상적 속성을 지녔으면서 지상계에 속한 물질	거북 구슬 잔나비 황새 까치 저녁까치 청조 사슴 모란나무 복숭아나무 앵무새 청삽살이 백련화(白蓮花) 석류 동백나무 소나무 꽃봉오리 나무열매 나물 동정귤(같은 것) 대추(같은 것)
(다)	천상계에 속한 물질	옥지환 갈대숲 금봉채 옥장도 비단 관대 흉배 화상(畵象) 수족자

　도표에서 보인 (가), (나), (다) 세 범주는 매우 유동적이다. 이 작품에 나오는 물질들은 대부분 (가)→(나)→(다)의 연속선상에서 이해될 만한 성질의 것들이다. 가령, 계화는 숙향의 탄생을 계시하는 물질인데, '흐날노셔 흰 꼿 흔 가지 중시 압히 쩌러지'⁶⁾는 것으로 묘사된다. 하늘에 속한 물질인 계화는 이제 태어날 인간 숙향의 화신으로서 지상계에 떨어지는 것이다. 수족자의 경우도 이것 자체는 지상계의 인물인 숙향이 수놓은 것이지만, 꿈속에서 경험한 천상계의 형상을 담고 있는 것이기에 천상적 성격을 아울러 지니고 있다. 이와 같은 사정에도 불구하고

---

6) 숙향전(『한국고대소설총서』1, 이화여대 한국문화연구원, 1958), 5면. <숙향전>의 이본들에 대한 연구는 구충회, 앞의 논문에서 자세히 이루어졌다. 본고에서는 심씨본의 계통을 이은 이대본을 대본으로 한다. 이대본은, <숙향전>의 어느 이본보다 고본에 속하면서도 작품의 중간 부분까지만 필사되어 있는 심씨본을 충실히 반영한 이본이기 때문이다.

위에서 세 범주로 나눈 것은 작품 속에서 등장인물의 의식상 명백히 천상계의 것이라고 간주하고 있거나 천상계에 속한 인물·배경을 묘사하기 위해 선정된 물질들이 있으며, 그에 대비되어 명백히 지상적 존재들에게만 소용되는 물질들이 있기 때문이다.

그런데 이 작품에 나오는 물질들이 천상계에서 지상계에 걸친 유동적인 성격을 지닌다는 점은 그것들이 신의 섭리에 따라 천상적 질서에 조응하고 있음을 의미한다. 이러한 천상적 질서에의 조응은, 달리 말해서, 물질들에 대한 애니미즘적인 사유 방식에 기초해 있음을 말하는 것이기도 하다. 모든 물질들은 천상계와 지상계를 관통하는 어떠한 섭리에 나름대로의 방식으로 조응하면서 세계의 조화에 관여하는 것이다. 아래 두 장면은 이 작품에 나오는 물질들의 이러한 성격을 잘 드러내고 있다.

> 즉연 비감ᄒ여 눈물을 나리오고 초당의 나오니, 예 업던 구롬이 동산의 어리엿고 긔이ᄒᆫ 향너 진동ᄒ거날, 승숭이 혼ᄌ말노 이라되, '잇ᄯᅥ 츄절이라. 오식 구롬 일 ᄯᅥ 아니요, ᄯᅩ혼 나무입과 쏫 펠 ᄯᅥ 아니라. 어디셔 고이혼 향너 나난고?' ᄒ며 쥭중을 집고 동산의 올나 비회ᄒ더니, 모란화 나무의 입피 시로 퓌여 나고 쏫치 만발혼디 혼 게집아희 안ᄌ 죠울거날(23)

> 승셔 왈, "이번 거럼이 도라올 기약 망연ᄒ오니 져 충전의 동빅나무 입풀 표ᄒ나니, 입피 누르거든 병든 줄 알고 입피 ᄯᅥ러지거든 죽은 줄 알고 전과 갓치 충충ᄒ거든 무ᄉ이 도라오난 줄 아옵쇼셔." 부인 왈, "쳡도 신물을 표ᄒ리다."ᄒ고 옥지환 혼쪽을 쥬며 왈, "이 지환 빗치 누르거든 병든 줄 아옵고 검거든 죽은 줄 알고 전과 갓치 빅빅ᄒ거든 무ᄉ혼 줄 아옵쇼셔……"(191, 120)

앞의 것은 숙향이 장승상 댁에 의탁하게 되는 장면이다. 장승상이 부인과 함께 자식 없음을 한탄하다가 사슴이 그 집 동산에다 데려다 놓은 숙향을 만나게 된다. 천상 선녀의 화신인 숙향이 장승상 댁 동산의 모란나무 아래에서 졸고 있을 때, 오색구름과 모란나무가 그녀의 신이성에 응하여 때 아니면서 구름이 일고 꽃이 핀 것이다. 뒤의 것은 숙향이 황태후의 병을 낫게 하기 위하여 이계로 약초를 구하러 가는 남편 이선과 이별하는 대목이다. 인간의 삶과 병듦과 죽음에 조응하여 변색하는 동백나무와 옥지환을 서로 신표로 삼고 있다.

이와 같이 <숙향전>에 그려진 물질들은 대부분 세계의 조화에 부응하는 정령적인 존재들이며, 이로부터 이 작품의 상상력의 배경에 애니미즘적인 사유 방식이 자리 잡고 있음을 알 수 있다.

이와 함께 위의 두 예문은 그 이미지의 선명성에 있어서 주목할 만하다. 다섯 살배기 어린아이가 오색구름이 감돌고 모란꽃이 활짝 핀 나무 아래에서 잠들어 있는 모습은 무엇보다도 색감에 의해 그 시각적 이미지의 선명성이 확보된다. 또한 동백나무 잎이 누렇게 되면 병든 징표요, 그 잎이 떨어지면 죽은 것이요, 예전처럼 푸르면 살아 돌아오는 것이다. 그와 마찬가지로 옥지환의 색깔이 누렇게 되면 병들었고, 검어지면 죽었고, 예전처럼 희면 살아 있는 것이다. 여기서 오색(五色) 즉, 적·황·청·흑·백의 원색들이 인간의 고락과 생사와 관련된 선명한 이미지로 제시되고 있음을 인지할 수 있다.

<숙향전>에서는 위의 두 장면 외에도 물질들이 원색적 이미지로 제시되는 경우가 흔하다. 아래에 도표를 제시해 보았다.

백(白)	계화 백연화 학
적(赤)	모란 홍도화 석류 동정귤 대추
황(黃)	금성 금광초 금봉채 갈대
청(靑)	청조 청삽살이 청노새 동백나무 소나무 나물 파초
흑(黑)	거북 까치 검은 칠

　이렇게 다섯 색깔로 정리해 본 것은 우선 작품 속에서 '흰꽃', '빅연화', '홍도화', '금성(셤)', '청됴', '청잡(삽)스리', '거문 칠' 등 색깔을 명시해 놓은 점을 중시했기 때문이다. 이외의 물질 가운데 색감을 느끼게 하는 것들을 위에서와 같은 색깔의 범주로 분류하는 것은 큰 무리가 아닐 것이다. 이렇게 놓고 보았을 때, 이 작품에 나오는 물질들은 대부분 원색적 이미지에 따라 선명도가 부각된다고 할 수 있다. 작품 속의 각 장면들에서 느껴지는 이미지가 작품 전체의 인상을 형성한다면, <숙향전> 전체의 인상은 이 작품에 나오는 물질들이 대부분 원색적 이미지를 띠고 있다는 사실에 결정적으로 의존한다.

　그런데 이러한 원색적 이미지와 함께, <숙향전>에서는 '원물질'이라 이를 만한 요소들로 환원될 수 있는 이미지 구성이 중요한 특징으로 인식된다. 이 점은 이 작품의 서사 전개상 가장 핵심적인 위치에 있는 숙향의 '다섯 번 죽을 액'에서 집약적으로 나타난다. 숙향이 지상계에서 겪는 이 다섯 번의 죽을 고비란 ① 도적 만나 죽을 액, ② 후토부(后土府)에 들어갈 액, ③ 사향의 모함으로 포(표)진물에 빠져 죽을 액, ④ 노전에서 화재 만나 죽을 액, ⑤ 낙양 옥중에서 매 맞아 죽을 액 등이다. 그런

데 이 다섯 번의 액은 각각 선명한 원물질적 이미지를 조성해 내고 있
는 것이다.

다섯 번의 액 가운데 우선 ②는 후토부라는 명명에서 직접 유추될 수
있고, 또한 숙향이 청조의 인도를 따라 깊은 산중으로 들어가 어느 궁
궐에 이르게 된다는 사건 전개의 면에서도 연관 지을 수 있듯이, 흙[土]
의 이미지를 구성한다. ③은 표진강, 용녀의 화신인 거북의 구원, 연엽
주를 타고 오는 두 선녀 등이 모두 물[水]의 이미지 속에 흡수된다. ④
는 갈대숲 화재, 화덕진군의 구원, 화덕진군이 사용하는 부채·벼락 등
의 기구 등이 불[火]의 이미지를 구성한다. 이미지 구성의 측면에서 ②,
③, ④는 아주 선명하게 그에 대응되는 원물질적 성질을 내포하고 있는
것이다.

여기에 이미지의 선명성에 있어서는 다소 떨어지지만, 어느 정도 유
추가 허용되는 선에서 나머지 두 액도 원물질적 이미지와 관련될 수 있
다는 점이 고려되어야 한다. 곧, ①은 병란이 일어나 도적이 숙향을 죽
이려 드는데, 여기서의 병란은 칼이나 창 등 무기를 연상시킨다. 이는
쇠[金]의 이미지를 구성할 수 있는 요인으로 작용한다. 또한 ⑤에서는
낙양감옥의 나무창살, 곤장을 맞게 되는 상황 등과 관련되면서 나무[木]
의 이미지를 이룰 개연성을 지니고 있다. 이렇게 본다면 숙향이 겪는
다섯 번의 액은 곧 금(金)·토(土)·수(水)·화(火)·목(木)의 다섯 가지 원
물질과 관련된 이미지를 구성하고 있는 것이다.

요컨대 <숙향전>에서는 소재 면에서 동·식물을 포함한 물질들이
다수 나타나고, 그것들이 지닌 색감에 의해 작품의 각 장면마다 원색적
이미지를 구성하며, 더 나아가 작품의 핵심적 줄거리 속에 원물질적 이

미지가 내재해 있다. 물질들의 원색적 이미지가 작품의 외피적인 인상을 이루는 것이라면, 원물질적 이미지는 작품의 기본 골격을 이루는 것이라 할 수 있다. 그리고 이러한 오색과 오행(五行)을 통한 이미지 구성에는 전통적인 오행 사상이 그 배경을 마련하였을 것임도 짐작되는 일이다. 말하자면 <숙향전>은 오행 사상을 그 중요한 배경 사상으로 하고 있다는 것이다.

2.2. 물질적 상상력과 인간 육체에의 관심

<숙향전>에서 물질적 상상력은 물질적인 소재의 차원에 머무는 것이 아니라, 인물이나 사건에 관련된 측면에도 중요하게 작용하고 있다. 물질적 상상력은 인물을 그리는 데에 있어서는 인간의 육체적인 측면에 초점을 맞춘 서술 태도로 나타나게 된다. 우선 다섯 번에 걸친 숙향의 액은 기본적으로 그녀의 육체적인 고통에 초점이 맞추어져 있다. 숙향이 첫 번째로 부딪히는 고난에서부터 이 점이 특히 강조된다.

> "너난 줌간 니곳디 잇셔, 비곱푸거든 이 밥을 먹고 목마르거든 져 물을 써먹고 잇시면 우리 닐일 와 다려가마."(11)

숙향의 부모가 숙향을 버리고 떠나면서 하는 위의 말은 특별히 '배고픔'과 '목마름'에 대한 관심을 드러내고 있다. 말하자면 인간의 고통이 이 두 가지 점에 집약되어 진술된 셈이다.[7] 그리고 배고플 때 밥을, 목

---

7) 이 예문의 핵심부분은 <배비장전>에서도 인용되고 있다. 이 점과 관련하여 이상

마를 때 물을 찾는 것은 육체를 소유한 인간이 지니는 가장 기초적인 욕구이다. 숙향이 당한 고난이 이렇게 육체적인 성격을 지닌다는 점은 강조될 필요가 있다. 우리 고전 소설에서 주인공이 어떤 고난을 당했을 때, 이처럼 육체에만 초점을 맞춘 진술은 찾아보기 힘들다.

도적의 손에서 벗어난 숙향은 길거리에서 방황하고 있었다. 이를 작품 속에서는 '바장거림'이라는 말로 표현하고 있는데, 이는 배고픔, 목마름과 함께 숙향의 고난을 표현하는 핵심적인 개념어이기도 하다. 이렇게 바장거리고 있을 때, 잔나비가 나타나 그녀에게 먹을 것을 준다.

> 잇써, 날이 저물고 인젹이 끈어지니 비곱파 갈 바를 아지 못하여 덤풀 밋틔 의지ᄒᆞ여 어미만 부르며 우노라 ᄒᆞ니, 혼 잘(잔)닉비 술문 괴긔 혼 덩이를 무러다가 쥬거날, 먹으니 비는 부르나 잇써 츄구월이라. 밤이면 츤 바람이 이러나니 발이 실려 두 손으로 붓들고 우더니, 어듸셔 황시 녀나무 마리 나라와 나리로셔 숙향의 몸을 두로 덥푸니 츕지 아니ᄒᆞ더라.(13)

배고파 바장거리는 숙향에게 잔나비가 '삶은 고기'를 가져다주고, 추위에 떨고 있는 숙향을 황새들이 감싸 준다. 곧, 숙향의 고난이 배고픔과 추위라는 모습으로 나타나 있다. 특히 배고픔에 허덕이는 인간에게 주어지는 삶은 고기. 숙향은 인간이기에 삶은 것을 먹어야 하며, 당대 인간에게 고기만큼 푸짐한 먹을 것은 다시없다.8) 이는 독자에게 매우

___

구, 앞의 논문, 66면에서는 당대 독자층이 이 대목을 '숙향의 현실적 고난'의 의미로 수용하였을 것이라고 옳게 지적하고 있다. 그런데 필자는 이 구절이 지닌 내용적 의미의 바탕에 놓인, 당대 독자들에게 매우 강렬한 인상을 주었을 법한 그것의 이미지를 문제 삼는 것이 작품 이해에 보다 중요하리라 본다.
8) 이와 유사한 모티프를 담고 있는 <동명신화>에서는 신화적 영웅을 자연계가 보

선명한 인상을 주었을 법하다. 이 대목에 대해 고난 받는 인간 숙향을 천상적 존재가 도와준다는 정도로만 이해해서는 이 작품이 지닌 특유의 상상력과 그로부터 형성되는 생생한 이미지를 포착하기 어렵다.

<숙향전> 역시 여느 고전 소설처럼 천상계와 지상계의 이분적 구도 속에 짜인 작품이다. 이러한 구도는 그 자체에 이미 관념적인 의식이 개재해 있다는 점을 부인할 수는 없다. 그런데 이 작품은 주인공이 천상계와 지상계를 오고가는 과정에서 배고픔의 요소가 끼어들고 있다는 특징이 있다.

> 슉향이 부인게 빅비 스례ᄒ고 그 빅녹을 타니 구롬을 헷치고 나난다시 가니 아모던 쥴 모를니라. 훈 곳디 다다르니 그 스심이 니여셔거날, 슉향이 나려 보니 비곱푸거날 그 나무열미를 ᄯ 먹으니 비는 부르되 쳔승일이 아득ᄒ고 인간 고승만 싱각ᄒ니, 도로 아희 ᄆ음 되여 도라보니 스심은 아니요 동산일네라(21)

명사계의 후토부인을 하직하고 다시 지상계로 돌아오는 과정을 서술한 위의 예문에서 '사슴의 인도→배고픔→나무 열매 먹음→천상일 망각→인간 고생만 생각'으로 진행되면서 배고픔의 요소가 천상계에서 지상계로 이행하는 계기로 설정되어 있다.[9] 주인공이 천상계에 올랐다

호하는 의미를 지니는 반면, <숙향전>에서처럼 인간인 주인공이 겪는 육체적 고통을 그리고 있지 않다는 점에서 중요한 차이를 보인다.

9) 다음 예문도 이와 동일한 전개 방식을 취하고 있다. '슉향이 비의 나려 도라보니 발셔 간듸업난지라. 슉향이 실푼 마음을 졍치 못ᄒ여 눈물을 쑤리고 동듸히로 향ᄒ여 가더니 비 심히 곱푼지라. 션녀 쥬던 동졍귤 갓탄 것슬 먹으니 비부르되 쳔승일은 다 잇치고 인간 고승만 싱각히더라.'(45)

가 다시 지상계로 돌아오는 신비한 이야기 속에 바로 이와 같은 육체적 요소가 개입된다는 점은 분명 이 작품이 지니고 있는 주목할 만한 특징인 것이다.

이 작품에 그려진 숙향의 고난이 가장 생생한 인상으로 전달되는 대목은 노전에서 화재를 당한 숙향의 형상이다.

> "불형세 급흐니 너 가진 것과 옷실 버셔 너 셧던 곳의 놋코 네 몸만 너등의 업퍼라." 흐거날, 슉향이 옷실 버셔 노흐니 불이 발셔 옷시 다엿더라.……노인니 슉향을 업어다가 노젼을 건너 놋코 스미 흐나를 씌여주며 왈, "일노 아리를 기루고……"(55)

숙향의 '벌거벗은' 형상은 그녀가 당하고 있는 고난의 성격을 극명히 드러내 보이고 있다. 바로 육체적 고난인 것이다.[10] 더군다나 위 예문은 벌거벗은 처녀를 등에 업은 늙은 남자의 형상으로 인해 성적인 이미지까지 드러내고 있다. 일반적으로 고전 소설에서 여주인공이 고난에 처하게 되는 이유는 대개 자기의 천정배필에 대한 희구와 그에 대한 절개에 있다. 그러기에 그들 여주인공이 숙향처럼 옷까지 벗는 일은 좀처럼 찾아볼 수 없다. 사회적 이데올로기로 포장된 여성으로서의 모습을 끝까지 견지하기 마련인 것이다. 이 점에서 숙향은 고전 소설의 일반적인 여주인공들과는 현저히 다른 자리에 놓여 있는 인물이다.

---

10) 이상구, 앞의 논문, 80면에서는 이 대목을 '헐벗은 유랑걸인으로서의 숙향의 강한 현실적 이미지'로 보았다. 그런데 '헐벗음'과 '벌거벗음'은 엄연히 다른 말이고, 더욱이 '현실적 이미지'란 말의 외연은 실로 다양할 것이기에 그의 해석은 오히려 모호한 측면이 있다.

화덕진군의 도움으로 노전을 벗어난 숙향은 다시 바장이는 상태에 있
게 된다. 그러다가 마고할미의 구원을 받게 되는데, 그 과정에 대한 기
술은 다음과 같다.

> 날이 시미 벌거벗고 가기도 어렵고, 쏘훈 비곱파 움지기지 못ᄒ고 질
> ᄭ 슈풀을 의지ᄒ여 안잣노라 ᄒ니,(56)……"할미집이 예셔 얼미나 ᄒ온
> 지 닌 이리 벌거버셔실 분더러 비곱파 민망ᄒ여이다." 할미 광져리로셔
> 슬문 산치 훈 즐기를 너여 쥬며 왈, "아직 비곱푼더 이것시나 먹으라."
> 슉향이 그 나물을 먹으니 비부르고 향긔로와 정신니 황홀ᄒ지라.(57)

벌거벗음, 바장거림, 배고픔. 이 모두는 동질적인 의미를 지니면서 유
사한 이미지를 보여 준다. 역시 육체적 고난의 형상인 것이다.

그런데 이와 같은 육체에의 관심은 숙향의 고난에서만이 아니라, 그
와는 다른 맥락에서도 지속적으로 나타난다. 숙향이 부귀하게 되어 보
은의 길을 떠나서 예전에 자기를 구해 준 짐승들을 만나게 된다. 그 짐
승들에게 숙향이 보은하는 방법은 다름 아닌 후하게 먹이는 것이었다.

> 즁ᄉ 고을의 긔별ᄒ여 빅미 슙빅 셕을 가져다가 밥을 지어 정셜ᄒ여
> 왈, "닌 궁곤ᄒ여 죽긔 되여실 제, 너의 구치 아니ᄒ여시면 닌 엇지 ᄉ
> 라 오날날 이리 귀히 되리요. 너의 은혜를 싱각ᄒ면 빅골 난망이라 엇
> 지 다 갑푸리요."ᄒ고 음식을 진셜ᄒ여 노ᄒ니 그 짐싱들이 일시의 먹
> 고 가거날,(164, 5)

'백미 삼백 석'으로 밥을 지어서 짐승들을 먹이고 있다. 이들 짐승은
잔나비, 황새, 까치 들로서 천상계의 명령에 따라 숙향을 도운 짐승들이

다. 이들 천상적 존재 역시 먹을 것에 의해 자신들의 시혜에 대한 보답
을 받게 된다.

용왕은 김전에게 딸 숙향을 만날 방도를 일러 주는 천상적 존재이다.
그러한 그가 다음과 같이 행동한다.

> 노인 왈, "슉향의 스싱은 좀간 들어거니와 비곱파 말 못ᄒ리로다."ᄒ
> 거날, 김젼이 일힝의 가져온 음식을 너여 먹이고 쳥ᄒᆫ디, 노인니 "비부
> 르지 아니타." ᄒ거날,……김젼니 친니 슐집의 가 술문 듯 ᄒ 바리와 각
> 식 음식을 갓쵸와 친니 가져다가 구러 드리니, 노인니 스양치 아니ᄒ고
> 다 먹은 후의……(169)

용왕은 김전에게 먼저 자신의 배고픔을 채워 줄 것을 요구하여 음식
을 배불리 먹은 다음에 그의 희구하는 바에 응답하는 것이다. 이렇게
천상적 존재에게조차 배고픔과 관련된 육체적인 관심이 베풀어져 있는
것이다.

이러한 관심의 연장선상에 작품 후반부 황태후의 병을 둘러싼 사건에
대한 서술 시각이 놓이게 된다. 갑자기 황태후가 병들게 되자 어떤 도인이
나타나 말문을 여는 가련초[開言草], 귀를 트이는 별이용[鼈耳茸], 눈을 밝히
는 게란쥬[開眼珠]를 구하라고 일러 준다. 이러한 계시에 따라 이선이 이른
바 구약 여행(求藥旅行)에 나서 그 약들을 모두 구해 와 이미 20여 일 전에
죽은 황태후를 소생시키게 된다. 다음은 황태후의 소생 장면이다.

> 위션 옥지환을 티후 시체 우의 노흐니 술빗치 도로 싱ᄒ거날, 쏘ᄒ
> (향)효쥬로 싯치니 슘을 너쉬난지라. 입의 가련초를 엿코 귀의 별이용을

너흐니 티후 화싱ᄒᆞ여 말ᄉᆞᆷᄒᆞ시거날, 그제야 게란쥬를 눈의 너흐니 눈
니 발고 졍신니 식식ᄒᆞ거날,(221)

황태후의 소생 과정은 그야말로 육체적 이미지의 집약된 표현들로 그
려져 있다. 살이 돋아나고 숨을 내쉰 다음, 입과 귀가 트여 말하고 눈이
밝아지면서 비로소 정신이 돌아오는 것이다.[11]

이상에서 보았듯이, <숙향전>에서는 지상적 인물이나 천상적 인물이
나 기본적으로 그들의 육체적인 측면에 초점을 맞추어 기술하고 있다.
이 점은 앞 절에서 살펴본 물질적 상상력의 소산이지만, 그것이 특히
우리의 무속적 사유 방식과 연관되는 특질인 점에 주목해야 한다.

3. 신들의 우스개와 인간의 운명

3.1. 신들의 형상

<숙향전>에는 천상적 존재들이 상당히 많이 등장하고 있다. 천상적
질서의 구현에 이바지하는 여러 신이한 동물들은 차치하고라도 신의 형
상을 띤 인물들이 다수 등장하고 있는 것이다. 이 신들은 다른 고전 소

---

11) 이 대목은 <바리공주> 전승과 동일한 표현들로 이루어져 있다. 그런데 <숙향
전>은 이 대목에 이르기까지 지속적이고 일관되게 육체적 이미지의 생성에 주
력하고 있기 때문에, 유독 이 대목(혹은 작품 후반부의 이선의 구약 여행담)만
을 지목하여 바리공주 전승과의 관련성을 논하는 것보다 훨씬 포괄적이면서 심
층적으로 이 두 작품의 관련성이 논의되어야 한다. 조용호, 앞의 논문, 268면에
서 숙향과 이선의 이야기가 양성적 존재인 바리공주의 이야기를 양성 각각으로
분리한 이야기라고 하여 두 작품의 관련성을 논한 것은 시사하는 바가 크다.

설에 나오는 신들처럼 인간의 운명을 규정하고 그 운명의 실현을 위해 도움을 주는 신들이다. 그런 점에서 <숙향전>의 신들은 관습적인 모습으로 형상화된 측면이 있다.

신들의 일대 향연인 요지연(瑤池宴)에 등장하는 신들은 신비스런 배경과 휘황한 분위기 속에 옥황상제를 정점으로 하는 성스러운 모습으로 그려져 있다. 지상적 존재에게는 감히 범접할 수 없는 고귀하고 신령한 요지의 세계이기에, 그 입구에 선 숙향이나 이선은 위압감과 경이로움에 어쩔 줄 몰라 한다. 그들은 현세의 인간으로서가 아니라 전세의 신으로 변환한 다음에야 그 향연에 참여할 수 있었다. <숙향전>에 나오는 신들은 기본적으로 이러한 요지연의 성스러운 배경을 체현한 인물로 그려져 있다. 숙향에게 정해진 액 가운데 두 번째로 다녀오게 되는 명사계를 주관하는 후토부인은 여러 선녀들의 옹위를 받고 경액을 마시며 인간 숙향의 운명을 예견한다. 대성사 부처는 이선을 꿈에 요지연으로 인도해 주며, 그가 헤맬 때 길을 가르쳐 준다. 이선이 황태후의 병을 고칠 약을 구하기 위해 봉래산에 갔을 때 두 신선이 태연히 바둑을 두고 앉아 있었다. 이러한 신들의 모습은 신령한 천상적 존재로서 관습적인 서술 태도에 의해 형상화된 것이다.

그런데 이 작품에서 숙향을 고난에서 구해 주고 그녀의 운명을 실현시키는 데 결정적인 역할을 하는 신들인 화덕진군, 용왕(혹은 용녀), 마고할미의 경우는 이와 같은 신령한 존재이면서 동시에 인간적인 모습을 하고 있음에 유의할 필요가 있다. 마고할미가 청조로 변하여 숙향을 요지연으로 인도한다거나, 화덕진군이 화재를 당한 숙향을 업고 순식간에 불 속을 빠져나온다거나, 용왕이 천상계로 약을 구하러 가는 이선을 도와준다거나 하는 것은 모두 천상적 존재로서의 면모를 드러내는 것이다. 그러나 그들은 이러한 모습과 함께 다분히 인간적인 모습을 하고 있다.

서두의 삽화에 등장하는 거북은 용녀의 화신인데, 어부들에게 잡혀 죽게 되었을 때 살려 달라고 애원하는 듯한 표정으로 눈물을 흘린다. 그리고 그 거북은 자기 목숨을 구한 김전의 은혜를 잊지 않고 김전과 그의 딸 숙향이 고난에 직면했을 때 그들을 구원해 준다. 한번 받은 은혜에 대해 누차에 걸쳐 보답을 하고 있다. 마고할미의 경우는 더욱 더 인간의 모습에 가깝다. 천상적 존재이면서 인간에 내려와 술집 주모로서 행세한다는 면에서도 그렇거니와, 그녀가 천상 세계에 속해 있을 때의 모습 역시 다음과 같은 촌부(村婦)의 형상으로 그려진다.

> 소나무 밋틱 혼 거어지 갓혼 늘근 할미 헌옷 입고 돌 우의 안즈거
> 날,(213)……혼 할미 헌옷 입고 광져리를 엽폐 씌고 나물을 키거날,(219)

헌옷 입고 광주리를 옆에 끼고 나물 캐는 모습의 마고할미는 술집 주모로서의 모습보다도 원초적인 시골 노파의 형상인 것이다.

신들의 이러한 인간적 형상은 희학적(戲謔的)으로 그려질 경우가 많다. 노전의 화재에서 등장했던 화덕진군은 그 후 이선이 숙향을 찾는 대목에서 다시 나온다. 다음은 이선이 숙향을 찾아 헤매다가 화덕진군을 만나게 되는 장면이다.

> 니랑이 나아가 지비호되 보와도 본 체 아니호거날, 민망호여 쑤러 업
> 디려 비러 왈, "나는 지닉가난 힝킥이옵더니 갈 길을 몰나 뭇나이다."

그 노즁이 눈을 조곰 쩌 보고 왈, "니 귀먹어시니 소리를 크게 흐라."
니랑 왈, "나난 낙양ㅼ 니위공의 아달 니션니옵더니……"(90)

이선은 자신의 천정배필인 숙향을 찾기 위해 김전의 옛 집과 장승상 댁을 찾았다가 결국 아무런 소식도 듣지 못했던 차다. 그러기에 이 노인을 만나 숙향의 거처를 묻는 이선의 심정은 매우 초조한 것이었다. 이런 그에게 화덕진군은 시치미 뚝 떼고 귀먹었다고 소리를 크게 하라고 말한다. 그는 신이기에 이선의 희구하는 바를 모를 리 없는데도 이렇게 능청맞게 대하고 있다.

또한 앞장의 인용문에서 보인바, 용왕은 김전이 딸 숙향을 찾으려고 하였을 때 배고파서 말 못하겠다는 둥, 술 취해서 말 못하겠다는 둥 핑계를 대며 의뭉스럽게 대꾸하고 있다. 마고할미 역시 숙향을 찾아온 이선에게 능청스런 거짓말을 둘러댄다. 자기가 숙향을 데리고 있으면서도 그녀의 친부모를 찾아가라고 이르며, 숙향을 터무니없이 병신이자 추물로 소개한다. 이선이 여러 곳을 다닌 후 다시 이화정으로 와서 하소연하였을 때, 마고할미는 "슉향이 발셔 다른 스람의 비필이 되여 간 고로 못 본잇가"(97)라며 희롱한다. 이 밖에 이선이 구약 여행을 떠나 용자의 안내로 12국을 지날 즈음에 여동빈, 이적선 등 신선이 나타나 신선의 이야기는 모두 헛것이니 자기들이랑 술이나 마시다가 가라는 등의 말로써 이선을 희롱하는 것도 이러한 맥락을 따른 것이다.

신들의 이러한 모습은 인간에 대한 신의 우위에 입각한 일종의 여유로 이해될 수 있다. 인간은 운명의 소용돌이 속에 몹시 초조하나, 신은 그들의 운명을 꿰뚫어 보는 위치에서 의뭉스럽고 능청맞다. 운명의 소용돌이에 처한 인간과 그들의 운명을 위에서 내려다보는 신들 사이의 선명한 대비가 성립되는 것이다. 이 작품이 비장미를 골간으로 하면서도 유머가 간간히 흐르는 양상은 바로 이와 같은 인간과 신의 대비적 구도에서 가능했던 것이다.

3.2. 인간의 운명과 그 의미의 반추

<숙향전>의 줄거리는 크게 탐색담과 보은담으로 이루어져 있다. 숙향이 부모와 헤어진 후 다시 부모를 만나게 되는 과정이나, 숙향과 이선의 천정 인연을 맺기 위한 서사적 전개는 탐색담으로서의 성격을 지니고 있다.[12] 그런데 작품 전체에서 차지하는 비중으로 보아 탐색담이 매우 중요한 의의를 지니는 것은 분명하지만, 그에 못지않게 보은담의 의의가 크다는 점에도 주목해야 한다.

작품 서두에 거북의 보은담이 하나의 삽화로 제시되는데, 이는 단순히 작품의 도입을 위한 삽화로서의 의의만 지닌 것이 아니다. 이후 거북은 숙향이 고난에 처했을 때 누차에 걸쳐 재등장하여 그녀를 구해 주고 있으며, 숙향뿐만 아니라 이선의 구약 여행에서도 거북의 아버지인 용왕이 도와주고 있다. 그럴 때마다 작품 서두에서 제시된 김전의 시은(施恩)과 그에 대한 거북의 보은(報恩) 이야기가 여러 번 되새겨지고 있음을 본다. 이는 거북의 보은담이 사건 전개의 중요한 한 계기로서 작품 전체를 통해 거듭 강조되고 있는 주제임을 말해 준다.[13]

---

12) 조용호, 앞의 논문에서 <숙향전>이 지닌 탐색담으로서의 성격에 대해 자세히 검토하였다.

이와 함께 숙향이 다섯 번에 걸친 고난을 다 겪은 다음에 이어지는 이야기가 보은담의 성격을 지닌다는 점도 고려되어야 한다. 숙향은 이선과의 결연 과정에서 야기된 마지막 시련을 이겨내고 정렬부인의 직첩을 받게 된다. 그리고 남편이 형주자사로 부임하자, 그를 뒤따라 자신이 예전에 거쳐 온 지역을 순방하면서 그때 자신을 도와주었던 신, 동물, 인간들에게 보은을 행하게 된다. 물론 이는 숙향이 헤어졌던 장승상 부처와 친부모를 만나게 되는 과정이기도 하다. 따라서 이 부분은 보은담이면서 탐색담으로서의 성격을 아울러 지니고 있다. 또한 이 작품의 서두가 거북의 보은담에서 시작되는 것과 짝을 이루어 그 결말이 숙향의 최초의 고난에 조력자로 등장했던 어느 늙은 도적을 다시 만나 그에게 보은하는 이야기로 구성되어 있다. 이렇게 보은담이 작품의 처음과 끝에 제시된 점도 이 작품에서 보은의 주제가 지니는 의의를 드러내 주는 근거가 된다.

한편, 탐색담의 성격을 지닌 줄거리 자체를 보더라도, 숙향이 부모와 짝을 찾는 과정이나 이선이 숙향을 만나 결연하게 되는 과정 같은 탐색의 '과정'으로 제시된 대목들에서 무엇보다 고난의 의미가 강조된다는 점에 더욱 주목해야 한다.14) 숙향의 다섯 번에 걸친 고난의 이야기는

---

13) 그렇다고 하여 장홍재, 앞의 논문, 460면처럼, '<숙향전>은 용녀의 화신인 거북을 살려준 데 대한 보은사상이 그 핵심이다'라고 단정 짓는 태도는 온당치 못하다. '보은'은 인간사에 관련되는 원초적인 윤리의식의 하나로서 이 작품에서 중요하게 취급되는 것이지 이 작품의 핵심 사상이라 못 박을 수는 없다.

14) 비록 간략한 언급들이긴 하지만, 김태준, 앞의 책, 216면에서는 '작자는 숙향이라는 여성의 난업고행(難業苦行)을 그리랴고 퍽 애쓴 것 같으니'라고 지적하였고, 김기동, 앞의 책, 196면에서도 '남녀주인공의 애정담보다도 여주인공 숙향의 고행담을 더 많이 표현해 놓았다'라고 하여 숙향의 고난에 대한 일정한 관심을 보여 주고 있다. 또한 성현경(1981 : 99, 100)은 적강소설을 검토하는 자리에서 이 작품을 원형에 속하는 것으로 인정하면서, '이들은 천상세계에서 지은

무엇에 대한 탐색에서보다는 고난 자체에서 그 의미를 찾는 것이 작품의 본뜻에 더 가까이 다가갈 수 있다고 생각한다.[15]

숙향은 고난을 당할 때마다 자기가 지나온 인생 역정을 되풀이하여 말한다. 그만큼 자신이 겪은 인생 체험이 고난의 연속이었다는 의미가 반복 강조되는 것이며, 이를 읽는 독자들에게는 그러한 고난의 의미가 선명히 각인되었을 법하다. 그런데 이 작품을 좀 더 주의 깊게 살펴보면, 숙향의 고난은 이선이 숙향을 찾고 다시 김전이 숙향을 찾으면서 그 의미가 되새겨지고 있음을 발견하게 된다. 그리고 이러한 탐색 과정은 숙향의 고난에 대한 단순한 되새김에 그치는 것이 아니라, 그것에 대한 새로운 해석을 부여하는 과정이기도 하다.

이선이 숙향의 고난을 추체험하게 되는 과정에 있어서, 이전에 이미 독자들에게 전해진 숙향의 고행담과 다른 한 가지 측면이 부각된다. 그것은 마고할미가 이선에게 숙향을 매우 추한 병신으로 소개한다는 점이다.

> "소이난 천승죄 즁호와 인간의 나려와 민(미 / 빈)쳔호 소인의 즈식이
> 되여더니, 오세의 난즁의 부모를 여히고 거어지 되여 정쳐업시 단니다가
> 도젹을 만나 칼 마즈 흔 팔 업고, 포(표)진물의 샌져 죽게 되여더니 질

이러한 자기들의 죄의 대가를, 이승에서 상당한 고통을 받음으로써, 지불하는 것으로 되어 있'으며, '천상세계에서의 득죄의 결과가 이렇게 심각한 처벌로 나타나 있는 우리소설은 그리 흔하지 않다'라고 하여 <숙향전>에 나타난 고난이 독특한 의의를 지니는 것임을 지적하였다.

15) 조용호, 앞의 논문에서는 탐색담으로서 <숙향전>을 이해했기 때문에 작품의 주제를 '원형적 자아의 회복'으로 보았다. 이렇게까지 나아가 작품의 주제를 파악하는 것이 이 작품이 실제로 당대 독자들에게 주었을 의미에 부합할 것인가 하는 의문이 생기고, 또 대다수 고전 소설의 주제 역시 이에서 크게 벗어나지 않는다는 점에서 그 변별력이 의문시된다.

가난 힝인니 구ᄒᆞ여 건져닉니 두 눈니 쳥밍간니 되고, 노젼이란 ᄯᅴ의 와
즈다가 화지를 만나 ᄒᆞᆫ 다리 졀고, ᄯᅩ 후토부인 셩황을 덧드러 두 귀 먹
고, 입만 남아스나 불칙ᄒᆞᆫ 거어지라. 츠즈 실 ᄃᆡ 업나이다."(83)

이렇게 소개된 숙향의 병신 형상은 앞장에서 논급한 육체적 이미지의
한 극단을 보여 주는 것이면서, 숙향의 고난이 지닌 의미를 상징적으로
형상화한 것이다. 이는 물론 마고할미가 이선의 정성을 시험해 보고자
하여 거짓말을 한 것이지만, 이선이 '병신' 숙향을 찾는다는 설정 속에
는 숙향의 고난에 대한 마고할미 및 이선의 해석의 시각이 깔려 있다는
점을 간과할 수 없다.

숙향은 병신이다. 인생 역정 속에 겪었던 고난들이 그녀로 하여금 병
신이 되게 하였다. 말하자면 고난의 결과, 숙향은 흉한 몰골을 한 병신
이 된 것이다. 이는 숙향의 고난이 육체적, 즉물적 고통의 형태였다는
해석이다.

숙향의 고난에 대한 두 번째 해석은 김전이 용왕과 만나 숙향의 생사
여부를 묻는 대목에서 나타난다. 김전은 숙향의 고난 과정에 대해 용왕
이 전해 주는 '숙향의 옛날 길'을 들으면서 다음과 같이 되묻고 있다.

노인 왈, "도젹이 다려갓난니라." 김젼 왈, "도젹이 다려가도 그져 스
랏난잇가?" 노인 왈, "다려다가 유곡역 가온딕 바리고 가니, 쳥됴와 간
치 인도ᄒᆞ여 명스게 후토부인 궁즁의 갓다 ᄒᆞ니 츠즈 보라." 김젼 왈,
"그러면 발셔 죽엇난잇가?" 노인 왈, "후토부인니 힌 스심을 틱와 남군
ᄯᅡ 즁승승딕 동산의 두고 가니……포진물 용왕으게 갓다 ᄒᆞ니 게 가 츠
즈 보라." 김젼 왈, "그러면 발셔 죽엇나이다……" 노인 왈, "……노젼

가의 노왓더니, 질을 그릇 드러 불 타 죽다 호니, 게는 뉵지라 희골 탄

것신 잇실거시니 게 가 어더 보라.” 김젼 왈, “일졍 게 가 죽어스오면

발셔 여러 희 되여스오니 진들 엇지 잇스오릿가?”(170, 171)

　숙향의 고난 과정의 고비 고비마다 김전의 관심은 그녀가 살았는지 아니면 죽었는지에 모아지고 있다. 김전의 물음은 숙향의 고난의 과정이 삶과 죽음의 넘나듦에 해당하는 것이었음을 말해 준다. 이는 숙향의 고난에 대한 의미 부여의 또 다른 차원이다. 숙향의 고난은 죽음에 잇닿아 있는, 생존을 위한 고난이기도 하였던 것이다. ‘다섯 번 죽을 액’이란 말은 그래서 이 작품의 본질에 닿아 있다. 숙향은 인간의 삶과 죽음의 문제를 제 한 몸에 걸머진 존재로서 서사적 전개의 주인공이 되었던 것이다.

　그리하여 이 작품의 주제가 삶과 죽음의 문제로 수렴될 수 있음을 암시받을 수 있다. 인간은 어떻게 태어나서 어떻게 살다가 어떻게 죽게 되는가의 문제인 것이다. 숙향과 같은 서사적 인물은 천상계의 선녀가 인간에 적강하여 천상계에서 미리 마련된 과정을 따라 지상에서의 삶을 살다가 다시 천상으로 돌아가도록 되어 있다. 그러나 이렇게만 말하고 나면 <숙향전>만이 지닌 특성과는 오히려 거리가 멀어진다. 대부분의 적강 소설들이 이에 해당할 것이기 때문이다. <숙향전>은 무엇보다도 인간의 삶의 과정 곳곳에 내재해 있는 고난을 죽음과 같은 존재론적인 의미로 받아들이고 있다는 점이 독특하다. 삶과 죽음의 경계에서 예정된 고난은 죽음 쪽으로 유도하고, 선한 신들은 삶 쪽으로 유도한다. 인간은, 신이 그랬듯이, 도움을 받은 만큼 베풀어야 한다는 삶의 초보적인 원칙을 지키면서 예정된 운명을 따라가고 있다. 원초적인 죽음의 공포

속에서 초보적인 삶의 원칙을 지키면서 선한 신에 의한 구원을 꿈꾸는 것이 숙향의 이야기이다.

여타의 군담 소설과는 달리, <숙향전>에 그려진 작품 내적 현실이 정치 사회적인 성격을 그리 뚜렷하게 드러내지 못하고 있는 이유가 여기에 있다. <숙향전>은 정치 사회적 문제에 비중을 두어 서술된 작품이라기보다는, 한민족의 심성에 기초하여 인간의 근원적인 문제를 다룬 작품으로 이해되어야 한다.

3.3. 인간사에 대한 인식의 수준

숙향은 비록 적강한 선녀이긴 하지만 끊임없이 지상계의 문제에 휘말리고 있다. 그녀의 다섯 번에 걸친 액은 전쟁, 기아, 재물을 둘러싼 알력과 모함, 화재, 권력의 횡포 등 현실적인 문제에서 야기된 것들이다. 이렇게 숙향이 받는 현실적인 고난을 중요시하면, 이 작품은 당대의 어느 통속 소설보다 현실적인 성격이 짙음을 인정하지 않을 수 없다.[16] 필자 역시 이 점에서는 <숙향전>의 현실성을 인정한다.

그런데 이러한 현실성이 과연 얼마만큼 역사적 성격을 지닌 것인지는 좀 더 따져 보아야 한다. 작품에 그려진 고난의 양상이 상당히 현실적인 공감을 자아내는 것은 사실이지만, 그것을 특정 시대의 정치 사회상 혹은 이데올로기와 연관 지어 설명하기에는 난점이 있다고 본다. 이 점을 해명하기 위해서는 작품에 나타나는 인간사에 대한 시각을 검토할 필요가 있다.

먼저, 이 작품에서 드러나는 여성에 대한 의식 혹은 여성의 의식에

---

16) 이상구, 앞의 논문이 이러한 시각을 바탕으로 작품 분석에 임한 논의다.

대해 살펴보자. 애초에는 김전이 자기 부인이 잉태했다는 말을 듣고는 아들 낳기를 기원한다. 그런데 막상 딸을 낳게 되었는데, 이전에 아들 보기를 기원한 마음에서 나올 법한 서운함은 전혀 없이 오직 기쁨만이 있을 따름이다.

> 김젼부쳐 익긔를 보니 쏠이라. 쏫 갓탄 얼골이 비범ᄒ고 말근 향너 방안의 진동ᄒ거날, 김젼 부쳐 크게 짓거 익긔 일홈을 슉향이라 ᄒ고……(7)

딸에 대한 이러한 태도는 유교적 전통의 아들 선호 사상과는 구분되는 것이다.17)

여성 등장인물 가운데 왕씨가 있다. 그녀는 남주인공 이선의 모친이요, 이상서의 부인이다. 명문거족의 딸이자, 명문거족의 안주인이다. 그런데 그녀는, 이상서가 자식 없음을 한탄하다가 첩을 얻으면 어떨까 하고 농담조로 말한 것에 대해, 다음과 같이 반응한다.

> 슝셔 다른 부인 어드려 ᄒ물 듯고, 이날 밤의 ᄌ물 이루지 못ᄒ고 잇튼날 친정의 도라와 부모게 엿ᄌ오되, "슝셔 나를 ᄌ식 업다 ᄒ고 다른 부인을 엇고져 ᄒᄆ 이리 왓나이다." 승상 왈, "불효 슴쳔의 무ᄌ식ᄒ 죄 크다 ᄒ니 네 분ᄒ나 무ᄌ식ᄒ니 엇지 ᄒ리요."(67, 68)

---

17) 경판본에서는 김전이 '다만 녀이믈 섭섭히 너기고'(『영인 고소설판각본전집』3, 461면 우상단)라 하여 이대본이나 심씨본과는 다른 태도를 취하고 있다. 이는 선행본인 심씨본·이대본이 후대본인 경판본에 와서 변개된 양상으로 볼 것이지 <숙향전> 원래의 모습이라 할 수 없다.

왕씨는 이상서의 말을 매우 고깝게 생각하여 잠을 이루지 못하고 다음날 곧바로 친정으로 달려가 부친에게 하소연하고 있다. 왕씨는 후에 대성사 부처께 발원하여 이선을 얻게 되지만, 그녀의 행동은 다른 가정 소설에서 보이는 남주인공의 자모(慈母), 현숙한 부인으로서의 면모와는 상당히 다른 성격의 것이다. 권위와 체통을 자랑하는 상서의 부인으로서 이러한 행동을 보인다는 것은 가정 소설적 주제를 구현하는 것과는 거리가 멀기 때문이다. 이는 자신의 신분에 걸맞게 지배 이데올로기로 분식한 귀부인의 형상이 아니라, 감정을 지닌 인간이면 당연히 그랬을 법한 한 여성으로서의 형상인 것이다.

앞장에서 언급한 벌거벗은 숙향의 형상 역시 가정 소설적 주제와는 거리가 있는 것인데, 후에 이선의 후처로 매향을 맞아들이는 문제를 놓고 서로 상의할 때 숙향이 하는 말도 그러한 성격을 지니고 있다.

> "……첩은 승공 덕틱의 부모도 만나 보고 영화 극흔 즁의, 두 아달과 흔 똘을 나아시니, 이밧게 무엇시 부족흐리요. 가스 승공이 부인을 어드시고 첩을 출송흐실지라도 조곰도 셜지 아니흐옵고, 비록 투긔 심할지라도 승공이 아라 딕접흐오면 무숨 부족지탄니 잇스오릿가."(188, 189)

이 말은 후처를 두게 되면 전처를 소박할 가능성이 있다는 점, 두 처 사이에 투기가 생길 것이라는 점을 전제로 하고 있다. 또한 자기에게는 더 이상 부족한 점이 없기에 후처를 들여도 무방하다는 논조를 펴고 있다. 자신의 소망을 다 이룬 후이기 때문에 그 다음에 발생하는 가정 내의 갈등은 문젯거리가 되지 않는다는 생각이다. 이는 가정 내의 처첩 갈등에 대한 숙향의 생각이 어떤 이데올로기적 전제에서 출발하지 않고 있음을 드러내는 것이다.

이와 같이 <숙향전>에 그려진 여성들의 의식은 여성이 인간으로서 느끼는 감정의 솔직한 표백인 것이지, 열(烈)과 같은 중세적 이데올로기에 의해 분식된 것은 아니라는 점이 지적될 수 있다.

다음으로, 이 작품에서 드러나는 재물에 대한 의식도 고려될 만하다. 김 전의 처가인 장회의 집안은 '벼살은 아니호나 디디 명가 조손니요, 지물이 유여'(4)하였다. 그래서 가난한 선비 김전을 사위로 맞이하면서 '제 비록 간난호나 우리 유여호니 무습 지물을 탐호리요'(4)라며 허락하였던 것이다. 숙향이 의탁했던 장승상 댁 역시 '고향의 도라와 가업을 다스리니 노비 전답과 금은 보픠 일국의 웃듬'(22)이다. 이선의 아버지 이상서 댁도 이와 마찬가지로 남부러울 것 없는 부자이다. 이 작품에 나오는 대갓집들은 자 식이 귀한 것이 걱정이지, 한결같이 재물이 넉넉한 집안들이다.

이 작품에서는 숙향을 누차에 걸쳐 거지 형상으로 그리고 있다. 그런 데 숙향이 거지라는 것이 그녀가 가난에 찌든 삶을 살았다는 의미로 해 석될 바는 아니다. 거지 형상 자체는 병신 형상과 마찬가지로 예정된 고난의 상징일 따름이다. 마고할미는 술집 주모이기에 그리 넉넉한 편 은 아니었다고 할 수 있다. 그런데 그러한 상황도 숙향이 들어와 '호 슈 질호여 제조의 가 파라도 갑실 줌이 바다오니 할미집이 점점 유여 호'(61)게 된다. 가난 자체에 그리 큰 관심을 두고 있지 않은 것이다.

이러한 맥락에서 사향의 모함 사건을 생각해 볼 수 있다. 장승상 댁 재물을 관리하면서 횡령한 것으로 재산을 모았던 사향은, 숙향에게 그 권한을 빼앗긴 이후로는 그럴 수 없게 된다. 이것이 숙향을 모함하는 핵심적인 이유가 된다. 이 사건은 부잣집의 재산을 관리하던 외거 노비[18]가 횡령이라는 방법을 통해 부를 축적하였던 비리를 드러낸 것으로서, 일정한 역사적 현실성을 띠고 있다고 하겠다.

그런데 사향이 숙향을 모함하는 과정에서 드러나는 재물에 대한 생각은 그리 심각한 편이 아니다.

> "젼일은 그러치 아니ᄒ더니, 요ᄉ이 혼인 말슴 잇신 후로 제 세간의 보 틔려 ᄒ고 그러ᄒ옵난지, 종들 보난 더 가중 히(희)린 일 만ᄉ오되 승상과 부인게옵셔 극진니 네긔시민 노복등이 감히 아뢰지 못ᄒ더이다."(27)

사향이 금봉채와 옥장도가 없어진 사실을 알게 된 장승상 부인에게 숙향이 한 짓이라고 모함하는 말 중 한 대목이다. 곧 숙향이 혼인 밑천으로 재물을 훔쳤다는 것이다. 이는 재물이 지닌 효용 중 기초적인 수준의 것을 언급하고 있는 셈이다. 가난에 질려서 그로부터 벗어나고자 하였다거나, 좀 더 여유로운 삶을 위해서였다거나 하는 것이 아니다. 곧 사회 경제적 질곡에서 파생된 경제적 궁핍에 대한 형상이나 잉여 자본의 활용을 통한 부의 획득과 같은 의미에서 재물을 바라보는 것이 아니라, 독립된 개아로서의 삶을 위해 필요한 경제적 기반으로서 재물을 인식하고 있을 따름이다. 이는 <흥부전>에서 잘 그려진, 빈농의 경제적

---

18) 문면에서 명시하지는 않았으나, 여러 정황으로 보아 사향은 외거 노비임이 분명하다. 장승상 부인이 숙향에게 하는 말 가운데 '네 입던 의복과 시던 세간을 가지고 아직 근쳐 종의 집의 가 머물면'(30)을 통해 작품 내에서 외거 노비의 존재가 확인되며, '승상딕 범ᄉ를 제 맛타실 ᄭ는 제 집이 요부ᄒ더니'(25), 'ᄉ향이 밧그로 드러와 거짓 모로난 체ᄒ고'(26) 등을 통해 사향이 외거 노비임을 알 수 있다.

궁핍상, 경영형 부농의 잉여 가치 창출을 위한 반사회적, 반윤리적 형
상19)에 대비하여 보았을 때, 보다 분명히 인지될 수 있으리라 본다.

재물에 대한 이러한 방식의 이해를 바탕으로 하여 숙향에 대한 장승
상 부인의 다음과 같은 힐책이 가능한 것이다.

> "……우리집이 비록 유여치 못ㅎ나 노비 슈천 구요, 전답이 천여 석 지
> 기요, 금은니 슈십만니라. 이만ㅎ여도 너 일싱이야 아니 편ㅎ랴. 봉치 중도
> 를 가지고져 ㅎ면 날다려 말ㅎ면 그 무어시 귀ㅎ여 아니 쥬며, 봉치난 게집
> 으게 당호 것시니 가져가미 올커니와 중도난 부당ㅎ거날 뉘를 쥬려 ㅎ고
> 가져 갓넌냐. 우리 죽은 후면 그것시 다 어디로 가리요……"(29-30)

장승상 댁 자기네 재물은 가만히 있으면 저절로 숙향의 것이 될 텐데
무엇이 탐나 도둑질을 했느냐는 것이다. 장승상 부인이나 숙향, 나아가
사향까지도 재물에 대한 인식은 경제적 궁핍의 문제와 결부되기보다는
인간의 기초적인 삶에 즉한 효용성을 지닌 것으로 인식된다.

숙향과 이선의 결연 과정에서 여러 인물들의 입을 통하여 반복 강조
되는 것은 신분 차별 의식이다. 이것은 애정 갈등의 핵심 문제로서 매
우 현실적인 성격의 것임에 틀림없다.20) 그런데 이 작품을 소설사적인
맥락에 놓고 보면, 신분 차별로 인한 애정 갈등의 주제는 이미 나말 여
초의 전기 소설(傳奇小說)에서부터 나타나고 있다는 점, 그리고 후대작인

---

19) 임형택, 「흥부전의 현실성에 관한 연구」, 『한국고전소설』, 계명대출판부, 1974
   참조.
20) 이상구, 앞의 논문, 84-91면에서 <숙향전>의 핵심 갈등을 '숙향·이선과 이상
   서의 대립'으로 보고, 그것이 '봉건적 신분 관계의 동요라는 조선후기의 사회적
   현상을 일정하게 반영'하고 있다고 하였다.

<춘향전>에서처럼 신분 차별이 작품의 핵심적인 갈등 요인으로 작용하지는 않고 있다는 점을 동시에 고려할 필요가 있다. 이런 관점에서 본다면, 이 작품의 신분 차별 의식이 애정 갈등을 유발하는 전기 소설적 주제의 수용이면서 그 이상의 주제적 발전은 이루지 못했다는 점에 더 주목하게 된다.

> "나는 오세의 난즁의 부모를 여히고 동셔 기걸ㅎ옵다가 맛춤 슐 파난 할미를 만나 의탁ㅎ더니, 좌복야 딕의셔 청혼ㅎ오미 숭인의 집의 의탁ㅎ 몸이 감히 스부가 영을 거역지 못ㅎ여 인연을 미즈스오나, 니게 혹 ㅎ여 죽기 되엿단 말슴은 쳔만 무거훈 말이로쇼이다."(109)

낙양령 앞에 잡혀가서 하는 숙향의 항변이다. 상인의 집에 의탁한 몸으로서 재상가의 청혼을 거역치 못하였다는 것이다. 곧 명령에 따랐을 뿐 자기에게는 잘못이 없다는 식의 구차한 변명이 되고 말았다.

전대의 전기 소설에서 여주인공이 부모 허락 없이 남자와 혼인한 후 그 부모에게 항변하는 말에는 적어도 남녀 사이의 애정에 대한 강한 신념이 표백되어 있다. <이생규장전>에서는 '남녀가 서로 느끼는 것은 인정(人情)의 지극히 중한 것……정념(情念)이 날로 깊어지고 중한 병은 날로 더해가서 거의 죽을 지경에 이르러 장차 궁한 귀신이 되려' 한다는 최씨녀의 항변이 있다. <하생기우전>에서는 '한밤에 깨어 가슴을 치고 기나긴 밤 원한이 맺혔다가, 달이 떠올라 밝은 날 이네 님을 만났습니다. 서로 얽혀 한번 맹세하여 이미 부부가 되었고, 담을 뚫고 집 문을 두드렸으니 살아서나 죽어서나 골육입니다.'라는 여인의 항변이 있다.

여기에 <운영전>에서 운영을 포함한 여러 궁녀들의 항변을 상기한다면 전기 소설에서 보여 준 여주인공들의 사랑을 위한 의지가 어떠한 것이었는지 충분히 짐작할 수 있을 것이다.[21] 한편, 두루 아는 바대로 <춘향전>에서 변학도에 대한 춘향의 항변은 애초에 그녀가 지녔던 신분 상승 의지가 지속되는 가운데 그 의지를 꺾으려는 억압자에 대한 처절한 저항 의지의 발현인 것이다. 숙향이 핑계를 대면서 자신은 죄가 없다고 변명하는 것과 춘향의 항변과는 상당한 거리가 있다.

이러한 양상은 숙향의 애정 갈등이 신분 차별 의식에서부터 유발된 것이라기보다 천정배필과의 결연 자체에 의미를 두고 있는 데에서 기인한 것임을 뜻한다. 어떠한 고난도 무릅쓰고 숙향을 만나 혼인하는 이선이나 위와 같은 변변찮은 변명을 하는 숙향이나 신분적 차이를 넘어선 사랑의 승리를 갈구한다기보다는, 하늘이 맺어 준 인연을 지상에서 실현하는 데 온 정신을 쏟고 있을 따름이다. 요컨대 <숙향전>에서의 신분 차별 의식은 운명론과 같은 다른 요인들에 의해 부각되지 못하였고 그러한 의식에서 촉발된 주인공의 신분 상승 의지 같은 것은 별로 드러나 있지 않은 것이다.

이렇게 <숙향전>에 나타나는 인간사에 대한 관심은 봉건적 이데올로기로 분석된 정도가 상대적으로 낮고, 역사적 현실성을 뚜렷이 드러내지는 못하고 있다. 한마디로 말해 인간사에 대해 단순하고 소박한 관점에 입각해 있는 것이다. 이러한 점을 고려하면서 이 작품의 주제 의식을 추출하기 위해서는 숙향과 이선, 그리고 이들을 도와주는 신의 행

---

21) 각 작품의 인용과 해석은 신재홍, 「몽유양식의 소설사적 전개에 관한 연구」, 서울대 박사논문, 1992, 72면, 93면, 135면 참조.

동 속에서 인간 및 인간사에 대한 기본 관점을 찾아보는 일이 필요하다.

사실 이 작품의 주인공 숙향의 성격을 집어 말하라면 별로 이렇다 할 만한 것이 없다. 전생 신분은 천상 선녀이며 그의 부친이 선행을 한 후덕을 입었다는 것은, 지상의 한 인간이자 여성인 숙향의 성격을 규정지을 만한 것은 아니다. 단지 그녀가 고아로 거지로 유리걸식하였다는 것, 수놓는 재주가 뛰어났다는 것 정도가 그녀의 성격의 거의 전부이다. 문제는 이렇게 단순한 숙향의 성격으로써 파란만장한 한 인간의 일생을 기술할 수 있었던 서사적 전개축이 무엇이었을까에 놓인다. 그것은 천상적 질서의 지상에서의 구현 과정이라고 요약될 수 있다. 여기서 천상계에서 예정된 숙향의 운명이 신들의 도움으로 이루어지는 한편, 숙향의 지상적 삶의 전개에는 지상적 존재들의 도움도 중요하게 작용하고 있다.

<숙향전>에 등장하는 신들은 모두 선한 신들이다. 그들은 숙향과 이선의 운명에 대해 '선의(善意)'를 가지고 있다. 또한 거북이 김전, 숙향, 이선을 여러 번 고난에서 구원해 준다는 것은 곧 인간이라면 선행을 해야 하며, 그 선행에 대한 보답이 반드시 있다는 믿음의 표현이다. 그리고 이선과 김전이 각각 숙향을 찾아 나섰을 때 마고할미나 화덕진군, 용왕은 의뭉스럽고 능청맞게 그들을 대하고 있지만 그것은 그들의 '정성(精誠)'을 보고자 함이었다.

숙향을 도와주는 인간들은 늙은 도적, 장승상 부처, 술집 주모로서의 마고할미 등이다. 이들이 숙향을 도와주는 이유는 무엇보다도 천애 고아인 한 어린애에 대한 애정과 동정심, 곧 인간에 대한 '정의(情誼)'에 있다.[22] 인간은 서로 의지하여 가엾은 이웃을 도와주며 살아야 된다는 메시지가 이 작품 전반에 흐르고 있는 것이다. 이 점, 이 작품의 주제가

인간의 가장 기본적인 삶의 자세에 놓임을 드러내고 있다.

결국 <숙향전>에 담긴 의미란, 인간의 일생은 주어진 운명의 실현 과정이며, 그 운명이 아무리 열악하고 힘든 것일지라도 그것을 좇아가면서 죽음과 삶의 고비들을 넘기다 보면 선한 신들에 의해 구원받을 수 있다는 것이다. 그리고 그러는 중에 인간이 해야 될 일은 가엾은 이웃을 도와야 되며(숙향의 원조자들처럼), 받은 만큼 베풀어야 하며(거북, 숙향처럼), 정성을 다해 기원해야 한다(김전, 이선처럼)는 것이다. 이 도저한 운명론과 낙천주의, 그리고 원초적인 윤리 의식이 <숙향전>에서 인간과 인간사를 바라보는 기본 시각이다.

4. 무속적 세계관과의 관련성

앞의 두 장에서 살펴본 <숙향전>의 몇 가지 미적 특질은 이 작품을 창작한 작가나 그것을 향유한 독자 모두에게 공감되는 어떠한 미적 관점에 기초에 있다고 생각된다.

첫째, 이 작품에 두드러져 보이는 원색적 이미지는 회화적 측면에서 무속의 그림들을 연상시킨다.

본고의 첫 번째 예문으로 제시하였던 모란 나무 아래에서 잠자는 다

---

22) 인간의 도움뿐 아니라, 선의를 지닌 신들의 도움도 이러한 성격을 띠고 있다. 어떤 논자는, '도선적인 전기적 환상은 소설의 주인공 숙향이와 같이 의지까지 없고 기박한 운명에 처한 천애고아─불행한 인간들에 대한 다함없는 동정과 사랑을 보여 주는 데 이용된 것'(허문섭, 「조선봉건말기의 무명씨 국문소설들에 대하여」, 『채봉감별곡 기타』, 민족출판사, 1985, 5면)이라 하여 이 점에 주목하고 있다.

섯 살배기 어린아이의 모습은 그 선명한 이미지와 함께 작품 내적으로
는 숙향의 화상으로 그려진다. 곧, 숙향을 잃은 후 상심해하는 장승상
부인을 위로하고자 장승상이 화가 조장에게서 숙향의 어릴 때 모습을
그린 그림을 사오는데, 그 그림은 '흔 게집아히 손의 목단화를 쥐고 셧
난 형용'(87)이다. 장승상 부인은 이 화상을 숙향의 침방에 걸어 두고
'죠셕으로 음식을 난와놋코'(53) 슬퍼하며, 숙향의 기일에는 그림 아래
제물을 놓고 제사까지 지낸다. 이렇듯 숙향의 초상은 죽은 자의 형상으
로 인식되면서 그 아래 음식상이나 제사상이 놓일 수 있는 그림인 것이
다. 이는 무당의 신방에 걸린 무속화를 떠올리게 한다.

이러한 맥락에서 이 작품 줄거리의 한가운데에 위치하여 숙향과 이선
의 결연에 결정적인 계기로 작용하는 요지연에의 몽유 체험을 고려해 볼
수 있다. 요지를 꿈속에서 다녀오는 것은 몽유 체험인 동시에 전생의 확
인이다. 말하자면 두 주인공의 처음으로 되돌아간 것이며 동시에 그들이
궁극적으로 회귀하여야 할 본향을 보고 나온 셈이다. 이는 이선이 '전싱
일을 몰나실 제난 엇지 이 싱각이 잇시리요만은 흐날이 정흐신 비필이
라, 숙향만 어더 비필 졍할 싱각 분니요'(99)라고 고백하는 것처럼 자기
존재를 새롭게 인식하였고 자기 삶의 지향점을 찾게 되었던 계기였다.
가히 존재의 변혁에 해당되는 사건이 바로 그 몽유 체험이었다. 그런데
이러한 의미를 갖는 요지연 풍경은 바로 수족자 혹은 글로 새겨지게 된
다. 요지연의 신비하고 성스러운 형상이 그림으로 그려진 것이다. 이 그
림 역시, 앞서 숙향의 화상이 그러한 인상을 주었듯이, 무당의 신방에 걸
려 있을 법한 신선 세계의 풍경으로 자리 잡게 된 것이기도 하다.

작품에 나오는 그림과 함께 앞서 살핀 원색적 이미지를 연상한다면,

이 작품 전체의 이미지는 무속화에서 느낄 법한 그것을 떠올리게 된다. 여기서 무속화에 대한 다음의 설명을 참조해 볼 수 있겠다.

> 무신도의 크기는 대개 일정하여 가로 60cm 내외 세로 110cm 정도의 것이 보통이나 이보다 크거나 작은 예외의 것도 있다. 채색은 적색·청색·황색의 원색이 기본이 되어 여기에 백색·흑색·녹색 등의 물감이 보조로 사용되었다. 안료는 당채(唐彩)와 석채(石彩)가 주로 사용되었는데 당채보다는 석채를 쓴 것이 더 많다.[23]

색감을 비교하였을 때, 일반적인 무신도는 <숙향전>에서의 원색적 이미지에 부합한다. 대체로 섬세하기 보다는 투박한 형상의 무신도는 원색의 물감(석채)에 의해 채색되는 것이 오히려 자연스러울 것이다. 여기에 <숙향전>에도 나오는 화덕진군의 무신도에 대한 짧은 설명이 추가될 수 있다.

> 화덕벼락장군님—무신은 일상생활과 밀접한 관계에 있는 물, 불, 땅 등의 자연물 계통의 무신이 가장 많이 봉안된다. 서울 지역에서 화(火)신으로 모시고 있는 무신도이다.[24]

만일 '무속적 미학' 혹은 '무속적 심미관'이란 용어가 성립될 수 있다면, <숙향전>은 이러한 미적 관점에 걸맞은 이미지로 이루어진 작품인 것이다.

둘째, 이 작품에 그려진 신의 모습 가운데 관습적으로 신령스러운 형

---

23) 김태곤, 「사라져가는 무신도」, 『무속과 영의 세계』, 한울, 1993, 130면.
24) 위의 책, 133면.

상과 역할을 지니는 측면 외에 매우 인간적인 형상을 지닌다는 면에 대해서도 무속과의 연관성을 추정할 수 있다. 서사 무가에 나타나는 신의 형상에 대한 다음의 언급이 그 단서가 된다.

> 무속의 신은 한마디로 말해서 인간적이다. 화가 나면 벌을 주고 기분이 좋으면 복을 준다.……뿐만 아니라 탐심도 많고 욕심도 많아서, 정의, 불의를 가리기보다는 자기를 위하는 사람에게 편애하는 경향이 있다.……이러한 신들의 면모는 모두 인간의 면모에 준하여 형성된 것이라 볼 수 있으며, 무속의 신은 성자적 존재가 아니고 위력적인 존재인 것이라 생각된다.[25]

<숙향전>에 등장하는 신들은 이러한 설명에 어울리는 성격을 지녔다. 그들은 한번 입은 은혜를 끝까지 기억하여 도와주고 고통 받는 이에게 동정심을 베풀며 때로는 심술궂고 능청맞은 모습으로 그려진다. 또 어떤 도승은 악한 사항에게 벼락을 쳐서 응징하기도 한다. <숙향전>에 그려진 신들은 무속의 신이 지닌 인간적 형상에 가깝다.

셋째, 이 점이 가장 중요한데, 작품에 나타나는 인간 육체에 대한 관심, 인간사에 대한 단순 소박한 인식의 측면과 무속적 세계관과의 상관성이다. 무속적 세계관(혹은 민간 사고)에 대한 다음의 언급에 특히 유의해야 한다.

> 민간 사고는 생활이 엮어 간다.……생활도 일상적 생활이다. 때로는 생존의 차원과 구분 지을 수 없는 그런 생활이다. 그만큼 육체적이고 현실적이다. 인간실존의 최후의 선에까지 다다른 생활이다.[26]

---

25) 장덕순 외, 『구비문학개설』, 일조각, 1971, 142면.

'생존의 차원과 구분 지을 수 없는' '육체적이고 현실적'인 생활로부터 우러나온 사고방식이 무속을 포함한 민간 사고의 기층을 이루는 것이라면, <숙향전>에서 인간의 고난을 죽음으로 인식하며, 그것을 육체적인 이미지로 형상화한 면은 이에 잘 부합된다. 앞서 보았듯이, <숙향전>은 인간의 삶이 죽음과의 관계 속에서 조명되며 인간의 고난을 죽음으로 인식하고 있는 작품이다. 곧, 작품 속에 그려진 숙향의 고난은 '인간실존의 최후의 선에까지 다다른' 것으로 인식되고 있다. 아울러 이 작품에 그려진 현실적 측면이 역사적 현실성을 지니는 것이라기보다는 생존과 직결된 생활의 모습을 반영한 측면이 강하다는 점도 지적될 수 있다. 더욱이 이 작품에 두드러지는 육체적 이미지는 다음 설명에서 보이는 민간 사고의 '육박성(肉迫性)'에 그대로 대응하는 것이다.

> 민간전승은 육체로 사고하고 인간생리로써 생각한다. 인간은 그가 지닌 구체적인 육체성을 통틀어 세계를 인식하고 세계를 향하여 움직여 나간다. 명실공히 그는 세계에 육박한다. 이 민간전승의 육박성을 빼고 민간전승의 사상을 운위할 수 없다.[27]

이러한 육박성은 그 이미지의 측면과 함께 현세적인 이익 추구의 경향을 띠게 될 것이다. 이는 <숙향전>의 전반적인 지향이 내세, 천상계보다는 현세, 지상계로 향해 있다는 점과 관련되는 문제이다. 죽음으로 인식된 숙향의 고난이기에 그것의 극복은 곧 죽음의 극복이라 할 만한

---

26) 김열규, 『한국 신화와 무속연구』, 일조각, 1977, 205면.
27) 위의 책, 211, 212면.

것이다. 그런데 숙향이 죽음과도 같은 고난을 이겨낸 다음에 얻는 것은 현세적인 부귀영화이다. 이는 초월이나 영생을 꿈꾸는 도선적인 세계관보다는 현세에서의 구복 신앙에 가깝다. 죽음을 극복하였으면 죽음 후에 오는 복락이 우선이며, 현세적 능력이 인정되었으면 현세적 공명이 우선이어야 한다. 그런데 죽음의 극복을 현세적 복락으로 치환시킬 수 있다는 것은 현세 구복적 무속 신앙의 형태에서 가능한 것이다.[28]

이와 같은 사실을 염두에 두었을 때, <숙향전>은 무엇보다도 무속적 배경 아래 창작되었고, 또 그러한 무속적 분위기에 익숙해 있을 독자들에게 생생한 인상과 깊은 감흥을 주었으리라 짐작된다. 이 작품이 당대에 대중성을 획득할 수 있었던 가장 중요한 요인이 이와 같은 사정에 있었다고 보겠다.

그런데 본고의 이러한 결론은 <숙향전>을 <바리공주> 전승과 비교하여 그 서사구조는 차용하였지만 세계관까지 차용한 것은 아니라는 주장[29]과 상치된다. 그러한 주장의 근거로서는 주로 작품 후반의 이선의 구약 여행담에서 찾아지는 특성, 즉, 이선이 구약 행위로써 황태후만 재생시켰을 뿐이지 전 인류의 차원으로까지 확대시키지 못하였다는 점과, 생명수 탐색 자체가 궁극적 목적이 되지 못하고 배우자 탐색을 위한 여행에 종속된다는 점을 들고 있다.

우선 첫 번째 이유와 관련하여 필자는 무속적 세계관을 그것이 담긴

---

28) 무속이 지닌 현세 구복적 성격은 무당 자신조차 '사후세계에 대해서보다는 현세 이익적이다. 대부분의 무당들이 이 세상에 사는 동안만이라도 잘 살고 가면 그만이라는 생각을 하고 있다'(최길성, 『한국의 무당』, 열화당, 1981, 138면)는 지적에서 잘 드러난다.
29) 조용호, 앞의 논문, 269-271면 참조.

작품의 문면에 나타나는 한두 가지 특성으로 재단하는 것이 옳은 시각인지에 대해 의문을 가진다. <심청전>에서 심봉사뿐 아니라 모든 맹인이 눈을 떴다는 서술 내용 하나가 작품 전체의 세계관을 규정할 정도로 치명적인 것일까 싶다. 심청의 이야기는 그 자체로서 삶과 죽음 및 그 소생의 과정을 그린 하나의 제의적 모형인 것이지, 마지막 부분에서 심봉사만 눈을 떴느냐 모든 봉사가 눈을 떴느냐를 가지고 무속적 세계관이냐 아니냐를 재단할 수는 없다. 마찬가지로 이선이 황태후만을 소생시켰기 때문에 무속적 세계관에 기초한 것이 아니라는 주장은 재고해 보아야 할 것이다. 두 번째 이유에 대해서는 <바리공주> 전승의 작품 문면에서 그 반론이 찾아질 수 있다. 바리공주는 이른바 생명수탐색 여행의 과정 중에 무장승과 혼인하여 아들 3형제를 낳아 귀환하게 된다. 무장승과의 혼인이 생명수 탐색의 과정 속에 예정된 것이라면, 이선이 구약 여행 중 매향과의 예정된 혼인에 대해 알게 된다는 것 역시 예정된 것이다. 그로 인해 구약 여행의 성격에 변화가 일어났다고 보기 어렵다. 그리고 무엇보다도 위의 주장은 이선의 구약 여행담 속에서 나타나는 특성만을 염두에 두었다는 점에서 한계가 있다. 본고에서는 <숙향전> 전반에서 드러나는 이미지, 인물 형상, 인간과 세계를 보는 시각 등 몇 가지 층위에서 무속적 세계관과의 관련성을 찾아 본 것이다.

필자는 무속적 세계관을 무의식, 원형, 재생 등의 개념으로 파악하는 것과 더불어 역사적 존재인 대중들이 인간으로서의 실존적인 문제나 자신을 둘러싼 세계를 바라보는 구체적인 사고 패턴으로 이해할 필요도 있다고 본다. 이러한 면에서 대중들을 상대로 한 국문 소설 <숙향전>이 무속적 세계관에 기초한 작품이라고 보는 것은 오히려 상식적인 판

단이리라 생각한다. 이 작품에서 다룬 인간의 고난과 생사의 문제는 생
존적인 차원에 있던 일반 대중 누구에게나 보편적인 문제였을 것이며,
이를 운명론이나 현세주의적 관점에서 이해하는 것은 무속에 익숙해 있
었을 당대 대중들에게는 자연스러운 독서 체험이 되었을 것이다. 본고
에서는 <숙향전>이 이러한 무속적 세계관과 관련되며, 그를 바탕으로
창작 향유되었음을 확인해 보고자 한 것이다.

5. 결 론

필자는 본고에서 <숙향전>이 다른 고전 소설에 비해 어떠한 미적 특
질을 가지고 있는지를 살펴보고자 하였다. 이에 먼저 작품 속에 나오는
소재들을 분석해 보았는데, 여기에서 얻은 결론은 이 작품이 이른바 ‘물
질적 상상력’에 기초하여 작품 전반의 이미지가 조성되며, 작품의 핵심
적인 사건이 전개되고 있다는 것이었다. 천상적 질서에 조응하는 여러
물질들이 대개 원색적 이미지를 구성하면서 ‘숙향의 다섯 번 죽을 액’
의 사건 전개 양상이 원물질로서의 오행과 연관될 수 있음을 드러내었
다. 그리고 그러한 상상력은 인물의 형상이나 사건 전개에 있어서 주로
육체적인 측면에 초점을 맞추어 서술하고 있는 양상으로 나타났다.

<숙향전>에서 주목한 또 다른 미적 특질은 해학적인 신의 형상과 고
된 운명 속의 인간 형상으로 나타나는 대비적 구도였다. <숙향전>의
줄거리는 상당히 비장하게 전개되는데, 그것은 어디까지나 인간이 느끼
는 바의 비장함일 뿐 신들은 느긋한 태도로 때로는 능청맞게 때로는 동

정적으로 인간을 대하고 있다. 그렇지만 인간인 독자가 인간 숙향의 고난을 따라가면서 맛보았을 죽음과 삶의 넘나듦 속에 이 작품의 미적 특질이 존재론적 물음에 대한 서사적 탐색에 있음을 지적하였다.

한편, 본고에서 다소 논쟁적인 관점에서 살펴본 것은 과연 <숙향전>의 현실성이 어느 정도의 역사성을 지니는 것인가 하는 문제였다. 작품에서 드러나는 여성의 의식, 재물에 대한 의식, 신분 차별 의식 등을 고찰한 결과 이 작품은 중세적 이데올로기에 의해 분식된 면이 상대적으로 적었고, 어느 특정한 역사적 현실을 반영한 측면이 희소했다. 곧 이 작품은 인간사에 대한 단순 소박한 관점에 서 있다고 보았다. 결국 <숙향전>의 주제는 도저한 운명론과 낙천주의, 그리고 원초적인 윤리 의식에 있고, 그것이 이 작품의 가치를 담보할 수 있으리라 생각한다.

이러한 분석을 종합하면서, 이 작품의 바탕에 놓여 있을 세계관적 기저를 조심스레 탐색해 보았다. 작품에서 드러나는 선명한 원색적 이미지, 인간적인 신의 형상, 민간 사고가 지닌 '육박성'의 문학적 형상화 등을 고려할 때, 향유층의 생활 속에 깊이 스며있었을 전통적인 무속 신앙에 가장 근접해 있는 작품이리라 추정했다.

애초에 본고는 우리 고전 소설 개별 작품 혹은 유형이 지니고 있는 미적 특질, 그렇게 되도록 추동했을 미적 관점에 대한 탐구의 실마리를 찾아보겠다는 생각에서 우선 <숙향전>을 선택하여 분석해 본 것이다. 미적 관점에 대한 다양한 시각이 존재하듯이, 고전 소설도 작품마다 유형마다 독자적인 특성을 지니고 있으리라 본다. 앞으로의 연구 과제로 삼고자 한다.

제 5 장

고전 소설의 알몸 형상과 그 의미

1. 서 론

우리 고전 소설은 대개 재자가인(才子佳人)형의 인물이 주인공이 되어 윤리적인 문제를 둘러싼 갈등을 겪는 이야기들이 많다. 인물에 대한 묘사도 남녀 주인공의 훌륭한 용모와 인품을 상투적인 어구를 동원하여 그려 내고 남녀의 성교 장면 같은 것도 운우지정 운운하며 살짝 언급하고 넘어가는 경우가 대부분이다. 도덕규범이 몸에 밴 주인공들인 만큼 겉옷을 단단히 입고 윤리의 실현을 위해 악인과 부딪치고 오랑캐를 무찌른다. 이렇듯 고전 소설의 육체성(몸성)은 윤리의 외피에 싸여 좀처럼 제 모습을 드러낼 기회를 갖지 못한 채로 남아 있게 되었다.

이러한 전반적인 특징에도 불구하고 고전 소설의 육체성에 대한 논의가 최근 들어 활발해지고 있다. 주인공의 몸에 가해지는 폭력과 형벌, 몸의 불구 혹은 장애, 몸의 질병이나 노쇠 등에 대해 주목하게 된 것이다.1) 주로 병들거나 불구가 된 몸에 집중된 이들 논의에서 빠져 있는 부분이 알몸에 대한 것이다. 알몸 형상은 고전 소설에서 잘 드러나지 않기는 하지만 그렇다고 아주 없는 것은 아니다. 전기 소설(傳奇小說)에서는 살짝 넘어간 남녀의 성교 장면이 판소리계 소설에서 상당히 구체적으로 묘사된다. 뿐만 아니라 <숙향전>과 같은 작품에 나타나는 주인공의 알몸 형상은 주제 구현에 중요한 의미를 띠고 있다.

알몸 형상은 인물에게 씌워진 옷이 벗겨지고 옷 속에 갇혀 있던 맨몸이 드러난 모습이다. 여기에는 겉옷을 벗은 채 속옷만 입어 맨몸이 살짝 가려진 모습까지 포함시킬 수 있다. 그 옷은 공고한 신분 질서하의 사회적 관습과 규범을 나타내는 것으로서 사람들은 옷을 입은 상태에서 서로를 알아보고 그에 걸맞은 행동을 취한다. 따라서 옷이 벗겨진 상태는 관습과 규범에서의 일탈 혹은 그것의 해체라는 상징적 의미를 가진다. 그런 만큼 알몸은 재자가인의 인물 형상에서는 좀처럼 드러나지 않는 인간 존재의 실존적 상황을 드러내 보인다.

이에 본고는 고전 소설에 나타나는 알몸 형상을 찾아 그것이 갖는 문학적 의미에 대해 논하고자 한다. 필자가 읽은 작품의 범위 내에서 찾

---

1) 박희병, 「'병신'에의 시선−전근대 텍스트에서의−」, 『고전문학연구』24, 한국고전문학회, 2003 ; 신동원, 『호열자, 조선을 습격하다』, 역사비평사, 2004 ; 정창권, 「조선조 시각장애인의 삶과 사회적 인식」, 『19세기 조선의 생활문화』, 돌베개, 2005 ; 정창권, 『세상에 버릴 사람 아무도 없다』, 문학동네, 2005 ; 김태옥, 「조선시대 시가를 통해 본 장애에 관한 인식」, 『관악어문연구』30, 서울대 국문과, 2005 ; 고전문학한문학연구회, 『고전과 해석』6, 2009, 기획학술대회 "고전문학과 몸"(손앵화, 「화전놀이 속의 '몸짓'과 의미맥락 연구」/ 박상영, 「동계 조구명의 육체적 질고와 현실 초극」/ 이주영, 「'기괴하고 낯선 몸'으로 변강쇠가 읽기」/ 김동준, 「질병 소재에 대처하는 한국한시의 몇 국면」) ; 한국고전여성문학회, 『한국고전여성문학연구』21, 2010, 기획주제 "여성과 몸"(이현재, 「지워진 여성의 몸」/ 정출헌, 「임진왜란의 상처와 여성의 죽음에 대한 기억」/ 한길연, 「대하소설에 나타나는 '남편 폭력담'의 양상과 의미」/ 정인숙, 노년기 여성의 '늙은 몸 / 아픈 몸'에 대한 인식」).

아본 것이라서 혹 이보다 훨씬 많은 작품 속에 알몸 형상이 담겨 있을지도 모르므로 본고의 논의에는 한계가 있다. 이러한 한계 내에서나마 고전 소설의 알몸 형상이 갖는 의미의 스펙트럼을 제시해 보고자 한다. 이는 고전 소설의 형상화 방식 및 의도에 대한 이해를 심화하는 한편, 고전 소설의 어떤 소재 혹은 장면에 초점을 두어 의미를 새겨 읽는 독서 방법을 보여 줄 것이다. 또한 여기서 추출된 의미들은 고전 소설을 읽을 때 작품에 그려진 몸 형상과 그 의미를 파악하는 데 참조가 될 수도 있으리라 본다.

2. 고난의 극한 상황

고전 소설사의 초기에 나온 전기 소설들에서 알몸 형상을 찾기는 어렵다. 이승과 저승의 남녀가 만나 사랑을 나누긴 하지만 그 장면에 대한 묘사는 어렴풋하게 처리된다. <이생규장전>에서 최씨녀는 도적의 칼에 죽임을 당해 살이 도려내어지지만 그것은 절개를 지키는 몸부림의 의미로 전달된다. 맨살을 드러내기보다 몸을 옷으로 몇 겹씩 감싸는 양상이 두드러진다. <최척전>에서 옥영이 아들 가족과 함께 중국에서 조선으로 건너올 때 동양 삼국의 옷을 준비하여 그때그때 바꾸어 입고 위기를 넘기는 모습이 그 한 예이다.

17세기 후반에 나온 <창선감의록>, <구운몽> 등의 국문 장편소설에서는 옷을 잘 차려 입은 남녀주인공들이 만나 사랑을 하고 남주인공은 갑옷과 투구로 무장한 장수가 되어 오랑캐를 제압한다. <구운몽>의 양소유가 군막에서 자객 심요연과 관계를 갖거나 개선 중에 계섬월인 줄 알고 상대한 여인이 적경홍이었음을 알게 되는 사건 등 성적인 관심도가 높은 장면에서 남녀의 성교는 하룻밤의 환락 정도로 언급되고 넘어간다. 양소유와 이 여인들은 후에 양부(楊府)의 한 축을 이루어야 하므로 그 관계가 음란해서는 안 되는 것이다. 이렇듯 주인공에게 씌워진 옷이 윤리의 외피로서 점점 단단해지는 것은 윤리적 주제가 강화되는 17, 18세기 소설사의 흐름을 반영한 것이다.

그런데 이러한 흐름에 다소 예외적인 작품이 <숙향전>이다. 17세기 후반에 나왔으리라 추정되는 이 작품은[2] 5세 때 부모를 잃고 고아가 되어 헤매어 다니는 여자아이를 주인공으로 내세움으로써 재자가인의 전형적인 인물 형상과는 구별되는 양상을 보여 준다. 물론 선녀의 하강이라는 근원적인 조건이 숙향에게 부여되어 있지만,[3] 작가가 정성 들여 형상화하고 있는 것은 5세의 고아 및 그로부터 10년쯤 지난 소녀 숙향이 겪는 고난의 운명이다. 이것은 유교 윤리에 바탕을 둔 <창선감의록>류와는 다른 특성으로서 이 작품에는 전통적인 무속의 세계관이 깔려 있기 때문이 아닐까 한다.[4]

다섯 번 죽을 액을 넘겨야 하는 숙향의 운명은 그야말로 고난의 연속이다. 도적들에게 붙잡혀 다 죽게 되기도 하고, 후토부인이 거하는 저승을 다녀오기도 하며, 장승상 댁에서 몇 년간 지내다가 사향의 모함으로 쫓겨나 헤매던 중 표진강에 빠지기도 한다. 그 후 네 번째로 당하는 액

---

2) 조희웅·松原孝俊, 「숙향전 형성 연대 재고 — 일본측 자료를 중심으로」, 『한국고소설의 자료와 해석』, 아세아문화사, 2001, 220면.
3) 성현경, 「적강소설 연구」, 『한국 소설의 구조와 실상』, 영남대출판부, 1981, 99-102면.
4) 신재홍, 「숙향전의 미적 특질」, 『고소설 연구논총』, 경인문화사, 1994, 539-544면.

은 노전의 갈대숲에서 자다가 화재를 만나는 것이다. 이때 화덕진군이라는 노인이 나타나 구해 주는데 이 장면에서 알몸이 된 소녀 숙향의 모습이 그려져 있다.

> 호련 훈 노인이 막디를 집고 셧셔 이라되, "엇더훈 아희완디 이런 험훈 화지를 만닌난다?" 슉향이 울며 왈, "난듕의 부모를 일습고 의탁할 곳지 업셔 동셔분쥬ᄒ옵다가 이 ᄯᅡ의 와 화지를 당ᄒ여 죽게 되오니 노인의 덕분으로 살여 쥬옵쇼셔." 노인 왈, "너 이르지 아니ᄒ여도 나는 다 아노라. 불 형셰 급ᄒ니 너 가진 것과 옷실 버셔 너 셧던 곳의 놋코 네 몸만 니 등의 업피라." ᄒ거날, 슉향이 옷실 버셔 노ᄒ니 불이 발셔 옷시 다엿더라. 노인니 ᄉᆞ미로셔 불근 붓치를 니여 붓치니 그 불이 노인 잇난 디난 오지 아니ᄒ더라. 노인니 슉향을 업어다가 노전을 건너 놋코 ᄉᆞ미 ᄒ나를 씌여 쥬며 왈, "일노 아리를 기루고 동디흘 향ᄒ여 가라."[5]

노전의 갈대숲은 300리나 펼쳐져 있었다. 그 속에 들어가 하룻밤 보내고자 했던 15세가량 된 숙향은 갑작스런 바람에 사방에서 일어난 화재를 만나 오도 가도 못하게 되어 죽을 수밖에 없는 위기에 봉착한다. 이때 숙향의 내력과 형편을 다 알고 있는 화덕진군이 나타나 "너 가진 것과 옷을 벗어 너 섰던 곳에 놓고 네 몸만 내 등에 업히라."고 말한다. 옷을 벗으라고 요구한 것은 불길이 옷에 닿지 않게 하려고 해서이다. 옷을 다 벗자 노인은 그녀를 등에 업고 불타는 노전을 건너간다. 불길이 맹렬하게 번져 가는 갈대숲에서 한 노인이 발가벗은 15세가량의 소녀를 업고 가는 형상이 선명히 그려진다.

---

5) 「숙향전」, 『한국고대소설총서』1, 이화여대 한국문화연구원, 1958, 54-55면.

이번의 액을 당하기까지 숙향은 도적의 칼, 지하 세계, 표진 강물 등 각각 금(金), 토(土), 수(水)로 표상되는 오행(五行)의 물질들로 인한 고난을 겪었다. 여기에 더하여 노전 화재라는 화(火)의 재난을 당하게 된 것이다. 세상을 이루는 근원적 물질들인 오행에 따른 인간의 운명이 그려지는 가운데 불의 재앙을 당하여 인간은 벌거벗은 몸이 된다. 이 알몸은 화마에서 벗어나기 위한 몸부림이자 모든 것을 태워 없애는 불 속에 든 인간의 실존적 형상이다. 불의 위협 앞에 숙향은 그나마 지녔던 자신의 모든 것을 버릴 수밖에 없었던 것이다.

그러고서 숙향은 발가벗은 채로 노인의 등에 업혀 간다. 이 모습은 죽음에 임박한 인간이 신에게 자기 존재를 완전히 내맡긴 형상으로 받아들여진다. 이는 무당의 접신(接神) 상태를 연상시키는데 신병을 앓는 사람의 꿈에 노인이 나타나 밥덩이를 준다거나 흰말의 뱃속에 들어갔다가 나온다거나 하는 강신 체험을[6] 떠올리게 되는 것이다. 자기 몸에 내린 신과 접촉하여 신병이 낫게 되는 강신무의 경험은 숙향이 화덕진군에게 자신을 내맡겨 화재에서 구출되는 양상과 상통한다. 한없이 나약한 인간 존재가 신에게 의지하는 모습인 것이다.

<숙향전>의 발가벗은 소녀에 비해 <심청전>에서는 벌거벗은 노인 형상이 나온다.

[중중몰이]……상하 의복을 벗어 놓고 물에 가 풍덩 들어서며 "에, 시원허고 장히 좋네." 물 한 주먹 덥벅 쥐어 양초질도 퀼퀼 하고 물 한 주먹 덥벅 쥐어 가슴도 훨훨 씻어 보면, "에, 시원허고 상쾌허다. 삼각

6) 김태곤, 『무속과 영의 세계』, 한울, 12-16면.

산 올라선들 이에 더 시원허며 동해수를 다 마신들 이에서 더 시원허리. 얼씨구절씨구 지화자 좋네. 툼벙툼벙 장히 좋네." [중몰이] 심 봉사가 목욕을 허다 물 밖으를 나와 보니 의관의복이 없거늘, 도적맞은 줄 짐작허고 "아이고, 나는 죽네. 훨씬 벗었으니 디여서도 나는 죽고 굶어서도 영영 죽네. 너 요년 뺑덕이네, 네가 오날날 있으면 내 고생이 이럴 것이냐. 아이고, 내 일이야." [아니리] 그때여 무릉 태수 지내시다가 봉사를 바라보고 "저 봉사는 어디 가는 사람인데 삼도 네거리에서 옷은 훨씬 저다지 벗고 탄식을 허는지 낱낱이 아뢰어라."7)

심 봉사는 황성의 맹인 잔치에 참석하려고 뺑덕어미와 함께 길을 떠났으나 도중에 뺑덕어미는 황 봉사와 눈 맞아 도망가고 홀로 길을 가게 되었다. 분하고 울적한 마음을 잊으려고 길가 시냇물에 목욕을 하고 나오니 옷이 없어졌다. 뺑덕어미의 도망에다가 옷까지 잃어버려 설상가상 불운이 겹친 것이다. '아이고, 나는 죽네. 훨씬 벗었으니 데어서도 나는 죽고 굶어서도 영영 죽네.'라는 심 봉사의 절규에서 보듯이, 알몸이 된 심 봉사는 그야말로 죽게 될 지경에 이르렀다.8)

원래 <심청전>은 고난의 물이라는 모티프가 전편에 걸쳐 설정되어 있다. 심청을 기다리던 심 봉사가 다리 아래 개울물에 빠졌고, 심청은 바다를 건너다니며 무역하는 남경 상인에게 몸이 팔렸으며, 바다의 신에게 바쳐지는 공양물이 되어 인당수에 빠져 죽게 될 운명에 처했다.

---

7) 「심청가」, 『판소리 다섯 마당』, 한국브리태니커회사, 1982, 111면. 심 봉사의 알몸 형상은 다른 <심청전>에서도 보이지만 이 판소리 사설의 예가 가장 뚜렷한 모습이라서 여기서 인용하였다.
8) 전신재, 「심봉사 인간상의 한 해석─이날치판 심청가의 경우─」, 『판소리연구』2, 1991, 31면에서 이 장면에 대해 '최후로 그에게 남은 것은 육체적 생명뿐이다. ……심봉사는 극한까지 몰락한다.'라고 설명하고 있다.

이러한 고난의 물이 황성길 가는 심 봉사에게 또다시 덮쳐 온 것이다.

심 봉사의 알몸 형상이 주는 고난의 의미는 사실적으로 이해된다. 봉사로서 움직이기도 곤란한 터에 알몸까지 되었으니 옴쭉 달싹 못하는 처지다. 그러기에 햇살에 데어서도 죽게 되었고 동냥을 못해서도 죽게 되었다. 이와 함께, 알몸 형상은 상징적인 의미도 지니고 있다. 심청을 잃은 데다 뺑덕어미까지 잃은 상태에서 장애인으로서 어디에도 의지할 곳 없이 되었는데 여기에 더해 벌건 대낮에 알몸 신세가 된 것이다. 햇살이 내리쬐는 한낮에 한길에서 알몸으로 절규하고 있는 심 봉사의 모습은 극한의 고난을 상징적으로 보여 주는 것이기도 하다.

<숙향전>의 불과 <심청전>의 물은 둘 다 고난의 의미로 각 인물에게 덮쳐 왔다. 비록 후자의 물이 시원하고 상쾌한 몸 씻음의 뜻을 포함하고 있지만 결과적으로는 심 봉사에게 고난이 된 원인이다. 불과 물로 인한 고난 앞에 알몸이 된 인물의 모습에는 인간의 삶에 근원적인 조건들로 작용하는 물, 불과 같은 원형적 물질에 대한 두려움이 내재해 있다. 세상 앞에 선 인간의 원초적인 불안과 두려움이 알몸 형상에 새겨져 있는 것이다.

알몸이 드러난 형상은 아니지만 <적벽가>의 조조는 옷을 벗고 도망치는 모습으로 그려진다. 제갈공명의 축원으로 동남풍이 불자 오나라가 화공을 써서 위나라 전함을 불태우고 쳐들어오니 조조는 도망치기에 바쁘다. 오나라의 선봉 황개가 달려들면서 홍포 입은 자를 지목하자 홍포를 벗어버리고, 수염 긴 자를 지목하자 수염을 베고 도망간다.

"수염 벤 놈 조조니라." 깃발 떼어 턱을 싸고 반생반사 도망할 제, 장요의 날랜 살이 황개 쏘아 물에 넣고 언덕에 올라가서 안장 없는 말을 타고 죽자 살자 도망할 제, "이놈, 조조 닫지 마라." 벽력같은 호령 소리 예서 나고 제서 나니, 여몽, 능통, 감녕이라. 마른 뜰에 붕어 쫓듯 나무꾼들 노루 쫓듯 빈틈없이 쫓아오니 조조 거동 장관이라. 총소리에 귀가 먹먹 내를 쐬어 눈이 캄캄 눈썹이 다 탔으니, 용천아치 초를 잡고 낯이 데어 벗어지니 당창을 올렸는가 온몸에 내를 쐬어 전복 따러 가게 되고, 두 코가 빽빽하여 재채기하는 모양 굴속에 너구리가 고춧가루 총 맞은 듯 알몸으로 말에 앉아 아무리 숨자 한들 사면이 불빛이요[9)]

적병이 쏘는 조총에 눈썹이 타고 얼굴이 데고 온몸에 화약 연기를 쐬었다. 서술자는 이러한 조조의 모습을 '알몸으로 말에 앉아' 허둥댄다고 하였고, 뒤에 가서는 정욱의 말로 '좆만 차고 가는 터'[10)]라고 표현하였다. 홍포만 벗은 것이니 알몸은 아니지만 이미 홍포의 권위는 사라지고 허겁지겁 위험에서 벗어나려는 몸짓만 남은 것을 이렇게 비아냥거린 것이다. 더욱이 수염이 베어지고 눈썹이 타고 얼굴이 덴 것은 털과 피부가 벗겨진 맨몸의 모습으로서 옷을 벗은 알몸보다 더 심한 고난의 형상이다.[11)]

홍포는 벗었지만 갑옷은 입은 채 조조가 도망간다. 호로곡에 이르러 기진하여 갑옷을 벗고 쉬는 한편 밥을 지으려 한다. 막간을 이용해 군사 점고를 한 뒤 밥을 먹으려던 차에 장비가 나타나 잡으려 드니 조조는 '벗은 갑옷 내버리고'[12)] 도망간다. 전쟁터에서 장수가 갑옷까지 벗었으니 알몸이

---

9) 「적벽가」, 강한영 교주, 『신재효 판소리사설집』, 교문사, 1984, 491면.
10) 위의 책, 493면.
11) 이주영, 「적벽가를 통해서 본 웃음의 형식과 그 의미」, 『판소리연구』22, 판소리학회, 2006, 113면에서 조조의 알몸 형상이 웃음을 주는 것으로 보았다. 독자 / 청자에게는 해학적으로 받아들여지지만 조조라는 당사자에게는 고난이 가중되는 것이라고 하겠다.

된 것이나 마찬가지의 처지가 되어 버렸다. 이렇듯 조조가 도망치는 과정에서 홍포를 벗고 갑옷을 벗는 것으로 고난이 가중되는 상황을 보여 준다.

<적벽가>의 이러한 양상은 홍포, 갑옷으로 상징되는 통수권자, 장수의 권위가 없어지고 목숨만 구하려는 몸부림을 표현한 것이다. <숙향전>과 <심청전>의 알몸 형상이 인간 존재의 근원적인 조건에 대한 두려움에서 나온 고난의 의미라면 <적벽가>의 옷 벗기기는 고난 속에 권위를 잃고 맨몸만 건지는 것으로서 간웅 조조의 허세에 대한 조롱과 풍자의 의미가 강하다.

3. 망신과 혼령의 모습

<배비장전>, <오유란전>, <강릉매화타령> 등은 여색에 무심한 척하던 남성이 상관과 기생의 공모에 휘말려 망신하는 이야기이다. 사대부 신분의 남성이 여러 사람이 보는 앞에서 알몸으로 망신을 당하는 것이다. 그중에서도 <배비장전>은 서두에서 결말에 이르기까지 여러 차례 알몸 형상이 나와 사건의 중심 소재가 되고 있다.

뱃길로 어렵게 제주도에 당도한 배 비장이 처음 본 것은 전임 정 비장과 기생 애랑이 이별하는 광경이다. 떠나는 정 비장에게 애랑은 갖은 애교를 다 떨면서 그가 가진 것을 하나하나 빼앗는다.[13] 짐에 싼 생활

---

12) 「적벽가」, 앞의 책, 509면.
13) 박일용, 「조선후기 훼절담의 변이양상과 그 사회적 의미」, 『조선시대의 애정소설』, 집문당, 1993, 397면에서 이 장면에 대해 '백성의 고혈을 빨아먹는 아전들의 가혹한 수탈에 대한 그만큼 강한 역대응적 풍자'라고 해석하였다.

용품부터 시작해서 갖두루마기, 돈피 휘양, 차고 있던 철병도, 입고 있던 숙주 창의, 분주 바지, 고의적삼까지 다 얻어 낸다. 결국 정 비장은 '알 비장이 되었구나. 밑천을 감출 길이 바이 없'14)는 신세가 된다. 여기서 그치지 않고 정표로 삼겠다며 이[齒]까지 빼도록 한다.

이 광경을 본 배 비장은 자기가 저렇게 될 리 없다고 장담하며 방자와 내기를 한다. 그러나 사또, 애랑, 방자 등의 공모에 의해 그의 다짐은 물거품이 되고 만다. 배 비장이 여색에 빠지게 되는 계기는 애랑이 목욕하는 장면을 보고서였다.

> 이때 배 비장이 글을 읊으며 무료히 앉았다가 우연히 수포동 녹림간을 바라보니, 양안 도화 어린 곳에 옥녀 일색 일 미인이 어릴락 비칠락 백만교태를 다 부리며……상하 의복 활활 벗어 반석 상에 올려놓고……목욕하는 저 거동, 손도 씻고 발도 씻고 등·배·가슴·젖도 씻고 예도 씻고 샅도 씻고 게도 씻고15)

애랑의 알몸은 배 비장을 유혹하기에 제격이었다. 여체가 유혹의 수단이 되는 예는 흔하지만 이것이 모의에 의한 망신 주기의 일환으로 그려진 것이 특징이다. 여성의 알몸이 성욕을 유발하여 남성을 타락한 삶으로 이끄는데 이런 면에서 여성의 알몸 형상은 악마적 속성을 갖고 있다고 하겠다.

배 비장은 안달이 나서 방자에게 편지를 전하게 하여 한번 만나 달라고 부탁한다. 유부녀로 가장한 애랑이 처음에는 사양하는 척하다가 밤

---

14) 「배비장전」, 정병욱 교주, 『배비장전·옹고집전』, 신구문화사, 1974, 34면.
15) 위의 책, 50면, 52면.

에 자기 집으로 오라고 한다. 이에 방자를 따라 침실에 이르니 애랑이 불러들여 함께 정사를 벌인다. 한창 무르익을 즈음 애랑의 남편으로 가장한 방자가 밖에서 고함치며 들이닥치자 애랑은 배 비장을 알몸인 채로 자루 속에 들어가게 한다. 방자가 자루를 의심하자 애랑은 거문고를 넣어 두었다고 핑계대고 이에 방자가 튀어나온 부분을 튕기니 자루 속 배 비장이 둥덩 둥덩 소리를 낸다. 방자가 잠시 나간 사이 애랑은 배 비장을 궤 속에 들어가게 한다. 방자가 다시 들어와 궤를 불태우겠다, 토막 내겠다며 야단을 치다가 궤를 지고 동헌 마당에 내려놓고는 물을 퍼부으며 궤를 바다에 빠뜨리겠다고 소리친다. 궤 속의 배 비장은 소리치는 이가 사공인 줄 알고 살려 달라고 애걸한다.

> 함정같이 잠긴 금거북쇠를 툭 쳐 열어 놓으니, 배 비장이 알몸으로 썩 나서며 그래도 소경 될까 염려하여 두 눈을 잔뜩 감으며 이를 악물고 왈칵 냅다 짚으면서 두 손을 허위적 허위적 헤어 갈 제 한 놈이 나서며 "이리 헤자." 한참 이 모양으로 헤어 갈 제 동헌 댓돌에다 대궁이를 딱 부딪치니, 배 비장이 눈에 불이 번쩍 나서 두 눈을 뜨며 살펴보니, 동헌에 사또 앉고 대청에 삼공형이며 전후좌우에 기생들과 육방 관속 노령배가 일시에 두 손으로 입을 막고 참는 것이 웃음이라.[16]

사또를 비롯한 육방 관속과 기생, 노비들이 모두 모여 있는 동헌 마당에서 배 비장은 알몸으로 궤 속에서 나와 허우적거리는 모습을 보여 준다. 모든 이들의 웃음거리가 되어 버린 것이다.

그런데 정사를 하는 데에서 망신을 당하는 대목까지의 전개를 보면,

---

16) 위의 책, 91-92면.

배 비장이 이불을 뒤집어썼다가 자루 속에 들어갔다가 궤 속에 들어가는 등 자신의 알몸을 계속해서 가리려는 행태를 보인다. 그의 알몸은 비장으로서의 체통, 방자에게 한 호언장담 등을 모두 깨트리는 것일뿐더러 유부녀 간통의 죄를 적나라하게 드러내는 증거이다.

한편, 바다에 빠진 궤 속에서 목숨만이라도 건지겠다며 허우적대는 꼴은 어떤 체통이나 권위에 앞서 생존을 위한 처절한 몸부림을 보여 준다. 망신당하는 장면의 배후에 알몸만이 남는 인간의 실존적 상황이 깔려 있는 것이다. 옷으로 치장한 몸보다 알몸 그대로가 삶의 바탕이므로 어떠한 창피를 무릅쓰고라도 지켜야 할 것은 몸 자체이다. 작품이 의도한 호색의 폭로와 한바탕의 웃음은 뜻밖에도 살고자 몸부림치는 인간의 실존적 조건을 드러내 주었다.

알몸의 사대부가 망신당하는 설정은 <오유란전>과 <강릉매화타령>에서도 나타나는데 <배비장전>과 비슷하면서도 또 다른 의미를 지닌다.17) 두 작품의 내용상 유사성은 예전부터 언급되었는데 후자가 발견된 이후18) 공통점과 함께 차이점도 살필 수 있게 되었다. 주인공 이름, 배경, 사건 전개 등의 면에서 차이를 보이는 것이다. 그러나 두 작품에 나타나는 알몸 형상은 모두 혼령으로 착각된 몸이라는 점에서 공통되므로 여기에 초점을 맞추어 함께 다룰 만하다.

평양 감사 혹은 강릉 사또를 따라온 책방 이생 혹은 골생원이 처음에는 여색에 무심한 척하며 주변 사람과 달리 행동한다. 이에 사또가 기

---

17) <종옥전>도 줄거리가 유사하지만 주인공이 알몸으로 망신하지는 않는다는 점에서 논외로 한다.
18) 김헌선, 「강릉매화타령 발견의 의의」, 『국어국문학』109, 국어국문학회, 1993 ; 김헌선, 「자료 매화가라」, 『판소리연구』10, 판소리학회, 1999.

생과 공모하여 그를 망신 주는 일을 벌인다. 오유란, 매화가 각각 이생, 골생원을 유혹하여 여색에 몰두하게 만드는 것이다. 두 작품은 모두 남주인공이 한양 본댁의 편지를 받고 떠난 후 여주인공이 죽은 것처럼 꾸며 남주인공을 놀려 먹는 이야기로 전개된다. 이때 극도의 망신을 주기 위해 기생이 쓰는 속임수가 남주인공이 혼령이 되었다며 알몸인 채로 여러 사람 앞에 나타나게 하는 것이다.

<오유란전>에서는 귀신이 된 오유란과 밤에만 정사를 나누고 헤어지는 것에 대해 이생이 못내 아쉬워한다. 이에 오유란이 알몸인 채로 서로 안고 하룻밤 자고 나면 이생도 혼령으로 변할 수 있다고 알려 준다. 실제로 그렇게 하고 나자 다음날 아침 하인들이 와서 이생이 죽었다며 시신을 염하여 입관하는 시늉을 하고는 관을 가지고 나간다. 이생은 자기가 죽었다고 생각하여 오유란의 지시에 따라 속옷만 걸치거나 알몸인 채로 대로를 활보한다.

"이같이 무더운 날씨에 의관은 무엇 때문에 하십니까?" 이생이 말했다. "큰길에 나서면 여러 사람들이 보고 손가락질할 것이니, 내 무뢰배가 아닌 이상 관을 쓰지 않고 더벅머리로 다니는 것을 어찌 옳다고 할 수 있겠소?" 오유란이 말했다. "낭군의 융통성 없음은 어찌 이다지도 완고하십니까?……소리가 없고 냄새가 없는 것은 천도이나 귀신의 도만은 형체가 있으니, 형체가 없으면 자취도 없는 것은 음양의 이치인데 낭군과 저가 행하고 본받음에 있어서 돌아보고 꺼릴 바가 무엇이며 또한 꼭 꾸미거나 단속할 바가 무엇인가요?"[19]

---

19) 「오유란전」, 신해진, 『역주 조선후기 세태소설선』, 월인, 1999, 231면. 한문 원문은 제시하지 않기로 한다.

"날이 더워 염려할 것이 없으니, 바라건대 낭군께서는 옷을 다 벗으십시오." 이생이 말했다. "어린애가 아니면 어찌 발가벗은 채로 나다닐 수가 있겠소?" 오유란이 말했다. "낭군께서는 이미 시험해 보았거니와 사람들 중 누가 알아보았습니까?" 이생은 '맞다'고 여기고 발가벗은 채로 문을 나서니 행동은 거만하나 모습은 초라했다. 축 늘어진 남근은 두 팔뚝의 맥박에 따라 끄덕끄덕하고, 주먹의 반만 한 음낭은 양다리 사이에서 달랑달랑하니, 대낮에 보는 사람이면 누구든지 웃지 않을 수 없었지만, 엄중한 명령이 내려 있는지라 감히 지껄이지 못했다.[20]

이생은 자신이 죽어 형체가 없어졌으므로 산 사람이 볼 수 없다는 오유란의 말을 믿고 알몸으로 나다닌다. 유학 공부도 많이 한 이생이 여자의 말에 속아 넘어간 것이다. 또한, 거리를 활보할 때 그의 알몸이 드러내는 초라한 몰골에 사람들은 웃지 않을 수 없었으나 사또의 명령으로 꾹 참고 있었다. 혼령이라고 생각하고 드러낸 알몸이 실은 산 사람의 알몸일 따름이기에 옷을 입지 않고 나다닌 이생은 크게 망신당한 꼴이 되었다.

이러한 망신의 의미와 함께 혼령이라고 하여 알몸을 드러낸 행위 자체에 대해 생각해 볼 필요가 있다.[21] 이생이 의관을 갖추지 않고 알몸으로 사람들 앞에 나선 것은 죽어 혼령이 됨으로써 이승의 관습과 규율에서 벗어난 상태를 표현했다고 볼 수 있다. 그만큼 살면서 받는 사회 규범의 압력에 시달렸다는 뜻인 셈이다. 이생이 혼령으로 착각한 알몸의 모습으로 망신당하는 것은 망신을 주는 사또, 오유란 등의 공모에

---

20) 위의 책, 232면.
21) 김종철, 「중세 해체기의 두 웃음-배비장전에서 이춘풍전까지」, 『판소리의 정서와 미학』, 역사비평사, 1996, 145면에서는 이 작품들에 나타난 '가사 상태'와 '알몸 노출'을 '경직성의 해소를 위한 방식으로 일종의 거듭나기를 위한 것'으로 보았다.

깃든 사회적 억압의 기제를 드러내기도 한 것이다.

<강릉매화타령>에서도 이와 비슷한 이야기가 나온다. 매화 역시 귀신이 된 척하며 골생원에게 나타나 함께 정사를 나눈다. 그리고 골생원을 꾀어 알몸으로 경포대 잔치 자리에 참석시켜 망신을 준다. 그런데 오유란과 달리 혼령을 저승으로 데려가야 한다며 골생원을 꾄다.

> "書房任 書房任, 예불 공부 심쎠 ᄒ이(니) 지부황 알의시고 소첩으게
> 분부ᄒ야 짐의오(지부로) 모셔 오랴 ᄒ여싯이 날 닷어(러)가사." 骨生員
> 이은(른) 말이 "너 말이 그여(러)ᄒ면 날과 함긔 가자." 미화 일은 말이
> "書房任 의북이 인간의 유표ᄒ온이 상하 의북을 훨적 볏고 날을 ᄯ야가
> 사." 骨生員 이운 말니 "알상 외의로 가잔 말이야." 미화 디담(답)ᄒ되,
> "그어커(러케) □." "□□ 닷야(라)가을셔면 그이(리)ᄒ져(지)야만언 나가
> 너을 □□□□□ 시장아(하)고 이을(를) 어이ᄒ니." "書房任 魂언 날 ᄯ
> 야 집으로 가고 신첫(체)난 셔울노 올나 가지요."……잇디 미화 骨生員
> 훨적 벽겨 동아줄노 허이(리) 자마(바)여 글으고 경포디로 올나간다.[22]

매화가 골생원의 알몸을 묶어서 저승으로 데려가는 시늉을 하고 있다. <오유란전>의 이생이 잡귀 같은 모습이었다면 골생원은 죽은 사람의 혼령이 시신에서 빠져나와 저승으로 가는 모습이다. 죽은 직후에 혼령이 시신을 떠나는 모습이 분명하게 그려진 것이다. 그런데 매화가 골생원의 의복은 인간 세상에서나 표가 나는 것이고 저승길에는 필요 없다고 말한 점에서는 이생의 알몸과 상통하는 의미를 지닌다. 의복은 이승에서나 필요하지 저승에서는 필요 없는 물건인 데 반해, 알몸은 인간

---

22) 「강릉대화타령」, 김기형, 『한국고전문학전집』35, 고대민족문화연구원, 2007, 126면.

이 이승을 떠나 저승으로 가는 혼령의 모습 그대로인 것이다.

두 작품에서 알몸이 혼령의 형상인 것과 여러 사람 앞에서 알몸으로 망신당하는 것이 서로 연결된 데에 주의할 만하다. 의복이 관습과 체면을 드러내는 이 세상의 물건인 반면 알몸은 그런 규제가 없는 저승의 혼령의 모습이다. 그런데 혼령의 모습으로 이 세상을 활보하는 것은 이유를 불문하고 망신거리에 해당한다. 이승은 이승의 법도에 맞춰 의복을 갖춰 입고 다녀야 하는 것이다. 문제는 이러한 망신이 죽음과 혼령을 수단으로 삼아 이루어졌다는 점이다.

이는 귀신과 산 사람 간의 사랑을 다룬 전기 소설의 문학적 관습을 조선 후기의 사회상에 맞게 패러디한 것으로 볼 수 있다. 전기 소설에서는 생사를 넘어선 간절한 사랑이었던 것이 여기서는 웃음을 유발하기 위한 속임수의 수단이 되어 버렸다. 이렇게 죽음과 혼령이라는 존재론적 소재가 희화화된 것은 위선적이고 경박한 인물을 내세워 관습과 규범을 되짚어 보려는 의도와 전염병이나 자연재해, 민란 등으로 인해 죽음이 만연해 있던 당대의 풍토가 반영되어 나타난 것으로 볼 수 있다. 알몸으로 망신당하는 것이 죽음의 희화화와 연결됨으로써 억압적인 사회 규범과 함께 열악한 생존 조건까지 풍자하려 한 것이 아닐까 한다.

4. 놀이와 활력

이전의 고전 소설에 비해 판소리계 소설에서 남녀의 성교 장면이 비교적 자세하게 그려진다. 앞 장에서 살펴본 작품들에서도 이러한 경향이 약간 나타나지만 성교 장면의 흥미와 알몸이 갖는 의미는 단연 <춘향전>에서 두드러진다.

<춘향전>의 '사랑가'를 비롯한 첫날밤 사설은 독자/청자의 흥미를 한껏 자아내는 대목이다. 이 도령과 춘향이 백년언약을 맺고 나서 사랑을 나누는 이 장면은 묘사의 정도에서 이본 간 차이가 있을지언정 줄거리상의 중심적인 역할은 공히 하고 있다.

두 사람의 사랑놀이는 월매와 향단이 나가고 난 춘향의 방에서 이루어진다. 둘만의 공간에서 신분적 차이와 사회적 규범에서 벗어난 채 함께 알몸이 되어 한바탕 성희(性戱)를 한다. 이 대목은 어느 이본보다 <열녀춘향수절가>에 흥미진진하게 그려져 있다.

두 손길 셕 놋턴이 춘향 가은 허리을 담숙 안고, "나상을 버셔라." 춘향이가 쳠음 이릴 쑨 안이라 북그러워 고기을 슈겨 몸을 틀 졔, 이리 곰슬 져리 곰실 녹슈에 홍연화 미풍 맛나 굼이난듯, 도련임 초미 벽겨 졔쳐 노코 바지 속옷 벽길 젹의 무한이 실난된다. 이리 굼실 져리 굼실 동히 쳥용이 구부를 지(치)난 듯, "아이고 노와요, 좀 노와요." "에라, 안 될 마리로다." 실난 즁 옷끈 쓸너 발가락으 짝 걸고셔 찌(씨)여 안고 진드시 눌으며 지지기 쓰니 발길 아리 쩌러진다. 오시 활짝 버셔지니 형산의 빅옥쎵니 이 우에 비할소냐. 오시 활신 버셔지니 도련임 거동을 보려 하고 실금이 노으면셔, "아차 아차, 손 쎤졋다." 춘향이가 침금 속으로 달여든다. 도련임 왈칵 조차 들어 누어 져고리을 벽겨 니여 도련임 옷과 모도 한틔다 둘둘 뭉쳐 한편 구석의 던져 두고 두리 안고 마조 누워스니 그디로 잘 이가 잇나. 골집 닐 졔, 삼승 이불 춤을 추고 시별 요강은 장단을 맞추워 쳥그릉 징징 문고루난 달낭달낭 등잔불은 가물가물 마시 잇게 잘 자고 낫구나.23)

이 도령이 춘향의 옷을 벗기는 행동 하나하나가 일정한 과정으로 그려지고 있다. 춘향을 안고 치마부터 벗기고 나서 바지와 속곳을 벗긴다. 서로 실랑이를 벌이는 중에 발가락에 옷끈을 걸어 기지개를 펴면서 아래 속옷을 벗기는 것이다. 춘향의 흰 살이 드러나자 이 도령은 슬쩍 춘향을 놓아주고 그 틈에 춘향은 이불 속으로 달려든다. 쫓아 들어온 이 도령이 춘향의 저고리를 마저 벗기고 성교를 한다.

두 사람의 성희는 춘향의 방에서 벌어져 이불 속으로 들어가는 것과 치마, 바지와 속곳, 저고리 순서로 춘향이 알몸이 되는 것으로 전개된다. 춘향의 방 자체가 이미 성희를 위한 둘만의 공간이었는데 이불 속으로 옮겨 감으로써 둘 사이에 있던 일말의 경계마저 사라지고 알몸으로 접촉하게 된다. 옷을 한 꺼풀씩 벗겨 내는 과정도 둘 사이의 실랑이 속에서 옷이 갖는 상징성, 즉 관습과 규범의 의미를 깨뜨리는 역할을 한다. 둘이 함께 성적 유희를 즐기면서 관습과 규범의 틀에서 벗어나 한 몸이 되는 것이다. 이는 <춘향전>의 주제와도 연결되는바 신분을 넘어선 사랑이라는 주제가 지닌 반규범성, 반봉건성의 의미를 사랑 놀이의 모습으로 표현해 낸 효과가 있다.

이러한 옷 벗기기 장면은 그 과정뿐 아니라 비유적 표현과 인물 간의 대화가 흥미를 한껏 돋우어 준다. '녹수에 홍연화 미풍 만나 굼실대듯'과 같이 다소 상투적인 비유 사이사이에 이 도령과 춘향의 육성이 나옴으로써 사랑 놀이에 박진감을 주고 있다. 그리하여 위 인용문의 마지막 문장에서 '삼승 이불 춤을 추고 샛별 요강은 장단을 맞추어 청그렁 쟁

---

23) 「열녀춘향수절가」, 『춘향전』, 고려서림, 1987, 740-742면.

쟁, 문고리는 달랑달랑, 등잔불은 가물가물'과 같은 환유적 표현24)이 쓰여 이 장면을 더욱 생기발랄하게 만들고 있다.

이러한 성희는 이어지는 사설에서 더 노골적으로 그려지다가 업음질 사설에서 절정에 이른다. 알몸의 상대방을 번갈아가며 업고 문답을 주고받는 이 놀이에서 알몸으로 사랑 놀이를 하는 두 사람의 활달한 동작과 기쁜 마음, 친밀감 등이 잘 나타난다.

> "어붐질 천하 쉽이라. 너와 나와 활신 벗고 업고 놀고 안고도 놀면 그게 어붐질이제야." "이고, 나는 북그러워 못 벗것소." "예라 요 겨집아히야, 안 될 마리로다. 니 먼져 버스마." 보션 단임 허리듸 바지져고리 휠신 버셔 한편 구석의 밀쳐 놋코 웃둑 셔니, 춘향이 그 거동을 보고 쌩긋 웃고 도라셔다 하는 마리, "영낙업난 낫도치비 갓소." "오냐, 네 말 조타. 천지만물이 짝 업난 계 업난이라. 두 도치비 노라 보자." "그러면 불이나 쓰고 노사이다." "불리 업시면 무슨 지미 잇것는야. 어셔 버셔라. 어셔 버셔라." "이고, 나는 실어요" 도련임 춘향 오슬 벽기려 할 제 넘놀면셔 어룬다.……춘향의 가는 허리를 후리쳐다 담숙 안고 지지기 아드득 떨며 귀쌥도 쪽쪽 쌜며 입셔리도 쪽쪽 쌜면셔 주홍 갓턴 셔을 물고 오식 단청 순(繡)금장 안의 쌍거쌍늬 비들키갓치 꾹꿍꿍꿍 으흥 거려 뒤로 돌여 담숙 안고 져셜 쥐고 발발 떨며 져고리 초미 바지 속것까지 활신 벼겨 노니 춘향이 북그러워 한편으로 잡치고 안져슬 제, 도련님 답답하여 가만히 살펴보니 얼골이 복찜흐야 구실쌈이 송실송실 안자쑤나.25)

---

24) 김현주, 「춘향가 문체의 환유적 성격」, 『판소리연구』19, 판소리학회, 2005, 19-20면에서 '정서적 고조 국면에서의 일탈'을 환유적 문체로 보았다.
25) 「열녀춘향수절가」, 앞의 책, 750-752면.

알몸 자체가 놀이의 수단이 되어 두 남녀가 땀이 송글송글 맺힐 정도로 몸을 움직이며 청춘으로서 삶의 희열을 만끽하게 만든다. 청춘의 알몸이 갖는 생명의 환희를 이렇게 재미있고 즐거운 몸짓과 대화를 통해 그려낸 것이다. 이로써 인물들이 역동적으로 움직이는 인상을 받고 청춘 남녀의 삶에 대한 기대감을 느끼게 된다.

이렇듯 업음질이라는 사랑 놀이는 이 도령과 춘향의 사랑이 갖는 강한 생명력을 보여 준다. 어떠한 규범에도 얽매이지 않고 둘만의 공간에서 둘만의 놀이에 탐닉하는 모습에서 몸에 대한 새로운 의식이 싹튼 청춘 남녀가 의기양양하고 전도유망한 자세로 인생의 길을 함께 헤쳐 나가려는 의지를 읽을 수 있다. 알몸 형상을 통해 희망과 도전의 의미가 드러남으로써 이후 춘향이 변사또에 대해 저항하는 행동이 더욱 분명한 의의를 지니게 된다. 낡은 규범과 부당한 억압에 맞설 수 있는 춘향의 용기는 발랄한 몸의 활동, 서로 알몸으로 사랑한 그 희열에 원천이 있음을 새삼 상기시켜 준다.

알몸이 놀이의 수단이 되어 생명력과 도전의 의미를 가진 <춘향전>에 비해 <변강쇠가>에서 강쇠와 옹녀의 성희 장면은 서민 남녀의 생활력에 대한 긍정의 의미를 갖는다. 성교 장면을 자세히 묘사하면서 남녀의 알몸을 생명력 혹은 생활력의 원천으로 그린 점에서 두 작품은 상통하지만 <변강쇠가>는 <춘향전>에서 볼 수 없는 독특한 면모를 띠고 있다.

서도에서 내려오던 옹녀와 남도에서 올라가던 강쇠가 개성 근처 청석관 골짜기 길에서 만나게 된다. 강쇠의 수작에 옹녀가 응대하여 함께 살기로 약속하고 바위 위에 올라가 대낮에 알몸으로 정사를 벌인다. 알몸이 되어 성교를 하며 서로가 주목하는 곳은 상대방의 성기이다.[26] 알몸이 몸의 가장 은밀한 부위까지 노출시키므로 성적 욕망의 눈으로 상대의 알몸을 보면 성기에 눈이 갈 수밖에 없다.

"늙은 중의 입일는지 털은 돋고 이는 없다. 소나기를 맞았던지 언덕 깊게 파이었다. 콩밭 팥밭 지났던지 돔부 꽃이 비치었다. 도끼날을 맞았던지 금 바르게 터져 있다. 생수처 옥답인지 물이 항상 괴어 있다. 무슨 말을 하려관대 옴질옴질 하고 있노. 천리행룡 내려오다 주먹바위 신통하다. 만경창파 조갤런지 혀를 삐쭘 빼었으며, 임실 곶감 먹었던지 곶감 씨가 장물이요, 만첩산중 으름인지 제가 절로 벌어졌다. 연계탕을 먹었던지 닭의 벼슬 비치었다. 파명당을 하였던지 더운 김이 그저 난다. 제 무엇이 즐거워서 반쯤 웃어 두었구나. 곶감 있고, 으름 있고, 조개 있고, 연계 있고, 제사상은 걱정 없다."27)

강쇠가 옹녀의 성기를 들여다보며 생각하는 것은 콩밭·팥밭, 옥답, 도끼날처럼 일과 관련된 것도 있지만 주로는 음식물이다.28) 그리고 음식과 관련된 상상은 '제사상은 걱정 없다.'라는 실생활의 유용성으로 귀결됨으로써 여성 성기가 생활력의 상징으로 여겨진다. 그것이 다시 제사상에 올리는 음식들로 요약됨으로써 한 가정이 제사상을 중심으로 한 가부장적 질서의 기본 단위임을 나타낸다.

---

26) 앞에서 본 <오유란전>의 결말부에서도 평양 감사와 계월이가 성교하는 중에 암행어사가 출도하자 서로의 성기를 보며 희롱하는 말이 나오지만 <변강쇠가>처럼 문제적이지는 않다.
27) 「변강쇠가」, 강한영 교주, 『신재효 판소리사설집』, 교문사, 1984, 537면.
28) 이문성, 「신재효 사설에 나타난 성적 어휘와 성묘사」, 『판소리연구』29, 판소리학회, 2010, 205면에서 이 기물 타령을 '성기의 미시적인 각 부분은 구체적이고 다양한 음식물로써 기표되는 사례'라고 하였다.

"전배사령 서려는지 쌍걸낭은 느직하게 달고, 오군문 군뢰던가 복덕이는 붉게 쓰고 냇물 가에 물방안지 떨구덩 떨구덩 끄떡인다. 송아지 말뚝인지 털 고삐를 둘렀구나. 감기를 얻었던지 맑은 코는 무슨 일꼬 성정도 혹독하다 화 곧 나면 눈물 난다. 어린아이 병일는지 젖은 어찌 게웠으며, 제사에 쓴 숭어인지 꼬챙이 굼기 그저 있다. 뒷절 큰 방 노승인지 민대가리 둥글린다. 소년 인사 다 배웠다, 꼬박꼬박 절을 하네. 고추 찧던 절굿댄지 검붉기는 무슨 일꼬. 칠팔월 알밤인지 두 쪽 한데 붙어 있다. 물방아, 절굿대며, 쇠고삐, 걸랑 등물 세간살이 걱정 없네."29)

옹녀가 강쇠의 성기를 보며 생각하는 것은 주로 관직과 생활용품이다. 가정을 꾸리려면 가장이 직업을 갖아야 하고 생활용품이 구비되어야 하는 것이다. 그리하여 옹녀의 상상은 '세간살이 걱정 없네.'라는 생활에 대한 기대로 귀결된다. 부부로서 가정을 이루어 생활해 나가려는 뜻이 강쇠의 생각과 공통된다.30)

이렇게 <변강쇠가>의 성희에는 서민 가정이 생활하는 데 필요한 음식과 생활용품에 대한 기대가 담겨 있다. 상대의 알몸과 성기를 보며 이러한 생각을 하였다는 것이 의미 있다. <춘향전>의 성희가 청춘의 생명력을 보여 준 데 비해 <변강쇠가>의 그것은 성희 자체의 즐거움보다 성적 결합이 갖는 상징적 의미로서 건강한 생활력을 드러낸 것이다. 실질적으로 아무것도 가진 것 없는 남녀가 맨몸으로 만나 성희를 하는 것이

---

29) 「변강쇠가」, 앞의 책, 537-538면.
30) 신경남, 「변강쇠가의 구조와 애정 양상」, 『한국고전여성문학연구』18, 2009, 225면에서 강쇠와 옹녀의 대낮 성교는 일회적인 유희나 음탕한 것이 아니라 '일가 친척 전혀 없이 오로지 스스로 보호자가 되어 자신의 삶을 결정짓는 성인으로서의 선택'이라고 긍정적인 평가를 하고 있다.

앞으로의 가정생활에 대한 희망을 표출한 것이라고 할 수 있다.

이렇게 하여 알몸 형상은 맨몸의 남녀가 힘을 합쳐 생활해 나가는 원동력으로 그려진다. 세상에서 몸 하나로 살아가야 하는 서민 혹은 성의식이 싹튼 청춘이 함께 세상을 헤쳐 나가려는 희망의 표현이다. <춘향전>에 나타난 생기 넘치는 놀이, <변강쇠가>에 나타난 생활력은 판소리계 소설에 그려진 알몸 형상이 삶에 대한 긍정과 희망을 표현하고 있음을 보여 준다. 남녀가 알몸으로 맺은 사랑 놀이 속에서 삶의 원동력을 찾은 것이다.

5. 죄에 대한 징벌

고전 소설의 알몸 형상 중에서 가장 특이한 것이 <변강쇠가>에서 강쇠가 장승 죽음을 한 모습이다. 강쇠와 옹녀는 청석골에서 만나 여러 도시를 전전하며 도방 살림을 해 보다가 안 되어 지리산에 들어가 화전을 일구며 살아간다. 옹녀는 열심히 해 보려고 하지만 강쇠는 '낮이면 잠만 자고 밤이면 배만 타'[31]는 룸펜 생활을 계속한다. 보다 못한 옹녀가 나무라도 해 오라고 다그치니 강쇠가 겨우 집을 나서 산중으로 들어간다. 그러나 낮잠만 실컷 자고 저녁에 돌아오다가 마천 가는 길가의 장승을 뽑아 지게에 지고 온다.

옹녀는 깜짝 놀라 얼른 제자리에 갖다 놓으라고 애걸하지만 강쇠는 도리어 호통을 치고 도끼로 장승을 패어 땐다. 그러고는 '유정 부부 횔

---

31) 「변강쇠가」, 앞의 책, 545면.

썩 벗고 사랑가로 농탕치며 개폐문 전례 판을 맛있게 하'[32]고 잔다. 그러자 장승 목신(木神)이 원수를 갚으려고 노량진 대방 장승을 찾아가 호소하고 팔도의 장승들이 모여 의논한 끝에 각자 질병 하나씩 가지고 가서 강쇠 몸에 발라 49일 동안 병에 시달리다가 험한 모습으로 죽게 만들기로 한다.

장승을 때고 하룻밤 자고 나서 아무 탈이 없으니 강쇠는 더욱 호기를 부려 근방의 장승을 다 뽑아 때겠다고 한다. 그러나 그날 밤을 지내자 온몸에 피고름이 낭자하고 병이란 병은 다 걸린 채 산송장이 되어 버린다. 옹녀는 두려움에 떨며 어쩔 줄 몰라 하다가 문복에 독경도 해 보고 의원을 불러 온갖 약을 다 써 보고 침까지 놓아 본다. 약과 침의 효험 때문인지 강쇠가 잠시 정신이 돌아와 옹녀에게 3년간 시묘 살이 한 후 목매 죽을 것이고 사내들이 범접하면 죽이리라는 협박과 저주의 유언을 남기고 죽는다.

속곳 아구대에 손김을 풀쑥 넣어 여인의 보지 쥐고 으드득 힘주더니 불끈 일어 우뚝 서며, 건장한 두 다리는 유엽전을 쏘려는지 비정비팔 빗디디고, 바위 같은 두 주먹은 시왕전에 문지긴지 눈 위에 높이 들고, 경쇠덩이 같은 눈은 홍문연 번쾌런지 찢어지게 부릅뜨고, 상투 풀어 산발하고, 혀 빼어 길게 물고, 짚동같이 부은 몸에 피고름이 낭자하고, 주장군은 그저 뻣뻣, 목구멍에 숨소리 딸깍, 콧구멍에 찬바람 왜, 생문방 아니 하고 장승 죽음 하였구나.[33]

온갖 병을 앓은 지 49일 만에 퉁퉁 부은 몸에 피고름이 낭자하고 성

기가 뻣뻣한 채 활 쏘는 자세로 선 모습으로 죽은 것이다.[34] 애초 장승들이 강쇠의 몸에 병을 붙인 것도 '일과하고 한참 곤케 자'[35]던 차였는데 여기서 강쇠의 일과란 낮이면 잠만 자고 밤이면 배만 타는 일이다. 온몸이 퉁퉁 붓고 피고름이 흘렀으니 옷을 입힐 수 없었을 것이고, 의원이 와서 마지막으로 시도한 것이 침술이며, 죽기 직전에 강쇠가 한 행동은 옹녀의 성기를 힘껏 쥐는 것이었다. 이런 점에서 강쇠의 장승 죽음은, 마치 장승이 나무토막인 채로 서 있는 것처럼, 알몸인 채로 우뚝 선 모습의 죽음인 것이다.

흉악한 알몸 시신은 우선 강쇠의 죄에 대한 천벌을 뜻한다. 장승 동티라는 금기를 범한 것에 대한 징벌인 것이다. 직접적으로는 금기를 범했기 때문이지만 그 외에 강쇠가 성교에만 몰두한 것과 생활력은 없이 게으름만 피운 것도 징벌의 원인이 되었다. 그런데 징벌 이유를 근본적으로 따진다면 인간의 알몸 자체가 욕망 실현을 위한 도구로서의 역할을 하기 때문이라고 할 수 있다. 남녀의 알몸은 성교의 수단이 되므로 그로 인한 음란한 자취가 알몸에 배여 있을 수밖에 없는 것이다.

이렇듯 알몸 시신이 인간의 음란성에 대한 응징인 한편으로 우리의 몸에 깃든 질병의 모습이기도 하다. 몸을 가진 인간은 늘 질병의 침입을 받게 되어 있다. 강쇠 몸에 붙은 온갖 병의 이름이 나열되어 있는 것은 그러한 질병에 노출된 인간의 몸이 지닌 원초적 취약성을 한꺼번에 드러내

---

34) 이주영, 「'기괴하고 낯선 몸'으로 변강쇠가 읽기」, 『고전과 해석』6, 고전문학한문학연구회, 2009, 51-57면에서 이러한 강쇠의 몸을 '앱젝트'(abject, 폐물·폐인)로 보았다.
35) 위의 책, 561면.

기 위함일 터이다. 곧 질병에 취약한 인간의 몸이 강쇠라는 인물 및 그가 범한 장승 동티의 금기에 덧붙어 상징적으로 표현된 것이다.

이러한 장승 죽음의 형상은 어느 고전 소설에서도 찾기 어려운 특이한 예이다. <변강쇠가>가 지닌 기괴미[36]의 한 양상이기도 한 이것은 조선 후기 서민의 삶 속에 깃든 죽음의 그림자, 몸에 깃든 질병에 대한 민감한 의식이 반영된 것이다. 특히, '신사년 괴질'[37] 곧 1821년 콜레라의 창궐로 인해 수많은 사람이 죽어간 역사[38]에 대한 집단적인 기억이 강쇠의 몸에 새겨진 것이라고 할 수 있다.

6. 결 론

위에서 살펴본 고전 소설의 알몸 형상과 그 문학적 의미를 요약하여 결론으로 삼고자 한다.

첫째, 알몸 형상은 고난의 극한 상황을 의미한다. <숙향전>, <심청전>, <적벽가> 등에서 주인공이 알몸으로 수난을 겪는 모습이 그려져 있다. 삶 자체가 고난과 극복의 연속인 만큼 인간이 맨몸으로 삶을 견뎌 내는 모습을 포착한 것이다. 알몸으로 만나게 되는 고난의 극한 상황은 곧 죽음일 터이다. 따라서 이 형상은 죽음 앞에 선 인간의 맨 모습을 드러낸 것이라 하겠다.

---

36) 김종철, 「변강쇠가와 기괴미」, 앞의 책, 60-70면.
37) 「변강쇠가」, 앞의 책, 583면.
38) 신동원, 「변강쇠가로 읽는 성·병·주검문화의 수수께끼」, 『호열자, 조선을 습격하다』, 역사비평사, 2004, 116-118면.

둘째, 알몸 형상은 관습과 규범에서의 일탈에 따른 망신, 그리고 혼령의 모습을 의미한다. <배비장전>, <오유란전>, <강릉매화타령> 등에 보이는 알몸은 사회 규범으로부터 일탈한 모습으로 망신을 당하는 원인이 된다. 사회에 속한 사람들은 규범에서 일탈한 알몸의 주인공을 향해 조롱과 풍자의 웃음을 보낸다. 그러나 알몸이 된 채 살기 위해 발버둥치는 모습은 궁극적으로는 옷이 아닌 맨몸으로 부딪쳐야 하는 인간의 실존적 조건을 나타낸 것이다.

셋째, 알몸 형상은 성적 유희로서 놀이와 활력을 의미한다. <춘향전>에서는 청춘 남녀의 생기발랄한 한바탕의 놀이 장면이 흥미롭게 묘사되어 있다. 알몸이 성적 유희의 수단이 되어 남녀가 함께 활기차게 놀고 즐긴다. 이로써 청춘의 생명력과 희열감이 표출된다. 이에 비해 <변강쇠가>의 대낮 정사 장면은 남녀 성기에 관한 상상을 통해 가정생활에 대한 기대감을 드러내고 있다. 가진 것 없이 맨몸으로 살아가야 하는 서민 남녀는 알몸으로 성교하는 것에서 생활의 원동력과 기대감을 얻은 것이다.

넷째, 알몸 형상은 음란성에 대한 징벌과 질병에 취약한 몸의 성질을 의미한다. <변강쇠가>에서 강쇠의 장승 죽음은 퉁퉁 붓고 피고름으로 범벅이 된 알몸 형상이다. 장승 동티에 의한 징벌인 동시에 몸 자체에 배어 있는 음란성 및 질병의 상징이기도 하다. 이러한 알몸 시신 형상은 조선 후기 질병에 시달린 서민들의 몸 상태를 집약하여 표현한 것이라고 하겠다.

본고는 고전 소설 속에 그려진 알몸 형상이 어떤 의미를 지니는지 살펴본 것이다. 대상이 제한되어 있어서 고전 소설 전반에 걸쳐 폭넓게 논의하지 못했고 또 몸의 다른 양상들 가령 질병, 불구, 노쇠 등의 형상과 비교하지 못했다. 그렇지만 본고에서 정리한 알몸 형상의 의미들은 고전 소설 독서에 있어서 여러 작품에 그려진 몸 형상의 다양한 양상과 의미를 파악하는 데 참조의 대상이 될 수 있을 듯하다. 앞으로 고전 소설의 육체성(몸성)에 대한 종합적인 연구가 진행되어야 하리라 본다.

제2부 **가치의 문제**

제1장

<원생몽유록>의 교육적 의의

1. 서 론

고전 문학은 우리의 과거 어느 시점에 창작되어 어떤 경로의 수용사를 거치면서 오늘날까지 전해 오고 있다. 고전 문학의 가치를 새롭게 해석해 내는 작업이 연구자들의 몫이라면, 그러한 해석을 교육 현장에서 학생들에게 전달해 주는 것은 교사들의 몫이다. 연구자이면서 동시에 교사인 경우에도 이러한 역할 분담은 있게 마련이다. 이러한 입장에서, 고전 문학을 어떻게 가르칠 것인가 하는 문제를 살필 때에는 교육 현장에서 고전 문학에 대한 연구 성과를 효과적으로 수용하는 일을 우선적으로 고려할 필요가 있다. 그렇지만 교육의 현장에서 고전 문학에 대한 새로운 가치 부여가 이루어질 수 있다는 점이 함께 고려되어야 한다. 작품에 대한 학생들의 상이한 이해와 감상, 그를 통한 전달자로서의 교사에 대한 반론과 비판의 과정 속에서 그러한 작업은 가능할 것이다.

이렇게 하여 고전 문학 연구와 고전 문학 교육이 상보적인 관계를 맺으면서 서로의 자극 속에서 양자가 함께 발전할 수 있는 토양이 마련될 수 있으리라 본다.

그런데 과거에 창작되었던 고전 문학을 현대의 교육 현장에서 가르치는 데는 무엇보다도 시대의 상거(相距)에 따른 거리감이 문제가 된다. 고전 문학에 표현된 선인들의 사상이나 감정이 현대인들의 그것과는 상당한 거리가 있기 때문에, 현대를 살아가는 학생들로 하여금 고전 문학 작품이 주는 감흥을 충분히 느끼게 하기가 어려운 것이다. 이를 어떻게 극복할 것인가가 문제 거리일 수 있다. 곧, 교육 현장에서 어떻게 하면 고전 문학이 지닌 현대적 의의를 학생들에게 충분히 이해시킬 수 있느냐 하는 문제이다.

본고에서는 <원생몽유록(元生夢遊錄)>을 대상으로 하여, 교육 현장에서 고전 문학의 연구 성과를 어떻게 적절히 수용하면서 학생들의 자유로운 토론을 이끌어 내고, 나아가 고전 문학 작품이 지닌 현대적 의의를 감득할 수 있게 할 것인가의 문제를 고찰해 보기로 하겠다. 그러기 위해서 먼저 <원생몽유록>은 가르칠 만한 가치가 있는가, 가르칠 내용은 무엇이고, 어떻게 가르치는 것이 좋겠는가, 가르쳐서 얻는 의의는 무엇인가의 문제를 차례대로 살펴보겠다.

2. <원생몽유록>의 문학사적 의의

<원생몽유록>이 가르칠 만한 가치가 있는 작품인가를 판단하기 위

해서는 먼저 이 작품이 지닌 문학사적 의의를 살펴보아야 한다. 문학사적으로 비중 있는 작품이라면 일단 교육의 자료로서도 가치를 지니게 될 것이기 때문이다. 이에 기존의 연구에서 언급된 이 작품의 문학사적 의의를 정리해 볼 필요가 있다.

첫째, 몽유 구조(夢遊構造)를 취한 우리 서사 문학사의 흐름 속에서 이 작품이 지닌 의의를 지적한 관점이 있다. 이 작품에 대한 본격적인 작품론을 개진했던 황패강은 '몽유 계통의 소설이 백호(白湖)에 이르러 목적의식적인 몽유 본격 소설—몽유록으로 스스로의 성격을 정립시켰고, 이후 보다 고차적인 몽자 소설의 전개를 가져올 소지를 마련하였다는 점'[1]에서 문학사적 의의를 찾았다. 임형택 역시 이 작품이 '내용면에서는 남효온의 <육신전>에 이어지고, 형식면에서는 『삼국유사』에 실린 <조신>으로부터 『금오신화』 중의 <남염부주지> <용궁부연록> 그리고 <구운몽>에까지 앞뒤로 연맥이 되는'[2] 작품으로 자리매김을 하였다. 이렇듯 이 작품이 우리 서사 문학사에서 ≪금오신화≫와 <구운몽> 사이에 위치한다는 것은 대부분의 논자가 인정한 것이지만, 이러한 평가는 세 작품 군 사이의 양식적 특성을 보다 명확히 드러내면서 구체적인 비교 분석의 결과로 나타날 때 보다 설득력을 얻을 것이었다. 이에 필자는 『금오신화』류와 같은 몽유전기소설은 욕망의 성취를, 이 작품을 포함한 몽유록은 이념의 관철을, <구운몽> 등 몽유장편소설은 욕망과 이념의 통합을 각각 양식적 특성으로 한다는 점을 분석해 내고, 몽유 양식(夢遊樣式)의 소설사적인 흐름 속에서 <원생몽유록>이 '욕망의 성취

---

1) 황패강, 「원생몽유록과 임제 문학」, 『한국서사 문학연구』, 단대출판부, 1972, 337면.
2) 임형택, 「이조전기의 사대부 문학」, 『한국문학사의 시각』, 창작과비평사, 1984, 411면.

를 기본으로 하는 몽유전기소설에서 벗어나 이념의 관철을 시도하는 몽유록의 양식적 특성을 확립'3)하였다는 점에서 소설사적 전기를 마련한 작품으로 평가하였다. 한편, 윤주필은 서사 문학의 흐름과는 성격이 다른 계열로서 몽유 우언(夢遊寓言)을 설정하고, '<취향기(醉鄕記)>류는 한문 고전의 몽유 우언을 몽유기(夢遊記) 양식으로 정착시킨 작품군이고, 본 작품은 몽유기를 다시 몽유록 양식으로 발전시켰다.'4)고 하여 이 작품이 몽유 우언의 역사적 흐름 속에서 지니는 의의에 주목하였다.

둘째, 조선 전기의 문학사적 양상 가운데 방외인 문학의 동향에 주목하면서, 이 작품을 방외인 그룹에 속하는 작가 임제의 주요 작품으로 거론하는 관점이 있다. 본격적으로 방외인 문학의 양상에 주목한 임형택은 '문학의 담당 주체의 처지와 자세를 살펴서 세워진 논리'에 의거해 관료적 문학, 처사적 문학, 그리고 방외인 문학을 상정한 후, 조선 전기 김시습·남효온·홍유손·정희량·어무적·이달 등 방외인 그룹에 속하는 작가의 현실주의적 작품 경향을 고찰하였다.5) 여기서 이들과 함께 16세기의 '시대 상황을 심각하게 반영한 작가' 임제를 거론하는 가운데 <원생몽유록>이 지닌 중세 통치 체제에 대한 저항적인 주제 의식을 들어 그 사적인 의의를 평가하였다.6) 이러한 연구 성과를 이으면서 방외인 문학을 하나의 문학 사조로 정립하고자 한 윤주필은 그러한 연구의 후속 작업으로서 <원생몽유록>을 분석하여 이 작품이 지닌 우의(寓意)를 '강개

---

3) 신재홍, 「몽유 양식의 소설사적 전개에 관한 연구」, 서울대 박사논문, 1992, 234면.
4) 윤주필, 「원생몽유록의 종합적 고찰」, 『한국한문학연구』16, 한국한문학회, 1993, 109면.
5) 임형택, 앞의 논문.
6) 위의 논문, 411-412면.

(慷慨)함'으로 보고, 이것은 '우언 양식의 전통을 이으면서 새로운 양식을 개척하게 만든 원동력이고 조선 전기 방외인 문학 사조의 공동보조를 가능하게 한 연대감'[7]이라 하여, 이 작품이 몽유 우언의 전통을 이으면서 방외인 문학의 사조를 반영했다는 점을 지적하고 있다.

셋째, 둘째 관점이 이 작품을 방외인 문학의 범주 속에서 논한 것이라면, 우리 소설사에서의 현실주의의 발전 과정이라는 보다 거시적인 시각에서 작품의 내용을 분석 평가하면서 문학사적 의의를 살피는 관점이 있다. 김춘택은 작가 '임제의 세계관에서의 사회 계급적 제한성'을 전제하면서, '당대의 현실과 밀접히 결부된 이러한 꿈의 세계를 보여 줌으로써 작가 임제는 단종과 세조의 알력 관계를 비롯한 불합리한 당대 현실에 대한 비판 정신과 낭만주의적 지향을 예술적으로 인상 깊게 밝힐 수 있었다.'[8]고 하였는데, 이는 문학이 철저히 당대 현실의 반영이라는 현실주의적 비평안에 의한 평가이다. 또한 논자는 임제의 소설 작품 <원생몽유록>, <수성지>, <화사>, <서옥기> 등이 작가의 청년기에서 말년에 이르는 기간 동안, 몽유록 형식의 소설로부터 우화 소설로, 낭만주의적 경향에서 사실주의적 경향으로, 단편 소설에서 중편 소설로 발전하였다는 점을 특히 강조하고 있다.[9] 한편, 정학성은 당대 현실의 반영이라는 측면을 충분히 고려하면서도 이 작품이 현실과 이념 사이의 모순을 주제화하였다는 점에 더욱 주목하여, '사대부적 이념과 현실의 모순을 각성하면서, 두 쪽 중 어느 것도 파기하지 못하는 사고의 이율

---

7) 윤주필, 앞의 논문, 110면.
8) 김춘택, 『우리나라 고전소설사』, 한길사, 1993, 68면.
9) 위의 책, 69-83면.

배반적 긴장을 보여 주고 있다는 점에서 이 작품이 차지할 수 있는 선구적인 문학사적 위치를 찾을 수 있을 것'10)으로 보았다.

이상과 같이, 기존 연구에서는 대체로 보아 양식사적, 사조사적, 현실주의적 관점 등에서 이 작품이 지닌 문학사적 의의가 매우 큰 것으로 보고 있다. 이를 고려할 때, <원생몽유록>은 문학사에서 중요한 위치를 차지하며, 이러한 문학사적 의의가 이 작품의 교육적 의의를 확보할 수 있는 필요조건으로 제시될 수 있을 것이다.

3. 문제별로 본 <원생몽유록> 연구사

이 작품을 가르치기 위해서는 학계에서 이 작품과 관련하여 논의되어 오는 문제점들을 점검하는 일이 필요하다. 말하자면 가르칠 내용에 대한 점검이 있어야겠다는 것이다. 이에 이 작품과 관련된 논의들을 작품 외적 문제와 작품 내적 문제로 나누어 정리해 볼 수 있다.

3.1. 작품 외적 문제

우선 이 작품의 작가와 창작 연대의 문제가 있다. 김태준이 이 작품의 작가를 임제(林悌)로 언급한[11] 이후 별다른 이의 없이 각 문학사에서 임제 작으로 언급되다가, 원호(元昊)가 지었다는 설,[12] 김시습(金時習)이

---

10) 정학성, 「원생몽유록 연구」, 『한문학논집』3, 단국대, 1985, 172면.
11) 김태준, 『증보 조선소설사』, 학예사, 1939, 76면.
12) 이가원, 「몽유록의 작자 소고」, 『국어국문학』23, 국어국문학회, 1960, 135면.

지었다는 설[13]이 제기되었다. 이에 대해 황패강에 의해 '매월거사(海月居士)'라 칭해진 황여일(黃汝一)의 문집 속에 들어 있는 글 두 편에 의해 임제의 작품임이 확인되었다.[14] 그런데 우리 쪽에서는 이 작품의 작가 문제를 두고 논란을 벌여왔으나, 북한에서는 이 작품이 『화몽집』이라는 전기 소설집에 수록되어 전하면서 '해월거사 임자순이 씀'이라고 기록된 바에 의거하여 작가 문제는 일찍이 해결을 본 문제였던 것 같다.[15]

창작 연대의 문제에 대해서 황패강은 애초에는 작품 말미의 무진(戊辰, 1568)을 그대로 인정하였다가,[16] 나중에는 1568년에서 임제의 졸년인 1587년 사이에 지어졌을 것이라고 수정하였다.[17] 반면 정학성은 황여일의 문집이 임제 사후 200여 년이 지나 간행되었고, 원호의 후손들이 그랬듯이 황여일의 후손들이 작품 말미의 해월거사를 자기네 조상으로 쉽게 단정한 가운데 『매월문집(海月文集)』에 수록하였을 가능성이 있다는 점에서 자료의 신빙성을 의심하면서,[18] 선조에게 <육신전> 읽기를 주청한 박계현(朴啓賢)과 이 작품의 작가 임제와의 관계로 미루어 이 작품이 선조 9년(1576), 백호 나이 28세 이후의 소작으로 추정하였다.[19] 한편, 북한에서는 작품 말미의 기록을 의심 없이 받아들여 작가가 20세 때 지은 것으로 처리하고 있는데, 김춘택은 『임백호문집』에 수록된 <무진년 가을에 호남으로 가면서>(원제 <戊辰秋向湖南>. 『임백호집』 권3에 수록)

---

13) 장덕순, 「몽유록 소고」, 『국문학통론』, 신구문화사, 1963, 292면.
14) 황패강, 앞의 논문, 294면.
15) 김춘택, 앞의 책, 65면.
16) 황패강, 앞의 논문, 294면.
17) 황패강, 「원생몽유록」, 『한국고전소설작품론』, 집문당, 1990, 135면.
18) 정학성, 앞의 논문, 158-160면.
19) 위의 논문, 165면.

라는 시와 『화몽집』에 기록된 창작 연대를 연관시키면서 '1568년 가을
에 그의 아버지 임진이 전라우수사로 있었던 호남의 영암·강진 지방에
서 자기의 첫 소설을 썼다'[20]라고 하여 창작 연대뿐만 아니라, 창작의
장소까지 명기해 놓고 있다. 더욱이 『영암지』를 통해 '월출산에서 더 남
쪽으로 나가면 바다를 내다볼 수 있는 곳에 '해월루'가 있다고 기록되
어 있다. 이것은 임제가 자기 첫 소설 뒤에 호를 '해월거사'라고 붙인
것과 일맥상통하는 점이 있음을 보여 준다'[21]라고 하여 해월거사를 그
대로 임제로 비정하고 있다. 『해월문집』의 자료적 신빙성에 대한 정학
성의 의문을 고려한다면, 김춘택의 이러한 지적은 해월거사에 대한 또
다른 해석의 시각을 제시한 것이라 하겠다.

　이 작품의 작가 임제에 대한 연구는 여러 차례 있었다.[22] 드러난 행
적으로 볼 때 그는 결국 당대의 현실에 불만을 품고 우리나라 여러 곳
을 유랑하면서 울분을 삭혔던 방외인의 모습이었다고 하겠다. 작가와
작품과의 관계를 문제 삼는 관점에서는 위에서 본 작품의 창작 연대 확
정의 문제와 결부시킬 필요가 있다. 정학성처럼 28세 이후의 작이라고
보는 견해와 김춘택과 같이 20세의 작으로 보는 견해의 어느 쪽에 따라
서 작가의 생애에서 이 작품의 창작이 지니는 의미가 사뭇 달라질 수
있다. 곧 창작시기를 확정 지음으로써 작품과 작가의 전기적 연관성을
구체적으로 드러낼 수 있을 것이다.

　이 작품은 여러 이본으로 전해진다. 국가의 공적인 역사 기록에서부

---

20) 김춘택, 앞의 책, 65면.
21) 위의 책, 65-66면.
22) 황패강(1972) ; 소재영, 「임제와 그의 문학」, 『고소설통론』, 이우출판사, 1983 등.

터 여러 문인들의 사사로운 문집에 이르기까지, 한문본에서부터 국문본으로 번역된 것들에 이르기까지 통산 17종의 이본이 전해지고 있다.[23] 그런데 이본에 따라서 작품이 끝나는 대목이 ① 원자허가 각몽하는 데까지, ② 각몽 이후 해월거사의 논평까지, ③ 해월거사의 논평에 시가 붙은 데까지, ④ 논평·시에 다시 해월거사의 자해(自解)가 붙은 데까지 등 네 유형으로 나뉜다.[24] 이 가운데 어디까지를 원전의 본문으로 삼을 것인가가 문제인데, 황패강은 ①의 계열을,[25] 정학성은 ③의 계열을,[26] 윤주필은 ④의 계열을[27] 각각 원전의 본문으로 보고 있다. 그런데 황패강은 작품의 주제를 분석하면서 해월거사의 논평과 시를 논급하고 있기에 정학성의 입장에 가깝다고 할 수 있다. 따라서 논쟁점은 ④의 자해 부분을 본문으로 취급할 수 있을까 하는 문제에 있다. 정학성은 '장황한 '자해'부의 의론으로 인해 작품의 극적·예술적 긴장이 해소되어 버리고 긴축미가 상실돼 버리는'[28] 점에서 자해 부분을 배제하는 반면, 윤주필은 종결부가 앞 시대의 몽유기 형식을 충실히 따랐고, 작가의 다른 작품에서 사용한 개념이나 주제 의식과 공통점을 지니고 있다고 보아 본문에 포함시켜 논하고 있다.[29] 필자로서는 이른바 몽유기의 종결부 형식은 이미 해월거사의 논평과 시를 통해 마련되었는데 또다시 자해

---

23) 김병권, 「원생몽유록 수록문헌 검토」, 『파전 김무조박사 화갑기념논총』, 1988 ; 윤주필, 앞의 논문.
24) 정학성, 앞의 논문, 161-162면.
25) 황패강(1972), 앞의 논문, 277면.
26) 정학성, 앞의 논문, 162면.
27) 윤주필, 앞의 논문, 79면.
28) 정학성, 앞의 논문, 162면.
29) 윤주필, 앞의 논문, 79면.

부분을 취할 필요가 있었을까 하는 점, 정학성이 지적했듯이 관조적인 서술 태도에 입각한 자해 부분은 작품 전체의 분위기나 주제와 다소 동떨어져 있다는 점에서 정학성의 견해에 동의하는 입장이다.

이렇게 원전의 본문을 확정 짓는 문제가 논쟁점이 되어 있는 가운데, 윤주필에 의해 이가원 소장본과 『백호집』 3간본이 선본으로 지목되었다.[30] 그런데 전자는 ③의 계열이고 후자는 ④의 계열로서, 위에서 살핀 연구자 자신의 견해에 따라 ③에 속하는 이가원 소장본보다 ④에 속하는 『백호집』 3간본을 최선본으로 삼았다. 선본을 선택하는 다른 모든 준거들에서는 이 두 본이 동등한 가치를 지닌 것이었으면서도 자해 부분의 존재 여부에 따라 후자를 최선본으로 비정하였다는 점이 의문이다. 한편, 각 이본들에 대한 자세한 대교 작업도 이루어져,[31] 작품의 온전한 모습을 이해하는 데 도움이 된다. 교육의 자료로서는 한문 원문을 직접 택할 수도 있고 선본을 번역한 글을 택할 수도 있겠는데, 번역본으로는 원호의 문집 『관란유고(觀瀾遺稿)』에 실린 본을 번역한 것이 있다.[32]

3.2. 작품 내적 문제

먼저 작품 구성의 문제를 들 수 있다. 이 작품은 몽유 양식에 속하는 다른 작품 혹은 작품 군과 마찬가지로 '입몽 – 몽중 – 각몽'의 이른바 몽유 구조로 이루어졌음이 애초부터 주목되었다. 그러나 대개는 몽유를

---

30) 위의 논문, 71면.
31) 황패강(1972), 앞의 논문, 271-272면 ; 윤주필, 앞의 논문, 72-79면.
32) 이가원 교주, 『이조한문소설선』, 교문사, 1984.

형식적인 관점에서만 이해하여 '몽유록계'라는 수식어 정도로 취급하고 말았다. 이후 이를 좀 더 구조화시켜 이해하고자 한 시도가 있었다.[33] 입몽 − 몽중 − 각몽을 거시적 구조라고 볼 수 있다면, 필자에 의해 분석된 '좌정 − 토론 − 시연'의 순차적 서술 구조로 이루어진 몽중 세계,[34] 유종국에 의해 분석된 '인물 소개 − 자탄 − 분위기 조성'으로 이루어진 입몽 전후의 서술 내용[35]은 미시적 구조의 분석에 해당할 것이다.

등장인물에 대해서는 대체로 몽유자가 꿈속에서 만난 인물들이 단종과 사육신이라고 보는 것이 통상적이다. 그런데 몽유자인 원자허(元子虛)에 대해서는 생육신의 한 사람인 원호(元昊)로 보거나,[36] 아니면 허구적인 인물로 본다.[37] 또한 작품 말미의 해월거사도 해월의 호를 가진 황여일로 보거나,[38] 허구적 인물로 보거나,[39] 아예 작가 임제의 호로 보기도 한다.[40] 원자허에 대해서는, 작품 속에서 좌정의 차례에 복건자 다음에 앉는다는 서술에서 남효온보다 연배인 원호였다면 그럴 수 없었으리라는 점에서 허구적 인물로 보는 쪽이 정확한 해석인 듯하다. 더 나아

---

33) 신재홍, 「몽유록의 유형적 고찰」, 『국문학연구』75, 서울대, 1986 ; 유종국, 『몽유록소설연구』, 아세아문화사, 1987.
34) 신재홍(1986), 앞의 논문, 15면.
35) 유종국, 앞의 책, 24-31면.
36) 이가원, 앞의 논문, 135면 ; 장덕순, 앞의 논문, 293면 ; 조동일, 『한국문학통사』2, 지식산업사, 1983, 451면.
37) 황패강(1972), 앞의 논문, 290면 ; 서대석, 「몽유록의 장르적 성격과 문학사적 의의」, 『한국학논집』3, 계명대, 1975, 28면 ; 임형택, 앞의 논문, 411면 ; 정학성, 앞의 논문, 157-8면 ; 윤주필, 앞의 논문, 69면, 90면.
38) 황패강(1972), 앞의 논문, 290면.
39) 임형택, 앞의 논문, 411면 ; 정학성, 앞의 논문, 161면 ; 윤주필, 앞의 논문, 69면, 90면.
40) 김춘택, 앞의 책, 65면.

가 정학성이 지적한 대로, 원자허는 허구적 인물이면서도 실존 인물 원호의 인상이 겹치도록 하는 이중 효과를 노린 일종의 트릭[41]으로 본다면, 작품의 허구적 측면과 사실적 측면을 아우를 수 있는 해석의 시각이 마련될 수 있을 것이다. 해월거사에 대해서는, 『해월문집』이 갖는 자료상의 난점으로 인해 황여일로 보는 데는 문제가 있고, 그렇다고 '바닷속의 달'[42] 혹은 '해면에 비친 달그림자'[43] 등 허상의 의미를 지닌 말로 해석하게 되면, 김춘택이 제시한 것처럼 작가 자신의 자호로 해석한 것과 상충하게 된다. 이 점에 대한 보다 자세한 논구가 요구된다.

이 작품에서 무엇보다 중요한 것은 주제 파악의 문제이다. 작가가 이 작품을 통해 세조의 왕위 찬탈에 대해 비판한 것으로 보는 점에서 연구자들의 견해가 일치되지만, 그러한 비판의 시각, 비판의 대상이나 강도를 이해하는 데에서는 미묘한 차이를 드러낸다. 이 작품의 주제가 집약된 작품 말미의 해월거사의 논평은 '천도(天道)와 시세(時勢)'의 괴리, 즉 이념과 현실 사이의 모순[44]에 대해 심각한 고뇌를 표출하고 있다. 그런데 이러한 모순관계를 인식하는 작가의 시각에 대해서, 황패강은 '부조리한 인간사에 대한 작자 자신의 형이상학적 파악'[45]으로 해석한다. 여기서의 '형이상학적'이라는 용어는 '이상과 현실과의 유기적인 합일을 모색하는'[46] 작가의 의식 지향성을 말하는 것이며, 더 궁극적으로는 '육체라는

---

41) 정학성, 앞의 논문, 158면.
42) 임형택, 앞의 논문, 411면.
43) 정학성, 앞의 논문, 161면.
44) 신재홍(1986), 앞의 논문, 78-79면.
45) 황패강(1972), 앞의 논문, 335면.
46) 위의 논문, 330면.

질곡을 잊고 영혼의 고향으로 날아가는' '원초적인 인간의 욕구'[47]에 바탕을 둔 관념이기도 하다. 이렇게 이념과 현실의 모순 관계를 합일시키고자 하는 작가의 의식 지향성에 의해 시대 현실을 비판하였다고 보는 황패강의 해석에 비해, 임형택은 '유교 교리를 바탕에 깔고 있다. 충의(忠義)의 명분을 작가는 열렬히 신념한다. 회의한 것은 폭력이 권력을 지배하는 현실이다.'[48]라고 하여 작가가 유교교리에 입각하여 당대 현실을 비판하고 있다는 점을 지적하고, 그 비판의 대상에 대해서 '중세 시대의 통치 권력이 항용 들고 나오는 명분론의 허위성과 통치 권력 자체의 정당성이 여지없이 의심을 받게 되었다'[49]고 하여 명분론과 통치 권력의 정당성을 비판한 것으로 파악하였다. 이 같은 주제 파악은 비판의 기본 입지점을 원초적이고 형이상학적 차원에서 문제 삼기보다 당대의 지배적 이념이었던 유교 교리에 바탕을 둔 것으로 보았다는 점에서 황패강의 파악과는 구분된다. 또한 유교 교리에 입각한 것에 대한 논자의 판단을 유보함으로써, 김춘택이 '봉건적인 도덕관념을 설교한 제한성을 가지고 있으나, 악덕과 비행에 반대하는 사람들을 용납하지 않는 당대 사회의 불합리성과 추악성을 보여 줌으로써 일정한 의의'[50]가 있다고 한 언급에서 나타나는 작가 의식의 제한성에 대한 평가와도 구분된다. 그렇지만 임형택이 명분론과 통치 권력의 정당성을 비판의 대상으로 본 것은 김춘택이 '사육신과 생육신을 참혹한 처지로 몰아넣은 세조와 그 측근자들의

---

47) 황패강(1972), 앞의 논문, 327-328면.
48) 임형택, 앞의 논문, 411면.
49) 위의 논문, 412면.
50) 김춘택, 앞의 책, 66면.

악덕과 비행'[51]을 비판하였다고 하여 특정한 역사적 인물들을 비판의 대상으로 하였다고 파악한 견해보다는 더 심층적이면서도 포괄적인 해석이다.

연구자 사이의 이러한 미묘한 차이를 고려하면서 정학성은 주제에 대한 종합적인 해석을 시도하였다. 그는 김춘택처럼 작가의 제한성과 진보성을 함께 염두에 두면서도, '동일한 모순을 문제 삼고 있음에도 불구하고 해월거사의 고뇌에 찬 관념적 역사 인식과 복건자의 격분에 찬 현실적 역사 인식 사이에서 간과할 수 없는 차이를 볼 수 있으며, 이것은 동시에 사대부적 이념과 현실의 모순 속에서 갈등하고 있는 작가 백호의 사상의 진폭을 그대로 나타내고 있는 것'[52]으로 해석하였다. 곧, 황패강과 임형택의 해석상의 차이를 작가의 역사 인식의 진폭이라는 면으로 수렴하고 있다고 하겠다. 한편, 필자는 이 작품을 포함한 몽유록의 양식적 특성 자체가 '환상을 통한 이념의 관철'에 놓인다고 보고, 이 작품은 '경험 세계가 던진 심각한 이념적 충격에 대해서 그 이념이 지닌 순수한 형태의 도덕성을 내세워 방어하고 있는'[53] 것으로 파악했다. 또한 윤주필은 이 작품의 우의(寓意)가 분명해지는 것은 자해(自解) 부분이라 보고 이 대목에서 '시세(時勢)에 대한 주체적 대응과, 명의(名義)를 지향하고자 하는 의지가 역사를 과거사로 묻어 두지 않고 현재와 미래로 확산시키는 원동력임을 암시한다.'[54]고 보았다. 필자가 이 작품의 이념

---

51) 위의 책, 67면.
52) 정학성, 앞의 논문, 170면.
53) 신재홍(1992), 앞의 논문, 100면.
54) 윤주필, 앞의 논문, 106면.

성을 강조하는 입장이라면, 윤주필은 작가의 주체성이나 의지를 강조하는 관점이라고 하겠다. 이렇듯 이 작품의 주제 파악에 있어서 연구자들 사이의 미묘한 차이점을 드러내고 있음을 살필 수 있는 것이다.

이 작품은 논쟁이 벌어진 다음 등장인물들이 돌아가면서 시를 읊는 시회(詩會)로써 마무리되고 있다. 여기서 이 시회 또는 시연(詩宴)을 어떻게 파악할 것인가 하는 문제가 대두된다. 정학성은 '시를 통해 의리와 명분에의 신념을 표백하고 좌절의 한을 달래는 내적 화해로 사건은 끝난다.'55)라고 하여, 시회를 내적 화해로 파악하였다. 이와 유사한 관점에서 필자 역시 '등장인물들 사이의 갈등은 무마되었으나, 보다 근본적인 갈등은 해소되지 못한 채 등장인물 각각의 내면 속으로 침잠하는 양상' 즉, '갈등의 내면화'56)로 이해하였다. 이는 작품의 전반적인 전개 속에서 시연의 의미를 살핀 것인데, 이와는 달리 각각의 시의 내용에 담긴 실존 인물과 관련된 사실적 측면을 드러낸 윤주필의 작업도 있다. 특히 그가 복건자의 시를 분석하면서 '사육신에 관련된 사실, 그에 대한 남효온의 공감과 평가, 그것들을 관통하고자 하는 작가의 역사의식이 한 자리에서 복합되어 있다'57)고 한 지적은 시와 작품 주제의 연관성까지 주의 깊게 살핀 것이다.

이 작품은 미학적인 측면에서 비장한 분위기에 휩싸여 있다. 이 점은 연구자 대부분이 인정하는 바로서, 작품 속에서 등장인물들이 읊는 시의 내용이나, 작품 전체의 분위기에서 비분, 처연, 좌절, 암흑 등으로 지칭

---

55) 정학성, 「몽유록의 역사의식과 유형적 특질」, 『관악어문연구』2, 서울대, 1977, 291면.
56) 신재홍(1986), 앞의 논문, 108면.
57) 윤주필, 앞의 논문, 97면.

되는 비장미를 추출할 수 있다.[58] 이를 방외인 문인들의 자아 인식의 한 양상으로서 '강개지사(慷慨之士)'의 형상이 투영된 것으로 볼 수 있는데,[59] 여기서 '강개함'을 우의성의 측면에서 파악하기보다는 그 자체가 미의식[60]의 하나라는 점을 지적하는 선에서 그치는 것이 좋을 듯하다. 이러한 비장미는 주제의식의 치열함과 더불어 독자들에게 주었을 이 작품의 심미적 효과의 면에서 매우 중요한 의의를 지닌다. 소설사적으로는 전대의 전기소설에서 지녔던, 낭만적인 분위기 속에서 펼쳐지는 인간의 욕망과 운명이나 현실 세계와의 부조화에서 야기되는 비장미로부터, 점차 현실적인 모순을 심각하게 인식하면서 사회적 부조리에 대한 이념적인 저항의 차원에서 야기되는 비장미로 나아간 것으로 볼 수 있겠다.

이 작품은 서사적인 사건 전개보다는 등장인물들 사이의 토론을 통해 주제를 드러내는 방식을 취하고 있다. 또한 등장인물이나 배경, 소재가 된 사건들은 모두 실제 역사상 존재했던 것들이다. 이로부터 몽유록 양식이 교술 갈래냐,[61] 서사 갈래냐[62] 하는 논쟁이 빚어졌다.[63] 여기에 대한 절충으로서 이른바 중간·혼합 갈래로 처리하기도 하였다.[64] 그런데 몽유록을 어떠한 갈래로 보는가 하는 문제는 실제 문학사 서술에 어떤 도움을 줄 수 있는지까지 고려되어야 할 것이다. 몽유록을 교술로

---

58) 황패강(1972), 앞의 논문, 334면 ; 정학성(1977), 앞의 논문, 290면, 294면.
59) 윤주필, 「조선 전기 방외인문학에 관한 당대인의 인식 연구」, 한국정신문화연구원, 박사논문, 1990, 183면.
60) 윤주필(1993), 앞의 논문, 103면.
61) 서대석, 앞의 논문 ; 조동일, 앞의 책.
62) 정학성(1977), 앞의 논문 ; 신재홍(1992), 앞의 논문.
63) 정원표, 「몽유록의 장르 규정」, 『한국문학사의 쟁점』, 집문당, 1986에 정리됨.
64) 김흥규, 『한국문학의 이해』, 민음사, 1986.

본다면 가전체와 함께 산문 영역의 확대라는 측면에서 조선 전기 문학사가 기술될 것이다.[65] 서사로 보는 관점에서는 『금오신화』에서 몽유록을 거쳐 <구운몽>, <옥루몽>으로 나아간 서사 문학사의 흐름을 이해할 수 있다.[66] 그렇지만 이론적인 측면에서는 조동일의 갈래 이론 자체에 대한 본격적인 반론이 제시되어야만 그 해결의 실마리를 찾을 수 있을 것이다.

4. 교육 현장에서의 연구사 수렴 문제

앞의 두 장에서 살펴본 <원생몽유록>에 대한 기존 학계의 여러 견해들을 교육 내용으로 삼아 학생들에게 작품의 이해와 감상을 위한 자료로 제공하는 일은 필요하다. 그러나 문학 작품을 사이에 놓은 교사와 학생과의 대화, 작품에 대한 학생 각자의 상이한 해석과 이해가 문학 교육에 보다 중요한 의의를 지니는 것이라고 본다면, 이들 내용을 시시콜콜히 다 가르치기보다는 문학 감상을 위한 토론의 자료를 선별하여 그에 대한 비판과 토론의 학습 과정을 거치게 하는 것이 더욱 효과적일 것으로 생각된다. 이에 교사는 앞에서 정리한 항목들 중에서 토론 거리로서 적합하다고 판단되는 한두 가지 논쟁점을 학생들에게 제시할 필요가 있다. 본고에서는 첫째, 이 작품에서의 형식과 내용 사이의 관계 문제, 둘째, 작품 주제의 파악을 둘러싼 논쟁점 등 두 가지 문제를 토론 거리로 삼고

---

65) 조동일, 앞의 책.
66) 신재홍(1992), 앞의 논문.

자 한다.

　첫째, 이 작품은 꿈이라는 환상적·낭만적 형식에 사육신 사건이라는 현실적 내용을 담고 있다. 여기서 형식과 내용의 불일치라는 문제가 대두된다. 이 점에 대해서는 황패강에 의해 문제 제기가 있었다. 그는 '낭만적인 형식에, 보다 현실적인 내용을 담아야 했던 이 괴리성, 모순성─이것은 바로 작자 자신의 내면세계의 외연적 표출이기도 하다……검(劍)과 금(琴)을 동시에 사랑했던 백호 자신의 분열은 결코 분열로 마친 것은 아니다. 그는 이율배반적인 두 가지 세계에서 하나의 통일을 보려 했던 것이다. 그의 분열은 통일을 위한 전제요, 통일을 위한 전제로 할 때만 가능했던 분열이다.'67)라고 하였다. 곧, 낭만적 형식과 현실적 내용을 모순과 괴리로 파악하고, 그것이 이율배반적이지만 작가에게 있어서는 통일을 위한 전제이기도 했다고 보는 것이다. 이 문제에 대해서 정학성은, '사대부적 이상의 실현을 열렬히 원하면서도 현실 세계에서는 끝내 좌절과 소외 속에 남아 있어야 하는 이 사대부 작가의 자의식은, 현실과 환상이 교차되는 이중적 구조를 지닌 '몽유' 모티프를 기본 구조로 하여, 지극히 역설적이고 이율배반적인 작품 세계를 이루어내고 있다'68)고 하였다. 그 역시 이 작품이 역설적이고 이율배반적인 작품 세계를 보여 주고 있다는 점을 인정하면서, 그렇게 된 것이 현실과 환상의 이중적 구조를 지닌 몽유 모티프로 작품이 이루어졌고, 그 바탕에는 현실에서 소외된 사대부 작가의 자의식이 개재해 있다고 하였다.

　황패강과 정학성은 모두 작품의 형식과 내용의 불일치를 모순·괴리,

---

67) 황패강(1972), 앞의 논문, 330면.
68) 정학성(1985), 앞의 논문, 168면.

역설·이율배반 등으로 파악하는 점에서 공통되지만, 전자가 그것을 작가 개인의 정신적 이념적 지향성의 전제로 파악한 반면, 후자는 소외에 의한 자의식이라는 관점에서 파악한 차이가 있고, 나아가 후자는 작품과 작가의 중간에 몽유 모티프라는 구조적 개념을 개입시켜 이해하고 있다. 여기서 과연 낭만적 형식에 현실적 내용이라는 작품 세계를 불일치나 모순 등으로 파악하는 관점이 온당한가를 토론 거리로 삼을 수 있다.

우선, 우리가 어떤 한 작품을 이해하고자 할 때, 그 작품이 형식과 내용의 구조적 통일체라는 것을 고려해야 할 것이다. 이런 관점에서 보면, 겉으로 드러나는 이 작품의 형식과 내용의 불일치는 기실 불일치가 아니라 형식과 내용의 필연적인 관계일 수 있다. 꿈을 통한 이계 체험 자체는 낭만적일지 몰라도 이 작품의 서두에는 몽유자 원자허가 역사책을 읽다가 나라가 망하는 대목에서 비분강개해하는 모습이 먼저 그려져 있다. 이것이 몽유자의 입몽의 계기가 되는 것인데, 이는 이미 현실적인 어떤 계기가 몽유자의 환상 체험을 가능하게 하였다는 것을 의미한다. 몽유자의 꿈은 몽유자의 현실 인식의 필수적인 한 부분이었던 것이다.

다음으로, 꿈 자체가 지닌 이상주의적 경향이 고려되어야 한다. 현실적 계기에 의해 입몽한 몽유자는 꿈을 통해 현실에서 실현 불가능한 어떤 이상 세계를 탐색하려 들 것이다. 바로 여기에 꿈이라는 낭만적 형식과 단종과 사육신의 등장이라는 현실적 역사적 내용 사이의 연결고리가 있다. 이에 대해서 김춘택이 '그러면 무엇이 당대 사회현실을 그렇듯 참혹한 처지에 빠뜨렸는가. 작가는 이 원인을 사육신과 생육신을 참혹한 처지로 몰아넣은 세조와 그 측근자들의 악덕과 비행에서 찾으려고 하면서 막연하나마 그러한 악의 세력이 없는 '정의로운' 사회를 그려보았다.

여기에 바로 이 소설의 주제 사상적 내용이 담겨져 있는 낭만주의적 지향이 있는 것이다.'[69]라고 언급한 내용을 참조할 수 있다. 이는 낭만주의적 경향에 내재된 이상주의적 성격에 주목한 발언인 것이다. 꿈과 현실의 매개 고리는 이렇게 현실에 결여된 어떤 상태를 이상주의적 지향성에 의해 탐색해 보려는 의지에 있다. 이러한 이상주의적 지향성이 낭만적 형식과 현실적 내용을 필연적이게끔 하는 주된 요인이라고 볼 수 있다.

물론 황패강이나 정학성은 형식과 내용의 이율배반성을 그대로 인정한 것이 아니라, 작가 개인 혹은 당대 사대부 작가들의 의식이나 처지와 관련시켜 그렇게 될 수밖에 없었던 이유를 드러내려 하였다. 특히 소외에 의한 자의식이라는 이유 제시는 경청해야 할 것이다. 그렇지만 그러한 작가적 의식을 지적하기 이전에 작품 내부에서 찾을 수 있는 형식과 내용의 필연적 관계를 적시할 필요가 있는 것이다.

둘째, 앞 장에서 살폈듯이, 이 작품의 주제를 파악하는 데는 현실 비판의 시각, 대상, 강도의 문제에 있어서 미묘한 견해차가 존재한다. 이는 이 작품의 이해나 해석에 있어서 관건이 되는 문제이기에, 이에 대한 학생들의 비판적 참여와 논쟁이 요구된다.

내용상 이 작품의 주제를 파악하는 핵심 대목은 복건자와 왕과의 토론 과정에서 제기된 요순탕무(堯舜湯武)에 대한 비판과 작품 말미에 서술된 천도(天道)와 시세(時勢) 사이의 모순에 대해 토로하는 해월거사의 논평 두 부분이다. 먼저 이 두 대목을 제시해 본다.[70]

---

69) 김춘택, 앞의 책, 67면.
70) 작품 원문은 윤주필(1993), 앞의 논문, 80-82면에 교주를 거쳐 제시된 것을 가져왔고 원문 번역은 필자가 하였다.

(가) 복건자가 허허 탄식하며 이르기를, "요순탕무는 만고의 죄인입니다. 후세에 여우같은 능청스러움으로 선위를 취한 자가 빙자하고, 신하로서 임금을 친 자가 이름을 삼습니다. 역사의 도도한 흐름 속에서 결국 그것을 구할 수 없습니다. 아아, 네 임금이 도적의 효시가 되었습니다." 말이 마치기 전에 왕이 정색하며 이르기를, "어허, 이 무슨 말이냐. 네 임금의 성덕을 지니고 네 임금의 시대에 처하게 되면 가하지만, 네 임금의 성덕이 없고 네 임금의 시대가 아니라면 불가한 것이다. 저 네 임금인 자가 어찌 죄가 있으랴. 돌이켜 그들을 빙자하고 이름을 삼는 자들이 도적인 것이다."[71]

(나) 자허의 벗 해월거사가 듣고 통곡하여 이르기를, "대저 예로부터 군주가 어둡고 신하가 캄캄하여 마침내 (나라가) 전복됨에 이른 경우가 많았다. 지금 그 임금 된 자를 보니 생각건대 반드시 현명한 군주요, 그 여섯 사람 역시 모두 충의의 신하들인데, 어찌 이러한 신하들의 보필과 이러한 군주가 있었는데도 이와 같이 참혹한 경우이겠는가. 아아, 형세가 그렇게 하였는가, 시대가 그렇게 하였는가. 그렇다면 형세와 시대에 돌리지 않을 수 없겠고, 또한 하늘에 돌리지 않을 수 없겠다. 하늘에 돌린다면, 착한 자에게 복을 주고 음학한 자에게 재앙을 내리는 것이 천도가 아니겠는가. 저 하늘에도 돌릴 수 없다면 아득하고 막연하여 이 이치를 상세히 할 수 없으니, 우주는 유유하여 뜻있는 선비의 한만 돋울 뿐이구나."[72]

---

71) 幅巾者 噓噫而嘆曰 堯舜湯武萬古之罪人也 後世之狐媚取禪者 藉焉 以臣伐君者 名焉 千載滔滔 卒莫之救 돌돌四君 爲賊嚆矢 言未已 王乃正色曰 惡 是何言也 有四君之聖 而處四君之時 則可 無四君之聖 而非四君之時 則不可 彼四君者 豈有罪哉 顧藉之者 名之者 賊也.

72) 子虛之友 海月居士 聞而慟之曰 大抵 自古 主昏臣暗 卒至顚覆者 多矣 今觀其王者 想必賢明之主也 其六人者 亦皆忠義之臣也 安有以如此等臣輔 如此等主 而若是其慘酷者乎 嗚呼 勢使然耶 時使然邪 然則 不可不歸之於時與勢 而亦不可不歸之於天也 歸之於天 則福선禍淫 非天道也邪 夫不可歸之於天 則冥然漠然 此理難詳 宇宙悠悠 徒增志士之恨.

이 작품의 주제를 파악하는 데는 위의 (가)와 (나)가 논의의 초점이 되어 왔는데, 둘 가운데 어느 쪽에 더 비중을 두는가는 연구자들 사이에 편차가 있다. 임형택은 (가)에 주목하여 작품의 주제를 명분론과 통치 체제의 정당성을 문제 삼은 것으로 파악하였다.73) 이에 비해 황패강은 (가)는 작가의 '사회 반역적' 면목74)과 관련시키면서 간략히 언급하였을 따름이고, (나)로부터 작품이 지닌 형이상학적 주제를 찾았다.75) 김춘택 역시 (나)를 대상으로 주제를 파악하였으나, 황패강과는 달리 (나)를 전후 두 부분으로 갈라서 평가하고 있다. 곧, (나)의 전반부 기술 내용에서 '당대 사회의 불합리한 현실의 밑바닥을 파헤치고 밝히려는 젊은 작가 자신의 비판 정신과 탐구적 지향'76)을 말하고, 후반부에서 '불합리가 계속되는 그 근본 원인은 밝혀낼 수 없'77)었던 작가의 세계관적 제한성을 추출하였다. 한편, 윤주필은 주제를 찾는 작업을 일단 (나)에서 시작하여, 이 부분이 '현실의 논리와 이념의 논리 사이에서 그 간극을 메꾸고자 하는 의지'로서 '지사의 한'을 드러낸 것으로 해석한 다음,78) 이 뒤에 붙은 자해(自解) 부분에서 '시세(時勢)에 대한 주체적 대응과 명의(名義)를 지향하고자 하는 의지'를 찾고 있다.79) (나)에서 모호했던 작가 의식이 자해 부분에 와서 구체화된다고 보는 입장인데, 이에 대해서는 원문의 확정 문제에서 한 차례 거론한 것처럼 (나)와 자해와는 서술 태도나 어조에 있

---

73) 임형택, 앞의 논문, 411-412면.
74) 황패강(1972), 331면.
75) 위의 논문, 331면, 335면.
76) 김춘택, 앞의 책, 66-67면.
77) 위의 책, 67면.
78) 윤주필(1993), 앞의 논문, 103-105면.
79) 위의 논문, 106면.

어서 차이가 나기 때문에 신중한 재검토가 필요하리라 본다.

그런데 정학성은 (가)와 (나)를 대등하게 문제 삼았다는 점에서 다른 연구자들보다 주제 추출의 시야를 확대시켰다. 그는 앞의 황패강과 임형택의 관점을 아우르고자 하는 의도에서 (가)가 현실적 역사 인식을, (나)가 관념적 역사 인식을 드러내고 있다고 보아, 이 둘의 진폭이 작품의 주제를 형성한 것으로 파악한 것이다.[80] 말하자면, (가)와 (나)를 역사 인식의 태도에 있어서 대조적인 것으로 파악하면서, 그 두 태도 모두를 작가 의식의 범주 속에 포괄하고 있는 것이다. 이에 비해 필자는 이념과 현실 사이의 모순 관계에 대한 인식을 드러낸 점에서 (가)와 (나)를 동질적인 의미로 이해하였다.[81]

여기서 (가)와 (나)의 진술 내용을 역사 인식의 면에서 차별적인 것으로 보느냐, 동질적인 것으로 보느냐 하는 문제가 제기될 수 있다. 이를 판별하는 준거로서 다시 한 번 몽유자가 입몽하는 계기가 역사책을 읽으며 비분강개해하는 그의 현실적 고뇌에 기인한 것임을 상기할 필요가 있다. 그의 비분강개는 곧 역사의식의 발로이며, 과거 역사에 대한 이념적 비판의 성격을 띠고 있다. 여기서 ① 100여 년 전에 일어났던 조선의 역사적 현실, ② 원자허의 비분강개를 촉발한 역사책 속의 기술 내용, 그리고 ③ 아득한 태고적 요순탕무의 행적 등 세 가지가 동일선상에 놓이는 문젯거리로 제기되었음에 주목할 필요가 있다. 몽유자 또는 작가에게 있어서 ①과 ②는 등가로 인식되었고, 그 연장선상에서 ③이 문제된 것이다. 따라서 ③을 거론한 (가) 역시 역사의 이념형에 반대의 방향

---

80) 정학성(1985), 앞의 논문, 170면.
81) 신재홍(1986), 앞의 논문, 76-79면.

으로 전개된 역사의 현실태에 대한 비판이라 볼 수 있다.

그런데 ①은 엄연한 사실 그것이었기에 현실과 이념 사이의 모순에서 야기된 울분을 해소할 길이 없다. 오직 격정의 토로인 시로써 울분을 삭일 수밖에 없는 것이다. 그리고 그러한 울분까지 포함하면서 작품의 주제를 요약하고 있는 것이 (나)이다. 말하자면 (나)는 이념적 비판과 정서적 분출을 아우르면서 작품의 주제를 총괄하고 있는 대목이다. (나)에서는 천도와 시세라는 개념어를 사용하여 역사의 딜레마를 표현하고 있는데, 여기서 역사철학적 고뇌의 심각성 자체가 작품을 총괄하는 주제로 떠오른다. 이렇게 보았을 때 (가)의 이념적 비판이 (나)에 와서 역사철학적 문제로 재진술된 것이며, 결국 (가)와 (나)는 동일한 인식의 두 가지 다른 형태의 진술 방식으로 이해된다.

위에서 두 가지 토론 거리를 놓고 여러 연구자들의 견해를 견주면서 필자의 의견을 제시하였는데, 필자의 의견 역시 교육의 과정에서 또 다른 비판과 토론의 대상이 될 것이다. 이 작품에 대한 학생들의 이해와 감상은 이러한 토론의 과정을 거치면서 더욱 깊어질 수 있을 것이다.

5. ＜원생몽유록＞의 교육적 의의

＜원생몽유록＞은 중 세사회에서 산출된 작품이기에 현대인에게는 무언가 감상하기에 어렵고 낯선 작품인 것이 사실이다. 이 작품이 현대 우리의 교육 현장에서 교육될 때 어떤 의의를 가지며 얻는 바 소득은 무엇인지를 생각해야 한다. 이에 무엇보다도 이 작품이 고전으로서 가지는 가치,

즉 과거와 현재를 이어주는 어떤 공감대 위에서 성립하는 감흥에 초점을 맞출 필요가 있다. 그러한 공감대는 아마도 작품에 내재된 의미를 보편화된 언술로 바꾸어 현재적 의의를 확인하면서 마련될 수 있을 것이다.

우선 이 작품의 중심 모티프가 되어 있는 꿈과, 그것이 작품 구성의 기본 틀로서 나타나는 몽유 구조가 지니는 문학적 의미에 대한 이해이다. 꿈은 인간에게 보편적으로 나타나는 생물학적 혹은 심리적 현상이다. 꿈이 개인에게 있어서 신비한 어떤 체험으로 인식되는 것은 정도의 차이는 있을망정 예전이나 지금이나 마찬가지이다. 프로이트에 의해 억압된 무의식의 표출로 이해된 이후, 그것에 대해 과학적인 접근을 시도하려는 무수한 노력에도 불구하고 꿈이 지닌 신비스럽고 환상적인 성격은 여전히 지속되고 있다. 이러한 꿈의 성격 자체가 문학이 지니는 허구성의 본질에 근접해 있다는 것은 누구나 인정하는 것이다. 교육적인 관점에서 꿈이 지닌 이러한 성격을 주지시키는 것은 이 작품을 포함한 몽유 양식의 작품들을 이해하는 데 도움을 줄 뿐 아니라, 오늘날 이 작품이 지니는 교육적 의의를 확인하는 것이기도 할 것이다. 꿈의 보편성은 일단 피교육자가 일상적으로 겪는 꿈 체험과 작품의 기술 내용을 손쉽게 연계시킬 수 있는 근거일 수 있기 때문이다.

실제로 우리가 꿈을 꾸면서 맛보는 신비스런 느낌은 작품 속에서 꿈을 통한 사건의 전개 양상을 흥미롭게 추체험할 수 있게 해 준다. 주인공이 꿈속으로 들어갈 때 그려지는 내용은 대체로 동양 전래의 꿈 관련 고사(故事)들에서 차용된 표현들을 쓰고 있지만, 그것 자체가 신비스런 경험의 표현으로서 흥미를 주게 된다. 또한 주인공이 어떤 사건을 경험하는 배경으로서 꿈속 세계를 싸고 있는 분위기도 환상적으로 묘사되고 있다. 현실 세계인 듯하면서도 매우 은밀하고 신비스런 장소, 죽은 영혼들이 주변에서 떠도는 외딴 누각이 이 작품의 꿈속 세계를 이루고 있다. 이러한 배경을 설정한 작가 의식의 바탕에는 현실의 질곡에서 벗어나서 무한한 상상력의 세계를 꿈꾸는 중세인들의 사유 방식이 놓여 있다. 이러한 꿈속 세계의 성격은 꿈의 일반적인 성격 자체에 이미 내재해 있었던 것이므로, 이를 감상하는 독자의 입장에서는 매우 자연스럽게 작품에 그려진 환상의 세계를 등장인물과 함께 유람할 수 있을 것이다.

이렇게 꿈 자체에 대한 흥미를 유발시키는 것과 함께, 꿈이 이 작품에서 기능하는 독특한 양상을 파악하도록 하는 일이 필요하다. 곧 이 작품에서 꿈은 작가가 말하고자 하는 주제를 우회적으로 표출하는 기제로서 기능하고 있다는 점에 주의해야 한다는 것이다. 작가는 이 작품을 통해 현실의 모순을 직접적으로 거론하여 비판하기보다는 꿈이라는 환상적 장치를 통하여 우회적으로 표현하였던 것이다. 예로부터 몽유록 작품들을 대부분 우언(寓言)으로 파악했던 관점도 이러한 꿈의 작품 내적 기능에 대한 이해였던 셈이다.

우언으로서의 이 작품은 꿈 자체의 의미를 탐구하는 양식이 아니라, 꿈이라는 기제를 통하여 어떠한 주제를 드러내려는 데 목적이 있는 양식이다. 그러므로 앞서 언급한 꿈과 꿈속 세계의 환상적 성격을 환기시키는 것은 작품 창작의 배경을 이해하고 작품에 그려진 사건 전개 양상을 인간 보편의 꿈 체험과 연관 지어 흥미를 유발시키려는 의도일 따름이다. 보다 중요한 것은 꿈을 통해 제시되는 작품의 주제가 얼마나 인간 보편의 문제에 관련되고, 그것이 교육적 가치가 있는가 하는 것이다.

이에 이 작품이 주제로 삼고 있는 현실과 이념 사이의 모순은 시대가 아무리 변한다 하더라도 여전히 유효한 삶의 문제일 수 있다는 점을 지적해야겠다. 이 작품 뿐 아니라 몽유록 양식에서 가장 핵심적으로 문제되고 있는 것은 현실과 이념 사이의 괴리·모순 관계에 대한 대응 방식을 모색하는 데 있다. 이 작품에서처럼 신하가 왕을 내쫓는 패역무도(悖逆無道)한 현실을 다루거나, 그밖에 오랑캐가 문화 민족으로 자부하는 조선을 침략 유린하였던 현실(임병양란과 관련된 몽유록 작품들), 나라가 외세에 핍박당하여 결국 국권까지 잃게 되었던 시대적 현실(애국계몽기의 몽유록 작품들) 등에 대한 문학 나름대로의 대응 양식이 몽유록이었다. 주로 당대의 지식인 계층에 의해서 그러한 모순된 현실에 대한 울분과 그것을 극복해 보려는 의지에 기초하여 창출되었던 몽유록은, 무엇보다도 시대적 이념의 반영물이라는 점에 그 역사적 가치가 있다.

중세인들에게 있어서 자신들의 삶의 지표로서 유교로 대표되는 커다란 이념적 체계를 지니고 있었다. 그들은 임금에게 충성을 다하고, 나라를 위해 의로움을 견지하는 태도야말로 지상의 과제였고, 이것이 그들 삶의 준칙으로 받아들여진 것이었다. 이러한 이념을 축으로 하여 현실에서 그들이 신봉하는 이념이 실현되기는커녕 오히려 현실적인 힘에 의해 그들의 신념이 파기되는 지경에서 그들은 자신들이 믿는 바를 관철하고자 성실히 노력했고, 그것의 문학적 형상화가 이와 같은 작품으로 나타났던 것이다.

어느 시대이든지 당대인들이 그리는 그 시대의 이념적 형상이 있을 수 있다. 중세 사회는 그것대로의 이념에 입각해서 그 이념의 실현을 위해 노력하는 당대인들의 성실한 삶의 자세로부터 그에 걸맞은 문학이 창출될 수 있었으며, 근대 역시 그것대로의 이념을 추구하는 당대인들의 삶의 양태가 문학의 소재가 된다. 그런데 현실은 중세든지 근대든지 그러한 이념과는 모순되는 양상으로 전개되며, 이것이 이념을 신봉하는 사람들에게는 커다란 고뇌가 될 것이다. 문학이 당대적 현실에 입각하여 현실에 결여되어 있는 이념형을 찾아나서는 것이라면, 이 작품은 그러한 의미에서 문학의 본령에 위치하고 있는 셈이다.

이 작품의 이러한 보편적 주제를 오늘날의 상황과 결부시켜 피교육자들에게 의미 있는 작품으로 인식시키는 일은 교육에 있어서 가장 중심적인 의의를 지닐 것으로 본다. 오늘날 사람들은 이념적인 좌표가 매우 불투명한 상태에서 무엇을 위해 살아야 할 것인가의 문제에 있어서 어떠한 합일된 구심점을 잃고 있는 듯하다. 그러한 무이념적인 삶의 태도에 비해 볼 때, 중세인들이 보여 준 믿음을 위한 실천적 노력은 오늘날 우리들의 삶을 비추는 거울의 역할을 할 수 있으리라 기대한다. 비록 시대는 다를지언정 자신이 믿는 바를 성실히 좇아서, 그것이 현실에 실현되도록 노력하는 삶의 자세 속에서 진실한 삶의 가치를 찾을 수도 있다는 점을 인식시키는 자료로서 이 작품은 중요한 현대적 의의를 확보할 수 있지 않을까 싶다.

물론 그렇다고 하여 이 작품이 도덕 교육의 자료로 쓰일 수는 없는 노릇이다. 중세의 이념은 그 당대의 시대 현실에 맞게 체계화된 것이었고, 근대를 살고 있는 사람들에게는 중세의 이념이 인간적인 삶을 옥죄는 질곡으로 작용하였던 측면을 명확히 인식하고 있다. 이 작품에 나타나는 중세적 이념은 그 자체로서 옹호되어야 할 것이라기보다는 인간에게 있어서 삶의 지표를 마련하는 일이 지니는 가치, 현실의 모순된 상황을 자신이 믿는 바의 이념에 따라 극복하고자 노력하는 삶의 자세 등과 같은 보다 보편적인 의미를 가치 있게 평가하고 교육시키는 방향이 되어야 할 것이다.

<원생몽유록>, <운영전>, <홍길동전>의 상호 관계

1. 서 론

본고는 16세기 말에서 17세기 초의 소설사적 전개 양상 속에서 <원생몽유록(元生夢遊錄)>, <운영전(雲英傳)>, <홍길동전(洪吉童傳)>이 상호 어떤 관련 속에서 논의될 수 있을지를 탐색해 보고자 한다. 앞의 두 작품은 몽유 양식이라는 면에서 두드러진 공통점을 지니고 있기에 서로 비교하는 작업이 가능하지만, 작품 구조의 면에서 전혀 이질적인 <홍길동전>을 이 두 작품과 함께 비교하는 것은 무리인 듯이 보인다.

그런데 소설사의 어느 한 시대를 공시적인 측면에서 보았을 때 이들 세 작품은 동시대적 현상의 각 국면으로 이해될 수 있다. 16세기 말, 17세기 초라는 동시대에 산출된 이들 세 작품은 서로 이질적인 요소들을 상당 부분 지니고 있는 것이 사실이지만, 그와 함께 동시대의 소산으로서 공유될 수 있는 문학적 자질이 내재해 있으리라 보는 것이다. 한편,

통시적으로 보았을 때, 이 시기의 소설들은 전대까지 소설사의 주도적인 위치를 차지했던 전기 소설(傳奇小說)이 이 시기에 이르러 변화하는 양상의 각각의 징후로 간주될 수 있다. 조선 초·중기에 산출된 서사 양식 가운데는 전기 소설 외에도 잡록류 속에 수록된 시대부·평민 일화(逸話)들이 활발히 창작, 향유되었다. 이들 일화의 소설적 지향 및 소설사에 끼친 영향을 파악하는 작업은 소설사의 전개를 이해하는 데 매우 중요한 의의가 있다.[1] 그렇더라도 허구 의식에 바탕을 두고 문체나 구성, 미학적인 측면에서 예술적 성취를 보여 주고 있는 전기 소설이 초기 소설의 중심적인 흐름을 이루었다는 점은 충분히 인정될 수 있다.[2] 이에 16세기 말, 17세기 초의 소설사의 전개는 일차적으로 전대 전기 소설의 발전 혹은 분화 과정으로 이해할 필요가 있다.

　이러한 전제 아래 본고에서는 <원생몽유록>, <운영전>, 그리고 <홍길동전>을 대상으로 주로 공통된 특성을 드러내는 데 주안점을 두고자 한다. 작품 분석을 통해 어떠한 공통점이 발견된다면, 이는 전기 소설의 분화 과정이라는 측면에서 설명할 수 있을 듯하다. 그리고 이러한 논의를 통해 이 시기 소설사의 한 흐름에 대한 본고의 구도를 제시해 보겠다. 이러한 본고의 논의는 매우 제한된 시각에 머물러 있을 뿐더러, 이 시기 소설사의 한 흐름을 추론해 보는 정도에서 그치는 것이기에 그 한계 또한 분명하다.

---

1) 이강옥, 「조선초·중기 일화의 형성과 변모과정 연구」, 서울대 박사논문, 1993, 303-322면 참조.
2) 김종철, 「서사문학사에서 본 초기소설의 성립 문제」, 『다곡이수봉선생회갑기념 고소설연구논총』, 1988에서 13세기로부터 16세기에 이르는 기간을 전기 소설 시대로 명명하자는 제안이 있었는데, 이는 16세기에 이르기까지 초기 소설사의 주류는 전기 소설이었음을 전제한 것이다.

2. 시대 배경 설정의 공통점

이들 세 작품의 비교에 있어서 일차적으로 검토될 만한 것이 시대 배경 설정의 공통성이다. <원생몽유록>은 계유정란(1453) 및 병자년 단종 복위 운동(1456, 사육신 사건)을 다룬 작품이고, <운영전>은 임진왜란을 지난 지 얼마 안 되는 시점에서 안평대군(1418~1453) 시절의 두 남녀를 설정하였으며, <홍길동전>의 시대 배경은 세종대(1418~1450)로 되어 있다. 세 작품 공히 15세기 중반인 세종 – 단종 – 세조대를 시대 배경으로 하고 있는 것이다. 고전 소설에 흔히 나타나는 중국의 어느 시대를 배경으로 하지 않고, 조선조의 특정 시기를 배경으로 하였다는 점은 세 작품이 지닌 성격상의 어떤 공통점을 시사하는 듯이 보인다. 이러한 공통점이 소설사에서 세 작품이 차지하는 위치를 설명할 수 있는 한 실마리가 되지 않을까 생각한다.

먼저 이러한 시대 배경의 공통점이 나타나게 된 유래를 찾아보기 위해서 17세기 이전 시기의 소설들에 설정된 시대 배경은 어떠하였는지를 살펴볼 필요가 있다. 15, 16세기에 창작된 ≪금오신화(金鰲新話)≫와 ≪기재기이(企齋記異)≫는 작품 전체에 걸쳐 있는 환상적·낭만적 분위기에도 불구하고 경험적 현실에 대한 인식이 뚜렷이 드러나 있다. 그것은 무엇보다도 시대 배경의 설정에서 두드러진다.

≪금오신화≫에서 고려 말 왜구나 홍건적의 난이 당대인들의 삶을 파국으로 이끌었던 양상이 그려져 있다. <만복사저포기>에서 여인의 발원문 속에 '지난번 변방의 방어가 무너져 왜구가 침범하였는데, 무기들이 눈에 가득하였고 봉화가 한 해 동안 이어졌습니다. 가옥을 분탕질

하고 생민을 약탈하니 동서로 달아나 숨고 친척과 하인들도 각기 서로 흩어졌습니다.'3)라고 하였다. 또한 <이생규장전>에서 최씨와 이생의 단란한 가정을 파괴했던 홍건적의 난에 대해서 '신축년(1361, 공민왕10년) 홍건적이 경성을 점거하매 왕은 복주로 옮겨갔고 적들은 가옥을 분탕질하고 사람과 가축을 저미니 부부와 친척이 서로 보존하지 못하여 동서로 달아나 숨고 각기 스스로 도망하였다.'4)라고 서술하고 있다. 여기서 전란이 매우 구체적인 시간성을 띠고 작품 배경으로 작용하고 있음을 알 수 있다. 왜구의 난과 홍건적의 난은 그대로 고려 말의 시대 상황을 대변해 주는 주요한 전쟁이었고, 그 와중에서 희생된 여인과 최씨녀의 형상은 그만큼 현실성을 띠고 있다.

여기에 ≪기재기이≫의 <하생기우전>에서 고려 말의 사회 상황에 대한 서술을 추가할 수 있다. 하생이 국학(國學)에 들어가 여러 학생들과 재주를 겨루어 보니 자신을 앞서는 자가 없어서 이제 곧 과거에 급제하여 청운에 높이 오르리라는 기대를 하고 있었다. 그런데 '이 때는 이미 조정의 정치가 어지러워서 인재의 선발 또한 공평치 못했다. 이럭저럭 4, 5년 동안 국학에서 포부를 굽히고 지내면서 항상 우울하여 편안하지 못하였다.'5) 고려 말 정치적·사회적 혼란을 시대 배경으로 하여 하생의 불우함을 드러내고 있는 것이다.

---

3) ≪금오신화≫, 한국어문학회 편, 『고전 소설선』, 형설출판사, 1985, 286면. 曩者 邊方失禦 倭寇來侵 干戈滿目 烽燧連年 焚蕩室廬 虜掠生民 東西奔竄 左右逋逃 親戚 僮僕 各相亂離.
4) ≪금오신화≫, 위의 책, 295면. 辛丑年 紅賊據京城 王移福州 賊焚蕩室廬 爒炙人畜 夫婦親戚 不能相保 東奔西竄 各自逃.
5) ≪기재기이≫, 소재영, 『기재기이연구』, 고대민족문화연구소, 1990, 78면. 時朝政 旣亂 選擧亦不以公 荏苒四五載 抱屈黌舍 常悒怏不樂

15, 16세기의 전기 소설에 나타나는 이와 같은 구체적인 시간 배경은 이들 작품의 현실성의 한 측면으로 매우 중시되어야 할 대목이다. 작품의 인물들이 활동하는 구체적인 시공간은 인물 형상의 생동감만큼이나 작품의 현실성을 드러내는 중요한 요소이기 때문이다.

그런데 이들 작품에 설정된 시대 배경은 고려 말기라는 공통점을 지니고 있음이 주목된다. 김시습(金時習, 1435~1493)이나 신광한(申光漢, 1484~1555)이 작품을 창작할 당시에서 약 100~150년 정도의 과거인 고려 말기를 시대 배경으로 하고 있는 것이다. 전기 소설은 작가의 허구 의식이 바탕이 되고 거기에 문학적 수식이 입혀져 이루어진 본격적인 소설임을 염두에 둘 때, 이러한 공통된 시대 배경은 작가의 의도적인 설정임은 분명하다. 그런데 전기 소설 자체가 낭만적·환상적 성격을 지니고 있고, 현실에서는 일어나기 불가능한 귀신과의 교환(交歡)이라든가 죽은 자의 환생(幻生)이라든가 하는 테마를 다루고 있다. 이러한 허구적 서사물을 창작하면서 동시대의 현실을 시대 배경으로 한다면, 현실에서 실제로 일어났을 법한 사건을 다루고 있다는 소설적 진실성을 의심받게 될 것이다. 이에 시대 배경 설정에서 이 정도의 시간적 거리를 두었던 것이 아닐까 생각한다. 달리 말해, 전기 소설 창작의 문학적 관습이 대개 이 정도의 시간적 거리를 필요로 한 것이라 보는 것이다.

이렇게 전대의 전기 소설에 설정된 시대 배경이 작품 창작 시기로부터 약 1세기 남짓한 과거인 고려 말기로 되어 있다는 점을 염두에 두면서, <원생몽유록>, <운영전>, <홍길동전>에 공통적으로 나타나는 시대 배경을 다시 생각해 볼 수 있다.

<원생몽유록>은 임제(林悌, 1549~1587)가 1568년에 쓴 작품인데,[6] 그

렇다면 창작 시기와 시대 배경 사이에는 대략 100여 년의 거리를 갖는다. 시간적 거리라는 면에서 전대의 전기 소설에서 시대 배경을 설정하는 관습을 충실히 잇고 있는 것이다. 그런데 이 작품에 등장하는 인물들은 단종과 사육신, 생육신인 남효온(南孝溫)과 원호(元昊) 등 역사상 실존했던 인물들이다. 특히, 몽유자 원호가 꿈에 들어가 단종과 사육신을 만나게 된다는 사건구성은 작가가 원호를 매개로 하여 작가 의식을 표출하고자 했다는 점을 말해 준다. 작가와 역사적 현실간의 매개자가 원호인 셈이다. 또한 임제 당대는 아직 단종이 복위되지 않은 시점이기에 100여 년 전의 사건이라 할지라도 당시까지 미해결인 채로 남아있던 정치적 쟁점을 다룬 것이 된다. 이러한 점을 고려한다면, 이 작품의 시대 배경 설정은 시간적 거리를 유지하는 전대 전기 소설의 문학적 관습을 이으면서, 작가 당대에까지 미해결인 채로 남아있던 정치적·역사적 사건에 대한 작가의 현실 인식을 원호라는 매개자를 통해 표현해 낸 작품이 된다.

　＜운영전＞은 임진왜란이 갓 지난 시점에서 사건이 시작된다. '이쩌는 신축 츈삼월 긔망이라……이쩌 님진년 왜란을 갓 지난 쩌라'7)라는 진술로 보아 몽유자 유영이 꿈에 들어가 김진사와 운영을 만난 시점은 1601년 봄이다. 이러한 현재 시점에서 김진사와 운영의 이야기는 안평대군 시절로 돌아간다. 이에 유영은 '안평대군 셩시지스와 진스의 샹회ᄒᆞᆫ 곡졀'8)을 듣게 된다. 이 또한 몽유자 유영의 현재 시점에서 약 150여 년 앞선 시기를 시대 배경으로 설정하고 있는 것이다. 이 작품에서 안

<hr>

6) 황패강, 「원생몽유록 연구」, 『국어국문학총서』5, 정음사, 1976 참조.
7) ＜운영전＞, 한국어문학회 편, 『고전 소설선』, 형설출판사, 1985, 170면.
8) ＜운영전＞, 위의 책, 171면.

평대군 시절의 풍류를 주요 관심사의 하나로 삼았다는 것은 분명하다.9) 그러기에 안평대군을 위시하여 성삼문(成三問), 최흥효(崔興孝) 등 당대의 문인이나 서예가가 작품에 그대로 등장한다. 작품에서 수성궁에 자주 드나든 문인들로 총칭하고 있는 사람들은 성삼문을 위시한 집현전(集賢殿) 학사들이 아니었던가 짐작된다. 이들이 수성궁에 모여 시를 읊고 품평을 하는 모습이 그려져 있는 것이다. 물론 이 작품은 김진사와 운영의 사랑 이야기가 중심 줄거리를 이루고 있다. 전대 전기 소설의 애정 갈등이라는 테마가 현실적인 상황 속에서 극적으로 전개된다. 그런데 이 작품의 처음과 끝은 허무 의식이 지배하고 있다. 임진왜란이 지나간 서울의 폐허가 된 모습과 화려했던 안평 시절이 허무하게 사라졌다는 의식이 이 작품의 처음과 끝에 상응하는 의미로 그려져 있는 것이다. 이는 작품의 현재 시점과 내부 액자에 설정된 과거 시점 사이를 매개해 주고 있는 것이 허무 의식임을 말해 주는 것이기도 하다.

<홍길동전>은 앞의 두 작품과는 달리 순전히 허구적인 시간을 배경으로 하고 있는 것으로 볼 여지가 충분히 있다. <원생몽유록>의 시대 배경이나 등장인물의 실제성에 비해서뿐 아니라, <운영전>의 '안평대군 성시지사'를 다룬 면에 비해서도 역사적 시간과는 상당히 동떨어져 있음은 사실이다. 그럼에도 불구하고 작품 서두에 명확히 밝혀져 있는 '세종대왕 시절'은 그 나름대로의 소설적 진실성을 말해 주는 것이 아닐까 싶다.

이는 우선 작가 허균(許筠, 1569~1618) 당대로부터 세종대가 앞의 두 작품마냥 150여 년의 시간적 거리를 두고 있다는 점에서 고려의 여지가

---

9) 박기석, 「운영전」, 김진세 외, 『한국고전 소설작품론』, 집문당, 1990에서 이 작품의 일차적 관심이 '安平大君盛時之事'에 있음을 논한 바 있다.

있다. 이러한 시간적 거리는 이 작품 역시 전기 소설의 문학적 관습에 의지하여 시대 배경을 설정하였을 개연성을 말해 주는 것이라 생각한다. 또한 이 작품의 주인공인 홍길동의 형상은 역사상 실재했던 15세기 말 16세기 농민 반란의 지도자들(김막동, 홍길동, 임꺽정 등)의 모습이 투영된 측면을 간과할 수 없다.10) 작품의 시대 배경은 세종대이고, 역사상 실존했던 도적 홍길동은 연산군대(1495~1506)의 인물이며, 작품을 쓴 작가 허균은 16세기 말, 17세기 초 사람이다. 곧, 작가 허균은 연산군대 실존 인물 홍길동을 세종대의 허구 인물로 바꾸어 설정하였던 것이다. 이렇게 두 번에 걸친 시간적 거리 배정은 전기 소설의 문학적 관습을 수용한 바탕 위에 작가 나름의 창작 의식을 발동한 것으로 이해할 수 있다.

한편, 작품의 서두에서 세종대로 설정한 이상, 작품 내적 논리로는 홍길동의 가출, 활빈당 활동, 조정과의 대결, 율도국 건설, 율도국과 조선과의 외교 관계 등이 모두 세종대에 일어난 일로 이해된다.11) 작가가 아무렇게나 조선조의 어느 왕대로 설정했다고 한다면 이러한 작품 내적 논리가 지닌 나름대로의 의미를 간과하게 될 것이다. 작가가 의식적으로 치세(治世)라 일컬어지는 세종대를 시대 배경으로 설정하여, 표면적으로는 별 문제가 없어 보이는 시대 속에 작가 당대의 사회 부조리를 배치하여 문제 삼은 것으로 추측해 볼 수 있다. <원생몽유록>에서 사육신 사건이 작가 당대에도 여전히 미해결의 것이었던 것처럼, <홍길동

---

10) 임형택, 「홍길동전의 신고찰」, 『한국문학사의 시각』, 창작과비평사, 1984 참조.
11) 혹은, 작품에는 서술되어 있지 않지만, 독자들에게는 길동의 부친 홍판서 때에는 세종대였다가 길동이 활동한 시기는 세종 이후, 곧 단종이나 세조대로 인식되었을 가능성도 배제할 수는 없다.

전>에서 다룬 적서 차별 문제도 태종대 이후 세종대를 거쳐 작가 당대
에 이르기까지 미해결의 문제였던 것이다.

이와 같이 이들 세 작품은 시대 배경 설정의 공통점을 지니고 있고,
그것은 전대의 전기 소설의 문학적 관습에 영향 받은 바 있다고 생각된
다. 여기서 이 세 작품을 한데 아울러서 시대 배경의 공통성이 지니는
의미를 좀 더 생각해 볼 수 있다. 문제의 15세기 중반은 세종조 집현전
을 중심으로 한 문화 운동과 세조의 집권 과정에서 부각된 정통성 문제
가 중요한 사안이었을 듯하다. 여기서 <원생몽유록>은 그 시기의 정치
적 문제를, <운영전>은 안평대군과 집현전 학사들의 교육과 관련된 문
화적 측면을, <홍길동전>은 세종의 치세 이면에 놓인 사회적 문제를
각각 작품화하고 있다고 볼 수 있다. 말하자면, 이 세 작품은 15세기 중
반의 정치·문화·사회 현상을 문제화하여 각각 다른 방향으로 작품화
하였다고 보는 것이다. 이는 전기 소설의 문학적 관습이 견인한 측면과
소재 자체가 지닌 정치적·문화적·사회적 의미의 진폭이 복합적으로
작용했을 가능성이 있다. 15세기 중반은 실제에서 허구까지 폭넓은 이
야깃거리를 마련해 둔 시기였다고 보는 것이다.

이러한 시대 배경의 공통성, 다룬 소재의 현실성을 고려한다면, 이들
세 작품은 이전 시기의 전기 소설의 맥락을 이으면서 17세기에 이르러 전
기 소설의 분화 양상을 보여 주는 대표적인 작품들이라 생각된다. 세 작
품은 이제까지 각각 몽유록, 전기 소설, 영웅 소설의 대표작으로 논의되
어 왔는데, 15세기에서 17세기 초반에 이르는 기간 소설사의 주도적인 양
식이 전기 소설이었다는 점을 고려한다면, 이들 세 작품은 전기 소설의
운동 과정에서 파생된 각 작품군의 대표작으로 볼 여지가 있는 것이다.

3. 주제 의식의 상호 대응·대립적 측면

이들 세 작품을 주제 의식의 측면에서 상호 비교하여 고찰하기에는 난점이 따른다. 일별만 하여도 <원생몽유록>은 사육신의 충절을 표창하기 위한 작품이고, <운영전>은 김진사와 운영의 애절한 사랑을 그린 작품이며, <홍길동전>은 영웅 홍길동의 활약상을 통해 사회의 부조리를 고발한 작품이다. 이렇게 판연히 구별되는 주제를 가진 세 작품 속에서 어떤 공통점을 찾는다는 것은 무리일지도 모른다. 그렇지만 좀 더 자세히 살펴보면 이들 세 작품 사이에는 주제적 연관, 다시 말해 공통점과는 다르지만 작품에서 다루고 있는 주제의 상호 대응적 혹은 대립적 측면을 찾아볼 수 있다.

우선, <원생몽유록>과 <홍길동전>은 주제적 대립을 이루고 있다. <원생몽유록>은 세조의 왕위 찬탈 사건을 소재로 하여 반역의 문제를 다루고 있다는 점에서, <홍길동전>에 나타나는 중세 지배 체제에 대한 홍길동을 중심으로 한 집단적 항거의 행위와 서로 관련될 수 있다. 전자에서 반역의 문제에 대해 복건자가 다음과 같이 말한다.

> 복건자가 허허 탄식하며 이르기를, "요순탕무(堯舜湯武)는 만고의 죄인입니다. 후세에 여우같은 능청스러움으로 선위를 취한 자가 빙자하고, 신하로서 임금을 친 자가 이름을 삼습니다. 역사의 도도한 흐름 속에서 결국 그것을 구할 수 없습니다. 아아, 네 임금이 도적의 효시가 되었습니다." 말이 마치기 전에 왕이 정색하며 이르기를, "어허, 이 무슨 말이냐. 네 임금의 성덕을 지니고 네 임금의 시대에 처하게 되면 가하지만, 네 임금의 성덕이 없고 네 임금의 시대가 아니라면 불가한 것이다. 저 네 임금인 자가 어찌 죄가 있으랴. 돌이켜 그들을 빙자하고 이름을 삼는 자들이 도적인 것이다."[12]

복건자의 문제 제기를 통해 신하로서 임금을 친 자들에 대한 비판 의식이 당대 성군으로 떠받들던 요순탕무에게까지 미치는 심각성을 보여주고 있다. 그렇지만 이러한 심각한 주제 의식은 다시 왕이 요순탕무의 행위만큼은 옹호하면서 유교적 이념을 고수하려는 의지로 전이된다. 말하자면 경험 세계가 던진 심각한 이념적 충격에 대해서 그 이념이 지닌 순수한 형태의 도덕성을 내세워 방어하고 있는 형국이다.[13]

이에 반해 <홍길동전>에서는 율도국을 정벌하는 명분으로 내세운 홍길동의 다음 말에서 요순탕무에 대한 또 하나의 시각을 드러내고 있다.

> 디져 님군은 혼 스룸의 님군이 아니요 텬하 스룸의 임군이라. 이러무로 탕이 벌걸ᄒ시고 무왕이 벌듀ᄒ시니 텬되 즈연헌 일이라[14]

> 나라난 혼 스룸이 오릭 직키지 못ᄒ는지라. 시고로 셩탕은 하걸을 치고 무왕은 상쥬을 니치시니 다 빅셩을 위ᄒ야 난디을 평정ᄒ는 비라.[15]

<원생몽유록>에서 왕이 요순탕무를 옹호하는 논리는 그들의 덕과 그들이 만난 때에 근거하고 있는 데 반해서, 여기서는 천하 사람, 백성을 위한 정벌이었다는 것을 내세우고 있다. 곧 민본주의적 입장에서 요

---

12) <원생몽유록>(이가원 소장본), 『국어국문학』4, 국어국문학회, 1953. 2. 幅巾者嘘噫而嘆曰 堯舜湯武萬古之罪人也 後世之狐媚取禪者 藉焉 以臣伐君者 名焉 千載滔滔 卒莫之救 咄咄四君 爲賊嚆矢 言未已 王乃正色曰 惡 是何言也 有四君之德 而處四君之時 則可 無四君之德 而非四君之時 則不可 彼四君者 豈有罪哉 顧藉之者名之者 賊也.
13) 신재홍, 『한국몽유소설연구』, 계명문화사, 1994, 100면.
14) <홍길동전>(어청교본), 인문과학연구소 편, 『영인고소설판각본전집』3, 432면.
15) <홍길동전>(완판본), 위의 책, 472면.

순탕무가 옹호되고 있는 것이다. 요순탕무의 행위를 개인적인 덕과 시세로 미루는 것이 중세 지배층의 역사관이라면, 그것을 백성을 위한 행위, 자연스런 천도의 구현으로 보는 것은 민중적인 역사관이라 할 것이다. 요순탕무라고 하는 같은 대상에 대한 평가를 통해 두 작품에서 서로 대립적인 역사관이 나타나고 있다. 이러한 주제 의식의 상호 대립적 양상은 두 작품이 애초에 유사한 문제의식에서 출발하였기에 나타났다는 점을 지적할 필요가 있다. 문제의식의 공유, 문제의식을 펼쳐 보인 결과 나타난 대립적 역사관이라는 점에서 두 작품은 비교될 수 있는 것이다.

한편, <운영전>과 <홍길동전> 역시 주제 의식의 연관을 문제 삼을 수 있다. <운영전>에서 말하고자 하는 바는 심궁에 갇혀 인간적인 욕구를 억압당하는 궁녀들의 자기주장에서 찾을 수 있다.

> 녀지 세상에 나미 싀집가고져 마음은 스람마다 잇는지라. 이제 우리 등은 전세죄업이 심듕ㅎ므로 녀지되여 나고 더욱 훼치지년으로붓터 심궁에 잠겨잇셔 넘량은 씨롤 아라 어닛덧 도라가고 세월은 믈흐르듯 잠간도 머무르지 아니는지라. 츈풍도리화기시와 츄야댱혜 긴긴 밤에 나위는 젹막ㅎ고 슈막은 뷔엿는디 쳥등한침에 꿈 일우기 어려온지라.16)

> 스람이 세상에 나미 귀흔 비 인명이오 듕흔 비 인륜이라. 귀쳔 업시 귀히 길녀 인륜을 졍홀 비여늘 우리는 팔지 긔박ㅎ여 젹막심궁에 고독 단신이 세월의 오며가믈 아지 못ㅎ고 한금닝침이 츠며 더우믈 씨닷지 못ㅎ니 셰상만시 부운ㄱ튼지라.17)

---

16) <은영전>, 앞의 책, 175면.

자란이 운영에게 하는 위의 말 속에는 여자로서 남자와 짝을 맺어 사는 일(시집감, 인륜을 정함)은 '사람마다, 귀천 없이' 중한 것이라는 자각이 나타나 있다. 무엇보다도 이 세상에 인간으로 태어난 이상, 각자 인간으로 살아갈 만한 자격을 갖추고 있다는 생각을 전제로 하여 이러한 주장이 나올 수 있었다는 점이 주목되어야 한다.

바로 이 점이 <홍길동전>의 주제 의식과 관련된다. 이 작품의 주제가 무엇인가라는 문제를 둘러싸고 많은 논란이 있었는데, 그 가운데 '인격의 실현'과 '활빈(活貧)'을 핵심 주제로 제시한 임형택의 관점이 주목된다.[18] 이에 대한 비판도 제기되어 있지만,[19] 적어도 이 두 가지가 홍길동의 발언과 행동을 통해 뚜렷이 부각된다는 점만은 부인할 수 없다. 다만 그것에 대한 연구자의 가치 부여에 따른 의견이 제시될 수 있을 뿐이다.

---

17) 위의 책, 180면.

18) 임형택, 앞의 논문, 140-144면. "길동이 내세운 자기주장의 하나는 '인격의 실현'이며, 다른 하나는 '활빈(活貧)'이었다.……민중의 의지가 주인공 홍길동의 영웅적 투쟁을 통해서 관철되는 것으로 표현되고 있는데, 여기에 작자가 부여한 주제는 '인격의 실현'이었다. 이 경우, 바로 근대적인 '인격의 실현'은 아니다. 아직 근대적 의미의 자아 각성으로 발전하지는 못했지만, "나도 사람이다"라는 의식이 불합리한 신분 속박의 갈등 속에서 발생했던 것이다. 인간에게 가해진 무리한 봉건적 제약에 맞서 사람이라는 인격을 주장하고, 그 사회적 실현을 위해서 투쟁한 것이 <홍길동전>의 주제사상인 것이다."

19) 서대석, 「허균문학의 연구사적 비판」, 『허균의 문학과 혁신사상』, 새문사, 1981, 42-43면. "그러나 이러한 주제 설정에도 문제는 제기된다. 인격 실현이란 사람마다 다른 의미로 받아들일 수 있는 함축적 의미를 가진 말로서 막연한 것이 사실이기에 좀 더 구체적 표현이 요구된다고 본다.……주인공의 반항과 투쟁을 통해 당초에 가졌던 공명주의적(功名主義的) 이상을 실현하는 것이 작품의 주제라고 할 수 있다." 성현경, 「홍길동전의 구조와 의미」, 『다곡이수봉박사정년기념 고소설연구논총』, 경인문화사, 1994, 112면. "그렇다면 <홍길동전>이 주로 그리고 있는 것은 무엇인가? 그것은 서자의 인격 실현 과정이라기보다는 서자의 인권 선언 및 그 쟁취 과정이라고 할 수 있다."

> 대개 하늘이 만물을 니시미 오직 사룸이 귀ᄒ오나 쇼인의게 니르러는 귀
> ᄒ오미 업스오니 엇지 사룸이라 ᄒ오리잇가……쇼인이 평성 셜운 바는 대
> 감 졍긔로 당당ᄒ온 남지 되여스오미 부성모휵지은이 깁습거늘 그 부친을
> 부친이라 못ᄒ옵고 그 형을 형이라 못ᄒ오니 엇지 사룸이라 ᄒ오리잇가.[20]

인간으로 세상에 태어난 이상 인간다운 대접을 받아야 함이 당연한 권리이다. 호부호형(呼父呼兄)을 할 수 있다는 것은 이러한 '사람됨'의 기본적인 권리인데, 그럴 수 없는 자신의 처지가 한탄스러운 것이다. 이는 <운영전>의 궁녀들이 인간적 욕구를 억압당하고 사는 신세를 한탄하는 가운데 사람됨의 가치를 옹호하는 것과 기본적으로 동질적인 발상이다.

물론, 인격의 긍정이라는 문제의식에 있어서는 동질적인 두 작품이지만, 그러한 문제의식을 사건을 통해 전개시킨 양상은 서로 판이하다. 그러한 문제의식을 <운영전>에서는 사랑 이야기와 비극적 결말로 전개시킨 반면, <홍길동전>은 '활빈' 활동과 율도국 건설이라는 반항적인 힘의 자기 전개로[21] 그려 내었다. 이렇게 뚜렷한 차이점을 갖고 있는 두 작품이긴 하지만, 문제를 제기하는 발상에서 서로 동질적인 성격을 지니고 있다는 점을 지적하고자 하는 것이다.

그런데 이와 같은 인간성 긍정의 주제는 전대의 전기 소설들에서 이미 나타났었다는 사실에 유의할 필요가 있다. ≪금오신화≫나 ≪기재기이≫에서 남녀 주인공들이 결연하는 데 장애가 생겼을 때, 여성 주인공 쪽에서 장애를 극복하려는 의지를 강하게 드러낸다.

---

20) <홍길동전>(경판본), 『고전 소설선』, 형설출판사, 1985, 1면.
21) 이문규, 『허균 산문문학 연구』, 삼지원, 1986, 135-144면.

첩도 법도를 범했다는 것은 스스로 심히 명백히 알고 있습니다.…… 그러나 오랫동안 다북쑥에 처하고 들판에 버려지매, 풍정(風情)이 한번 일자 마침내 삼갈 수가 없었습니다.[22]

남녀가 서로 느끼는 것은 인정(人情)의 지극히 중한 것입니다.……자그마한 연약한 몸으로 근심스레 홀로 처함을 참으려 하니, 정념(情念)은 날로 깊어지고 중한 병은 날로 더해가서 거의 죽을 지경에 이르러 장차 궁한 귀신이 되려 합니다.[23]

한밤에 깨어 가슴을 치고 기나긴 밤 원한이 맺혔다가, 달이 떠올라 밝은 날 이네 님을 만났습니다.……일찍 이와 같음을 알았으니 살아있음만 같지 못합니다. 공강(共姜)이 귀신으로 있다면, 그녀와 손을 잡고 동행하리이다.[24]

인정을 지극히 중하게 여기고, 여자 홀로 살아가는 일이 얼마나 고독하고 힘든 일인지를 말하고 있는 위의 진술들에서, <운영전>의 궁녀들의 신세 한탄이나 인격을 긍정하는 자세와 서로 맥락이 통하고 있음을 알아볼 수 있다. 전기 소설의 이러한 테마가 후대 소설들에 지속적으로 수용되는 가운데, 서로 이질적인 서사 전개를 보여 주는 <운영전>과 <홍길동전>에도 영향을 끼쳤을 것으로 보는 것이다.

작품 전반의 주제 의식뿐만 아니라 작품 속에 설정된 몇몇 삽화에서

---

22) <만복사저포기>, 앞의 책, 290면. 妾之犯律 自知甚明……然而久處蓬蒿 拋棄原野 風情一發 終不能戒.
23) <이생규장전>, 위의 책, 295면. 男女相感 人情至重……以眇眇之弱軀 忍悄悄之獨 處 情念日深 沈痾日篤 濱於死地 將化窮鬼.
24) <하생기우전>, 앞의 책, 94-95면. 中宵寤擗 怨結永夜 月出皎兮 逢此粲者……早知 如此 莫若無生 共姜有鬼 携手同行.

도 <홍길동전>과 <운영전>의 연관을 찾아볼 수 있다. 우선, 홍판서와 시비 춘섬의 결합에 의해 길동이 태어난 것은 선비 김진사와 궁녀 운영의 신분 설정과 더불어 공통적으로 신분 갈등의 테마를 내포한 삽화이다. 서로 다른 신분의 남녀가 사랑을 하게 되고 그리하여 신분 문제가 애정 갈등의 주요인으로 제시되는 것은 여말 선초 이래 전기 소설의 중심 테마였다.25) 이것이 17세기의 전기 소설인 <운영전>에서도 나타나고 또 <홍길동전>에까지 영향을 미친 것으로 볼 수 있다.

이와 함께 고려될 만한 것은 <홍길동전>에서 홍판서가 대낮에 시비 춘섬을 이끌어 운우지정을 나누었다는 다소 파격적인 성행위 설정의 대목이다. 이 대목은 <운영전>에서 운영이 완사(浣紗) 길에 무녀의 집에서 김진사를 만나 귓속말로 '첩이 셔궁에 잇눈지라. 낭군이 밤을 타 셔원으로 넘머드러 온즉, 삼성에 미진혼 인연을 거의 이으미 잇시리이다'라는 도발적인 언사로써 결연에의 의지를 적극적으로 표출하는 것과 견주어 볼 수 있다. 더 나아가 이 두 작품과 비슷한 시기에 나온 <피생명몽록>에서 염홍방의 두 남녀 하인인 금이(金伊)와 목환(木歡)이 눈이 맞아 주인이 잠든 사이에 병풍 뒤에 숨어 운우지정을 나눈다는26) 성행위 설정과도 비교될 만하다. 이들 작품에서 성행위 자체에 대한 묘사는 은근하게 한두 마디로 그치고 있으나, 남녀 간 성행위의 상황을 설정하는 방식은 대단히 도발적이고 충격적이다. 이 점에서 <홍길동전>은 전기 소설과

---

25) 임형택, 「나말여초의 전기문학」, 『한국문학사의 시각』, 창작과비평사, 1984 참조.
26) <피생명몽록>, 『필사본 고전 소설전집』3, 아세아문화사, 1980, 228-229면. 이 작품은 전기 소설적 테마가 몽유록에 수용되면서 몽유록의 특성이 한층 부각된 작품인데, 이에 대한 설명은 신재홍, 앞의 책, 126-128면 참조.

의 공통된 성격을 보여 주고 있다.

다음으로, 주변 인물로서 무녀와 특자가 <운영전>과 <홍길동전>에 공통적으로 등장한다는 점이다. <운영전>에서 무녀는 운영과 김진사의 편지를 전달해 주거나 서로 만나게 해 주는 중개자 역할을 하고, <홍길동전>에서는 길동 모자를 해치려는 초란에게 관상녀를 소개시켜 주는 역할을 한다. 특자의 경우, 두 작품에서 공히 돈에 눈이 멀어 주인공을 위기에 몰아넣는 무뢰배 혹은 자객으로 그려진다. 이들의 역할이 있었기에 두 작품의 서사 전개가 극적 갈등을 유지하면서 진행되는 것이다. 이러한 주변 인물의 설정에 있어서 두 작품은 공통점을 갖고 있다.

끝으로, 포도대장 이흡의 봉변이 전기적 성격을 지닌 서술 방식으로 그려져 있다는 점이다. 길동을 잡으라는 임금의 명에 응해 길을 떠난 이흡이 객점에서 소년 서생을 만나 서로 힘겨루기를 한 다음 벌어지는 일은 이계 체험을 기술하는 전기 소설적 수법에 의한 것이다.

> 이윽고 홀연 산곡으로 좃ᄎ 슈십 군졸이 요란이 소리지르며 나려오는
> 지라.……네 포도ᄃ쟝 니흡인다. 우리등이 지부왕명을 바다 너롤 줍으러
> 왓다 ᄒ고……포쟝이 정신을 가다듬어 치미러 보니 궁궐이 광대ᄒᄃ 무
> 슈ᄒᆫ 황건녁시 좌우의 나열ᄒ고 젼샹의 일위 군왕이 좌탑의 안ᄌ 여셩왈
> 네 요마 필부로 엇지 홍쟝군을 줍으려 ᄒᄂᆫ고 이러므로 너롤 줍아 풍도
> 셩의 가도리라……포쟝이 ᄉᆡᆼ각ᄒ되 니가 이거시 꿈인가 샹신가 엇지ᄒ여
> 이리왓시며……정신을 진정ᄒ여 살펴보니 가족부디 속의 드러거눌[27]

---

27) <홍길동전>(경판본), 앞의 책, 7면. 이 대목의 끝부분에 대해서 완판본에서는
 '이윽키 안ᄌ다ᄀ 줍근 조오더니 문득 ᄭᅵ다르니'(앞의 책, 465면)라고 표현하여
 전기 소설의 입·각몽 장면의 서술 방식으로 표현하고 있다.

당하는 이흡의 입장에서는 '꿈인지 생시인지' 구분이 안 될 정도로 당황스럽고, 비록 이흡을 혼내 주려는 길동의 의도적인 행동이긴 하지만 황건 역사(黃巾力士), 풍도왕(豊都王, 염라대왕) 등의 이계 인물을 등장시킨 것은 대개가 <남염부주지>, <구운몽> 등에 쓰인 전기적 수법을 차용한 것이다. <운영전>이 입·각몽으로 이루어진 몽유 양식의 소설이며, 작품 후반에서 김진사와 운영이 명사(冥司)에서 다시 환생시키려는 것을 거절하였고, 자신들이 원래 옥황상제를 모셨던 선관들이었음을 말하는 대목을 상기한다면, 이계 체험과 이계 인물의 형상화라는 측면에서 두 작품은 서로 관련될 수 있는 것이다.

이상 몇 가지 삽화적 차원에서 <운영전>과 <홍길동전>이 서로 공유하고 있는 측면이 있음을 살펴보았다. 앞 장에서 시대 배경 설정의 공통점을 지적한 것과, 여기서 주제 의식 및 삽화의 측면에서 대응 관계를 검토한 것을 통해, <홍길동전>을 전기 소설의 분화 과정에서 나온 작품으로 보려는 본고의 의도가 드러났다고 할 수 있다. 본고에서 <홍길동전>의 소설사적 위치를 전기 소설의 흐름과 연계시키려 하는 주된 이유는 <홍길동전>이 지닌 현실에 대한 관심이 어떠한 소설 양식의 자장(磁場) 속에 파악되어야 할 것인가를 문제 삼았기 때문이다.

조동일은 이 작품을 건국 신화 이래 전승된 '영웅의 일생'이라는 서사 구조가 '소설화'한 영웅 소설로 파악하였다.[28] 그런데 영웅 소설 유형에 속하는 작품들이 대부분 보수성과 통속성을 드러내는 데 비해, 유독 이 작품만이 시대 현실에 대한 진보적 비판 의식을 보여 준다. 영웅 소설의

---

28) 조동일, 『한국소설의 이론』, 지식산업사, 1977, 255면.

계보에서 가장 앞에 놓이는 이 작품이 여타의 영웅 소설에 비해 작가 의식의 선진성을 보여 준다는 것을 어떻게 이해해야 할 것인가. 작가 허균이 지닌 사상의 선진성에만 설명을 미룬다면 작품의 소설사적 위상을 충분히 설명할 수 없을 것이다. <홍길동전>이라는 한 작품이 생산되는 데에는 작가 의식의 측면뿐 아니라, 이 작품이 놓인 소설 양식 내적인 조건들에 대한 고려가 필요한 것이다. 곧, 한 작품이 창출되면서 그 작품의 소재나 주제, 삽화들을 견인하였을 양식 내적 자장을 문제 삼을 필요가 있다는 것이다. 이에 본고에서는 <홍길동전> 이전에 성립되고 동시대에도 유행한 소설 양식 가운데, 애초부터 어느 정도 현실 인식의 측면을 지녔다가 17세기에 들어서 그 점이 더욱 두드러지게 되었던 전기 소설의 흐름29)과 이 작품을 연계시켜 보아야 할 것이라 생각했던 것이다.

물론 <홍길동전>은 한 인물의 일대기를 다루었다는 점에서 전기 소설과는 확연히 구분되며, 오히려 전(傳)과 관련시키는 것이 온당한 태도일 것이다. 또한 <수호전>과 같은 중국 연의 소설의 영향도 무시할 수 없다. 그렇지만 본고에서 살폈듯이 이 작품에서 제기한 문제나 그것에 대한 애초의 발상에 있어서 동시대 몽유록이나 전기 소설과 공유하고 있는 부분이 있다는 점을 지적하고 싶은 것이다. 이러한 시각에서 보면, 영웅의 일생 구조로 이루어진 먼 시대의 건국 신화와의 구조적 동질성을 드러내거나, 작품 형성의 외래적 원천을 찾아내는 관점에 대한 보완으로서, 이 작품의 형성 배경을 동시대의 소설 양식 내에서 찾을 수 있는 것이다.

---

29) 이 점은 박희병, 「한국 고전 소설의 발생 및 발전 단계를 둘러싼 몇몇 문제에 대하여」, 『관악어문연구』17, 1992에서 강조한 바이다.

4. 전기 소설의 분화에 관한 한 구도

이상의 논의를 정리하면서 16세기 말, 17세기 초 소설사의 전개 양상에 대한 본고의 구도를 제시해 보고자 한다. <원생몽유록>, <운영전>, <홍길동전>은 얼핏 보아 서로 이질적인 듯이 보이지만, 이들 상호 간에는 시대 배경과 주제 의식의 측면에서 연관되는 점들이 있음을 살펴보았다. 그리고 이러한 관련 양상은 이들 작품이 전대의 전기 소설의 분화과정에서 나온 작품군의 대표작으로 볼 여지가 있다는 점을 지적하였다. 곧, 16세기 이전의 허구적 서사물 가운데 일화와 같은 장르가 중요한 역할을 하였을 것이지만, 무엇보다도 전기 소설이 중심적인 의의를 지니는 것이기에 15, 16세기 ≪금오신화≫나 ≪기재기이≫ 등을 거쳐 16세기 말, 17세기 초로 이어지는 전기 소설의 전개 양상을 주목할 필요가 있었다. 그리고 최초의 영웅 소설로 논의되는 <홍길동전>의 경우도 소설사적인 맥락에서는 전기 소설과의 관련성을 간과해서는 안 된다고 보았다.

이러한 관점에서 16세기 말, 17세기 초의 소설사는 전대 전기 소설의 분화 과정에서 세 가지 흐름으로 전개되었다고 생각한다.

첫 번째 흐름은 ≪금오신화≫, ≪기재기이≫를 거쳐 이 시기에 이르러 <운영전>을 포함하여 <주생전>, <최척전> 등 전기 소설 본래의 테마가 유지되면서 그것이 더욱 현실적인 사건 구성과 주제 의식을 갖추어 현실주의의 발전이 가능하게 되었던 흐름이다. 이 흐름은 전기 소설의 주맥으로 인정될 수 있다. 그런데 전기 소설은 이미 나말 여초부터 등장하고, 13세기 <수이전>과 같은 작품집에 수록되었다. 그러다가 15, 16세기 <금오신화>, <기재기이>가 나왔고 그 맥락을 이으면서 현실주의가 강화되는 전기 소설 작품들이 16세기 말, 17세기 초에 등장하게 된다. 이를 고려하여 전기 소설의 시대를 초기 전기 소설 시대, 중기 전기 소설 시대, 후기 전기 소설 시대로 구분하는 것이 좋지 않을까 하는 것이 본고의 제안이다. 전기·중기·후기는 각각 전기 소설의 흐름을 구획하는 의미가 있으며, 그에 따라 작품의 성격 또한 특징을 드러낸다고 보기 때문이다.

두 번째 흐름은 전대의 전기 소설로부터 분화되어 정치적·역사적 현실을 이념적인 지향성을 담아 그려 낸 <원생몽유록> 이하 <달천몽유록>, <금생이문록>, <강도몽유록> 등 몽유록 작품들의 흐름이다. 몽유록은 계유정란, 임병양란 등 역사적 사건을 겪으면서, 전기 소설 가운데 내포되어 있던 현실에 대한 관심을 유교적 이념에 입각한 작가 의식에 의해 변용시킨 작품들이다. 따라서 전기 소설에 비해 다분히 교술적 성격이 강화된 양상을 띠게 된다. 그렇지만 조선 후기로 갈수록 서사성이 확충되면서 그 나름대로 소설사에서 한 자리를 차지하게 된다.

세 번째 흐름은 전기 소설이 지닌 현실적 배경이나 주제 의식을 문제 제기적 차원에서 수용하면서 사건의 서사적 전개는 영웅의 일생에 따라 기술한 <홍길동전>, 그리고 이 작품을 출발점으로 한 영웅 소설 계열이 <홍길동전>과는 영웅의 일생이라는 측면에서 연관되면서도 전기 소설과는 전연 다른 주제 의식과 구성을 갖추면서 통속 소설로 자리 잡는 흐름이다. <홍길동전>에서 문제로 제기된 것은 전기 소설에서도 다루었던 '인간성'의 문제였던바, 다른 영웅 소설보다 앞서 나온 <홍길동전>이 주제 의식면의 선진성을 담보할 수 있었던 것은 이러한 전기 소설의 견인력에 의한 측면이 있었다고 생각된다. 그렇지만 <홍길동전>

이후에 나왔을 것으로 추정되는 <유충렬전>, <조웅전>을 위시한 영웅 소설은 이제 전기 소설에서 물려받은 유산을 버리고 다른 방향을 취하게 되었다고 할 수 있다. 그것은 소설의 대중화, 통속화의 길로서 전기 소설이 문인 취향의 한문 소설이었던 것에 비해 이들 작품은 대중들을 상대로 한 국문 소설로 진전되었다고 하겠다.

그런데 영웅 소설에 나타나는 유교 이념의 고수라는 주제 의식은 몽유록이 지닌 이념적 지향과 서로 대비되는 자리에 서있기에 비교의 대상이 될 수 있다. 소설사의 흐름 속에서 몽유록과 영웅 소설 계열의 작품을 대비시켜 보면 유교 이념의 대중화 양상에 대한 고찰이 가능하리라 본다. 곧, 이 두 계열의 작품들을 대비시킴으로써 중세 사회의 지배층을 형성하고 있던 사대부들이 신봉한 명분 의식이 어떻게 일반 대중에게 전파되고 또 영향력을 행사하게 되었는가 하는 문제를 고찰해 볼 수 있을 것이다.

이상에서 제시해 본 16세기 말, 17세기 초 소설사의 구도는 매우 한정된 분석과 시각에서 이루어졌기에 하나의 제안일 뿐이다. 그렇지만 이러한 각도에서 본고에서 분석한 작품 외에 다른 작품들을 분석해 본다면, 또한 보다 심층적인 소설사의 전개 양상을 파악할 길이 있지 않을까 생각한다.

제3장

<사씨남정기>의 선악 구도

1. 서 론

　<사씨남정기(謝氏南征記)>에 대해서는 국문학 연구 초창기부터 대략 1980년대까지 주로 작품 외적인 연구에 치중하여 작품의 창작 동기나 배경 사상, 그리고 이본 연구 등이 이루어졌다.[1] 이들 연구는 작품 배경에 대한 지식을 축적하였다는 점에서 의의가 있지만, 창작 동기 및 정본 확정 문제 등은 더욱 분명한 실증을 요하는 연구 과제로 남아 있다.

---

[1] 창작 동기론으로는, 김태준, 『증보 조선소설사』, 학예사, 1939, 317-319면 ; 김현룡, 「사씨남정기 연구」, 『문호』5, 건국대, 1969 ; 정규복, 「남정기의 저작 동기에 대하여」, 『성대문학』15·16, 성균관대, 1970 ; 우쾌재, 「사씨남정기 연구」, 『숭전어문학』1, 숭전대, 1972 등을 참조할 수 있다. 사재동, 「사씨남정기의 몇 가지 문제」, 『고소설연구논총』, 다곡이수봉선생 회갑기념논총, 1988에서 작품에 반영된 불교 사상에 대해 논의하였다. 이본 연구로는, 정규복, 「남정기 논고」, 『국어국문학』26, 국어국문학회, 1963 ; 정규복, 「번언남정기고」, 『연민이가원박사 육질송수기념논총』, 범학도서, 1977 ; D. Bouchez, 「남정기 한문본고」, 『정병욱선생 회갑기념논문집』, 신구문화사, 1982 ; 이금희, 『사씨남정기 연구』, 반도출판사, 1991 등이 대표적이다.

실증적인 연구가 어느 정도 성과를 내고 나서 답보 상태에 머물게 되자, 장르사적 환경 속에서 작품을 이해하려는 경향이 두드러졌다. 대개 소설사적 또는 유형론적 관점에 의한 작품론이 주류를 이루어, 고전 소설에서 가정소설 유형을 설정하고 그 역사적 전개를 살피는 가운데 <사씨남정기>가 빠지지 않고 거론되었다.[2] 이들 연구는 작품 이해의 시각을 확장하였지만, 우리 소설사를 어떤 구도 하에 파악할 것인가부터 힘겨운 과제인지라 작품의 소설사적 위상에 대해 합의점을 얻지는 못하였다.

이러한 흐름의 한 편에서는 전통적인 방식으로 작품 연구에 임해, 작중 인물을 집중적으로 분석하거나, 주제론적 측면에서 서포 소설의 공통점을 찾아보거나, 작품에 반영된 유교적인 작가 의식을 살펴보기도 하였다.[3] 이들 연구를 통해 작품이 창작된 당대의 의식 기반을 이해하는 데 도움을 받을 수 있다.

근래에 나온 몇 편의 논문은 기존의 배경론, 유형론 등에서 벗어나 작품 자체에 대한 해석과 비판에 초점을 맞추었다.[4] 이들 연구에서 작

---

2) 우쾌재, 『한국 가정소설 연구』, 고려대 민족문화연구소, 1988 ; 박태상, 「조선조 가정소설 연구」, 연세대 박사논문, 1988 ; 이원수, 「가정소설 작품세계의 시대적 변모」, 경북대 박사논문, 1991 ; 김탁환, 「사씨남정기계 소설 연구」, 서울대 석사논문, 1993 ; 진경환, 「소설사적 관점에서 본 창선감의록과 사씨남정기의 관계」, 『김만중문학연구』, 국학자료원, 1993 ; 이승복, 「처첩갈등을 통해서 본 가정소설과 가문소설의 관련 양상」, 서울대 박사논문, 1995 ; 김귀석, 『조선시대 가정소설론』, 국학자료원, 1997 ; 이성권, 「가정소설의 역사적 변모와 그 의미」, 고려대 박사논문, 1998 ; 최기숙, 『17세기 장편소설 연구』, 월인, 1999.
3) 김경미, 「사씨남정기 작중인물연구」, 이화여대 석사논문, 1985 ; 김석회, 「서포소설의 주제시론」, 『선청어문』18, 서울대 국어교육과, 1989 ; 엄기주, 「사씨남정기의 의미와 서포의 작자의식」, 『고전문학연구』8, 한국고전문학연구회, 1993.

품의 기본 구도를 선악 대립으로, 사건 전개의 핵심을 욕망 추구로, 가부장제의 질곡이 작중 인물의 의식과 행동을 지배하는 것으로 본 점 등은 일정한 의의가 있다고 본다. 또한, 논자에 따라 상당한 편차를 지니면서 작품 해석상의 논쟁거리를 마련했다는 점에서, 작품론이 본격화되었다고 할 만하다. 그러나 개중에는 연구자의 시각을 과도하게 투영하여 작품을 재단함으로써, 작품의 가치를 부당하게 폄하하고 작중 인물의 성격을 부적절하게 파악하는 문제점도 드러내었다. 이는 작품의 기본 성격에 대한 검토가 충분히 이루어지지 못한 탓으로 보인다. 최근 들어 그러한 편향된 시각에 대한 반성적 논의가 제기되고 있는데,5) 본고는 이에 일조할 목적도 지니고 있다.

본고는 근래의 작품론에 대한 비판적 입장에 서서, 이 작품의 기본 성격을 어떻게 파악하는 것이 작품을 올바르게 읽는 길인지를 탐색하고자 한다. 가급적 연구자의 주관을 개입하지 않고 작품 자체가 드러내는 의미 맥락을 좇아가도록 할 것이다. 이에 작품 자체에 대한 분석을 위주로 하고, 작가 의식이나 독자의 반응을 참조하면서 작품에 구현된 주제 의식을 좀 더 정밀하게 살펴보겠다. 대상 자료로는 사건들이 계기적

---

4) 이상구, 「사씨남정기의 작품구조와 인물형상」, 『김만중문학연구』, 국학자료원, 1993 ; 곽정식, 「사씨남정기의 구조와 의미」, 『고소설연구』1, 한국고소설학회, 1995 ; 김현양, 「사씨남정기와 욕망의 문제」, 『고전문학연구』12, 한국고전문학회, 1997 ; 정출헌, 「가부장적 가족제도의 질곡과 고전소설—사씨남정기의 주요인물에 대한 탐구」, 『문학과 교육』12, 문학과교육연구회, 2000 ; 지연숙, 「사씨남정기의 이념과 현실」, 『민족문학사연구』17, 민족문학사학회, 2000.
5) 박일용, 「사씨남정기의 이념과 미학」, 『고소설연구』6, 한국고소설학회, 1998 ; 강상순, 「사씨남정기의 적대와 희생의 논리」, 한국고소설학회 제53차 학술대회 발표문, 2001.

으로 잘 조직된 김춘택 한역의 <번언남정기(飜諺南征記)>를 택하였다.[6]
현존 최고본(最古本)인 이 한역본은 몇 군데 개작 부분을 제외하고는 김
만중 원작 한글본에서 그리 멀지 않은 모습이리라 짐작된다.

2. 작품의 기본 성격

일반적으로 <사씨남정기>의 기본 성격을 말할 때, 창작 의식 면에서
는 정치적 풍간(諷諫)을 목적으로 한 소설로, 갈등 구조 면에서는 처첩 갈
등에 따른 가정 비극을 다룬 소설로 보고 있다. 이 두 가지 면을 종합하
여 국가적인 일을 가정 내의 처첩 갈등에 우의(寓意)하여 풍간한 소설 정
도로 볼 수 있을 듯하다. 그런데, 막상 작품을 접해 보면 정치적 풍간이
라는 기본 성격에 부합할 정도의 정치적 사건이나 의도가 드러나 있지
않다는 점이 문제이다. 작품에 나타난 정치적 갈등이나 의미라는 것이
고작해야 엄숭과 관련된 몇 가지 사건에 국한될 따름인데, 작품은 엄숭
의 전횡과 몰락을 어떤 서사적 과정 속에 그려내고 있지 않다. 엄숭이
어떻게 권력을 잡아 전횡을 일삼았는지, 그리고 어떠한 과정을 거쳐 몰
락하게 되었는지에 그리 큰 관심을 두고 있지 않은 것이다. 그렇게 득세
하던 엄숭이 천자의 개심에 의해 하루아침에 몰락하고 마는 식이다.
처첩 갈등은 이 작품의 핵심 갈등이라 할 만하지만, 그것이 사회 역

---

6) 정규복 외, 『김만중문학연구』, 국학자료원, 1993 부록 영인본 ; 김만중 지음 이래
   종 옮김, 『사씨남정기』, 태학사, 1999 첨부 교감본. 전자는 원문 확인이 필요할
   때에 참조하였고, 작품 원문은 전부 후자에서 원문 앞에 쪽수만 표시하는 방식으
   로 인용하였다.

사적 의미를 띠고 형상화되었다고 보기는 어렵다. 작품의 후반부에서 교씨 대신 임씨가 다시 첩으로 들어와 화목한 가문을 이룸으로써 처첩 갈등에 담긴 의미는 무색해질 따름이다. 작품에 그려진 처첩 갈등을 사회적 지위로서의 처와 첩이 사회적 의미를 지닌 다툼을 벌인 것으로 해석하기에는 무리가 따르는 것이다. 따라서 처첩 갈등을 분석함으로써 작가의 사회의식, 가령 신분 의식이나 가부장 의식, 더 나아가 인간 욕망의 긍정이나 평등 의식 등을 추출하는 데는 비약이 따르게 될 터이다.

그렇다면 <사씨남정기>의 기본 성격을 어떻게 규정하는 것이 온당할까? 필자가 보기에, 이 작품에서 가장 중요하게 다루고 있는 것은 바로 선악의 문제이다.[7] 작품 초반부 유소사가 사씨를 며느리로 맞는 자리에서 문답하는 내용은 작품의 주요 모티프의 하나로서 이후 전개되는 사건에서 반복 강조되고 있다.[8] 소사가 여자가 독서하는 이유를 묻자, 사씨는 "그 선함을 스승삼고 그 악함을 경계할 따름"[9]이라고 대답한다. 이어서 부도(婦道)를 논하면서 남편에게 허물이 있을 때도 아내가 남편을 좇아야 하는지를 묻자, 사씨는 다음과 같이 답한다.

---

7) 이상구, 앞의 논문, 264면에서 이 작품의 기본 구도가 '선악의 대립'이라고 온당하게 지적한 바 있다. 그렇지만 이에 대해 자세하게 설명하거나 그 의의를 해명하는 데까지 나아가지 못했다.

8) 뿐만 아니라 이 대목은 독자의 주요 관심사이기도 하였는 바, 삼의당 김씨의 경우가 그 좋은 예이다. 禮成夜記話(『三宜堂稿』, 三宜堂 金氏(1769~?)), '夫子曰 終身不可違夫子 則夫雖有過 亦可從之歟 余曰 大明謝氏貞玉不云乎 夫婦之道 兼該五倫 父有爭子 君有爭臣 兄弟相勉以正 朋友相責以善 則至於夫婦何獨不然 然則吾所謂不可違夫子者 豈謂其從夫之過歟.' (이승복, 앞의 논문, 160면에서 재인용)

9) 235면. 師其善 而戒其惡而已.

아비에게 간쟁하는 자식이 있고, 임금에게 간쟁하는 신하가 있으며, 형제가 올바름으로써 서로 힘쓰도록 하고, 친구가 선함으로써 서로 권하는데, 부부에 이르러 어찌 홀로 그렇지 않겠습니까?'10)

'면정(勉正)'과 '책선(責善)'의 임무가 아내와 남편 사이에도 있다는 것이다. 또한 사씨가 첩을 들이려는 데 대해 두부인은 "가사 새로 들어올 사람이 선하다면야 다행이겠지만, 그렇지 않아서 지아비의 마음이 한번 옮겨가면 어떤 일인들 없겠느냐?"11)라고 말한다. 교씨가 들어온 날 두부인은 "낭자가 소실을 구하더라도 마땅히 근실하고 질박한 부녀자를 얻었어야지, 이제 이렇게 절색 가인을 얻었으니 비단 낭자에게 불리할 뿐 아니라 또한 그 성행이 자못 반드시 선하지만은 않을 것이야."라고 우려를 표시하자, 사씨는 위나라 장강을 예로 들면서 "절색 가인이 어찌 모두 선하지 않겠습니까?"12)라고 답한다. 교씨가 첩으로 들어온 일은 작품 전체에서 전개되는 갈등의 근본 원인이 되는데, 그러한 주요 사건을 기술하면서 교씨의 선불선(善不善)에 관심을 집중시키고 있는 것이다.13)

교씨의 입문이 발단이라면 사씨가 남정 길에 올랐다가 좌절 끝에 자살하려는 대목, 곧 회사정 통곡과 황릉묘 몽유 대목이 그 정점이라 할 수 있는데, 여기서도 서술의 초점은 선악의 문제에 놓인다. 유일한 구원

---

10) 236면. 父有爭子 君有爭臣 兄弟相勉以正 朋友相責以善 至於夫婦 何獨不然.
11) 239면. 使新人善 則幸矣 不然 丈夫之心一移 何事不有.
12) 241면. 娘子雖求小室 宜得謹質之婦女 今乃得來此絶色佳人 非但不利於娘子 且其性行殆必不善乎……絶色佳人 豈皆不善.
13) 동청을 들일 때도 사씨와 유한림의 대화에서 동청의 '端與不端'에 대해 말하고 있다.(250면)

자였던 두부인이 장사에서 성도로 거처를 옮겼다는 소식에 사씨는 어찌해 볼 길 없는 막다른 곳에 봉착하여 자살하려 한다. 이때 토해 내는 그녀의 통곡은 이 작품에서 가장 극적인 장면의 하나이다.

> 푸르디 푸른 하늘이시여! 어찌하여 저를 이런 극한까지 이르게 하셨나이까? 옛 사람이 선한 자에게 복을 주고 악한 자에게 화를 준다고 이른 바가 어찌 헛된 말이 아닐런지요?[14]

'복선화음(福善禍淫)'의 문제가 작품의 주제임이 여기서 극명히 드러난다. 사씨의 이 같은 의식은 황릉묘에서 이비를 만나서도 지속된다. 그녀는 "첩이 실로 어리석고 미혹하여 다만 생각하기를, 천도는 사사롭지 않아서 오직 선한 자를 돕겠지 했는데, 이제 보니 아주 그렇지 않습니다."[15]라며 항변한다. 선한 자를 하늘이 돕지 않는 현실을 문제 삼고 있는 것이다. 이에 대해 이비는 "사람이 선함을 행하지 않을 따름이지 하늘이 어찌 선한 사람을 저버리겠소?"라고 대답하고, 사씨를 보내면서는 "힘쓸지어다. 선을 행함을 게을리 하지 말지니."라고 당부한다.[16] 주인공 사씨가 선을 행하는 것은 이처럼 하늘의 명령이며, 따라서 작품의 이념인 것이다.

그런데 이 작품은 선악의 문제를 정치적, 사회적 맥락에서 다루기보다는 인간 심성의 문제, 곧 윤리적 관점에서 그려내고 있음에 유의해야 한다. 전통적인 성선설을 바탕에 놓고 형세에 따라 인간의 마음이 어떤

---

14) 287면. 蒼蒼者天 何爲使我至於此極也 古人所謂福善禍淫 豈非虛語.
15) 290면. 妾實愚迷 但謂天道無私 惟善是與 以今視之 大有不然.
16) 292-293면. 人惟不爲善 天豈負善人……勉哉 爲善無怠.

방향으로 나아가느냐에 따라 선악이 어긋나는 양상을 그리고 있는 것이다. 이 점은 앞서 인용한 바 있는 두부인의 말, "가사 새로 들어올 사람이 선하다면야 다행이겠지만, 그렇지 않아서 지아비의 마음이 한번 옮겨가면 어떤 일인들 없겠느냐?"[17]에 잘 나타나 있다. 선악의 문제는 마음의 옮겨감에 기인한다는 의식이 작품 전반에 깔려 있는 것이다.

유문에 들어온 교씨가 사람들의 환심을 사다가 자기의 본색을 드러내게 되는 것은 가야금으로 예상우의곡을 타고 앵앵과 설도의 시를 노래하면서부터이다. 우연히 듣게 된 사씨에게 그 '곡조는 유창하고 성음이 처절하여 구슬이 옥쟁반에 구르고 물이 삼협에 떨어지는 듯하여 사람으로 하여금 마음을 동하게 하는'[18] 것으로 느껴졌다. 다 듣고 나서 교씨를 불러 정중하게 타이르면서도, "망국의 소리는 본디 취할 만하지 않고 또 낭자가 사뿐사뿐 가볍게 손가락을 써서 그 소리가 슬프고 원망하는 데로 지나치니 비록 사람의 마음을 동하게 할 수는 있어도 사람의 기운을 화평케 하기엔 부족하오"[19]라고 말한다. 교씨의 음률이 사람의 마음을 동하게 한다는 것, 이는 곧 작품이 외물에 흔들리는 인간의 마음을 그리고 있음을 암시해 준다.[20]

마음이 동하는 문제는 선인이 악인을 보는 관점뿐 아니라 악인의 입장에서도 일을 도모하는 데 중요하게 고려하고 있다. 교씨가 십낭과 짜

---

17) 각주 10)과 동일.

18) 242면. 曲調悠揚 聲音悽切 如珠轉玉盤 水落三峽 能使人動心.

19) 244면. 亡國之音 本非可取 且娘子用指浮輕 其聲過於哀怨 雖能動人之心 不足以和人之氣.

20) 이 점은 사씨가 유한림에게 동청을 집에 들이지 말라고 충고하는 데서도 잘 드러난다. "상공과 저 사람은 진실로 친구가 될 수 없지요. 그렇지만 부정한 사람과 함께 거처하면 자연 사람의 마음과 뜻을 잘못되게 한답니다[相公與彼 固非友也 而與不正人處 自然誤人心志]."(250면)

고 동청으로 하여금 사씨의 필적을 모사하게 하여 저주의 글을 만들어서 일부러 유한림에게 들키도록 하니, 유한림이 의심을 품으면서도 일단 덮어두기로 한다. 이에 그녀의 시비 납매가 일을 그르쳤다고 말하자, 교씨는 "상공의 마음이 이미 동하였으니 서서히 새 꾀로써 시험하면 될 거야."[21]라고 응수한다. 또한, 쫓겨난 사씨가 구고의 묘하에서 지내자, 동청은 "하물며 선산은 한림이 때때로 왕래하는 곳이오. 한림이 만일 저가 외로이 깊은 산에 기숙하는 것을 보게 되면 어찌 옛일을 생각하여 마음에 동하는 바가 없겠소?"[22]라며 불안해한다. 사씨를 몰아냈으면서도 교씨와 동청은 유한림이 마음을 바꾸지나 않을까 근심하는 것이다.

요컨대, <사씨남정기>는 인간 심성에 내재된 선악의 향방 문제를 집중적으로 탐구한 작품이라고 할 수 있다. 이는 김춘택이 <번언남정기인 (飜諺南征記引)>에서 지적한 바이기도 하다.

이른바 쫓겨난 신하·원통한 아내와 [그들이] 하늘로 삼은 자가 하늘의 본성과 사람의 떳떳함을 번갈아 계발함은 곧 초사와 같다. 이른바 사람의 선한 마음을 감발하고, 사람의 그릇된 뜻을 징계함은 곧 또한 시경과 비슷하다.[23]

선생은 특히 그 본성과 감정, 생각과 뜻의 오묘함으로써 이 책을 지었기 때문에 한글 속에서도 오히려 글의 아름다움을 볼 수 있다.[24]

---

21) 254면. 相公之心已動 徐當試以新計耳.
22) 276면. 況先山卽翰林所時往來也 翰林苟見彼孤寄深山 豈不追念而有動於心乎.
23) 221면. 所謂 放臣怨妻與所天者 天性民彝 交有所發 則如楚辭 所謂 感發人之善心 懲創人之逸志 則又庶幾乎詩.
24) 222면. 先生 特以其性情思致之妙 而有是書 故於諺之中 猶見詞采.

'사람의 선심(善心)을 감발하고 일지(逸志)를 징계함'이 작품의 교훈이라면, '성정(性情)과 사치(思致)의 오묘함'에 대한 탐구는 저작의 의도라 하겠다.

이러한 맥락에서 작품의 창작 동기와 성격을 좀 더 분명히 규정할 수 있다. 이른바 목적 소설론의 계기가 되었던 '임금의 마음을 깨우치고자 하여 지은 것'[25]이라는 이규경의 언급도 위의 관점에서 이해될 필요가 있다. 작가 김만중이 숙종대 인현왕후 폐비 사건과 밀접하게 관련된 인물이기에 작품의 창작 동기를 이렇게 볼 만한 측면이 있다. 그러나 근본적으로 '성심(聖心)의 개오(改悟)'란 작품이 탐구한 핵심 문제가 바로 사람의 마음이라는 점을 지적한 것에 다름 아니다. 임금도 사람이기에 사람의 마음을 탐구한 이 작품이 숙종과 결부되어 그와 같은 창작 동기론을 낳게 할 소지는 충분하다.

한편, 이러한 관점에서 작품에 그려진 처첩 갈등에서 과도하게 사회적 의미를 찾으려 했던 연구 시각을 반성할 수 있다. 첩의 자리에 악한 교씨 대신 선한 임씨가 대치되는 점을 생각하면, 신분제나 가부장제로부터 야기된 사회적 문제로서의 처첩 갈등이라는 의미는 미약할 수밖에 없다. 작품을 선한 처와 악한 첩의 갈등 구조로 파악한다면, 선과 악의 대립이 처와 첩의 대립보다 우선한다고 하겠다. 물론 양자는 서로 얽혀 있는 문제라서 쉽게 단정 짓기는 어려우나, 작품이 끝까지 추구한 문제를 지적하라면 아무래도 선악의 문제라고 할 것이다. 따라서 굳이 이 작품의 성격을 규정하자면, 기존의 용어로는 윤리 소설, 좀 더 구체화하여 심성 소설(心性小說)[26]이라 하는 것이 적절할 것 같다.

---

25) 李圭景, 「小說辨證說」, 『五洲衍文長箋散稿』 권7, 南征記……欲悟聖心而製者云.
26) 본고를 발표할 때, 안병학 선생이 '윤리 소설'보다 '구체화'된 개념이 '심성소설'

3. 마음의 기미에 대한 관심

작품이 문제 삼은 마음의 움직임은 무엇보다도 악의 전개 양상에 잘
나타나 있다. 악한 마음이 드러나 발호하다가 파멸하게 되는 과정은 교
씨를 통해, 애초에 선한 마음이 악해지는 과정은 유연수를 통해 그려진
다. 악의 발현 및 악에의 침윤 양상이 마음의 미묘한 움직임을 형상화하
고 있는 것이다. 먼저, 악의 표본인 교씨를 통해 악이 어떻게 자기의 본
색을 드러내는가부터 살펴보기로 하겠다. 이를 통해 마음에서 일어나는
악의 기미에 대한 작가의 관심이 얼마나 집요한지 알 수 있을 것이다.

흔히 교씨의 성격을 특징짓는 말로서 '스스로 이르기를, 문호가 쇠하
였으니 한미한 선비의 처가 되기보다는 차라리 재상의 첩이 되는 게 낫
지 않을까 라고 한답니다.'[27]라는 매파의 전언을 든다. 이 말을 통해 교
씨가 부귀를 추구하는 성격임을 알 수 있다. 그런데 이 말만으로 그녀
의 선악을 판단하기는 어렵다. 오히려 퇴락한 자신의 처지에서 현실적
으로 보다 나은 삶을 설계하는 모습으로 비친다. 따라서 현명한 사씨가
그 전언에 별다른 혐의를 두지 않은 것도 이해할 만하다. 교씨가 유문
에 들어왔을 때, 집안사람들 눈에는 '자태와 용모가 화려하고 어여쁘며,

일 수 있는지에 의문을 제기하였다. 사실, 인물이 등장하는 모든 소설은 인물의
심성을 다루고, 또 인물간의 관계 속에서 윤리의 문제를 다룬다. 그런데 윤리의
문제를 어떻게 다루는가는 작품에 따라 다를 수 있다. 필자는 인간 심성(인성)
의 문제를 중심으로 하여 인간 사이의 윤리 문제를 다루었다는 점에서, 이 작품
의 성격을 구체적(실질적)으로 규정할 수 있는 용어로 '심성 소설'을 쓸 수 있으
리라 본다.
27) 240면. 自謂門戶衰矣 與其爲寒士妻 無寧作宰相妾.

행동거지가 경쾌하고 빨라, 해당화 한 가지가 이슬을 머금고 바람에 흔들리는 것 같았다.' 또한, 교씨는 '총명하고 말을 약게 잘하여 능히 한림의 뜻을 맞추었고 더욱 사부인을 잘 모셨다.'[28] 이에 모두들 칭찬을 마지않았던 것이다. 표현상 '변힐(辨黠)'과 같은 다소 부정적인 단어가 선택되긴 하였지만, 아직까지는 교씨의 성품이나 행동에서 악한 구석을 찾기 어렵다.

그러다가 교씨가 임신을 하게 되자 납매가 추천한 이십낭이 태아가 여아임을 알려 준다. 그러자 교씨는 깜짝 놀라며, "한림이 이 몸을 데려다 둔 까닭은 한갓 후사를 잇기 위함인데, 이제 만약 여아를 낳는다면 도리어 낳지 않는 것만 못해."[29]라며 매우 걱정한다. 그녀의 이러한 태도도 십분 수긍되는 바 있다. 첩으로서의 자신의 처지와 임무를 정확히 파악하고 있다는 점에서 현실적 안목을 지닌 면모가 지속되고 있는 것이다. 점술가를 불러들였다는 점이 의아하긴 하지만, 자신의 처지에 대한 불안에서 나온 것으로 보면 그렇게까지 비난받을 행동은 아닐 수도 있다.

그런데 이십낭의 술수로 아들을 낳으면서 교씨의 본색이 조금 드러나더니, 화원 사건을 계기로 완전히 드러나게 된다. 화원 사건은 사건 전개상 중요한 분기점을 이루는 대목이기에 주의 깊게 분석될 필요가 있다. 이 사건은 화창한 봄날 시비가 사씨에게 화원 꽃구경을 권하는 데에서 발단되었다. 이에 화원에서 봄 경치를 완상하는데 바람결에 가야금과 노래 소리가 들려온다. 그것을 연주한 이가 교씨임을 안 사씨는

---

28) 240-241면. 姿容之華艶 擧止之輕逸 如海棠一枝 含露搖風……聰明辨黠 能得翰林意 尤善事謝夫人.

29) 241면. 翰林所以置此身 徒爲嗣續 今若生女 反不如不生.

그녀를 불러 타이르게 된다. 운을 떼면서 "낭자가 탄 가야금 소리는 실로 아름답구려. 그렇지만 나와 낭자는 정의(情誼)가 형제요 의리인즉 벗이라. 이제 한 말씀 드리려 하오."라면서 정중한 태도를 취하고, 말을 마치면서도 "내가 낭자를 아끼기에 말한 것이니 이후에 내가 잘못을 하게 되면 낭자도 또한 직언하고 숨기지 말아야 하오."라고까지 부탁한다.30) 사씨의 이 같은 정중함은 교씨와의 관계에서 일말의 오해도 생기지 않게 하려는 배려이다. 사씨가 타이른 요점은 교씨가 탄 가야금 곡조나 노래는 그 시대나 그 인물에 하자가 있기에 좋은 음악[雅調]이 아니라는 것이다.

이에 교씨는 "이제 부인께서 정도로써 가르치신 [은혜를] 입었사오니, 첩이 마땅히 뼈에 새겨 잊지 않겠나이다."31)라고 대답하는데, 이 말에는 이면적인 의미가 내포되어 있다. 겉으로는 사씨의 올바른 가르침을 명심하겠다는 말이지만, 속으로는 사씨의 꾸짖음에 대해 앙심을 품겠다는 말이기도 하다. '네가 날 꾸짖었어? 어디 두고 보자.'는 식이다. 교씨의 이러한 마음가짐은 그날 저녁에 유한림에게 사씨를 모함함으로써 바로 표면화된다.

　　오늘 아침에 부인이 첩을 불러 꾸짖으시기를, '상공이 너를 취함은 다만 후사를 잇기 위해서이지 집안에 미색이 없었기 때문이 아니었다. 그런데도 네가 밤낮 용모나 꾸미고, 듣자니 또 음란한 소리와 악곡으로써 남편의 마음과 뜻을 고혹하여 돌아가신 소사의 가풍을 무너뜨린다

---

30) 244-245면. 娘子琴聲信美 而吾與娘子 情惟兄弟 義則朋友 今欲爲一言……吾愛娘子
　　故言之 此後吾有過失 娘子亦宜直言無隱.
31) 245면. 今蒙夫人敎之以正 妾當鏤骨不忘.

하니 이는 죽을 죄다. 내가 네게 잠시 경고하마. 네가 만약 고치지 않으
면 내 비록 잔약하나 아직껏 여태후가 척부인의 손발을 자른 칼과 벙어
리로 만든 약이 있으니 너는 삼갈지어다.'라고 하셨습니다.[32]

사씨가 그렇게도 정중하게 타이른 말이 이렇게 엄청난 모함으로 바뀌
었다. 어투의 현격한 왜곡 외에도 위의 모함에는 몇 가지 주목할 만한 점
이 있다. 첫째, 교씨의 자기 인식이 깔려 있다. '후사를 잇기 위해' 유문에
들어왔음을 언급하는 한편 자신의 '미색'을 은연중 강조하고 있다. 둘째,
사씨의 의식을 교묘히 이용하고 있다. '음란한 소리와 악곡'은 사씨가 타
이르면서 '아조(雅調)가 아니'라고 했던 말을 변용한 것이며, '남편의 마음
과 뜻을 고혹함'과 '돌아가신 소사의 가풍을 무너뜨림'은 사씨가 두부인
과 함께 내심 걱정했던 점이다. 셋째, 여기에 교씨가 황당하게 지어낸 말
이 덧붙여진다. '손발을 자른 칼과 벙어리로 만든 약'이 그것이다. 첫째와
둘째는 교씨가 자신뿐 아니라 사씨의 현실적 처지까지 인식한 바탕 위에
서 야비한 어투나 문구의 과장을 통해 모함을 하였음을 말해 준다. 셋째
와 같은 터무니없는 비약은 첫째와 둘째의 연장선상에서 가능한 것이다.
결국, 교씨의 모함은 그 사람이 놓인 현실적 처지에서 마음을 어떠한 방
향으로 움직이느냐에 따라 선악이 드러나게 됨을 보여 주고 있다.

따라서 자신의 현실적 처지를 제대로 인식했다고 하여 교씨의 인물
형상이 현실주의적 시각에서 그려졌다고 추켜세울 일만은 아니다.[33] 교

---

32) 246-247면. 今朝 夫人召妾責曰 相公之取爾 只爲嗣續 非爲家中之乏美色也 而爾乃日
夜冶容 聞又以淫亂之聲樂 蠱惑丈夫之心志 以壞先少師之家風 此死罪也 吾姑戒爾 爾
若不悛 吾雖孱 尙有呂太后斷戚夫人手足刀及瘖藥 爾其愼哉.
33) 근래의 논의는 대부분 교씨의 현실적 성격을 작품의 성과로 들고 있다. 다만,

씨의 악한 행실이 드러나는 시점까지는 어느 정도 현실성을 띤다고 할 수 있지만, 사씨를 몰아낸 다음에 보이는 작태에서 그녀의 현실 감각을 읽어내는 것은 거의 불가능하다.[34] 교씨가 철저히 현실주의적 인물로 그려졌다면 당연히 유연수의 정실이 된 다음 그녀가 그렇게도 바라던 부귀영화를 마음껏 누렸어야 한다. 교씨는 현실적 인물이라 볼 수 없다. 오히려 악의 화신으로 그려졌다는 점에서 관념적인 인물형이다. 작품이 추구한 문제, 곧 사람의 마음이 어떻게 악으로 치닫게 되는가 하는 점을 섬세하게 형상화한 인물이 교씨인 것이다.

이 사건으로써 교씨의 악한 성격이 독자들에게 뚜렷이 각인된다. 이후 벌어지는 사건들에서 교씨는 악인으로서의 면모를 유감없이 발휘한다. 이제 작품의 초점은 악인에 의해 선인이 어떻게 악의 구렁텅이로 빠져드느냐 하는 점으로 옮겨간다. 필자가 보기에 작가가 가장 심혈을 기울여 그려낸 것이 바로 이 점이다. 악으로 빠져드는 과정에서 나타나는 미세한 기미의 변화가 탁월하게 형상화되었기 때문이다.

위의 모함을 들은 유한림은 '마음이 심히 놀랍고 의아스러워,'[35] 아마도 비복의 참언 때문에 사씨가 잠시 노하여 한 말일 것이며, 또 사씨가 교씨를 해치려 한들 자기가 있으니 어찌 하겠느냐며 위로한다. 이미 유한림의 마음이 동하여 사씨의 노함 및 사씨가 교씨를 해치려는 의사가 있음을 부지불식간에 인정한 꼴이 되고 말았다.

박일용, 앞의 논문, 222면에서 '교씨의 욕망 추구 과정……은 당대의 현실과는 상당히 거리가 있는 것'이라 하여 그에 대해 비판하고 있다.
34) 이에 대해 김현양, 앞의 논문, 100면에서는 '편집증적 욕망 추구의 기질'로 설명하였다. 편집증을 앓는 인물에게서 현실적 성격을 읽어내기는 어려울 것이다.
35) 247면. 心甚驚訝.

그 후 사씨가 아들을 낳자 교씨는 더욱 불안을 느끼던 차에 동청이 유문의 서기로 들어옴으로써 우군을 얻게 된다. 교씨, 납매, 동청 세 사람이 획책하는 일들은 모두 유문과 사씨에게 피해를 주는 악행들이었다. 그 악행의 양상이 교묘하여 흥미를 자아내지만, 작품의 주안점은 그러한 악행에 대처하는 유연수의 행동 및 마음의 변화에 있다. ① 화원 사건 이후, 사씨가 쫓겨나기 전까지 교씨 일당이 저지른 사건들로, ② 사씨의 필적을 베껴 교씨와 장주를 저주하는 글을 만들어 일부러 들킴, ③ 옥지환을 훔쳐내어 산동을 순무하던 유연수에게 사씨가 부정을 저지른 것처럼 고함, ④ 장주를 압살하고는 사씨에게 덮어씌움 등이다.

유한림은 이미 ① 화원 사건을 빌미로 한 교씨의 모함으로 인해 사씨에게 일말의 의심을 품고 있었다. 그러다가 ② 저주 사건이 터지자 '드디어 크게 의심이 생겨' 사씨가 투기를 한다고 믿는 데에 이른다. '이로부터 사씨를 대하는 뜻이 문득 엷어졌으나, 단지 꾹 참으면서 드러내지 않을 따름이었다.'36) 유한림는 바야흐로 선악에 대한 판단이 흐려졌을 뿐더러 선에 대해 크게 의심하게 된 것이다.

③ 옥지환 사건은 교씨 일당이 치밀한 계획 하에 이루어낸 일이다. 만약 그 사태에 두부인이 개입하지 않았다면 이로써 사씨는 쫓겨나고 말았을 것이다. ①과 ②를 경험한 유한림이기에 자신이 직접 보고 들은 ③은 지금껏 억누르고 있던 의심을 극도로 증폭시켰다. 이 대목에서 작가는 유한림의 마음이 동요하는 양상을 매우 미묘한 필치로 그려내고 있다.

---

36) 255면. 遂生大疑……自是 待謝氏之意頓薄 但忍而不發而已.

한림이 이미 소년(냉진-인용자 주)의 말을 들은지라 드디어 의심스
럽지 않는 바가 없었다. 옥지환이 또한 어찌 비슷한 것이 없을까 보냐
고 생각하기도 하였으나 끝내 마음을 평안히 할 수 없었다. 반년 동안
에 국가의 일을 마치고 천자께 복명하고 집에 돌아왔다.……문득 말투
나 얼굴빛이 변하는 것도 깨닫지 못하고 사씨에게 물어 이르기를, "전
에 부인이 돌아가신 아버님께 받은 옥지환이 어디에 있소?"……사씨가
놀라 이르기를, "분명히 여기다 넣어두었는데 이제 어디로 없어졌을꼬?"
하니, 한림이 더욱 얼굴빛을 바꾸며 말을 하지 않았다. 사씨가, "상공께
서 옥지환이 간 곳을 잘 아시는가요?" 하자, 한림이 "부인이 이미 남에
게 주고서 어찌 내게 묻소!"라 하였다. 사씨는 한림의 말투와 기색이 갑
작스레 변함을 보고 당황하여 말을 낼 수 없었다.[37]

앞서 ①, ②를 겪으면서 유한림의 마음에 쌓인 의심이 여기서 폭발되
었다. 이로 인해 부부간에 지켜야 할 예의의 마지막 선을 넘어섰다. 이
제 유한림은 '발연변색'하였고 그러한 남편의 태도에 사씨는 '당황하여
말을 낼 수 없는' 지경에 이른다. 부부 관계가 파탄에 이른 것이다. 질
투, 증오, 분노 등 악한 마음이 유한림의 말투와 얼굴빛에 나타나는 양
상이 아주 섬세하게 묘파되어 있다.

여기에 교씨는 교묘한 말로써 유한림의 마음을 더욱 악으로 내몬다.
③은 마침 두부인이 들어와 유한림을 엄하게 꾸짖음으로써 무마되는데,
이에 대해 교씨는 "그러나 두부인 본인께서도 또한 공평하지 않으시니,

---

37) 259-260면. 翰林旣聞少年言 遂無所不疑 又謂玉環亦豈無相似者 然終不能平心 半年
而王事畢 復命於天子歸家……忽不覺辭色之變 問謝氏曰 夫人前所受於先人玉環 安
在……謝氏驚曰 分明藏於此 今何亡也 翰林益變色不語 謝氏曰 相公寧知玉環去處乎
翰林曰 夫人已遣人 而何問我 謝氏見翰林辭氣勃然 錯愕不能出言.

사씨를 추켜세우기는 너무 지나치게 하는 반면 상공을 깎아내리는 데는 여지를 두지 않으니까요."38)라면서 은근히 두부인을 힐책한다. 이는 유한림과 두부인을 이간하려는 속셈에서 나온 말이다. 그렇지만 두부인에 대한 유한림의 마음을 돌려놓을 정도는 되지 못하였다. 작가는 선인이 악에 빠진다 하더라도 부모자식 관계까지 무너뜨리는 지경에는 이르지 않는 반면, 악인은 그렇게 할 수 있는 것으로 그리고 있다. 후자의 측면이 사씨를 쫓아내는 데 결정타가 된 사건 ④이다.

두부인이 멀리 떠난 틈을 타 교씨 일당은 ④ 압살 사건을 조작해 내는 바, 이로써 악인이 어디까지 악행을 저지를 수 있는지가 적나라하게 드러난다. 사실 한 사람의 투기나 사통 같은 것은 인간 자체의 성품과 행실에 달린 문제이다. 그에 비해 부모자식 관계는 하늘이 부여한 기강 즉 천륜(天倫)이다. 교씨 일당은 바로 천륜을 허무는 일대 죄악을 범하는 것이다. 여기서도 교씨는 유한림의 마음을 격동시키는 발언을 한다.

"오늘 장주가 죽었으니 내일은 제게 미칠지니 차라리 제 스스로 죽겠나이다. 누가 나를 구해 주리오? 상공께서는 이미 투부와 해로하고자 하셨으니 속히 첩을 죽이시어 투부의 마음을 기쁘게 하시지요. 첩은 만 번 죽더라도 여한이 없지만, 염려하는 바는 투부가 본래 다른 사람과 사통하였으니 상공께서도 또한 다음에 그 독수를 면하지 못하리라는 것뿐입니다."……한림이 벌컥 화를 내면서 이르기를, "투부가……"39)

---

38) 262면. 然杜夫人亦自不公　其褒獎謝氏太過　而貶薄相公無餘地.
39) 269면. 今日掌珠死　明日及於我　我寧自死　誰救我也　相公已欲與妬婦偕老　請速殺妾
　　令妬婦快心　妾雖萬死無恨　所憂　妬婦本與人有私　相公亦以次　不勉其毒手耳……翰林
　　勃然憤怒曰　妬婦…….

사씨와 해로하고자 했다는 것은 애초 사씨와의 혼인이 잘못되었음을 말함이요, ③옥지환 사건을 상기시킨 것은 질투심과 분노를 극도로 자극한 것이다. 이에 유한림은 '발연 분노'하여 교씨가 사씨를 욕하면서 칭했던 '투부(妬婦)'라는 말을 그대로 받아서 쓰면서 사씨를 매도하게 된다. 이리하여 결국 사씨는 유문에서 쫓겨나고 만다.

이렇듯 이 작품은 악이 드러나는 기미, 악으로 빠져드는 양상이 깊이 있고 섬세하게 그려져 있다. 이와 관련하여 다음과 같은 독자의 언급을 참조할 만하다.

> 집안을 가지런하게 하는 길은 어렵다. 은미한 것을 막지 않으랴? 조금씩 진행되는 것을 막지 않으랴? 공자 이르기를, '스며드는 분노와 살갗에 닿는 참소는 천하에 지극히 총명한 이가 아니라면 누가 능히 알 수 있으랴?' 하였다.……『주역』에 이르기를, '서리를 밟으면 굳은 얼음이 이르리라' 한 것이 이를 말함이다. 집안이나 국가적인 [일을] 처리하는 자 경계하고 조심하지 않으랴?[40)

'은미함(微)'과 '조금씩 진행되는 것(漸)'을 본고에서는 마음의 기미가 변화하는 양상이라고 이해한 셈이다. 그리고 아래의 인용문을 통해 독자 뿐 아니라 작가 역시 마음의 기미에 대해 늘 염두에 두고 있었음을 짐작할 수 있다.

---

40) 이금희, 앞의 책, 57-59면. 齊家之道 難矣 微可不防耶 漸可不杜耶 孔子曰 浸潤之愬 膚受之譖 非天下至明 孰能知之有……易曰 履霜堅氷至 此之謂也 有家有國者 可不 戒愼哉.(太史公曰, 국립중앙도서관 소장, 1884년 필사)

　　낌새라 하는 것은 성인(聖人)이 가장 삼가는 것이니, 천지의 조화로 말하면 음과 양이 꺼지고 자라나는 낌새가 있고 심학(心學) 공부로 말하면 선과 악이 싹터 움직이는 낌새가 있고 나라의 다스려짐과 어지러움으로 말하면 어진 이와 사특한 이가 나아가고 물러나는 낌새가 있는 법입니다.……『주역』에 말하기를, '서리를 밟으면 굳은 얼음이 이르리라' 하였으니, 무릇 서리를 밟는다고 해서 반드시 갑자기 굳은 얼음이 이르는 것은 아닌데도 그 말이 이와 같은 것은 그 낌새를 삼가지 아니할 수 없겠기 때문입니다.[41]

김만중이 현종에게 『심경(心經)』을 강의하면서 마음에서 선악이 움트는 기미의 문제를 논하고 있다. <사씨남정기>에서 마음의 기미가 탁월하게 형상화된 것은 작가 김만중이 오랫동안 품고 있었던 인간 심성에 대한 문제의식의 소산이라 하겠다.

4. 사건 전개의 세 축

김춘택의 아래 언급에 요약되어 있듯이, <사씨남정기>의 줄거리는 사씨의 선, 교씨·동청의 악, 유연수의 개과라는 세 축으로 구성된다.

　　독자가 한탄하고 흐느끼지 않을 수 없는 것은 사씨가 어려움에 처하여 [보여 준] 절개, 유한림이 허물을 고친 아름다움이 모두 하늘에 바탕하고 본성에 갖추어져서 그러한 것이 아니겠는가? [독자가] 분통해 하고 눈을 흘기는 것 또한 교씨와 동청의 악함 때문이 아니겠는가?[42]

---

41) 김병국·최재남·정운채 역, 『서포연보』, 서울대출판부, 1992, 48면. 원문은 같은 책, 270면 참조. 이 책에서는 원문의 '幾微'를 '낌새'로 번역하였다.

선악의 대립 구도 하에 작품이 결구되었다면, 고전 소설의 일반적인 특성에 따라 악의 파멸과 선의 승리, 곧 복선화음의 공식에 따라 사건이 전개될 터이다. 이 같은 공식성, 상투성을 들어 작품의 가치를 깎아내릴 수도 있다. 그러나 그려내기에 따라 복선화음의 주제가 얼마나 삶의 진실을 담을 수 있는지 이 작품은 잘 보여 준다.

4.1. 선의 길

사씨는 선하고, 선하기 때문에 곤경에 처한다. 사씨는 흔히 오해되듯이 수동적, 소극적인 모습을 띠고 있지 않다.43) 애초부터 그녀는 강직한 성품의 소유자로 등장한다.

> 다만 주파의 말에 의심스런 것이 있습니다. 소녀가 듣건대, 군자는 덕을 귀하게 여기고 색을 천하게 여기며, 숙녀는 덕으로써 남[의 집]에 [들어]가며 색으로써 남을 섬기지 않는답니다. 이제 주파는 먼저 색부터 칭하니 소녀가 적이 부끄럽게 여깁니다. 또 유씨 집의 부귀를 매우 떠벌리면서도 돌아가신 [아버지] 급사의 성한 덕은 칭찬한 바 없습니다. 혹시 주파가 사람됨이 미천하여 소사의 뜻을 잘 전하지 못해서일까요? 그렇지 않다면 유소사를 어진 사람이라 이르는 것은 자못 망녕됩니다.44)

---

42) 221면. 讀之者無不咨嗟涕泣 豈非感於謝氏處難之節 翰林改過之懿 皆根於天具於性而然者 其憤痛裂眦 又豈不以喬董之惡哉.

43) 사씨를 수동적 인물로만 이해해 온 점은 지연숙, 앞의 논문에서 재고된 바 있다. 그러나 이 논문은 결과적으로 사씨를 현실적 이익을 추구하는 인물, 유교적 관점에서 보면 '소인'의 형상으로 파악했다는 점에서 작가의 의도와는 거리가 있는 듯하다.

44) 232면. 惟朱婆之言 有可疑者 小女聞 君子貴德而賤色 淑女以德適人 不以色事人 今朱婆先稱色 小女竊恥之 且極誇劉家富貴 而我先給事盛德 則無所稱焉 或者朱婆人微 不能善傳少師意歟 不然 則謂劉少師賢者 殆妄矣.

사씨는 자신과 자기 집안의 덕망을 내세워, 유문에서 청혼하면서 저지른 비례(非禮)를 당당하게 꾸짖고 있다. 그녀의 강직성은, 앞서 인용한 바, 유소사와 문답하면서 부부 사이의 면정과 책선을 다짐하는 데에서도 잘 나타난다. 이러한 성격은 그녀로 하여금 시세(時勢)에 대해 비분강개한 심정을 토로하게 만든다.

> 첩이 어찌 감히 고인을 바라겠습니까? 그렇지만 적이 근세 부녀자들을 보건대, 인륜과 성현을 깔보고 구고께 불순하고 남편에게 불경하며 오직 질투를 일삼으며 남의 집을 어지럽히고 남의 제사를 끊는 것을 첩이 실로 분하고 부끄럽게 여깁니다. 비록 사람됨이 미천하여 시속을 교화하지는 못할망정 또한 어찌 차마 잘못을 본받겠습니까? 남편이 만약 그 몸을 스스로 천하게 다루어 부정한 미색에 빠진다면 첩이 비록 노둔하나 마땅히 혐의를 무릅쓰고 힘써 간할 것이니, 이 또한 도리가 그런 것입니다.[45]

첩을 들이는 데 반대하는 두부인을 설득하는 말이다. '남의 집을 어지럽히고 남의 제사를 끊는' 시속 부녀자들에 대해 비분강개해하는 이 말 속에서 당대 여성에 대한 작가의 목소리를 직접 듣는 듯하다. 이렇듯 강직하였기에 사씨는 심한 도전을 받게 되고, 결국 출척되어 유랑하다가 좌절 끝에 자살 직전까지 이른다.

그런데 위 인용문의 처음과 끝에 나온 '고인(古人)'과 '도리(道理)'가 이

---

45) 239면. 妾何敢望古人 然竊見近世婦女 蔑倫侮聖 不順舅姑 不敬丈夫 惟以嫉妬爲事 以亂人家而殄人祀者 妾誠憤而恥之 雖人微不能化俗 又何忍效尤哉 丈夫若自賤其身 溺於不正之色 則妾雖駑 當冒嫌而力諫 此亦道理然也.

작품에서 설정한 선의 기준이 된다는 점에 주목해야 한다. 사씨의 선은 역사상의 충신열사와 비견되는 동시에 천명, 천리로 간주된다. 이 점을 극적으로 형상화함으로써 작가는 자신의 이념을 작품 속에 농축시켜 놓았다. 바로 회사정 통곡과 황릉묘 몽유 장면이 그것이다.

유랑 중 '천고에 애끓는 곳'[46]인 동정호 어귀에서 두부인이 장사를 떠났다는 소식을 접하자 사씨는 죽음을 결심하게 된다.

> 이 땅은 곧 옛날 충신이 참소를 받아 물에 투신하여 죽은 곳이지. 구고 신령께서 내게 죄가 없음이 고인과 같다는 것을 아셨나 봐. 그러기에 나로 하여금 이곳에서 스스로 떨어져 죽어 그 절개를 온전히 하여 고인과 더불어 이름을 나란히 하도록 하셨으니, 어찌 우연이랴.[47]

고난의 극점에서 사씨 = 고인의 등식을 성립시키면서 작품에서 추구한 선이 곧 역사의 이념임을 보여 주고 있다. 다시 말해, 충·효·열 등의 이념을 실현한 역사적 위인들과 허구적 인물 사씨를 등치시킴으로써 작품의 이념을 극적으로 드러낸 것이다.

위와 같이 생각한 사씨는, 앞서 인용한 바, '창천(蒼天)'을 부르짖으며 복선화음의 이치가 역사 현실에서는 어긋난다고 탄식한다. 그리고는 '부모와 구고의 신령이시여, 편히 [하늘] 위에 계시어 소녀의 정신과 혼령을 이끌어 함께 노닐게 하옵소서!'[48]라고 축원한다. '부모와 구고 –

---

46) 285면. 千古斷腸地.
47) 286-287면. 此地卽古忠臣遇讒 投水而死之處也 舅姑神靈 知我之無罪如古人 故使我
　　於此自投而死 以全其節 與古人齊名 豈偶然哉.
48) 287면. 父母舅姑神靈 洋洋在上 乞引小女精魂 與之同遊.

고인 - 하늘'로 이어지는 계보가 곧 작품이 추구한 선의 계보이다. 하늘로부터 부과된 선은 역사상 충신열사들에게서 실현되었고, 세상을 떠나 하늘에 존재하는 부모와 구고의 신령이 사씨의 선함을 입증한다. 그리고 그 선은, 꿈속에서 이비가 사씨에게 '부인은 어찌 저들(교씨 일당-인용자 주)과 더불어 옳고 그름을 다투려 하오?'[49]라고 한 말에서 드러나듯이, 비교의 대상이 있을 수 없는 절대선이다.

이렇듯 사씨의 역정을 통해 작품은 천도와 어긋나는 역사 현실을 문제 삼았고, 속악한 역사 현실에도 불구하고 천도는 절대선으로 존재한다는 점을 주장하고 있다. 이를 두고 관념적이라고 할 수는 있어도, 고전 소설에 대한 당대의 일반적 비판인 허황되다거나, 작품에 대한 현대의 평가인 현실적이라고 하기는 어렵다. <사씨남정기>는 선의 이념을 진지하게 추구한 관념적인 소설인 것이다.

4.2. 악의 길

마음이 악의 방향으로 틀어지자 악은 거침없이 자기를 전개해 나간다. 악이 또 다른 악을 낳고, 한 악인의 죄는 또 다른 악인의 죄로 이어진다. 동청이 교씨에게 장주를 죽이라고 사주하면서, '낭자의 형세는 호랑이 등에 올라탄 것과 같소이다.'[50]라고 한 말이 이러한 양상을 대변

---

49) 292면. 夫人何足與彼爭曲直乎.

50) 266면. 娘子之勢 如騎虎. 이 밖에도 호랑이를 교씨 = 악의 상징으로 표현한 예가 더 있다. '[설매가] 자기 팔뚝을 내어 한두 군데 불로 지진 곳을 보여 주면서 이르기를, "어머니의 품을 버리고 호랑이 아가리로 들어갔으니 되려 누구를 원망하겠나이까?"(出其臂 示一二灼處曰 去母懷歸虎口 尙誰咎哉)'(311면) ; '사부인이 시랑에게 조용히 임씨 여자에 대해 말하면서 첩을 삼도록 권하며 이르기를, "첩은

해 준다. 한번 호랑이 등에 올라탄 이상 호랑이가 달려가는 대로 몸을 맡길 도리밖에 없다. 작가는 악의 이와 같은 속성에 주목하여 문학적으로 훌륭하게 형상화하였던 것이다.

사씨가 쫓겨난 이후 교씨 일당이 저지른 악행은, ① 사씨를 납치하려다 미수에 그침, ② 엄숭에게 밀고해 유연수를 귀양 보냄, ③ 호타하에서 사씨의 아들 인아를 죽이도록 사주함, ④ 해배되어 무창으로 가는 유연수를 죽이려 함, ⑤ 냉진이 동청을 밀고하여 죽인 후 그의 재물을 빼앗아 교씨와 함께 달아남 등이다. 교씨는 동청과 결탁하여 더욱 대담한 악행을 저지르고, 동청은 자신의 야욕을 이루기 위해 무고와 착취를 일삼고, 동청이 죽자 냉진이 교씨를 데리고 도망한다. 교씨, 동청, 냉진으로 악의 사슬이 이어지는 것이다.

그런데 악의 길은 악이 지닌 자기모순의 확대 과정이다. 옥지환 사건이 일어난 다음 두부인이 옥지환의 소재를 탐문하자 교씨 일당은 전전긍긍해 하다가 결국 압살 사건을 일으킨다. 납매가 설매를 매수하여 옥지환을 훔쳐내었는데, 그 일을 빌미로 설매를 협박하여 압살 사건에 다시 끌어들인다. 쫓겨난 사씨가 구고 묘하에서 지내자 교씨 일당은 후일 근심이 될 것이라며 냉진으로 하여금 사씨를 납치하도록 시킨다. 유한림이 점차 총명을 되찾기 시작하자 자신들의 악행이 탄로 날까 두려워하다가 그가 쓴 시를 빌미로 엄숭에게 밀고한다. 이때 나눈 교씨와 동청의 대화 속에 악의 자기모순이 단적으로 나타나 있다.

곧 호랑이에게 물렸던 자인데, 임씨의 덕성에 실로 의심스러움이 있다면 어찌 감히 잘못 천거하겠나이까?" 하였다(謝婦人從容言林女於侍郞 勸以爲妾曰 妾是傷於虎者 林氏德性 苟有可疑 何敢誤薦).'(332면).

동청이 이르기를, "우리 두 사람이 한 일을 사람들이 모르지 않지만 감히 한림에게 알리는 자가 없는 것은 부인을 두려워하기 때문일 뿐이오. 이제 한림의 뜻이 한번 바뀌면 부인을 참소하는 자가 구름처럼 모여들 테니 우리 두 사람은 죽을 처소도 없을 것이오." 하니, 교씨 이르기를, "일이 이미 이에 이르렀으니 어떻게 해야 화를 면할 수 있을까?" 하였다.51)

악이 악을 낳는 것은 이전의 악행이 발각되지 않도록 새로 악행을 저지르기 때문이다. 악 자체에 이미 또 다른 악을 배태하고 있는 바, 악은 아무리 그럴 듯하게 포장하더라도 자체 내에 모순을 안을 수밖에 없는 법이다. 김춘택이 보충해 넣은 <두부인여유한림서(杜夫人與劉翰林書)>에 다음과 같은 구절이 있다.

천하의 일에 서로 기약이나 한 듯한 것은 곧 간악한 이의 소행이지. 동청[에서 만난] 소년은 빠르지도 않고 늦지도 않게 현질과 여관에서 만나서 현질에게 옥지환을 보여 주었네. 이렇게 된 까닭이 무엇이겠나?52)

악인이 벌인 일은 서로 기약이나 한 듯이 딱 들어맞도록 꾸며져 있다. 그렇지만 그것은 인위적으로 짜 맞춘 것이기에 찬찬히 살펴보면 모순이 드러나기 마련이다.

결국 악은 자기모순으로 인해 파멸로 치닫게 된다. 엄숭에게 뇌물을

---

51) 301면. 靑曰 吾兩人事 人非不知 而無敢以聞於翰林者 畏夫人故耳 今翰林之意一變 則讒夫人者 將雲集 而吾兩人死無處所矣 喬氏曰 事已至此 何以則可免於禍.
52) 345면. 天下之事 若有相期者 是姦之所行也 東昌少年不先不後 與賢姪遇於逆旅 以玉環示賢姪 此其故何也.

써서 태수가 된 동청은 폭압과 착취를 자행하다가 엄숭의 몰락과 냉진의 밀고로 죽는다. 냉진은 재물을 모두 도둑맞고 비참한 처지에 빠진 터에 어린 공자를 꾀었다가 곤장을 맞고 죽는다. 교씨는 동청과 냉진을 거쳐 창녀로 전락하였다가 다시 유문에 들어와 죽임을 당한다. 이들 외에 납매에게 매수된 설매는 자살하고, 하수인이었던 납매 역시 질투심 많은 교씨 손에 죽는다.

악의 파멸은 선인들에게 하나의 신조로 받아들여진다. 다시 만난 자리에서 유한림이, "동적이 계림의 태수로서 [나의 행방을 알려고] 귀를 세우고 있는데, 어찌 [동청의 세도가] 갑자기 변동하겠소?" 하자, 사씨가 "동청같이 악한 것이 어찌 오랫동안 패망하지 않을 리 있겠습니까?"라고 대답한다.53) 또한 악인 스스로도 자신의 파멸을 알고 있다. 사씨를 쫓아내고서도 불안하여 죽이려고까지 한 '교씨는 죄가 가득 차고 악이 끝까지 갔음을 스스로도 알고 있었다.'54) 더욱이 신령과 하늘까지도 악의 파멸을 선고한다. 황릉묘 몽유 대목에서 이비는 사씨에게 다음과 같이 위로한다.

> 저 부인을 참소하고 해치려 한 자가 비록 일시나마 뜻대로 되어 음란하고 사치스러우며 편안하게 즐거워하지만, 하늘이 장차 그 악을 두텁게 하여 죽이려는 것이니, 비유컨대 독사가 사람 해치기를 능사로 하고 벌레가 똥이 부끄러운 것을 모름과 같다오.55)

---

53) 321면. 董賊之守桂林屬耳　豈遽變動……惡如董青　寧有久不敗理.
54) 298면. 喬氏自知罪盈惡極.
55) 292면. 彼讒害夫人者　雖一時得志淫奢逸樂　而天將厚其惡而誅之　譬如蛇虺以害人爲能事　蟲豸不知糞穢之可羞.

이는 11회의 제목인 '소인은 악이 무르익어 몸이 죽고, 천도는 비운이 극한에 이르러 태운이 돌아오다'[56)]와 꼭 같은 뜻이다. 악은 나름대로 빈틈없이 일을 도모하여 바야흐로 '무르익고' 또 '두텁게 되지만', 그것은 언젠가 하늘이 파멸시킬 일시적 현상일 따름이다.

일반적으로 갈등의 낭만적 해결책이라고 평가되는[57)] 초월계의 개입 현상을 이러한 맥락에서 재고해 볼 수 있다. 구고 현몽 대목을 예로 들어 보자. 꿈에서 구고의 가르침을 들은 사씨가 자기를 데리러 온 사람에게 핑계를 대면서 시간을 끌자, 동청과 냉진이 다시 모의한다.

> 내 들으니 사씨는 지혜로운 사람이라네. 필시 답장한 후에 의심이 생겨서 성중으로 사람을 보내 탐지하고는 드디어 병을 핑계로 움직이지 않았을 게야. 저가 만약 우리의 일을 알게 되었다면 그 해가 적지 않을 테지.[58)]

사씨가 자신들의 일을 눈치 채지 않았을까 염려하는 동청의 추측이다. 악인의 간지(奸智)로도 사씨를 인도한 구고 현몽 사건을 알 턱이 없다. 그러므로 기껏해야 사씨가 현실적으로 취했을 법한 행동만 추측하고 만다. 이러한 예로 동청이 유연수를 귀양 보내고 나서 교씨와 함께 득의양양하게 즐기면서, '유한림이 비록 형벌에 죽지는 않았으나 어찌 열병으로 죽지 않을 수 있겠나?'[59)]라고 말하는 대목을 더 들 수 있다. 그들은 유연수

---

56) 318면. 小人惡稔身斃　天道否極泰來.
57) 박일용, 앞의 논문, 241면.
58) 281면, 吾聞謝氏智者　必生疑於答書之後　遣人城中探之　而遂稱病不動也　彼若知爲吾輩事　則其害不小矣.

가 병들 때 백의관음이 도와줄 줄은 꿈도 꾸지 못하는 것이다. 악인의 간지는 천도라는 선한 이치에 비하면 지극히 열등할 따름인 것이다.

이에 초월계의 개입을 낭만적 분식으로 이해하고 말 수는 없다. 천도는 선인이나 악인을 불문하고 인간의 지혜를 넘어서 있으며, 작품 전반을 지배하는 하나의 배경으로 설정되어 있다. 따라서 작품에서 천도의 구현 역할을 하는 구고, 백의관음, 이비의 현몽 등은 인간 이성 너머에 있는 더 큰 진리의 현현을 허구적으로 그린 것으로 볼 수 있다. 천도의 운행과 그것의 귀결점, 곧 복선화음의 이치에 대한 확고한 믿음이 초월계의 개입이라는 소설적 장치를 마련해 준 것이다. 다시 말해, 고전 소설의 일반적 주제인 복선화음이 소설의 형식까지 규제하였던 것이다. 그렇다면 초월계의 개입 현상은 낭만적일뿐더러 도덕적이기도 하다.60) 복선화음이라는 도덕성의 관철을 위해 초월계가 개입한 것이기 때문이다.

4.3. 개과의 길

천도는 오묘하지만 결국 선의 승리로 귀결된다는 점을 작품화하는 데에 유연수의 개과의 과정이 중심적인 의의를 지닌다. 주요 독자 중 한 사람인 이양오의 말이 이를 대변해 주고 있다.

> 사람이 일을 겪어보지 못하면 그 지혜를 기를 수 없다. 유연수가 일
> 이 변하는 곳을 두루 겪어보고 척연히 잘못을 깨닫는 뜻과 애연히 선으

---

59) 306면. 劉延壽雖不死於刑 豈能不死於瘴乎.
60) 이는 엄기주, 앞의 논문, 253면에서 '문제의 비현실적인 해결이 아니라 선을 극대화하여 강조하는 의미'라고 파악한 시각과 통한다.

로 옮기는 뜻, 이것이 노성하게 되는 효험이요, 재앙을 굴려서 상서로움
을 만드는 것이다.61)

　'각비천선(覺非遷善)'이 작품의 중요한 주제임을 지적한 것이다. 그런데
악에서 선으로 이행하는 과정이 악의 자기모순이 드러나는 과정과 교묘
히 연관되는 양상을 띤다는 점이 주목된다.
　사씨를 쫓아내기 전까지 교씨 일당의 악행은 '일의 기미가 은밀하여
아는 사람이 없었다.'62) 그러나 정실이 된 교씨가 유한림을 고혹하고, 혹
독한 형벌로써 노복을 제압하며, 수시로 동청을 불러들여 사통하는 등
악행이 극에 이르게 되어서는 '집안사람이 많이들 알았지만 다만 속으로
분통을 터뜨릴 뿐'63)인 상태가 된다. 이제 바야흐로 악의 자기모순이 극
대화되어 그 본색을 유연수에게까지 드러내게 될 시점에 이른 것이다.
　유한림이 예상보다 일찍 귀가하면서 사건이 벌어진다.

　시비 추향 등이 일부러 한림을 맞으며 이르기를, "부인께서는 백자당
에 계십니다." 하였다. 교씨는 한림이 돌아왔다는 말을 듣고 부리나케
일어나 자신이 직접 내당에 들어가니, 한림이 물었다. "백자당은 오랫동
안 청소도 안 했는데, 부인께서는 무슨 까닭으로 내당을 떠나 나가 주
무셨소?" 교씨가 대답하였다. "내당에서는 꿈이 번잡하여 혼자 자면 반

---

61) 李養吾, 「謝氏南征記後敍」, 『磻溪草稿』 권6, 人不閱事 則不得長其智 劉延壽之閱歷
　　事變處 惕然有覺非底意 藹然有遷善底意 此其爲老成之驗 而轉災爲祥者也.
62) 249면. 事機陰密 人莫有知者. 혹은, '세 사람(교씨, 동청, 납매—인용자 주) 모두
　　교활하여 일의 자취가 드러나지 않아 집안 사람들은 아득히 알지 못했다.(三人
　　皆黠 事跡不彰 家內之人 曚然未之知也)'(253면)
63) 298면. 家內人多知之 惟潛憤而已.

드시 귀신을 보게 될 뿐이지요." 한림이 이르기를, "나 역시 요즘 편안
히 자지 못했으니 마땅히 술사에게 물어야겠소."라 하였다.64)

교씨는 유한림이 밖에서 자는 날에는 정실이 되기 전에 묵던 백자당
에서 동청과 동침하곤 하였다. 유한림만 빼놓고 집안사람들 모두 그 사
실을 알고 있었다. 추향 등이 고해바친 것이 계기가 되긴 하였지만, 이
미 악의 본색은 드러날 만큼 드러나 있던 상태이다.

더욱 묘미가 있는 것은 교씨가 황망 중에 둘러댄 말이다. 나중에 서술자
가 설명하였듯이, 그녀의 말은 '불과 백자당의 간악한 자취를 갑작스레 가
리고자 한 것일 뿐이었다.'65) 그런데 술사에게 물어 침실의 벽을 허물자
주물(呪物)인 나무인형들이 많이 나왔다. 사씨가 집을 나간 후이기에, 예전
의 저주 사건 때는 사씨의 짓이라 여겼던 유한림이 이제 사씨 아닌 다른
사람의 소행임을 어렴풋이 알아챈다. 결국 교씨는 제 꾀에 제가 넘어간 꼴
이 되어, '그 요망하고 음란한 술책이 이로 인해 드러나게 되었다.'66) 악이
드디어 파멸의 조짐을 보이게 된 것이다. 이렇듯 줄거리를 극적으로 반전
시키는 이 장면은 작품에서 가장 정채 나는 대목 중 하나이다.

이 사건 이후 유한림은 점차 애초의 총명을 회복하기 시작한다. 때마
침 받은 두부인의 곡진한 편지로 인해 후회의 마음이 더해진다. 더욱이
동청으로 인해 귀양 가게 되자 사씨의 충고를 떠올리며 재차 자신의 어

---

64) 299면. 侍婢秋香等 故迎謂翰林曰 夫人在百子堂 喬氏聞翰林歸 急起自入內堂 翰林問
　　 曰 百子堂久不修掃 夫人何故離內堂而出宿也 喬氏對曰 內堂夢煩 獨宿必見鬼耳 翰林
　　 曰 吾亦近日 不能安寢 當問於術人也.
65) 300면. 不過倉卒欲掩百子堂姦跡耳.
66) 같은 곳, 其妖淫之術 因此發露.

리석음을 깨닫는다. 그러다가 해배되어 낙향하는 길에서 만난 설매가 실토를 함으로써 여태까지 진행된 사건의 전말을 알게 된다.

작중 인물 가운데 설매는 형세에 따라 선악을 오고간, 이른바 입체적·현실적 인물로 비치기도 한다.[67] 그러나 유한림과 사씨의 대화나[68] 김춘택이 덧붙인 <유한림영환사부인고선묘문(劉翰林迎還謝夫人告先廟文)>,[69] <사부인제춘방문(謝夫人祭春芳文)>[70] 등을 통해 볼 때, 설매에 대한 작가 및 독자의 평가는 냉랭하다. 설매는 어디까지나 악인형으로 인식된 것이다. 다만 설매에 의해 악인들 사이의 관계가 토로된다는 점은 유의할 필요가 있다. 다음은 설매가 실토하면서 했던 말과 서술자의 설명이다.

> 설매가 또 말했다. "교부인은 투기를 부리고 잔혹하였습니다. 시녀 중 간혹 남편을 가까이 하는 자가 있으면 문득 음학한 형벌로 죽였습니다. 첩 또한 죽을 날이 얼마 없습니다."[71]

설매가 처음에는 납매의 말을 듣고 교씨를 도와 악을 행하고 그 심복

---

67) 이상구, 앞의 논문, 283-289면에서 설매를 고전 소설에서는 찾기 힘든 현실적 인물로 보았는데, 이렇게까지 평가할 만한 인물인지 의문이다. 작품에서 설매는 유연수가 겪는 일련의 개과의 과정에서 기폭제 역할을 하는 데 머물러 있을 따름이다.

68) [유한림이] 또 말하기를, "납매가 장주를 죽이고서 설매를 꾀고 춘방을 끌어다 붙였다오." 하니, 사씨가 "과연 모두 설매의 탓이었군요." 하였다.(又言 臘梅殺掌珠 而誘雪梅援春芳 謝氏曰 果皆雪梅之故也)(318면)

69) '간악한 시비가 실정을 토로함이 마치 시킨 바 있는 듯 / 듣도 못한 바를 들으니 오랜 잠에서 깨어난 듯'(姦婢輸情 若有所使 / 聞所不聞 如覺久睡)(347면)

70) '아아, 지난 날 납매와 설매의 간악함이여! / 어린 아이를 죽여놓고 춘방 너를 내게 끌어다 붙이려 했구나.'(噫嘻曩者 二梅之姦 / 戕害孩稚 欲爾我援)(348면)

71) 311면. 喬夫人妬忌殘酷 侍女或有近於丈夫者 輒以淫刑殺之 妾亦死無日矣.

이 되었다. 그런데 동청이 여색을 좋아하여 자주 시비를 가까이 하자, 교씨가 투기하여 손수 몇 사람을 죽였다. 설매와 납매가 비록 공이 있었으나 여러 가지 꼬투리를 잡아 능욕하고 학대하면서 항상 죽이려 하였다. [이에] 설매는 스스로 후회하고 교씨를 원망하고 있던 차에 우연히 옛 주인을 만나자 마음에 품고 있던 바를 다 털어놓은 것이다.[72]

유연수가 완전히 회심하는 데 결정적인 계기가 된 설매의 실토는 일단 후회에서 비롯된 것이지만, 원래는 교씨에 의한 죽음의 위협 때문이었다. 곧, 악인들 내부의 모순 관계로 말미암은 것이다. 악의 자기모순이 선의 자기 회복으로 연결되는 양상이다.

사람은 스스로 겪어 보아야 깨닫는다는 평범한 진리를 바탕으로 형세에 따라 선악이 얽히는 미묘한 관계 속에서 유연수의 개과를 그려낸 것이다. 그리하여 악은 자기모순으로 인해 언젠가 파멸된다는 것, 그에 반해 선은 한때 침체될 수는 있으나 언젠가 반드시 회복된다는 것, 이 도저한 복선화음의 주제를 형상화하였던 것이다. 이로써 삶의 진실을 깊이 있게 담아낼 수 있었던바, 이는 선악이 미묘하게 얽히는 마음의 움직임에 대한 작가의 세심한 통찰력에 기인한 것이다.

5. 결 론

본고는 기존의 논의가 <사씨남정기>의 작품 성격을 다소 편향되게

---

72) 312면. 雪梅初聽臘梅之言 助喬氏爲惡 爲其心腹 而董靑好色 多近侍婢 喬氏妬忌 手殺 數人 雪梅臘梅雖有功 而侵虐百端 常欲殺之 雪梅自悔而怨喬氏 偶逢舊主 悉暴所懷.

이해하고 있지 않나 하는 문제의식에서 출발하였다. 작품의 줄거리를 분석하고 작가의 의식을 추론해 나가면서 이 작품은 사람의 마음에 내재한 선악의 문제를 집중적으로 다룬 일종의 심성 소설임을 논했다.

사씨의 선, 교씨·동청의 악, 유연수의 개과라는 세 축으로 사건이 전개되는 이 작품은 결국 복선화음의 주제를 담은 것이다. 그런데 작품의 명장면들을 면밀히 살펴보면 작가가 얼마나 진지하고 섬세하게 선악의 문제를 탐구했는지를 알 수 있다. 화원 사건에 이은 교씨의 모함 장면, 옥지환 사건으로 인한 유연수의 심경 변화 장면, 사씨의 회사정 통곡 및 황릉묘 몽유 장면, 백자당 사통 사실을 감추려는 교씨의 변명 장면, 설매의 실토 장면 등에서 선악의 미묘한 움직임과 얽힘이 탁월하게 그려졌음을 실감할 수 있다.

이 작품은 당대에 이미 명작으로 여겨졌는데, 위와 같은 주제의 보편성, 수준 높은 형상성 등을 고려할 때 정당한 평가였던 셈이다. 따라서 사대부 가문의 처첩 갈등이나 악인의 형상을 현실주의적으로 그려낸 점에서 작품의 가치를 찾는 관점은 재고될 필요가 있다. 그런 점이 다소 인정되지만, 본질적으로 이 작품은 관념적, 윤리적 성격의 작품이라는 점, 그에 따라 선악의 문제를 얼마나 진실하게 다루었는가가 평가의 기준이 되어야 한다. 본고는 <사씨남정기>가 선악의 문제를 삶의 진실성에 밀착하여 훌륭하게 작품화하였음을 보여 주고자 했을 따름이다.

1. 서 론

<유충렬전>을 읽다 보면 재미있게 이야기를 따라가면서도 번번이 헛웃음이 나오게 된다. 천자가 용상에서 몇 번씩이나 떨어지고, 유충렬이 혼자서 수십 수백만 대군을 무찌르고, 새로운 천자까지 되었던 정한담이 유충렬 앞에서 한없이 쭈그러든다. 인물들의 행동이나 대사가 어이없는 경우가 많고 내용이 서로 상충하는 부분도 여러 군데 보인다. 그러면서도 곳곳에서 인물들은 대로하고 분심직발하며 방성통곡한다. 서술자는 인물들의 이러한 감정 폭발에 대해 산천초목, 천지 귀신까지 공감한다는 식으로 강조하여 말한다. 작품 전체가 한바탕의 화풀이요 통곡이라고 해도 괜찮을 정도이다.

이 작품을 두고 당대 정치 현실의 반영,[1] 개인주의[2] 혹은 민중적 낙

---

1) 서대석, 『유충렬전』, 형설출판사, 1982, 159-175면 ; 성현경, 「유충렬전 검토」, 『고

관주의3)의 표출, 관념과 현실의 중층적 서술 시각4) 등을 논한 기존의 연구는 작품 해석을 심화시켰다. 그런데 이 작품이 보여 주는 논리적이지 못한 점들이 오히려 작품 이해에 필수적일 수 있다는 시각에서 해석할 여지가 있다. 곳곳에 나오는 어이없는 대목들을 덮어두고 작품을 읽기에는 그것이 차지하는 서술상의 비중이 상당하다. 이러한 면모를 포함하여 작품 전반의 서술 양상 및 그 의의를 살펴볼 필요가 있다.

조선 후기에 인기를 끌었던 대중 소설의 하나로서 그 대중성에 초점을 맞추는 것이 <유충렬전> 해석의 출발점이 된다.5) 본고는 작품의 여기저기에 보이는 불합리한 서술 내용을 그 자체로 살피면서 그렇게 되어도 무방하다고 여겼을 작가의 의식이나 독자의 반응을 상정한다. 합리적이지 못한 이야기를 읽거나 들었던 당대의 독자가 그 대신 무엇에 공감하고 몰입하였을까 하는 문제를 제기하는 것이다. 또한, 불합리한 내용이 많은데도 불구하고 작가가 일관되게 견지하는 가치가 작품에 담겨 있고 그것이 대중의 지지를 얻었을 것이라고 가정한다. 본고는 이 두 가지 문제에 대해 감성6)과 가족주의7)라는 개념을 통하여 논하기로 하겠다.

전문학연구』2, 1974, 55-57면 ; 이상구, 「유충렬전의 갈등구조와 현실인식」, 『어문논집』34, 고려대 국어국문학회, 1995, 60-61면.
2) 주명희, 「군담소설연구-고대소설의 문학적 가치의 구명을 위한 시도-」, 『국문학연구』23, 서울대, 1974, 63면, 78-79면.
3) 진경환, 「영웅소설의 통속성 재론-유충렬전을 중심으로 한 시론-」, 『민족문학사연구』3, 1993, 99면, 108면.
4) 박일용, 「유충렬전의 서사구조와 소설사적 의미 재론」, 『고전문학연구』8, 한국고전문학연구회, 1993, 270-274면.
5) 진경환, 앞의 논문, 93-98면 ; 박일용, 앞의 논문, 283-287면 ; 임성래, 「유충렬전의 대중소설적 연구」, 『연민학지』2, 연민학회, 1994, 423-430면.
6) 기존 논의에서 '눈물과 비탄'(서인석, 「고전소설의 결말구조와 그 세계관-홍길동

2. 서술의 두 방향

<유충렬전>은 사건을 서술해 나가는 서술자의 두 가지 지향이 서로
길항하고 있는 듯하다.

"……회수의 모친 일코 명나수의 부친 이러쓰니 ᄒ면목으로 셰상의
살아날고. 나도 흠긔 샌지리라." ᄒ고 물가의 나려가니, 츙열이 우름소
리 용궁의 사못찻넌지라 천신이 무심할가. 이씨의 영능 쌍의셔 사난 강
히주라 ᄒ난 지상이 잇스되……8)

이씨, 천자 됴정만과 옥시를 갓고 용동수의 샌지고자 ᄒ나 쏘흔 도망
홀 지리 업셔 ᄒ날을 우려려 탄식ᄒ긔를 마지 안이ᄒ더라.
　빅용사의 득갑주창검ᄒ고 송임촌의 득천사마ᄒ다
　각셜이라. 이씨 유츙열이 셔희 광덕산 빅용사의 잇셔 노승과 ᄒ가지로

전·구운몽·군담소설을 중심으로-, 『국문학연구』66, 서울대, 1984, 60-61면),
'반봉건적 흥분상'(진경환, 앞의 논문, 107-108면), '주정적 문체'(박일용, 「유충렬
전의 문체적 특징과 그 소설사적 의미」, 『영웅소설의 소설사적 변주』, 월인, 2003,
315면), '감정적 서술'(유준경, 「방각본 영웅소설의 문화적 기반과 그 미학적 특성
-구술적 성격을 중심으로-」, 석사논문, 서울대, 1997, 67면) 등의 지적은 <유충
렬전>에 편만한 주정적(主情的) 성격을 말한 것이다. 본고는 이 작품이 지닌 대중
소설로서의 본질적인 면모가 여기에 있다고 보고 논의를 전개할 것이다.
7) 가족 이산과 재회의 대칭적 구조는 서인석, 앞의 논문, 57면에 분석되어 있다. 이러
한 작품 구조로 인해 가족 문제는 매번 언급되어 왔는데, 최혜진, 「유충렬전의 문학
적 형상화 방식」, 『고전문학연구』13, 한국고전문학회, 1998, 135-136면에서는 '가
족주의'로. 김현양, 「유충렬전과 가족애」, 『고소설연구』21, 한국고소설학회, 2006,
325-329면에서는 '가족애'로 논의되었다. 온정적 성격의 '가족애'라는 용어보다는
가치관이자 이념으로서 '가족주의'가 작품에 대한 설명력이 더 높다고 본다.
8) <유충렬전>상, 김동욱 편, 『영인 고소설판각본전집』2, 인문과학연구소, 1973, 21
면. 앞으로 이 책에서 면수만 밝히고 인용한다.

지음이 되야 셰월을 보너더니, 잇써는 부흥 십삼년 추칠월 망간이라.9)

앞의 것은 어린 유충렬이 회사정에서 아버지의 필적을 보고 물에 빠져 죽으려던 차에 강희주가 구해 주는 대목이고, 뒤의 것은 천자가 전쟁에 져서 옥새를 가지고 물에 빠져 죽으려던 차에 유충렬이 구원하러 오는 대목이다. 절망적인 상황이 극한에 이르렀을 때, 반전을 일으키는 구원자가 출현하는 것이다. 어떻게도 해 볼 수 없는 막다른 상황에서 구원자가 출현하여 또 다른 사건으로 이어지는 것은 이 밖에도 많이 나타난다.

인용문에서 보듯이, 어떤 상황에 이르러 서술자가 스스로 나서거나 등장인물로 하여금 하늘을 두고 발언하게 한다. 이야기하는 내내 '하늘도 무심하지.'와 '하늘이 무심하랴?'의 두 발언이 교체, 반복, 길항한다. 이는 상황을 극한으로 몰고 가려는 의도와 이전 사건에서 다음 사건으로 나아가려는 의도가 맞서다가 전자에서 후자로 넘어가면서 이야기가 이어지는 양상이다. 곧, 장면 묘사에 치중하는 지향과 사건 전개를 추구하는 지향이 길항하는 가운데 사건들이 엮여 가고 있다.

전체적으로 장면 묘사를 늘려 가려는 지향이 우세하긴 하나 사건 전개를 위해 다음 사건으로 나아가기 위한 계기들도 계속해서 나오게 된다. 장면마다 감정이 고조되는데, 이는 서술자가 인물이 처한 상황을 극도로 비감하게 그림에 따라 인물들이 슬프고 원통하고 그래서 분노하고 적개심을 드러내기 때문이다. 그러다가 어떤 계기가 나와서 다음 사건으로 넘어가게 된다.

---

9) <유충렬전>상, 36면.

그런데 장면 묘사와 사건 전개 사이에 논리적인 연결이 취약한 대목들이 많이 보인다. 한 예로 강희주 유배 사건을 들 수 있다. 강희주가 유심을 구하는 상소를 올리자 정한담은 분노하고 천자는 처형하라는 명령을 내린다. 정한담이 강희주를 치죄한 후 저자로 내보내 처형하려고 할 '이씨의 천자 황퇴후난 강승상의 고모라. 승상 죽인단 말을 듯고 급피 천자게 드러가 낙누ᄒ여 왈, "드르니 강히주를 무삼 죄로 죽이난야? 친정 골육이 다만 늘근 강히주뿐이라. 셜사 죽일 죄가 잇다 ᄒ여도 날노 보와 죽이지 말고 원방의 유찬ᄒ기를 브러노라.'"10)고 한다. 처형 직전까지 강희주와 정한담 간에 극도의 갈등과 대치 국면이 펼쳐졌고 천자는 별다른 고려 없이 강희주의 처형을 명령하였다. 그러다가 강희주가 처형장으로 끌려가게 되어서야 그의 고모가 황태후라는 사실이 밝혀진다. 이후 사건은 강희주가 사형을 모면하고 귀양 가는 쪽으로 진행된다. 그렇다면 천자는 자기 어머니의 하나뿐인 골육도 알아보지 못한 얼빠진 인물일 따름이다.

이렇게 천자의 명령이 인물의 배경에 대한 아무런 고려 없이 즉석에서 내려지는 것은 각 장면마다 극단의 대치와 갈등을 조장하려는 서술자의 의도에 따른 것이다. 천자가 자기 어머니의 단 하나뿐인 혈육을 모르는 것이 강희주의 고난을 극단으로 끌고 가기에 오히려 적합하다. 이야기의 논리를 따라가는 독자라면 강희주의 극단적인 고난과 극적인 구원 사이의 연결이 엉뚱하게 여겨질 수 있겠으나, 두 사건 사이의 논리적 연결에 대해 서술자나 일반 독자는 별로 문제 삼지 않고 있다.

---

10) <유충렬전>상, 25면.

유충렬이 성장하여 위기에 빠진 천자를 처음 대면한 자리에서 신하로서는 감히 할 수 없는 독기 서린 말을 내뱉는다. 그동안 겪었던 고난과 불행의 궁극적인 책임이 천자에게 있으므로 유충렬이 쏟아 내는 원망과 분노의 말에 천자는 '후회막급 홀 말 업셔 우두건이 안자'[11] 있을 수밖에 없다. 이렇듯 둘 사이에 심리적 긴장이 고조된 국면에서, 적진에 사로잡혔던 태자가 느닷없이 탈신도주하여 천자 옆에 앉아 있다가 중재하는 것으로 서술된다. 작품 후반부에서 태자는 비중 있는 인물로 나오는데 그러한 인물의 극적인 탈출 사건을 단 한 줄로 말하고 나서 유충렬과 천자의 긴장을 완충하는 역할을 태자에게 맡겨 발언하도록 하고 있다.

이것도 유충렬과 천자의 긴장을 극대화하려는 서술자의 의도가 강해서 빚어진 현상이다. 서술자는 두 사람이 대면한 장면에서 유충렬이 천자에게 원망과 분노를 토해 내는 자리를 마련해 보았다. 사건을 이어가기 위해서 유충렬과 천자의 심리적 대결을 파국으로 몰고 갈 수는 없으므로 태자의 탈출과 중재를 방편으로 내세웠다. 장면에 치중하려는 의도와 사건을 전개하려는 의도가 부딪쳤을 때 전자가 강하게 작용하여 사건의 인과적, 합리적 전개를 고려할 사이 없이 끼워 맞추기 식의 사건 설정을 한 것이다.

이렇듯 <유충렬전>은 두 방향의 서술 의도가 서로 길항하면서 이야기가 진행되는 작품이다. 장면에 머물려는 의도와 사건을 이어가려는 의도가 서로 밀고 당기면서 영웅의 이야기가 펼쳐진다. 전반적으로 전자가 후자보다 강하게 작용하여 종종 후자에서 작동해야 할 인과성, 합

---

11) <유충렬전>하, 1-2면.

리성의 원칙이 무시되는 경향이 나타난다. 이것이 작품이 지닌 중요한 서술 미학적 특징이라 할 수 있다.

3. 장면 묘사와 감성

<유충렬전>의 서술자는 각 장면마다 인물의 감정 표출 양상을 중점적으로 그려 낸다.[12] 상황에 비해 과잉된 감정을 그리는 한편 그것이 극단으로 흐르는 모습을 묘사한다.

불공한 외적에 대해 유심은 화친론을, 정한담은 정벌론을 주장한다. 그런데 자신의 견해를 논리적으로 내세우기보다 감정적으로 서로 헐뜯고 다툰다. 유심의 말에서 비유가 잘못되었다고 트집을 잡은 정한담은 그것을 곧바로 역적질을 한 것에 갖다 붙인다. 결국 유심의 유배가 결정되자 두 사람은 상대에 대해 극단적인 분노를 표출한다.

> 주부 이 말을 드르미 분심이 창천ᄒ야 양구의 ᄒ는 말리, "너 무삼 죄 잇관ᄃᆡ 연북으로 간단 말가. 왕망이 섭정ᄒ미 ᄒᆞᆫ실리 미약ᄒ고 동탁이 작난ᄒ니 충신이 다 죽것다. 나 죽은 후의 너 눈을 ᄲᅦ여 동문의 놉피 달아 가달국 적장 손의 너의 머리 ᄶᅥ러지난 줄 완연이 보리라. 지ᄒᆞᆯ의 도라가되 오자서의 충혼이 붓그럽게 말나." ᄒᆞᆫ담이 이 말 듯고 분심이 창천ᄒ야 왈, "어명이 이러ᄒ니 무삼 발명ᄒᆞᆫ다?" ᄒ고 궐문의 드러가며 금부도사 지촉ᄒ여 "유심을 치질ᄒ야 연북으로 가라." ᄒ는 소리 성화갓치 지촉ᄒ니[13]

---

12) 박일용, 앞의 책, 306-310면 ; 유준경, 앞의 논문, 66-68면.

유심은 무죄한 자신에게 죄를 뒤집어씌운 정한담에게 '분심이 창(탱/충?)천하여' 간신으로 몰아붙이고, 정한담은 유심의 말에 '분심이 창천하여' 어명을 빙자해 유배를 재촉한다. 둘 다 상대에 대한 분노가 극에 달해 있다. 그런데 격분해서 한 말이라도 유심이 '내 눈을 빼어 동문에 높이 달아 가달국 적장 손에 너의 머리 떨어지는 줄 완연히 보리라.'고 한 저주의 말은 온당치 않다. 아무리 정한담이 간신일지라도 적국 가달의 장수 손에 아군 장수의 머리가 떨어지면 국가는 위태롭게 될 것이다. 이에 앞서 천자를 새알에 비유한 그의 망발과 별로 다르지 않은 발언이다.

태자는 적진과 대치하던 중 여덟 장수가 죽는 것을 보고 '불승분심'하여 말을 타고 싸우러 나간다. 진문 밖에서 "무도훈 남적 놈아, 천명을 거역ᄒ니 죄사무석이로다. 너의 진중의 정훈담, 최일귀 머리를 벼혀 명진중의 보닉난 지 잇스면 옥시를 견ᄒ리라."14)고 외친다. 전장에서 태자가 직접 싸우러 나가는 것도 그렇지만, 그가 한 이 말은 더욱 납득하기 어렵다. 나라의 통치권을 상징하는 옥새를 적장에게 넘겨준다는 것은 있을 수 없다.

이렇듯 유심, 태자 등이 부적절한 말을 하는 것은 그들이 분노에 휩싸여 있다는 상황 논리에 의한 것이다. 그들은 너무나 분하고 원통하여 사리를 따져보지 않고 하고 싶은 말을 막 한다. 분노가 온몸을 휘감아 버려 자신이 무슨 말을 하고 있는지 헤아릴 겨를이 없는 형국이라 하겠다.

중심인물인 천자나 유충렬도 감정에 휩싸여 있기는 마찬가지인데 말뿐 아니라 행동으로도 그러한 모습을 드러낸다. 천자는 국가의 존망이

---

13) <유충렬전>상, 7면.
14) <유충렬전>상, 33면.

위태롭게 되고 자신의 가족이 위험에 처할 때마다 놀라 용상에서 떨어진다. 그의 감정은 극도로 불안하여 상황에 따라 휘둘리는 것이다.

유충렬은 분노의 화신이다. 어릴 때 겪은 가족 이산의 아픔으로 인해 누군가 자신의 가족 혹은 천자의 가족을 해코지할 참이면 물불을 가리지 않고 혼자 나가서 무찌른다. 분노가 사무친 그의 앞에 세계는 존재하지 않는다.

> 황후는 티후의 목을 안고 티자는 황후의 목을 안고, 삼인이 흔 몸 되여 빅사장 너룬 들의 업더져 싸를 허부며 방성통곡ㅎ난 말리, "전싱의 무삼 죄로 빅발 노구 홍안 소부 어린 손자 압셰우고 되놈의게 잡펴와서 흔칼 씃티 다 죽으니⋯⋯."⋯⋯"여바라 호왕 놈아, 황후 티후 히치 말나!"⋯⋯천사마 눈 흔 번 쌈작이며 동문 티도 상의 장셩검이 불빗 되야 십 니 사장 널운 들의 오마티로 쏫인 군사 씨 업시 다 베이고, 성즁의 달여드러 궐문을 씨치고 문 안의 만조빅관 티칼의 뭇지리고, 용상을 쳐부시며 호왕의 머리 푸러 손의 감아쥐고 동문 티로의 급피 오니[15]

> 원슈 순식간의 달여드러 적진을 바라보며 벽역갓튼 소리를 천동갓치 지르며, "네 이 놈 가달왕아, 강승상을 히치 말나!" ㅎ며 적진 션봉을 헤쳐 가니⋯⋯장셩검 번기 되야 동천의 번듯ㅎ며 마철의 머리을 베이고 남천의 번듯ㅎ며 마웅을 베히고 즁왕(앙)의 번듯 마학의 머리를 베혀 들고 적진 빅만 티병을 순식간의 흡(흠)몰ㅎ고⋯⋯경각의 달여드러 호왕을 치니 통천관이 씨여지고 상토마자 업는지라.[16]

---

15) <유충렬전>하, 20, 22면.
16) <유충렬전>하, 32면.

십 리 사장에 정렬해 있는 군사들, 백만의 대군도 유충렬 앞에서는 힘 한 번 못 써 보고 추풍낙엽처럼 쓰러진다. 이는 유충렬의 마음속 분노가 통렬하게 표출되는 상징적인 모습이다. 유충렬이 얼마나 원망과 분노에 사무쳤으면 백만, 억만의 군사들이 안중에 없고 오직 자신이 목표로 한 인물의 구출에만 열을 올리는지가 극명히 드러난다. 이것은 유충렬의 영웅성을 과장하기보다 유충렬의 극단적 감정 표출에 초점을 맞춘 서술이다. 유충렬이 혼자서 펼치는 활약상은 세계에 대한 유충렬의 분노가 폭발한 것이다.

분노의 감정은 유심, 유충렬, 강희주 등 주동자에게만 있는 것이 아니라 정한담, 최일귀, 호국왕, 가달왕 등 적대자에게도 있을 뿐더러 그 정도에 있어서도 비슷하다. 정한담은 유심, 강희주에게 크게 분노하고 전장에서 유충렬과 대적하여 싸운다. 전장은 아군과 적군 모두 분노를 쏟아내는 마당이어서 맞붙는 장수들마다 대로하고 분기충천한다. 명분상으로는 충신과 역신, 명군과 오랑캐군 사이의 전쟁이지만 전쟁의 당사자들은 명분보다 당면한 적에 대한 한없는 분노와 적의를 드러낼 따름이다. 한칼에 죽게 될지라도 적을 향한 분노와 증오의 감정을 한껏 토해 내는 것이다.

원망, 분노와 함께 슬픔의 감정도 작품에 충만해 있다. 유충렬 가족의 이산에 따른 고난과 불행은 당사자들에게 슬픔의 감정을 극대화시킨다. 천자 가족도 마찬가지 경험을 한다. 가족 이산의 경험으로 슬픔을 맛보고 그것이 심화, 확대되어 결국 원망과 분노의 감정이 된다.

이러한 감정은 사람으로서는 어찌해 볼 수 없는 상황에 직면하여 표출된다. 귀양길에 유심은 굴원의 충혼이 서린 회사정 동쪽 벽에 써 붙인 글에서, '일월갓치 발근 마음 변박(빅)할 질 젼이 업고 빙설갓치 말근

절기 뵈일 곳시 바이 업셔'17) 물에 빠져 죽으리라고 말한다. 후에 이 글을 유충렬이 보고 '나 혼자 사러나서 세상의 무엇 흐리.'18)라며 물에 투신하려고 한다. 천자는 적에게 항복하게 되자 '뉘를 원망흐리요. 모도 다 짐의 불찰이라.'19)며 탄식한다. 호소할 데 없고 어찌해 볼 수 없는 상황에 처하여 인물들의 슬픔은 극대화되고 원망은 한없이 쌓인다.

막다른 상황에 몰린 인물들은 이런저런 고려 없이 일단 극단적인 행동을 저질러 놓고 본다. 유심, 장부인, 유충렬, 강낭자 등은 모두 물에 빠져 죽으려 들고, 사위 유충렬의 만류를 뿌리치고 강희주는 상소를 올리고, 천자는 하는 수 없이 항복하고자 한다. 그때마다 그들의 방성통곡은 천지귀신과 강산초목을 울린다. 가슴에 가득한 슬픔과 원망은 사리를 판단해서 행동하기보다는 무작정 저지르고 보는 충동적 행동을 하도록 한다. 이러한 행동 이후의 상황에서는 반전이 일어나 더욱 극적인 효과를 자아낸다.

이 같은 감정의 홍수 속에서 주인공 유충렬이 보여 주는 극적인 행동은 다음 두 장면에 집약되어 있다.

천자 급피 문 왈, "그디는 뉘신지 죽을 스룸을 살니난가?" 충열이 저의 부친과 강히주 죽으믈 절분이 역여 통곡흐며 엿자오디, "소장은 동성문니 거흐던 정언주부 유심의 아달 충열이옵더니 주류 기걸흐야 말리 밧씨 잇삽다가 아부 원수 갑푸랴고 여긔 잠간 왓삽거니와, 폐흐 정훈담의게 곤핍흐심은 몽즁이로소이다. 전일의 정훈담을 충신이라 흐시더니

---

17) <유충렬전>상, 9면.
18) <유충렬전>상, 21면.
19) <유충렬전>상, 34면.

츙신도 역적이 되난잇가? 그 놈의 말을 듯고 츙신을 원찬호야 다 죽이
고 이런 환을 만나시니 천지 아득호고 일월이 무광호옵니다.” 실피 통
곡호며 머리를 짜의 두달리니, 산천초목도 시러호며 만진중이 낙누 안
이호리 업더라.[20]

  잇쩌 천자는 빅사장의 업더지고 흔담은 칼을 들고 천자를 치랴 호거
늘, 원슈 이쩌를 당호미 평상의 잇난 긔력과 일싱의 질은 호통을 진력
호여 다 지르니, 천사마도 평싱 용밍 이쩌예 다 부리니 변화 조흔 장셩
검도 삼십삼천 어린 조화 이쩌예 다 부리고, 원슈 닷난 압푸 귀신인들
안이 울며 강산도 문어지고 흐희도 뒤늡난듯 혼빅인들 안이 울이요. 혼
신이 불빗 되야 벽역갓치 소리호며 왈, “이 놈 정흔담아, 우리 천자 희
치 말고 늬의 칼을 네 바드라!”[21]

  앞의 것은 아버지와 장인이 억울하게 귀양 간 것으로 인해 원망, 분노
하던 유충렬이 천자를 만나자마자 쏟아 내는 통탄의 말이요, 뒤의 것은
천자가 변수 가에서 정한담에게 막 항복하려는 순간에 유충렬이 내달으
며 외치는 분노의 말이다. 아무리 원한이 사무쳤어도 신하 된 자가 군주
에게 할 말이 아닌데도[22] 유충렬은 거침없이 천자의 어리석음과 무능을
면전에서 힐난한다. 그가 얼마나 원망하고 분노하였으면 군신 간의 예의
도 무시한 채 저렇게 말하랴 싶다. 천자에게 그럴 정도니 자기 가족의 원
수인 정한담에게야 마음에 품은 감정을 남김없이 쏟아내어 질욕한다. 유

---

20) <유충렬전>하, 1-2면.
21) <유충렬전>하, 16면.
22) 이 장면에서 작품의 현실적인 주제 의식을 찾은 논의가 이어졌으나, ‘국가의 서
    사와 가족의 서사(의)……부조화’(김현양, 앞의 논문, 316면)를 인정한 위에서
    해석하는 것이 온당할 것이다.

충렬의 온몸이 불빛이 되었다는 표현은 사무친 원망과 분노가 활활 타오르는 불빛으로 온몸을 휘감으며 분출하고 있음을 비유한 것이다.

그런데 작품에서 슬픔, 원망, 분노의 감정은 충만한 대신, 즐거움을 누리거나 웃음을 자아내는 장면은 매우 드물다. 정한담을 사로잡아 저자에서 처형할 때 보여 주는 군중의 행동에는 나라가 태평하게 된 즐거움을 누리기보다 반역자, 전쟁 도발자에 대한 분노와 적개심을 풀어 버리려는 의도가 강하게 드러나 있다. 적국에 끌려간 태후, 황후, 태자가 구출되어 오자 천자가 그들과 함께 기뻐하고, 유충렬이 아버지를 만나고 어머니를 만나고 강낭자를 만났을 때 서로 기뻐한다. 그렇지만 이러한 기쁨의 자리는 잠시 마련될 뿐이고 영웅에게 부과된 과업에 따라 계속해서 또 다른 재회가 이어진다. 천자 가족을 구출한 유충렬은 제 가족을 못 만난 데 대해 한탄한다. 아버지를 만난 유충렬은 어머니를 만나지 못해 슬퍼하고, 어머니를 만난 유충렬은 강낭자를 만나지 못해 슬퍼한다. 대단원에 가서 모두 만났을 때에도 지나온 고난의 역정을 되짚으며 서로 붙들고 일희일비한다.

더욱이 웃음을 서술한 부분은 서사 문맥상 돌출해 있다. 대개 슬픔과 분노의 정황에서 터져 나오는 웃음이기에 해학적이기보다는 오히려 기괴한 느낌을 준다.

> 원슈 흔담이 나오물 보고 더히흐야 응셩흐고 나올 제 천자 원슈를 당부 왈, "흔담은 일귀 마룡의 유 안이라. 천신의 법을 비와 만부부당지역이 잇고 변화불측흐니 각별이 조심흐라." 원슈 크게 웃고 진젼의 나셔 흔담을 망견흐니, 신장이 십여 척이요 면목이 웅장흐며 황금투고의 녹

포운갑의 조화를 부쳐난디 천상 익셩의 졍신을 흉즁의 갈마쓰니 일디 명장이요 역젹 될 만훈지라.23)

　원슈 이 편지를 보고 졍신이 아득ᄒ야 흉즁이 막켜 인사를 모로더니 졔우 진졍ᄒ고 쳔자게 드러가 그 편지를 드리며, "이 글을 보옵소셔. 폐ᄒ 젼일의 소신 아비의 필젹을 보아쓸 거스니 이게 졍영 아비의 필젹이오닛가?" <u>쳔자와 퇴자 그 편지를 다 본 후의 박장디소ᄒ며 원슈를 위로왈</u>, "그디의 부친이 죽은 지 오린지라. 혼빅이 살어드리도 글시를 보니 젼후 불견 필젹이라. 셜령 사라쓸지라도 이런 말을 어이 홀가."24)

정한담과 대적하게 되었을 때 천자가 조심하라고 당부하자 유충렬이 '크게 웃고' 진전에 나선다. 정한담이 유심의 가짜 편지를 보내어 항복을 종용하자 유충렬이 가슴이 막혀 필적을 의뢰하니 천자와 태자가 글을 보고 '박장대소하며' 유충렬을 위로한다. 천자의 신신당부에 대해 유충렬이 크게 웃어 버리는 것과 유충렬이 아버지의 편지를 보고 가슴이 막히는 상황에서 천자와 태자가 박장대소하는 것은 사건의 정황상 돌출 행동이다. 상황이 위태롭고 긴박한 데 갑자기 웃음을 터트리고 있는 것이다. 또한 이는 유충렬이 천자를, 천자와 태자가 유충렬을 업신여기고 조롱하는 듯한 행동으로 비칠 수 있어서 상황에 적합하지도 않다.25)

---

23) <유충렬전>하, 5면.
24) <유충렬전>하, 11면.
25) 웃음의 기괴함과 함께 인물 행동의 기괴함(최일귀, 정한담의 시신을 저미거나 뜯어서 맛보는 행동 등), 표현의 기괴함('혀로 신발 삼다' 등)이 더 지적될 수 있다. 이는 <변강쇠가>로 대표되는 판소리계 소설의 기괴함(김종철, 「변강쇠가와 기괴미」, 『판소리와 정서와 미학』, 역사비평사, 1996, 60-81면)과 함께 조선 후기 기괴미의 양상을 보여 주는 예이다.

이렇듯 웃음이 나오는 대목은 문맥상 어색하고 기괴하게 느껴진다. 작품 전체가 온통 분노와 슬픔의 감정으로 흘렀기 때문에 해학적인 장면들은 어울리지 않는다. 의도되지 않고 불쑥 튀어나온 해학은 인물들이 처한 심각한 상황을 기괴한 것으로 느껴지게 한다. 해학은 미미하고 비감만이 충만한 것이 작품의 미적 특질이라고 하겠다.

요컨대, <유충렬전>에서는 분노, 원망, 슬픔 등의 감정이 주동자와 적대자, 중심인물과 주변 인물, 남성과 여성을 가리지 않고 누구에게나 충만해 있다. 이러한 감정은 호소할 데 없고 어찌할 수 없는 상황에 처하여 마음속에 쌓이게 된 것이다. 탈출구는 보이지 않고 마음속에 감정만 쌓이는 상태에서 인물들은 일단 극단적인 행동을 저지르고 본다. 사무친 감정을 주체할 수 없어서 나오는 극한의 행동이다. 이러한 상황을 설정하고 이렇게 행동하는 인물을 그린 서술자는 그때마다 '하늘도 무심하지.' 하며 탄식한다. 독자는 그러한 탄식에 공감하면서 인물과 함께 분노하고 슬퍼한다. 이렇듯 <유충렬전>은 인물, 서술자, 독자 모두 감정의 홍수에 휩쓸려 버린 모습을 하고 있다.

4. 사건 전개와 가족주의

<유충렬전>은 영웅의 고난과 입공,[26] 그리고 가족의 이산과 재회[27]를 축으로 하여 사건이 전개된다. 전반부는 유심, 장부인, 유충렬이 겪

---

26) 조동일, 『한국소설의 이론』, 지식산업사, 1977, 324-340면.
27) 서인석, 앞의 논문, 54-58면.

는 고난의 역정이 이어지고 후반부는 유충렬이 천자를 구출하고 천자 가족, 유심, 장부인, 강낭자 등과 재회하는 이야기가 펼쳐진다. 전반부는 유심파와 정한담파 사이의 대결에서 유심파가 몰락하는 과정이 그려지나 후반부는 유충렬이 정한담을 이기고 외적을 정벌하는 중에 이산된 가족을 회복하는 과정이 그려진다.

영웅 유충렬을 중심으로 하는 사건 전개 과정은 많은 우여곡절이 있지만 그 저변에 일관되게 흐르는 몇 가지의 생각이 있다. 첫째, 아들을 높이고 아들에게 가족과 국가의 명운을 건다는 것이다. 둘째, 그 아들은 혼자서 반적, 외적과 계속해서 싸워 이겨야 공명도 얻고 가족도 구한다는 것이다. 셋째, 영웅인 아들의 임무는 가족의 보호와 가계의 계승에 있다는 것이다.

유충렬은 창해국 사신 임경천이 예언한 인물이고 부모가 남악 형산의 신령에게 빌어서 얻은 귀한 아들이다. 팔뚝에 북두칠성이, 가슴에 대장성이 박혀 있고, 배에는 삼태성에다가 '대명국 대사마 대원수'라는 글씨가 주홍색으로 새겨 있다.

누구도 부인하지 못할 이러한 영웅이 난세에 처해 초년고생을 심하게 겪게 되어[28] 회수정에서 "회수의 모친 일코 명나수의 부친 이러쓰니 흐 면목으로 세상의 살아날고."[29]라며 한탄하는 지경에 이른다. 그를 구해 주려는 강희주에게 "소자는 남경 동성문늬의 사난 정언주부 유공의 아달이옵더니"[30]라고 자신을 소개하고, 강희주의 아내 소부인은 "네가 동

---

28) '고난의 극대화' 역시 영웅이 되기 위한 조건이다.(임치균, 「유충열전」, 『한국고전소설작품론』, 집문당, 1990, 399-400면.)
29) <유충렬전>상, 21면.
30) <유충렬전>상, 22면.

성문니 사난 장부인의 아달이냐? 부인이 년만토록 자식이 업스미 날과 갓치 미일 혼탄ᄒ더니 장부인은 엇지ᄒ여 저려ᄒᆫ 아달을 두윗다가 영화를 다 못 보고 황천긱이 되야쓰니"31)라며 탄식한다. 유충렬에게 구출된 황태후도 "그디 일정 유주부의 아달인가. 어디 가 장셩ᄒ야 저런 명장 되야난가. 그디 부친은 어디 잇난요?"32)라고 한다. 영웅 유충렬이 무엇보다도 유심과 장부인의 아들임을 강조하고 있는 것이다.33)

유심은 귀양지에서 "천이 감동ᄒ사 우리 천자 살일진디 니 아달 츙열이 사려쩌든 남경을 구완ᄒ고 제 아비 웬슈를 갑게 ᄒ소셔."34)라며 축수하고, 아들에게 구원받은 후 천자를 뵐 때에는 "신은 연경의 귀양 갓던 유심이옵더니 자식의 심을 입어 잔명을 사라나셔"35)라고 말한다. 또한 유충렬이 어머니 장부인과 재회하는 것을 보고 사람들은 "엇던 부인은 팔자가 조와 져런 아달 두엇난고."36) 하며 부러워한다. 곤경에 처한 부모는 자기 아들이 구원해 주어야 한다고 믿고 있고, 사람들은 부모가 구원받아 부귀를 누리는 것은 잘난 아들을 둔 덕분이라고 생각한다. 영웅이기 이전에 한 집안의 아들로서 해야 할 소임을 강조하고 또 그것으로써 영웅을 평가하는 것이다. 유충렬은 전쟁 영웅이기 전에 가족 영웅,

---

31) <유충렬전>상, 23면.
32) <유충렬전>하, 8면.
33) 유충렬뿐 아니라 천자도 나라의 수장보다 집안의 아들이라는 측면이 강조된다. 황태후는 '천자 아달' 혹은 자기 며느리의 '황제 낭군'이라고 부르고, 천자 역시 태후, 황후, 태자가 호국에 잡혀 갔다는 소식에 가족의 일원으로서 통탄한다. 그리고 나중에 황태후가 유충렬이 강낭자의 배필임을 알게 되었을 때 그를 '손녀서'라고 칭한다. 이는 유충렬과 천자의 가족이 친족으로 묶이게 됨을 뜻한다.
34) <유충렬전>하, 9면.
35) <유충렬전>하, 26면.
36) <유충렬전>하, 38면.

곧 가부장제하의 아들이다.

전쟁 영웅으로서의 유충렬이 보여 주는 중요한 성격 중 하나는 저돌성이다.[37] 앞 장에서 인용한 〈유충렬전 하〉 22면과 32면은 유충렬의 저돌적 행동이 드러난 대표적인 예인바, 이 저돌성은 그의 내면에 쌓인 원망과 분노에서 나오는 것이다.

저돌성과 함께 주목되는 것이 그의 유아성(唯我性)과 외로움이다. 그는 모든 일을 혼자서 해치운다. 적군과의 전쟁도, 천자에 대한 힐난도, 가족의 회복도 모두 혼자의 힘으로 수행한다. 심지어 그가 강승상을 구할 때는 자신이 거느리고 간 대군을 머물러 있게 하고 필마단검으로 적진에 뛰어들기까지 한다. 유충렬은 어려서부터 가족을 잃고 헤매어 다녔기에 외로움이 몸에 밴 인물이다. 그렇더라도 천군만마와 싸우려면 그에 상응하는 수의 군사들이 받쳐 주어야 할 터인데 유충렬은 어느 누구의 도움도 없이 혼자 싸운다. 백만, 억만의 군사들도 그의 장성검 아래에 '씨도 없이' 스러진다. 그의 분노가 그만큼 사무친 것이고, 분노로부터 나온 그의 행동이 지극히 저돌적인 것이며, 그에 따라 그의 외로움도 한층 심화된다는 뜻이다. 이렇듯 유충렬은 외로운 영웅의 형상을 하고 있다.

외로운 영웅 형상에 주목함으로써 작품에 대한 당대인의 의식을 추정해 볼 수 있다. 서술자와 독자는 국난을 극복하거나 현실을 개혁할 영웅을 대망하고 있지만 그 영웅은 배경 세력을 갖지 못한 외로운 존재로서 등장한다. 유충렬은 분노의 화신으로 저돌적인 행동을 보이나 그 자신 외로운 신세일 따름이다. 현실적인 힘을 가진 영웅이 아니라 누구의 도움도 없이 혼

---

37) 서대석, 앞의 책, 188-190면.

자서 싸워 이기는 영웅이다. 혼자서 분투하여 국난을 극복하고 공을 세우지만 외로운 영웅의 고군분투 자체가 눈물겹다는 생각이 들게 한다.

여기서 <유충렬전>에 도저한 영웅주의가 현실성을 띠기 어려운 이유를 짐작할 수 있다. 영웅이 외로운 형상으로 그려진 것은 서술자와 독자가 현실에서 영웅에 필적하는 인물을 찾을 수 없었기 때문일 것이다. 그만큼 작품의 향유층이 조선 후기의 현실을 어둡게 바라보고 있는 증거라 하겠다.

외로운 영웅 유충렬은 오직 한 가지 목적, 곧 이산된 가족을 찾아 재결합시키는 일을 위해 복무하고 있다. 영웅이기 전에 한 가족의 아들로서 꼭 해야 할 임무가 가족의 회복인 것이다. 이에 이산된 가족이 한 사람 한 사람 다시 만나게 되는 과정이 작품 후반부의 줄거리를 이룬다. 사건 전개를 통해 영웅의 임무가 가족의 보호, 가계의 계승에 있음을 보여 준다.

후반부의 사건 전개에는 특징적인 면모가 나타나는바, 서술자가 가족의 회복이라는 줄거리에 맞추어 등장인물의 대사를 변형시킨다는 점이다. 귀양 가 있던 유심을 잡아와 유충렬을 항복받으려 했던 정한담은 유심의 반발로 계획이 실패하자 그를 죽이려 한다. 이때 옥관대사가 다음과 같이 말한다.

> 도사 혼담을 말여 왈, "그더 엇지 경션이 아난다? 유심의 상을 보니 당더 왕후 긔상이니 천명이 완연커늘 글훌 가망 잇슬손야. 만일 죽여짜 가는 디환이 목젼의 잇슬 거스니 분심을 참으소셔."[38]

---

38) <유충렬전>하, 10면.

사리를 따져 볼 때 유심이 제후가 될 운명이라면 정한담의 반역은 실패하게 될 것이다. 자신의 참모인 옥관대사가 이렇게 말한 것에 대해 정한담은 그 뜻을 알아채서 그를 꾸짖었어야 한다. 그러나 그렇게 하는 대신 그의 건의를 받아들여 유심을 다시 귀양 보내는 선에서 그친다.

사건이 이렇게 불합리하게 전개되는 데에는 서술자가 등장인물의 대사에 개입하여 사건을 이끌어 가고자 했기 때문이다. 상황에 맞는 인물의 성격을 살리기보다 사건을 진행하는 데 중점을 둔 것이다. 이는 기세등등하던 정한담이 유충렬에게 잡힌 다음 고분고분해지는 대목에서도 나타난다.

> "네 자층 십년공부ᄒᆞ야 천자를 도모ᄒᆞᆫ다 ᄒᆞ더니 엇더ᄒᆞᆫ 놈의게 공부ᄒᆞ야 역적이 되야난야?" 흔담이 엿자오디 "소인이 불ᄒᆡᆼᄒᆞ야 도ᄉᆞ 놈의 말을 듯고 이 지경이 되여쓰니 아뢸 말삼 업난이다."……"네 놈은 날과 불공디천지슈라. 진직 죽일 거시로디 늬 부친의 존망을 알고자 ᄒᆞ나니 바론디로 아뢰라." 흔담이 다시 엿자오디 "소인이 죄즁ᄒᆞ야 도ᄉᆞ의 말을 듯고 정언주부를 무암ᄒᆞ야 연경의 귀양 갓삽더니, 슈일젼의 다시 잡아다가 항복을 밧고져 ᄒᆞ되 종시 듯지 안이 ᄒᆞᆫ 고로 다시 호국 포판이라 ᄒᆞᆫ 디로 귀양 갓사오니 그간 싱사는 모로난이다."39)

잠시나마 천자까지 되었던 정한담이 유충렬에게 잡혀 와서 이렇게 굴욕적으로 대답하는 모습은 이제껏 그려진 그의 성격과 크게 어긋난다. 인물의 성격을 일관되게 그리기보다 다음 사건으로 나아가고자 하였기에 정한담의 말을 통해 유충렬이 아버지를 구출하는 이야기의 단초를 제시한 것이다. 이는 서술자가 등장인물의 대사를 빼앗아 자기 의도대

---

39) <유충렬전>하, 18면.

로 엮어낸 것이라 할 수 있다. 서술자의 인물 대사 빼앗기 방식은 작품의 서술 전략 중 하나이다.

이렇게 하면서까지 사건을 추동하는 힘은 가족주의이다. <유충렬전>은 기본적으로 영웅의 이야기로서, 영웅이 태어나 어릴 적에 고난을 겪은 다음 성장하여 국난을 극복하고 태평성대를 가져온다는 것이다. 그런데 이 영웅은 국가적 사업에 종사하면서도 늘 가족을 의식하며 행동하는 특징을 보인다. 영웅의 임무가 가족의 보호와 가계의 계승에 있다는 생각, 곧 영웅주의가 가족주의에 기초하는 동시에 가족주의를 지향하는 것이 작품을 관통하는 내용이다. 가족주의는 작품 처음부터 끝까지 이야기를 이끌어가는 힘이자 일관되게 추구된 가치이다.

정한담의 모함과 술수에 의해 유충렬의 가족이 뿔뿔이 흩어지는 사건부터가 가족주의의 발로이다. 그런데 주인공 유충렬의 가족뿐 아니라 천자의 가족도 이산과 재회를 겪고 일반 백성도 가족원이 전쟁에 동원되어 다치거나 포로가 되어 이산과 재회를 경험한다.[40] "네 이 놈 정한담아, 너 안이면 니 가장이 죽어쁘며 니 자식이 죽을손야."[41]에서 극명히 드러나듯이, 백성들이 정한담을 원수로 여기는 핵심 이유는 그가 가족 이산의 주범이기 때문이다.

뿐만 아니라 수적 마철은 장부인을 아내로 삼으려고 유충렬을 물에 빠뜨리고 그녀만 잡아다가 가둔다. 장부인이 아버지의 제삿날이 당도했

---

40) 이 점은 박일용, 앞의 논문, 280면 각주 23) ; 심우장, 「유충렬전의 담론 특성과 미학적 의의」, 『관악어문연구』28, 서울대 국문과, 2003, 318-320면 ; 김현양, 앞의 논문, 320-323면 등에서 지적되었다.
41) <유충렬전>하, 29면.

다고 거짓말을 하자 마철은 곧이듣고 "장인의 졔사날의 사흰들 엇지 안이 졍셩을 흐리요 흐고 졔물을 극진이 작만흘 거스니 부디 염예 말고 안심흐옵소셔."라며 정성을 표한다. 강물에서 도적질을 일삼는 자들에게도 가족주의가 핵심 가치인 것이다.

이렇듯 가족주의는 천자부터 서민, 천민까지 체화된 가치로서 사건을 추동하고 있다. 작품이 내세운 영웅 유충렬은 수많은 우여곡절을 겪으면서도 가족주의 가치를 지키려는 일념으로 싸우고 있다. 내용상의 상충, 논리적 불일치 같은 결점도 가족주의의 도저한 흐름에 녹아 버린다.

작품에 나타난 영웅 대망 의식이 현실의 질곡을 벗어나려는 서민 대중의 열망에 기초해 있다면, 가족주의는 전쟁이나 학정으로 인해 가족 이산을 경험한 그들에게 삶의 마지막 보루라고 할 것이다. 그러므로 가족주의는 작가의 성찰적 의식에 바탕을 두고 그려진 것이 아니라 아무런 전제 조건 없이 그 자체로 완성된 가치로서 제시되었다. 가족이 왜 소중한지, 가족은 사회, 국가와 어떤 관계를 맺어야 하는지, 가족의 이산과 재회가 개인에게 끼치는 영향은 무엇인지 등의 문제가 진지하게 형상화되지 않았다.[42] 아버지와 어머니가 있고 그 아들이 존재하므로 그로부터 의무가 따르고 책임을 다해야 하는 것이다.

<유충렬전>은 이러한 맹목적 가족주의를 기반으로 함으로써 그 밖의 다른 가치들을 평가 절하하는 방향으로 나아갔다. 천자의 권위가 여

---

[42] 김현양, 앞의 논문, 328-329면에서는 보편적인 인간애의 부족을, 강상순, 「영웅 소설의 형성과 변모 양상 연구—서사구조와 인물 형상화의 양상을 중심으로—」, 석사논문, 고려대, 1991, 136-138면에서는 가족 이기주의를 주제 의식의 한계로 지적하였다.

지없이 무너지고 당쟁의 논리가 감정에 휩싸이고 충성심보다는 적개심과 복수심이 앞서는 등 작품에 나타나는 반봉건적[43] 면모들은 이러한 가족주의의 압도적 영향 아래 얻게 된 문학사적 의의라고 생각된다.

5. 대중 소설 <유충렬전>

이상에서 살펴본 두 방향의 서술 의도는 <유충렬전>의 대중 소설적 성격을 이해하는 데 도움을 준다. 장면 묘사의 지향과 사건 전개의 지향이 서로 길항하며 이야기를 이끌어 가는 것은 대중성을 확보하기 위한 서술 전략으로 볼 수 있다.

먼저 <유충렬전>의 사건 전개는 영웅의 고난과 입공, 가족의 이산과 재회의 경로를 따른다. 영웅의 활약이 두드러지게 그려지지만 그 배경에 놓인 생각은 가족주의로 일관된다. 가족 이산의 원인을 악인형 인물에게 뒤집어씌워 그에 대한 복수가 영웅의 과업이 된다. 외적의 침입을 격퇴할뿐더러 그 본국에까지 원정하여 항복을 받는 영웅의 활약은 실질적으로는 흩어진 구성원을 한 사람 한 사람 끌어 모아 가족 관계를 회복하기 위한 것이다.

이러한 사건 전개 곳곳에 공간적·시간적 배경의 불일치, 죽거나 멸망한 인물·국가의 재등장, 인물의 신분과 지위에 부적합한 행동 등과 같은 불합리한 서술 양상이 나타난다. 그럼에도 불구하고 이에 대해 별다른 거부감 없이 소설의 줄거리를 따라갈 수 있다. 영웅의 활약상과

---

43) 진경환, 앞의 논문, 107면.

이산가족의 재결합 과정이 지닌 흥미진진한 허구적 요소들이 사건 전개 상의 부분적인 오류들을 덮어 버린 형국이다.

한편, <유충렬전>의 장면 묘사는 각 장면에 놓인 인물들의 감정으로 넘쳐난다. 자신이 당한 일이 억울하여 원망을 하고, 헤어진 가족 생각에 슬퍼한다. 천자부터 수적에 이르기까지 가족 이산에 책임이 있는 자들에게 한없는 원망과 분노의 감정을 터트린다. 전쟁터에서는 아군과 적군 가릴 것 없이 상대에 대해 분기충천하여 달려든다. 바로 한칼에 죽을지언정 상대방을 본 순간은 온몸에서 분노가 솟구친다. 영웅은 분노가 들끓는 전쟁터를 헤집고 다니면서 한칼에 수십 수백만 대군을 몰살시킨다.

이렇듯 작품에 충만한 슬픔, 원망, 분노 등은 당대 독자가 현실 생활에서 실제로 경험한 억압된 감정들이 반영된 것이라고 할 수 있다. 현실의 질곡에 억눌린 이들의 내면에 쌓인 감정들을 포착하여 영웅 소설의 형식으로 그려 낸 것이다. 그러기에 작품 곳곳에 보이는 불합리한 모습은 대수롭게 여겨지지 않는다. 워낙 감정에 몰입하다보니 부자연스런 사건 전개나 부적합한 인물 성격 등은 그냥 지나쳐도 무방하다. 인물이나 독자나 자신들의 감정에 휩쓸려 들어가 신분, 지위, 연령 등에 따른 인물의 일반적인 역할은 무시되기 일쑤이다.

요컨대, 부정적 감정이 편만한 세계를 영웅이 헤집고 다니는 모습이 이 작품의 대중성을 집약하고 있다. 이 모습을 통해 가위눌린 현실 상황에서 논리보다는 감정에 휩싸여 있고 가족만이 삶의 마지막 보루라고 생각하며 살아갔던 서민 대중을 떠올릴 수 있다. 결국 <유충렬전>은 조선 후기 서민 대중의 허구에 대한 몰입과 억압된 감정의 분출에 호소하여 대중성을 획득한 소설이라 하겠다.

숙향, 심청, 흥부의 덕목들

1. 서 론

우리나라 고전 소설은 대부분 권선징악의 주제와 행복한 결말의 구조로 이루어져 있다. 이러한 문학적 특성 속에 우리 민족의 심성이나 세계관이 녹아 있다고 보아 이에 대한 논의가 있었다.[1] 이와 함께 고전 소설의 윤리 문제가 중요하게 논의되어 왔다. 대개 작품의 주제를 논하는 중에 유교, 불교, 도교 등에 바탕을 둔 덕목들이 거론되었다. 그러나 윤리의 문제가 단순하지 않아 가치의 상충과 갈등이 있음에 주목한 논의들이 70년대 이래 이어져 오면서 연구 성과를 축적하고 있다.[2]

---

1) 서대석, 「고전소설의 행복한 결말과 한국인의 의식」, 『관악어문연구』3, 서울대 국문과, 1978 ; 서인석, 「고전소설의 결말구조와 그 세계관」, 『국문학연구』66, 서울대, 1984.

2) 조동일, 「흥부전의 양면성」, 『계명논총』5, 계명대, 1968 ; 임형택, 「흥부전의 현실성에 관한 연구」, 『한국고전소설』, 계명대출판부, 1974 ; 김일렬, 「조선조 소설에 나타난 효와 애정의 대립−숙영낭자전을 중심으로−」, 『조선조소설의 구조와 의

이제는 고전 소설의 권선징악 및 윤리의 문제에 대해 반성적 접근이 요구된다고 본다. 중세의 윤리를 그대로 계승하기도 어렵고 그렇다고 현대적인 재해석을 통해 새로운 의미 부여를 하는 것도 한계가 있다. 예컨대, 중세의 이념적 덕목이었던 충·효·열의 지위가 현대에 와서는 많이 흔들리고 있다. 이런 사정으로 인해 고전 문학의 덕목을 논하면서 효를 '지배 이념으로서의 효'와 '주체적 생활 윤리로서의 효'로 나누어 본다거나,3) 열에 대해서는 '봉건적 이념의 외피를 뒤집어쓴 내용적으로 새로운 어떤 이념이 봉건적 현실에 저항하고 있는 것'4)으로 해석하기도 하였다. 이러한 해석이 고전 문학의 덕목에 대한 이해를 심화하였으나 여전히 효는 효로서 열은 열로서 중세로부터 지속된 의미와 가치를 지닌다. 중세나 현대나 부모에게 효도하는 사람의 본마음이 다르다고 할 수는 없지 않은가.

이에 원론으로 돌아가 인간 보편의 관점에서 고전 소설에 담긴 덕목들을 살펴볼 필요가 있다. 중세와 현대, 동양과 서양을 가르지 않고 인간이라면 보편적으로 가질 법한 덕목을 중심으로 접근하는 것이다. 덕

미』, 형설출판사, 1984 ; 성현경, 「심청은 효녀인가」, 『한국문학사의 쟁점』, 집문당, 1986 ; 정병설, 「고전소설의 윤리적 기반에 대한 연구」, 『국문학연구』111, 서울대, 1993 ; 양혜란, 「유효공선행록에 나타난 전통적 가족윤리의 제문제」, 『고소설연구』 4, 한국고소설학회, 1998 ; 김현룡 외, 『한국문학과 윤리의식』, 박이정, 2000 ; 최호석, 「옥원재합기연에 나타난 윤리적 갈등」, 『고소설연구』15, 한국고소설학회, 2003 ; 황혜진, 「가치경험을 위한 소설교육내용 연구—조선시대 애정소설을 대상으로」, 박사논문, 서울대, 2006.

3) 신동흔, 「구비설화에 담긴 효 관념의 층위 연구」, 『한국문학과 윤리의식』, 박이정, 2000, 324-350면.

4) 박희병, 「춘향전의 역사적 성격 분석」, 『전환기의 동아시아 문학』, 창작과비평사, 1985, 107면.

목(virtues)이란 '우리에게 필요한 가장 일차적인 것들'로서 '올바른 생활 태도, 삶의 규칙, 이성의 가르침'[5]이다. 또한, '전적으로 천부적인 것은 아니며……부분적으로는 교육과 훈련 혹은 어쩌면 은총에 의해 습득되'고, '성격의 특성이기보다는 인격의 특성'이며, '특정한 종류의 상황에서 특정한 종류의 행위를 행하는 성향을 내포'[6] 하는 것이다. 덕목은 '규칙, 원칙, 이상'과 함께 도덕을 이루는 한 요소가 된다.[7] 요컨대, 인간으로서 이 세상을 살아가면서 취해야 할 올바른 인격의 특성이나 행위의 성향을 덕목이라 할 수 있다.

같은 덕목일지라도 시대와 장소에 따라 강조점이 다르고 함축된 의미가 다를 수 있다. 그러나 어느 곳, 어느 시대에 살더라도 한 인간이 취해야 할 삶의 기본자세, 관계를 맺는 방식, 신에 대한 마음가짐 등은 공통성을 갖는다고 본다. 이러한 보편적인 덕목들을 통해 고전과 현대가 소통하는 길을 찾을 수도 있을 것이다.

이러한 관점에서 본고는 고전 소설에 그려진 주인공의 삶에서 인간의 보편적인 덕목들을 찾아보고자 한다. '소설에서 가치는 도덕 원리나 덕목에 해당하는 효, 열, 우애, 충이 아니라 심청의 효, 춘향의 열, 흥부의 우애, 자라의 충 등으로서 항상 그것을 추구하거나 실천하는 주체와 결부되'[8]기 때문이다. 연구 대상은 〈숙향전〉(이대본), 〈심청전〉(완판), 〈흥부전〉(경판)으로 하였다.

---

5) 앙드레 콩트-스퐁빌, 조한경 옮김, 『미덕에 관한 철학적 에세이』, 까치, 1997, 136면.
6) 윌리엄 K. 프랑케나, 황경식 옮김, 『윤리학』, 종로서적, 1984, 111면.
7) 위의 책, 17면.
8) 황혜진, 앞의 논문, 60면.

<숙향전>은 적어도 18세기 초에는 나왔고,[9] <심청전>은 18세기 후반에서 19세기 초반의 기록에 보이며,[10] <흥부전>은 경판본이 1860년대에 나왔으리라 추정된다.[11] 세 작품은 모두 한글로 쓰였고 무속, 불교와 같은 기층 종교의 세계관이 바탕을 이루고 있어 조선 후기 서민이 즐겨 읽었던 작품들이라고 할 수 있다. 작품 내적으로는 <숙향전>이 뒤의 두 작품에 언급되어 있다.

> 금자동아 옥자동아, 어허 간간 늬 딸이야. 표진강 숙힝이가 네가 되야 환싱ᄒ엿난야, 은하슈 즁녀셩이 네가 되야 나려왓야.(145면)[12]

> 이고 이고 셜운지고. 피눈물이 반둑 되던 아황 녀영의 셜움이오, 조작가 지어 늬던 우마시의 셜움이오, 반야산 ᄇ회 틈의 슉낭ᄌ의 셜움을 젹즈한들 어늬 칰의 다 젹으며(577면)[13]

심청이 숙향의 환신으로 여겨지고, 흥부 아내가 숙향이 겪은 서러움을 상기하고 있다. 이렇듯 영향 관계가 있으면서 조선 후기 서민 소설로 묶일 수 있는 세 작품의 주인공들은 우리 민족의 '착한 심성'을 잘 반영하고 있는 대표적인 캐릭터들이다. 이들에게서 찾아 볼 공통 덕목들은 고전 소설에 그려진 '착한 사람'의 기본 형상을 이루게 되고, 그것

---

9) 조희웅・松原孝俊,「숙향전 형성 연대 재고―일본측 자료를 중심으로」,『한국고소설의 자료와 해석』, 아세아문화사, 2001, 220면.
10) 유영대,「심청전의 계통과 주제」, 박사논문, 고려대, 1988, 16면.
11) 김창진,「흥부전의 이본과 구성 연구」, 박사논문, 경희대, 1991, 274면.
12)「심청전」,『영인 고소설판각본전집』2, 인문과학연구소, 1973. 앞으로 작품의 면수만 밝힌다.
13)「흥부젼」,『영인 고소설판각본전집』3, 인문과학연구소, 1973.

이 갖는 보편성으로 인해 현재적 의의까지 살필 수 있게 된다.

이에 세 주인공의 인격적 특성과 행위의 성향에 초점을 맞추어 가장 두드러진 공통 덕목들을 분석해 내겠다. 간혹 주변 인물들과의 관계 속에서 주인공의 덕목을 추론하는 경우도 있을 것이다. 또한, 논의의 편의를 위해 삶의 실제에 관련된 덕목과 삶의 전제 조건에 관련된 덕목으로 구분하여 살피고자 한다. 덕목은 대개 삶에서 취하는 실천적인 가치들이지만, 삶의 현실적 층위와 관념적 층위에 따라 변별되는 면이 있다고 보기 때문이다.

이러한 논의를 바탕으로 결론 부분에서는 고전 소설의 주인공들이 지닌 덕목들의 고전적 가치에 대해 생각해 보기로 한다. 여기서 고전 문학이 오늘의 우리에게 어떤 의미를 지니는지 되새겨 볼 수 있을 것이다.

2. 삶의 실제와 관련된 덕목

2.1. 생활하는 데 성실함

숙향은 5세에 고아가 되어 사방을 떠돌다가 장승상 댁에 의탁하게 된다. 그곳에서 10년간 있으면서 자신의 총명함과 성실성을 인정받는다.

> 숙향이 십숨 세 되미 명하여 가스를 밋기니 숙향이 승승 양위를 지성으로 셤기며 모든 노비를 은덕으로 부리고 제스를 극진니 밧드니 어론 니라도 밋지 못할네라. 승승 양위 숙향의 흐난 일을 일마다 눈 쥬어 보며 승승과 갓튼 가문의 혼인흐여 후스를 밋고고져 하시고 노비 등도 숙향의 흐난 일을 항복 아니리 없시되……(25면)14)

숙향은 13세에 승상 댁 가사를 도맡아 하면서 모두의 마음에 들도록 일을 잘한다. 가사를 총괄하는 능력을 지녔을 뿐더러 일에 관여된 사람들을 두루 만족시킬 만큼 가사에 성실하였다.

그러나 사향의 모함을 입어 장승상 댁에서 쫓겨나 몇 번의 죽을 고비를 넘기고 마고할미 집에 의탁하게 된다. 여기서도 숙향은 자신의 능력을 발휘하며 생활에 구차함이 없이 살아간다.

> 슉향은 본디 총명훈지라 비호지 아니ᄒ여도 인간 만스를 무불통지ᄒ며 자연 훈 슈질ᄒ여 제즈의 가 파라도 갑실 중이 바다 오니 할미 집이 졈졈 유여ᄒ더라.(60-61면)

숙향이 지닌 재주 중에 특히 수놓기가 탁월하였다. 마고할미와 서로 진심을 통한 후 편안한 마음으로 지내면서 수를 놓아 시장에 내다 팔아서 생계를 꾸려 간다.

심청은 태어나자마자 곽씨부인을 여의고 심봉사의 헌신적인 노력으로 자라난다. 잔병치레 없이 커서 6, 7세 되자 벌써 다음과 같은 사람이 되었다.

> 얼골리 국싁이요 인사가 민첩ᄒ고 효힝이 출천ᄒ고 소견이 탁월ᄒ고 인자ᄒ미 기린이라.(148면)

심청의 사람됨 중에서 '인사가 민첩'한 것은 그녀의 어릴 때 모습에

---

14) 「슉향젼」, 『한국고대소설총서』1, 이화여대 한국문화연구원, 1958.

서부터 잘 드러난다. 6, 7세 어린 나이에 심봉사를 대신해 동냥을 다닌다. 다 떨어진 옷을 입고 엄동설한을 무릅쓰고 마을을 돌아다니며 구걸을 한다. 살아남기 위해 안간힘을 쓰는 것이다.[15] 사람들이 불쌍히 여겨 자기 집에서 먹고 가라고 권하면, 아버님이 기다리고 있다면서 음식만 받아 가지고 나온다. 집에 돌아와서는 온종일 굶은 심봉사에게 동냥해 온 음식을 하나하나 먹여 드린다. 이렇듯 동냥하는 일과 봉양하는 일에 부지런하고 성실하다.

그렇게 몇 해가 지나자 심청은 동냥하는 일만이 아니라 자신의 능력을 발휘하여 돈을 벌기도 한다.

> 지질이 민첩하고 침선이 능난하니 동닉 바누질을 공밥 먹지 안이하
> 고 싹을 주면 바다 뫼와 부친 의복 찬슈 하고 일 업난 날은 밥을 비러
> 근근이 연명하여 가니(149면)

바느질을 하여 삯을 받아 모아서 심봉사의 의복과 반찬을 장만한다. 가난한 가운데서도 성실하게 일을 하여 눈먼 아버지를 봉양하고 있다. 앞서 본 숙향의 생활력과 비슷한 심청의 이러한 모습은 곽씨부인의 생전 모습을 빼닮은 것이기도 하다.

흥부는 어진 성품의 소유자이긴 하지만 애초부터 부지런한 인물은 아니었다. 흥부가 집을 지을 때, '집 징목을 너려 하고 슈슈밧 틈으로 드러가셔 슈슈디 한 뭇슬 뷔여다가 안방 디쳥 힝낭 몸치 두루 지퍼 말집을

---

15) '살아남으려고 안간힘을 쓰는 가운데 승리하는 것이―물론 승리는 잠깐이지만
　　―성실성이다.……성실성은 필사적이다.'(앙드레 콩트―스퐁빌, 앞의 책, 31면)

꽉 짓고 도라보니 슈슈디 반 뭇시 그져 남앗고나.'(575면)라 하여 수숫대로 아주 엉성하게 집을 짓고는 그만이다. 더욱이 가난한 처지는 아랑곳하지 않고 기운 쓸 때마다 자식만 잔뜩 낳는다. 이렇게 하는 데는 뭔가 믿는 구석이 있었다고 할 만하다. 아내의 권유에 마지못해 가는 척하였으나 기실 흥부는 놀부에게 신세 지는 것을 은근히 바랐던 것 같다.

그래서 양식을 얻으러 놀부 집에 갔다가 매만 실컷 맞고 돌아온다. 놀부에게 기대할 것이 아무것도 없다는 사실을 몸소 깨달은 이후부터 흥부는 아내와 함께 본격적으로 품팔이에 나선다. 두 내외가 사시사철 동네의 궂은일들을 맡아 품을 팔아 근근이 연명해 간다. 그렇지만 '온 가지로 다 흐여도 끼니가 간디업'(577면)는 상황이다. 아무리 노력해도 먹고살기가 힘겨운 생활이 이어진다.

어떻게든 살아 보려고 흥부는 매품팔이에 나서기까지 한다. 돈벌이 때문에 부모가 끼친 몸을 상하게 할 수는 없다며 아내가 반대하지만, 흥부는 그렇게 해서라도 가족을 부양해야 할 형편이다. 삶을 위한 눈물겨운 투쟁이 전개되는 모습이다.

2.2. 은혜에 보답함

<숙향전>은 거북의 보은 이야기에서 시작하여 숙향이 고난 중에 받은 은혜에 차례대로 보답하는 이야기로 마무리된다. 작품 전체가 은혜를 베풀고 그에 보답하는 이야기인 것이다.

숙향은 전란의 와중에서 부모를 잃고 헤매게 된다. 5세 여자 아이가 부모 없이 거리를 헤매는 모습에, '보난 스람이 불승이 네겨 왈, "일졍 란

중의 부모를 일은 아히로다." 음식을 쥬어 먹이며 그 비승훈 얼골을 보고 지루고져 흐나 져의도 피란흐여 동셔 분쥬흐믹 다려가지 못흐'(14면)는 상황이다. 누구도 선뜻 도움을 줄 수 없을 때에 그 역할을 해 주는 존재가 신들이다. 후토부인, 포(표)진용왕, 화덕진군, 마고할미 등이 숙향을 구해 준다. 그와 함께 신의 사자(使者)인 동물들이 길을 인도하고, 늙은 도적, 장승상, 인간으로 화한 마고할미 등의 인간적 존재가 도움을 준다.

나중에 숙향이 하는 가장 중요한 일이 은혜에 보답하는 것이다. 형주 자사가 되어 부임하는 이선을 따라 정렬부인 숙향이 내행차로 가게 되었을 때 한 말이, "첩이 가난 길의 은헤 갑풀 곳지 만스오니 엇지 흐린잇가."(151면)였다. 그녀가 얻은 행복은 여러 존재들의 은혜가 있었기에 가능하였다. 이를 갚는 것은 마땅한 의무이자 도리이다. 이에 형주로 내려가는 길에 숙향은 신, 동물, 인간에게 받은 은혜에 대해 어느 것 하나 빠뜨리지 않고 보답한다. 신에게는 제사를 올리고, 동물에게는 먹이를 주며, 인간에게는 부귀영화를 그들과 함께 누린다. 고난과 궁핍의 시대에 여러 존재에게 은혜를 입고, 나중에 귀하게 되어 그 은혜를 하나하나 갚아가는 숙향은 보은의 덕목을 온전히 실천하는 사람이다.

심청이 출천한 효녀인 것은 아버지가 고생하면서 자기를 기른 은덕을 갚겠다는 일념으로 심봉사를 봉양한 데 있다. 효를 실천해야 한다는 그녀의 생각은 이미 7, 8세 때 확고히 자리 잡았다.

> 미물 짐싱 가마구도 공임 져문 날의 반포홀 조를 아니, 흐물며 사롬이야 미물만 못흐오릿가.……닉 나히 칠팔 세라 싱아육아 부모 은덕 이계 봉힝 못 흐면 일후 불힝흐실 날의 익통흔들 급사오릿가.(148면)

반포조(反哺鳥) 까마귀를 언급하면서 자기를 기른 부모의 은덕을 갚겠다고 나선다. 어린 나이에 이러한 생각을 굳힌 것은 태어나자마자 어머니를 여의고 봉사인 홀아버지의 헌신에 힘입어 컸기 때문이다. 보은의 일념은 장승상 부인이 그녀를 수양딸로 삼으려 할 때 거절하는 말에서 더욱 잘 드러난다.

> 구휼ᄒ신 은덕은 사름마닥 잇거니와 지여날 ᄒ여난 당이별논이라. 부친 모시옵기를 모친 겸 모시옵고 우리 부친 날 밋기를 아달 겸 밋사오니 니가 부친 곳 안이시면 이졔ᄭ지 사러쓰며 니가 만일 업거듸면 우리 부친 나문 희를 마칠 기리 업사오며(150면)

누구나 부모의 구휼(救恤)의 은덕으로 자랐지만 자기로서는 특별한 이유가 있다고 한다. 아버지에게 자기는 아내이자 아들이며, 아버지의 은혜 없이는 지금까지 살지 못했을 것이며, 아버지의 여생을 자기가 책임져야 한다는 것이다. 심봉사의 삶의 의미가 심청 자신이라는 점을 철저히 인식하고 아버지의 은혜에 보답하려는 일념으로 살고 있다.

<심청전>의 후반부에서는 심청이 담겨 있던 연꽃을 황제에게 바친 선주(船主), 뺑덕어미를 잃고 헤매던 심봉사를 도와준 무릉(/ 창) 태수, 심봉사를 대접하고 인연을 맺은 안씨 맹인 등에 대한 보답이 이어진다. 뿐만 아니라 장승상 부인과 도화동 사람들에게도 황제의 은전이 베풀어진다. 이에 반해 뺑덕어미와 황봉사는 처벌을 받는다. 이러한 결구 역시 보은의 주제가 작품 전편에 걸쳐 중요하게 작용하고 있음을 말해 준다.

<흥부전>도 <숙향전>과 마찬가지로 보은이 주제로 부각된 작품인

데, 다만 주인공이 보은을 하는 것이라기보다 보은을 받는 것으로 그려져 있을 뿐이다. 착한 흥부는 복을 받고 악한 놀부는 벌을 받는다는 주제가 작품을 관통한다. 흥부에게 은혜를 입은 제비가 물어다 준 박 씨가 보은의 징표가 된다. 그리고 작품 후반부에서 보은의 내용이 자세하게 그려져 있다. 착한 일을 하면 어떠한 보답을 받는지 그 세목이 제시되는 것이다.16)

보답 받은 세목은 대개 생활상의 필요에 따른 물품들이다. 첫째 통에서는 온갖 약들이, 둘째 통에서는 온갖 세간이, 셋째 통에서는 집과 곡식과 옷감이 나온다. 넷째 통에서 나온 첩 양귀비를 제외하면 모두 의식주 생활에 필요한 것들로서 건강하고 남부럽지 않게 살기 위한 물건들이다. 이를 통해 흥부는 부자로서의 삶을 살게 된다.

한 번의 선행으로, 그것도 미물인 제비를 고쳐 준 것만으로 이러한 보답을 받는다는 것은 아무래도 과장이 심하다고 느껴질 수도 있다. 그렇지만 그 보답이 마땅한 것으로 기술된 것은 흥부의 행동이 그만한 가치가 있다는 점에 독자들이 동의했기 때문일 것이다. 단 한 번일지라도 흥부가 보인 행동은 극도의 가난 속에서 나온 착하고 아름다운 행위였다. 그러한 행동을 동물에게서 인간으로, 인간에게서 인간 사회로 넓혀 두루 적용해 나간다면, 흥부는 이 세상을 훈훈하게 하기에 부족함이 없는 사람이라는 생각이 널리 인정을 받았다고 하겠다.

---

16) '흥부박 사설의 각종 내용물들은 치료 행위에 대한 보답이면서 한편으로는 생명의 고귀함을 사유한 주체에 대한 자연의 보답이기도 하다.'(정충권, 『흥부전 연구』, 월인, 2003, 333면)

2.3. 존재에 대해 동정함

숙향의 생부(生父)인 김전은 반하수 가에서 어부에게 잡혀 먹히게 된 거북을 살려 주고 그 보답으로 구슬을 얻는다.

> 김젼니 거복을 보니 눈물을 흘니며 죽긔를 셜어ᄒ난 형숭을 뵈거날 김젼니 가져갓던 쥬과를 쥬고 밧고와 물의 노흐니 그 거복 날호여 드러가며 김젼을 즈로 도라보고 가더라.(2-3면)

첫머리의 이 삽화는 전체 줄거리의 바탕이 되어 이후 여러 곳에서 상기되는데, 여기서의 동정심과 같은 감정이 작품 전체에 넘쳐난다. 전쟁 고아인 숙향의 고난에 찬 역정을 중심에 두고 동물, 신적인 동물, 인간, 신적인 인간, 신 등이 동정심을 발휘하여 도와주고 구해 주는 이야기가 펼쳐지는 것이다. 숙향은 그러한 존재들의 도움을 입어 액운을 극복하고 행복을 찾게 된다.

작품 후반부는 귀하게 된 숙향이 예전에 받았던 은혜에 보답하는 여정이 전개된다. 여러 신들에게 재를 올리고 장승상 내외와 친부모를 다시 만나고 동물들과 도적에게 사례한다. 이러한 행위는 그들이 숙향에게 보낸 동정심과 구원의 손길에 대한 답례의 의미를 지닌다. 자신이 너무나 고생스런 삶을 겪었기에 그동안은 남들을 돌볼 겨를을 얻지 못했지만, 이제 부귀하게 되고 나서는 여유를 갖고 자신을 도와준 존재들에게 보답한다. 숙향의 동정심은 자신이 받은 만큼 보답하는 행위로써 드러나게 된다.

<심청전> 역시 동정의 주제가 충만하여 도덕감[17]을 불러일으키는 작품이다. 봉사인 아버지와 어미 잃은 여자아이라는 설정 자체가 독자

의 동정심을 야기하고, 대부분의 등장인물도 동정과 연민을 갖고 두 주
인공을 도와준다. 마을 사람들은 심봉사의 처지를 불쌍히 여겨 곽씨부
인의 장례를 맡는다. 마을 아낙네들은 돌아가며 젖을 주어 갓난아이를
키운다. 어린 심청이 동냥을 다닐 때는 음식을 나눠 주고, 심청이 팔려
가 심봉사 홀로 남았을 때는 여러 가지 일을 주선한다. 장승상 부인은
심청을 수양딸로 삼아 도와주고자 한다.

인당수에 빠질 때까지 심청은 사람들의 동정을 받아 생활하고 성장하
였다. 용궁에 들어갔다 나와 황후가 되어서는 덕을 베풀어 태평성대를
이룩한다. 황후 심청이 백성에 대한 동정심을 갖고 덕을 베푸는 모습은
맹인 잔치를 여는 데에서 잘 나타난다. 요는 심봉사를 찾기 위한 것이지
만 맹인 잔치를 열자고 제안하는 말 속에 그러한 동정심이 드러나 있다.

솔토지신민이 막비왕신이오니 빅셩 중의 불상훈 빅난 환과고독 사궁
이요 그중의 불상호게 병신이오나 병신 중의 더옥 밍인이오니 천호 밍
인을 모도 묘와 잔치를 호옵소서.(167-168면)

이 제안에는 심청이 여태껏 살아오면서 받았던 동정을 황후가 되어
되돌려 주려는 뜻이 담겼다고 하겠다.

흥부는 자기 집에다가 둥지를 트는 제비에 대해, '고디광실 만컨마는
슈슈디 집의 와셔 네 집을 지엇다가 오륙월 장마의 털셕 문허지면 그
아니 낭픿오냐.'(578면)라며 걱정부터 하고 있다. 동물이지만 생명체의

---

17) '도덕감은……어떤 종류의 보편적인 고통 또는 보편적인 쾌락에 대한 감수성'
    (김상봉, 『호모 에티쿠스』, 한길사, 1999, 238면)이라 할 수 있다.

하나로서 제비의 안녕을 염려하는 마음이 잘 드러나 있다.[18]

애초의 그 걱정은 장마가 아니라 구렁이의 출현으로 현실이 된다. 구렁이가 제비 새끼들을 먹어 치우는 광경을 지켜보는 흥부는 애간장이 타들어 간다. 구렁이를 보고 흉악하고 악착하다며 욕을 하고, 해를 입는 제비에게는 탄식어린 동정을 보낸다. 그러다가 제비 새끼 한 마리가 떨어져 발목이 부러지는 것을 보자 흥부는 펄쩍 뛰어 달려든다.

> 제비 삿기롤 손의 들고 잔잉이 녀겨 ᄒ는 말이, "불샹ᄒ다, 이 제비야. 은왕 셩탕 은혜 밋쳐 금슈롤 ᄉ랑ᄒ여 다 길너 니엿더니 이 지경이 되여스미 엇지 아니 가련ᄒ리.……"(578면)

흥부는 둥지에서 떨어져 다 죽게 된 제비 새끼를 손에 들고 불쌍하다면서 탄식한다. 그가 제비 다리를 고쳐 주는 것은 고통 받는 존재에 대한 동정 때문이다. 그는 인간이나 동물이나 간에 약자를 핍박하는 강자에 대해 분노를, 강자에게 고통당하는 약자에 대해 연민을 느꼈다. 이러한 분노와 연민의 감정은 흥부의 착한 마음에서 나온 것이다.

2.4. 세상에 대해 순진함

숙향은 전생에 월궁항아의 시녀인 소아(素娥)였다. 옥황상제에게 죄를 얻어 지상에 내려와 갖은 고생을 겪지만, 그녀의 전생 신분으로 인해

---

18) 제비에 대한 동정어린 태도는 흥부의 인간됨을 말해 준다. '인간이 모든 사물의 척도가 아니고, 우리와 함께 있는 모든 것들이 우리 인간됨의 척도'(클라우스 미하엘 마이어-아비히, 『자연을 위한 항거』, 도요새, 2001, 107면)일 수 있다.

고비마다 여러 신이 구원해 준다. 그녀는 말끝마다 전생 죄악이 지중하여 이러한 고생을 겪는다고 하소연하지만, 그녀를 괴롭히는 현실의 고난도 그녀의 고귀함을 훼손하지는 못한다. 거지꼴을 하고 다니고 모함을 당해 쫓겨나고 옥에 갇힌 죄인이 되어도, 전생 신분이 상기되고 고난에서 구원된다. 현세에서의 그녀 모습은 가상일 따름이다.

숙향은 자질구레한 생활상의 어려움이나 이익 추구 따위는 거의 문제로 여기지 않는다. 그런 것들은 전생의 고귀한 신분으로서 이 세상에 태어날 때부터 지닌 능력에 의해 저절로 처리된다. 그녀의 관심은 온통 전생 죄악을 씻고 천정배필과 만나는 일에 있다. 그러기에 마고할미가 거짓말로 그녀의 마음을 떠볼 때, 다음과 같이 말한다.

> "……낭ᄌ의 비필이 되염 즉ᄒ되 다맛 그 공ᄌ 젼셩 죄로 혼 팔 혼 다리 져난 병인(이)미 츄비ᄒ더이다." 낭ᄌ 왈, "진실노 틱을션군니면 비록 두 눈 멀고 츔혹ᄒ 병인인들 관계ᄒ오릿가……"(94면)

참혹한 몰골의 병자일지라도 천정배필이면 결연하겠다는 것이다. 숙향의 배필인 이선 역시 똑같은 태도를 취한다. 천정배필을 찾는 마당에 현세에서의 모습은 아무런 판단 기준이 될 수 없다. 이러한 점에서 숙향은 세속적인 일과 가치에 대해 순진한 태도를 취한다고 할 수 있다.

<심청전>에서 심봉사가 자신의 처지를 잊고 공양미 삼백 석의 시주를 약속하는 것은 세상물정 모르는 어리석은 행동이라고 비난 받을 만하다. 그러나 심청은 아버지의 염원이 얼마나 간절하였기에 그랬을지 충분히 수긍하고, 나아가 지성이면 감천이라는 마음으로 신들에게 정성

을 드려 현실적으로 불가능한 일을 실현시키고자 애쓴다. 이 점이 일반 독자와 주인공 심청 사이의 거리이자 세상에 대한 순진함의 정도를 젤 수 있는 척도이다. 심청은 세상 물정에 어두운 심봉사보다 더 나아가 세상에서 불가능한 일을 이루고자 하는 열망을 드러낸다. 물론 그 열망 은 그녀의 효심에서 우러나온 것이다.

심청이 팔려 간다는 말을 들은 장승상 부인이 그녀를 불러다가 자기 가 삼백 석을 내줄 테니 상인과의 약속을 물리라고 한다. 이에 대해 심 청이 다음과 같이 대답한다.

> "……위친ᄒ여 공을 빌 양이면 엇지 남의 무명식호 지물을 빌러 오
> 며, 빅미 삼빅 석을 도로 니여 주면 션인들 임시 낭픽오니 그도 쏘호 어
> 렵삽고, 사롬의게 몸을 허락ᄒ여 약속을 정호 후의 다시금 비약ᄒ오면
> 소인의 간장이라 그난 쏫지 못 ᄒ려니와, ᄒ물며 곱슬 밧고 수식이 지
> 닌 후의 차마 엇지 낫철 드러 무삼 말을 ᄒ오릿가……"(156면)

첫째, 자기 부모를 위한 일에 명분 없는 남의 재물을 빌릴 수 없고, 둘째, 도로 물리면 선인들이 낭패를 당하며, 셋째, 약속을 어기는 것은 소인의 처사고, 넷째, 값을 치룬 후 여러 달 지났기에 변명할 말이 없다 는 것이다. 장승상 부인의 제안이 현실적인 판단에서 나온 것이라면 심 청의 반론은 세상일에 대처하는 그녀의 소신에서 나온 것이다. 심청은 자신의 일은 자기가 감당하고 남의 처지를 이해하고 신의를 지키는 삶 의 태도를 보여 주고 있다. 이는 순수하고 착한 마음을 확고히 지니고 살아가는 사람의 모습이다.

흥부의 성격은, '□옴(이) 인후ᄒ여 청산뉴슈와 곤눈옥결이라. 셩덕을

본밧고 악인을 져어ᄒ며 물욕의 탐이 업고 듀식의 무심ᄒ니’(575면)라고 그려진다. 흥부의 인후, 군자다움, 주색에 무심함 등은 결국 물욕 없음으로 수렴한다. 흥부 아내가 그의 성격을 ‘부질없는 청렴’이라고 규정한 것이 이를 말해 준다. 부질없이 청렴하게만 살아가는 흥부는 곧 세상물정에 어둡고 자신의 선한 마음만 믿고 살아가는 순진한 사람이다.

이러한 태도는 매품팔이를 하러 가기 전에, ‘삼십 냥을 ᄇ다 열 냥ᄋ치 냥식 팔고 닷 냥아치 반찬 스고 닷 냥ᄋ치 나모 스고 열 냥이 남거든 미 맛고 와셔 몸 조셥을 ᄒ리라.’(577면)라며 잔뜩 기대하는 모습에서도 잘 나타난다. 가난에 찌든 그가 희망에 차서 이런저런 고려 없이 다만 매품을 팔아 가족을 부양하는 것만을 기쁘게 여기고 있다. 흥부의 순진함은 박을 타기 전에 보이는 태도에서도 나타난다.

> 뉵월의 화락ᄒ니 칠월의 셩실이라. 디즈는 여항ᄒ고 소즈는 여분이라. 엇지 아니 조흘소냐. 여봅소, 비단이 ᄒ 끼라 ᄒ니 ᄒ 통을 ᄲ셔 속으란 지져 먹고 박ᄋ지는 파라 쏠롤 팔아다가 밥을 지어 먹어 봅식.(579면)

먼저 계절의 경과에 따라 박이 열리는 과정을 말하여 자연의 섭리에 대한 감사의 마음을 표한다. 그러고 나서 박속은 지져 먹고 바가지는 팔아서 밥을 지어 먹자고 한다. 무르익은 박을 보고 가난한 서민이 생각할 만한 소박한 내용이다. 제비가 보은의 징표로 박 씨를 가져왔다는 사실 자체를 잊어버린 듯이, 흥부는 애초의 모습대로 사물에 대한 소박하고 순진한 태도를 보여 주고 있다.

3. 삶의 조건과 관련된 덕목

3.1. 신에게 정성을 다함

<숙향전>에서 강조되는 덕목의 하나가 신에 대한 정성이다. 숙향과 이선이 각자 부모의 기자치성(祈子致誠)을 통해 태어난 것부터가 그렇고, 이선이 천정배필 숙향을, 김전이 잃어버린 딸 숙향을 만나기 위해 겪는 고생길을 신들이[19] 인간의 정성을 시험하는 과정이라 한 것까지도 그렇다.

> 김젼니 모든 흉인을 보너고 혼즈 잇다가 듯고져 흐더니 문득 취우 와 평지의 물이 즈나 되고 김젼니 셧난 디난 물이 억기를 넘무되 종시 요동치 아니흐고 셧더니 이윽흐여 강풍이 이러나며 눈니 만니 와 김젼의 옷시 졋고 물속의 셧시되 종시 요동치 아니코 셧더니 그제야 노인니 줌을 끼여 쇼왈, "너 흐난 거동을 보니 정성이 지극흐다"(169-170면)

여기서 보듯 김전은 혹독한 시련을 겪은 다음에야 숙향을 만날 수 있었다. 이는 다 신들이 인간의 정성을 시험하기 위한 것이다. 이로써 천상의 선녀인 숙향이 지상에서 겪은 고통도 신에 대한 정성을 시험하기 위해서였다고 해석할 수 있다. 곧, 숙향은 자신이 부여받은 운명의 생애 자체를 신에게 바친 인물이라고 할 수 있다.

이러한 상징적 의미의 정성 외에도 숙향의 정성은 마고할미, 청삽사

---

19) <숙향전>은 무속적 세계관을 바탕으로 한 작품이므로 여기서 신들은 주로 무속 혹은 무속화된 신들이다.(신재홍, 「숙향전의 미적 특질」, 『고소설연구논총』, 경인문화사, 1994, 539-544면)

리가 떠났을 때 각각 제문을 지어 전송하는 대목, 귀하게 된 후 은혜 입은 여러 신에게 차례로 재를 올려 사례하는 대목 등에 구체적으로 그려져 있다.

심청 역시 부모가 기자치성을 드려 낳은 딸이다. 명산대찰의 신령, 성황신, 여러 부처와 보살, 조왕과 성주신 등에게 정성을 드리고 서왕모의 딸이 품에 드는 태몽을 꾸고 낳았다. 해산한 날 삼신상을 차려 갓난아이가 복 많이 받고 잔병 없이 자라나기를 축도하기도 하였다.

<심청전>에서 신에게 정성을 드리는 것은 공양미 삼백 석으로써 상징된다. 엉겁결에 몽은사 화주승에게 공양미 삼백 석의 시주를 약속한 후, 심봉사는 자신의 행동이 망령된 것이었다고 후회하면서 심청에게 실토한다. 이에 대해 심청은 '후회ᄒᆞ면 진심이 못 되오니다.'(152면)라고 위로한다. 진심을 다해 신에게 공양해야 한다는 말이다. 그로부터 심청은 목욕재계하고 후원에 정화수를 떠놓고 여러 신에게 아버지의 눈을 뜨게 해 달라고 정성스럽게 빈다.

심청이 남경 상인에게 몸을 파는 것은 공양미 삼백 석을 마련하기 위한 행동이다. 자신을 희생함으로써 신에 대한 정성을 표하고 신과의 약속을 지킨다. 인당수에 빠질 때 심청은 다음과 같이 빈다.

> 비난이다 비난이다 하날임 젼의 비난이다. 심쳥이는 죽난 일은 추호라도 셥지 안이ᄒᆞ여도 병신 부친의 집푼 흔를 싱젼의 풀야 ᄒᆞ옵고 이 죽엄을 당ᄒᆞ오니 명천은 감동ᄒᆞ옵셔 침침흔 아비 눈을 명명ᄒᆞ게 씌여 주옵소셔(160면)

신에게 정성을 바치는 일 가운데 자기 몸을 내놓는 것만큼 귀한 것은 없다. 이에 신들의 좌장격인 옥황상제가 용왕에게 분부하여 심청을 구해 극진히 모시도록 분부한다. 심청의 지극 정성이 신들을 감동시킨 것이다.

<흥부전>에서는 기자치성과 같이 신에게 정성을 들이는 일반적인 사례는 보이지 않는다. 그러나 작품의 형성 과정에 성조 신앙이 바탕에 놓였고 제비가 성조신적 면모를 보이고 있으므로,[20] 신에 대한 정성의 주제는 여전히 살아 있다.

신에 대해 정성을 드리는 모습은 흥부가 제비 다리를 고쳐 주는 장면에서 잘 나타난다.

> "……여봅소 아기 어미, 무슴 당수실 잇슴느." "이고, 굼기롤 부즈의 밥 먹듯 흐며 무슴 당수실이 잇단 말이오." 흐고 쳔만 의외 실 훈 님 어더 듀거눌, 흥뷔 칠산 조긔 겁질롤 벗겨 제비 다리롤 쓰고 실노 찬찬 동혀 찬 이슬의 언져 두니(578면)

둥지에서 떨어진 제비 새끼를 치료하면서 흥부와 그의 아내는 정성을 다하여, 당사실을 찾고 조기 껍질을 벗겨 제비 다리를 동여매어 준다. 가난한 흥부 집에서는 구할 수 없는 좋은 재료를 어떻게든 가져다가 제비를 치료해 준 것이다. 흥부의 이러한 정성어린 보살핌 덕에 제비는 소생하여 강남으로 돌아가게 된다.

제비가 강남에 이르러 만난 존재가 제비 황제이다. 흥부가 고쳐 준 제비는 제비 황제가 다스리는 강남의 신민(臣民)이었던 것이다. 제비는 이제

---

20) 정충권, 앞의 책, 34-44면.

일개 동물이 아니라 신적인 존재로서 작품 속에 다시 등장한다. 제비 황제의 하교를 받은 메신저의 역할을 하고 있는 것이다. 이 점에서 흥부는 신에 대한 정성이 가득한 숙향이나 심청과 별반 다르지 않은 인물이다. 정성어린 제비 치료에서 신에 대한 흥부의 정성을 확인할 수 있기 때문이다.

3.2. 운명에 순응함

숙향과 이선은 옥황상제에게 죄를 얻어 지상으로 내려온 월궁소아와 태을성(/선)군의 환신이다. 그들은 하늘에서 맺어준 인연이므로 지상에서 우여곡절 끝에 결국 결연하게 된다. 숙향은 전생의 죄에 대한 벌로서 다섯 번의 죽을 액을 지나도록 운명 지어져 있는바, 그것들 역시 차례차례 어김없이 실현된다.[21]

숙향이, "인간 고승을 싱각ᄒ오면 ᄒ로가 십 연 갓ᄉ오니 ᄎ라리 즈쳐ᄒ여 죽고져 ᄒ나이다."라고 하여도, 후토부인은, "션녀 아모리 죽고져 ᄒ여도 천승의셔 죄를 즁이 어더 게시미 인간의 나려와 다섯 번 죽을 익을 지닌 후의야 천승 죄를 면ᄒ고 죠흔 시졀을 보실 거시니"(19면)라고 대답한다. 고생이 극심하여 차라리 죽으려 해도 그것은 운명이 아니기 때문에 할 수 없는 일이다. 예정된 운명을 헤쳐 나가는 것만이 숙향에게 주어진 삶의 도정이다. 이에 그녀는 신들이 가르쳐 주는 길로 나아가게 된다. 후토부인의 인도로 장승상 댁에 이르고, 화덕진군의 지

---

21) <숙향전>의 이러한 양상을 숙명론적 세계관의 투영으로 보고 이를 삶의 원리이자 순리로 해석하여 하나의 가치로 삼을 수 있다는 주장(차충환, 『숙향전 연구』, 박사논문, 경희대, 1999, 162면)이 있었다.

시로 마고할미 집에 가며, 마고할미의 덕택으로 이상서 댁에 들어간다.

모든 일은 운명으로 정해진 것이기에 거부할 수 없다. 그러기에 숙향은 지상에서 받는 모든 고난을 참고 견딘다. 거리를 헤매고 모함에 시달리고 옥에 갇히는 일을 겪지 않을 수 없다. 고난을 견디다 보면 구원자가 나타나 다음 단계의 운명이 실현되는 길로 이끌어 준다. 고난과 구원이 연속되면서 숙향의 운명이 실현된다. 운명의 실현 자체가 숙향의 삶이다.

숙향은 구원자를 만날 때마다 자신이 걸어온 길을 되풀이하여 말한다. 전생 죄악이 지중하다는 말로 시작해서 난리 통에 부모 잃은 일은 빠트리지 않으며 해당 사건 직전까지 실현된 액에 대해 말한다. 그녀가 자기 삶의 이야기를 반복하는 것은 지상에서 예정된 운명을 계속해서 확인하고 다짐하고 각인하는 일이다. 지나온 운명을 확인함으로써 앞으로 닥칠 운명에 따를 수밖에 없음을 토로한다.

심청은 남경 상인에게 팔려 가게 된 전날 밤에 자신의 신세를 한탄하며 홀로 남을 아버지에 대한 걱정으로 밤을 꼬박 샌다. 날이 밝자 아버지에게 실상을 밝히고 작별을 고한다.

> 부자군 천륜을 쓴코 시퍼 쓴사오며 죽고 시퍼 죽사오릿가만은 익운
> 이 막키엿삽고 싱사가 쩌가 잇셔 흐날임이 흐신 비오니 흐탄흔들 엇지
> 흐오릿가.(157면)

부자간의 사별은 '흐날임이 흐신 비'라는 것이다. 밤새 신세 한탄을 하며 자신의 기구한 팔자를 원망하고 날이 새는 것을 보며 죽음을 각오한 그녀는 자기에게 주어진 운명을 어쩔 수 없는 것으로 받아들이고 있다.

심청은 심봉사가 공양미 삼백 석으로 눈 뜨기를 염원하는 데 동조하여 자신의 죽음으로 아버지의 눈이 뜨이기를 간구하였다. 심봉사와 심청의 염원은 자신들의 운명을 역전시키려는 노력이기도 하다. 그렇지만 그 노력에 응답하는 것은 인간의 운명을 쥐고 있는 신들이다. 공양의 대상이 되는 부처, 심청의 환생을 명하는 옥황상제, 환생을 주관하는 용왕 등 신들은 인간의 염원과 노력에 합당한 응답을 준다.

이는 주어진 운명 속에서 삶의 기본자세를 끝까지 지키며 살았던 심청이 신들에게 보답을 받은 것이다. 자신의 소명에 대한 철저한 인식과 노력, 곧 지상 명령으로서의 효를 실천하는 삶이 운명을 바꾸었다고 할 수 있다. 심청 이야기는 효의 길을 자신의 운명으로 받아들인 한 인간이 결국 신들로부터 축복받은 이야기이다.

흥부는 자기의 가난에 대해, '엇던 스룸 팔즈 조화 디광보국숭녹디부 삼티뉵경 되여 느셔 고디광실 조흔 집의 부귀공명 누리면셔 호의호식 지니는고. 니 팔즈 무슴 일노 말만혼 오막집의 성소광어공졍ᄒ니 집웅말이 별이 뵈고 쳥텬한운셰우시의 우디량이 방등이라.'(575면)라며 팔자 소관으로 돌린다. 이는 놀부가 양식을 빌리러 온 흥부를 내쫓으면서, "텬불싱무록지인이오 디불싱무명지최라. 네 복을 누롤 듀고 나롤 이리 보치ᄂ뇨"(576면)라고 하는 말과 같은 생각이다. 사람에게는 애초부터 누릴 복이 주어져 있어서 그에 따르는 수밖에 없다는 것이다.

이러한 숙명적인 생각을 지닌 흥부로서는 평생 가난에서 벗어날 수 없을 것 같다. 그저 품을 팔면서 열심히 살아가는 수밖에 다른 도리가 없는 것이다. 그렇지만 그가 이러한 순응적 태도를 보이는 기본 전제는 다음의 말 속에 들어 있다.

> "우지 말소. 안연 갓튼 성인도 안빈낙도 흐엿고 부암의 담 쌋턴 부열
> 이도 무경(정)을 맛ᄂ 지상이 되엿고⋯⋯우리도 ᄆ옴만 올케 먹고 되는
> 씌룰 기드려 봅시."(577면)

마음을 옳게 먹고 때를 기다려 보자는 말에서 운명에 순응하는 흥부
의 태도가 단적으로 드러난다. 착하고 올바른 마음가짐으로 세상을 살
다 보면 언젠가 좋은 날이 오리라는 낙관주의가 그의 생각의 바탕을 이
루고 있다. 제비의 보은은 이러한 삶의 자세에 대한 보답의 이야기이다.
심청이 효를 지상 명령으로 삼아 살았듯이 흥부는 착하고 올바른 삶의
기본자세를 운명으로 안고 살아갔다. 그러한 삶에 대한 신의 보답이 흥
부의 운명을 역전시켜 주었다.

4. 덕목들이 지닌 고전적 가치

세 인물 형상에서 찾기 어려웠던 덕목으로 정의와 지혜를 들 수 있
다.22) 정의와 관련해서는 숙향이 억울하게 옥에 갇혔다가 풀려나는 과
정, 맹인 잔치에서 모든 맹인이 눈을 뜨는 장면, 놀부의 심술들이 열거
된 부분 등에서 조금 나타난다. 그렇지만 숙향, 심청, 흥부의 일들은 다
분히 사적이고 편파적인 도움을 통해 해결된다는 점에서 정의와는 어느
정도 거리가 있다. 지혜와 관련해서는 세 인물 다 이렇다 할 태도나 행
동을 취하고 있지 않다. 지혜보다는 오히려 어리숙한 모습, 무조건 감수

---

22) 두 덕목은 우애와 함께 아리스토텔레스 윤리학에서 중요한 축을 이룬다(아리스
토텔레스, 최명관 역, 『니코마코스 윤리학』, 을유문화사, 1983, 269-310면 참조).

하는 모습이 두드러진다.

정의와 지혜의 덕목은 이들과 다른 유형의 작품에서 나타난다. 정의의 문제는 영웅 소설, 가정·가문 소설 등에서 충(忠)의 형상화로 표현된다. 임금을 도와 백성을 편안하게 하고, 나라를 어지럽힌 역적이나 오랑캐를 물리쳐 태평을 얻는 일에 진력하는 영웅의 모습에서 중세적 정의의 한 양상을 본다. 지혜의 문제는 우화 소설, 송사 소설 등에서 다루어진다. 동물들이 등장하여 상좌 다툼을 벌이거나 판정하기 어려운 문제를 해결하는 판관의 모습에서 지혜의 덕목이 강조된다. 이렇게 본다면, 고전 소설들은 유형에 따라 강조하는 덕목이 조금씩 다르다고 하겠다.

앞의 두 장에서 정리해 본 숙향, 심청, 홍부의 공통된 덕목들은 각 인물에 따라서도 강조점이 조금씩 다르게 나타난다. 숙향은 보은과 정성이, 심청은 성실과 순응이, 홍부는 동정과 보은이 상대적으로 두드러지게 형상화되었다. 달리 보면, 숙향은 여섯 가지 덕목들이 고루 강조된 데 비해 심청은 보은, 순진이, 홍부는 정성, 순응이 약화된 모습을 보인다. 대체로 숙향의 덕목들이 심청과 홍부의 그것들로 분화되어 나간 느낌을 받는다.

고전 소설의 전반적인 양상으로 보아, 본고에서 묶어서 살핀 세 인물의 형상이 한글 서민 소설 주인공의 기본적인 심상을 이루지 않나 생각된다. 신에게 정성을 다하면서 세속에 대해서는 순진하고, 주어진 운명을 받아들여 성실하게 살아가면서 주변 존재에게 동정을 베풀고, 살면서 받은 은혜에 대해 보답할 줄 아는 인간의 모습, 이러한 형상이 조선 후기 서민에게 비친 '착한 사람'의 기본형에 해당하지 않을까 한다. 물론, 세 인물의 공통 덕목이 꼭 여섯 가지라고 단정 지을 수는 없으며, 앞의 네 가지와 뒤의 두 가지 사이의 변별에 대해서도 논란의 여지가 있다. 그러나 이 정도의 분석으로도 조선 후기 서민들 사이에 수용된 착한 사람이라는 형상의 윤곽은 그려 볼 수 있다.

이러한 형상은 <사씨남정기>의 사씨, <창선감의록>의 화진과 같이 중세의 이념적 덕목인 충·효·열을 굳게 지킴으로써 선한 존재로 인정받는 인물 형상과는 다른 위치에 있다. 대개 서민 생활에서 우러난 정서와 사상이 녹아들어 표현된 인물과 상층의 지배 이념을 주입하여 그려 낸 인물과는 차이가 있는 것이다. 소설사의 관점에서 착한 인물 형상의 계층적, 유형적, 시대적 차이점 및 공통점을 밝히는 작업이 이어질 필요가 있다.

본고는 여러 덕목들이 모여 한 인물의 형상을 이룬다고 전제하고 작품을 분석하였다. 이는 고전 소설의 인물을 한두 가지 덕목으로 요약하여 규정하려는 것에 대한 반론의 의미가 있다. 세 인물의 성격을 요약하자면, 선녀 같은 숙향, 효녀 심청, 착한 흥부라 할 수 있다. 작품의 주제를 다룰 때에는 대개 <숙향전>의 환상성, <심청전>의 효, <흥부전>의 우애 등을 중심에 두었다.

그런데 가령, <심청전>의 주제를 효로 볼 때, 그 효가 어떠한 삶의 맥락에서 나왔는지를 종합적으로 살피는 관점이 필요하다.[23] 심청은 성실하고 정성을 다하고 운명에 순응하는 과정에서 효를 실천하는 인물이다. 효 속에 다른 덕목들이 모두 포함되는 것이 아니라 효와 함께 다른 덕목들도 살아 움직이고 있다. 이러한 면들이 중세 윤리 덕목으로서의 충·효·열에 대비되는 덕목들이 될 수 있다. 충·효·열이 중세 봉건

---

[23] <심청전>의 주제로 효만을 놓고 보았을 때, '현실적으로 실천할 수 없는 효를 강조함으로써 개연성을 상실'(장석규, 『심청전의 구조와 의미』, 박이정, 1998, 276면)하였다는 비판이 나올 수 있다.

시대의 이념적 덕목이긴 했지만 오늘날에 와서 여러 면에서 논란이 된다. 이에 비해 이념적 덕목을 둘러싸고 있는 인간 보편의 덕목들이 이념적 덕목의 이데올로기적 편향성을 시정하는 데 도움을 주리라 본다.

이와 함께 고전 소설이 권선징악의 행복한 결말을 갖는 의미도 다시 생각해 볼 만하다. 착한 일을 하여 보답을 받는다는 것은 그저 한두 가지의 선행, 이념적인 덕목의 실천에 몰두한 결과가 아니다. 그 인물의 인격 전체, 그리고 지상 명령으로서의 삶의 기본자세에 대한 보답으로 보아야 한다. 고전 소설의 결말은 주인공이 어떻게 살아 왔는가를 요약하여 삶의 기본자세를 상기하는 역할을 할 따름이다. 세 인물의 형상을 통해 고전 소설은 우리에게 '착하게 살라.'고 명령하고 있다.

문학을 통해 운명으로 인하여 파멸하는 비극적 삶에 주목할 수도 있지만, 운명에 순응하며 기본자세를 흐트러뜨리지 않고 살아가다 보면 언젠가 행복을 얻으리라고 기대하며 사는 삶을 그리는 것도 충분히 의의가 있다. 고전 소설을 대하면서 이러한 '착한 마음씨'[24]를 어느 작품에서건 확인하게 된다는 것은 뿌듯한 일이다. 고전 소설에는 우리 민족의 고운 심성이 녹아 있기에, 그리고 유덕한 활동 가운데 '가장 고귀한 것이 가장 지속적'[25]이기에 고전 소설 주인공들의 도덕적 형상은 오늘날의 우리에게 여전히 고전으로서의 가치를 지니고 있다.

---

24) '칸트는 인간에게서 참된 존경의 대상이 되는 것은 오직 착한 마음씨, 즉 선한 의지 이외에는 아무것도 없다'(김상봉, 앞의 책, 268면)고 한다.
25) 아리스토텔레스, 최명관 역, 앞의 책, 194면.

제3부 인식의 문제

1. 서 론

한국 소설사의 시작을 어느 시대로 잡느냐 하는 문제는 소설 장르의 성격을 어떻게 규정하느냐 하는 문제와 연관하여 논의되어 왔다. 그런데 소설 장르에 대해 같거나 비슷한 견해를 갖는다 하더라도 작품을 놓고 분석해서 내리는 결론은 다를 수 있다.[1] 장르론의 추상적인 정도가 높기 때문에 역사적 장르들의 다층적이고 복합적인 당대적 면모를 분석할 이론적 도구로 쓰기에 어려움이 있는 것이다. 또한, 수백 년 간의 역사 속에 몇 편의 작품을 꼽고 넘어갈 정도로 초기 소설사의 자료가 영성하다는 근본적인 한계도 있다. 그러나 자료의 영성함 때문에 신라나

---

1) 가령, 자아와 세계의 상위 우위에 입각한 대결이라는 조동일의 소설 장르론을 수용한 김종철이 나말 여초의 작품들을 전기 소설로 보아 ≪금오신화≫부터 소설로 본 조동일과 견해를 달리한 경우가 그렇다.(조동일, 『한국소설의 이론』, 지식산업사, 1977, 104-132면 ; 김종철, 「서사문학사에서 본 초기소설의 성립 문제」, 『고소설연구논총』, 간행위원회, 1988, 186-193면).

고려 시대 소설의 존재를 부정할 수는 없다.

초기 소설사를 다루기 위해 본고는 두 가지 관점을 전제한다. 첫째, 초기 소설사의 구체적인 양상을 포착하기 위해서는 이론적 장르가 아닌 역사적 장르로서 소설을 보아야 한다. 일정한 역사 단계에 이르면 각 시대마다 소설에 대한 수요가 생기고 그에 부응하여 소설이 창작, 향유될 수 있었다는 관점에서 조선 시대뿐 아니라 고려 시대, 신라 시대에도 소설이 존재하였다고 본다. 더욱이 당나라와 활발하게 교류하며 수준 높은 문화를 누렸던 신라가 전기 소설의 유행에 무관심했을 리가 없다.[2] 둘째, 소설 창작과 향유의 바탕은 당대(當代)의 일상성에 있다. 소설은 작가가 재미있게 지어낸 이야기라고 할 수 있는데, 소설의 재미는 삶의 의미를 반추하는 데 있고 소설의 지어냄은 당대의 삶에서 소재를 취한 것이다. 곧, 소설의 흥미성과 허구성은 일상생활의 반영에서부터 출발한다고 본다.

이러한 두 가지 전제 위에서 초기 소설사를 다시 검토해 보고자 한다. 마침 1989년에 발견된 『화랑세기』가[3] 일상생활을 반영하여 재미있

---

2) 임형택, 「나말여초의 전기문학」, 『한국문학사의 시각』, 창작과비평사, 24면, 각주 18)에서 7~8세기 당나라 문인 장작의 글을 신라와 일본 사신들이 중가를 주고 사 갔다는 기록을 『당서』에서 인용하고 있다. 이 사례는 예외적인 것이 아니라 당시 동아시아 문화 교류의 일반적인 양상의 하나로 보아야 한다.

3) 『화랑세기』의 진위에 대한 논란이 지금까지 이어져 논쟁사가 한 차례 정리되기도 하였다.(권덕영, 「필사본 화랑세기 진위 논쟁 10년」, 『한국학보』99, 일지사, 2000 여름, 2-46면) 대체로 보아 실증사학 쪽에서 위작설을(노태돈, 「필사본 화랑세기의 사료적 가치」, 『역사학보』147, 1995, 325-362면 ; 권덕영, 위의 논문 ; 윤선태, 「필사본 화랑세기 진위논쟁에 뛰어들며」, 『역사비평』62, 역사비평사, 2003 봄, 419-429면 ; 박남수, 「신발견 박창화의 화랑세기 잔본과 향가 1수」, 『동국사학』43, 동국사학회, 2007, 47-99면), 생활사학 쪽에서 진본설을(이종욱, 「화랑세기의 신빙성에 대하여」, 『화랑세기』, 소나무, 1999, 316-361면 ; 김태식, 「박창화와 화랑세기」, 『역사비평』62, 역사비평사, 2003 봄, 411-418면) 주장하여 맞서 있다. 그 사이에 부분적

게 지어낸 역사적 장르가 소설이라는 관점에서 초기 소설사를 살피는데 중대한 논거와 시사점을 준다. 『화랑세기』의 국문학적 의의는 향가의 수록에만 있는 것이 아니라, 초기 소설사를 새롭게 바라보게 한다는데에도 중요한 의의를 지닌다.

2. 역사에서의 취재

기존에 소설로 논의된 <온달>, <설씨녀> 등은 『삼국사기』「열전」에 실려 있다. 우리나라 한문 소설의 첫 장에 놓이기도 한[4] <백운제후>는 『삼국사절요』에 수록된 글이다. 역사책에 기록된 이야기를 소설로 끌어들여 초기 소설사를 기술하는 것은 부담이 크다. 실제로 일어난 역사적 사실의 기록일 수도 있는 것을 허구적 이야기 문학인 소설로 보는 데 따른 실상의 왜곡이 문제인 것이다.

인정설도(권덕영, 「필사본 화랑세기의 사료적 검토」, 『역사학보』123, 역사학회, 1989, 155-201면 ; 최광식, 「화랑에 대한 연구사 검토」, 『화랑문화의 신연구』, 문덕사, 1996, 66-68면 ; 이강래, 「삼국사기와 필사본 화랑세기」, 같은 책, 357-371면 ; 이영훈, 「화랑세기에서의 노와 비」, 『역사학보』176, 역사학회, 2002, 1-40면) 나왔다. 국어국문학계도 위작설과(김완진, 「향가에 대한 두어 가지 생각」, 『향가와 고려가요』, 서울대출판부, 2000, 175-176면 ; 이현희, 「향가의 언어학적 해독」, 『새국어생활』6-1, 국립국어연구원, 1996 봄, 13-14면) 진본설이(김학성, 「필사본 화랑세기와 향가의 새로운 이해」, 『한국 고시가의 거시적 탐구』, 집문당, 1997, 81-119면 ; 이도흠, 「필사본 화랑세기의 사료적 가치에 대한 국문학적 고찰」, 『화랑세기를 다시 본다』, 주류성, 2003, 11-46면 ; 신재홍, 『향가의 미학』, 집문당, 2006, 443-463면) 맞서 있고, 그 중간에 신중론이(김영욱, 「화랑세기의 진위에 관한 문법사적 접근」, 『박물관휘보』11, 서울시립대 박물관, 2000, 3-30면) 제기되었다. 본고는 진본설의 입장에 서서 논하고자 한다.
4) 박희병 표점·교석, 『한국한문소설 교합구해』, 소명출판, 2005, 49-51면.

그런데 이 글들에는 사실을 허구적으로 윤색했다고 볼 만한 대목이 들어 있다. <온달>에서 공주와 바보의 혼인 모티프, 온달의 운구가 움직이지 않자 평강 공주가 주술을 쓰는 대목, <설씨녀>에서 설씨가 가실이 두고 간 말을 붙잡고 울고 있던 차에 가실이 돌아온 대목 등에서 이야기를 재미있게 구성하려 한 작가의 필치를 엿볼 수 있다. 이러한 허구적 필치 때문에 이 글들을 초기 소설사에 편입해 기술하는 것이 용인될 수 있을 것이다.

『화랑세기』에 <백운제후>와 <설씨녀>의 소재가 된 실제 사건일 것으로 추정되는 기록이 나온다. 사건이 간략하게 기술되었거나 그 내용이 상당히 달라져 있어서 비교에 한계가 있지만, 이 기록은 두 작품을 실제 사건을 소재로 쓰여진 소설로 볼 만한 근거가 된다.

『삼국사절요』의 <백운제후>는 『화랑세기』 제8세 「문노」에 기록된 다음 사건의 시말을 기술한 것이다.

> 낭도 중에 금천이란 자가 백운과 제후를 위하여 사사로이 스스로 사람을 죽였다. 조정에서 죄를 물으려 하자 세종공이 이르기를, "의리에서 나왔으니 상을 줄지언정 벌은 불가하다." 하고는, 벼슬을 주어 포상하였다. 이로써 [문노]공의 낭도들이 대거 세종공에게로 돌아갔다.[5]

문노의 전기를 기술하는 중에 문노와 세종의 관계를 언급하면서 금천, 백운, 제후에게 포상한 일을 기록한 것이다. 비록 한 문장으로 간략하게 기록되어 있지만, 이것이 다음과 같은 <백운제후>의 이야기와 등일한 사건임은 쉽게 알 수 있다.

---

[5] 『화랑세기』, 제8세 문노, 徒有金闡者 爲白雲際厚 私自戮人 朝廷將罪之 世宗公曰 出於義理 可賞而不可罰 乃賜爵以褒之 以此公徒大歸于世宗公.

㉠ 신라왕이 백운, 제후, 금천 등 세 사람에게 벼슬 3급씩을 [높여] 주었다.

① 애초 현달한 관리 두 집이 한 마을에 살았다. 두 집에서 일시에 아들 백운과 딸 제후를 낳았다. 두 아이가 자라면 혼인을 시키기로 약속하였다.

② 백운은 14세에 국선이 되었으나 15세에 눈이 멀었다. 이에 제후의 부모는 예전 약속을 고쳐 무진 태수 이교평에게 제후를 시집보내고자 하였다.

③ 제후가 무진으로 가게 되자 백운에게 은밀히 말하였다. "첩이 그대와 같은 날 태어나서 부부가 되기로 약속한 지 오래입니다. 이제 부모님께서 옛 약속을 바꾸어 새로 이러한 시도를 하셨습니다. 만약 명을 어긴다면 불효를 하는 것이지만, 무진으로 가고 나면 죽고 사는 것이 어찌 내게 있지 않겠습니까? 그대가 신의가 있거든 꼭 나를 찾아서 무진으로 오면 좋겠습니다." 서로 굳게 맹세한 후 헤어졌다.

④ 무진에 온 제후는 이교평에게 일렀다. "혼인은 사람 된 도리의 시작이니, 불가불 길일을 택하여 예를 올려야 합니다." 그러자 교평이 그녀의 말을 따랐다.

⑤ 백운은 물어물어 무진 땅에 이르렀다. 제후가 [교평의 집을] 나와 백운을 좇았다.

⑥ 두 사람이 함께 남몰래 산골짜기로 지나다가 갑자기 협객을 만났다. 협객은 백운을 위협하여 제후를 빼앗아 달아났다.

⑦ 백운의 낭도인 금천은 용력이 뛰어나고 말 타기와 활쏘기를 잘하였다. 그가 쫓아가서 협객을 죽이고 제후를 빼앗아 돌아왔다.

⑧ 이를 듣고 왕이 "세 사람의 신의가 가상하다." 하고, 이런 명을 내렸던 것이다.[6)]

진흥왕 27년(566)에 백운 등에게 관등 3급씩을 높여 준 사건이다. 『화랑세기』를 통해 보면, 이 일이 일어난 때는 세종이 풍월주로 있던 561~568년 사이고, 백운이 국선이 된 것은 사다함(547~562)이 국선이라 일컬어졌던 것과 가까운 시기이다. 진지왕이 즉위하자(576) 왕비 지도의 권유로 문노를 국선으로 삼았는데, 진평왕이 즉위한 579년에 문노가 풍월주가 되면서 국선은 풍월주에 포섭된다.

이렇듯 『화랑세기』에 기록된 연대 및 제도에 의하면 <백운제후>의 내용은 사실일 가능성이 크다. 형식면에서 보면 <백운제후>는 ㉠의 사건 요약 아래에 ①~⑧의 사건 서술이 이어진 글이다. 내용상으로도 비현실적인 대목 없이 모든 사건이 인과 관계를 맺으며 사실의 연속으로 기술되어 있다. 글의 배경, 형식, 내용상 <백운제후>는 역사적 사실을 기록하려는 의도가 반영된 글임은 분명하다.

그런데 ㉠의 술부를 ⑧의 '이러한 명을 내렸던 것이다.'에 대체하고 보면, 이 글은 ① 발단, ②~⑤ 전개, ⑥ 위기, ⑦ 절정, ⑧ 결말로 정리될 수 있다. 5단 구성으로 이루어진 한 편의 사건 기술문인 것이다. 또한, 이 글은 사실성을 기초로 하여 혼약, 장애, 신의, 기지, 우정, 용력, 포상 등 흥미로운 모티프들로 짜여 있다. 혼사 장애에 따른 그 극복의 과정에서 인물들의 성격과 행동, 인물 간의 관계가 흥미진진하게 그려진 것이다. 이에 비록 역사를 기록하려는 의도에서 쓰여진 글이긴 하지만, <백운제후>는 구성성, 사실성, 주제성, 흥미성 등을 지닌 한 편의 소설이라고 할 수 있다.

『삼국사기』「열전」의 <설씨녀>는 다음과 같은 이야기이다.

---

6) 『삼국사절요』, (세종대왕기념사업회, 1996) 6권, 신라 진흥왕 27년.

① 율리 평민의 딸 설씨는 가난했으나 안색이 단정하고 지행이
정제되어, 보는 이마다 아름다이 여겼지만 감히 범하지 못하
였다.
② 진평왕 때에 연로한 아버지가 방수할 당번이 되니, 설씨가
근심에 싸였다.
③ 사량부의 소년 가실은 가난하지만 뜻있는 남자였는데, 예전
부터 설씨를 좋아했으나 말을 못하고 있다가 설씨의 근심을
알고 대신 종군하겠다고 나섰다.
④ 설씨 아버지는 반가워하며 설씨를 가실에게 시집보내겠다고
약속하였다.
⑤ 설씨와 가실은 방수 당번을 마치고 돌아온 다음에 혼례를
올리기로 약속하고 거울을 둘로 나누어 가졌다.
⑥ 가실은 자기가 기르던 좋은 말 한 필을 설씨에게 맡기고 떠났다.
⑦ 마침 나라에 변고가 생겨 가실이 교대해 오지 못한 채 6년
이 흘렀다.
⑧ 설씨 아버지가 다른 집안에 시집보내려고 하자, 설씨가 가실
의 고생을 생각하면 인정이 아니라며 절개를 지켰다.
⑨ 설씨 아버지가 억지로 동네 사람과 약혼해 놓고 정한 날짜
에 데리고 오려 하였다.
⑩ 설씨는 남몰래 도망가려다 뜻을 이루지 못하자, 마구간에
가서 가실이 두고 간 말을 붙들고 한숨 쉬며 눈물을 흘렸
다.
⑪ 이때, 가실이 파리하고 남루한 모습으로 돌아와 거울 반쪽을
내놓으니, 설씨는 흐느끼고 집안사람들은 넋을 잃었다.
⑫ 드디어 혼약을 이루어 해로하였다.

<설씨녀>는 사랑과 이별, 그리고 절개의 주제를 극적인 줄거리 구성, 생동하는 인물 형상을 통해 잘 그려낸 글이다. 「열전」에 실렸으므로 그 내용은 역사적 사실이라고 해야 할 터이나, 어디까지가 사실이고 어디까지가 허구인지를 살필 만한 자료가 이제껏 없었기에, 사실과 허구가 어떻게 조합되어 이 글이 이루어졌는지를 판단하기 어려웠다. 『화랑세기』에서 이를 추정할 만한 단서를 찾을 수 있다.

『화랑세기』 제7세 「설화랑」의 세계(世系)를 보면, 설성(설원 아버지)의 어머니 설씨가 겪은 일이 기술되어 있다.[7]

① 설성은 아버지를 알 수 없어 어머니의 성을 따랐다. 설성의 어머니는 아름다웠는데, 남도에서 유화로 있다가 한 낭도와 통정하여 설성을 낳고는 서로 헤어졌다.

② 설성은 자라서 화랑 놀이를 좋아하였다. 어느 날 구리지가 지나다가 설성이 냇가에서 노는 것을 보고 기특히 여겨 그의 집을 방문하였다.

③ 한 작은 민가에서 그 어머니가 미천한 옷을 입고 맨발에 털복숭이 손으로 보리를 찧고 있었다. 구리지가 사정을 묻자, 그녀는 한참동안 눈물을 흘리다가 말하였다.

③-1 16세에 한 낭도를 만나 아이를 낳았다.

③-2 낭도가 부모에게 고하고 혼례를 올리자고 하였는데, 출정하게 되어 3년을 기다렸다. 그 후 낭도는 돌아오지 않았다.

③-3 부모는 신의가 없다고 여기고 다른 사람에게 시집보내려하였다.

---

7) 『화랑세기』, 제7세 「설화랑」 참조.

③-4 그것을 거절하고 신의를 지키며 산 지 14년이 지났다.

③-5 부모는 돌아가시고 모자가 의지하여 지낼 따름이다.

④ 구리지가 그녀의 아름다움을 칭찬하자 설성 어머니는 겸손히 사양하였다. 또한, 낭도가 돌아오지 않음은 전사했기 때문일 것이라고 대답하였다.

⑤ 구리지는 보리밥을 지어 오라 해서 함께 먹고 그녀에게 동침을 요구하였다.

⑥ 설성 어머니는 14년간 정절을 지킨 것은 지기가 굳세어 마을 사람들이 보호해 주었기 때문이라고 하며 구리지의 요청을 간곡히 거절하였다.

⑦ 구리지는 자신이 비량의 아들임을 밝히고 그녀를 첩으로 삼겠다고 하자, 설성 어머니는 큰 경사라고 하며 받아들였다.

⑧ 구리지는 집을 새로 지어 주고 그 마을을 봉읍으로 주었다. 사람들이 마을 이름을 '대행'이라고 칭하였다.

사건의 맥락은 서로 다르지만, '설씨 딸'과 '설성 모'의 이야기는 몇 가지 공통점을 지니고 있다. 첫째, 여자의 성씨가 같다. 둘째, 평민 남녀가 만났다가 헤어졌다. 셋째, 남자가 3년 기약으로 방수 혹은 종군했다가 돌아오지 않았다. 넷째, 집에서 여자를 다른 데 시집보내고자 하였다. 다섯째, 여자가 절개를 지켰다. 위의 단락 구분으로 보자면, <설씨녀>의 ①, ⑤, ⑦, ⑧과 설성 모 이야기의 ③-2, ③-3, ③-4 및 ⑥의 일부가 공통된 내용이다.

<설씨녀>는 남녀가 처음 만나는 장면과 헤어졌다 다시 만나는 과정이 좀 자세한 반면, 설성 모 이야기는 남자와 헤어진 후 여자 홀로 사

는 모습과 구리지의 눈에 띄어 영광을 얻는 과정이 중점적으로 기술되어 있다. 이러한 차이로 인해 두 자료가 서로 다른 사건을 기술한 것이라 할 수도 있으나, 그렇게 보기에는 생각해 볼 문제가 상당히 있다.

우선, 신라 중기 설씨의 홍성이 이로부터 발단하였다는『화랑세기』의 기록이 주목된다.8)『화랑세기』,『삼국사기』,『삼국유사』등을 종합해 보면, 설씨는 설성 – 설원 – 설잉피 – 담날 – 원효 – 설총 – 설중업 등 무려 7대에 걸쳐 상당한 위업을 쌓은 가문으로 나오고 있다. 이러한 설씨 가문의 홍성을 가져온 시발점으로서 인구에 회자되었던 것이 설씨 딸 혹은 설성 모의 이야기가 아니었을까 한다.

또한, 현실성의 측면에서 <설씨녀>가 설성 모의 이야기에 비해 개작의 흔적이 짙다고 할 수 있다. <설씨녀>의 소설적 요소들, 곧 신물과 늑혼 모티프, 구성상의 극적인 반전, 개성 있는 인물 형상 등은 실제 사건을 작가의 관점에서 재해석하는 과정에서 부가된 것일 가능성이 있다. 그에 비해, 설성 모의 이야기는『화랑세기』전반에 기술된 귀족과 평민의 관계, 화랑의 활동, 색공의 양상 등 신라 중기의 사회상에 부합하는 면모를 지니고 있다. 설성 모가 14년간 과부로 살았던 일, 그러다가 귀족의 눈에 띄어 그의 첩이 되어 영화를 누린 것 등이 설씨 딸이 가실과 극적으로 재회하여 늙도록 함께 살았다는 <설씨녀>의 결말보다 현실적이라고 생각된다.

이에 <설씨녀>는 설성 모가 겪은 실제 사건을 가지고 소설 작가가 정절 관념을 부각시키는 방향에서 허구적인 내용을 덧붙여 창작하였을 것으로 추정된다.

---

8) 같은 곳, 生長子雄 次子仍皮……元曉之祖也 薛氏於是而大昌.

3. 허구화의 방향

『화랑세기』를 통해 <백운제후>와 <설씨녀>의 내용이 역사적 사실에 기초하였음을 알 수 있었다. <설씨녀>의 경우, 작가가 사실적 소재에 허구적 요소를 첨가하여 창작하였는데, 소재가 된 이야기의 모티프들을 구조화하고 또 극적으로 변용함으로써 현실적 갈등을 극대화하여 그려 내었다. 역사의 소설화가 현실성을 강화하는 방향으로 나아간 작품이라고 하겠다.

이와는 다른 방향의 소설 창작도 생각해 볼 수 있다. 『삼국유사』 3권, 「탑상」의 <미륵선화>는 기존의 초기 소설사 논의에서 언급되지 않은 글이다. 그런데 『화랑세기』를 참조해 보면, 이 글은 역사의 소설화의 또 다른 측면을 보여 주는 예로서 주목할 만하다.

① 진지왕대 흥륜사의 승려 진자가 미륵상 앞에서 화랑으로 환생해 달라고 발원하였다.

② 어느 날 꿈에 한 승려가 웅천 수원사에 가면 미륵선화를 만날 수 있으리라 하였다.

③ 진자는 한 걸음씩 절을 하며 10일 만에 수원사에 이르렀다.

④ 절 문밖에서 한 젊은이를 만났다. 그가 친절하게 안내해 주면서 자신이 서라벌 사람임을 밝혔는데, 진자는 우연히 만난 것으로 여겼다.

⑤ 진자가 꿈 이야기를 하고 그곳에서 미륵선화를 기다리겠다고 하자, 그 절의 승려는 절 남쪽에 있는 천산으로 가 보라고 하였다.

⑥ 산신령이 노인으로 변해 진자에게 나타나 수원사 절 문 밖에서 만난 이가 미륵선화라고 알려 주었다. 진자는 즉시 흥륜사로 되돌아왔다.

⑦ 몇 달 후 진지왕이 진자를 불러 연유를 묻고 나서, 젊은이가 서라벌 사람이라 하였으니 서라벌 성중에서 찾아보라고 하였다.

⑧ 진자는 무리를 모아 집집마다 찾아다니다가 영묘사 동북쪽 길가 나무 아래에서 놀고 있는 소년이 곧 수원사에서 본 미륵선화임을 알아보았다.

⑨ 주거와 성명을 묻자, 이름이 '미시'이고 조실부모하여 성을 모른다고 하였다.

⑩ 가마에 미시를 태워 왕에게 뵈니, 왕은 그를 국선으로 삼았다.

⑪ 미시는 자제를 화목하게 하였고 예의와 풍교가 범상치 않았다. 풍류로 세상을 빛낸 지 7년쯤 되어 홀연히 사라졌다.

⑫ 진자는 그의 은택에 감사하고 수도에 정진하였다.

⑬ 진자의 만년도 어디에서 생을 마쳤는지 알 수 없다.

이 글 앞에는 진흥왕대 남모와 준정의 다툼으로 원화 제도가 폐지된 다음 화랑 제도를 설치한 경과가 나와 있다. 그 끝 부분은 이렇게 기록되어 있다.

처음 설원랑을 받들어 국선을 삼았으니, 이것이 화랑국선의 시초이다. 그러므로 명주에 비석을 세웠다. 이로부터 사람들이 악행을 깨달아 선행으로 고치며 윗사람을 공경하고 아랫사람을 순종시키며 오상과 육예, 삼사와 육정이 일대에 널리 행하였다. ─국사에는 진지왕 대건 8년 경[병]신(576)에 처음 화랑을 받들었다고 하였는데, 아마도 국사의 기록이 틀린 것 같다.─9)

---

9)『삼국유사』3권, 탑상,「미륵선화 미시랑 진자사」, 始奉薛原郎爲國仙 此花郎國仙之

인용문의 내용은 『화랑세기』 제7세 「설화랑」과 제8세 「문노」를 통해 정정이 가능하다. 국가에서 공식적으로 처음 국선을 삼은 이는 설원이 아니라 문노이다.[10] 설원은 국선으로서 화랑이 된 선화(仙花)의 시초이므로,[11] 화랑국선의 시초라고 한 말은 맞다. 진지왕이 즉위하여 왕비 지도의 권유로 문노를 국선으로 삼았으니,[12] 국선과 화랑을 혼동했을 뿐 국사의 기록이 틀린 것은 아니다.

이어지는 <미륵선화>와 관련하여, 인용문에서 선화의 시초인 설원을 거명한 점이 주목된다. 『화랑세기』에 따르면, 설원은 풍월주에서 물러난 후 영흥사에서 미실을 모시다가 후에 미륵선화라는 호칭을 얻었다.[13] 설원이 곧 미륵선화인 것이다. 『삼국유사』에는 설원에 대한 기록과 <미륵선화>를 나란히 놓았을 뿐이지만, 『화랑세기』를 통해 두 기사의 관련성이 분명히 드러나게 되었다. 곧, 위 인용문은 <미륵선화>의 도입부에 해당하는 것이다.

위에 제시한 <미륵선화>의 줄거리를 『화랑세기』의 설원 및 문노 기록과 비교할 만하다. ⑧과 ⑨는 설원의 아버지 설성이 구리지의 눈에 띄는 과정과 상통한다. ⑩은 진지왕이 문노를 국선으로 삼은 사실과 연결된다. ⑪은 설원이 풍류를 잘하였고 7년간 풍월주로 재임하였다는 점과 공통된

始 故竪碑於溟州 自此 使人悛惡更善 上敬下順 五常六藝 三師六正 廣行於代－國史眞
智王大建八年庚申 始奉花郎 恐史傳乃誤－.

10) 『화랑세기』 제7세 「설화랑」, 眞興大王崩 美室雖有寵於新主 而未若知道夫人 知道
之父起烏公 與文弩爲從兄弟 故知道素服於文弩 乃勸王立文弩爲國仙……國仙雖是前
王所立 非風月正統也.

11) 같은 곳, 贊曰 美室之臣 仙花之始.

12) 각주 9) 참조.

13) 『화랑세기』 제7세 「설화랑」, 薛原旣讓位 從美室于永興寺 擇其手徒 出入護之 以爲
私臣頭上 後加號彌勒仙花.

다. 곧, 이 작품의 후반부는 설원, 설성, 문노의 일들이 혼합되어 있다.

이렇게 보면, <미륵선화>의 후반부는 사실에 기초하여 지어졌음을 알 수 있다. 그렇지만 전반부에 나타난 진자의 경험을 사실로 받아들이기는 어렵다. 수원사 문밖에서 잠깐 미륵선화를 만난 일, 천산의 신령이 노인으로 나타나 지시한 일 등은 신이성이 짙은 내용들이다. 지금껏 이 글을 설화로 보아 온 것도 이러한 신이성에 기인한다.

그렇다고 이 글을 역사를 소재로 한 설화로 보기 어려운 점들이 있다. 첫째, 줄거리의 끝이 '부지소종(不知所終)'으로 끝난다는 점이다. 전기 소설의 관습적 종결구임을 고려한다면, 이 구절이 갖는 소설적 함의는 상당하다. 둘째, 제목이 '미륵선화'일뿐더러 별로 길지 않은 본문에서 이 말이 5번이나 사용되었다는 점이다. 여기서 미륵선화에 대한 글을 지으려 한 작가의 의도를 읽을 수 있다. 셋째, 신이성이 미륵선화의 만남과 연결되어 있다는 점이다. 신이가 신이 자체로서 흥밋거리로 제시된 것이 아니라 갈등 전개 속에 하나의 계기로 기능하였다. 이는 작가가 신이성을 의도적으로 소설 창작에 활용하려 한 것이라 하겠다. 이러한 점들에 유의한다면, 이 글은 설화가 아닌 소설로 볼 수 있다.

요컨대, <미륵선화>는 주로 설원의 행적을 소재로 신이성을 확대하는 방향으로 창작된 소설 작품이다. <설씨녀>와는 상대되는 방향에서 허구화가 이루어진 예이다.

신이성 확대와 관련하여 『화랑세기』에 주목할 만한 부분이 있다.

[비보]공의 별전이 세간에 돌아다니는 것이 많으나, 황탄해서 책에 기록하지 않는다.14)

김대문이 살았던 8세기 초에 6세기 후반기의 인물인 비보에 관한 전기물이 유포되어 있었다. 그런데 비보의 전기물들이 대개가 황탄한 내용이었던 모양이다. 그래서 『화랑세기』의 저자는 역사책인 자신의 저술에 그것을 기록하지 않는다고 하였다. 이 저자는 제15세 「김유신」에서 '공의 사업과 공덕은 모두 역사책에 있으므로 생략한다.'[15]고도 하였다. 황탄한 내용의 별전과 사실을 기록한 역사를 변별했던 장르 의식이 뚜렷이 드러나는 것이다.

『화랑세기』 제9세 「비보랑」은 비보에 관한 역사적 사실을 기술하였다. 그중에서 다음 에피소드는 후대에 황탄한 이야기로 변용될 가능성이 있다.

> 유오랑은 공의 첩 유지가 낳았다. 유지는 검술을 잘하였는데, 떠돌아다니며 난도를 많이 거느리고 요란을 피웠다. 조정에서 무사를 모아 그녀를 잡으려 했으나 잘 되지 않았다. 공이 18세의 나이로 그 소굴로 가서 사로잡았다. 유지는 용모가 아름답고 뜻이 고상했는데 공의 고아한 표치를 보고 스스로 굴복하였던 것이다. 공은 그 사람들을 가엾게 여겨 모두 풀어 주었는데, 유지 홀로 가지 않고 말했다. "다만 그대를 따라 죽기 원할 뿐 다른 데로 도망가서 살기를 원치 않습니다." 이렇게 해서 첩으로 삼은 것이다.[16]

비록 짧은 내용이지만 여기에는 여자 검객의 존재, 도적의 난리, 조정의 체포 노력, 주인공의 활약, 여자 검객의 귀순, 주인공과의 결연 등 흥미로운 요소들이 들어 있다. 이를 소설화하면서 대결 장면을 몇 차례

---

14) 『화랑세기』, 제9세 「비보랑」, 公之別傳行于世者多　荒誕不書記.
15) 『화랑세기』, 제15세 「유신」, 公之事業功德　皆在史冊　故略之.
16) 『화랑세기』, 제9세 「비보랑」, 柳五郎者　公妾柳枝生也　柳枝善劍術　放浪多畜亂徒作擾　朝廷募士擒之不得　公以十八之年　詣其窟捕之　盖柳枝皃美而志高　見公之高標而自伏者也　公惜其人皆釋之　柳枝獨不去曰　但願從君死　不顧逃他生　遂以爲妾者也.

확대하고, 검술을 쓰는 대목을 신이하게 분식하며, 주인공과 여자 검객의 애정 문제를 다채롭게 꾸밀 여지가 충분히 있다.

이에 세간에 퍼졌던 비보의 전기물들은 검술, 애정, 동지애 등을 주제로 역사적 인물의 행적에 신이성을 부여한 소설이었을 것 같다. <미륵선화>가 설화적, 불교적 상상력에 의한 신이성 확대의 예라면, 가칭 <비보랑전>류는 화랑의 활동을 소재로 한 역사적, 도선적 상상력에 의한 예라고 할 수 있다. 역사의 소설화에서 신이성 확대의 경향은 이렇게 서로 다른 모습을 띠고 있었던 것이다.

4. 의미 부여의 방식

신문왕대(681~692) 설총이 지은 <화왕계>는 한국 우언 문학사의 초기작이라는 의의를 지닌다. 그러한 사적인 위치뿐 아니라 작가 설총의 존재가 문제적이고, 후대의 가전체에 비해 신라의 역사성이 담겨 있고, 우의한 바가 단순하지 않다는 점 등에서 문학적 의의가 상당하다.17)

> ① 화왕이 처음 전래되어 향원에 심고 가꾸었더니 아주 아름답게 피어났다.
> ② 원근에서 아름다운 꽃의 정령들이 달려와 배알하였다.

---

17) 최근에 우언과 초기소설을 연관 짓는 논의가 있었는데(윤주필, 「우언문학사와 초기소설의 관련 양상」, 『고소설연구』24, 한국고소설학회, 2007, 35-60면), <화왕계>를 한국 우언사의 시원으로 취급하는 데에 회의적인 시각을 드러내었다.

③ 한 가인이 하늘거리며 오더니, 자기는 백사장에서 바다를 대하고 봄비와 맑은 바람으로 깨끗이 하고 유유자적하는 장미라고 소개하고 나서 왕을 모시겠다고 하였다.

④ 한 장부가 베옷에 지팡이를 짚고 오더니, 서라벌 성 밖 큰길가에서 들판을 내려 보고 뾰족한 산을 올려 보며 사는 백두옹이라고 소개하고 나서 왕에게 양약이나 돌침이 되고 싶다고 하였다.

⑤ 어떤 이가 둘 중 무엇을 취하고 무엇을 버릴지를 물었다.

⑥ 화왕은 장부의 말이 도리가 있지만 가인을 얻기 어려우니 어찌 하겠느냐며 머뭇거렸다.

⑦ 장부는 아첨하는 자를 가까이하고 정직한 자를 멀리하지 않은 임금이 없었다며 실망하였다.

⑧ 화왕은 장부의 말을 듣고 자기가 잘못했다면서 후회하였다.

화왕, 가인, 장부는 각각 모란, 해당화, 할미꽃이 의인화된 인물이다.[18] 사물을 사람처럼 행동하고 말하게 하여 주제를 부각시켰으므로 우언이다. 주제를 ⑦에서 찾는다면, 임금에게 간신을 멀리하고 충신을 가까이하라는 평범한 중세 도덕을 말한 것이 된다. 그런데 이 작품은 서술상, 내용상 이보다 복잡한 문제가 개재해 있다.

먼저, 서술의 복잡성을 살펴보겠다. ①에서 화왕을 심고 가꾸는 주체

---

18) 양승민, 「우언의 서술방식과 소통적 의미」, 고려대 석사 논문, 1996, 55-56면, 각주 37)에서 백두옹을 할미꽃이 아니라 약초의 이름이라고 하였다. 그렇지만 이 작품의 세 등장인물이 모두 꽃의 의인화이므로 할미꽃으로 보는 것이 문맥에 맞는다고 생각된다.

가 숨겨져 있다. 화왕은 전래되어 와서 향기로운 정원에 심어지고 비취색 장막으로 보호되었다. '향원(香園)', '취막(翠幕)' 등의 단어가 여성성을 강하게 풍김으로써 여성이 모란을 심고 기른 사실을 우언화하였다고 생각된다. 모란의 의인인 화왕은 여성에 의해 길러진 임금이므로 중세의 가부장적 군주라는 일반적 성격과는 구별되는 면모를 지닌다.

또한, 서술이 전개됨에 따라 의인화의 정도가 다르다. ①에서 '화왕(花王)'이라는 말만 의인화된 것이지 이어지는 구절들은 모두 실제 꽃에 대한 서술이다. ②에서는 '염염지령(艶艶之靈) 요요지영(夭夭之英)'이 주어로 나왔는데, '령(靈)·영(英)'은 사람도 아니고 꽃도 아닌 정령적 존재이다. ③에 와서야 비로소 '가인(佳人)'이라는 인물 주어가 등장한다.

그런데 ④의 '장부(丈夫)'라는 인물 주어를 거친 다음 ⑤에서 '혹(或)', '이자(二者)', '하취하사(何取何捨)' 등 어느 것도 인물성을 드러내는 글자가 쓰이지 않았다. 특히, 가인과 장부 중 '누구를'이 아니라 '무엇을' 취사할지 물음으로써 인물성보다 사물성을 표시하고 있다. 또한, ⑤의 주어 '어떤 이'는 화왕 — 가인 — 장부의 관계에서는 화왕의 신하로 여겨지지만, 글의 맥락에서는 화왕과 무관한 인물로 생각된다. 논변류의 대담자를 '어떤 이'로 설정하는 양상과 흡사하다.

이러한 서술상의 특징은 작품 내용과 관련되는 듯하다. 우선, 주제를 형성하고 있는 ③·④·⑥과 ⑦이 다소 이질적이라고 생각된다. ③에서 가인은 바닷가에서 소요하며 풍류를 즐기는 모습을 보여 준다. ④에서 장부는 들의 경치와 산 빛을 임해 살면서 늘 임금의 안위를 걱정하는 인물이다. 가인과 장부의 인물 형상은 상징적인 의미를 담고 있다. 이러한 상징성이 화왕에게 모두 유의미한 것으로 인정되어 ⑥과 같은 답변이 나온 것이다. 그에 비해, 장부가 말한 ⑦은 가인을 아첨하는 간신으로 매도하고 자신을 정직한 충신으로 내세웠다. ③과 ④ 각각의 유의미성이 극단적인 이분법에 의해 선악 구도로 재편되어 버린 것이다.

『화랑세기』를 참조하면,[19] ③이 화랑 제도가 폐지된 후 복구된 국선 제도의 면모를, ④가 이전에 활약했던 화랑들이 이 시기에 와서 처한 모습을 보여 준다고 해석할 수 있다. 금강산을 유람하면서 선도를 닦던 사선의 행적이[20] 국선 제도 아래 화랑들의 활동을 대변해 준다. 가인의 모습이 국선들의 활동과 상통하는 것이다. 이에 비해 장부는 통일 전쟁기에 산과 들에서 비바람을 무릅쓰며 싸웠던 화랑들이 신문왕대에 화랑 제도의 폐지와 함께 서라벌 교외에 은퇴하여 쓸쓸히 지내는 모습인 것이다.

한편, 작가 설총은 제7세 풍월주 설원의 현손이다. 그의 집안에 내려오던 풍월주의 가풍이 그로 하여금 신라 고유문화에 대한 긍지와 독자적 문화 구축에의 사명감을 불러 일으켰을 것 같다. 그가 '방언으로 구경을 읽고 후생을 가르친'[21] 것이 그러한 배경에서 나왔을 것이다.

이러한 맥락에서 <화왕계>는 화랑 제도의 폐지에 따라 화랑들의 사회적 지위가 쇠퇴한 시대에 왕에게 이전의 풍월주 시대를 상기시키고 현재 국선 중심의 문화주의적 경향에서 벗어나 국가주의적 사업에 매진할 것을 촉구한 작품이라 할 수 있다. 이야기를 듣고 신문왕이, "그대의

---

19) 『화랑세기』 제32세 「신공」, 賊乃捕三奸而進 亂始平 而三徒以此誅戮者 甚多 慈儀太后命罷花郎 使吳起公 籍郎徒 盡屬兵部 授之以職 雖然地方郎政 依舊自存 悉直最盛 未幾其風又漸京中 重臣皆以爲古風不可卒變 太后乃許以得道爲國仙 花郎之風 於是大變.
20) 『삼국유사』 탑상 제4, 「백률사」, 夫禮郎爲國仙 珠履千徒 親安常尤甚 天授四年 癸巳暮春之月 領徒遊金蘭……世謂安常爲俊永郎徒 不之審也.
21) 『삼국사기』 46권, 열전, 「설총」, 以方言讀九經 訓導後生.

우언은 진실로 깊은 뜻이 있도다. 글로 써서 임금 된 자의 경계로 삼을 것이다."[22]고 말한 것은, 단순히 간신을 멀리하고 충신을 가까이하라는 중세 도덕을 천명한 것이 아니라 신라 고유문화와 전통을 유지 발전시킬 원대한 포부를 가지라는 뜻을 선포한 것이다.[23]

<화왕계>는 7세기 후반 소설 장르의 한 쪽 끝에 위치하고 있다. 이 작품은 이야기는 이야기대로 이끌어 가되, 뜻을 부치는 방식에서 의인화의 수법을 사용하였다. 또한, 허구화의 면에서 앞서 살핀 <미륵선화>나 가칭 <비보랑전> 등과는 또 다른 허구성을 드러내고 있다. 의인화 수법 자체가 허구성을 배경으로 한 것이고, 이야기에 부여한 의미는 당대의 역사에서 우러나온 것이다. 역사성과 허구성이 함께 녹아들어 한 편의 우언 소설[24]이 성립되었다.

5. 6~7세기의 소설 장르

이상에서 <백운제후>, <설씨녀>, <미륵선화>가 신라의 역사에서 소재를 취한 소설이며, 설총의 <화왕계>도 역사적 의미를 담은 우언

---

22) 같은 곳, 子之寓言 誠有深志 請書之 以爲王者之戒.
23) 이러한 주제 파악은, 논의의 맥락은 다르지만, 윤주필, 『틈새의 미학』, 집문당, 2003, 118면에서 '우리 문화의 독자성을 돌볼 때가 됐다는 권면'이 담긴 작품으로 이해한 시각과 상통한다. 한편, 윤승준, 『우언의 재미와 교훈』, 월인, 2000, 123-124면에서는 시대 배경과 관련지어 '귀족세력과 왕권 사이의 갈등을 우의한 것'으로 보았다.
24) 윤주필, 「우언소설의 양식사적 검토」, 『고소설연구』5, 한국고소설학회, 1998, 95-99면에서 우언 소설의 개념과 외연을 규정해 놓았는데, 본고는 잠정적으로 이를 수용하여 신라 시대까지 소급하였다.

소설이라고 논하였다. 이제 이들 작품이 차지하는 소설사적인 위상에 대해 살펴보고자 한다.

<백운제후>의 소재가 된 사건은 진흥왕 27년(566)에 일어났다. <설씨녀>의 소재인 설성 모의 일은 설원이 출생한 해(549)와 구리지가 전사한 해(548)를 참조하면 설원의 아버지 설성의 소년기인 530~540년대, 법흥왕 말기 진흥왕 초기에 있었을 것이다. <미륵선화>의 소재인 설원(549~606), 문노(538~606)의 생몰 연대는 진흥왕대(540~576)에서 진평왕대(579~632)에 걸쳐 있다. 설총은 신문왕대(681~692)에 <화왕계>를 지었다.

이 4편은 작가가 신라 시대의 역사적 사건에서 소재를 취하여 소설로 만든 것이다. 설총이 그 작가의 한 명이고, 나머지 3편의 작가는 알 수 없는 대신 역사 기록자(김대문, 김부식, 일연)만 남아 있다. 역사 기록으로 전하는 현재의 작품 모습이 원작을 얼마나 충실히 옮겼는지도 알 수 없다.

4편 중 <미륵선화>는 소재를 다루면서 설화적 상상력을 발휘하고 불교적 색채를 덧붙였다. 이러한 허구화의 경향은 소재 발생과 소설 창작의 시간 거리가 멀수록 확대되었을 것이다. 반면, <백운제후>는 사건이 일어나고 얼마 되지 않은 시점에서 소설화가 이루어졌을 듯하다. 실제 사건을 현실적인 안목에서 재구성하는 데는 사건 발생 직후부터 몇 십 년까지의 어느 시점 정도면 가능했을 것이다. 몇 십 년을 지나가 버리면 <미륵선화>와 같이 허구화가 심해질 가능성이 높다. 이렇듯 작품마다 편차는 있겠으나, 위의 4편은 대체로 6세기 말에서 7세기 말쯤에 지어졌으리라 추정한다.[25]

한편, 『화랑세기』의 저자 김대문이 성덕왕 3년(704)에 한산주 도독이 되었으므로, 그의 저작은 넓게 잡아도 신문왕대에서 경덕왕대(742~765) 사이에는 나왔을 것이다. 『화랑세기』는 이들 소설이 창작되던 시기에서 그리 멀지 않은 때에 역사로서 저술되었던 것이다. 『화랑세기』의 기록들이 작품을 이해하는 근거가 되었던 것도 역사 저술과 소설 창작의 시대가 근접했기 때문이라 할 수 있다.

이러한 점들을 종합하여 필자는 신라 중기인 6~7세기를 우리 소설사의 초기로 보자고 제안한다. 이는 기존에 전기 소설의 발생기를 나말여초로 잡은 데서26) 시대를 좀 더 올려 잡는 것이다. 원성왕대(785~798) 화랑 김현을 소재로 한 <김현감호>, 여주인공이 김흔(803~849)의 딸로 나오는 <조신전>, 최치원(857~?)을 소재로 한 <최치원> 등은 역사적 소재 및 그것의 소설화를 감안하여 8세기 말에서 10세기 초 신라 멸망까지의 소설들로 볼 수 있다. 이들보다 선행한 작품들이 앞서 검토한 <백운제후> 등의 작품이다. 따라서 우리 소설사는 6~7세기 신라 중기에 모습이 갖추어지고 8~10세기에 전기 소설 중심으로 전개되었다고 정리해 볼 수 있다.

---

25) 추정의 기준이 애매하고 불확실하여 너무 성급하게 단정 지은 것이 문제이다. 더욱 정치한 논의가 필요하다.
26) 임형택, 앞의 논문, 21-25면.

제 2 장

<최고운전>의 신라사 인식

1. 서 론

<최고운전>(최치원전)은 김현룡에 의해 적어도 1579년 이전에 창작된 작품임이 밝혀졌다.[1] 이는 소설사적으로 중요한 시사점을 던져 주어, 작품의 소설사적 위상과 초기 소설사의 흐름을 재점검하는 논의를 촉발하였다.[2] 기왕에 이 작품은 신라의 인물 최치원을 소재로 한 점, 여러 설화들을 수용한 점, 중국에 대항하는 민족의식이 도저한 점 등에서 문제작으로 주목된 바 있었다.[3] 창작 시기가 상향됨으로써 작품의 이러한

---

1) 김현룡, 「최고운전의 형성시기와 출생담고」, 『고소설연구』 4, 한국고소설학회, 1998, 3-5면.
2) 박일용, 「최고운전의 작가의식과 소설사적 위상」, 『고전문학연구』 16, 한국고전문학회, 1999 ; 정출헌, 「최고운전을 통해 읽는 초기 고전소설사의 한 국면」, 『고소설연구』 14, 한국고소설학회, 2002 ; 이종필, 「최고운전의 초기 소설사적 의의에 관한 연구」, 석사논문, 고려대, 2006.
3) 정병욱, 「최문헌전에 대하여」, 『한국고전의 재인식』, 홍성사, 1979, 269-278면 ; 성현경, 「최고운전 연구」, 『문리대학보』 11, 영남대, 1978, 40-41면 ; 한석수, 『최

성격에 대해 다시 논하게 된 것이다.

<최고운전>에 수용된 여러 설화 중에서 도입부의 금돼지 이야기는 작품의 근간을 이루는 설화이다. 그것의 연원에 대한 논의가 있어 왔지만,[4] 금돼지라는 소재에 대한 설화적, 심리적, 신화적 해석에 그쳤다. 그런데 1989년에 발견된 『화랑세기』의 여기저기에 마복자(摩腹子) 제도가 나오는데, 이것이 <최고운전>의 금돼지 삽화에 대한 역사적 해석을 가능하게 한다.[5]

<최고운전>의 금돼지 삽화가 신라 고유의 제도에 대한 역사적 인식을 보여 주는 설화로 분석된다면, 작품 속 그 밖의 설화들에 대해서도 역사적 이해가 요구된다. 말하자면, 작품에 편만한 설화적 성격은 특정의 역사적 시기, 곧 최치원이 살던 신라 시대에 대한 후대인의 인식이 설화의 형상을 띠고 나타난 것이라 할 수 있다.

설화적 성격에 대한 이러한 이해를 바탕으로 이 작품에 담긴 도저한 민족의식에 대한 역사적 분석으로 나아갈 수 있다. 환상적인 설화가 역

치원전승의 연구』, 계명문화사, 1989.

4) 김현룡, 앞의 논문, 13-25면 ; 한석수, 앞의 책, 91-99면 ; 이월영, 「최고운전 연구」, 석사논문, 전북대, 1984, 26-29면 ; 최기숙, 「권력담론으로 본 최치원전」, 『연민학지』 5, 연민학회, 1997, 60-62면.

5) 『화랑세기』는 ① 기존 자료와는 다른 맥락의 사건 서술, ② 우리말 어순에 따른 문장 구성, ③ 향찰식 한자 사용, ④ <송사다함가>의 향찰이 기존 향찰과 겹치면서도 다름 등의 이유로 진본의 전승이 아닌가 한다.(신재홍, 『향가의 미학』, 집문당, 443-463면) 여기에 더하여 ⑤ 같은 인물·사건에 대해 여러 맥락에서 재진술·재언급, ⑥ 역사적 사건의 경과에 대해 일관된 진술 등이 서술 내용의 진정성을 일정하게 담보해 준다. 물론 이는 이 자료를 어문학적 관점에서 살핀 것이어서 역사학계의 실증적 연구가 뒷받침되어야 더욱 설득력을 지닐 것이다. 역사학계의 진위 논쟁은 신재홍, 「화랑세기를 통해 본 초기 소설사의 양상」, 『고소설연구』 25, 한국고소설학회, 2008, 40면에 간략히 정리해 놓았다.

사성을 지니는 바에 작품의 주제 의식이 역사성을 띠지 않을 리 없는 것이다. 신라 고유의 제도가 설화로 그려진 것처럼, 작품의 배경인 신라 시대에 존재했던 민족의식이 주제화되었다고 볼 수 있다. 마침 『화랑세기』에는 기존의 자료에서 이따금 보이던 신라인의 민족의식이 명확히 기술되어 있는바, 본고는 이를 적극 원용하여 논하겠다.

이와 같이 본고는 <최고운전>의 설화적 성격과 주제 의식을 신라의 제도 및 신라인의 의식을 통해 논하고자 한다. 『화랑세기』의 내용을 위주로 하겠지만 『삼국사기』와 『삼국유사』의 관련 기록도 폭넓게 참조할 것이다. 이로써 <최고운전>의 역사적 성격을 드러내고 그 소설사적 위상을 재고해 보겠다.

2. 금돼지 삽화와 마복자 제도

<최고운전> 도입부에 주인공 최치원의 탄생 설화가 나온다.[6] 현령이 되어 문창에 내려간 최충은 어느 날 풍운이 일어나고 천지가 캄캄해지더니 아내가 사라지는 변고를 당한다. 이에 현리(縣吏) 이적과 함께 밤중에 저절로 열리는 바위 사이로 들어가 보니, 신선의 땅[神仙之地]이 나타났다. 그곳에 큰 집이 있고 금돼지가 최충 아내의 무릎을 베고 잠들어 있었다. 그 아내는 최충이 온 것을 짐작하고 금돼지를 꾀어 죽일 방법

---

6) 고본으로 생각되는 국립도서관본 <최고운전>을 연구 대상으로 삼았다. 이 이본은 정학성, 『역주 17세기 한문소설집』, 삼경문화사, 2000, 115-127면에 활자화되어 실려 있다. 다른 이본과의 자구 차이는 박희병, 『한국한문소설 교합구해』, 소명출판, 2005, 219-248면에 교감되어 있는 것을 참고하였다.

을 알아낸 다음, 사슴 가죽을 적셔 금돼지의 목에 붙여 죽인다. 최충은 그곳에 잡혀 온 옛 현령들의 처 10여 명을 데리고 아내와 함께 돌아왔는데, 얼마 있다가 그 아내가 아이를 낳는다. 최충은 아내가 집에 있을 때 임신한 사실을 알고 있었지만, 금돼지의 변을 당한 후이므로 그 아이를 금돼지의 아들로 의심하여 바닷가에 버린다. 하늘이 아이를 불쌍히 여겨 천녀(天女)를 보내 젖 먹여 기른다. 최충의 아내가 아이 버린 것이 부당함을 말하자, 최충이 곧 뉘우치고 아이 데려올 방책을 찾는다.

이 금돼지 삽화는 영웅의 탄생을 환상적이고 신비스럽게 수식하고 있다. 그런데 삽화를 구성하는 세부 항목들을 살펴보면 뭔가 모순된 점들이 나타난다. 첫째, 남의 부인을 약탈한 금돼지가 사는 곳이 신선의 땅이라는 점이다. 악행을 저지른 괴물이 신선의 땅에서 신선의 음악[仙樂]을 들으며 미인들에 둘러 싸여 살고 있다. 둘째, 최충 아내가 금돼지에 대해 단호히 거부하는 태도를 취하고 있지 않다. 자기 무릎을 베고 자도록 하고 있다가 남편이 오자 그때서야 금돼지를 죽이려 든다. 셋째, 최충이 아이를 버렸다가 아내의 말을 듣고 금세 뉘우친다. 금돼지의 아이가 아니기에 하늘이 기른다는 아내의 말에 마음을 바꾸어 아이를 데려오려 하는 것이다. 이렇게 잘 이해되지 않는 부분에 대해 설화적 상상력의 소산이므로 일관된 서사적 논리를 갖추지 못했다고 설명할 수도 있지만 그것만으로는 미진하다.

『화랑세기』에 여러 번 나오는 마복자(摩腹子)는 임신한 여자가 신성한 혈통의 남자와 성교를 한 후 낳은 아들을 그 남자의 양자로 삼은 것을 말한다. 남자의 입장에서 여자의 임신한 배를 어루만져 준다는 뜻으로 '마복(摩腹)'이라 하였다. 여기서 신성한 혈통이란 신라의 지배층인 성골 및 진골 귀족을 의미한다.

이 책 첫머리부터 '마복칠성(摩腹七星)'이라 하여 비처왕의 마복자로서 훌륭한 인물이 된 7명의 명단이 나온다.7) 위화랑의 어머니 벽아를 위시하여 마복칠성의 어머니들은 대개 임신한 상태에서 비처왕에게 색공(色供)한 것이다. 또한 미실의 경우는 하종, 보종 두 아들이 왕의 마복자가 되었다. 불미스런 일로 인해 출궁한 미실이 진흥제의 명으로 다시 입궁할 때 남편 세종의 아들을 임신하고 있었다. 입궁 후 아들 하종을 낳자 진흥제는 마복자로 삼았다.8) 후에 미실은 길몽을 꾸고 어린 진평제를 이끌어 성교를 가졌으나 잘 되지 않자 다시 설원과 관계하여 보종을 낳았다. 진평제는 보종을 마복자로 삼았다.9)

이와 같이 신라의 성골 제왕은 임신한 귀족 여자와 성교를 갖고 그녀가 낳은 아들이 자신의 직계 혈통이 아니더라도 마복자로 삼을 수 있었다. 색공한 귀족 여자의 아들 모두를 마복자로 삼지는 않았고, 마복자 자체는 성골 제왕의 특별한 은전으로 인식되었다. 이러한 성 관습은 진골 귀족에게도 통용되었다.

양도가 낭정(郎政)을 개혁할 때 염장이 경계하자, 아주 부유하고 사치

---

7) 『화랑세기』, 제1세 「위화랑」, 魏花郎者 剡臣公子也 母曰碧我夫人 以母寵爲毗處王摩腹子 世所謂摩腹七星也 阿時公 父曰善牟 母曰宝兮 守知公 父曰伊欣 母曰俊明 伊登公 父曰叔欣 母曰洪壽 苔宗公 父曰阿珍宗 母曰宝玉公主 比梁公 父曰比知 母曰妙陽 肜吹公 父曰德知 母曰加耶國肜肜公主 或曰 法興大王居七星之首 魏花郎則以母微不參云 而七星錄及宝兮記 皆無伊登公載魏花公 則未詳孰是也.

8) 위의 책, 제11세 「하종」, 時美室已娠世宗公子已數月 故請解而入 帝不許 乃入宮産玉宗公 以爲帝摩腹子 於是美室寵復如故 悉引心腹 復授要地 帝皆許之 又命世宗公入宮居之.

9) 위의 책, 제16세 「보종」, [美室]宮主爲璽主 閱書于政堂 晝夢白羊入懷 知其爲吉 急引帝入帳 帝年尙幼 不得稱快 乃命衿荷薛原郎復入侍 生公 公長兒猶衿荷 故宮主賜衿荷以爲子 宮主以其爲末子極愛公 夏宗公亦篤愛之 公初呼帝爲父 及長歸衿荷 帝以爲摩腹子.

스럽던 미생에게도 마자(摩子)(마복자의 준말)는 수십 명 정도였지만 지금 염장에게는 마자가 백 명이라며 항의하였다.10) 이렇게 항의는 했지만 실제로 그는 염장의 마자들을 낭두(郎頭)로 많이 기용하였다.11) 천광도 낭정의 개혁을 추진하여 염장의 마자들을 축출하고 화랑 3파의 인재를 두루 기용하였다.12) 미생과 염장은 젊어서 풍월주를 했던 진골 귀족으로서 평민 여성인 유화(遊花), 낭두의 아내·딸 등의 색공을 많이 받았던 호색적인 인물들이었다. 평민 및 하급 귀족의 여자 다수를 첩으로 맞이했을 뿐더러 그 밖의 여자들이 낳은 아들 수십 명을 마복자로 삼았다.

유화들도 색공을 많이 하였지만, 진골 귀족에 대한 색공의 주된 인력 집단은 낭두 계층이었다. 낭두의 아내와 딸들이 기를 쓰고 진골에게 색공한 것은 자기 집안의 흥망이 그것에 달려 있기 때문이다. 화랑 제도의 운용상 낭도 중에서 발탁하여 낭두로 삼는데, 낭두는 망두(望頭) − 낭두 − 대낭두 − 낭두별장 − 상두 − 대두 − 도두 − 대도두 − 대노두의 9급이 있었다. 그런데 낭도에서 망두가 되기 위해서는 전직 화랑의 마복자여야만 하였다.

입망(入望)의 법에 상선(上仙)이나 상랑(上郎)의 마복자가 아니면 할 수 없었다. 그러므로 낭두의 아내가 임신하면 산 꿩을 폐백으로 하여 선문에 들어가 탕비가 되었다. 며칠 혹은 몇 달 사이에 사랑을 받게 되면 물러나왔다. 이때에 그 남편은 재물을 기울여 예의를 갖춰 아내를

---

10) 위의 책, 제22세 「양도」, 廉長公憂之 戒公以無太速 公直諫曰 美生公有摩子□十人 人以爲多 今父主摩子百人 得不爲乎.
11) 위의 책, 제24세 「천광」, 良公軍公之時 郎頭多用廉公摩子
12) 같은 곳, 人員均用三派 無至偏私 望頭隨才器不論摩子 大闢新進之門.

맞았는데, 이를 '사함(謝函)'이라 하였다. 아들을 낳고 나서 3개월 후에 다시 선문에 들어갈 때 양이나 돼지를 폐백으로 하는데, 이를 '세함(洗函)'이라 하였다. 며칠 혹은 몇 달 사이에 사랑을 받게 되면 물러나오는데, 그 남편은 또 사함을 하여 아내를 맞았다.[13]

이렇듯 신라 사회는 낭두의 임신한 아내가 전임 화랑(상선과 상랑)의 탕비가 되어 성관계를 맺은 후 낳은 아들이 망두가 됨으로써 낭두의 신분을 유지하도록 하는 제도가 운영되었다. 이 제도는 일정한 격식까지 갖추었는데, 아내가 임신한 상태에서 화랑에게 들어갔다 나올 때와 해산 후에 다시 들어갔다 나올 때 각각 사함, 세함 — 사함의 의식을 치렀다. 특히 세함 의식의 폐백으로 돼지를 썼다는 점에 유의할 만하다.

낭두의 딸들도 같은 계층의 남자와 결혼하는 데에 화랑과의 성관계가 필수 조건이었다.

낭두의 딸들은 모두 선문(仙門)에 들어갔는데, 이들을 '봉화(奉花)'라 하였다. 윗사람의 사랑을 받게 되면 돌아와 시집갈 수 있었다. 그러므로 다투어 청례를 하기 위해 교태를 부렸다. 사랑을 받은 자를 '봉로화(奉露花)', 아들을 낳은 자를 '봉옥화(奉玉花)'라 했는데, 옥·로가 아니면 신진 낭두가 아내로 취하지 않았다. 아내로 인하여 귀하게 되기 때문이었다. 봉화가 청례를 하지 않으면 선문에서 늙도록 있다가 예졸에게 떨어졌다.[14]

---

13) 위의 책, 제22세 「양도」, 入望之法 非上仙上郎之摩子則不得 故郎頭之妻有娠 則以 生雉爲幣于仙門 入爲湯婢 數日或數月得幸則退 時時其夫傾財爲禮而迎之 名曰謝函 生子三月而復入 以羊豕爲幣 名曰洗函 數日或數月 得幸則退 其夫又爲謝函而迎之.

14) 같은 곳, 郎頭之女皆入仙門 名曰奉花 不得上幸 則不能歸嫁 故爭爲靑禮而媚之 得幸 者曰奉露花 生子者奉玉花 非玉露 則郎頭之新進者不娶爲妻 盖以因妻以貴也 奉花不 爲靑禮 則老于仙門 落于隷卒.

이처럼 낭두 계층 내 혼인도 낭두의 딸이 화랑과 성관계를 먼저 맺은 다음에야 신진 낭두와 혼인할 수 있었다. 낭두의 딸로 태어나면, 자라서 화랑에게 색공한 다음에 결혼하고, 임신하고 나서 또 화랑에게 색공하여 자기 아들의 사회적 지위를 확보하였다. 화랑에게 색공하는 일은 낭두 계층 여자의 삶에 필수 과업이었던 것이다.

평민층의 유화나 낭두 계층의 여자가 진골 귀족 출신의 화랑에게 색공하는 일, 진골 귀족 여자가 성골 제왕에게 색공하는 일은 신라 사회의 관습이자 제도였다. 색공과 연계되어 태어난 아들을 마복자로 삼은 것은 색공의 관습을 유지하고 그 후손의 사회적 지위를 보장해 주기 위한 것이었다. 색공과 마복자는 기본적으로 신라의 신성한 혈통을 이어가고 그 신성성을 사회적으로 공인, 숭배하기 위한 제도였다.

위와 같이 정리되는 마복자 제도는 여러 모로 <최고운전>의 금돼지 삽화와 관련지을 만하다. 첫째, 임신한 여성의 특이한 출산이 제도화되었거나 작품의 소재가 되었다. 둘째, 여성이 들어간 곳이 선문(仙門) 혹은 신선지지(神仙之地)이다.15) 셋째, 돼지가 세함의 폐백으로 쓰였거나 여성을 납치한 이계 존재로 나온다. 이로써 둘 사이의 친연성이 확인된다.

그리고 앞서 언급한바, 금돼지 삽화에서 모순된 것처럼 보이는 문제들이 마복자 제도에 비추어 보면 이해가 된다. <최고운전>의 '최충 – 최충 아내 –금돼지'의 관계는 마복자 제도에서 '낭두 – 낭두 아내 –

---

15) 김용범, 「최고운전 연구 –도교 사상을 중심으로–」, 석사논문, 한양대, 1980, 19-23면에서 이를 '도교적 선계'라 하였고, 최삼룡, 「최치원의 인물설화와 최고운전」, 『고전문학연구』 3, 한국고전문학연구회, 1986은 이 작품을 '신선소설'로 파악하였다. 그렇지만 도교보다는 신라 고유의 선(仙) 사상이 반영된 것으로 볼 필요가 있다.

전임 화랑'의 그것에 대응한다. 여기서 최충 아내가 금돼지에 대해 저항
적 태도를 보이지 않은 점, 최충이 아내의 말을 듣고 금세 마음을 고쳐
먹은 점, 금돼지가 괴물로서보다는 신선 세계의 성스러운 성격을 지니
고 있는 점 등이 마복자 제도의 운용상 취하게 될 각 주체들의 인식과
태도에 비추어 자연스러운 일로 이해되는 것이다.

이에 <최고운전>의 금돼지 삽화는 신라 시대에 실재했던 마복자 제
도가 후대에 설화적으로 윤색된 것이라 할 수 있다. 신라 당대에는 마
복자가 성스러운 은전의 하나로서 신성한 혈통을 사회적으로 전파시키
는 의의를 지녔으나, 어느덧 금돼지의 존재가 부정되고 부계 혈통만 강
조되는 시대로 넘어와서 그 마복자가 설화적으로 윤색되어 <최고운전>
의 금돼지 삽화로 그려진 것이라 하겠다.

3. 사대(事大)의 문제, 신라의 자부심

<최고운전>의 또 다른 특징은 작품 전체에 걸쳐 드러나는 도저한 민
족의식이다. 어린 최치원의 글 읽는 소리를 듣고 중원의 황제가 선비를
보내 글재주를 다투게 하였는데, 중국 선비가 지고 돌아왔다. 황제는 노
하여 신라를 공격하려는 마음을 품고 비단에 싼 달걀을 석함에 넣어 신
라에서 그것을 맞추도록 명한다. 최치원이 시를 지어 그 물건을 맞추니,
이런 인물을 가진 소국이 대국을 넘볼지 모른다고 하여 황제가 다시 시
지은 자를 중국으로 불러 질책하고자 한다. 이에 대해 최치원은 신라왕
앞에서 다음과 같이 말한다.

대개 어른이 아이에게 있어, 어른의 도리로써 아이를 대우하면 아이
도 아이의 도리로 어른을 섬깁니다. 그러므로 이제 대국이 어른의 도리
로 소국을 대우하면 소국이 어찌 감히 아이의 도리로써 대국을 섬기지
않겠습니까? 이렇게 하지 않고 침략하고자 원해 달걀을 석함에 넣어 우
리나라에 보내어 시를 짓게 하고, 그 후 오히려 시 지은 사람을 시샘하
여 부르는 것은 어찌된 일입니까? 과연 대국이 이와 같이 의리를 뒤집
으니, 소국더러 아이의 도리로 섬기라고 하는 것은 나무에서 물고기를
구하는 것과 같습니다.16)

이에 최치원은 장인 나업 대신 중국에 들어가 황제를 부끄럽고 놀라
게 만든다. 황제에게 인정을 받아 높은 벼슬을 하였는데, 대신들이 모함
하여 섬으로 귀양 간다. 그 후 귀양에서 풀려 황제 앞에 선 최치원은
한 일(一) 자를 긋고 그 위에 올라서서 황제를 꾸짖고 사과를 받아 낸다.

소국 신라의 선비 최치원이 대국 중국의 황제를 농락하는 이 이야기
의 원천에 대한 논의가 이어져 왔다. 대개 중국의 고사나 설화의 수
용17) 혹은 도교 사상의 성격으로 설명하거나18) 상향된 창작 시기인 16
세기의 역사적 상황과 결부시켜 해석하였다.19) 그런데 이야기의 중심

---

16) <최치원전>, 大凡長者之於少者 長者以長者之道遇少者 則少者亦以少者之道事長者
故今大國以長者之道遇小國 小國豈敢不以小者之道事大國哉 此之不爲 而願侵之 爲
以雞卵盛於石函 送于我國 使之作詩 其後反疾 作詩之人而徵之者 何也 大國果如是反
覆 而欲令小國以少者之道事之 是猶緣木而求魚也.
17) 한석수, 앞의 책, 168-169면, 176-177면.
18) 김용범, 앞의 논문, 29-32면 ; 서유경, 「최고운전의 도교적 성격과 그 문화적 의
미」, 『선청어문』 31, 서울대, 2003, 147-149면.
19) 김현룡, 앞의 논문, 55면 ; 박일용, 앞의 논문, 168-169면. 조상우, 「최고운전에
표출된 '대중화 의식'의 형성 배경과 의미」, 『민족문학사연구』 25, 민족문학사
학회, 2004, 116-121면 ; 권택경, 「최고운전 연구」, 박사논문, 한국교원대, 2006,

내용인 민족의식에 초점을 맞춘다면 그 원천을 신라 시대의 민족의식에서 찾아볼 필요가 있다. 후대 작이라 할지라도 시간적 배경이 신라이고 그 시대 인물들을 등장시킨 만큼, 신라의 어떤 요인들이 창작의 원동력이 되었을 것이기 때문이다.

『삼국사기』의 다음 두 기록을 통해 신라와 당나라의 관계 속에서 신라인이 지닌 민족의식을 엿볼 수 있다.

> 천자가 위로하면서 "어찌 내친 김에 신라를 치지 않았는가?" 하고 물었다. 소정방이 말하기를, "신라는 그 임금이 어질어 백성을 사랑하고, 그 신하들은 충성으로 나라를 섬기어 아랫사람이 윗사람을 부형처럼 섬기니, 비록 소국이지만 도모할 수가 없었습니다." 하였다.[20]

> 소국의 선왕 춘추의 시호가 우연히 성조의 묘호와 서로 저촉되어 칙령으로 고치라 하니, 신이 감히 명을 좇지 않겠습니까. 그러나 생각건대 선왕 춘추는 자못 어진 덕이 있었을 뿐더러 생전에 어진 신하 김유신을 얻어 마음을 합쳐 정치를 하고 삼한을 통일하였으니, 그 공업이 많지 않다고 할 수 없습니다. [그분이] 돌아가셨을 때 일국의 신민이 애모함을 이기지 못하여 추존한 묘호가 성조와 서로 저촉됨을 깨닫지 못하였습니다. 이제 교칙을 듣고 두려운 마음을 이기지 못하지만, 엎드려 바라건대 사신이 대궐에 복명하여 이렇게만 아뢰도록 합니다.[21]

244-246면.

20) 『삼국사기』 42권, 열전, 「김유신」 중, 天子慰藉之曰 何不因而伐新羅 定方曰 新羅 其君仁而愛民 其臣忠以事國 下之人事其上如父兄 雖小不可謀也.

21) 『삼국사기』 8권, 신라본기, 「신문왕」 12년, 小國先王春秋諡號 偶與聖祖廟號相犯 勅令改之 臣敢不惟命是從 然念先王春秋 頗有賢德 況生前得良臣金庾信 同心爲政 一統三韓 其爲功業 不爲不多 捐館之際 一國臣民 不勝哀慕 追尊之號 不覺與聖祖相犯 今聞教勅 不勝恐懼 伏望 使臣復命闕庭 以此上聞.

두 인용문에서 신라는 비록 소국으로 지칭되지만, 상하가 합력하여 나라를 부강하게 하려는 의지, 그리고 삼한을 통일한 영웅 김춘추와 김 유신의 위업과 백성의 추모 의식이 잘 드러나 있다. 소국인 신라가 갖 는 민족적 자부심, 위대한 인물에 대한 존경이 역력한 것이다.

『삼국유사』에 실린 기사들은 설화적, 불교적으로 윤색된 것이 많아 그 역사성을 충분히 드러내지 못하고 있다. 그래서 민족의식이 분명히 나타난 설화를 찾기 어려운 대신, 단군 신화를 첫머리에 내세운 작가 의식, 설화가 지닌 향토적 색채, 설화에 담긴 민족 고유의 상상력 등에 서 민족의식을 유추할 수 있을 따름이다. 그렇지만 당나라 사신이 동지, 청지, 분황사 우물의 세 호국용을 납치해 가는 것을 원성대왕이 저지한 예에서[22] 신라와 당나라 사이의 갈등이 설화에 투영된 면을 확인할 수 있다.

『화랑세기』에는 신라인의 민족의식이 더욱 뚜렷하게 나타난다. 신라 를 '신국(神國)'이라 일컫고 원광법사는 '신국의 대성인', 김유신은 '신국 의 영웅'으로 칭송하고 있다.[23] 신국에 대한 자부심은 다음 대화에서 잘 드러난다.

---

22) 『삼국유사』 2권, 기이, 「원성대왕」, 唐使來京 留一朔而還 後一日有二女 進內庭奏 曰 妾等乃東池靑池二龍之妻也 唐使將河西國二人而來 呪我夫二龍及芬皇寺井等三龍 變爲小魚 筒貯而歸 願陛下勅二人 留我夫等護國龍也 王追至河陽舘 親賜享宴 勅河西 人曰 爾背何得取我三龍至此 若不以實告 必加極刑 於是出三魚獻之 使放於三處 各湧 水丈餘 喜躍而逝 唐人服王之明聖.

23) 『화랑세기』, 제12세 「보리」, 以生我神國大聖人 圓光大法師 固天也 而盛矣至矣 ; 15 세 「유신」, 加耶之宗 神國之雄 統合三韓 一匡五東 赫赫功名 日月並同.

공은 어쩔 수 없어서 이렇게 말했다. "제가 누이를 사랑하지 않는 것은 아니지만, 남들에게 놀림을 받을까 해서입니다. 제가 오랑캐가 되면 아버지, 어머니, 사랑하는 누이 모두 좋아하시겠지요. 제가 중국인이 되면 아버지, 어머니, 사랑하는 누이 모두 원망하시겠지요. 그러니 저는 오랑캐가 되어야겠습니다." 공주는……공을 안아 주며, "진실로 내 아들이구나. 신국에는 원래부터 신국의 도가 있나니, 어찌 중국의 것으로 하겠느냐?" 하였다.24)

중국을 여러 차례 다녀온 양도가 신라 고유의 혼인 풍속에 대해 회의를 품고 이부동모의 손위 누이에게 장가가기를 거절하다가 안 되자 위와 같이 말한 것이다. 이에 대해 양도의 어머니 양명 공주는 '신국의 도'가 '중하(中夏)' 곧 중국 문화와 다르다는 인식을 분명히 드러내었다. 신라를 신국으로 자부하는 데는 시조신에 대한 숭앙심이 바탕이 되었다.

[유형이] '우리나라 혼인의 도리'에 대해 물으니, 공이 '신이 선포한 것'이라고 답하였다. 묻기를, "무슨 신을 시조로 하오?" 하니, "일광의 신이오." 하였다. 유형이, "일광은 금천씨와 같소?"라고 하니, 대개 전임 사신이 우리나라가 금천씨를 조상으로 삼는다고 했기 때문에 물은 것이다. 공이 이르기를, "금천씨가 무슨 신이요?" 하자, 유형이 대답하지 못하였다.25)

---

24) 위의 책, 제22세 「양도」, 公不得已曰 吾非不愛姊 而恐爲人譏也 吾爲夷狄 則嚴父慈母愛姊皆好 吾爲中夏 則嚴父慈母愛姊皆怨 吾其爲夷狄也 公主乃□而抱公曰 眞吾子也 神國自有神國道 安用中夏爲乎.
25) 위의 책, 제20세 「예원」, 問我邦婚道 公答以神宣 問 何神始祖 日光之神也 柳曰 日光與金天氏同歟 盖前使以我國奉金天氏爲祖云故也 公曰 金天氏何如神乎 柳不能對.

김춘추가 입당했을 때, 예원과 당나라 재상 유형의 문답 중에 나온 대화이다. 예원은 신라의 왕족 김(金)씨를 중국 신화의 인물 금천(金天)씨에 부회한 전임 사신의 말을 부정하고, 신라의 시조신은 일광신이라는 점을 천명하였다. 이는 『삼국사기』나 『삼국유사』에 기록된 혁거세 신화에 상응한다. 신라인에게 일광신이 신라를 건국했다는 믿음이 굳건히 자리 잡았고, 특히 성골 및 진골 귀족은 일광신의 후손이라는 자부심이 대단했던 것이다.

이러한 자부심은 신라가 건국 초기부터 건원 칭제(建元稱帝)를 해 왔다는 점에서도 확인된다.

묻기를, "그대 나라가 연호를 제정하고 황제를 칭한 것이 언제요?" 하니, 공이, "멀리 상고 시대로부터라오. 전임 사신이 법흥부터라고 대답한 것은 다만 한자로 건원한 일을 말한 것이오."라고 하였다.[26]

예원은 신라가 건국 초기부터 건원 칭제를 하였으며 법흥제에 와서 한자식으로 바꾸었을 따름이라고 당당히 밝히고 있다.

신라인의 이러한 의식은 용춘, 유신 등이 기치로 내건 '통합 삼한(統合三韓)'의 이념으로 발전한다.

낭도에게 늘 이렇게 일렀다. "우리나라가 동해에 치우쳐 있어 삼한을 통합할 수 없음이 부끄러운 일이다. 어찌 구구히 골품과 낭도의 소속을

---

26) 위의 책, 제20세, 「예원」, 問 爾國建元稱帝 自何時乎 公曰 遠自上古也 前使對以法興始之者 只以文字言也.

다투겠는가. 고구려, 백제가 평정되면 나라에 바깥 근심이 없어져 부귀
를 누릴 것이다. 이를 잊어서는 안 된다."27)

이 같은 의지가 모여 결국 신라가 삼한을 통합하게 되는 것이다. 이
로써 용춘, 유신 등은 다음과 같은 칭송을 듣는다.

> 갈문의 덕은 일월과 함께 밝도다. 삼한 통일의 과업이 공에게 힘입어
> 대성했도다. ; 가야파의 머리요 신국의 영웅이다. 삼한을 통합하여 다섯
> 동방을 한 번에 광정하였다. 혁혁한 공명은 일월과 함께하리라.28)

삼한 통합 이후 통일 신라 시대의 사람은 끊임없이 조상들의 위업을
교육받으며 자라났을 것이다. 이미 통일 전쟁기에 김유신은 김춘추를
'삼한의 주인'이라 칭하였고, 유신의 동생 김흠순은 '삼한의 대영걸'이
라 일컬어졌었다.29) 그러니 통일 신라 시대의 왕족과 귀족은 자기 조상
의 이러한 영광을 더욱 빛내고자 하였을 것이다. 통일 전 일광신의 후
손이라는 자부심에 더하여 이제 삼한을 통합한 영웅의 후손이라는 의식
까지 각인되었을 것이다.

『삼국사기』, 『삼국유사』, 『화랑세기』 등에 나타난 신라 시대의 민족
의식은 <최고운전>에 그려진 민족의식의 원천으로 지목할 만하다. 중

---

27) 위의 책, 제15세 「유신」, 常謂徒曰 我國偏于東海 不能統合三韓 是其恥也 安可苟苟
　　爭骨品徒屬乎 麗濟平 則國無外憂 而可享富貴也 不可忘也.
28) 위의 책, 제13세 「용춘」, 贊曰 葛文之德 日月幷明 三韓之業 賴以大成 ; 제15세 「유
　　신」, 贊曰 加耶之宗 神國之雄 統合三韓 一匡五東 赫赫功名 日月並同.
29) 위의 책, 제15세 「유신」, 龍樹公亦以其子托之 公大喜曰 吾公之子 三韓之主也 ; 제
　　19세 「흠순」, 誰知是爲三韓之大英傑乎.

국 황제의 무리한 요구에 대해 왕과 신하와 백성이 힘을 모으고 지혜를
짜내는 모습, 황제까지 제압하는 최치원이라는 영웅의 형상, 글쓰기나
지혜 겨룸에서 중국과 대등하게 맞서는 문화적 역량 등이 역사서에 나
타난 민족의식과 공통된 양상을 보이고 있다. 이러한 공통점은 역사상
실재했던 신라의 민족의식이 <최고운전> 창작의 중요한 요인의 하나로
작용하였음을 보여 준다고 하겠다.

4. 역사와 설화와 소설

<최고운전>은 금돼지 이야기를 비롯한 많은 설화들이 일련의 삽화
로 엮여 이루어진 고전 소설이다. 최치원의 행적에 기존의 여러 설화
들을 결부시켜 줄거리를 구성한 것이다.[30] 그런데 이 설화들의 상당수
가 『삼국사기』, 『삼국유사』, 『화랑세기』 등의 역사 혹은 설화 기록과
관련되어 있다. 작가가 신라의 인물 최치원을 제재로 하여 신라 시대
를 배경으로 한 설화들을 대거 작품 속에 끌어들였다는 인상이 짙다.
이에 작품의 줄거리를 따라 나타나는 삽화 혹은 화소를 이들 자료의
역사 및 설화 기록과 비교해 볼 만하다. 이를 도표로 나타내 보면 다
음과 같다.

---

30) 정병욱, 앞의 논문, 272-275면 ; 이혜화, 「최고운전의 형성배경 연구-이본고를
　　겸하여-」, 석사논문, 고려대, 1984, 57-98면 ; 한석수, 앞의 책, 47-72면 ; 오종근,
　　「최고운전 연구」, 박사논문, 원광대, 1990, 44-58면.

<최고운전>의 삽화 / 화소	신라 시대 관련 기록
① 최충의 아내가 금돼지에게 납치됨.	수로부인(삼국유사)
② 최치원이 입당하여 벼슬하고 귀국함.	최치원전(삼국사기)
③ 바다의 섬에 누대를 지음.	만파식적(삼국유사)
④ 글 읽는 소리가 중국까지 들림.	남백월 이성(삼국유사)
⑤ 석함을 보내어 안에 든 물건을 맞추게 함.	선덕왕 지기삼사(삼국유사)
⑥ 파경노로서 나업의 딸과 혼인함.	욱면비 염불서승(삼국유사)
⑦ 파경노가 말을 잘 기름.	고구려[동명 신화](삼국유사)
⑧ 파경노가 화초를 잘 기름.	보종(화랑세기)
⑨ 파경노가 꽃을 꺾어 나업의 딸에게 줌.	수로부인(삼국유사)
⑩ 최치원이 석함 속 달걀이 부화됨을 맞춤.	김유신[고구려 추남 설화](삼국유사)
⑪ 최치원이 출국할 때 부인이 전송함.	김제상[제상 부인 설화](삼국유사)
⑫ '첨성도'에 이름.	'첨성대'(삼국유사)
⑬ 첨성도에서 용의 조화로 배가 가지 않음.	거타지, 처용(삼국유사)
⑭ 용왕의 아들 이목이 배행함.	보양이목(삼국유사)
⑮ 용궁을 여행함.	거타지, 보양이목(삼국유사)
⑯ 중국에 들어갈 때, 노구·노옹·미녀 만남.	낙산 이대성(삼국유사)

『삼국사기』와 『화랑세기』가 상대적으로 신라 시대의 역사적 사실에 가까운 기록이라면, 『삼국유사』는 그 시대의 역사를 설화적으로 변용한 기록이라고 할 수 있다. 앞에서 <최고운전>이 신라의 제도와 사상을 소재로 소설화하였다고 논한 것은 작품이 다룬 소재의 역사성을 강조하

기 위해서였다. 그렇지만 <최고운전>은 엄연히 소설이므로 그것의 전반적인 성격은 역사를 설화적으로 변용한 『삼국유사』에 근접해 있다.

작품에서 다룬 역사적 사실로서는 『삼국사기』 「열전」에 약술된 최치원의 전기(②), 『화랑세기』 제16세 「보종」에 나오는 화랑이 어조화목(魚鳥花木)을 기른 일(⑧), 『삼국유사』 「선덕왕지기삼사」에 기록된 '첨성대'라는 이름(⑫) 등을 꼽을 수 있다. 이 중 무엇보다도 최치원 전기가 <최고운전>의 뼈대가 되었을 것이다.[31] 이와 함께 앞에서 논한 마복자 제도와 신라인의 민족의식 등이 역사적 사실로서 작품의 소재가 되었다. 결국 최치원 전기, 마복자 제도, 민족의식 등 세 가지가 <최고운전>의 역사적 소재이자 줄거리와 사상을 제공한 요인으로 볼 수 있다.

<최고운전>은 역사적 사실을 소재로 하는 한편, 역사를 설화적으로 변용, 윤색하여 소설화하였다. 그 대표적인 예로서 동해용이 수로 부인을 납치한 『삼국유사』의 이야기(①)는 마복자 제도의 설화적 변용으로 볼 여지가 상당히 있다.[32] 이렇게 작품의 줄거리를 구성하는 삽화나 화소들이 『삼국유사』의 설화와 동기, 내용, 분위기 등에서 유사한 양상을 보인다.

먼저, 다소 느슨하긴 하지만 동기나 발상 면에서 『삼국유사』와 관련될 만한 것들이 있다. 바다의 섬은 「만파식적」을, 그 위의 누각은 '이견대(利見臺)'를 연상시킨다(③). 황제가 석함을 보내는 것은 일종의 수수께끼를 던지는 행위로서, 선덕여왕이 당 태종이 보낸 꽃 그림의 뜻을 맞

---

31) 이종필, 앞의 논문, 11-14면.
32) 수로 부인 이야기를 마복자 제도와 관련하여 고찰할 필요가 있는데 이는 또 다른 논문이 되어야 하므로 여기서는 이 점을 지적하는 데 그친다.

춘 「선덕왕 지기삼사」와 통한다(⑤). 파경노가 승상의 딸과 혼인하는 것은 최하층의 인물이 최상층에 오른 것으로 「욱면비 염불서승」에서 계집종 욱면이 성불하는 것과 유사하다(⑥). 국가적 사업을 이루려 남편이 출국할 때 부인이 전송하는 모습은 「내물왕 김제상」의 제상 부인과 비슷하다(⑪).

다음으로, 설화를 수용하면서 서사 맥락에 따라 변용시킨 것들을 들 수 있다. 어린 최치원의 글 읽는 소리가 중국에까지 들린 것은 「남백월 이성 노힐부득 달달박박」의 서두에 나온, 백월산의 그림자가 중국 황제의 정원 연못에 비치는 것과 상통한다(④). 다만 시각적 심상을 청각적인 것으로 변용하였다고 하겠다. 파경노가 말들을 모두 살찌게 길렀다는 것은 동명의 어릴 적 일과 관련된다(⑦). 이것도 고구려 건국 신화의 한 화소를 서사 맥락에 맞게 변용한 것으로 볼 수 있다. 파경노 최치원이 꽃을 꺾어 나업의 딸에게 주며 감상하도록 한 것은 소를 끌고 가던 노옹이 수로 부인에게 절벽 위의 꽃을 꺾어 바친 「수로부인」과 연결 지을 수 있다(⑨). 최치원이 중국에 상륙하여 낙양까지 가면서 노구·노옹·미녀 등을 만나는 것은 「낙산 이대성 관음 정취 조신」에서 원효가 관음을 뵈려고 낙산으로 갈 때 흰옷 입은 여인, 개짐을 빠는 여인, 그리고 파랑새를 만난 것과 관련지을 수 있다(⑯).

끝으로, 서사 전개에 중요한 의의를 갖는 삽화가 『삼국유사』와 관련된 경우이다. 중국 황제가 비단에 싼 달걀을 넣어 봉한 석함을 신라에 보내자 최치원은 시를 지어 정답을 낸다. 황제는 달걀 넣은 것만 생각하고 시일이 지나 그 달걀이 부화되었을 것은 짐작하지 못하였는데, 최치원의 시를 보고 석함을 열어 그 사실을 확인하게 된다. 이와 유사한 것이 「김유신」에 수록된 고구려의 추남 설화이다(⑩). 고구려왕이 함 속에 쥐 한 마리를 넣고 추남보고 맞추라 하자 쥐 여덟 마리라고 대답하여 그를 죽인 후 함을 열어 보니 그 쥐가 일곱 마리의 새끼를 친 것이었다. 달걀과 쥐라는 점이 다르지, 문제를 낸 자의 인식의 한계와 정답을 말한 자의 우월성이 대비되는 구조의 설화라는 점에서 유사하다고 하겠다.

또한, 최치원이 첨성도에서 내려 용궁을 여행하고 용왕의 아들 이목을 데리고 중국으로 가다가 위이도에서 이목을 시켜 가뭄에 시달리는 백성에게 비를 내려 주게 하니 천제가 징벌을 내리려 하자 이목을 구해 주는 삽화는 「진성여대왕 거타지」와 「보양이목」의 설화가 최치원의 중국행이라는 서사 문맥 속에서 함께 엮어진 것으로 볼 수 있다(⑬, ⑭, ⑮). 거타지 설화에서는 중국으로 가는 사신 일행을 태운 배가 곡도에 이르러 더 나아가지 않자 이름표를 바다에 던져 뽑은 거타지를 그 섬에 내려놓고 간다. 이는 최치원이 첨성도에 이르렀을 때의 상황과 비슷하다. 뿐만 아니라 거타지가 서해 용왕을 구해 내는데, 이것도 최치원이 첨성도에 내려 이목을 만나 함께 용궁에 다녀오는 내용과 관련이 된다. 이러한 용궁 여행과 이목의 수행 이야기는 보양이 겪은 일과 유사하다. 그리고 위이도에서 비를 내리게 하였다가 천제의 진노를 사는 이야기는 보양이 용궁에서 데리고 온 이목이 가뭄 당한 해에 비를 내리게 했다가 하늘의 진노를 사 벌을 받게 되자 보양이 마당의 배나무(한자로는 이목(璃目)과 같은 음의 이목(梨木))에 벼락을 치게 하여 이목을 구한 이야기와 거의 같은 내용이다.

이로써 <최고운전>을 이루고 있는 역사적 소재 및 설화적 구성을 좀 더 구조적으로 파악할 수 있다. <최고운전>은 역사적 사실로서 최치원의 전기, 마복자 제도, 신라인의 민족의식 등이 주요 소재가 된 작품이다. 여기에 주로 『삼국유사』의 설화들과 직·간접적 관련을 맺고 있는 삽화와 화소들이 짜여 있다. 줄거리를 이루는 중심 삽화로서 추남·거타지·보양 설화가 있고, 서사 맥락에 따라 변용된 백월산·동명·수로부인·원효 설화가 있으며, 발상 면에서 상통하는 만파식적·선덕여왕·욱면비·제상 부인 설화가 있다. 이렇듯 <최고운전>은 역사적 사실을 바탕으로 하여 여러 설화들을 수용하여 중층적으로 구성한 소설 작품이라고 할 수 있다.

<최고운전>이 지닌 역사성과 설화성은 그 소설사적 위상에 대해 재고할 필요성을 제기한다. 일단, 마복자 제도가 기술된 『화랑세기』가 『삼국사기』가 편찬될 당시까지 남아 있었다는 사실이[33) 주목된다. 12세기 중반까지 신라의 제도가 문헌으로 알려져 있었으니, 식자층에서는 마복자를 하나의 제도적 측면에서 이해하였을 것이다. 그 후 『화랑세기』와 같이 마복자 제도를 기록한 문헌들이 인멸되어 그러한 제도가 있었다는 사실 자체가 역사 속에 파묻히게 되었다.

그런데 작품에 그려진 금돼지는 신성한 성격을 지녔고, 그의 거처는 선적(仙的)인 분위기를 띠고 있다. 이는 마복자 제도가 설화화하는 가운데 애초에 그 제도와 결부된 신성성이 작품 속에 보존된 양상으로 이해된다. 그만큼 신라의 고유문화에 대한 긍정적 인식이 내포되어 있다. 특히, 혼인 제도에서 조선 시대와는 확연히 달랐던 신라 시대의 사회·문

---

33) 『삼국사기』 46권, 열전, 「김대문」, 作傳記若干卷 其高僧傳 花郎世記 樂本 漢山記 猶存.

화적 특성이 설화적으로 윤색된 모습으로나마 작품 속에 남아 있다. 이렇듯 <최고운전>은 그 원천이 신라 시대의 역사적 사실에 있고 작품 분위기도 신성성을 유지하고 있는 것이다.

<최고운전>을 16세기 소설로 보는 것은 현재까지 밝혀진 창작 시기의 상한선에 의거한 것이다. 그렇지만 작품 내용 및 분위기의 신라적 흔적을 중시한다면, 그보다 훨씬 이전의 작품일 가능성을 배제하기 어렵다.[34] 아직은 추정일 따름이지만, 우리 소설사에서 이 작품은 나말 여초에서 조선 초기까지의 긴 공백기 중 어느 시기에 나오지 않았을까 한다. 그리하여 초기 소설사의 양상을 살피는 데 중요한 시사점을 던지는 작품으로 생각된다.

5. 결 론

본고는 <최고운전>의 설화적 성격과 민족주의적 주제의식에 대해 역사적 해석을 시도해 보았다. 『삼국사기』와 『삼국유사』의 관련 기록과 함께 『화랑세기』의 내용을 주요 근거로 삼아 역사 기록으로써 고전 소설을 해석하고자 하였다.

<최고운전> 서두의 금돼지 삽화는 남의 부인을 약탈한 괴물 금돼지가 신선의 땅에서 고귀하게 살고 있다는 점에서 독자에게 묘한 인상을 남긴다. 이를 설화적 상상력의 소산으로만 이해하기에는 뭔가 미진했는

---

34) 설성경, 「최고운전 연구」, 『연세어문학』 5, 연세대, 1974, 51-52면에서 김시습 창작설을 제기하였는데, 이보다 더 올라갈 가능성을 상정하는 것이다.

데, 『화랑세기』에 기록된 마복자 제도를 통해 그것이 갖는 역사적 함의를 알 수 있었다. 마복자는 임신한 여자가 성골, 진골 등 신성한 혈통의 남자와 관계한 후에 낳은 아들을 그의 양자로 삼은 것이다. 평민인 유화, 낭두의 아내와 딸 등이 임신한 채로 화랑의 문호인 선문에 들어가 화랑의 사랑을 받고 나와야만 사회적 지위를 보장받을 수 있었다. 이는 <최치원전>에서 금돼지가 남의 부인을 약탈한 자이면서도 신성하게 그려진 역사적 배경을 설명해 준다.

<최고운전> 전반에 걸쳐 신라의 자부심과 중국에 대한 적대감이 드러나 있는데, 이것이 신라 시대에 실재했던 민족의식과 상통하는 점에 주목해야 한다. 『삼국사기』와 『삼국유사』에서도 찾을 수 있는 민족의식은 『화랑세기』에서 더욱 뚜렷한 모습을 드러낸다. 역사서에 나타나는 민족의식의 양상으로 상하층의 합력, 영웅의 형상, 중국과 대등한 문화적 역량 등을 들 수 있는데, 이는 <최고운전>의 내용과 공통된다. 이러한 공통점은 역사상 실재했던 신라의 민족의식이 <최고운전> 창작의 중요한 요인의 하나로 작용하였음을 말해 준다.

이와 같이 신라의 역사를 담고 있긴 하지만, <최고운전>은 엄연히 소설이다. 그러므로 역사를 소설로 변용한 측면이 두드러진다. 『화랑세기』와 『삼국사기』에 비해 『삼국유사』와 더 친연성을 갖는 것도 이 때문이다. 이 작품은 『삼국유사』의 설화들을 수용하여 중층적으로 구성한 양상을 보여 준다. 추남·거타지·보양 설화 등은 작품의 줄거리를 이루고, 백월산·동명·수로 부인·원효 설화 등은 서사 맥락에 따라 변용되었으며, 만파식적·선덕여왕·욱면비·제상 부인 설화 등은 발상 면에서 상통한다.

　이상의 논의를 통해 <최고운전>의 작품 세계가 신라의 제도와 사상을 담고 있음을 알 수 있다. 작품의 원천이 신라 시대의 역사적 사실에 있고 작품 분위기도 신성성을 유지하고 있다는 점에서, 그 창작 시기가 16세기보다 훨씬 올라갈 가능성을 배제할 수 없다. 추정컨대, 초기 소설사에서 나말 여초~조선 초기의 긴 공백기 중 어느 시기에 위치한 작품이 아닐까 한다.

제3장

연암 소설의 대상 인식

1. 서 론

연암 박지원(朴趾源, 1737~1805) 연구는 그의 한문 소설에 대한 소설사적 관심에서 출발하여 실학사상에 대한 조명을 거쳐 『열하일기(熱河日記)』에 대한 집중적인 탐구 등으로 진척되어 왔다.[1] 특히, 그의 문학의 바탕이 된 사상에 대해서 지속적으로 논의되어 연구 성과가 축적되었다. 주로 이용후생(利用厚生)에 입각한 사회관, 경제관, 인간관 등이 거론되었고,

[1] 연암에 대한 연구사는 민병수, 「박지원 문학의 연구사적 검토」, 『한국학보』13, 일지사, 1978 ; 임형택, 「실학파문학과 한문단편」, 『한국학연구입문』, 지식산업사, 1981 ; 강동엽, 「80년대 이후 연암 문학, 연구경향과 그 전망」, 『한국한문학연구』11, 한국한문학연구회, 1988 등을 참조할 수 있다. 또한 차용주 편, 『연암연구』, 계명대출판부, 1984에는 80년대 초반까지 연암 문학 연구의 주요 성과들이 모아져 있고, 진단학회 편, 『한국고전심포지움』2, 일조각, 1985에서 『연암집』에 대한 종합적인 검토가 이루어졌으며, 연암 탄신 250주년 기념 학술회의의 결과인 한국한문학연구회, 『한국한문학연구』 11집, 한국한문학회, 1988에서 연암 연구의 현황을 점검하고 새로운 과제를 모색하였다.

문학 사상에 대한 연구도 이루어졌다.[2] 근래에 들어 이기철학사의 맥락에서 인물성(人物性) 논쟁에서의 연암의 위치를 살피고 이를 바탕으로 <호질(虎叱)>을 분석한 성과도 이루어져[3] 연암 사상에 대한 연구는 한층 심화되고 있다.

그러한 연구 경향 중 하나의 뚜렷한 흐름을 형성하는 것은 연암 사상의 근저에 놓인 사유 구조 내지 인식론에 대한 탐구이다.[4] 연암의 문학과 사상이 지닌 전반적인 특질을 추출하는 데서 더 나아가 그러한 특질의 바탕에 놓인 연암의 사유 방식에 논의가 모아지고 있는 것이다. 대개 인식의 상대성, 변화하는 현실에 바탕을 둔 사물 인식 태도, <일야구도하기(一夜九渡河記)>에서 언급된 '명심(冥心)'의 개념 파악 등이 주된 논의 대상이 되었다. 이러한 논의는 연암의 나이 36~42세(1772~1778)

---

2) 이가원, 『연암 소설연구』, 을유문화사, 1965부터 연암 소설에 대한 사상적 고찰이 매우 중요한 비중을 차지하고 있다. 이우성, 「실학파의 문학」, 『국어국문학』 16, 국어국문학회, 1957(「실학의 사회관과 한문학」, 『한국고전 소설』, 계명대출판부, 1974에 보충, 재수록) ; 이동환, 「연암의 사상과 소설」, 『고전문학을 찾아서』, 문학과지성사, 1976 등에서 연암 문학을 이해하는 데 핵심적인 의의를 갖는 몇 가지 사상적 범주가 제시되었다. 한편, 조동일, 「박지원」, 『한국문학사상사시론』, 지식산업사, 1978에서는 연암의 문학 사상이 집중적으로 분석되었다.
3) 조동일, 「18세기 인성론 혁신과 문학의 사명」, 『문학사와 철학사의 관련 양상』, 한샘, 1992(『한국의 문학사와 철학사』, 지식산업사, 1996에 재수록).
4) 이종주, 「열하일기의 인식 논리와 서술 방식」, 『근대문학의 형성과정』, 문학과지성사, 1983 ; 최신호, 「연암의 문학론에서 본 사물인식과 창작의식」, 『한국한문학연구』8, 한국한문학연구회, 1985 ; 이동환, 「연암의 사유양식」, 『한국한문학연구』 11, 1988 ; 임형택, 「박연암의 인식론과 미의식」, 같은 책, 1988 ; 김명호, 「북학론과 그 사유구조」, 『열하일기연구』, 창작과비평사, 1990 ; 박희병, 「연암사상에 있어서 언어와 명심」, 『한국의 경학과 한문학』, 죽부이지형교수정년기념논총 간행위원회, 1996 ; 이지호, 「연암 박지원의 글쓰기 방법론 연구―열하일기의 대상해석을 중심으로」, 서울대 박사논문, 1997.

전동(典洞) 시절에 쓴 산문 모음집 『종북소선(鍾北小選)』5), 44세(1780) 연행 후 쓴 『열하일기』, 55~60세(1791~1796) 안의 현감 시절에 묶은 『연상 각선본(烟湘閣選本)』, 『공작관문고(孔雀館文稿)』6) 등에 수록된 글들을 주 자료로 선택, 분석하여 도출된 결과였다. 말하자면, 연암이 자신의 사상을 확립한 시기에 저술한 자료들이 주로 논의된 것이다. 이에 비해, 연암의 초기작인 한문 소설을 자료로 택해서 그의 인식론의 전개 양상을 살피려는 시도는 미흡하지 않았는가 한다.

  연암은 20대 약관의 나이에 한문 소설들을 창작하였다.7) 개인이 성장하는 과정에 있어서 중세인과 근대인 간에 차이가 나리라는 점을 고려하더라도, 일반적으로 한 인간의 일생에서 20대가 주는 의미는 무엇보다도 자기 자신 및 주변 세계를 대상화하고, 그것을 어떻게 인식하고 평가할 것인가 하는 문제에 골몰하는 것이 아닐까 한다. 자기 정립을 위해 자신과 주변 것들에 대해 끊임없이 탐색하고 문제의식을 키워나가는 가운데 대상에 대한 올바른 인식에 도달하고자 노력하는 시기가 20대인 것 같다. 연암의 20대도 대상 인식의 정립 과정이었으며, 이 시기에 나온 소설 작품들은 그러한 노력의 소산이었으리라고 본다. 이는 이제까지 연구된 연암의 인식론이 30대의 자기 확립기 이전에 치열한 모색의 과정을 거쳐 정립된 결과로 보아야 한다는 점을 말하려는 것이기도 하다.

---

5) 전동 시절 연암의 지적 성숙과 교유 관계, 저술한 글 등에 대해서는 김명호, 앞의 논문, 55-67면 참조.
6) 안의현감 시절의 글들에 대한 분석과 평가는, 김명호, 앞의 논문, 252-262면 참조.
7) 연암 소설의 창작 시기에 관해서는 이가원, 앞의 책 ; 박기석, 「연암의 생애와 한문단편의 형성」, 『이조후기 한문학의 재조명』, 창작과비평사, 1983(『박지원문학연구』, 삼지원, 1984, 제3장 제1절에 재수록) 참조.

이에 본고에서는 연암 소설에서 나타나는 인식론의 단서들을 찾아보고, 그것들이 얼마나 진지하게 문제화되었으며, 또한 문학적으로 어떻게 형상화되었는지에 대해 살펴볼 것이다. 이러한 논의는 연암 소설의 주제를 좀 더 심도 있게 파악하는 데도 다소 보탬이 되지 않을까 한다.

2. 대상 인식의 형상화 양상

<민옹전(閔翁傳)>에서 민옹이 작자와 처음 대면하는 장면은 다음과 같이 서술되어 있다.

> 내가 바야흐로 사람들과 더불어 음악을 듣고 있었는데, 옹이 인사도 하지 않은 채 피리 부는 자를 한참 바라보다가 그 뺨을 치면서 크게 꾸짖었다. "주인이 기뻐하는데 네가 어찌 노하느냐?" 내가 놀라 그 이유를 물으니 옹이 이르기를, "저 놈이 눈을 부릅뜨고 기를 쓰니 노한 것이 아니면 무엇이오?" 했다. 내가 크게 웃자, 옹이 이르기를, "어찌 피리 부는 자만 노한 모습이겠소. 젓대 부는 자는 얼굴을 돌리고 우는 듯이 하고, 장구 치는 자는 눈썹을 찡그리는 것이 수심에 찬 듯하군요. 좌중이 모두 묵묵히 크게 두려운 듯이 하고 있고, 동복들은 웃거나 말하기를 삼가고 있으니 음악을 즐길 만하지 않군요." 하였다.[8]

악사들은 작자의 우울증을 덜기 위해 성심성의껏 연주를 하고 있었다.

---

8) 『연암집』2, 계명문화사, 1986, <민옹전>, 余方與人樂 翁不爲禮 熟視管者 批其頰大 罵曰 主人懽 汝何怒也 余驚問其故 翁曰 彼瞋目而盛氣 匪怒而何 余大笑 翁曰 豈獨管者怒也 笛者反面若啼 缶者嚬若愁 一座默然若大恐 僮僕忌諱笑語 樂不可爲歡也.

옹은 그 연주의 태도가 너무도 진중하고 무거워 분위기가 가라앉은 것을 깨치기 위해 위와 같은 해학을 한 것이다. 그러나 이 삽화 속에는 대상 인식과 관련된 주요한 사항이 내포되어 있다. 작자의 우울증과 음악을 통한 그것의 해소라는 상황은 민옹의 관점에서는 하찮은 것이다. 눈에 보이는 현상은 모두들 침중하고 무겁게 가라앉아 있는 것뿐인데, 그것의 원인이나 목적이 어떻든지 간에 그 현상 자체가 문제인 셈이다. 현상을 현상 그대로 인식하는 것이 중요하지, 그 속에 담긴 고상한 뜻이나 취미 등은 허위의식의 발로일 뿐이라는 인식 태도를 엿볼 수 있다.9)

이와 함께 <민옹전>에는 매우 인상적인 문답이 서술되어 있다.

> 민옹을 궁지에 빠뜨리려는 사람이 있어 물었다. "옹은 귀신을 보았나요?" "보았지." "귀신이 어디 있습디까?" 민옹은 눈을 똑바로 뜨고 한참 보다가 한 손님이 등잔 뒤에 앉아 있었는데 드디어 크게 소리치며 말했다. "귀신이 저기 있다." 그 손님이 노하여 민옹에게 힐문하자 민옹은 "대저 밝은 것은 사람이 되고 어두운 것은 귀신이 되나니, 이제 자네가 어두운 곳에 처하여 밝은 곳을 바라보고 형체를 숨겨서 사람을 엿보니 어찌 귀신이 아니랴." 했다.10)

이로부터 신선, 제일 나이 많은 것, 제일 맛있는 것, 불사약, 제일 무서운 것 등을 대상으로 수수께끼 문답식으로 전개된다. 여기서 먼저 주

---

9) 이러한 민옹의 인식 태도는 <영처고서(嬰處稿序)>에서 예로 든, 관공의 소상이 어린아이에게는 그저 덩그런 진흙덩이로만 인식되는 것과 흡사하다. 일흔의 노인과 어린아이에게 공통된 진솔한 마음이 이러한 인식 태도를 낳았던 것이다.

10) <민옹전>, 有欲窮翁者問 翁見鬼乎 曰 見之 鬼何在 翁瞠目熟視 有一客坐燈後 遂大呼曰 鬼在彼 客怒詰翁 翁曰 夫明則爲人 幽則爲鬼 今者處暗而視明 匿形而伺人 豈非鬼乎.

목할 것은 문답의 대상이 된 것들의 성격이다. 귀신, 신선, 불사약 등은 모두 현실에 존재하는지 아닌지 애매한 것들이다. 제일 나이가 많다, 제일 맛있다, 제일 무섭다 등은 주관적인 근거에 기대어 얼마든지 다른 대답이 나올 수도 있는 문제이다.[11] 이렇듯 이 문답에서 대상이 된 것들은 관념적이고 주관적인 성격을 지니고 있다.

그런데 이들 문제의 해답은 모두 현실적인 것으로 귀결된다. 귀신은 어두운 데 앉아 있는 어떤 사람이다. 신선은 가난한 자들이다. 제일 나이 많은 것은 책을 많이 읽은 자이다. 제일 맛있는 것은 소금이다. 불사약은 밥이다. 제일 무서운 것은 자기 자신이다. 그리고 문제에서 해답에 이르는 논리가 분명하다. 밝은 것은 사람, 어두운 것은 귀신이다. 가난한 자들은 세상을 싫어한다. 토끼보다 두꺼비가 책을 많이 읽어 고금사에 통했다. 모든 음식에 맛을 내는 것이 소금이다. 밥을 먹지 않고는 살 수 없다. 자신으로부터 재앙이 나온다. 이 논리들은 기존의 생각에 의존해 있기도 하고, 실제 경험에서 우러나온 것이기도 하다. 기존의 논리를 따오더라도 그것을 현실에다 대응시킨 것이 특징이다.

이에 <민옹전>의 문답은 관념적이고 주관적인 대상을 기존의 논리를 뒤집으면서 현실에 대응시켜 인식하는 태도를 반영한다고 요약할 수 있다. <민옹전>의 이러한 인식 태도는 연암 소설 전편에 걸쳐 혹은 부분적으로 혹은 전면적으로 드러나는 특징이라 할 수 있다.

<김신선전(金神仙傳)>이 대상 인식의 문제와 관련하여 주목되는 작품이다. 이 소설은 별다른 사건도 없고 특출 난 사상이 담겨 있는 것도

---

11) 저 유명한 『열하일기』의 '제일장관(第一壯觀)'론(論)도 물음 자체의 성격은 다분히 주관적이라는 점에서 <민옹전>의 문답의 대상과 관련될 수 있다.

아니다. 그렇지만 연암 소설을 관통하는 주제 의식이 이 작품만큼 지속적이고 전면적으로 제기된 것도 드물다는 생각이다.

우선 인식 대상은 김신선이라는 사람이다.12) <민옹전>의 문답에서 한 차례 거론했던 신선의 존재를 전면적으로 문제 삼은 것이다. 그 문제는 애초에 풍문으로 제기되었다. 이러 저러한 내력으로 인해 김홍기라는 사람이 '신선이라고 이름 붙여졌다[遂以神仙名].'는 것이다. 곧, 사람들이 그를 신선이라 불렀다는 식으로 서술하고 있다. 또한 작자가 김홍기를 찾게 된 것도 풍문에 의한 것이었다. '대개 신선의 방술이 간혹 기이한 효험이 있다고 듣고서 더욱 구하고자 하였다[盖聞神仙方技 或有奇效 益欲得之].'는 것이다. 풍문에 의해 유발된 신선 찾기는 진지하게 전개되었지만, 역시 풍문만이 전해진다. 작자가 보낸 윤생과 신생은 김홍기가 머문다는 서울의 여러 지역을 두루 찾았지만, 정작 김홍기는 만나 보지 못하고 그의 아들의 말, 그의 친구의 말만을 듣고 돌아온다. 김홍기라는 실체는 없고, 그의 아들과 친구의 말로만, 또 그것이 윤생의 말로 전이되어 작자에게 전해지는 것이다. 윤생, 신생을 통한 신선 찾기가 실패로 돌아간 것을 서술한 다음, 아래와 같이 풍문만을 서술하면서 일단락 짓는다.

> 혹자는 이르기를, '홍기의 나이가 백여 세로 함께 교유하는 사람들이
> 모두 노인이다.'라 하고, 혹자는 '그렇지 않다. 홍기의 나이 19에 장가들
> 어 곧 아들을 낳았고 이제 그 아들이 겨우 약관의 나이이니 홍기의 나

---

12) 연암 소설의 인식 대상은 대부분 사람 혹은 사람들이 살아가는 세계이다. 이는 소설 자체가 기본적으로 인간에 대한 탐구라는 점, 그리고 연암 사상의 출발점이 인간 및 인간세계라는 점을 환기시켜 준다.

이를 계산하면 이제 50여 세일 것이다.' 하였다. 혹자는 말하기를, '김신선이 약초를 캐러 지리산에 들어갔다가 절벽에서 떨어져 돌아오지 않은 지 이미 수십 년이다.' 하였다. 혹자는 말하기를, '바위 동굴이 으슥한데 반짝이는 어떤 물건이 있다.' 하고, 혹자는 '[그것은] 이 노인의 눈빛이다. 산골짜기에서 때때로 긴 하품 소리가 들려온다.' 하였다. 이제 홍기는 오직 술을 잘 마실 뿐 무슨 술법이 있지는 않고 홀로 그 이름을 빌려서 행세한다고 한다.[13]

'혹왈(或曰), 혹운(或言), 운(云)' 등의 단어를 사용하여 신선 찾기의 말미를 서술한 것이다. 이러한 풍문에 대비하듯이, 이어지는 단락에서 작자 자신의 체험담을 서술하고 있다. 작자가 금강산에 가서 수미봉 아래에 있는 선암이라는 암자에 묵고 있다는 신선을 찾고자 한 것이다. 그러나 관찰사의 순행이라는 방해를 받아 시일을 지체하였고, 선암에 올랐으나 결국 신선의 종적을 찾지 못했다는 것이다. 신선에 관한, 풍문을 통한 인식과 체험을 통한 인식 모두 실패로 돌아가고 말았다. 작품의 결말은 다시 '혹왈'로 시작하는 글자 풀이와 '울울하게 뜻을 얻지 못한 자[其鬱鬱不得志者也]'가 신선이리라는 결론이다. 신선의 존재 여부를 현실적인 상황에 대응시켜 결론지은 것은, <민옹전>의 문답에서 내린, '가난한 자가 신선이다'라는 결론과 닮아 있다. 현실에서 뜻을 얻지 못해 현실을 싫어하여 산속에 파묻힌 사람이 신선인 셈이다.

　<김신선전>에서는 풍문을 통한 인식과 체험을 통한 인식 모두가 실

---

13) <김신선전>, 或曰 弘基年百餘 所與遊 皆老人 或曰 不然 弘基年十九 娶卽有男 今 其子纔弱冠 弘基年計 今可五十餘 或言 金神仙 採藥智異山 隳崖不返 今已數十年 或 言 巖穴窅冥 有物熒熒 或曰 此老人眼光也 山谷中時聞長欠聲 今弘基惟善飮酒 非有 術 獨假其名而行云.

패로 돌아갈 만큼 신선이라는 인식 대상은 모호한 상태로 남은 채 끝나고 있다.[14] 일종의 '그림자 뒤쫓기'와 같은 식의 서술 방법과 사건 전개 방식이 이 작품의 주제를 매우 의미 있게 형상화하고 있다.

<광문자전(廣文者傳)>에서는 '엿보기'의 방식으로 서술되어 있다. 광문을 소개하고 그에 관한 삽화를 연결시키면서 작가는 줄곧 관찰자 시점에서 서술하고 있다. 그러다가 유독 다음 대목에서만큼은 시점을 바꾸고 있다.

> 집주인이 끝내 그를 이상히 여겨 그의 뒤를 좇아가 멀리서 바라보았다. 여러 거지아이들이 한 시체를 매고 수표교에 이르러 다리 아래로 시체를 던져 버렸다. 광문이 다리 사이에 숨어 있다가 떨어진 자리로 싸서 몰래 짊어지고 가서 서교의 공동묘지에 묻고는 곡을 하기도 하고 말을 하기도 하였다. 이에 집주인이 광문을 잡고 힐문하니, 그제야 광문이 그 전에 했던 바와 어제의 일을 다 고하였다. 집주인은 마음으로 광문을 의롭게 여겨 그와 함께 집으로 돌아왔다.[15]

광문의 착한 본성이 드러나는 대목이다. 여기서 작가는 집주인의 시점에서 광문의 행동을 그리고 있다. 일종의 엿보기 수법이다. 광문의 본

---

14) 따라서 <민옹전>이나 <김신선전>을 예로 들어 연암이 신선의 존재를 부정했다고 파악하는 것은 재고의 여지가 있다. 신선이 존재하느냐 아니냐의 문제는 선뜻 결론을 내기 어려운 문제인데, 그보다는 신선이 과연 존재하는지에 대한 진지한 탐색의 과정이 밀도 있게 형상화됨으로써 신선에 대한 풍문 자체를 의문시하는 태도 곧 대상 인식의 태도가 더욱 문제적인 것이다.
15) <광문자전>, 舍主終已怪之 踵其後望見 群丐兒曳一尸 至水標橋 投尸橋下 文匿橋中 裹以弊席潛負去 埋之西郊之墦間 且哭且語 於是 舍主執詰文 文於是盡告其前所爲 及 昨所以狀 舍主心義文 與文歸家.

성은 이러한 집주인의 엿보기에 의해 드러나게 되는 것이다.

이러한 인식의 문제는 연암의 40대 작품인 『열하일기』에 수록된 소설에서도 중요하게 취급되고 있다. 대상 인식의 문제가 극적으로 형상화된 작품은 <호질>이다. 이 작품의 핵심적인 대목은 이른바 희극에서의 '인식 장면'[16]이라고 일컬을 수 있는 다음 대목이다.

> 다섯 아들이 서로 이르기를, "냇물 북쪽에서 닭이 울고, 냇물 남쪽에 밝은 별. 방안에서는 소리 나니 어찌 그리도 북곽선생[의 목소리]와 비슷한가?" 하였다. 형제 다섯이 차례로 문틈으로 엿보았다. 동리자가 북곽선생에게, "오랫동안 선생의 덕을 사모하였으니 오늘밤에 선생의 글 읽는 소리를 듣고 싶습니다."고 청하였다. 북곽선생은 옷깃을 여미고 바로 앉아 시를 읊었다. "원앙새는 병풍에 반짝 반짝 반딧불이. 저 가마솥 세발솥은 무엇을 본떴을까? 흥야(興也)라." 다섯 아들이 서로 말하기를, "예(禮)에 과부의 문 안에 들지 않는다 했는데 북곽선생은 어진 분이라. 내 들으니, 우리 고을의 성문이 무너져 여우 굴이 되었다더라. 내 들으니, 여우가 천 년을 묵으면 능히 변하여 사람 모습을 할 수 있다더라. 저건 아마도 여우가 북곽선생 모양을 한 것일 게다." 하였다. 서로 모의하기를, "내 들으니, 여우 관을 얻으면 집이 천금의 부자가 될 수 있고, 여우 신발을 얻으면 대낮에 그림자를 감출 수 있고, 여우 꼬리를 얻으면 아양을 잘 떨어 사람들이 좋아한다더라. 어찌 저 여우를 죽여서 나누어 갖지 않겠는가?" 하였다. 이에 다섯 아들이 함께 에워싸고 쳐들어갔다.[17]

---

16) '인식 장면'이란 용어는 N. Frye의 것인데, 김병국, 「춘향전의 문학성에 관한 비평적 접근 시론」, 『고전문학연구』2, 한국고전문학연구회, 1975(「희극적 구조로 본 춘향전」, 『한국고전문학의 비평적 이해』, 서울대출판부, 1995에 재수록)에서 <춘향전>의 구조 분석에 적용하였다.

17) <호질>, 五子相謂曰 水北鷄鳴 水南明星 室中有聲 何其甚似北郭先生也 兄弟五人 迭窺戶隙 東里子請於北郭先生曰 久慕先生之德 今夜願聞先生讀書之聲 北郭先生整

여기서는 다섯 아들이 인식 주체이다. 그들의 인식 행위도 엿보기로 나타난다. 북곽선생과 동리자는 인식 대상이다. 지금 그들은 밀회 중인데, 사람들에게 알려진 바의 그들 모습과 정반대로 음탕한 본색이 드러나 있다. 인식 대상이 자신의 본질을 드러내고 있으므로 인식 주체는 그 상태대로 파악하면 그뿐이다. <민옹전>에서 악사들의 겉모습을 그대로 인식한 민옹처럼 말이다. 그런데 다섯 아들은 자신들이 지금 마주하고 있는 대상의 본질을 왜곡시킨다. 그것도 '오문(吾聞)'하는 식의 말로 대변되는 풍문을 통해서이다. 여우의 둔갑이라는 허무맹랑한 논거를 들이대면서 대상을 왜곡시켜 파악하는 것이다.[18]

이 과정을 다시 정리해 보면 다음과 같다. 북곽선생과 동리자의 본질은 음탕하다는 점이다. 왕을 위시한 정나라 사람들은 북곽선생과 동리자의 본질을 인식하지 못하고 허위에 찬 명성을 붙여 놓았다. 다섯 아들은 사람들의 일반적인 인식 내용을 받아들인 다음, 자기들 나름의 논리를 덧씌워 호도하였다. 여기서 북곽선생과 동리자는 이중으로 덧칠된 셈이다. 뿐만 아니라 그들의 본질이 드러나는 바로 그 대목에서 이중으로 왜곡되었다는 점에서 인식의 혼란된 양상이 더욱 극적으로 표현된 것이다.

襟危坐 而爲詩曰 鴛鴦在屛 耿耿流螢 維鬵維錡 云誰之型 興也 五子相謂曰 禮不入寡婦之門 北郭先生賢者也 吾聞 鄭之城門 壞而狐穴焉 吾聞 狐老千年 能幻而像人 是其像北郭先生乎 相與謀曰 吾聞 得狐之冠者 家致千金之富 得狐之履者 能匿影於白日 得狐之尾者 善媚而人悅之 何不殺是狐而分之 於是 五子共圍而擊之.

18) 이 장면에서 다섯 아들의 말을 반어적인 표현으로, 그들이 북곽의 정체를 파악한 것으로 해석(성현경, 「호질론」, 『한국옛소설론』, 새문사, 1995, 248-249면)하기도 하였으나 그보다는 '다섯 아들은 모처럼 본질 파악의 기회를 가졌건만 결코 본질을 볼 수 없었던 愚衆의 전형'이라고 해석(황패강, 「호질」, 『조선왕조소설연구』, 단대출판부, 1981, 257면)하는 것이 옳다고 본다.

이 대목에서 작가가 문제 삼은 것이 무엇인지 극명히 나타난다. 대상의 본질을 제대로 파악하지 못하고 풍문이나 허황된 속신 같은 것에 휘말려 왜곡된 인식을 하고 있는 사람들의 행태를 풍자하려는 것이다.[19] 대상을 정확히 인식하지 못하고 어떤 방식으로든 왜곡시키는 당대의 세태를 풍자하는 것이 연암 소설에 내재한 공통된 주제 의식이라고 생각한다. 여기서 인식의 문제가 세태 풍자와 긴밀히 연관됨을 알 수 있다.

3. 세태 풍자와 대상 인식

풍자는 작가의 비판적 지성이 전제가 된다.[20] 무엇인가를 인식하는 과정에서 그 대상이 된 것의 모순과 부조리를 알아채고 그것을 고발하는 것이다. 대상 인식의 문제는, 대상 자체가 안고 있는 모순이나 부조리를 파헤친다는 점에서, 풍자와 밀접한 관련을 맺게 된다.

<마장전(馬駔傳)>은 친구 간의 사귐을 문제 삼은 작품이다. 이 우도(友道)의 문제 자체는 가치론의 범주에 들겠지만, 진정한 우도의 가치를 드러내기 위해서는 당대인들이 사귀는 행태를 면밀히 관찰할 필요가 있다. 이에 이 작품에서는 세교의 행태 자체를 인식의 대상으로 삼았다고 할 수 있다. 그런 면에서 조탑타가 말한 한 일화는 당대 세교의 행태를 대변하고 있다.

---

19) 임형택, 앞의 논문, 21면에서 연암은 '일상적·경험적으로 우리 앞에 주어진 현실을 온통 왜곡되고 허위로 가득 차 있는 것으로 의식하였다.'고 지적하였다.
20) 김학성, 「연암 소설의 풍자성」, 『연암연구』, 계명대출판부, 1984, 283-285면 참조.

"내가 아침에 표주박을 두드리며 구걸을 하고 다니다가 포목전에 들어갔더니 누각에 올라 포목을 사려는 자가 있었네. 포목을 택하여 혀로 핥아 보기도 하고 공중에 비추어 보기도 하더구면. 값은 부르는 입에 달렸으니 먼저 부르라고 양보하더군. 그러더니 두 사람 다 포목을 [사고 파는 것은] 잊어버리고 포목전 주인은 홀연히 먼 산을 바라보며 구름이 일어나는 것을 노래하고, 포목을 사려던 사람은 뒷짐 지고 서성이면서 벽에 걸린 그림을 보더군."21)

사태의 핵심은 포목을 사고파는 일이다. 포목을 사려는 사람과 팔려는 사람은 조금이라도 자신에게 이익이 되도록 값을 흥정하고자 한다. 그러나 서로 이익을 챙기려는 의도는 감추고 엉뚱한 짓을 하면서 상대방의 의중을 떠보는 태도를 취한다. 먼 산의 구름을 노래한다거나 벽에 걸린 그림을 감상하는 것은 상대방이 값을 먼저 부르면 그에 따라 값을 깎겠다는 의도가 깔린 의뭉한 행동일 따름이다. 이 일화에 대해 송욱은 '문태(交態)' 즉 '겉모양에 따른 사귐'이라 규정한다.

이어서 장덕홍이 '꼭두각시놀음에서 장막을 치는 것은 [인형을] 조종하는 줄 때문이지[傀儡垂帷 爲引繩也].'라고 말한다. 이 말은 탑타가 소개한 앞의 일화와 동일한 의미를 함축하고 있다. 꼭두각시놀음은 인형을 조종하여 사람처럼 말하고 행동하게 하는 연희인데 인형을 사람처럼 움직이는 요체는 인형에 매달린 줄에 있다. 그 줄을 장막으로 가려 주어야 인형들의 몸놀림이 사람처럼 보이도록 할 수 있다. 앞의 일화와 견준다면, 인형을 움직이는 줄이 포목을 매매하면서 이익을 챙기려는 의도에

---

21) <마장전>, 吾朝日鼓瓢行丐 入于布廛 有登樓而貿布者 擇布而舐之 暎空而視之 價則在口 讓其先呼 旣而兩相忘布 布人忽然望遠山 謠其出雲 其人負手逍遙 壁上觀畫.

해당한다면, 인형들이 사람처럼 움직이는 모양은 먼 산의 구름을 노래하거나 벽의 그림을 감상하는 따위의 행동에 해당한다. 그러기에 그 말에 대해 송욱이 '교면(交面)' 즉 '얼굴빛에 따른 사귐'이라 규정한 것이다.

겉모양이나 얼굴빛에 따라 이루어지는 사람 사이의 사귐이 당대 세교의 일반적인 경우였는데, 이에 대한 설명적 진술이 이른바 '군자의 사귐[君子之交]'으로 나타난다.

> 그러므로 사귀는 데에도 기술이 있다. 그를 칭찬하려거든 드러내놓고 꾸짖는 것만 못하다. 기쁘다는 것을 보여주려거든 노하여 따질 것이다. 그와 친해지려거든 주의하기를 내버려 두듯이, 몸을 돌리기를 부끄러워 하듯이 할 것이다. 남이 나를 믿도록 하려거든 의심스러이 대접할 것이다. 대저 열사는 슬픔이 많고 미인은 눈물이 많은데, 영웅이 잘 우는 것은 남을 감동시키려는 까닭이다. 대개 이 다섯 가지 기술은 군자의 미묘한 권술이요 처세하는 데 두루 통하는 방법이다.22)

군자가 사귀는 다섯 가지 기술은 모두 진정을 감추고 표정이나 행동을 그 반대로 하는 것이다. 말하자면 본질과 현상이 어긋나는 양상이다. 군자들은 이러한 태도로 사람을 사귀기 때문에 서로의 진정을 알 길이 없다. 이런 군자들이 판치는 세태이기에 우도라는 문제는 그 본질이 왜곡된 채 처세술의 문제로 전락해 버렸다. 작가는 이러한 문제를 대상인식의 차원에서 제기하고 있는 것이다. 세상을 올바르게 파악하려 해

---

22) <마장전>, 故處交有術 將欲譽之 莫如顯責 將欲示歡 怒而明之 將欲親之 注意若植 回身若羞 使人欲吾信也 設疑而待之 夫烈士多悲 美人多淚 故英雄善泣者 所以動人 夫此五術者 君子之微權 而處世之達道也.

도 위와 같은 태도로 살아가는 사람들의 행태로 말미암아 제대로 알 수 없게 된 것이다.

<예덕선생전(穢德先生傳)>도 <마장전>과 동일한 문제의식을 바탕으로 하고 있다.23) 제자 자목이 스승인 선귤자가 천인 역부인 엄행수와 사귀는 것을 부끄러워하여 떠나려 하자, 선귤자는 다음과 같이 말한다.

> 이언에 이르기를, '의원이 제 병 못 고치고 무당이 제 굿 못한다.'고 한다. 사람은 누구나 스스로 잘한다고 자부하는 바가 있는데 남들이 알아주지 않으면, 근심스레 자기의 허물을 듣기를 구하는 듯이 한다. 한갓 칭찬만 하면 아첨에 가까워 맛이 없고 오로지 단점만 지적하면 비방에 가까워 인정이 아니다. 이에 그 잘하지 못하는 바를 떠보면서 주위를 맴돌며 딱 맞추지 않으면 비록 크게 꾸짖더라도 노하지 않으리니 그가 꺼리는 바에 닿지 않았기 때문이다. 우연히 그가 스스로 잘한다고 여기는 바에 미쳐 사물을 비유하여 그 덮여 있는 속을 딱 맞추면 마음에 감격하여 마치 가려운 데를 긁은 것과 같을 것이다. 가려운 데를 긁는 데는 요령이 있으니 등을 어루만지되 겨드랑이에는 근접치 말 것이요 가슴을 쓰다듬되 목을 침범해서는 안 된다. 허공에다 말을 만들어 자기를 칭찬하는 데로 돌아가면 뛸 듯이 하며 이르기를, '[나를] 안다'고 하리

---

23) 임형택, 「박연암의 윤리의식과 우정론의 성격」, 『한국문학사의 시각』, 창작과비평사, 1984에서 <마장전>과 <예덕선생전>을 우정론이라는 주제로 묶어 분석하였다. 그는 연암의 '초기 한문단편 전체의 창작동기가, 참다운 우정을 찾아볼 수 없는 세태를 비분해서 지은 것'(148면)으로 파악했다. 이는 '당시의 교우관계가 신의(信義)에 바탕을 두지 못하고 세리(勢利)에 따라 좌우되는 사회현실에 대한 비판'(박기석, 「연암의 초기 구전에 대한 일고―예덕선생전을 중심으로」, 『연암연구』, 계명대출판부, 1984, 477면)으로 본 견해와 상통한다. 본고에서는 참다운 우정의 추구와 함께 인식의 왜곡된 양상을 파헤치려는 의도가 동전의 양면처럼 연관된다고 본다.

니 이와 같이 벗하는 것이 괜찮을까?[24]

'중이 제 머리 못 깎는다.'와 같은 속담을 화두로 내세워 세상에서 사귀는 방법에 대해 말하고 있다. 스스로 잘한다고 여기는 바를 남들이 알아주기를 원하는 것이 사태의 본질이다. 그런데 오히려 자기의 잘못을 듣고자 하는 태도를 취한다. 이에 그의 잘못을 떠보는 정도에서 그를 비판하는 척하면서 그가 정말로 듣고 싶은 칭찬의 말을 우연히 한 듯이 하는 것, 이것이 사귀는 방법인 것이다. 이 '파양(爬癢)'의 방법은 <마장전>에서의 '군자의 사귐'과 동일한 처세술이다.

의원과 무당에 대한 언급은 <호질>에서도 나타난다.

> 의원이란 의심나는 자이다. 그 의심나는 바로써 사람들에게 시험하여 매년 죽인 바 수만 명이다. 무당이란 속이는 자이다. 신을 속이고 백성을 미혹시켜 매년 죽인 바 수만 명이다. 대중들의 분노가 골수에 들어가 금잠(金蚕)으로 변하였으니 독을 먹을 수는 없다.[25]

'의(醫)'와 '의(疑)', '무(巫)'와 '무(誣)'의 동음이의어에 의한 풍자이지만, 이는 의원이나 무당에 의해 대중의 세계 인식이 왜곡된 세태를 간파한 결과이기도 하다. 대중을 미혹시키는 대표적인 예로 의원과 무당을 든

---

24) <예덕선생전>, 里諺有之曰 醫無自藥 巫不己舞 人皆有己所自善 而人不知 憖然若求
聞過 徒譽則近諂而無味 專短則近訐而非情 於是泛濫乎其所未善 逍遙而不中 雖大責
不怒 不當其所忌也 偶然及其所自善 比物而射其覆中 心感之若爬癢焉 爬癢有道 拊背
無近腋 摩膺毋侵項 成說於空 而美自歸 躍然曰 知 如是而友 可乎.
25) <호질>, 醫者疑也 以其所疑 而試諸人 歲所殺常數萬 巫者誣也 誣神以惑民 歲所殺
常數萬 衆怒入骨 化爲金蚕 毒不可食.

것은 앞서 언급한 풍문이나 속신의 근원지가 바로 그들이기 때문이다.26) 대중이 의원이나 무당과 같은 망령된 자들에 의해 미혹되고 도탄에 빠지는 세태에 대한 비판인 것이다.

이러한 세태 풍자는 <양반전(兩班傳)>에서 정점에 이른다. 이 작품에서 인식 대상은 양반이다. 곧, 양반이란 어떤 존재인가에 대한 해명이 두 개의 문건을 통해 서술되어 있다. 제1 문건은 양반의 일상생활의 모습을 묘사하는 방식으로 제2 문건은 양반의 진퇴, 출처의 양상을 기술하는 방식으로 제시하였다. 두 문건을 작성하는 주체는 정선 군수인데 그는 양반 계층에 속한 인물이다. 그러한 그가 양반권을 산 상민 부자에게 양반이란 이러해야 한다는 투의 문서를 작성한 것이다. 따라서 이 문건에는 양반 자신의 자기 인식과 함께 양반을 대상화시켜 상민에게 소개하는 면도 포함되어 있다. 또한 제1 문건은 당행(當行)과 금지(禁止)의 두 표현 방식으로 이루어져 있는데 특히 금지 절목의 부정어법에 의한 표현 방식으로 인해 작가의 의도를 파악하는 데에 미묘한 문제를 야기한다.

> ……손에 돈을 쥐지 말며 쌀값을 묻지 않을 것이다. 더워도 버선을 벗지 말며 밥 먹을 때 맨상투로 있지 말 것이다. 국을 먼저 먹지 말며 후루룩 소리 내며 마시지 말 것이다. 젓가락을 놓을 때 밥상에 찧지 말며 생파를 먹지 말 것이다. 막걸리를 마실 때 수염을 물지 말며 담배를 피울

---

26) <호질>에서 의원과 무당을 설정한 것을 '다음에 선비를 끌어오기 위한 수단적인 계층'(황패강, 앞의 논문, 254면), 혹은 '유자 유아(儒者諛也)를 이끌어 내기 위한 중간 조치'(성현경, 앞의 논문, 246면)로 파악하고 있는데, 본고에서는 유학자 비판을 위한 수단으로서가 아니라 대중 기만의 대표적 존재로서 의원과 무당을 상정한 것으로 이해한다.

때 볼이 우묵하게 하지 말 것이다. 화난다고 처를 때리지 말며 노했다고 그릇을 차버리지 말 것이다. 아녀자를 주먹으로 치지 말며 노복을 꾸짖으며 죽이겠다고 하지 말 것이다. 소나 말을 꾸짖되 그것을 판 주인을 욕하지 말 것이다. 병이 나도 무당을 부르지 말며 제사 지낼 때 중을 재계시키지 않을 것이다. 화로에 손을 쬐지 않으며 말할 때 이 사이로 침을 튀기지 않을 것이다. 소를 도살하지 말며 돈 놀음을 하지 말 것이다.[27]

위 인용문은 매구마다 '무(毋), 불(不)' 자가 들어가 있다. 그 부정사를 빼고 난 행동들은 대개 상민이 흔히 하는 것들이다. 가령, '쌀값을 묻지 않는다.'는 말은 '상민은 쌀값을 묻지만 양반은 묻지 않는다.'는 의미로 읽힌다. 여기서 쌀값을 묻지 않는 행동이 쌀값을 묻는 행동보다 더 좋냐 나쁘냐 하는 가치 판단은 일단 배제되어 있다. 그러나 제1 문건 전체의 어투상, 또 작품의 주제상 전자의 행동이 후자에 비해 비현실적이라는 평가가 개재되어 있다. 또한 그러한 해석의 이면에는 '양반이라면 쌀값을 묻지 않는 것이 마땅한데도 요즘 양반들은 쌀값을 묻고 있으니 그런 짓을 해서는 안 된다.'는 의미가 깔려 있다. 상민에 대한 대타 의식과 함께 양반 자신에 대한 자기 인식이 포함되어 있는 것이다.

전반적으로 제1 문건에 나타난 문건 작성자인 군수의 태도는 '너 같은 상놈이 흔히 하는 짓거리를 우리 양반은 하지 않는다.'는 의식과 함께 '같은 양반 가운데도 상놈의 짓거리를 하는 축이 있어 야단났다.'는 의식이 깔려 있다. 그렇지만 상민 부자의 입장에서는 '역시 양반의 생

---

27) <양반전>, ……手毋執錢 不問米價 暑毋跣襪 飯毋徒羹 食毋先羹 歠毋流聲 下箸毋春 毋餌生葱 飲醪毋嗅鬚 吸煙毋輔窊 忿毋搏妻 怒毋踢器 毋拳敺兒女 毋詈死奴僕 叱牛馬毋辱鬻主 病毋招巫 祭不齋僧 爐不煮手 語不齒唾 毋屠牛 毋賭錢.

방식은 우리와 다르구나. 내가 양반이 되면 익숙했던 기존의 생활 방식을 모조리 바꾸어야 하겠군. 그렇지만 실용적인 일에 밝은 상민인 나로서 어찌 그와 같은 비현실적인 행동만을 하면서 살 수 있겠나?' 하는, 다소 애매한 의식으로 받아들였을 것이다. 작가는 양반과 상민의 생활 방식을 대조하면서 양반다운 것과 상민다운 것, 나아가 모두에게 보다 바람직한 생활 양식이 어떠해야 할지를 암시하고 있다고 보인다. 양반 계층에 속한 작가로서 상민에 대한 대타 의식과 양반 자신에 대한 자기 인식, 더 나아가 당대 현실에 부합하는 가치 있는 생활 양식을 추구하는 의식 등이 복합되어 서술한 것이 제1 문건이라고 생각된다. 이러한 대상 인식의 복합성으로 인해 풍자의 대상과 방향이 일면적이지 않고 중층적 복합적 양상을 띠게 되는 것이다.[28]

　　제1 문건이 완성되자 부자는 '제가 듣기로 양반은 신선과 같다고 하던데 이와 같다면 너무 무미하군요. 원컨대 고쳐서 이익이 되도록 해주십시오[吾聞兩班如神仙 審如是太乾沒 願改爲可利].'라고 말한다. 이 말 속에는 세 가지 문제점이 내포되어 있다. 우선, 양반에 대한 부자의 생각이 풍문에 의거하였다는 점이다. 다음으로, 이 말에서는 '신선'과 '이익' 사이의 괴리가 나타난다. 신선은 현실에서의 이익을 벗어나는 존재인데 신선을 이익 추구와 연관시킨 부자의 논리가 합당치 않다. 세 번째로,

---

28) <양반전>의 주제가 봉건적이냐 반봉건적이냐 하는 문제(이원주, 「연암 소설고 (1)」, 『어문학』15, 한국어문학회, 1966 ; 민병수, 「한국소설발달사 상 한문 소설」, 『한국문화사대계』Ⅴ, 고대민족문화연구소, 1967 ; 임형택, 「실학파문학과 한문단편」, 앞의 책, 1981 ; 이원주, 「양반전 재고」, 『연암연구』, 계명대출판부, 1984는 작품에 반영된 작가의 복합적 인식을 각기 다른 각도에서 해석함으로써 야기된 것이 아닌가 한다.

일반 양반들의 관념 속에서는 의(義)와 리(利)의 분별은 뚜렷한 바, 부자가 이익을 내세운 것이 양반의 입장에서는 가소로운 일이기도 하다. 결국 부자의 요구 자체가 모순에 차 있는 셈이다. 이는 거꾸로 당대 양반의 행태가 상민에게는 이러한 모순덩어리로 비춰진 것이라고 해석할 수 있다.

제2 문건은 부자가 요구한 이른바 양반으로서의 '이익'에 관계되는 내용들로 엮어진다.

> 하늘이 백성을 내매 그 백성이 넷이라. 네 백성 중에 제일 귀한 자가 선비요 그를 양반이라 칭하니 이익이 막대하다. 밭을 갈지 않고 장사하지 않으면서 문학과 역사를 조금 알면 크게는 문과에 붙고 작아도 진사가 된다. 문과의 홍패는 불과 두 자이지만 백물이 구비되어 돈주머니가 된다.……궁한 선비는 고향에 있으면서 오히려 무단히 행할 수 있으니 이웃 소로 먼저 밭 갈고 동리 백성의 땅을 빌려 간다. 누가 감히 나에게 오만하게 굴면 네 코에 횟물을 붓고 상투를 태우고 수염을 뽑으리니 감히 원망하거나 제멋대로 하지 않을 것이다.29)

양반의 출처, 진퇴에 따른 행태가 서술되어 있는데 그러한 양반들이 추구하는 것이 바로 이익인 것이다. 이는 <마장전>에서 군자의 사귐이 '세(勢), 명(名), 리(利)'를 좇는다고 비판한 내용의 구체적인 묘사라고 할 수 있다. 제1 문건의 부정어법도 버렸기 때문에 양반이라는 대상에 대한

---

29) <양반전>, 維天生民 其民維四 四民之中 最貴者士 稱以兩班 利莫大矣 不耕不商 粗涉文史 大決文科 小成進士 文科紅牌 不過二尺 百物備具 維錢之橐……窮士居鄉 猶能武斷 先耕隣牛 借耘里氓 孰敢慢我 灰灌汝鼻 暈髻汰鬢 無敢怨咨.

인식의 결과가 직설적으로 표현되었다.[30] 이러한 양상은 제1 문건이 양반과 상민의 양자에 대한 인식을 전제로 서술된 것인 데 반해 제2 문건은 전적으로 양반에 대한 인식을 표현하였음을 의미한다. 또한 이는 양반만을 대상화함으로써 인식의 주체가 정선 군수에서 상민 부자로 전이될 수 있는 계기를 마련한 것이기도 하다. 이에 상민 부자는 제1 문건을 통한 대상 인식의 애매성에서 벗어나 양반을 양반으로서 인식할 수 있게 된다. '도둑놈'이 양반의 본질임을 간파하는 데는 이러한 대상 인식의 입각점이 변화되었기에 가능했던 셈이다. 곧, 부정어법을 통해 양반과 상민의 생활 방식을 교차시키는 방식으로 표현한 제1 문건에서 미처 파악되지 못했던 것이, 상민이 배제되고 양반만의 모습으로 그려졌을 때 부자는 상민의 입장에 서서 양반의 본질을 제대로 인식하게 된 것이다.

　이렇듯 <양반전>은 인식 주체 및 대상의 복합적 설정을 통해 양반에 대한 풍자를 극대화시킴과 동시에 현실에 부합하는 좀 더 바람직한 생활양식을 추구하였다는 점에서, 연암 소설에서 대상 인식이 가장 첨예화되고 구체화된 작품으로 평가할 수 있다.

---

30) 이원주(1984), 앞의 논문, 458-459면에서는 본문에 인용한 대목에서 '나'와 '너'로 서술한 것에 대해, '천석의 곡식을 내고 양반을 사서 지금 향소의 오른편에 앉았으니까 양반이라 하겠지만 이를 공증할 문서가 완성되지 않았으니, 아직은 상인(常人)이라 해도 어쩔 수 없는 것이다. 양반[我]일 수도 있고 상인[汝]일 수도 있는 데서 극도의 혼란을 겪게 마련이다.'라고 예리하게 지적하고 있다. 그렇지만 제2 문건에서 '금지(禁止)를 당행(當行)으로 서술하는 역설법'을 구사했다는 것에는 동의하기 어렵다. 작가가 당대 양반들의 착취적 행태를 사실 그대로, 직설적으로 서술한 것으로 본다. 그렇게 해서는 물론 안 되지만 당대 양반들은 그렇게 하고 있다는 점을 강조한 언술로 받아들이는 것이다.

4. 대상 인식의 방향성

연암 소설에서 두루 발견되는 대상 인식의 문제는 연암이 20대에 가졌던
바, 당대의 세태에 대한 올바른 인식 태도의 정립을 지향하는 의지를 드러
낸 것이다. 사태의 본질을 왜곡시키는 이러 저러한 행태들에 대해 비판하
고 현실이 나아가야 할 올바른 방향을 모색하는 도정에서 창출된 것이 연
암 소설의 작품 세계라고 말할 수 있다. 앞에서 분석한 대상 인식의 형상화
양상이나 세태 풍자는 그러한 방향성을 띤 문제의식이 내포된 것이다.

왜곡된 인식을 바로잡는 데는 현실을 그 자체로 인식하는 것이 바람
직하다. 당대 현실에서 그러한 자세를 찾는 길은 <마장전>, <예덕선생
전>, <광문자전> 등에서 주제로 제시한 우도(友道)나 신의(信義)의 문제와
관련된다. 참다운 우정, 올바른 사귐은 신의를 바탕으로 하는 것이다. 인
식의 측면에서 신의란 대상의 본질과 현상이 일치된 것을 의미한다.

> 남들이 고기반찬을 먹기 권하면 곧 사양하며 이르기를, "목구멍으로
> 내려가면 채소나 고기나 배부르기는 마찬가지니 어찌 맛있는 반찬을 취
> 하리오." 하였다. 좋은 옷을 입으라고 권하면 곧 사양하며 이르기를,
> "옷소매가 넓으면 몸에 편하지 않고 새 옷을 입으면 더러운 것을 짊어
> 질 수 없다."고 하였다.[31]

이 말을 통해 예덕선생이 겉과 속, 명분(名分)과 실질(實質)이 합치된 생

---

31) <예덕선생전>, 人勸之肉 則辭曰 下咽則蔬肉同飽矣 奚以味爲, 勸之衣 則辭曰 衣廣
　　袖不閑於體 衣新不能負塗矣.

활 태도를 지니고 있음을 알 수 있다. 밥을 먹어 배부른 것, 옷을 입어 편하게 활동하는 것, 이것이 그가 취하는 생활 태도이다. 그러기에 작가는 이어서 '대저 하늘이 사람을 낼 때 각기 정해진 분수가 있다. 운명에 따른 처지이니 누구를 원망하리오[夫天生萬民 各有定分 命之素矣 何怨之有].'라고 논평한다. 작가의 이 말을 체제 유지를 위한 분수론, 신세 한탄의 운명론으로 파악해서는 안 된다. 예덕선생의 똥 푸는 직업은 조선 후기 근교 농업의 발달과 긴밀히 연관된 것이며, 이것은 그가 변화하는 당대 현실에 능동적으로 대처하면서 살고 있음을 말하는 것이다. 곧, 당대 현실이 움직여 나가는 전체적인 방향에 따라 그에 걸맞은 태도와 사고를 취한 것이다. 현실의 실질적인 변화에 부응하는 태도에 대해 작가는 분수론, 운명론으로 표현한 것일 따름이다.[32] 실질이 변화하면서 그에 따라 명분이 변화한다. 명분과 실질의 합치는 이러한 운동성을 내포한 것이어야 한다는 것이 작품에 깔린 작가의 생각인 것이다.[33]

<광문자전>에서 광문이 신의의 인물로 그려진 것도 이러한 인식을 바탕으로 한 것이다. 조선 후기 상품 경제의 발달, 그에 따른 신용 거래의 확산이 광문의 활동 배경이다.

---

[32] 임형택(1988), 앞의 논문, 35면에서 '소경이 지팡이를 두드리며 익은 걸음으로 걷는 그것이야말로 우리들의 본분을 지키는 요령이요 집으로 돌아가는 확증이 될 수 있다. 궁극 '본분으로 돌아옴'은 다름 아닌 땅-현실에 확실하게 입각하는 것이다.'라고 하여 연암의 본분론은 현실주의를 바탕으로 하고 있음을 지적하였다.

[33] 명분과 실질의 합치를 지향하는 연암의 의식은 그의 언어관에도 뚜렷이 나타난다. 이에 대해서는 박희병, 앞의 논문, 650-651면, 658-660면 ; 이지호, 앞의 논문, 80-84면 참조. 또한 ≪열하일기≫를 일관하는 연암의 사유방식이 명(名)과 실(實)의 관계라는 견해(김명호, 「연행록의 전통과 열하일기」, 『한국한문학연구』 11, 한국한문학연구회, 1988, 49-51면)도 참조할 수 있다.

　　그 때에 돈을 불리려는 자들은 대개 머리 수식, 구슬, 옷가지, 기물,
궁실전, 노비 문서를 전당 잡히면서 원 가격을 비교하여 돈을 빌렸다.
그러나 광문이 남을 위해 채무를 보증하면 전당 잡히지 않고도 단번에
천금을 허락하였다.34)

　　당대 상행위가 신용 거래로 이루어지는 현실에서 광문은 신의 하나로
잘 적응하고 있다. 그의 신의 있는 인품은 당대 현실과 잘 부합하였던
것이다. 신의라는 가치가 명분에만 치우친 것이 아니라 실질적인 이익
추구와 부합하는 면에서 옹호된 것이다.35)

　　예덕선생이나 광문과 같이 연암 소설에 등장하는 긍정적인 인물들은
대개 하층민이다. 변화하는 현실에 능동적으로 대처하는 하층민의 생활
태도나 사고방식에서 시대의 진보적인 흐름을 포착했다고 할 수 있다.
그러나 연암은 양반 이외의 계층에 대한 대타 의식36)을 견지하고 있었
다. 앞서 살펴본 <양반전>에서도 상민에 대한 대타 의식이 엿보이고
<우상전(虞裳傳)>에서 중인 출신인 우상의 문학에 대한 애초의 그의 반
응에서도 나타난다. 그가 좀 더 심각하게 문제 삼은 것은 하층민의 발
랄한 생활상에 대비되는 자기 계층의 문제 곧 양반층의 자기 인식과 자
기 혁신의 문제였다.37) 이러한 대비는 <민옹전>에 잘 나타나 있다.

---

34) <광문자전>, 時殖錢者 大較典當首飾璣翠 衣件器什 宮室田 僮奴之簿書 參伍本幣
　　以得當 然文爲人保債 不問當 一諾千金.
35) 단, '명성과 소문이 진정에서 지나쳤다[聲聞過情].'고 비판하고 있는 대목을 통
　　해 연암이 광문에 대해 전적으로 긍정한 것은 아님을 알 수 있다.
36) 이지호, 앞의 논문, 28-39면에서는 연암의 대타 의식을 중국인, 독자, 자기 자신
　　에 대한 것 등을 들어서 살폈다. 여기에 연암이 속한 양반층 이외의 계층에 대
　　한 대타 의식이 추가될 필요가 있다.
37) 김명호, 「연암 소설과 전의 변모양상」, 『전환기 동아시아의 문학』, 창작과비평

　민옹에게 이르기를, "나는 특히 밥 먹기가 싫고 밤에 잠을 이루지 못하는데 이것이 병이라오." 하자, 옹은 일어나서 축하해 주었다. 내가 놀라 이르기를 "옹이 어찌해서 축하를 하시오?" 하니, "그대의 집이 가난한데 다행히 밥 먹기를 싫어하니 재물이 불 것이요 잠을 이루지 못하면 밤까지 보태어 다행스럽게도 수명이 배가 될 것이라. 재물이 불고 수명이 배가 되면 장수하고 부자가 될 것이오." 하였다. 잠시 후 밥상이 이르렀다. 나는 신음하고 찡그리며 [수저를] 들지 않고서 이것저것 택해 냄새만 맡았다. 민옹이 갑자기 크게 노하여 일어나 가려 하였다. 내가 놀라 묻기를 "옹은 어찌 그리 노하여 가려고 합니까?" 하자, 옹이 이르기를 "그대는 손님을 초대하고서 다 갖추기도 전에 혼자 먼저 밥 먹으려하니 예의가 아니오." 하였다. 내가 사과하면서 옹을 만류하는 한편 음식상을 갖추기를 재촉하였다. 민옹은 사양하지 않고 팔뚝을 걷어 부치고는 수저에 밥을 하나 가득 얹어서 먹었다. 나는 부지불식간에 입에 침이 고이고 마음이 열리고 콧구멍이 넓어져 이에 예전처럼 밥을 먹었다.[38]

　작자의 우울증과 민옹의 활달함이 대비되어 그려져 있다. 민옹은 실용적인 입장에서 작자의 식욕 부진과 불면증을 조롱하고 있고 밥상을 놓고 깨작깨작하는 작자의 태도를 야유하면서 마치 <예덕선생전>에서 묘사된 예덕선생의 밥 먹는 모습처럼 왕성한 식욕을 과시한다. 민옹의 왕성한 식욕과 실용적인 사고방식은 우울증에 시달리는 작자와 선명한 대조를 보이고 있다. 민옹의 입장에서 작자의 우울증이란 실질에서 멀어진,

---

사, 1988, 64면에서 '『방경각외전』에 등장하는 서민들은……양반계급의 자기반성을 위한 일종의 거울'이라고 언급하고 있다.

38) <민옹전>, 謂翁 吾特厭食夜失睡 是爲病也 翁起賀 余驚曰 翁何賀也 曰 君家貧 幸厭食 財可羨也 不寐則兼夜幸倍年 財羨而年倍 壽且富也 須臾飯至 余呻蹙不擧 揀物而嗅 翁忽大怒欲起去 余驚問 翁何怒去也 翁曰 君招客 不爲具 獨自先飯 非禮也 余謝留翁 且促爲具食 翁不辭讓 腕肘呈袒 匙箸磊落 余不覺口津 心鼻開張 乃飯如舊.

시답잖은 관념의 유희로 비춰진 것이다. 그렇지만 이러한 대비를 통해 작자가 시달리는 우울증이 치열한 자기 인식의 부산물이라는 것, 자기 계층의 모순과 무력함을 극복하기 위한 고민의 한 양상이라는 점을 암시 받을 수 있다. 작자와 대척되는 지점에 민옹이 있고 민옹은 현재 작자의 고민에 대한 하나의 해결책일 수 있다는 점이 전제되었기 때문이다.

<양반전>에서 무능력하고 허위적이며 착취적인 양반 계층을 신랄하게 풍자한 것이나 <호질>에서 유학자의 관념적, 비현실적 사고를 타파한 것이나 모두 이러한 자기 인식의 결과이고 자기 혁신을 위한 모색인 것이다. 연암의 이러한 고민에 내재된 지향점은 <허생전(許生傳)>을 통해 형상화된다. 단적으로, 자기모순을 인식하고 실질적인 가치를 창출하는 데 지식인이 공헌해야 한다는 연암의 소명 의식[39]을 체현한 인물이 허생인 점만 보아도 그렇다.

그러나 연암 소설에 나타나는 인식론의 궁극적인 지향점은 사회적이라기보다 철학적이라고 생각된다. 그의 계층 의식은 철학적 인식론의 한 부분인 듯이 보이는 것이다. 그것은 인간관계에 내재한 '틈새[間]'에 대한 인식을 통해 확인할 수 있다.

　　골계 선생의 우정론에 이르기를……사귐에 이르러 개연히 틈새가 있다. 연(燕)과 월(越)이 멀지만 틈새가 아니요 산천이 막혀 있더라도 틈새가 아니다. 무릎을 대며 자리를 붙여 앉더라도 접하는 것이 아니요 어깨를 두드리고 소매를 잡더라도 합치는 것이 아니니 그 사이에는 틈새가 있다.……그러므로 사랑하는 것도 틈새, 두려워하는 것도 틈새가 아

---

39) 이우성, 앞의 논문, 90-91면 참조.

니겠는가? 아첨은 틈새로 말미암아 합치는 것이요 참소는 틈새로 말미
암아 이간하는 것이다. 따라서 사람과 잘 사귀는 자는 먼저 그 틈새를
일삼고 사람과 잘 사귀지 못하는 자는 틈새를 일삼을 바가 없다. 대저
곧으면 곧바로 나아가지 빙 둘러서 나아가거나 완곡히 돌아서 하지 않
는다. 한 번 말하여 합치되지 않으면 남이 이간시키지 않아도 스스로
막아버린다.40)

사람 사이의 사귐에 있어서 각자의 처지나 의도에 따라 이러저러한
방식을 취하게 된다. 어떤 태도가 꼭 정도라고 말할 수 없는 것이다. 서
로 간에 '틈새'가 있다는 사실을 인식하고 그것을 잘 활용하는 것이 잘
사귀는 방도이다. 여기서 틈새는 사물이나 인간의 존재 양상을 특징화
한 말이다. 인식 주체와 대상과의 거리, 인간관계의 유동성이나 현실 세
계의 역동성이 틈새로 표현되었다. 이에 대한 철저한 인식이 역동적인
현실을 정확히 파악할 수 있는 요체가 될 것이다.

연암 소설은 세교의 문제를 집중적으로 탐구하였기에 틈새의 문제를
그것에 국한시켜 말했으나 이것은 장차 그의 인식론의 발전에 가장 중
요한 개념으로 자리 잡게 된다. 이후 전개된 그의 인식론의 발전 방향
은 이 틈새의 문제와 긴밀히 연관되는 것이다. 다음의 세 예문이 이를
잘 말해 주고 있다.41)

---

40) <마장전>, 滑稽先生 友情論曰……至於交也 介然有間 燕越之遠也 非間也 山川間
之 非間也 促膝聯席 非接也 拍肩摻袂 非合也 有間於其間……故可愛非間 可畏非間
諂由間合 讒由間離 故善交人者 先事其間 不善交人者 無所事間 夫直則逕矣 不委曲
而就之 不宛轉而爲之 一言而不合 非人離之 已自阻也.
41) 아래의 예문은 이미 주4)의 논문들에서 연암의 인식론을 이해하는 주 자료로 거
론된 바 있다. 본고에서는 <마장전>의 '틈새'론이 이러한 인식론의 출발점이
되었음을 말하려는 것이다.

대저 이[蝨]는 살이 아니면 생기지 못하고 옷이 아니면 붙지 못하나
니 두 사람의 말이 모두 옳다. 그렇지만 옷이 장롱 속에 있다 해도 이는
있고 너로 하여금 벌거벗게 하여도 오히려 가려울 것이다. 땀 기운이
무럭무럭 나오고 밥풀 기운이 꾸물거리며 [이로 화하는 것은] 떨어지지
도 않고 붙어 있지도 않은 옷과 살의 틈새[間]에서이다.……그러므로 참
되고 올바른 소견은 진실로 옳고 그름의 가운데[中]에 있다.……옷과 살
의 틈새에 저절로 공간이 있어 떨어지지도 않고 붙어 있지도 않고 오른
쪽도 아니고 왼쪽도 아니니, 누가 그 가운데를 얻으리오.42)

이 강은 저것과 이것이 서로 만나는 곳[交界處]이니 언덕이 아니면 곧
물이다. 무릇 천하 백성의 떳떳함과 사물의 준칙은 물이 언덕과 사이[際]
를 둔 것과 같다. 도(道)는 달리 구할 것이 아니라 곧 그 사이에 있는 것
이다.……인심(人心)은 위태롭고 도심(道心)은 은미하다. 서양인들은 기
하의 한 획을 분변할 때 한 선으로 표시하는데 그 미묘함을 다 드러낼
수 없게 되면 '빛이 있고 빛이 없는 사이[際]'라고 이른다. 이에 부처가
그런 경우에 임해서는 '붙지도 않고 떨어지지도 않는다.'라고 일렀다. 그
러므로 그 사이에 잘 대처하는 것은 도를 아는 자라야 할 수 있다.43)

내가 능히 자네 몸을 눈구멍이나 콧구멍에 들여서 비록 천지가 크고
사해가 넓으나 장차 그 넓음을 더할 수 없게 하리니 자네가 여기에 숨
기를 원하려나? 대저 사람과 사물의 만남[交]과 일과 이치의 모임[會]에
도가 있으니 이름 하여 예(禮)라 한다네.44)

---

42) <낭환집서(蜋丸集序)>, 夫蝨非肌不化 非衣不傅 故兩言皆是也 雖然 衣在籠中 亦有
蝨焉 使汝裸裎 猶將癢焉 汗氣蒸蒸 糊氣蟲蟲 不離不襯 衣膚之間……故眞正之見 固
在於是非之中……衣膚之間 自有其空 不離不襯 不右不左 孰得其中.
43) 『열하일기』, <도강록(渡江錄)>, 6월 24일자, 此江乃彼我交界處也 非岸則水 凡天
下民彝物則 如水之際岸 道不他求 卽在其際……人心惟危 道心惟微 泰西人 辨幾何
一畫 以一線論之 不足以盡其微 則曰 有光無光之際 乃佛氏臨之曰 不卽不離 故善處
其際 惟知道者能之.

사물을 올바로 인식하는 핵심이 사물과 사물의 '틈새, 사이, 만나는 곳'에 있음을 말하고 있다. 이는 사물뿐 아니라 인간관계 혹은 인간과 사물의 관계에 두루 통용되는 대상 인식의 요체인 것이다. 이미 20대의 연암이 인간관계에서 간파한 이 지점을 확충하여 전동 시절이나 그 이후 그의 인식론을 확립하게 되는 것이다. 이러한 맥락에서 <마장전>의 '틈새론'은 연암의 인식론이 전개되는 바탕이 인간관계에 대한 변증법적[45] 사유 방식이었음을 말해 주는 것이기도 하다.

5. 결 론

본고는 연암 소설에서 지속적으로 다룬 대상 인식의 문제를 검토해 보았다. 20대 연암이 자신과 주변 세계를 올바로 인식하려는 노력의 소산이 소설로 형상화되었다고 본 것이다. 연암은 당대에 풍문으로 떠돌아다니는 관념적이고 주관적인 대상들을 현실에 대응시켜 인식하였고 그러는 가운데 당대 사회의 모순과 부조리를 풍자할 수 있었다. 그는 특히 풍문과 속신으로써 사태의 본질을 호도하고 왜곡시키는 당대인들의 대상 인식 태도를 집요하게 문제 삼아 날카롭게 비판하였다.

그가 치열하게 고민한 대상 인식의 문제는 결국 명분과 실질이 합치되는 방향을 지향한 것이었고 그것은 주변 세계에 대한 이해와 더불어

---

44) <이존당기(以存堂記)>, 吾能納子之軀 於耳孔目竅 而雖天地之大 四海之廣 將無以加其寬博 子其願藏於此乎 夫人物之交 事理之會 有道存焉 其名曰禮.
45) 임형택(1988), 앞의 논문, 28면에서 연암의 인식 방법의 특징을 '변증법적'이라고 지적한 바 있다.

자기 계층에 내재한 모순을 인식하고 자기 혁신을 꾀할 수 있는 방법을 모색하는 것이었다. 이러한 인식론의 바탕에는 인간관계에 내재한 '틈새'에 대한 인식이 놓여 있었고 이는 장차 그의 상대주의적, 현실주의적, 변증법적 인식론의 출발점이 되었다고 하겠다.

그런데 연암 소설의 이러한 문제의식은 동시대 판소리, 가면극, 판소리계 소설 등의 그것과 공유하고 있다는 점이 주목되어야 한다. 판소리 사설에서 흔히 보이는 기물 타령, 정체 확인 사설 등은 나열식 서술을 통해 대상에 대한 정확한 인식을 추구하고 있다. 가면극에서 말뚝이가 영노의 정체를, 취발이가 노장의 정체를 확인하는 과정 등도 대상 인식의 형상화 문제와 무관하지 않다. 또한 이 시기 야담집이나 속담집에 실린 속담이나 수수께끼 등도 당대인들의 세계 인식을 보여 주고 있다. 이러한 양상은 대상 인식의 문제가 18, 19세기 문학사에서 하나의 시대적 흐름으로 나타난 것임을 말해 준다. 연암 소설은 이러한 흐름 위에서 작가의 치열하고 진지한 자기 모색의 과정에서 이룩된 성과라고 할 수 있다. 따라서 이에 대한 전반적인 고찰이 과제로 남게 된다.

제 4 장

신재효본 <토별가>의 언어 층위

1. 서 론

최근 들어 <토끼전>(수궁가)에 대한 연구가 활발해졌다. 기존의 성과를 집성하여 종합적인 작품론이 이루어지는 한편,[1] 이본 대비를 통해 계통을 수립하려는 논의가 거듭되었다.[2] 그동안 다른 판소리계 소설에 비해 관심이 적었던 면에 대한 반성이자, 대개 우화 소설의 범주에서 논의되었던 경향에서[3] 벗어나 작품의 독자적 의의를 정립하려는 노력이라고 생각된다.

주지하듯이, 판소리계 소설은 조선 후기의 시대상을 반영하고 있다.

---

[1] 인권환, 『토끼전・수궁가 연구』, 고려대 민족문화연구원, 2001 ; 최동현・김기형 엮음, 『수궁가 연구』, 민속원, 2001.

[2] 김동건, 「토끼전 연구」, 경희대 박사논문, 2001 ; 최광석, 「토끼전 이본 계열의 구조와 근대지향 의식」, 경북대 박사논문, 2001.

[3] 민찬, 『조선후기 우화소설 연구』, 태학사, 1995 ; 정출헌, 『조선후기 우화소설 연구』, 고려대 민족문화연구원, 1999.

그 반영의 양상 가운데 필자의 관심은, 당대인이 접한 사물이나 인정세태를 인식하는 방법과 태도가 작품에 어떻게 그려져 있는가 하는 문제에 있다. 판소리, 탈춤, 전계(傳系) 소설 등 조선 후기 문학예술에서 공통적으로 나타나고 또 중요한 의미를 지니는 것이 인식의 문제라고 보는 것이다.[4] 그런데 문학에서 인식의 문제는 텍스트를 구성하는 언어의 성격, 그리고 언어들이 일정한 관계 속에 조직되는 양상으로 드러난다. 따라서 문학 텍스트의 언어를 분석함으로써 텍스트에 담긴 인식의 문제를 검토해 볼 수 있을 것이다.

이에 본고는 신재효본 <토별가>를 대상으로 언어의 성격과 조직 양상을 살펴보고자 한다. 몇 가지 층위에서 작품을 구성하는 언어들을 구분할 수 있고 그것들이 서사 전개에 따라 조직되는 특징적인 양상도 알아볼 수 있다. 이를 바탕으로 작품에 담긴 향유층의 인식 방법과 태도 및 그 지향성을 추정해 볼 만하다. 결국, 본고는 <토별가>가 지닌 언어적 특징과 의미 구조를 좀 더 주의 깊게 이해하려는 시도라 하겠다.

2. <토별가> 구성 언어의 몇 가지 층위

<토별가>를 구성하는 언어들의 성격을 분석하는 데 작품 서두가 시사하는 바 크다.

---

4) 필자는 이러한 관점에서 박지원의 전계 소설을 고찰한 바 있다. 신재홍, 「연암소설에서 형상화된 대상 인식의 문제」, 『한국 고전소설과 서사문학』상, 집문당, 1998 참조.

> 지정 갑신셰의 남히 광이왕이 영덕젼 시로 짓고 복일 낙셩할시, 동셔
> 북 슴히 용왕 발셔 쳥닉ᄒ야 더연을 비셜ᄒ니, 영타고 · 옥용젹과 능파
> 스 · 치련곡의 풍유도 즁할시고. 슴위로 · 구젼단을 슬토록 셔로 먹고 이
> 슴 일리 지닉도록 질씬 노라 쥬어더니, 연무호연이라 즌치를 파ᄒ 후의
> 용왕이 병이 나셔 어탑의 놉피 누어 여러 날 신음ᄒ여 용셩으로 우난구
> 나.(252면)5)

남해 용왕이 병든 내력을 서술한 작품의 첫 단락이다. 처음에는 남해
용왕과 관련된 기존의 어휘 즉, '광리왕(廣利王), 영덕전(靈德殿), 영타고(靈鼉
鼓), 옥룡적(玉龍笛), 능파사(凌波詞), 채련곡(採蓮曲), 삼위로(三危露), 구전단(九轉
丹)' 등을 활용하여 표현하였다. 이어서 '이삼일이 지나도록 질끈 놀아 주
었'다고 하여 작품 향유 당시 도시의 유흥적 분위기가 반영된 표현을 썼
다. 단락 끝에 가서는 용왕이 병이 나서 운다고 하는 허구적인 사건을 설
정하여 그로부터 이야기가 전개되도록 하였다. 첫째 것은 과거로부터 전
래된 언어이고, 둘째 것은 당대 현실에서 생성된 언어이며, 셋째 것은 허
구적 서사물을 구축한 언어라고 할 수 있다. 첫째와 둘째 것은 서로 밀고
당기면서 결합되어 있고, 셋째 것은 그 둘을 포섭하여 이끌어 가고 있다.
이를 작품을 구성하는 언어 층위들로 보고, 각각 기존의 언어와 당대의
언어,6) 그리고 서사적 언어라는 용어로 지칭하고자 한다.

　이러한 언어 층위를 다른 각도에서 살펴볼 수 있다. 토끼를 묘사한
아래 인용문을 보자.

---

5) 작품 인용은 강한영 교주, 『신재효 판소리사설집(전)』, 교문사, 1984에서, 띄어쓰
　기를 하고 문장 부호를 붙이며 인용문 끝에 면수를 밝히는 방식으로 한다.
6) 정병헌, 「수궁가의 구조와 언어적 성격」, 『판소리문학론』, 새문사, 1993, 165-167
　면에서는 '정태적 언어'와 '현장의 언어'라는 용어로 설명하였다.

퇴끼라 ᄒ난 거시 묘방을 맛다기로 부승의 금게 울어 날빗치 쳐음 날
졔 양기를 바다먹고, 월궁의 들어가셔 계슈나무 근을 쇽의 중싱약 ᄶ을
젹의 음약을 바다먹고, 일졍월화 음양기운 간경의 들어기로 퇵기가 눈
이 발가 별호를 명시라 ᄒ옵기를, 목쇽간을 ᄒ얏시니 간경이 죠흔 고로
눈니 그리 박스오니,(254면, 256면)

손월이 교여쵹 바라보는 눈 그리고, 쳐쳐문졔죠 쇼리 듯는 귀 기리고,
츈풍화만슌 향니 맛난 코 그리고, 나싱즙싱율 쥬어먹난 입 기리고, 호노
츅건퇴 다라나난 발 그리고, 진나라 즁셔령 붓 미엿던 털 그리고, 두 귀
난 쫑곳 두 눈은 도리도리 허리난 잘즘 쏭지난 모쵹,(268면)

앞의 것은 선관이 토끼의 간을 추천하는 말인데, 여기에는 글자[토끼
묘(卯) 자]에 대한 관념, 달에서 장생약을 찧는다는 토끼의 고사, 그리고
음양설 및 한의학 지식[목쇽간(目屬肝)][7]을 결합하여 토끼를 그려 내고 있
다. 뒤의 것은 교인(鮫人)이 토끼 화상을 그리는 대목인데, 한시 구절로
수식하고 진나라 몽염이 토끼털로 붓을 만든 고사를 인용하고 끝 부분
에서 의태어를 써서 토끼의 외모를 묘사하고 있다. 두 인용문을 연결하
면, 관념, 고사와 시구, 외양 묘사가 서로 섞여서 토끼를 그려 내었음을
알 수 있다. 동물을 그리면서 외양에 대한 묘사로는 불충분하여 그와
관련된 고사와 시구를 동원하고, 나아가 어떤 사상이나 신앙적 차원의
관념을 주입한 것이다. 그에 따라 외양 묘사에는 구체적이고도 실질에

---

7) 한의학 지식이 동원된 예는 이 밖에도 다음과 같은 것들이 있다. '슐병으로 글어
   ᄒ가 물메억기 드려 보고, 양긔가 부죡ᄒ가 희구신도 권희 보고, 뇌겸을 초잡난
   지 풍쳔장어 딕령ᄒ고, 비우를 붓즙기로 부어를 ᄊ 보아도'(252면), '간경은 나무
   츠지 목실를 안 먹으면 간의 약이 아니 드니'(312면), '늬의 쏭이 즁이 죠와 쳥열
   을 ᄒ다 ᄒ고 스람더리 쥬어다가 역아드를 멕이나니'(320면).

상응하는 언어가, 고사나 시구의 인용은 예전부터 내려오면서 일정한 형식으로 굳어진 언어가, 관념을 표현하는 데에는 그것에 맞는 언어가 쓰였다고 할 수 있다.

사건 전개상의 어느 대목에서 토끼라는 인물을 묘사하게 되는 것은 서사적 언어의 요청에 따른 것이다. 그리고 토끼를 묘사하는 데 구체적, 실질적 언어와 형식적, 관념적 언어가 결합되어 있다. 이 점은 작품 첫 단락의 언어 구성 방식과 상통한다. 전자와 후자가 서사라는 큰 틀 속에서 서로 길항(拮抗)하면서 결합되어 있는 것이다.

이러한 몇 가지 언어 층위에 풍자 의식에 기초한 두 가지 서술 시각이 개입한다. 이 작품의 서술자는 '톡기가 나올 격의 이비 숨여 보단 말은 아마도 망발인 게, 김싱은 김싱까지 스람 말을 비러다가 셔로 문답호려니와 스람이야 김싱 보고 무슨 말을 호것나냐.'(316면)라 하여, 등장 인물에서 인간은 배제하고 동물만으로 작품을 구성하고자 하였다. 그러면서도 'ᄌ리와 톡기란 게 동시 미물노셔 즁훈 츙셩 만훈 의ᄉ 스람호고 가튼 고로, 타령을 만드러셔 시승의 유젼호니, 스람이라 명식호고 퇴별만 못호면 그 안니 무식훈가?'(320면)라 하여, 동물 세계를 그려 내어 인간 사회를 풍자하려는 의도를 분명히 하였다. 이에 동물을 동물로서 바라보는 시각과 동물에게 인간의 의식과 형상을 덧씌워 우의(寓意)하는 시각이 교차하면서 동물 세계의 형상화가 이루어진다. 토끼나 자라의 외모를 보이는 대로 묘사하는 것이 전자의 예라면, 토끼가 향촌의 평민으로, 자라가 조정의 신하로 행동하는 모습을 서술하는 것이 후자의 예가 된다. 이 작품은 기본적으로 후자의 시각에 바탕을 두고 서술되었으나, 전자의 시각이 인물 묘사나 사건 전개의 배경에 자리 잡고 서술 과정에서 끊임없이 작용한다.

인간 사회를 풍자하고자 하면서 동물을 동물 자체로 인식하는 관점을 노출시켜 풍자의 효과를 높이려는 경우를 흔히 찾아볼 수 있다.

> "합중군 죠기 젼신갑쥬 단단ᄒ니 보ᄂ여 엇더ᄒ고?" "합중군은 진중 부라 보ᄂ면 죠을 테나, 슐죠ᄒ고 원슈 잇셔 두리 셔로 다토다ᄀ 어인공이 쉽ᄉ오니 보ᄂ지 마옵쇼셔." "젹혼공 메억이가 쳘관중염 졈쥰ᄒ니 보ᄂ여 엇더ᄒ고?" "요ᄉ이 죵피가루 돌 밋마닥 풀어노니 밋물 근방 못 가지요." "쥼녹지국 피류츙신 도미가 발셔부틈 슝셔가 원이라니 단여오면 시기기로 도미를 보ᄂ 볼가?" "ᄉ월 파일 갓가오니 셔울은 쑥갓시오 시골은 풋고사리 숑기탕 찜 가음 보ᄂ짜는 곳 죽지요." "올충이 비 부르미 경윤을 품어시니 보ᄂ여 엇더할고?" "ᄒ두 달의 못 올 테니 기고리 되거드면 과두지ᄉ 알 슈 잇쇼?"(264면)

용왕이 조개, 메기, 도미, 올챙이 등을 차례로 추천하였으나, 백의재상 궐어(쏘가리)가 이유를 들어 반대하는 대목이다. 이 앞에 '병든 용왕 신ᄒ 지죠 알 슈 잇나? 뭇난 쏙쏙 당츈쿠나.'라고 하여, 용왕의 무능과 무지를 풍자하려는 의도가 나타났는데, 여기에 보태어 네 동물을 통해 신하들의 허위, 우매, 무능 등을 풍자하고 있는 것이다. 조개와 올챙이는 각각 '어인공(漁人功; 漁父之利)', '과두지사(蝌蚪之事)'의 고사성어를 이유로, 메기와 도미는 당시 사람들의 고기잡이나 요리 감이라는 이유로 거부된다. 고사성어가 인간사를 동물에 빗댄 우의의 결과라면, 당대사를 거론한 것은 동물이 당시 사람들에게 실제로 소용되는 바를 곧바로 지적한 것이다. 곧, 인간 사회에 빗대는 시각과 동물 자체로 그리는 시각이 교차하면서 풍자가 이루어지고 있다.[8]

후자의 서술 시각은 작품의 우의적 성격보다 사실적 성격을 강화하는
데 이바지하고 있다. 다음의 예가 그러한 점을 잘 보여 준다.

> 오늘 모음 ᄒ라기난 글니 인심 ᄒ 무셔워 김싱을 줍어먹기 왼갓 쬐가
> 다 싱기고, 손즁의 슈목 업셔 은신홀 쩌 업셔시니, 이준흔 우리 모쭉 졀
> 종이 가련키로(280면)

산군이 모쭉 회의를 개최한 이유를 말하는 대목으로서 당시에 동물들이
처한 상황을 사실대로 진술한 것이다. 사람들이 동물을 닥치는 대로 잡고
땔감으로 나무를 마구 베어 민둥산이 된 당시의 상황이 나타나 있다.

이와 같이 풍자 의식에 기초한 서술 시각이 동물 쪽과 인간 쪽의 두
방향에서 작용한다. 두 방향의 서술 시각은 서로 상충하기도 하고 대응
하기도 한다. 그렇게 해서 구성된 언어들의 결합을 또 하나의 층위로
상정할 만하다. 일단 풍자적 서술 시각에서 나온 점을 중시하여 풍자적
언어라고 부르고자 한다.

그런데 이 작품은 기본적으로 허구적 서사물이기 때문에 서사 전개에
따른 인물의 행동과 대화를 기술한 언어가 작품의 중심축을 이룬다. 이를
앞에서 서사적 언어라 명명한 바 있다. 결국 작품의 처음부터 끝까지 작용
하는 언어 층위로서 풍자적 서술 시각에서 나온 풍자적 언어와 서사 전개

---

8) 이러한 예를 더 들 수 있다. '죠관더리 들어오면 의관신야어로향 향닉가 날 테인
듸, 쇽 뒤집난 비린닉가 파시평 웃슈로다'(256면), '부인 말슴 듯스오니 츙신의 안
익 되기 북그럽지 안니ᄒ니 말슴딕로 하려니와, 어마님을 지셩 봉양 얼인 것덜
즈로 츠져 멀이 가지 말게 ᄒ오. 셰샹의 흉흔 놈들 말쑵즈릭 맛 죳타고 건져다가
살마 먹졔'(270면)에서 인간사에 대한 풍자의 효과는 두 예의 뒷부분에 동물을
동물로 인식하는 시각이 개입함으로써 극대화된다.

를 추동하는 서사적 언어가 놓이는 것이다. 이 두 층위의 언어가 앞서 분석한 몇 가지 다른 층위의 언어들을 포섭, 통제, 조정하는 역할을 하게 된다. 각 층위의 언어들이 서로 관련을 맺는 양상에 따라 작품의 의미가 복잡 미묘하게 형성되고 흥미 유발의 요소들이 다채롭게 포진되는 것이다.

3. 유혹의 말과 인식의 문제

각 층위의 언어들은 작품의 구조적 차원에서 조직되는데, 이 작품은 유혹의 구조로 이루어져 있는 점이 특징이다.[9] 인물 사이에 속이고 속는 사건이 전개되고 그에 따라 사용된 언어 역시 유혹의 말들로 구성된다. 유혹의 구조가 서사 전개에 따른 언어 조직의 양상을 포괄적으로 규정한다고 할 수 있다.

유혹의 말은 크게 보아 용왕이 여러 신하들의 마음을 떠보는 말, 자라가 토끼를 꾀는 말, 토끼가 용왕을 속이는 말이 순차적으로 결합된 양상으로 나타난다. 용왕→신하, 자라→토끼, 토끼→용왕의 관계에서 유혹의 말이 반복 사용되는 구조인 것이다. 그런데 유혹자는 어떤 이유나 근거를 들어 사실 혹은 사태를 판단하도록 유도하고, 피유혹자는 유혹자가 제시한 의견을 어떻게 판단하는가에 따라 유혹에 넘어가기도 하고 그렇지 않기도 한다. 사실에 대한 인식과 판단의 문제가 유혹하고 유혹 당하는 행위의 바탕을 이루는 것이다. 따라서 유혹의 양상을 살피는 일은 작품이 지닌 현실 인식의 문제를 드러내는 방법이 될 것이다.[10]

---

9) 민찬, 앞의 책, 279-284면에서 이 점에 주목하여 논의한 바 있다.

3.1. 용왕이 신하들을 떠보는 말

용왕이 신하들을 떠보는 말은 토끼의 간을 구해 올 사람을 찾는 목적
으로 발화된다. 처음 말을 내면서 '군신지분의(君臣之分義)'와 '충신(忠臣)'
의 태도에 대해 묻는다. 좌승상 거북은 자기 선조들의 공을 자랑하고,
우승상 잉어는 효자와 등용문 고사로써 대답한다. 용왕의 물음에 대한
두 정승의 답변은 '문벌과 유식 자랑'으로 흐르는 것이다.

이어 토끼의 간을 가져올 신하를 찾는다고 하자, 문반과 무반이 서로
갈등을 벌인다. 토끼의 간을 구해 오려면 바다에서 육지로 나가 토끼를
찾아 데려와야 하는데, 바다에 사는 물고기들에게는 목숨을 건 일이 된
다. 따라서 신중하게 방법을 찾아야 하는데도 공부상서 민어, 한림학사
깔따구와 간의대부 모치가 경솔하게 함부로 말한다. 이에 대원수 고래
와 표기장군 게가 문반들의 안이한 형세 판단을 신랄하게 비판한다.

> 슈륙이 달나씨니 슈중의 잇던 군스 육젼을 엇지 할지. 절언 쇼견 가
> 지고도 문관을 주셰흐야 죠흔 베살흐여 먹고, 죠금 위틱흔 일이면 호반
> 의게 밀여 흐니, 비 속의 잇난 거시 불에풀쑨이기로 변통 업시 흐난 마
> 리 교쥬고실 갓스외다.(260면)

위의 말에서 '수륙이 다르'다는 인식은 서사 전개상의 필요에 따른
것이다. 수궁의 모임에서 육지 진출의 문제를 상의하고 있는 상황에서
나온 것이기 때문이다. 이어서 아무 식견 없이 좋은 벼슬 차지하고 위
세를 부리다가 위기가 닥치면 무반에게 미루는 문반의 행태를 비판하였

---

10) 위의 책에서도 이러한 입장을 취하였다. 다만, 본고는 언어의 층위와 관련시켜
    그와는 좀 다른 해석의 과정을 보여 주고자 한다.

다. 이는 곧 당대의 사회 현실에 대한 풍자이다. 그리고 끝에 가서는 민어의 부레로 아교풀을 만드는 실생활의 경험에서 유추하여 융통성 없다는 뜻의 '교주고슬(膠柱鼓瑟)'이라는 한자 성어를 가져왔다. 풍자의 효과를 극대화하기 위해 동물적 특징을 들이댄 것이다. 이러한 고래의 말에서 당대 현실에 대해 발언하는 언어와 한자 성어 같은 기존의 언어가 풍자 의도와 서사의 필요에 의해 결합하는 양상이 잘 나타난다.

> 슈궁의 벼살더리 인간과 갓존ᄒ여 셰도로도 못 ᄒ옵고 쳥으로도 못 ᄒ옵고 풍신과 덕망으로 별퇵ᄒ야 ᄒ옵기로, 노어난 거구셰린 잘싱길 ᄲᅮᆫ 아니오라 즁훈이가 싱각ᄒ고 쇼동파가 귀이 역여 친구가 졈존키로 베슬 츠지 이부숭셔. 방어난 ᄒ방낙리가 유명할 ᄲᅮᆫ 안니오라 일음ᄯᅡ가 천원지방이란 방ᄶᅥ ᄒ편 부터기로 짜 츠지 호부숭셔. [……] 할림학ᄉ ᄶᅡᆯᄶᅡ구난 이부숭셔 노어의 ᄌᆞ식이요 간의더부 못치난 병부숭셔 슈어 ᄌᆞ식이라. 져의 집 셰력으로 구숭유취훈 것더리 쳥요훈 베살ᄒ여 아모 스쳬 모로고셔 방안장담 져리 ᄒ나, 슈륙이 달나씨니 용왕의 훈 죠셔를 슌군이 들을 테요? 져의들이 죠셔ᄒ고 져의드리 가라시요.(260면, 262면)

위의 말은 좀 더 다층적인 언어의 결합으로 이루어져 있다. 게가 처음한 말은 수궁과 인간 사회는 벼슬하는 길이 서로 다르다는 것이다. 인간사회에서는 세도나 청탁으로 벼슬을 구하지만, 수궁에서는 풍신과 덕망으로 한다고 하였다. 그런데 처음의 말이 끝에 가서는 깔따구와 모치처럼 수궁에서도 '구상유취(口尙乳臭)한 것들이' 가문의 세력을 업고 청요직을 차지하는 행태를 비판하는 말로 바뀌었다. 그리하여 앞뒤의 말이 서로 모순이 되어 버렸다.[11] 이러한 모순은 서술자의 의도에서 나온 것으로 보인다. 부패한 인간 사회와 대비되는 이상적 동물 세계를 설정하였지만, 그 저층에 또한 인간 사회의 모순을 그대로 투영시킨 동물 세계를 설정한 것이다. 동물 세계를 이상향으로 놓는 것과 현실 모사의 공간으로 놓는 것은 풍자적 서술 시각의 두 가지 방향성과 연관된다. 두 방향의 서술 시각이 상충하면서 구성되는 풍자적 언어는 모순적 의미들을 다채롭게 생성해 낸다. 이는 당대 현실에 대한 문제 제기로서 의의가 있다.

이와 함께, 물고기들이 수궁 벼슬을 맡게 된 근거에 대해 말한 부분을 분석할 필요가 있다. 수궁에서 벼슬하는 신하들이 등장하는 것은 서사 전개상의 한 사건이지만, 여기에 인물 평가가 개입함으로써 서술자의 풍자 의도가 드러나게 된다. 물고기들에 대한 평가의 기준은 외양[거구세린(巨口細鱗)], 고사·시구[장한(張翰), 소동파(蘇東坡), 하방낙리(河魴洛鯉)], 글자 관념[방(魴) : 천원지방(天圓地方)의 방(方)자 변] 등이다. 인용문의 생략된 부분에서, '도미갓치 맛시 잇고 풍신이 졈쥰ᄒ되 일홈 웃ᄶ 원졍 업고 아리 어ᄶ 안 들엇다 상셔 승탁 못ᄒ난듸'(262면)라 하여 도미의 경우는 그같은 평가 기준에 의해 벼슬을 못했다. 이는 동물의 실제적 효용[맛있다]과 번듯한 외양[풍신이 점잖다]을 도외시하고, 글자 관념으로 대표되는 학식과 권위[이름 윗자에 정해진 한자가 없다], 가문 배경[아래에 고기 어(魚)자 안 들었다]을 내세우는 잘못된 인물 평가 풍조를 비판한 것이다. 결국, 서사적 언어의 전개 과정에서 형식적·관념적 언어와 구체적·실질적 언어가 결합하여 풍자적 언어로서 기능하고 있는 것이다. 이것이 작품 전반에 걸쳐 언어들이 조직되는 기본 원리라 할 수 있다.

---

11) 이와 같은 모순은 다음의 예에서도 나타난다. '용궁의 베슬 일홈 슝고의 난 거시라, 죠선과난 달의것다. 동편의 문관 셔고 셔편의 무관 셔셔 양반을 구별ᄒ여 일ᄶ로 들어올 졔'(256면)에서 용궁의 직제가 상고의 것이라서 조선시대와 다르다 해 놓고, 뒤에서는 양반을 지칭하고 또 양반이 구별되어 있음을 말하고 있다.

이렇게 설왕설래하던 끝에 주부 자라가 자원한다. 자라는 일단 거북과 잉어가 고사를 동원하여 문벌과 유식을 자랑하는 태도를 취해서, 굴원과 오자서를 끌어들여 자기를 소개한다. 그러나 거북, 잉어의 말과는 미묘한 차이를 보인다.

신의 션디 흔아비가 명나슈의 스옵더니 절강으로 취쳐흐여, 굴삼염의 고기난 하라비가 어더 먹고 오즈셔의 고기난 할미가 어더 먹어 부부지간 두 비 쇽의 츙혼니 즌득 들어, 즈손이 난 디로 아죠 비쇽츙신이요 디디 츙신니라. 슈즁은 고스흐고 셰샹의 사람덜또 츙심 의리 잇난 이난 즙아먹난 법이 업고 어부더리 즙어씨면 스다 물의 넛난 고로 죵죡이 번셩흐되, 열어 베살 안니 흐고 조흔 베슬 구치 안코 일문즁 흥지 쏘바 쥬부 베슬 세전흐니,(264면)

사실, 굴원·오자서와 자라가 직접 관련되는 고사는 없다. 다만, 굴원이 멱라수에 빠져죽고 오자서의 시체가 절강에 던져진 일과 자라가 물에서 산다는 사실을 연결시켜 멱라수와 절강에 사는 자라가 두 인물의 고기를 먹어 충혼이 들었다고 하였다. 거북과 잉어가 고사를 말할 때 이미 인간 중심의 이야기에서 동물 중심의 이야기로 시점을 전도시켰는데, 자라와 굴원·오자서의 연결은 거기서 더 나아가 전거 없이 고사를 꾸며낸 것이다. 고사를 인용한 기존의 언어가 지닌 권위와 상투성을 허물려는 의도가 이런 식으로 나타났다고 하겠다.

자라를 고사에 부회한 것이 권위의 부정이라면, 실생활에서 자라가 방생의 재료라는 점을 내세운 말이나 가문에서 하나를 뽑아 주부 벼슬을 세습시킨다는 말에는 현실적인 관심이 반영되었다. 특히, 벼슬의 세

습을 언급한 것은 향리 신분인 작가의 현실적 처지를 드러낸 면이 있
다.12) 이러한 말들을 당대의 언어로 본다면, 이를 통해 현실 인식의 측
면이 부각되는 것이다.

전거도 없이 고사를 들이대고 내세울 만한 문벌이나 덕망도 없는 자
라를 용왕이 의심하는 것은 당연한 일이다.

> 퇵기를 줍즈 ㅎ면 슈국의셔 양게 가기 몃 말 이 될 터이요, 허다훈
> 천봉만학 어늬 손을 츠저가며, 슘빅모죡 만훈 중의 톡기를 엇지 알며,
> 셔령 톡기 만나기로 엇지ㅎ여 다려올지. 신포셔의 츙셩과 공명의 지략
> 이며 거름은 과보 갓고 눈 발기 이루 갓고 쇼진의 구변이며 밍분 갓튼
> 즁스라야 그 놀옷슬 할 테인듸, 너 싱긴 모양 보니 어듸 글어ㅎ것나야?
> 빅쇼쥬 안쥬ㅎ기 탕 가음이 십숭이다.(266면)

자라의 외모, 성품, 식견 등 어느 하나 믿을 만한 구석이 없는 것이다. 그
것은 신포서 · 공명 등 고사의 인물과 대비할 때 더욱 두드러진다. 용왕은
고사로 굳어진 기존의 권위에 의지하여 인물을 평가하고 있는 것이다. 그리
하여 '백소주 안주하기 탕 감'이라면서 자라 자체의 동물적 효용을 들어 멸
시하는 것으로 귀착한다. 자라에 대한 풍자로 읽히는 이면에는 기존 권위에
만 의존하여 판단하는 용왕의 인식 태도에 대한 풍자가 깔려 있다.

이에 대해 자라가 충성과 지략은 마음에 들어 있으니 외모로는 알 수
없다며 항변한다. 설사 외모로 보더라도 다리가 둘뿐인 과보에 비해 자
기는 넷이고 맹분이 힘은 세지만 자기처럼 목을 감출 수 없고, 백기의 뾰

---

12) 서종문, 「토별가에 나타난 신재효의 현실인식」, 『수궁가 연구』, 민속원, 2001,
310-311면.

족한 머리와 오자서의 넓은 허리를 지녔고, 콧구멍이 좁고 볼이 안 퍼졌어도 의사와 구변이 넉넉하다고 한다. 자기의 외모 중 어떤 부분은 단순 비교를 통해 자랑하고, 어떤 부분은 기존 권위에 의존하며, 또 어떤 부분은 내면의 것과 대조시켜 방어하고 있다. 기존 권위를 자기 식의 논리로 이용하면서, 보다 중요한 것은 자기 안에 있는 충성과 지략, 의사와 구변임을 강조한 것이다. 말하자면, 인물 고사로 대표되는 형식적 언어에 대해 능력과 내면을 중시하는 자라의 실질적 언어가 반박하는 형국이다.

이러한 언어 대결의 양상은 자라의 형상을 단순하게 중세의 충신형으로만 볼 수 없도록 한다. 용왕에게 항변하는 자라의 말에는 뒤에 토끼가 용왕을 속이는 말에서 보이는 것과 상통하는 인식 태도가 깔려 있는 것이다. 자라와 토끼는 공히 기존의 권위에 기대는 인식 태도에 반발하면서 당대 현실에 적합한 인식 방법을 모색하고 있다.

3.2. 자라가 토끼를 꾀는 말

자라는 육지에 올라와 자기 친족 남생이를 만나 그의 안내로 모족 회의에 참석하게 된다.[13] 그곳에서 벌어진 일을 지켜본 다음, 모임이 파하자 토끼에게 말을 건넨다. 자라가 토끼를 유혹하는 이 대목은 작품 속

---

13) 모족 회의 단락은 호랑이, 여우, 사냥개, 다람쥐, 쥐, 멧돼지 등을 통해 당대 향촌 사회의 권력 관계와 수탈 구조를 비판하였다. 그런데 토끼는 <취옹정기>에 대한 말놀음에 잠깐 등장하고, 여우는 서민을 착취하고 수령에게 아첨하면서 간사스럽게 처신하고 있다. 이 단락의 토끼는 작품 주인공인 토끼의 성격과 긴밀히 관련되지 않고, 여우는 토끼의 수궁행을 잠시 막아 주는 데에서 이와는 다른 모습을 보여 준다. 이에 이 단락은 언젠가 작품 줄거리 속에 삽입되었을 것으로 보인다. 본고는 줄거리의 전개에 초점을 두어 살폈기에 삽화의 성격을 띤 모족 회의는 논의하지 못했다.

에서 가장 정채 나는 언어로 그려져 있어서 독자의 흥미가 집중되는 곳이기도 하다. 그 전개 양상을 쓰인 언어의 성격을 중심으로 인식의 문제와 관련하여 분석해 보겠다.

자라가 토끼에게 처음 건넨 말은 "여보, 퇴싱원"이다. 서술자는 토끼에 대해 경박하고 몸집이 작기 때문에 산중의 동물들이 모두 멸시했다고 하면서, 자라가 토생원이라 지칭한 것이 토끼에게 얼마나 감격적인가를 설득하고 있다. 이에 자라가 기대했던바 토끼의 반응이 나타나서 다음과 같이 말하면서 다가온다.

> 죠와 아죠 못 젼듸여 쌍즁쌍즁 쒸여오며, "게 뉘랄게? 게 뉘랄게? 날 춘난 게 뉘랄게? 숭순의 스호드리 바돌 두즈 날을 츳나? 죽임의 칠현드리 슐을 먹즈 날을 츳나? 쳥풍명월 치셕 가즈 이격션이 날을 츳나? 게 도난중 젹벽 가즈 쇼동파가 날을 츳나? 인싱부귀 무르랴나? 부운유수 가르치졔. 역디흥망 물을냐나? 숭젼벽히 가르치졔." 요리 팔팔 져리 팔팔 쌍즁쌍즁 쒸여오니, 쥬부가 의몽ᄒ여 토기의 동졍 보즈 진 목을 옴쓰리고 가만이 업져시니, 토기가 쥬부 보고 의심을 미오 ᄒ여, "이것시 무엇신고?" 제 쇼죠 의심 니고 졔가 도로 파의ᄒ여, "쇠쫑이 말나난가? 이 순중의 무슨 쇼 찌아진 부등감이 엇치 져리 묘케 찌져? 익꼬, 이것 큰일낫다. 순영 왓든 총즁이가 질을슝 쓸너 노코 쫑 누러 갓나 보다. 밧비밧비 도망ᄒ즈."(286면)

예문에서 보듯이, 토끼가 기대하는 바는 '부운유수(浮雲流水)', '상전벽해(桑田碧海)' 등의 무상감을 바탕으로 상산사호, 죽림칠현 등 고사의 인물처럼 고고하고 풍류 있게 노닐려는 것이다. 곧, 기존의 고사와 자기 합리화의 관념으로 치장하여 사태를 인식한 것이다. 그런데 막상 목을 움츠리고 가만히 엎어져 있는 자라를 보자 인식 태도가 바뀐다. 자신의 현실적 처지에 입각하여 자라를 '쇠똥', '솥 깨어진 부등감'(부삽의 일종), 그리고 '질음승'(화약심지)으로 인식하는 것이다. 이에 따라 고답적 인물 고사에서 연유한 언어와 현실 인식에 바탕을 둔 언어가 첨예하게 대립하면서 토끼의 말과 행동을 수식하는 양상이 드러난다. 자라의 입장에서는 토끼가 지닌 두 가지 인식 태도를 번갈아 자극하면서 유혹하는 셈이다. 이러한 양상은 이후의 서사 전개에도 줄곧 나타나는바, 작품의 성격을 보여 주는 매우 특징적인 면모이다.

도망가려는 토끼를 다시 부르자, 토끼는 멀찍이 서서 '생어사(生於斯) 장어사(長於斯)……' 하면서 한문자를 써서 인사한다. 처음 만난 상대에게 유식한 체하며 위세를 부린 것이다. 이에 대해 자라도 『논어』 구절을 인용하면서 괄시한다고 타박을 한다. 토끼가 한문자를 구사하며 유식함을 과시한 데 대해 맞대응을 한 것이다. 그러자 토끼는 생긴 것과 말하는 것이 만만히 볼 상대가 아님을 알아채고는 가까이 가서 정식으로 인사하고 대화를 나눈다.

토끼가 육지에 온 이유를 묻자, 자라는 용왕을 보필할 인재[왕좌지재(王佐之才)]를 구하기 위해서라고 대답한다. 이는 남생이의 같은 물음에 대해 지관(地官)을 구하러 왔다고 대답한 것과 비교할 만하다.

> 예, 우리 남회 슈궁 니의 지변 나셔 힝마닥 기가 걸어 슈족 절종 가려키로, 부득이 슈정궁을 즈리 윙겨 짓즈 ᄒ되, 슈궁의 지관 업셔 쳥손 월즁퇴가 눈이 그리 박다기로 슈궁으로 모셔다가 터퀄터를 졍츠 ᄒ되,(276면)

우리 용왕 즁흔 덕화 구오위의 거흐시고 팔쳘 리를 진무흐니 일일만
긔 되옵난딕, 신희가 지죠 업셔 쳔양흐기 어렵기로 용왕의 분부 모와
왕지지졔 구흐기로, 쳔흐명손 편답짜가 오날날 모족 모음 쳔힝으로 맛
나씨로 만좌를 다 보아도 픽왕지보난 비웅비표라, 션싱 흐나쑌이기로
션싱을 뫼셔가즈 뒤를 짜라 왓사오니,(288면)

자라가 자기 친족인 남생이에게는 수궁에 재변이 일어나서 수족들이
멸종될 위기에 처했다는 점과 그로 인해 부득이 수정궁을 옮겨 지으려
한다는 점을 말하였다. 천도(遷都)까지 이른 용궁의 위기 상황에 대한 인
식이 드러나는바, '해마다 개가 걸'어지는 당대 어촌의 현실을 반영한
것이기도 하다. 반면, 유혹의 대상인 토끼에게는 용왕의 덕화와 권위,
용왕에 대한 칭송과 보필의 영광을 늘어놓고, '패왕지보(覇王之輔)는 비웅
비표(非熊非豹)라, 선생 하나뿐'이라며 토끼를 최대한 추켜세우고 있다. 용
왕에 대한 기존의 온갖 수식을 가져왔고, 토끼가 곰과 표범에 비교해서
도 우월하다는, 사실과는 동떨어진 과장을 통해 유혹하는 것이다.

토끼도 자라의 말에 의심을 품어 자기가 곰과 표범보다 나은 이유를
묻는다. 이에 자라는 '곰의 몸이 비록 크나 눈이 젹고 털이 덥퍼 틱양정
기 부죡흐니 미련흐여 못쓸 테요, 범이 비록 용밍흐나 코 즈룹고 쥴기
업셔 즁악이 져함흐니 단명흐여 못쓸 테요,'라 하여, 동물의 외모에 대
한 인간의 관념을 가져다가 합리화한다. 또한, '치세지능신(治世之能臣),
난세지간웅(亂世之奸雄)', '소진의 합종(合縱), 공명의 춘수(春睡)' 등 한문 구
절이나 인물 고사를 십분 활용하여 토끼를 칭찬한다. 나중에는 '우리 슈
궁 갓스오면 입승출증 져 공명을 쓰라가리 뉘 잇실가?'라면서 수궁에
대한 환상을 주입시킨다. 이 말은 아무 근거가 없음에도 불구하고 토끼

에게 가장 매력적인 의미로 다가온다.

그리하여 토끼가 한 번 더 확인코자 수궁에 문장과 풍채 있는 신하가 있는지를 묻는다. 문장과 풍채는 곧 유식과 외양(가문)으로서 육지의 토끼가 벼슬살이를 할 수 없었던 주요 원인이었다. 이에 대해 자라가 문장가와 키 큰 인물이 없다고 단언하고 토끼를 방풍씨(防風氏)에게까지 비유한다. 자라의 말을 믿는 한, 토끼에게 수궁은 이상향이 되는 것이다.

이쯤에서 토끼는 망설이게 된다. 자기가 살던 곳에서 벗어난다는 것은 존재의 조건을 바꾸는 큰 모험인 것이다. 이에 '산림지락(山林之樂)과 풍월지흥(風月之興)'에 대해 한바탕 늘어놓으면서 자라의 반응을 탐색하게 된다. 서술자가 이미 '터도 업난 거진말'이라 전제하고 하는 이 말은 사시사철 산간과 전원에서의 풍류 생활을 자랑한 것이다. 이에 대해 자라가 '몹시 불어 뒥긔시요 손의셔 부난 바람 희풍보단 훨썩 세니,'라고 하면서 토끼의 말을 허풍으로 치부하고 반박한다. 이른바 토끼의 '가련 신세(可憐身勢)'에 대해 하나하나 적시하는 것이다. 두 인물이 한 말의 성격을 비교해 보자.

　　습훙를 다 보니고 금풍이 일어나고 옥노가 셔리 되야 승엽홍어이월화 졍거좌이흐난 찌와 황화구일용손음 낙모취무 죠흔 귀경,(290면)

　　칠팔구월 가을 되면 공손의 입 쩌러져 손과목실 낭즈흐니 물컷 업고 밥 만흐여 모죡의 죠흔 쩌난 일념즁 제일이나, 봉봉에 안진 거슨 미 바든 슈왈자요, 골골리 뒤난 거슨 니 잘 맛는 슨힝기라. 몽치 든 모리쑨은 양엽퓌셔 홍구리고 죠총 든 일쓰포슈 화문의 화승 박아 목목시 안즈시니, 당신의 급훈 스세 비승쳔을 홀 터인고? 죵지츕을 홀 터인고? 단풍 귀경 국화 귀경 니 쇼견은 할 슈 업니.(294면)

토끼의 말은 한시 구절을 동원하여 수식한 것이다. 인용하지 않은 부분에서는 시구와 함께 인물 고사가 많이 사용되었다. 반면, 자라의 말은 '수왈자, 사냥개, 모리꾼, 일자포수' 등 당대 현실에서 취한 어휘들을 써서 토끼의 위태로운 현실을 표현하였다. 초회왕·소중랑·조조 등의 인물 고사를 간간이 끌어들이고는 있으나, 전반적으로 토끼에게 빗대어 당대 서민층의 고난상을 그려낸 것이다. 이 대목에서 기존의 형식적·관념적 언어와 당대의 구체적·실질적 언어가 가장 뚜렷하게 대비되어 나타나는 한편, 서술자와 자라가 연대하여 토끼를 풍자하고 있는 양상도 드러난다. 뒤에 가서는 서술자와 토끼가 연대하여 용왕을 풍자하는 양상으로 바뀐다.

이러한 대비를 통해 허위의식에 사로잡힌 토끼를 풍자하는 한편, 산림지락과 풍월지흥으로 일컬어지는 양반 사대부 문화 전반에 대한 비판이 이루어진다. 그리고 토끼의 현실을 그의 관념에 직접 대비시킴으로써 현실에 대한 인식을 보다 예각화한다. 결국 자라의 말에 토끼가 넘어가는 것은 서로 다른 두 가지 인식 태도가 극명하게 대비됨으로써 자신의 관념을 깨고 현실을 직시하게 되었기 때문이라 할 수 있다.

그런데 육지의 현실을 인식한 것만큼의 진정성(眞情性)이 수궁에 대한 인식에서 확보되지 못했다. 육지에 결여된 것이 수궁에 있으리란 점은 자라의 말로만 보장된 것일 따름이다. 그런데도 토끼가 이를 믿고 따르는 것은 논리적인 근거라기보다는 허구적인 서사 전개에 의해서일 것이다. 토끼와 자라의 이야기를 끝까지 끌고 가기 위해서는 서사 전개를 이끄는 서사적 언어의 도움이 필요한데, 그 바탕에는 현실 인식과 함께 그것의 다른 일면인 이상향에 대한 기대가 놓여 있다. 이상향에 대한 기대는 현실 인식의 진정성에 맞먹는 서사 전개상의 의의를 지닌다. 이는 동물 세계를 인간 사회와 대비되는 이상향으로 설정한 서술 시각과 상통하는 것이기도 하다.

토끼가 현실을 제대로 인식한 것 같으면서도 자라의 말만 믿고 수궁을 이상향으로 여겨 떠나는, 그 위태로운 도정의 출발점에서, 다음의 서술은 상당한 극적 효과를 자아낸다.

> 톡기가 시염츠로 언덕의 압볼 뒷고 물 속의 뒷발 너어 시험ᄒ여 보랴 ᄒ니, 주부가 달여드러 톡기의 뒷다리를 뎅경 물어치 그시니, 톡기가 풍 샌져 셔희슈를 만이 썻다.(298면, 300면)

토끼가 수궁을 탈출하여 육지로 귀환한 다음에도 '져 단단ᄒ 쥬둥이로 뒷다리 꽉 물고셔 물노 도로 드러가면 엇절 슈가 없거쑤나'(318면)라면서 두려운 마음으로 기억할 만큼, 토끼에게는 존재의 전환을 가져온 장면인 것이다. 여기에는 현실과 이상, 삶과 죽음의 묘한 혼재와 교체 가능성을 시사하는 상징적 의미가 함축되어 있는 듯하다.

3.3. 토끼가 용왕을 속이는 말

수궁에 온 토끼가 자신의 운명을 알게 된 것은 문지기를 통해서이다. 자라의 말로 분식된 이상향은 그 입구에서부터 파기된 것이다. 용왕의 분부를 듣고 입궐하기 전까지 토끼가 어떤 생각을 했는지에 대한 기술은 없다. 그렇지만 전복의 순간 토끼가 느꼈을 낭패감과 배신감, 죽게 되었다는 절망감만큼은 짐작해 볼 수 있다.

서사 전개상 토끼가 용왕을 속이는 것은 그러한 절체절명의 위기로부터 벗어나기 위한 것이다. 그러나 사용된 언어의 성격상 앞에서 자라가 토끼를 유혹한 말과 별로 다르지 않다는 점에 주목해야 한다. 자라가 토끼를 꾀는 것과 토끼가 용왕을 속이는 것은 모두 유혹의 구조에서 기인한, 유사한 언어 전략에 따라 이루어진 것이다. 따라서 두 서사 단락이 그렇게까지 대립되는 의미를 지니는 것은 아니다. 자라가 주체가 되어 토끼를 풍자하는 것과 토끼가 주체가 되어 용왕을 풍자하는 것은 같은 차원의 현실 인식에 기초한 것이라 할 수 있다. 자라와 토끼는 사건이 진행됨에 따라 어느 때는 풍자의 주체(혹은 대상)가 되었다가 어느 때는 풍자의 대상(혹은 주체)이 된다. 이에 토끼가 풍자의 주체이고 자라와 용왕이 풍자의 대상이라고 일면적으로만 해석하기 어렵다. 용왕까지도 신하들의 마음을 떠보는 장면에서는 은근하게 풍자의 의도를 드러내고 있는 것이다. 이와 같이 자라와 토끼의 역할이 바뀌면서 현실 풍자가 이루어짐으로써 작품에 담긴 역동적이고 변증법적인 인식 태도가 잘 드러난다.[14]

　잡혀온 토끼를 보고 용왕은 토끼의 간을 먹고 나은 후에 상(像)을 만들어 사당에 앉히고 '기린각, 능운대'에 이름을 새기겠다고 한다. 충신에 대한 전통적인 대접인 것이다. 이에 대해 토끼는 다음과 같이 대답한다.

---

14) 정출헌, 앞의 책, 328-329면에서 별주부와 토끼 사이의 '맞섬'과 '어울림'을 강조한 점은 논의의 진전이라 할 것이다. 그러나 별주부와 토끼를 대등한 역할의 수행자로 보지 않고 기존의 인물 평가 시각을 온존시키고 있는 점은 재고를 요한다.

쇼퇴 갓턴 젹은 목슘 인간의 지쳔이라. 독수리 밥이 될지 순힝기의 반찬 될지, 그물의 씨일넌지 춍부리의 타질넌지 죽고만 말 터이니, 그런 디 죽사오면 셰승의 늣든 즈최 뉘가 다시 아오릿가? 복즁의 간을 니여 디왕 환후 구ᄒ오면 아무 공뇌 업수와도 유방빅셰 졀노 될듸, 허물며 디왕 덕틱 속쵸·쥬금 져 형용과 인각·운디 져 셩명이 그 영화 무궁하여 만셰의 유젼홀듸, 이 방정시런 거시 간 업시 왓사오니 졀통ᄒ기 칭양 업쇼.(304면)

예전에 자라가 토끼로 하여금 현실을 직시하도록 만든 당대의 언어를 토끼가 받아들여 이 자리에서 자기 말로 바꾸어 발화한 것이다. 그런데 바로 그 지점에서 위기 극복의 방도를 차린 것이 의미심장하다. 자신의 처지를 한껏 낮추고 '속초(束草) · 주금(鑄金)', '기린각 · 능운대'의 영화를 한껏 추커세운 다음, '간 없이 왔'다고 하는 것이다. 간이 없다는 것은 물론 거짓말이지만 살기 위한 거짓말이라는 당대의 실질적 의미가 함축된 말이다. 따라서 기존의 관념적 언어와 당대의 실질적 언어의 틈새에서 살 방도를 찾았다고 할 수 있다.

두 언어의 틈새에 놓인 논리적 근거가 바로 유식함이다. 토끼는 유식, 무식의 여부에 따라 말의 진정성이 판명되도록 대화를 이끌고 있다.

디왕 갓튼 져 지위의 무식함을 웃난이다. 디왕의 무궁변화 승쳔입희 ᄒ옵시고 홍운치우 ᄒ시기여 쳔지간 무궁이치 다 아시나 ᄒ여쩌니, 쇼 퇴의 간 츌립은 쵸동목슈 다 아난듸 디왕 혼즈 모로시니, 그리 무식ᄒ 신잇가?(304면)

용왕에게 무궁한 능력과 식견이 있다는 것은 기존의 인식이고, 초동

(樵童)·목수(牧竪)와 같은 이들도 아는 사실을 모르는 것은 당대의 사태이다. 토끼는 기존의 고사에 얽매인 인식의 허위성을 풍자하고 당대인의 현실 인식을 근거로 하여 자신의 논리를 펴는 것이다. 이를 통해 토끼가 육지에서 자라를 처음 만났을 때 문자를 쓰면서 유식한 체했던 것에 대해 스스로 비판한 셈이며, 더 올라가 용왕의 물음에 대해 좌승상 거북과 우승상 잉어가 고사를 사용하여 유식한 체한 것에 대해 서술자가 풍자한 것과 맥락을 같이 하고 있다. 토끼 자신을 포함하여 기존의 권위에 기댄 인식 태도를 한꺼번에 매도해 버린 형국이다.

토끼가 간을 넣다 뺐다 할 수 있는 능력을 지녔다는 주장의 근거는 달의 별호(別號)가 '옥토(玉兎)'요 조수(潮水)의 별호가 '삼토(三兎)'15)라는 데 있다. 이름이 같은 까닭에 달의 차고 기움, 조수의 나가고 물러남의 이치가 토끼의 간에도 적용된다는 것이다. 이는 명목상의 논리일 따름이지만, 그것을 일반 사람들은 다 아는데 용왕이 모른다는 사실을 지적함으로 해서 용왕은 식견의 측면에서 큰 타격을 받게 되었다. 자라가 토끼에게 수궁을 자랑했을 때 자라의 말만이 근거였듯이, 토끼가 내세운 초동·목수 역시 토끼의 말 속의 근거일 따름이다. 그런데도 용왕의 무식함은 만천하에 조롱거리가 되어 버린 것이다. 이는 용왕으로 대표되는 기존의 관념적인 인식 태도에 대해서 현실 체험에 입각한 당대의 인식 태도가 우위에 있음을 역설한 것이라 할 수 있다.

그런데 토끼의 주장에 대해 자라가 이의를 제기하면서 논란이 이어진다.

---

15) 『한국한자어사전』 권1, 단국대 동양학연구소, 1992. '삼토삼룡수(三兎三龍水) : 고려시대 이규보가 지은 조석시(潮汐詩)의 첫째 구절. 한강 하류의 조수가 음력 초하루·초이틀·초사흗날 묘시(卯時)에 들고, 초나흘·초닷새·초엿새날 진시(辰時)에 드는 것을 보고 표현한 말이다.'

　　퇴간 츌입훈단 말리 스기에도 업수옵고 의치의도 부당ᄒ니, 비를 갈
나 간 업시면 신이 양게 쏘 나가셔 망젼톡기 즈바올게 비 가르고 보옵
쇼셔.(308면)

　　자라는 『사기』와 '이치(理致)'를 근거로 하여 토끼의 주장을 반박한다.
그의 인식 내용은, 마치 용왕의 무궁한 능력과 식견이 고사에서 나온
것처럼, 『사기』를 비롯한 유교 경전에서 얻어진 것이다. 자라는 기존의
것에 의지하여 말했을 따름이기에 곧바로 토끼의 반박에 부딪힌다.

　　쳐음 나를 만나실 졔 져 통정을 ᄒ여시면, 그날이 보름날 우리 식구
슈빅 명 함끠 간을 ᄲᅦ여 닉니 그 즁의 나이 늘거 약 마니 든 죠흔 간을
열여 보를 쥬여씰듸, 속이 그리 음험ᄒ여 벼슬ᄒ라 슈궁 가즈 돌나올
ᄭᅬ만 ᄒ니 그거시 쳣 번 허물. 디왕 환후 시급ᄒ니 너고 나고 쏘 나가서
간을 어셔 가져와야 치료를 ᄒ실 텐듸 날만 어셔 죽이라니, 네 놈의 싱
긴 형용 음목단족·즁경오쳬 가여공환란이요 불가여공안락이라. 나를 죽
여 간 업시면 엇던 톡기 다시 보리? 늬가 슈궁 벼슬ᄒ즈 너를 ᄯᅡ라 갓
단 말리 윈 슌즁 훤즈ᄒ여시니, 나난 다시 안 나가고 너 혼즈 쏘 나가면
슌즁 우리 동무더리, 날 '다려다 엇다 두고 눌 두루라 쏘 왓난다?' 톡기
줍기 고스하고 네 목슘이 엇지 되며, 너 죽기난 네 죄로되 대왕 환후 엇
지 되리?(308면)

　　토끼는 자라의 주장과 태도에 대해 두 가지 문제점을 제기한다. 첫째,
처음부터 사실대로 말했으면 일이 잘 되었으리라는 것, 둘째, 자기를 죽
여 간이 없으면 다시 구할 형편이 아니라는 것이다. 둘 다 현실 논리에
입각해 있다. 전자는 토끼 자신의 주장을 전제해 놓고 과거 일을 들춘
것인데, 사실 이것은 자라가 벼슬하러 가자고 꾄 것에 대한 질책의 의

미가 더 강하다. 후자는 미래에 벌어질 일을 가져와서 현재의 주장을 뒷받침하는 것인데, 간이 있고 없고의 문제가 아니라 더 이상 간을 구할 현실적인 여건이 마련되지 못하리라는 사실을 지적한 것이다. 논리적으로 문제는 있으나 과거와 미래의 일을 현재 및 현실적인 차원에서 인식하려는 태도만큼은 뚜렷하다.

앞서 자라가 관념적 인식을 비판하고 현실을 직시하도록 함으로써 토끼를 꾀어 낸 것에 비해, 토끼는 관념적 인식을 역이용하고 현실의 추세에 따른 논리를 펼쳐 용왕과 자라를 속이는 것이다. 인식의 두 가지 방법을 이용하였다는 점에서 자라와 토끼는 공통되나, 토끼는 보다 철저히 현실 논리를 내세워 결국 목적을 달성하는 것이다.

토끼는 용궁에서 후한 대접을 받으며 실컷 즐기다가 다시 육지로 돌아오게 된다. 애초에 자라가 수궁을 나와 육지에 들어서서 산중 풍경을 구경한 것과 짝을 이루어, 토끼가 육지로 돌아오면서 강상 풍경에 대해 묻고 대답하는 새타령이 삽입되어 있다. 이전에 토끼가 수궁으로 가면서 강상 풍경을 물었으나 자라가 무시하고 수궁으로 바로 갔는데, 그렇게 해서 유보되었던 장면이 여기에 나오는 것이다. 산중 풍경이나 강상 풍경이나 고사와 한시 구절로 수식한 형식적 언어들의 집합일 따름이다. 그렇지만 작품 구성상의 필요에 따라서, 혹은 독자의 관습화된 인식 태도에 영합하거나 독자에게 일정한 지식을 전달하기 위해서 삽입되었을 것 같다.

육지에 이른 토끼가 자라에게 던지는 다음 말로써 이제까지 진행된 사건에 대해 판정이 내려진다.

용왕의 의ᄉ 잇기 날갓치 춍명ᄒ고 니의 구변 업기 용왕갓치 미련터
면, 악가온 이니 목슘 슈즁원혼 되것구나. 동ᄂᆡ박의 칙을 보니 김싱의
미련ᄒ기 어이슈이 갓다 ᄒ되, 인족의 미련ᄒ기 모족보단 더 ᄒ더라. 오
즁의 부튼 간을 엇지 츌납ᄒ것나냐?(318면)

'의사(意思)'와 '구변(口辯)'의 있고 없음에 따른 '총명'과 '미련'이 토끼
와 용왕의 인물 성격을 요약하고 있다. 의사는 현실 인식의 결과로 얻
어지는 것이며, 구변은 작품 속에 구성된 여러 층위의 언어들의 교묘한
조직을 말한다고 할 수 있다. 결론적으로 제시된 토끼의 이 말이 당대
현실에 대한 의사와 구변, 즉 현실 인식과 언어 조직의 측면이 작품의
주된 관심사였음을 대변해 준다.

4. 결 론

본고는 신재효본 <토별가>를 대상으로 작품을 구성하고 있는 언어들
의 층위별 성격과 조직의 양상을 살펴보았다. 이 작품은 기존의 언어와
당대의 언어, 구체적·실질적 언어와 형식적·관념적 언어가 서로 밀고
당기면서 결합되어 있음을 보았다. 그러한 여러 층위의 언어들을 서사
전개에 따른 서사적 언어와 작가 의식에 의한 풍자적 언어가 통제, 조정
하면서 작품의 의미를 보다 복합적이고 미묘하게 생성해 내고 있었다.
각 층위의 언어들은 작품의 구조적인 면에서 유혹의 말로 수렴되면서
조직되어 나갔다. 그리하여 줄거리를 따라서 용왕이 신하들을 떠보는
말, 자라가 토끼를 꾀는 말, 토끼가 용왕을 속이는 말로 전개되면서 유

혹하고 유혹 당하는 인물들의 관계와 사건들이 그려졌다. 이러한 유혹의 구조 속에 인식의 경향성이 드러났는데, 관념적 인식 태도를 깨뜨리고 현실적 인식 태도로 나아가려는 의도가 작품 전반에 깔려 있음을 확인하였다.

논의의 과정에서 자라와 토끼가 번갈아 가면서 풍자의 주체와 대상이 되어 기존의 권위에 기대는 인식 태도를 비판하고 당대 현실에 적합한 인식 방법을 모색하고 있음을 살필 수 있었다. 이는 작품에 담긴 역동적, 변증법적 인식 태도를 보여 주는 것이다. 그렇지만 본고에서 사용한 용어나 설정한 층위가 겹치는 면이 있고, 언어 층위들을 단순하게 구조화하여 해석한 면도 있다. 판소리계 소설을 좀 더 깊이 있게 살펴서 이 갈래의 언어적 특징과 인식의 측면에 대해 의미 있는 논의를 펼치게 되기를 바란다.

제 5 장

<남원고사>, 이야기에 얽힌 욕망과 인식

1. 서 론

《춘향전》 이야기의 중심 내용은 신분이 다른 젊은 남녀가 사랑에 빠졌다가 헤어져 고난을 겪은 다음 재결합한다는 것이다. 이러한 내용의 이야기를 가지고 이본에 따라 조금씩 다른 성격의 이야기가 만들어져 《춘향전》 군이 형성되었다. 이본이 만들어지는 데에는 원래의 이야기를 수용하고 재창작하는 향유자의 의식이 개입하게 된다. 그런데 의식이란 욕망과 인식이 복합된 것이라고 할 수 있다. 향유자가 무엇을 바라고 어떻게 이루려고 하는지가 욕망의 문제라면 무엇에 관심을 두고 어떻게 알고 대처하는지가 인식의 문제라고 하겠다. 욕망과 인식은 서로 구분되는 개념이지만 의식 속에서 상호 의존적으로 기능한다고 할 수 있다.

《춘향전》 공통의 이야기가 있고 이본이 있고 그것을 만든 향유층이 있다. 이본들은 각자의 세계를 구축하고 있지만 줄거리를 공유하는

≪춘향전≫ 이야기의 큰 테두리 안에 놓인다. 향유층의 의식은 공통의 이야기로부터 이본으로서의 특색을 지닌 이야기에 걸쳐 두루 반영되어 있다. 춘향, 이도령, 변사또, 월매 등의 인물들, 사랑과 이별, 저항과 해방의 사건 전개, 이야기를 연결하는 각 장면들 등에도 반영되고, 이본에 따라 인물의 성격이 조금씩 달라지고 이야기의 구성이 변하고 장면의 축약과 확장이 이루어진 데에도 반영된다.

이는 표현의 측면에서도 마찬가지라고 생각한다. 판소리계 소설에는 관습적 표현이 많이 나온다. 그런데 관습화되는 과정에 향유층의 의식은 계속 작용한다고 볼 수 있다. 어떤 표현이 처음 등장했을 때 그것에 담긴 향유층의 의식은 이후에 나온 이본들에서 원래의 의미와 기능이 유지될 수도 변개될 수도 있다. 아니면 새로운 표현이 그것을 대체하여 이전과는 다른 효과를 거둘 수도 있다. 여러 작품에 공통된 관습적 표현일지라도 그 이본만이 지닌 맥락과 분위기에 의해 의미 있는 역할을 하기도 할 것이다. 이렇듯 관습적 표현에도 원래의 이야기에서부터 각각의 이본에 이르기까지 향유층의 의식이 적층적으로 반영되어 있다고 본다.

<남원고사>도 이러한 ≪춘향전≫ 이본 중의 하나이다. <남원고사>는 전후 모순이 별로 드러나지 않고 짜임새 있는 구성을 하고 있을 뿐더러[1] 금옥 사설, 치레 사설 등 장면별로 사설이 크게 확장된 것이 특징이다.[2] 사설의 표현 속에는 딴전 피우기,[3] 둘러대기, 알아맞히기 등의

---

1) 김동욱 외, 『춘향전비교연구』, 삼영사, 1979, 24면 ; 윤용식, 「춘향전－남원고사본을 중심으로－」, 『한국고전소설작품론』, 집문당, 1990, 516-517면 ; 설성경, 『춘향전의 통시적 연구』, 서광학술자료사, 1994, 191-197면.
2) <남원고사>계 이본들의 특징에 대해서는 김석배, 「남원고사계 춘향전의 이본 연구」, 『금오공대 논문집』12, 1992, 307-327면 ; 전상욱, 「세책 계열 춘향전의 특성－

서사 기법도 다양하게 나타나는 한편 사대부의 교양을 드러내려는 한문 투의 표현도 상당수 있다.4) <남원고사>의 이러한 면모에는 ≪춘향전≫ 이야기에 얽힌 인식론적, 서사론적 문제가 내포되어 있다고 생각한다.

<남원고사>에 반영된 향유층의 의식, 곧 욕망과 인식은 ≪춘향전≫ 공통의 이야기에 얽힌 것과 <남원고사>에 얽힌 것이 섞여 있을 것이다. 어디까지가 전자에 혹은 후자에 속하는지를 명확하게 구분하기는 어렵다. 다만 작품 자체에 대한 분석을 통해 이본이 지닌 특성을 드러내는 과정에서 ≪춘향전≫ 이야기를 포함한 <남원고사>에 대해 욕망과 인식의 서사론을 전개하는 것은 가능하다. 곧, 욕망과 인식이라는 개념을 사용하여 <남원고사> 및 ≪춘향전≫ 서사에 대한 논의를 다시 시도해 보려는 것이다.

본론으로 들어가기에 앞서 향유층의 의식이 ≪춘향전≫ 공통의 이야기와 각 이본에 두루 반영되었다는 관점에서 ≪춘향전≫의 줄거리를 정리해 두기로 한다. 욕망과 인식의 주체 및 대상을 기준으로 단락별 의미를 부여하려는 것이다.

욕망의 문제는 무엇인가를 바라는 주체가 대상에 대해 알고 싶어 한다는 점에서 인식의 문제와 깊이 관련되어 있다. 무턱대고 바라는 것이 아니라 그 대상이 무엇이며 어떤 특성을 지녔는지, 대상이 사람이라면

서지 사항과 서사 단락을 중심으로—」, 『세책 고소설 연구』, 혜안, 147-193면.
3) 김종철, 「남원고사의 골계적 정신에 대한 연구」, 『판소리연구』8, 판소리학회, 1997, 81면.
4) 김의정, 「춘향전 연구—남원고사본을 중심으로」, 단국대 박사논문, 1992, 75면 ; 이창헌, 『경판방각소설 춘향전과 필사본 남원고사의 독자층에 대한 연구』, 보고사, 2004, 514면.

연령, 출신, 직업, 외모, 성격, 생각 등을 제대로 알아서 주체의 바람에 부합할 때 비로소 욕망을 이루기 위해 적극적으로 나서게 된다. 이렇듯 욕망과 인식은 서로를 추동하는 작용을 하는 것이다. 이 점을 고려하여 내용 정리를 하고자 한다.

《춘향전》의 줄거리를 발단, 전개, 위기, 절정, 결말의 5단 구성으로 볼 때 발단부는 이도령이 춘향을 욕망하여 일단 그 욕망을 이루는 이야기이다. 전개부는 이도령과 이별한 춘향을 이번에는 변사또가 욕망하여 그 욕망을 이루려고 했으나 춘향의 거부로 실패하는 이야기이다. 위기부는 옥에 갇힌 춘향이 이도령을 고대하다가 거지꼴로 나타난 이도령을 보고 절망하는 이야기이다. 여기에는 옥중 상봉이 있기 전에 암행어사 이도령이 남원으로 내려오면서 춘향의 일에 대해 탐문하는 내용과 월매가 춘향을 수발하면서 이도령을 기다리는 내용이 포함되어 있다. 결말부는 춘향과 이도령의 욕망이 성취되는 이야기이다.

이러한 줄거리를 욕망과 인식에 초점을 두어 다음과 같이 정리해 볼 수 있다.[5]

> ① 이도령이 춘향을 욕망하여 알고 싶어 하고 결국 그 욕망을 이루다.
> ② 변사또가 춘향을 욕망하여 알고 싶어 하지만 끝내 그 욕망을 이루지 못하다.

---

[5] 구성상 ①, ②, ⑤가 각각 발단, 전개, 결말에, ③과 ④는 위기에 해당하므로 다섯 단위가 대등하게 구분된 것은 아니다. 단락 구분이 아니라 욕망과 인식을 통해 본 내용 정리에 목적을 두었기 때문에 편차가 생겼다.

③ 암행어사가 된 이도령이 춘향의 일에 대해 탐문하여 실상을
알아내다.
④ 춘향과 월매가 이도령을 고대하다가 마침내 만났으나 사정
을 알고 실망하다.
⑤ 춘향과 이도령이 서로의 마음을 확인하고 마침내 욕망을 이
루다.

이러한 구분은 서술자가 누구를 주체로 내세우는가에 의해 명확해진
다. ①과 ②에서는 이도령과 변사또가 욕망의 주체이고 춘향이 그 대상
이다. 춘향이 욕망의 주체로 나서는 것은 이도령과 사랑을 나누는 데에
와서이고 변사또의 수청을 거절하는 데에서는 바라는 바를 끝까지 지키
려는 의지를 보여 준다. 이렇듯 춘향은 이도령 및 변사또의 욕망에 대
응하는 과정에서 주체적인 면모를 갖추어 간다. ③은 이도령의 처지 및
의식의 변화와 관련된다. 사또 자제에서 암행어사로 변신했을 뿐더러
욕망의 대상이던 춘향이 정절을 지키는 열녀의 형상을 띠게 됨으로써
그녀를 구원하는 것이 공무와 직결된 일임을 자각하였다.6) 이에 춘향의
구원은 억압받는 남원 백성의 구원과 같은 수준의 의의를 지니게 되었
다. ④는 춘향과 월매가 좌절된 욕망의 회복을 기대하다가 실망하는 내
용이다. 변사또에게 저항하여 옥에 갇힌 춘향은 절망적인 상황에서도
이도령이 돌아오기를 고대하며 욕망의 성취를 바란다. 이에 비해 월매

6) 이에 대해 설성경, 『한국고전소설의 본질』, 국학자료원, 1991, 251면에서 '성애적
사랑에서 윤리적 의미와 사회적 차원'으로의 변화라고 설명하였다.

는 차라리 춘향이 변사또의 수청 요구를 받아들여 생활의 안정과 이득을 얻었으면 하고 은근히 바란다. 상황에 대한 인식 태도와 욕망의 성격에 있어서 춘향과 월매는 차이를 보이고 있다. ⑤는 우여곡절 끝에 대단원에 이르러 남녀 주인공의 욕망이 성취되는 내용이다.

본론에서는 <남원고사>를 대상으로 줄거리상의 ①과 ②에서 주로 욕망의 대상을 인식하는 양상에, ③과 ④에서 주로 사태를 파악하여 대처하는 양상에 중점을 두어 분석하고자 한다. 춘향을 욕망하는 것은 이도령과 변사또가 공통되지만 춘향에 대해 어떻게 알아 가는가 하는 점에서는 서로 다른 모습을 보여 준다. 이도령을 학수고대하는 것은 춘향과 월매가 공통되지만 이도령의 거짓 정체를 알고 난 후 그를 대하는 태도에서 차이를 보인다. 이러한 양상을 분석하는 과정에서 욕망의 성격보다는 인식 방법에 대한 논의가 더욱 부각될 것이다. 이를 바탕으로 <남원고사> 및 ≪춘향전≫ 이야기를 이해하는 데 기존과는 조금 다른 시각을 제시하고자 한다.

2. 욕망의 대상을 인식하는 양상

≪춘향전≫ 줄거리의 전개와 발단부는 이도령이 춘향을 욕망하고 다시 변사또가 춘향을 욕망하는 이야기이다. <남원고사>에서 이 부분이 어떻게 그려져 있는지 살펴보겠다.

먼저 이도령이 춘향을 욕망하여 알고 싶어 하고 결국 그 욕망을 이루는 이야기가 나온다. 광한루에 나온 이도령은 '밍낭이도 어엿분'[7) 처녀가 그네 타는 '경(景)'을 보고 '얼골 달호이고 ᄆ음이 취ᄒ'게 된다. 그 광경이 이도령의 욕망을 한껏 고취하는 동시에 대상에 대한 관심을 불러일으킨 것이다. 이도령은 방자에게 그녀가 누구인지 묻는다. 물음과 대답은, "션녀가 하강ᄒ엿ᄂ 보다." "무산십이봉이 아니여든 션녀가 어이 이시리잇가?" "그리면 슉낭지냐?" "이화졍이 아니녀든 슉낭지가 웬말이오?"와 같은 식으로 전개되는바 이도령의 질문에 방자의 부정이 이어진다.8) 선녀, 숙낭자, 서시, 옥진, 금, 옥, 도화, 해당화, 귀신, 혼백, 일월로 이어지는9) 질의응답에서 인식 방법상의 특징이 나타난다.

첫째, 은유적 인식이다. 이도령이 미지의 처녀에 대해 알려고 내세운 것들이 미녀, 보배와 꽃, 주술적 존재 등이다. 대상에 대한 직접적, 객관적 인식을 의도적으로 회피하고 있다. 둘째, 전거에 의지한 인식이다. 이도령의 질문에 대해 방자는 전거를 대며 부정하고 있는데 전거들은 대개 잡기, 소설, 야사, 관습 등에 따른 지식이다. 셋째, 인식의 과정이 나타나 있다. 선녀에서 옥진까지의 미녀들, 금에서 해당화까지의 귀한 보배와 꽃, 그리고 귀신에서 일월까지의 주술적 의미가 담긴 존재로 나

---

7) <남원고사>의 원문은 『춘향전』(복사본 ; 고려서적, 1984)에서 인용한다. 행을 달리해서 인용하는 부분에만 면수를 밝히고 본문 중의 인용구와 인용문은 면수를 생략한다.
8) 이러한 정체 확인형 사설에 대해 전경욱, 『춘향전의 사설 형성 원리』, 고려대 민족문화연구소, 1990, 65면에서 '판소리 창자들은 중요한 대상이 등장하는 장면에 '정체확인형 사설'을 수용하지 않고 지나가면 뭔가 미진하다고 생각'했을 것이라고 하였다.
9) 작품에 특징적인 '열거적인 수사가 지향하는 발화의 도달점은 고착된 시각으로 규정된 이전의 세계와는 다른 변화하는 세계'(윤덕진, 「남원고사계 춘향전 수록 시가의 서사양식화 과정」, 『한국시가연구』28, 한국시가학회, 2010, 289면)라는 지적이 있었는데 본고에서는 인식 방법에 주목하고자 한다.

아간다. 그 처녀와 직접적으로 관계를 맺을 수 있는 존재에서 사물로, 나아가 비존재로 옮겨간다. 가까운 데서 먼 곳으로 인식의 과정을 이끌어 가는 양상이다.

그런데 방자는 모두 부정한다. 이는 이도령의 은유적, 우회적 인식에 대한 거부이다. 방자는 전거를 들이대며 부정하는데 이는 전거에 기대어 인식하는 이도령의 습성을 비판하려는 의도이다. 결국 이도령은 "그리면 네 어미냐? 네 할미냐?……아마도 스람은 아니로다. 쳔년 묵은 불여호가 날 호리랴고 왓ᄂ 보다."라며 화를 낸다. 그제야 방자는 사대부가의 규수가 그네 타러 온 것이라고 대답한다.

그러나 이번에는 이도령이 그 말을 믿지 않고 "이 아희야, 그러치 아니ᄒ다. 그 쳐녀롤 보와ᄒ니 쳥텬의 쩟ᄂ 숑골미도 갓고 셕양의 나는 물찬 져비도 갓고 녹슈파란의 비오리도 ᄀᆺ고 말 잘ᄒᄂ 잉무시도 갓고 회양횟쑥 별진잘슉 ᄒ니"라고 말한다. 그 처녀는 송골매, 제비, 비오리, 앵무새 같고 그 태도는 '회양횟쑥 별진잘슉' 하다. 이도령은 그녀에게서 여염집 처녀가 아니라 노는계집의 태를 보았고 그로써 자극된 욕망을 주체할 수 없게 되었다. 그러나 욕망을 성취하기 위해서는 대상에 대한 올바른 인식이 필요한데 이것은 이도령이 하기 어려운 일이다. 남원 토박이도 아닐뿐더러 체면상 그럴 수도 없다. 더욱이 그의 은유적 인식 방법이 큰 걸림돌이 된다.[10] 그러니 "스람 죽깃다, 바로 닐너라."며 안달을 낼 수밖에 없다.

그 처녀에 대해 제대로 알려 줄 사람은 남원에서 '싱어스 장어스 유

---

10) '[전고를 통한] 은유에 의해서 성취되는 이해와 지식은……부분적인 것에 그친다.'(황혜진, 『춘향전의 수용문화』, 월인, 2007, 227면)는 한계이기도 하다.

어슨 공어슨' 한 방자이다. 그는 이도령의 성화에 '공셕시가 잇셔야' 한다며 버틴다. 문맥상 '공셕시'라는 말은 공(功)에 대해 보답하는 재물이나 이권을 뜻한다. 여기서 방자의 욕망이 이도령의 욕망과 얽히면서 둘 사이는 주종관계에서 이해관계로 전환한다. 다급해진 이도령은 곧바로 "닉 셔울 가거든 셰간 밋쳔 ᄒ랴 ᄒ고 돈 오빅 냥 봉부동으로 두어시니 너룰 줄 거시오, 장가들거든 녜물 쥬랴고 어루신니 평양셔윤 가 계실 제 츠쳔슈식 당만ᄒ 것 두어시니 너룰 줄 거시오……"라며 방자의 요구를 받아들인다. 물론 이것은 둘러댄 말이기에 방자의 욕망이 실제로 성취된 것은 아니지만 말로라도 약속을 받아낸 것은 사실이다. 대상을 제대로 알기 위해 물질적인 보상이 필요하다는 것, 이것이 이 대목에서 보이는 인식 방법이라고 하겠다. 욕망을 이루기 위해 대상에 대한 인식이 필요한 상황에서 세상물정에 밝은 방자가 그러한 인식을 선취하고 있다. 다만 방자의 인식도 남원 토박이라는, 한정된 지역적 토대 위에서 얻었다는 점에서 일정한 한계를 지닌다.

> 저 아희는 귀신도 아니오 즘성도 아니라 본읍 기성 월미 ᄯᆞᆯ 츈향이오. 츈광은 이팔이오 인물은 일식이오 ᄒᆡᆼ실은 빅옥이오 지질은 소약난이오 풍월은 셜도오 가곡은 셤월이라. 아직 셔방 정치 아니코 이시나 셩품이 미몰ᄒ고 사지고 교만ᄒ고 도쓰기가 영소보던 북극텬문의 턱 건 줄노 알외오.(38-39면)

방자는 이도령이 처녀를 귀신이나 동물로 인식한 것을 부정하고 사실을 알려 준다. 그러면서도 이도령의 이해를 돕고자 백옥, 소약난, 설도, 섬월 등의 은유적 인식을 덧붙인다.[11]

이와 같이 이도령이 춘향을 알게 되는 대목에서 인식 방법이 잘 나타나 있다. 요컨대 구시대적인 인식 방법, 가령 은유나 전거에 의한 우회적 인식을 부정하고 물질적인 보상을 전제로 한 객관적 인식을 추구하고 있다. 이러한 이도령과 방자의 대화를 확대 해석한다면 인식의 문제가 서사의 주도권 획득으로까지 비화된다고 할 수 있다. 작품의 주인공이 되기 위해 이도령은 방자로부터 인식 방법과 내용을 사야만 했던 것이다.

이후 이도령과 춘향의 결연과 이별 이야기가 전개된 다음 이번에는 변사또가 춘향을 욕망하여 알고 싶어 하지만 끝내 그 욕망을 이루지 못하는 이야기가 나온다.

변사또는 신연맞이 차 서울에 올라온 남원 이속(吏屬)들에게 제일 먼저 춘향에 대해 묻는다. "네 고을에 져 무어시 잇다 ㅎ더고나. 업다, 유명훈 별 것 잇다 ㅎ더고나.……인고, 무슨 양이라 ㅎ더고나. 므슨 양이이느냐? 아조 논난 업시 졀묘ㅎ다더고나." 그러나 공무를 먼저 챙겨야 할 수령으로서 떳떳치 못한 욕망을 내비치는 것이기에 "업다, 이런 졍신이 어딕 잇시리. 고약훈 졍신이로고나. 그시의 싱각ㅎ엿더니 고 스이의 쌈박 니져고나."라면서 건망증을 내세운다. 떳떳하지 못한 욕망에 더하여 이방 등이 알고 있는 것을 취하려는 기생적(寄生的) 인식 태도를 보여 준다. 그래서 변사또의 욕망 성취는 지연되고 인식은 방해를 받는다.

---

11) 이러한 정체 확인 대목은 <동양문고본>과 <동경대본>에는 나타나 있지 않다고 한다(전상욱, 앞의 논문, 161면). 그렇지만 '일찍 생성된 이본으로 다른 이본의 영향을 받지 않고 19세기 중반기의 춘향전의 모습을 제대로 유지하고 있'(김석배, 앞의 논문, 325면)는 이본이 <남원고사>라는 점에서 이 대목의 의의는 무시될 수 없다.

이는 변사또나 이방 같은 등장인물 그리고 독자들에게 갑갑증을 일으킨다. 앞에서 이도령이 사람 죽겠다고 안달한 심정과 같은 양상이다.

그런데 변사또의 건망증은 본인의 말처럼 '도임후의 슈다흔 공스의 성화흘 밧긔' 없는 결과까지 예측된다. 변사또의 욕망 성취가 지연되지 않기 위해서는 그 밑의 아전이나 서민들이 그의 성화를 견뎌내야 하리라는 것이다. 변사또의 욕망이 그때그때 이루어지지 못하고 자꾸만 지연되는 것이 갈등을 유발하여 이야기를 전개시키고 있다.

변사또가 남원까지 부임하는 데 걸리는 시간을 묻자 이방이 대답한다.

> "서울서 본관 읍니가 뉴빅오십 니로소이다." "그러면 니일 일즉 나려가면 적력 춤의 드러 다히랴?" "졋스오디, 니일 슉빈나 흐옵시고 조정의 하직이나 흐옵시고 각스 셔경이나 도옵시고 우명일 흔겻즘 쩌나옵시면 즈연 날 구즌 날 찌이옵고 가옵시다가 감영의 연명이나 흐옵시고 혹 구경쳐의나 노리흐옵시고 열노 각읍의 혹 연일 유슉이나 되옵시고 쳔쳔이 느려 가옵노라 흐오면 흔 보름이나 흐여야 도임흐옵시리이다."(189면)

춘향을 보고 싶어 안달이 난 변사또로서는 하루 만에 도착해야 할 거리가 보름이나 걸린다고 하니 갑갑한 노릇이 아닐 수 없다. 하루와 보름의 차이가 변사또의 주관과 객관 세계 사이의 거리이다. 여기서 보듯이, 변사또의 욕망 성취가 지연되는 또 다른 원인이 신관사또 부임에 따른 인사치레와 부임 과정에서의 유흥 관습이다. 변사또같이 구시대적인 인물에게까지도 이러한 사회적 관습이 제약을 가하고 있다.

남원에 도착한 즉시 변사또는 춘향에 대해 묻는다. 서울서부터 지녔던 욕망을 한시라도 빨리 성취하고자 "네 고을에 유명혼 것 드런 지 오리거든 여긔 아니 잇느냐? 무슨 양이라 흐더고나.”라며 또 ‘양’자 타령을 한다. 신관사또라는 지위상 자신의 욕망을 숨길 필요가 있었던 것이다. 상관의 감춰진 욕망에 대해 아전이나 지방 유지들이 알아서 처리해 주면 얼마나 좋을까마는 그들은 사태의 본질을 깨닫지 못해 우왕좌왕한다. ‘니방이 막지기고흐여 겁결의 디답흐디, “챵고의 군량이오 육고의 우양이오 공고의 잘양이오⋯⋯”’라고 하며 ‘양’자가 들어간 단어들을 늘어놓는다. 이러한 언어유희에도 인식 방법이 나타나는바 두서없이 나열한 것에서 골라잡기 방식이라고 부를 만하다.

급기야 변사또는 화를 내게 되고 기생 점고의 영을 내린다. 기생 점고를 명분으로 삼아 춘향을 찾겠다는 것이니 합법적 절차를 가장해서 욕망을 이루려고 한 것이다. 그런데 기생 점고는 은유와 전거에 의해 명명된 이름들을 나열하는 방식으로 전개된다. 구태의연한 호명 방식이 반복적으로 길게 나열됨에 따라 정작 욕망의 초점인 춘향의 이름은 지루한 이름들 사이에 숨어 버린 꼴이 된다. 호명이 길어질수록 기생 이름을 장식하는 수사들은 맥없이 헛된 구호가 되어 버린다. 이에 변사또는 호명을 간편하게, 한꺼번에 하라고 재촉한다. 바라는 이름이 지루한 이름들 틈에 끼는 것은 참기 어려웠을 것이다. 이렇게 하여 끝까지 갔는데도 춘향의 이름은 불리지 않는다.

일부러 우회하여 갔는데도 욕망의 대상이 나타나지 않는 상황이 문제적이다. 형식과 명분을 갖추어 욕망을 충족하기에는 세상이 변하였고 사람도 달라진 셈이다. 나아가 은유와 전거로 수식한 허울뿐인 이름들 사이에서 헤매는 수준에서는 진정으로 욕망하는 대상을 찾기 어려운 세상이 되었음을 시사한다고 볼 수 있다.

3. 사태를 파악하여 대처하는 양상

≪춘향전≫ 줄거리의 위기부는 암행어사가 된 이도령이 남원으로 내려오면서 춘향의 일을 탐문하고 춘향과 월매가 이도령을 고대하다가 다시 만나는 이야기이다. 이 부분이 <남원고사>에서는 어떻게 그려져 있는지 살펴보겠다.

춘향이 옥에 갇힌 후, 암행어사가 된 이도령이 춘향의 일에 대해 탐문하여 실상을 알아내는 이야기가 나온다. 이도령이 춘향의 실상을 알려고 한 것은 애초 개인적인 욕망에서 나왔다. 그런데 이제 탐관오리 변사또의 수청을 거절해서 당하는 고난이라는 점에서 춘향이 겪는 일은 사회적인 문제가 되었다. 이에 따라 이도령의 탐문은 춘향의 낭군으로서 사적인 욕망의 표출인 동시에 암행어사로서 백성의 질고를 살피는 공적인 인식 과정이 된다.

임실에 들어서서부터 남원에 이르기까지 암행어사의 탐문이 계속되는데 춘향의 사정을 알아 가는 것과 남원 백성의 여론을 듣는 일이 함께 진행된다. 먼저 민요를 부르며 농사짓는 농부들을 만나 담뱃불을 청한다. 농부들은 허술한 차림의 이도령을 구박하다가 한 농부가 인물로 보아서는 춘향의 서방이 될 만하다고 하자 '모든 농뷔 골을 니여 쌈을 치며 흐는 말이 "빅옥 갓튼 츈향이롤 졔 아모리 업다 흐고 뉘게다가 비기느니 밋친 놈이로다."'라고 한다. 춘향을 아끼는 농부들의 마음을 알게 되는 것이다.

다음으로, 절에서 만난 소년 선비들과 문답하다가 "남원 읍니 사람의게 츄심츠로 송亽흐려 흐니 공亽나 분명홀지오?"라고 묻자 한 선비가

'소 임자의 소롤 아사 도적놈을 쥬'는 변사또의 몰지각한 판결을 예로 들면서 춘향도 변사또의 형벌로 죽었다고 한다. 이도령은 이 말을 곧이 듣고 강좌수 딸의 초빈(草殯) 앞에서 통곡하다가 쫓겨나는 소동을 벌인다. 이도령의 허랑한 모습이 해학적으로 그려진 삽화지만 변사또의 실정과 춘향의 처지를 알아 나가는 시행착오의 과정이기도 하다.

이어 길에서 만난 초동과 목동의 노래를 듣고 그 처지를 짐작하고 다시 농부들을 만나 민요를 듣는다. 앞서의 민요보다 사설이 길고 끝에 가서 '불상ᄒ고 가련ᄒ다 남원 츈향이는 비명원사 ᄒ단 말가 무거블측 니도령은 영절소식 업단 말가'라는 가사가 덧붙여졌다. 이도령이 딴전을 피우며 쟁기에 관해 말수작을 하고 밥 한 그릇 얻어먹고 떠난다. 수수께끼 같은 말놀이가[12] 섞여 있지만 노래 가사에서 보듯 춘향에 대한 탐문이 이어지고 있다.

마지막으로, 길가의 주막 영감을 만나 농담하다가 "셔울셔 드르니 남원 기싱 츈향이가 창기 중 정절이 이셔 긔특다 ᄒ더니 이곳의 와 드르니 셔방질이 동관삼월이오 본관 슈청 드러 쥬야 농창ᄒ다 ᄒ니 그럴시 분명ᄒ지?"라며 실상과는 정반대로 묻는다. 이 말에 주막 영감은 격분하지만 곧 춘향이 당한 일을 알려 준다.

전등 스쏘 ᄌ제 니도령인지 ᄒ는 아희 년석이 츈향이롤 작첩ᄒ여 빅년긔약 밍셰ᄒ고 올나갈 제 후일 긔약 금셕갓치 ᄒ엿더니 ᄒ번 써는 후

---

12) 대상 이본은 다르지만 ≪춘향전≫에 나타난 수수께끼 말놀이에 대해 성현경, 「이 고본 춘향전의 축제적 구조와 의미, 문체와 작가」, 『한국옛소설론』, 새문사, 1995, 433-434면, 455-457면에서 '자유로운 놀이 정신 및 익살을 바탕으로 한' 것이라고 하였다.

삼년에 쇼식이 돈절ᄒ고, 신관 ᄉ쏘 호식ᄒ여 츈향의 향명 듯고 셩화갓
치 블너드려 슈쳥으로 작졍ᄒ니 츈향의 빙옥 졀기 한ᄉᄒ고 불쳥ᄒ니
신관 ᄉ쏘 골을 ᄂ여 한ᄉ 듕댱ᄒ 연후의 항시 족시 엄슈ᄒ 지 올조츠
삼 년이라.(337면)

  이로써 이도령은 춘향이 처한 상황을 제대로 알게 된다. 더욱이 주막
영감이 내보이는 춘향의 편지를 보고 실상을 확인한다. 사람들의 전언보
다 당사자가 진술한 문서가 사실을 보증하고 있다. 예전에 춘향의 정체
를 알려 주면서 방자가 물질적인 보상을 요구한 것과 유사하게 이제 이
도령은 춘향의 편지라는 물증을 통해 사태를 확실히 인식하는 것이다.
  이렇게 하여 이도령은 남원으로 내려온다. 여기에 춘향과 월매가 이
도령을 고대하다가 마침내 만났으나 사정을 알고 실망하는 이야기가 이
어진다. 춘향보다 먼저 월매가 이도령을 만나게 된다. 이 부분은 춘향과
이도령이 다시 만나는 이야기의 도입부이지만 월매의 인식 방법이 드러
난다는 점에서 의의가 있다.[13]
  어스름에 문밖에서 부르는 소리에 월매가 "건 누구 와 계시오?"라고
응한다. 이도령이 "니로셰."라고 대답하는데 이 말에는 수수께끼를 내는
듯한 시험의 의도가 있다. 월매는 '동편작 굴독의 아들'을 말했다가 다
시 '김풍헌'을 지목한다. 이들을 언급하는 중에 옥바라지를 하고 있고
이웃에게 돈을 꾸어 쓴 월매의 처지가 드러난다. 나아가 수청을 거절한
자기 딸과 비교되는 인물로서 '옥셤이는 신관 ᄉ쏘 슈쳥 드러 쥬야 농

---

13) 성현경, 「남원고사의 구조와 의미」, 위의 책, 402면 ; 정하영, 『춘향전의 탐구』,
    집문당, 2005, 97면에서 지적한 월매와 춘향의 대비적 성격이 인식 방법상의 차
    이까지 보여 준다고 생각한다.

창 힝낙ᄒ며 남원 읍ᄂ 디소ᄉ를 졔게 몬져 쳥을 ᄒ면 빅발 빅등 영낙 업고, 원님이 디혹ᄒ여 져의 아범 힝슈 군관 졔 오라비 셔창 고즈 읍ᄂ 논이 열 셤직이 군쳥 뒤 밧 보름가리 가장 긔믈 모도 치면 오륙쳔 금 되여시니' 하며 신세 한탄을 한다. 여기서 행락, 이권, 구실, 논밭, 기물 등을 바라는 월매의 물질적 욕망이 드러난다. 이것은 작품이 향유된 당 대 서민들이 품은 욕망의 내용이기도 할 것이다.[14]

이렇듯 정체 확인이 지연되면서 현실의 모습이 반영되는데 그것은 대 개 일상생활에서 우러난 욕망의 세계이다. 이러한 성격의 대화는 좀 더 이어진다. "이 ᄉ람 니로셰." "오호, 지 넘머 니풍헌 ᄌ젠가?" "아니로셰. ᄌ셔히 보소 날을 몰나보나?" "올희, 이졔야 알깃네. ᄌ네가 봉화지 ᄉ 는 어린돌인가? 이 ᄉ람아, 향ᄂ에 죽갑 칠 푼 진 것 쥬고 가쇼. 요 ᄉ 이 어려워 못 견디깃네." 여기서도 일상생활의 면모가 나타나는바 월매 는 밥장사를 하면서 외상으로 죽을 팔았던 것이다. 바로 이어서 이도령 이 "니가 젼 칙방 도련님일셰."라며 정체를 밝히자 월매는 오히려 화를 내며 "늙은 거시 곳지듯고 불너 드려 지오거든 밤 든 후의 씁쓸혼 것 도적ᄒ여 가랴는가?"라고 응대한다. 이 말에도 부녀자 겁탈이라는 사회 병리 현상이 반영되어 있다.

이러한 월매에게 이도령이 다음과 같이 응답한다.

이 ᄉ람 망녕일셰. 나의 ᄉ정 드러 보쇼. 시운이 불힝ᄒ여 과거도 못 ᄒ고 벼슬길도 끈허져셔 가산이 탕픠ᄒ고 유리걸식 단니더니, 우연이

---

14) 물질적 욕망은 조선 후기의 '물질적인 인식 경향'(김현주, 『판소리와 풍속화, 그 닮은 예술 세계』, 효형출판, 2000, 276면)과 관련될 터이다.

여긔 와서 소문을 잠간 드른니 즈닉 짤이 날노 호여 엄형 듕치호고 옥
에 드러 죽게 되다 호니 져 볼 낫치 업건마는 옛 졍니롤 싱각호고 춤아
그져 가지 못호여 호번 보려 츳즈 왓네.(350-351면)

이는 본색을 감추려는 거짓말이긴 하지만 그 내용인즉 당대 현실을
반영한 것이다. 정치적, 경제적 이유 등으로 광범위하게 몰락 양반이 생
겨난 조선 후기 사회상의 반영인 것이다. 그러기에 월매는 이 말을 사
실로 받아들인다.

춘향어미 이 말 듯고 짬작 놀나 빕시눈을 요리 삣고 조리 삣고 녁녁
히 치여다 보니 실 디 업는 네로고나. 두 손퍽을 마조 치며 강동 강동
쮜놀면셔 "읻고 이거시 웬일인고? 이 노릇 보게. 미오 잘 되엿다. 현슌
박결인들 분슈가 잇지오. 벽희가 상젼 되고 상젼이 벽희 된다 혼들 져
디지 변호엿나? 잘 되엿네. 디한칠년 비 바라듯 구년지슈 희 바라듯 하
늘갓치 바라고 북두갓치 미더더니 이룰 엇지 호잔 말고. 읻고 읻고 셜
운지고."(351-352면)

월매는 하늘같이 바라고 북두성같이 믿었던 것이 무너졌다며 통탄한
다. 월매의 이러한 모습에서 신세 변화에 따른 당대인의 불안감을 읽을
수 있다. 이후 암행어사 출도 소식을 듣고 동헌으로 달려가서도 그녀는
어사가 이도령인 줄은 까맣게 모르고 다만 자기 딸이 어사의 수청을 받
아들였다고만 여긴다. 그녀는 이도령의 거짓말을 거의 끝까지 사실로
믿었던 것이다. 그만큼 서민 여성으로서 월매의 인식 태도는 겉모습에
의존한 것이자 이해타산에 따른 것이라고 하겠다.

그런데 이 부분은 인식의 주체인 월매에게 인식 대상인 이도령이 속

임수를 쓴 것이라서 복잡한 양상을 띤다. 주체의 입장에서는 대상이 쓴 속임수로 인해 정확한 인식을 방해 받는다. 드러난 대로 인식하는 월매에게 가짜로 드러난 대상의 본질을 간파하기란 매우 어려운 일이다. 본모습을 가리고 가짜로 드러난 모습을 사실인양 인식하는 태도가 문제인 것이다. 이러한 월매의 모습에는 시대의 변화 속에 서민들이 겪었을 인식상의 혼란이 반영되었다고 볼 수 있다.

월매와 이도령의 만남에 이어 춘향이 옥중에서 이도령과 만나는 이야기가 나온다. 암행어사 출도라는 절정부의 바로 앞에서 욕망과 인식의 문제가 얽힌 극적 장면을 연출한다.

월매가 앞장서 옥에 이르러 춘향을 부르자 "져 뒤히 셧는 니가 누구요?"라며 춘향이 어두운 곳에 서 있는 사람에 대해 묻는다. 월매가 "지 넘어 니풍헌이 즈리갑 바드라 왓단다."라고 둘러대자 춘향은 "그리면 어더 드리지오. 이 밤의 무삼 일 옛가지 뫼셔 왓소."라고 대답한다. 앞에서 보았던 일상생활의 모습이 스쳐 지나가는 것이다.

이어 월매가 "즈셔히 보아라. 이 놈의 즈식 꼴 된 것 쎤쎤의 아들놈 너롤 츠즈 왓단다."라고 하자 춘향은 "그 뉘라셔 날 츳눈고?……뭇귀신이 날 츳는가?……그러치 아니ᄒ면 상산수호 벗지 업셔 바독 두즈 날 츳눈가? 영천슈의 귀 씻던 소부 허유 진세스롤 의논코져 날 츳눈가?……"라며 사설을 늘어놓는다. 전거에 의한 방법으로 대상을 추측하고 있다. 그런데 여기서의 전거의 나열은 대상에 대한 인식을 위해서가 아니라 고대하던 이도령을 지금 만난다는 엄청난 사실 앞에서 숨 고르기를 하기 위한 것이다. 곧, 대상 인식이 목적이 아니라 감정 조절과 마음의 준비를 위해 전거의 방법을 쓴 것이다.

월매가 다시 한 번 일러 주어도 의아해하니 이도령이 나서서 다음과
같이 말한다.

> 츈향아, 어듸 보즈. 져 형상이 웬일이니. 빅옥 갓튼 고은 양즈 쵹누갓
> 치 되엿시며 션녀 갓든 네 모양이 산 귀신이 되엿고나. 녹의홍상 흐든
> 몽(몸)의 몽동치마 웬일이며 비단 당혀 신든 발의 헌집신이 웬일이니.
> 반가온 중 션겁도다. 나도 가운이 불힝흐여 급졔도 못흐고 가산도 탕진
> 흐여 루년 걸식흐노라니 진시 흔 번도 못 와 보고 풍년 든 디만 츳노라
> 니, 금년이야 이곳을 지나다가 공교이 네 편지도 보고 네 소문도 드르
> 니 날노 흐여 져럿틋 죽을 고싱 당흐니 너 볼 낫치 업것마는 녯 졍니룰
> 싱각흐여 그져 가들 못흘지라 보라 오기는 왓다마는 반가온 듕 무안흐
> 고 슬픈 중 붓그럽다. 아니 보니만 못흐고나.(375-376면)

앞서 월매에게 했던 거짓말을 좀 더 자세히 한 것이지만 춘향의 신세
변화를 동정하며 말했다는 점이 다르다. 춘향의 신세가 급락한 것처럼
이도령의 처지도 몰락했다는 점, 곧 둘 다 인생의 전복에서 오는 고통
을 맛보고 있음이 주의 깊게 토로되었다.

이에 춘향은 "하늘노셔 써러진가? 싼호로셔 솟ᄉ는가? 바람결의 블녀
왓나? 쩨구름에 싸혀 왓나? 무릉도화 범나븬가? 오류문젼 쇠쏘린가?
……삼츈고한봉감우오 쳔니타향봉고인이라. 깃부도다, 이 몸이 죽어져
셔 후셰에나 볼가 흐엿더니 쳔만의외 오날 다시 샹봉흐니 칠년디한 빗
발 보듯 구년지슈 힉빗 보듯 반갑기도 칭냥 업닉."라며 기뻐한다. 이 사
설에도 은유적이고 고사에 따른 어구들이 많이 나오나 이 역시 감정 조
절의 역할을 하고 있다.

춘향은 월매처럼 이도령의 말을 액면 그대로 받아들인다. "엇지하던

지 날 살녀 쥬오. 항시 족쇄 벗겨 쥬오. 거름이나 싀훤이 거러 보세. 나의 몸을 옥문 밧긔 너여 쥬오. 셰상 구경 다시 ᄒ세."라고 애원해 보지만 직접 본 이도령의 몰골로서는 가망 없는 노릇이다. 그런데 바로 이 대목에서 춘향이라는 인물의 본질과 주제 구현의 면모가 뚜렷이 드러난다.

고대하던 이도령이 상거지 꼴로 돌아온 시점에서 춘향은 "이계 져 몰골이 되여시니 잇고 나는 죽네. 죽으나 한이 업소. 져 지경으로 나려오니 남의 쳔디 오죽ᄒ며 긔한인들 젹어슬가? 불상ᄒ고 가련이도 되엿고나."라고 말한다. 이도령의 말과 겉모습을 그대로 믿는 점은 월매와 비슷하지만 사태를 파악한 다음에 취하는 말과 행동에서 춘향다운 면모를 보여 준다. 이도령에 의한 구원을 꿈꾸었으나 이제는 절망에 빠지게 되었다. 그래도 이도령을 만났으니 죽어도 한이 없다며 단념하는 동시에 자신이 죽은 후에도 살아가야 할 이도령을 동정하고 배려한다. 이도령의 남은 생애에 실질적인 도움을 주는 쪽으로 마음을 쓰는 것이다.

> 잇고 어마니, 니 말 듯소. 셔방님이 뉴리걸식 훌지라도 관망의복이 션명ᄒ여야 남이 쳔디롤 아니ᄒ고 졍훈 음식을 먹이ᄂ니, 셔방님이 날 다려갈 졔 쓰려 ᄒ고 장만ᄒ엿던 의복 초록공단 겻막이며 보라디단 속 젹고리……함농 속의 드러시니 그것 모도 드러니여 헐가 방미 탕탕 파라 셔방님 통냥갓 외올망건 당뵈도포 져슈슈건 장만ᄒ여 드리고……
> (381-382면)

춘향이 이렇게 당부하자 월매는 즉각 반발한다.

나는 네 슈죵을 밤낫으로 들건마는 젼혀 말 션물뿐이지 모쥬 한 잔
먹으라고 돈 한 푼 쥬는 일이 이찌가지 업더고나. 이 원슈의 놈은 보든
마듯 옷 파라라 노리기 파라라 호스 시겨라 잘 먹여라 엇지혼 곡졀이
니? 좀 아줏고나. 니 마음디로 흐량이면 단단혼 참나모 몽치로 동혀미
고 쥬리롤 혼참 틀면 가슴이 싀훤홀 듯흐다.(383면)

거지꼴의 이도령에게 원망까지 품은 월매는 이도령에 대한 춘향의 태
도를 보고 안쓰러움과 원통함을 함께 토로하고 있다. 이로써 모든 것이
끝났다는 절망적인 태도이다. 이에 대해 춘향은 단호하게 이도령을 변
호한다.

춘향이 울며 흐는 말이 "이고 이거시 무슴 말슴이오. 셔방님이 칙방
으로 계실 적의 엇더케 지니엿소. 이진졍소 비은망덕 나는 참아 못흐깃
쇼. 어마니 마음 져러흐면 니 몸 하나 슬허져셔 출하리 불효는 되려니
와 마음은 곳치지 못흐깃쇼."(384면)

극도의 난관 앞에서도 사랑하는 사람에 대한 신의[15]와 배려의 마음
을 놓지 않고 있다. 이도령에 대해 절망하는 데 그친 월매에 비해 희망
이 사라진 상태에서도 사랑과 신의에 기초한 인간적인 보살핌의 자세를
견지한 것이다.

이렇듯 절망의 끝에서 발하는 춘향의 선한 성품[16]은 주제 구현에 핵

---

15) 정하영, 앞의 책, 43면 각주 10)에서 이 대목을 통해 춘향 '모녀가 이도령으로부
   터 상당한 도움을 받았음을 알 수 있다.'고 하였다. 그렇다면 춘향은 이도령의
   후의에 대해 신의를 지키려는 것이기도 하다.
16) 신동흔, 「평민 독자의 입장에서 본 춘향전의 주제」, 『판소리연구』6, 1995, 205
   면에서는 이를 '춘향의 놀라운 덕성'이라고 지적하였다.

심적인 의의를 지닌다. 변사또에 대한 저항과 이도령을 위한 절개도 기본적으로 춘향의 선한 본성에서 나온 덕목일 따름이다. 춘향이 열녀의 형상으로만 그려졌다면 오늘날에도 인정받는 민족 보편의 고전적 인물이 되지 못했을 것이다. 시대를 뛰어넘어 독자의 공감을 얻는 데에는 중세적 이념의 구현자이기 전에 인간 보편의 선한 존재라는 점이 작용했다고 본다.

이도령의 훗날까지 배려한 다음 춘향은 죽을 차비를 차린다. 절망의 현재를 넘어 과거와 미래가 통하는 초월의 세계를 지향한다.

셔방님이 삼문 밧긔 셧다가 니 신체 나오거든 드립더 덤셕 안고 집으로 나와 나 즈던 방 니 금침의 날을 누인 후의 셔방님도 혼디 누어 한 몸이 두 몸 되고 두 입을 혼디 디여……쳔호만환 불너 보고 영결 종쳔 홀 일 업다. 귀혜 다여 아미타불 셰 마디 넘불ᄒ고 몸이 쾌히 식은 후의, 그졔야 니러나 슈시ᄒ여 홋니불을 보기 조케 덥허 노코 나 입던 속 젹삼을 니여다가 지붕 말너 올나 셔셔 니 혼빅을 부롤 젹의, 셔방님 초셩 놉혀 희동 조션국 젼나좌도 남원부 부니면 향교리 거ᄒ온 곤명 갑인성 김시 춘향 혼빅은 셔양셰계로나 극낙셰계로나 쳔슈경 법화경으로 시니오 복복 혼빅 불너 드러와셔……관을낭 ᄒ지 말고 뒤동산의 솔찜ᄒ여 두엇다가 슈삼삭이 지니면은 부러난 것 츄긔물이 몰슈이 샌질 거시니 피골이 샹연ᄒ여 감쳡갓치 경쳡ᄒ거든 칠셩판 혼 닙만 밧쳐셔 아모커나 질쌩ᄒ여 셔방님이 친히 지고 촌촌이 올나 가면셔……니가 혼빅이라도 즐거워 허공듕텬 음음듕에 셔울가지 ᄯ르가셔, 셔방님딕 묘하의 버셔 노코 아모디라도 희즈 안히 무더 쥬고 무덤 압히 비롤 셰고 여덟즈만 쓰디 '슈졀원亽춘향지묘'라 ᄒ여 쓰고……셔방님 산소 출입ᄒ실 젹의 졔亽 지닌 퇴션으로 니 무덤의 옴겨 노코 셔방님이 친이 와셔 "비불니 흠향ᄒ라." 이러트시 ᄒ여 쥬옵시면 니가 비록 유명이나 감츅ᄒ여 즐겁

고 조화ᄒ여 츔을 츄고 만슈무강 튝원ᄒ며……”(386-389면)

이렇듯 춘향의 욕망은 물질적인 것을 넘고 인간적인 것조차 넘어 피안을 향한다.[17] 물질과 삶에서 벗어나 죽음 이후에도 지속될 욕망을 그려 보인 것이다. 춘향의 욕망이 자가 발전하여 극대치에 다가갔다고 하겠다.

춘향과 헤어져 나오면서 이도령은 변사또에 대해 ‘이 놈, 니일 싱일 잔치 ᄒ량이면 더옥 조타. 니 손씨로 츌도ᄒ여 급경풍을 모라다가 만경창푸 되강오리를 민들니라. 마음이 썰니고 쎠가 져리고 눈의 불이 난다. 돌졀구도 밋치 샌지고 마로 굼긔 벗치 든다. 이 놈 미양 긔승홀가? 어디 보즈.’라며 벼른다. 여기에는 이도령이 자기가 가진 권력으로써 삶을 역전시키려는 의지가 담겨 있다. 그 권력은 춘향을 구원하기 위한 목적 아래 발휘된다. 따라서 곧 있게 될 인생 역전은 진실하고 선한 춘향의 욕망으로부터 도출된 것이다. 결국, 죽음 이후를 기획한 춘향의 욕망은 죽음 직전에 되살아나 새로운 삶의 전망으로 자리 잡는다.

4. 욕망과 인식의 서사

앞의 두 장에서 살펴본 욕망과 인식의 표출 양상은 <남원고사>는 물론 ≪춘향전≫ 공통의 이야기를 이전과는 조금 다른 시각에서 이

---

17) 김석배, 「춘향가」, 『판소리의 세계』, 문학과지성사, 2000, 220면에서는 춘향이 망부석이 되고자 한 것으로 보고 이를 ‘죽음을 통해 완성된 사랑’으로 해석하였다.

해할 수 있도록 해 준다. 이를 표현, 인물, 사건의 측면에서 논하고자
한다.

표현의 측면에서 정체 확인 사설, 치레 사설 등 판소리계 소설의 관
습적 표현에 담긴 욕망과 인식의 내용 및 방법에 대해 조명할 필요가
있다. <남원고사>는 다른 이본에 비해 장면별 사설의 확장이 두드러
지만 욕망과 인식의 문제와 관련해서는 정체 확인 사설의 확장이 주목
된다. 이 사설은 상대방의 정체를 알아내는 데 수수께끼와 같은 말놀이
나 언어유희를 통해 우회하면서 점차 핵심에 이르도록 짜여진 말이다.
이를 통해 장면이 확대되고 표현에 대한 흥미를 높이는 효과를 얻게 된
다. 그런데 이러한 효과뿐 아니라 향유층의 욕망과 인식이 사설에 개재
해 있다고 볼 수 있다. 변하는 세상에서 어떤 욕망들을 지니고 사는지,
세상을 어떻게 인식하고 대처해 나가는지 등이 관습적 표현 속에 반영
되어 있는 것이다. 말하자면 당대인의 세상 읽기가 관습적 표현 속에
담겨 있다고 본다.

말 돌리기, 비유하기, 비꼬기, 수수께끼 놀이, 나열하기 등의 표현법이
단순한 언어유희에 그치지 않고 일정한 의미를 갖는 것은 이러한 욕망
과 인식을 담고 있기 때문이다. 가령, 방자가 물질적 보상을 전제로 자
기의 인식 내용을 이도령에게 알려 준다거나 월매가 이도령의 초라한
행색과 인생 역전의 거짓말을 곧이듣는다거나 남원 이속들이 변사또의
물음에 사또 부임의 관습을 말하거나 '양'자 타령으로 나열하는 것 등
은 당대인의 욕망과 인식을 반영한 것으로 볼 수 있다. 이 점이 <남원
고사>를 비롯하여 ≪춘향전≫의 여러 이본들이 주는 독서의 재미 중
하나일 것이다.

인물의 측면에서 이도령, 방자, 변사또, 남원 이속들, 월매, 춘향 등이 보여 준 욕망과 인식의 양상은 각 인물의 생각과 지향, 인물 간의 갈등 관계 등에 대한 이해를 심화시켜 준다. 양반층인 이도령, 변사또가 은유 및 전거에 의해 사물을 인식하는 것, 방자, 월매, 춘향이 일상의 경험을 통하거나 눈으로 확인한 내용으로 사물을 판단하는 것 등은 계층에 따른 인식상의 차이라고 할 수 있다. 또한 춘향에 대해 타방 출신의 이도령, 변사또는 알 수 없는 내용을 방자, 남원 이속들이 알고 있는 것은 출신 지역에 따른 차이다. 나아가 이도령과 변사또가 한 여성을 욕망의 대상으로 택해서 그녀에 관한 정보를 구하는 것은 양반층이자 남성의 입장에서 나온 태도인데 비해 월매와 춘향이 마냥 이도령을 기다리다가 막상 만나 이도령의 겉모양과 말만 믿고 절망하는 것은 서민 여성으로서의 태도이다. 이렇듯 계층별, 지역별, 성별에 따라 욕망과 인식의 양상이 달라진다.

이에 더하여 세대에 따른 차이가 중요하게 거론되어야 한다. 춘향 이야기에 담긴 것은 무엇보다도 인생의 주기에 따른 욕망과 인식의 문제라고 할 수 있다. 이도령, 변사또, 춘향, 월매 등은 자기 연령대에 걸맞은 욕망과 인식의 내용 및 방법을 취하고 있다. 이도령이 춘향에 대해 정열을 쏟아 욕망하고 알고 싶어 하는 것이나 춘향이 이도령의 초라한 행색에도 불구하고 끝까지 사랑을 지키고 보살핌의 자세를 취하는 것은 서로 사랑하는 청춘 남녀의 욕망과 인식의 양상이다. 변사또가 지방 관리로 내려가면서 젊은 여성을 탐하는 것이나 월매가 춘향이 차라리 수청을 들었으면 하기도 하고 거지꼴의 이도령을 보고 춘향과 자신의 처지를 한탄하는 것은 나이가 지긋한 사람들이 보여 주는 욕망과 인식의 양상이다. <남원고사>의 이러한 면모를 바탕으로 인생의 주기에 따른 욕망과 인식의 문제를 ≪춘향전≫ 이야기에 대한 일반적인 독법으로 확대할 만하다.

춘향과 이도령의 사랑 이야기는 그들이 청년기에 겪는 일이다. 이것이 작품의 중심 줄거리를 이룬다. 변사또와 월매도 줄거리의 한 축을 형성한다. 변사또는 이도령보다 나이가 훨씬 많고 어떻게 벼슬자리를 얻어 남원부사로 도임하는 장년기 인물이다. 월매는 늦둥이 외동딸 춘향을 얻어 결혼 적령기까지 키워 냈는데 딸의 인생행로에 따라 노후의 행불행이 정해질 장년기 혹은 장년기에서 노년기로 넘어가는 시기의 인물이다. 춘향과 이도령이 청년기를 대표한다면 변사또와 월매는 장년기 내지 장년기~노년기의 인생의 주기를 대표하고 있다.

이와 함께 월매가 춘향과 이도령을 맺어 주면서 하는 말이나 옥중에서 춘향에게 하는 넋두리에는 춘향의 유년기가 언급되며 노년기를 지나 죽음에 이르는 인생의 마지막 고비에 대한 심정도 토로된다. 한편 춘향은 변사또 앞이나 어사 이도령 앞에서 죽음도 불사하는 결의를 드러낸다. 이렇게 본다면 줄거리상 비중의 차이는 있지만 ≪춘향전≫ 이야기 속에는 인생의 유년기, 청년기, 장년기, 노년기, 그리고 죽음의 전 과정이 담겨 있는 셈이다.

이 중에서 청년기 춘향과 이도령의 애정과 신의, 장년기 변사또의 욕망과 탐학, 장년기 혹은 장년기~노년기 월매의 기대와 절망이 이야기의 중심 내용을 이룬다. 청년기의 애정과 함께 장년기의 욕망이 그려지는 것이다. 물론 전자가 중심이 되고 후자가 부수되지만 부수적인 후자의 면모가 작품을 입체적으로 만들어 낸다. 이러한 세대별 욕망과 인식이 읽혀서 ≪춘향전≫ 이야기가 흥미진진하게 펼쳐진 것이다.

사건의 측면은 주로 욕망과 인식의 내용과 관련된다. 인물이 겪는 사건을 통해 어떤 욕망과 인식을 드러내는지를 살필 수 있다. 그것은 대개 작품이 산출된 당대 현실의 반영이 될 것이다. 그런데 신분이 다른 청춘남녀의 사랑 이야기라는 것은 현실을 낭만적으로 분식한 측면이 있다. 이보다는 인물들의 신세 변화 혹은 인생 역전[18]이 두드러지게 나타나는 점이 좀 더 현실적인 내용일 것이다.

우선, 춘향과 월매의 신세 변화가 있다. 그녀들은 애초에 양반 댁 소실과 그 자식이었다. 그러다가 그 양반이 서울로 간 후 두 모녀가 서로 의지하며 서민 특유의 강인한 삶을 살아간다. 어느 날 사또 자제 이도령을 만나게 되면서 신분 상승의 가능성이 커졌지만 여러 사건을 겪으며 그녀들은 몰락을 경험하고 죽음 직전까지 이르게 된다. 거기서 극적인 인생 역전이 이루어져 행복한 결말을 맞이한다.

다음으로, 이도령의 신세 변화가 있다. 그는 사또 자제로서 안정된 지배 신분을 유지하다가 장원 급제하여 더 높은 신분으로 올라간다. 이렇게 보면 그의 신세 변화는 미미한 듯이 생각된다. 그러나 비록 거짓말이긴 하지만 월매와 춘향을 다시 만나 하는 신세 한탄은 그 자체가 양반 계층의 전복된 삶을 그려내고 있다. 그의 거짓말은 상대에게 사실로 받아들여지는데 그만큼 양반층의 몰락이라는 당대 현실의 한 국면을 사실적으로 반영했기 때문일 것이다.

---

18) 정병헌, 「판소리의 세계 인식과 그 의미」, 『판소리문학론』, 새문사, 1993, 205면에서는 '[등장인물의 관계에서 혹은 동일한 인물 속에서] 역전 또는 뒤집기'라고 설명하였다.

끝으로, 변사또의 신세 변화가 있다. 그는 명망가의 양반은 아니었지만 어떻게 연줄을 대어 남원부사 자리를 얻게 된 인물이다. <남원고사>에서는 남원 도임 행차에 바쳐진 화려한 묘사에서 그의 인생이 상승한 모습이 그려져 있다. 그러나 그는 탐학과 착취를 일삼아 암행어사에 의해 파직을 당함으로써 삶의 전복을 경험하게 된다.

이렇듯 중심인물들은 한껏 욕망하고 한껏 절망하는 가운데 시대 변화에 따른 인생 역전의 가능성에 휘둘리고 있다. 작품이 향유된 19세기 당대의 변화하는 세계가 사람들로 하여금 안정된 삶을 누릴 수 없게 만들었을지 모른다. 작품 속에 그려진 신세 변화, 인생 역전의 양상은 그러한 현실의 반영일 가능성이 높다.

5. 결 론

본고는 《춘향전》의 공통 이야기와 <남원고사>와 같은 이본에 향유층의 의식이 두루 반영되어 있는데 그 의식은 욕망과 인식의 상호 의존적 작용으로 이루어진다고 보았다. 그리하여 《춘향전》 해석은 욕망과 인식이 그려진 양상에 초점을 맞출 필요가 있다. 먼저 욕망과 인식의 주체 및 대상을 기준으로 《춘향전》 줄거리를 ① 이도령이 춘향을 욕망하는 이야기, ② 변사또가 춘향을 욕망하는 이야기, ③ 암행어사 이도령이 춘향의 실상을 알아 가는 이야기, ④ 춘향과 월매가 이도령을 만났으나 실망하는 이야기, ⑤ 춘향과 이도령의 욕망이 성취되는 이야기 등으로 정리하였다.

줄거리상의 발단부 ①에서 이도령이 춘향을 멀리서 보고 그녀에 대해 알고자 한다. 춘향의 정체를 알아내기 위해 이도령이 묻고 방자가 대답한다. 이 대화에 나타나는 인식 방법은 은유적 인식, 전거에 의지한 인식, 현존의 대상으로부터 멀어지는 인식 등이다. 주로 이도령이 취하고 있는 이러한 방법에 대해 방자가 부정하는 한편 물질적인 보상을 전제로 사실을 알려 준다. 대상을 제대로 아는 방법을 이도령이 아닌 방자가 선취한 양상이다.

전개부 ②에서는 변사또가 춘향을 욕망한다. 신임 사또로서 떳떳치 못한 욕망을 품은 데다 이속들을 다그쳐 알아내려는 기생적인 방법을 취했기에 변사또의 욕망 성취는 지연되고 인식은 방해 받는다. 부임에 따른 인사치레 및 유흥 관습도 변사또에게 제약을 가한다. 기생점고를 명분으로 내세우나 마지막까지 춘향의 이름이 불리지 않는 상황이 문제적이다. 격식과 명분으로 욕망을 충족하기 어려운 세상이 된 셈이다.

위기부의 앞 단락 ③에서 이도령이 암행어사가 되어 남원으로 내려오면서 춘향에 대해 탐문한다. 애초 개인적 욕망에서 나온 것이 이제 백성의 질고를 살피는 공적인 인식 과정이 되었다. 농민, 선비, 초동, 주막 영감 등을 차례로 만나며 여론을 탐색하다가 어떤 처녀의 초분에서 통곡하는 우스운 일도 겪지만 결국은 춘향이 보낸 편지를 보고 실상을 파악한다. 방자가 그랬던 것처럼 실제의 물증을 통해 사태를 제대로 알게 되었다.

위기부의 뒤 단락 ④에서는 먼저 월매가 이도령을 만난다. 상대를 알아맞히려는 월매의 말에서 일상생활의 모습, 심지어 부녀자 겁탈 같은 병리 현상까지 반영되어 있다. 그런데 이도령이 몰락한 신세라고 말하자 월매는 사실로 받아들인다. 어사 출도 소식을 듣고서도 눈치채지 못할 만큼 겉모습에 의존한 인식 태도이다. 이도령이 거짓말을 하고 있기에 월매는 대상을 잘못 알게 된 것인데 이는 시대 변화에 따라 당대 서민에게 닥쳤을 인식상의 혼란이 반영되었다고 할 수 있다.

이어서 춘향이 고대하던 이도령을 만난다. 어둠 속의 상대에 대해 전거를 나열하거나 일상생활의 요소들을 통해 알고자 하는데 이는 이도령을 만난다는 사실 앞에서 숨 고르기를 하는 형국이다. 정체를 확인하는 중에 인생이 전복된 처지에 대해 공감하기도 한다. 이도령의 말을 그대로 믿는 점에서 월매와 비슷하지만 사태 파악 후 취하는 말과 행동은 다르다. 자기가 죽은 후 이도령이 처할 상황을 대비한 보살핌의 자세를 취하는 것이다. 변사또에 대한 저항과 이도령을 위한 절개가 이와 같은 춘향의 선한 성품에서 나왔음은 강조될 필요가 있다.

<남원고사>에 그려진 욕망과 인식의 양상을 통해 ≪춘향전≫ 이야기에 대한 이해를 좀 더 심화시킬 수 있다. 우선 판소리계 소설의 관습적 표현법이 단순한 언어유희에 그치지 않는 것은 욕망과 인식의 내용 및 방법이 담겨 있기 때문이라고 할 수 있다. 또한 인물들의 욕망과 인식이 계층별, 지역별, 성별뿐 아니라 세대별에 따라서도 차이가 난다는 점이 중요하다. 인물들은 자기 연령대의 욕망과 인식을 보여 주는데 청년기 춘향과 이도령의 애정과 신의, 장년기 변사또의 욕망과 탐학, 장년기 혹은 장년기~노년기 월매의 기대와 절망이 그려져 있다. 한편 인물이 겪는 사건에서는 신세 변화, 인생 역전이 두드러지게 나타난다. 변화하는 시대의 굴곡 많은 인생살이가 그려져 있는 것이다.

　요컨대, 욕망과 인식을 중심 개념으로 삼아 <남원고사>를 비롯한
《춘향전》 이야기를 읽는 것은 작품에 반영된 당대 삶의 내용과 방
식, 작품이 지닌 흥미 요소들을 좀 더 깊이 이해할 수 있게 해 준다.

참고문헌

<강릉매화타령>, 김기형, 『한국고전문학전집』35, 고대민족문화연구원, 2007.
<구운몽>, 노존본, 정규복 외, 『김만중문학연구』, 국학자료원, 1993 부록 영인본.
≪금오신화≫, 한국어문학회 편, 『고전소설선』, 형설출판사, 1985.
<남원고사>, 『춘향전』, 복사본: 고려서적, 1984.
<배비장전>, 정병욱 교주, 『배비장전·옹고집전』, 신구문화사, 1974.
<변강쇠가>, 강한영 교주, 『신재효 판소리사설집』, 교문사, 1984.
<사씨남정기>, 정규복 외, 『김만중문학연구』, 국학자료원, 1993 부록 영인본.
<숙향전>, 『한국고대소설총서』1, 이화여대 한국문화연구원, 1958.
<숙향전>, 경판본, 『영인 고소설판각본전집』3, 인문과학연구소, 1973.
<심청가>, 『판소리 다섯 마당』, 한국브리태니커회사, 1982.
<심청전>, 『영인 고소설판각본전집』2, 인문과학연구소, 1973.
<열녀춘향수절가>, 『춘향전』, 고려서림, 1987.
<오유란전>, 신해진, 『역주 조선후기 세태소설선』, 월인, 1999.
<운영전>, 한국어문학회 편, 『고전소설선』, 형설출판사, 1985.
<운영전>, 국립중앙도서관본.
<운영전>, 김기동 편, 『필사본 고전소설전집』2, 아세아문화사, 1980.
<원생몽유록>, 이가원 소장본, 『국어국문학』4, 국어국문학회, 1953. 2.
<유영전>, 국립중앙도서관본.
<유충렬전>상·하, 김동욱 편, 『영인 고소설판각본전집』2, 인문과학연구소, 1973.
<적벽가>, 강한영 교주, 『신재효 판소리사설집』, 교문사, 1984.
<최고운전>, 국립도서관본, 정학성, 『역주 17세기 한문소설집』, 삼경문화사, 2000.
<토별가>, 강한영 교주, 『신재효 판소리사설집』, 교문사, 1984.
<피생명몽록>, 『필사본 고전소설전집』3, 아세아문화사, 1980.
<홍길동전>, 경판본, 『고전소설선』, 형설출판사, 1985.
<홍길동전>, 어청교본, 『영인고소설판각본전집』3, 인문과학연구소, 1973.
<홍길동전>, 완판본, 『영인고소설판각본전집』3, 인문과학연구소, 1973.
<흥부전>, 『영인 고소설판각본전집』3, 인문과학연구소, 1973.

『만성대동보』
『매월당집(梅月堂集)』
『반계초고(磻溪草稿)』

『삼국사기』, 정구복 외, 『역주 삼국사기』1 감교원문편, 한국정신문화연구원, 1999.

『삼국사절요』, 세종대왕기념사업회, 1996.

『삼국유사』, 역주본, 이화문화사, 2002.

『삼국유사』, 간행위원회, 『한국불교전서』6, 동국대출판부, 1982.

『삼의당고(三宜堂稿)』

『시전』, 학민문화사, 1990.

『연암집』, 계명문화사, 1986.

『열하일기』, 민족문화추진회, 1984.

『오주연문장전산고(五洲衍文長箋散稿)』

『한국한자어사전』, 단국대 동양학연구소, 1992.

『화랑세기』 원문편, 이종욱 역주해, 소나무, 1999.

『화랑세기』, 필자 소장 복사본.

강경호, 『춘향전연구』, 교학연구사, 1990.

강동엽, 「80년대 이후 연암 문학, 연구경향과 그 전망」, 『한국한문학연구』11, 한국한문학연구회, 1988.

강상순, 「영웅소설의 형성과 변모 양상 연구-서사구조와 인물 형상화의 양상을 중심으로-」, 석사논문, 고려대, 1991.

강상순, 「사씨남정기의 적대와 희생의 논리」, 한국고소설학회 제53차 학술대회 발표문, 2001.

강한영 교주, 『신재효 판소리사설집(전)』, 교문사, 1984.

곽정식, 「사씨남정기의 구조와 의미」, 『고소설연구』1, 한국고소설학회, 1995.

구충회, 「숙향전 이본고」, 고대 교육대학원 석사논문, 1983.

권덕영, 「필사본 화랑세기의 사료적 검토」, 『역사학보』123, 역사학회, 1989.

권덕영, 「필사본 화랑세기 진위 논쟁 10년」, 『한국학보』99, 일지사, 2000 여름.

권택경, 「최고운전 연구」, 박사논문, 한국교원대, 2006.

김경미, 「사씨남정기 작중인물연구」, 이화여대 석사논문, 1985.

김경미, 「운영전에 나타난 여성 서술자의 의의」, 『한국고전여성문학연구』, 월인, 2002.

김귀석, 『조선시대 가정소설론』, 국학자료원, 1997.

김기동, 『한국고전소설연구』, 교학연구사, 1983.

김대현, 「전기소설에 대한 기본 인식」, 『조선시대 소설사 연구』, 국학자료원, 1996, 12-42면.

김동건, 「토끼전 연구」, 경희대 박사논문, 2001.

김동욱, 『증보 춘향전연구』, 연세대출판부, 1965, 162면.

김동욱 외, 『춘향전비교연구』, 삼영사, 1979, 24면.

김동준, 「질병 소재에 대처하는 한국한시의 몇 국면」, 『고전과 해석』6, 고전문학한문학연구회, 2009.

김만중 지음 이래종 옮김, 『사씨남정기』, 태학사, 1999.

김명호, 「연암 소설과 전의 변모양상」, 『전환기 동아시아의 문학』, 창작과비평사, 1988.

김명호, 「연행록의 전통과 열하일기」, 『한국한문학연구』11, 한국한문학연구회, 1988.

김명호, 「북학론과 그 사유구조」, 『열하일기연구』, 창작과비평사, 1990.

김병국, 「춘향전의 문학성에 관한 비평적 접근 시론」, 『고전문학연구』2, 한국고전문학연구회, 1975.

김병국 외 편, 『춘향전 어떻게 읽을 것인가』, 춘향문화선양회, 1993.

김병국, 「희극적 구조로 본 춘향전」, 『한국고전문학의 비평적 이해』, 서울대출판부, 1995.

김병국·최재남·정운채 역, 『서포연보』, 서울대출판부, 1992.

김병권, 「원생몽유록 수록문헌 검토」, 『파전 김무조박사 화갑기념논총』, 1988.

김부식, 정구복 외 역주, 『역주 삼국사기』1 감교원문편, 한국정신문화연구원, 1999.

김상봉, 『호모 에티쿠스』, 한길사, 1999, 238면, 268면.

김석배, 「남원고사계 춘향전의 이본 연구」, 『금오공대 논문집』12, 1992.

김석배, 「춘향전의 지평 전환과 후대적 변모」, 『춘향전 어떻게 읽을 것인가』, 춘향문화선양회, 1993.

김석배, 「춘향가」, 『판소리의 세계』, 문학과지성사, 2000, 220면.

김석회, 「서포소설의 주제시론」, 『선청어문』18, 서울대 국어교육과, 1989.

김성룡, 「한국고전소설의 환상성에 관한 연구」, 서울대 석사논문, 1985.

김성룡, 「고전소설의 환상 미학」, 『한국 고전소설과 서사문학』상, 집문당, 1998.

김성룡, 「환상적 텍스트의 미적 근거 연구」, 『문학교육학』2, 문학교육학회, 1998.

김승호, 「불교전기소설의 유형 설정과 그 전개 양상」, 『고소설연구』17, 한국고소설학회, 2004.

김열규, 『한국 신화와 무속연구』, 일조각, 1977.

김영욱, 「화랑세기의 진위에 관한 문법사적 접근」, 『박물관휘보』11, 서울시립대 박물관, 2000.

김완진, 「향가에 대한 두어 가지 생각」, 『향가와 고려가요』, 서울대출판부, 2000.

김용범, 「최고운전 연구-도교 사상을 중심으로-」, 석사논문, 한양대, 1980.

김응환, 「숙향전의 도교사상적 고찰」, 한양대 석사논문, 1983.

김의정, 「춘향전 연구-남원고사본을 중심으로」, 단국대 박사논문, 1992.

김일렬, 『조선조소설의 구조와 의미』, 형설출판사, 1984.

김진동, 「운영전의 시점과 시제의식」, 『한국문학연구』8, 동국대, 1985.

김종철, 「서사문학사에서 본 초기소설의 성립 문제」, 『고소설연구논총』, 간행위원회, 1988.

김종철, 「전기소설의 전개 양상과 그 특성」, 『민족문화연구』28, 고대민족문화연구소, 1995.

김종철, 『판소리와 정서와 미학』, 역사비평사, 1996

김종철, 「남원고사의 골계적 정신에 대한 연구」, 『판소리연구』8, 판소리학회, 1997.

김창진, 「흥부전의 이본과 구성 연구」, 박사논문, 경희대, 1991.

김춘택, 『우리나라 고전소설사』, 한길사, 1993.

김탁환, 「사씨남정기계 소설 연구」, 서울대 석사논문, 1993.

김태곤, 『무속과 영의 세계』, 한울, 1993.

김태식, 「박창화와 화랑세기」, 『역사비평』62, 역사비평사, 2003 봄.

김태옥, 「조선시대 시가를 통해 본 장애에 관한 인식」, 『관악어문연구』30, 서울대 국문
과, 2005.

김태준, 『증보 조선소설사』, 학예사, 1939.

김태준, 「남원고사의 삽입 문예양식과 그 민중적 성격」, 『춘향전의 종합적 고찰』, 아세
아문화사, 1991.

김학성, 「연암 소설의 풍자성」, 『연암연구』, 계명대출판부, 1984.

김학성, 「필사본 화랑세기와 향가의 새로운 이해」, 『한국 고시가의 거시적 탐구』, 집문
당, 1997.

김헌선, 「강릉매화타령 발견의 의의」, 『국어국문학』109, 국어국문학회, 1993.

김헌선, 「자료 매화가라」, 『판소리연구』10, 판소리학회, 1999.

김현룡, 「사씨남정기 연구」, 『문호』5, 건국대, 1969.

김현룡, 「최고운전의 형성시기와 출생담고」, 『고소설연구』 4, 한국고소설학회, 1998.

김현룡 외, 『한국문학과 윤리의식』, 박이정, 2000.

김현양, 「사씨남정기와 욕망의 문제」, 『고전문학연구』12, 한국고전문학회, 1997.

김현양, 「유충렬전과 가족애」, 『고소설연구』21, 한국고소설학회, 2006.

김현주, 『판소리와 풍속화, 그 닮은 예술 세계』, 효형출판, 2000.

김현주, 「춘향가 문체의 환유적 성격」, 『판소리연구』19, 판소리학회, 2005.

김형돈, 「심리적 역동성으로 본 춘향전의 인본주의적 성격-남원고사를 중심으로」, 『명지
어문학』21, 명지어문학회, 1994.

김흥규, 『한국문학의 이해』, 민음사, 1986.

나도창, 「숙향전 연구」, 숭실대 석사논문, 1984.

노태돈, 「필사본 화랑세기의 사료적 가치」, 『역사학보』147, 1995.

민병수, 「한국소설발달사 상 한문 소설」, 『한국문화사대계』V, 고대민족문화연구소, 1967.

민병수, 「박지원 문학의 연구사적 검토」, 『한국학보』13, 일지사, 1978.

민 찬, 『조선후기 우화소설 연구』, 태학사, 1995.

박기석, 「연암의 생애와 한문단편의 형성」, 『이조후기 한문학의 재조명』, 창작과비평사, 1983.

박기석, 「연암의 초기 구전에 대한 일고-예덕선생전을 중심으로」, 『연암연구』, 계명대출판부, 1984.

박기석, 『박지원문학연구』, 삼지원, 1984.

박기석, 「운영전」, 『한국고전 소설작품론』, 집문당, 1990.

박남수, 「신발견 박창화의 화랑세기 잔본과 향가 1수」, 『동국사학』43, 동국사학회, 2007.

박상영, 「동계 조구명의 육체적 질고와 현실 초극」, 『고전과 해석』6, 고전문학한문학연구회, 2009.

박일용, 「유충렬전의 서사구조와 소설사적 의미 재론」, 『고전문학연구』8, 한국고전문학연구회, 1993.

박일용, 『조선시대의 애정소설』, 집문당, 1993.

박일용, 「전기계 소설의 양식적 특징과 그 소설사적 변모 양상」, 『민족문화연구』28, 고대민족문화연구소, 1995.

박일용, 「사씨남정기의 이념과 미학」, 『고소설연구』6, 한국고소설학회, 1998.

박일용, 「최고운전의 작가의식과 소설사적 위상」, 『고전문학연구』16, 한국고전문학회, 1999.

박일용, 『영웅소설의 소설사적 변주』, 월인, 2003.

박일용, 「소설사의 기점과 장르적 성격 논의의 성과와 과제」, 『고소설연구』24, 한국고소설학회, 2007.

박태상, 「조선조 가정소설 연구」, 연세대 박사논문, 1988.

박혜진, 「운영전 이본의 변이양상과 그 의미」, 서울대 석사논문, 2003.

박희병, 「춘향전의 역사적 성격 분석」, 『전환기의 동아시아 문학』, 창작과비평사, 1985.

박희병, 「한국 고전 소설의 발생 및 발전 단계를 둘러싼 몇몇 문제에 대하여」, 『관악어문연구』17, 1992.

박희병, 「연암사상에 있어서 언어와 명심」, 『한국의 경학과 한문학』, 죽부이지형교수정년기념논총 간행위원회, 1996.

박희병, 『한국전기소설의 미학』, 돌베개, 1997.

박희병, 「'병신'에의 시선-전근대 텍스트에서의-」, 『고전문학연구』24, 한국고전문학회, 2003.

박희병, 『한국한문소설 교합구해』, 소명출판, 2005.

사성구·전상국, 「춘향전 이본 연구에 대한 반성적 고찰-경판본과 완판본을 중심으로」, 『춘향전 연구의 과제와 방향』, 국학자료원, 2003.
사재동, 「사씨남정기의 몇 가지 문제」, 『고소설연구논총』, 다곡이수봉선생 회갑기념논총, 1988.
서대석, 「몽유록의 장르적 성격과 문학사적 의의」, 『한국학논집』3, 계명대, 1975.
서대석, 「고전소설의 행복한 결말과 한국인의 의식」, 『관악어문연구』3, 서울대 국문과, 1978.

서대석, 「허균문학의 연구사적 비판」, 『허균의 문학과 혁신사상』, 새문사, 1981.
서대석, 『유충렬전』, 형설출판사, 1982.
서연희, 「숙향전의 서사구조와 그 의미」, 『서강어문』5, 1986.
서유경, 「최고운전의 도교적 성격과 그 문화적 의미」, 『선청어문』31, 서울대, 2003.
서인석, 「고전소설의 결말구조와 그 세계관」, 『국문학연구』66, 서울대, 1984.
서종문, 「판소리에 나타난 신재효의 세계인식」, 『동리연구』1, 동리연구회, 1993.
서종문, 「토별가에 나타난 신재효의 현실인식」, 『수궁가 연구』, 민속원, 2001.
설성경, 「최고운전 연구」, 『연세어문학』 5, 연세대, 1974.
설성경, 『한국고전소설의 본질』, 국학자료원, 1991.
설성경, 『춘향전의 통시적 연구』, 서광학술자료사, 1994.
성현경, 「유충렬전 검토」, 『고전문학연구』2, 한국고전문학연구회, 1974.
성현경, 「최고운전 연구」, 『문리대학보』 11, 영남대, 1978.
성현경, 『한국 소설의 구조와 실상』, 영남대출판부, 1981.
성현경, 「심청은 효녀인가」, 『한국문학사의 쟁점』, 집문당, 1986.
성현경, 「홍길동전의 구조와 의미」, 『다곡이수봉박사정년기념 고소설연구논총』, 경인문화사, 1994.
성현경, 『한국옛소설론』, 새문사, 1995.
소인호, 『한국전기문학연구』, 국학자료원, 1998.
소재영, 『고소설통론』, 1983.
소재영, 『기재기이연구』, 고대민족문화연구소, 1990.
손앵화, 「화전놀이 속의 '몸짓'과 의미맥락 연구」, 『고전과 해석』6, 고전문학한문학연구회, 2009.
송정애, 「운영전 연구」, 서울대 석사논문, 1977.
신경남, 「성풍속으로 본 남원고사의 주제 연구」, 경원대 석사논문, 2007.
신경남, 「변강쇠가의 구조와 애정 양상」, 『한국고전여성문학연구』18, 2009.

신경숙, 「운영전의 반성적 검토」, 『한성어문학』9, 1990, 한성대.

신동원, 「변강쇠가로 읽는 성·병·주검문화의 수수께끼」, 『호열자, 조선을 습격하다』, 역사비평사, 2004.

신동흔, 「평민 독자의 입장에서 본 춘향전의 주제」, 『판소리연구』6, 판소리학회, 1995.

신동흔, 「구비설화에 담긴 효 관념의 층위 연구」, 『한국문학과 윤리의식』, 박이정, 2000.

신재홍, 「몽유록의 유형적 고찰」, 『국문학연구』75, 서울대, 1986.

신재홍, 「몽유 양식의 소설사적 전개에 관한 연구」, 서울대 박사논문, 1992.

신재홍, 「몽유문학과 꿈관념」, 『인문논총』2, 경원대 인문과학연구소, 1993.

신재홍, 「숙향전의 미적 특질」, 『고소설연구논총』, 경인문화사, 1994.

신재홍, 「원생몽유록의 교육적 의의」, 『고전문학 어떻게 가르칠 것인가』, 집문당, 1994.

신재홍, 『한국몽유소설연구』, 계명문화사, 1994.

신재홍, 「원생몽유록, 운영전, 홍길동전의 상호관계」, 『국어국문학연구』, 신동익박사정년기념논총간행위원회, 1995.

신재홍, 「연암소설에서 형상화된 대상 인식의 문제」, 『한국고전소설과 서사문학』, 이상택교수환력기념논총간행위원회, 1998.

신재홍, 「금오신화의 환상성에 대한 주제론적 접근」, 『고전문학과 교육』1, 청관고전문학회, 1999.

신재홍, 「사씨남정기의 선악 구도」, 『한국문학연구』2, 고려대 한국문학연구소, 2001.

신재홍, 「신재효본 토별가의 언어 층위」, 『텍스트 분석의 실제』, 역락, 2003.

신재홍, 「운영전의 삼각관계와 숨김의 미학」, 『고전문학과 교육』8, 한국고전문학교육학회, 2004.

신재홍, 『향가의 미학』, 집문당, 2006.

신재홍, 「화랑세기를 통해 본 초기 소설사의 양상」, 『고소설연구』25, 한국고소설학회, 2008.

신재홍, 「최고운전의 신라사 인식」, 『고전문학과 교육』17, 한국고전문학교육학회, 2009.

신재홍, 「김현감호와 조신의 비극적 삶과 치료적 글쓰기」, 『문학치료연구』13, 한국문학치료학회, 2009.

신재홍, 『화랑세기 역주』, 태학사, 2009.

신재홍, 「숙향, 심청, 흥부의 덕목들」, 『고전문학과 교육』19, 한국고전문학교육학회, 2010.

신재홍, 「유충렬전의 감성과 가족주의」, 『고전문학과 교육』20, 한국고전문학교육학회, 2010.

신재홍, 「남원고사, 이야기에 얽힌 욕망과 인식」, 『겨레어문학』46, 겨레어문학회, 2011.

신재홍, 「고전 소설의 알몸 형상과 그 의미」, 『독서연구』26, 한국독서학회, 2011.

심우장, 「유충렬전의 담론 특성과 미학적 의의」, 『관악어문연구』28, 서울대 국문과, 2003.

양승민, 「우언의 서술방식과 소통적 의미」, 고려대 석사 논문, 1996.

양혜란, 「숙향전에 나타난 서사기법으로서의 시간 문제」, 『우리어문학연구』3, 1991.

양혜란, 「유효공선행록에 나타난 전통적 가족윤리의 제문제」, 『고소설연구』4, 한국고소설학회, 1998.

엄기주, 「사씨남정기의 의미와 서포의 작자의식」, 『고전문학연구』8, 한국고전문학연구회, 1993.

엄태식, 「구운몽의 이본과 전고 연구」, 석사논문, 경원대, 2005.

엄태식, 「애정전기소설의 창작 배경과 양식적 특징」, 박사논문, 경원대, 2010.

오종근, 「최고운전 연구」, 박사논문, 원광대, 1990.

우쾌재, 「사씨남정기 연구」, 『숭전어문학』1, 숭전대, 1972.

우쾌재, 『한국 가정소설 연구』, 고려대 민족문화연구소, 1988.

우쾌제 편, 『원생몽유록-작자 문제의 시비와 의혹』, 박이정, 2002.

유영대, 「심청전의 계통과 주제」, 박사논문, 고려대, 1988.

유종국, 『몽유록소설연구』, 아세아문화사, 1987.

유준경, 「방각본 영웅소설의 문화적 기반과 그 미학적 특성-구술적 성격을 중심으로-」, 석사논문, 서울대, 1997.

윤경희, 「만복사저포기의 환상성」, 『한국고전연구』4, 한국고전연구학회, 1998.

윤덕진, 「남원고사계 춘향전의 시가 수록과 시가사의 관련 모색」, 『한국시가연구』27, 2009.

윤덕진, 「남원고사계 춘향전 수록 시가의 서사양식화 과정」, 『한국시가연구』28, 한국시가학회, 2010.

윤덕진·임성래, 「남원고사 연구(1)」, 『열상고전연구』13, 열상고전연구회, 2000.

윤덕진·임성래, 「남원고사 연구(2)」, 『열상고전연구』15, 열상고전연구회, 2002.

윤선태, 「필사본 화랑세기 진위논쟁에 뛰어들며」, 『역사비평』62, 역사비평사, 2003 봄.

윤승준, 『우언의 재미와 교훈』, 월인, 2000.

윤용식, 「춘향전-남원고사본을 중심으로-」, 『한국고전소설작품론』, 집문당, 1990.

윤재민, 「전기소설의 인물 성격」, 『민족문화연구』, 28, 고대민족문화연구소, 1995.

윤주필, 「조선 전기 방외인문학에 관한 당대인의 인식 연구」, 한국정신문화연구원 박사논문, 1990.

윤주필, 「원생몽유록의 종합적 고찰」, 『한국한문학연구』16, 한국한문학회, 1993.

윤주필, 「우언소설의 양식사적 검토」, 『고소설연구』5, 한국고소설학회, 1998.

윤주필, 『틈새의 미학』, 집문당, 2003.

윤주필, 「우언문학사와 초기소설의 관련 양상」, 『고소설연구』24, 한국고소설학회, 2007.

윤채근, 『소설적 주체, 그 탄생과 전변－한국전기소설사』, 월인, 1999, 53-122.

윤해옥, 「운영전의 구조적 고찰」, 『조선시대 우언 우화소설 연구』, 박이정, 1997.

이가원 교주, 『이조한문소설선』, 교문사, 1984.

이가원, 「몽유록의 작자 소고」, 『국어국문학』23, 국어국문학회, 1960.

이가원, 『연암 소설연구』, 을유문화사, 1965.

이강래, 「삼국사기와 필사본 화랑세기」, 『화랑문화의 신연구』, 문덕사, 1996.

이강옥, 「조선초·중기 일화의 형성과 변모과정 연구」, 서울대 박사논문, 1993.

이금희, 『사씨남정기 연구』, 반도출판사, 1991.

이기봉, 『고대도시 경주의 탄생』, 푸른역사, 2007.

이대형, 「금오신화의 서사방식 연구」, 연대 박사논문, 2001.

이도흠, 「필사본 화랑세기의 사료적 가치에 대한 국문학적 고찰」, 『화랑세기를 다시 본
　　　다』, 주류성, 2003.

이동환, 「연암의 사상과 소설」, 『고전문학을 찾아서』, 문학과지성사, 1976.

이동환, 「연암의 사유양식」, 『한국한문학연구』11, 한국한문학회, 1988.

이문규, 『허균 산문문학 연구』, 삼지원, 1986.

이문성, 「신재효 사설에 나타난 성적 어휘와 성묘사」, 『판소리연구』29, 판소리학회, 2010.

이상구, 「숙향전의 현실적 성격」, 『고전문학연구』6, 한국고전문학연구회, 1991.

이상구, 「사씨남정기의 작품구조와 인물형상」, 『김만중문학연구』, 국학자료원, 1993.

이상구, 「유충렬전의 갈등구조와 현실인식」, 『어문논집』34, 고려대 국어국문학회, 1995.

이상구 역주, 『17세기 애정전기 소설』, 월인, 1999.

이상구, 「운영전의 갈등양상과 작가의식」, 『한국고소설의 자료와 해석』, 아세아문화사, 2001.

이상택, 『한국고전소설의 탐구』, 중앙출판, 1981.

이성권, 「가정소설의 역사적 변모와 그 의미」, 고려대 박사논문, 1998.

이승복, 「처첩갈등을 통해서 본 가정소설과 가문소설의 관련 양상」, 서울대 박사논문,
　　　1995.

이영훈, 「화랑세기에서의 노와 비」, 『역사학보』176, 역사학회, 2002.

이우성, 「실학파의 문학」, 『국어국문학』16, 국어국문학회, 1957.

이우성, 「실학의 사회관과 한문학」, 『한국고전 소설』, 계명대출판부, 1974.

이원수, 「가정소설 작품세계의 시대적 변모」, 경북대 박사논문, 1991.

이원주, 「연암 소설고(1)」, 『어문학』15, 한국어문학회, 1966.

이원주, 「양반전 재고」, 『연암연구』, 계명대출판부, 1984.

이월영, 「최고운전 연구」, 석사논문, 전북대, 1984.

이위응, 「구주묘대천에서 발견된 임란유민 심씨가 세전본 숙향전 연구」, 『부산대 개교 20주년 기념논문집』, 1966.

이정원, 「조선조 애정 진기소설의 소설시학 연구」, 서강대 박사논문, 2003.

이종욱, 「화랑세기의 신빙성에 대하여」, 『화랑세기』, 소나무, 1999.

이종욱, 「화랑세기 연구 서설」, 『화랑세기』, 소나무, 1999.

이종주, 「열하일기의 인식 논리와 서술 방식」, 『근대문학의 형성과정』, 문학과지성사, 1983.

이종필, 「최고운전의 초기 소설사적 의의에 관한 연구」, 석사논문, 고려대, 2006.

이주영, 「몽유록의 양식적 특성에 대한 연구」, 『국문학연구』89, 서울대, 1988.

이주영, 「적벽가를 통해서 본 웃음의 형식과 그 의미」, 『판소리연구』22, 판소리학회, 2006

이주영, 「'기괴하고 낯선 몸'으로 변강쇠가 읽기」, 『고전과 해석』6, 고전문학한문학연구회, 2009.

이지호, 「연암 박지원의 글쓰기 방법론 연구-열하일기의 대상해석을 중심으로」, 서울대 박사논문, 1997.

이창헌, 『경판방각소설 춘향전과 필사본 남원고사의 독자층에 대한 연구』, 보고사, 2004.

이현재, 「지워진 여성의 몸」, 『한국고전여성문학연구』21, 한국고전여성문학회, 2010.

이현희, 「향가의 언어학적 해독」, 『새국어생활』6-1, 국립국어연구원, 1996 봄.

이혜화, 「최고운전의 형성배경 연구-이본고를 겸하여-」, 석사논문, 고려대, 1984.

인권환, 『토끼전·수궁가 연구』, 고려대 민족문화연구원, 2001.

임성래, 「유충렬전의 대중소설적 연구」, 『연민학지』2, 연민학회, 1994.

임성래, 「방각본의 등장과 전통 이야기 방식의 변화-남원고사와 경판 35장본 춘향전을 중심으로」, 『동방학지』122, 연세대 국학연구원, 2003.

임성래·윤덕진, 「남원고사 연구(3)」, 『열상고전연구』18, 2003.

임치균, 「유충열전」, 『한국고전소설작품론』, 집문당, 1990.

임형택, 「김시습의 사상체계와 금오신화」, 서울대 석사논문, 1971.

임형택, 「흥부전의 현실성에 관한 연구」, 『한국고전소설』, 계명대출판부, 1974.

임형택, 「실학파문학과 한문단편」, 『한국학연구입문』, 지식산업사, 1981.

임형택, 『한국문학사의 시각』, 창작과비평사, 1984.

장덕순, 『국문학통론』, 신구문화사, 1963.

장덕순 외, 『구비문학개설』, 일조각, 1971.

장석규, 『심청전의 구조와 의미』, 박이정, 1998.

장홍재, 「숙향전에 나타난 거북=용의 보은사상」, 『국어국문학』55-57, 국어국문학회, 1972.

장홍재, 「숙향전」, 『황패강교수 정년퇴임기념논총 II, 고전소설연구』, 일지사, 1993.

장효현, 「몽유록의 역사적 성격」, 『한국고전소설론』, 새문사, 1990.

장효현, 「전기소설의 연구 성과와 과제」, 『민족문화연구』, 28, 고대민족문화연구소, 1995.

전경욱, 『춘향전의 사설 형성 원리』, 고려대 민족문화연구소, 1990.

전상욱, 「세책 계열 춘향전의 특성-서지 사항과 서사 단락을 중심으로-」, 『세책 고소설 연구』, 혜안, 2003.

전신재, 「심봉사 인간상의 한 해석-이날치판 심청가의 경우-」, 『판소리연구』2, 판소리학회, 1991.

정규복, 「남정기 논고」, 『국어국문학』26, 국어국문학회, 1963.

정규복, 「남정기의 저작 동기에 대하여」, 『성대문학』15·16, 성균관대, 1970.

정규복, 「번언남정기고」, 『연민이가원박사 육질송수기념논총』, 범학도서, 1977.

정병설, 「고전소설의 윤리적 기반에 대한 연구」, 『국문학연구』111, 서울대, 1993.

정병욱, 「최문헌전에 대하여」, 『한국고전의 재인식』, 홍성사, 1979.

정병헌, 「수궁가의 구조와 언어적 성격」, 『판소리문학론』, 새문사, 1993.

정병헌, 『판소리문학론』, 새문사, 1993.

정원표, 「몽유록의 장르 규정」, 『한국문학사의 쟁점』, 집문당, 1986.

정인숙, 「노년기 여성의 '늙은 몸 / 아픈 몸'에 대한 인식」, 『한국고전여성문학연구』21, 한국고전여성문학회, 2010.

정종대, 「숙향전고」, 『국어교육』59·60, 국어교육연구회, 1987.

정종대, 「염정소설 구조 연구」, 고대 박사논문, 1989.

정주동, 『고대소설론』, 재판: 형설출판사, 1982.

정창권, 『19세기 조선의 생활문화』, 돌베개, 2005.

정창권, 『세상에 버릴 사람 아무도 없다』, 문학동네, 2005.

정출헌, 『조선후기 우화소설 연구』, 고려대 민족문화연구원, 1999.

정출헌, 『고전 소설사의 구도와 시각』, 소명출판, 1999.

정출헌, 「가부장적 가족제도의 질곡과 고전소설-사씨남정기의 주요인물에 대한 탐구」, 『문학과 교육』12, 문학과교육연구회, 2000.

정출헌, 「최고운전을 통해 읽는 초기 고전소설사의 한 국면」, 『고소설연구』14, 한국고소설학회, 2002.

정출헌, 「임진왜란의 상처와 여성의 죽음에 대한 기억」, 『한국고전여성문학연구』21, 한국고전여성문학회, 2010.

정충권, 『흥부전 연구』, 월인, 2003.

정하영, 『춘향전의 탐구』, 집문당, 2005.

정학성, 「몽유록의 역사의식과 유형적 특질」, 『관악어문연구』2, 서울대, 1977.

정학성, 「원생몽유록 연구」, 『한문학논집』3, 단국대, 1985.

정학성, 『역주 17세기 한문소설집』, 삼경문화사, 2000.

조동일, 「흥부전의 양면성」, 『계명논총』5, 계명대, 1968.

조동일, 『한국소설의 이론』, 지식산업사, 1977.

조동일, 『한국문학사상사시론』, 지식산업사, 1978.

조동일, 『한국문학통사』1, 초판: 지식산업사, 1982.

조동일, 『한국문학통사』2, 초판: 지식산업사, 1983.

조동일, 『문학사와 철학사의 관련 양상』, 한샘, 1992.

조상우, 「최고운전에 표출된 '대중화 의식'의 형성 배경과 의미」, 『민족문학사연구』25, 민족문학사학회, 2004,.

조용호, 「숙향전의 구조와 의미」, 『고전문학연구』7, 한국고전문학연구회, 1992.

조용호, 「운영전 서사론」, 『한국고전연구』3, 보고사, 1997.

조태영, 「전기의 세계관과 양식 특질」, 『국문학연구』5, 국문학회, 2001.

조희웅·松原孝俊, 「숙향전 형성 연대 재고—일본측 자료를 중심으로」, 『한국고소설의 자료와 해석』, 아세아문화사, 2001.

주명희, 「군담소설연구—고대소설의 문학적 가치의 구명을 위한 시도—」, 『국문학연구』23, 서울대, 1974.

지연숙, 「사씨남정기의 이념과 현실」, 『민족문학사연구』17, 민족문학사학회, 2000.

진경환, 「소설사적 관점에서 본 창선감의록과 사씨남정기의 관계」, 『김만중문학연구』, 국학자료원, 1993.

진경환, 「영웅소설의 통속성 재론—유충렬전을 중심으로 한 시론—」, 『민족문학사연구』3, 1993.

진단학회 편, 『한국고전심포지움』2, 일조각, 1985.

차용주, 「몽유록과 몽자류소설의 동이에 대한 고찰」, 『논문집』3, 청주여자사범대학, 1974.

차용주 편, 『연암연구』, 계명대출판부, 1984.

차충환, 『숙향전 연구』, 박사논문, 경희대, 1999.

최광석, 「토끼전 이본 계열의 구조와 근대지향 의식」, 경북대 박사논문, 2001.

최광식, 「화랑에 대한 연구사 검토」, 『화랑문화의 신연구』, 문덕사, 1996.

최기숙, 「권력담론으로 본 최치원전」, 『연민학지』5, 연민학회, 1997.

최기숙, 『17세기 장편소설 연구』, 월인, 1999.

최길성, 『한국의 무당』, 열화당, 1981.

최동현·김기형 엮음, 『수궁가 연구』, 민속원, 2001.

최삼룡, 「최치원의 인물설화와 최고운전」, 『고전문학연구』3, 한국고전문학연구회, 1986.

최신호, 「연암의 문학론에서 본 사물인식과 창작의식」, 『한국한문학연구』8, 한국한문학연구회, 1985.

최혜진, 「신재효의 허두가에 나타난 세계인식과 그 의미」, 『판소리연구』8, 판소리학회, 1997.

최혜진, 「유충렬전의 문학적 형상화 방식」, 『고전문학연구』13, 한국고전문학회, 1998.

최호석, 「옥원재합기연에 나타난 윤리적 갈등」, 『고소설연구』15, 한국고소설학회, 2003.

하은하, 「운영전에 관한 양식내적 접근」, 서울여대 석사논문, 1994.

한국어문학회 편, 『고전소설선』, 형설출판사, 1985.

한국한문학연구회, 『한국한문학연구』11, 한국한문학회, 1988.

한길연, 「대하소설에 나타나는 '남편 폭력담'의 양상과 의미」, 『한국고전여성문학연구』 21, 한국고전여성문학회, 2010.

한석수, 『최치원전승의 연구』, 계명문화사, 1989.

허문섭, 「조선봉건말기의 무명씨 국문소설들에 대하여」, 『채봉감별곡 기타』, 민족출판 사, 1985.

황패강, 『한국서사문학연구』, 단대출판부, 1972.

황패강, 「원생몽유록 연구」, 『국어국문학총서』5, 정음사, 1976.

황패강, 『조선왕조소설연구』, 단대출판부, 1981.

황패강, 「원생몽유록」, 『한국고전소설작품론』, 집문당, 1990.

황패강, 「숙향전의 구조와 동양적 예정론」, 『고전소설의 이해』, 문학과비평사, 1991.

황혜진, 「가치경험을 위한 소설교육내용 연구-조선시대 애정소설을 대상으로」, 박사논 문, 서울대, 2006.

황혜진, 『춘향전의 수용문화』, 월인, 2007.

大谷森繁, 「운영전 소고」, 『조선학보』37·38, 천리대, 1968.

大谷森繁, 『조선후기 소설독자 연구』, 고려대 민족문화연구소, 1985.

D. Bouchez, 「남정기 한문본고」, 『정병욱선생 회갑기념논문집』, 신구문화사, 1982.

아리스토텔레스, 최명관 역, 『니코마코스 윤리학』, 을유문화사, 1983.

앙드레 콩트-스퐁빌, 조한경 옮김, 『미덕에 관한 철학적 에세이』, 까치, 1997.

윌리엄 K. 프랑케나, 황경식 옮김, 『윤리학』, 종로서적, 1984.

클라우스 미하엘 마이어-아비히, 박명선 옮김, 『자연을 위한 항거』, 도요새, 2001.

Gary K. Wolfe, The Encounter With Fantasy, *The Aesthetics of Fantasy Literature and Art*, ed. by Roger C. Schlobin, University of Notre Dame Press & The Harvester Press, 1982.

Tzvetan Todorov, *The Fantastic,* trans. by Richard Howard, Cornell University Press, 1975.

저자 소개

신재홍

1962년 강원도 정선 출생
서울대학교 사범대학 국어교육과 졸업
서울대학교 인문대학 국어국문학과 석사·박사
경원대학교 인문대학 국어국문학과 전임강사~교수
가천대학교(구 경원대학교) 인문대학 국어국문학과 교수

저서

『한국 몽유소설 연구』, 계명문화사, 1994 / 수정증보판 ; 역락, 2012
『향가의 해석』, 집문당, 2000
『향가의 미학』, 집문당, 2006
『화랑세기 역주』, 태학사, 2009

고전 소설과 삶의 문제

초판 인쇄 2012년 2월 20일
초판 발행 2012년 2월 29일

지은이 신재홍
펴낸이 이대현
편 집 이태곤 전희성 임애정

펴낸곳 도서출판 역락
주 소 서울시 서초구 반포 4동 577-25 문창빌딩 2층
전 화 02-3409-2058, 02-3409-2060
팩 스 02-3409-2059
등 록 1999년 4월 19일 제303-2002-000014호
e-mail youkrack@hanmail.net

정 가 30,000원
ISBN 978-89-5556-980-3 93810

*잘못된 책은 바꿔 드립니다.